미 메 시 스 의 힘

미메시스의 힘

서영채 평론집

문학동네

책머리에

책 제목을 미메시스의 힘이라고 붙였다. 미메시스란 모방이자 재현을 뜻한다. 흉내내는 일이고 복사본을 만드는 일이다. 무엇 때문에 미메시스를 하는가. 무엇 때문에 그림을 그리고 노래를 부르고 시를 짓고 이야기를 만드는가. 거기에는 기쁨이 있다. 아무런 외부성도 없는 순정한 기쁨. 그런 기쁨이란, 목숨을 부지하고 삶을 유지하는 일과는 거리가 멀지만 우리 존재의 근거이자 이유가 된다. 삶이 유지되지 않으면 기쁨을 찾는 일이 불가능하다. 하지만 그런 기쁨이 없다면 숨쉬는 삶이 무의미해진다. 미메시스의 기쁨과 멀어져 있는 사람이 있다면 그는 이미 좀비이거나 기계인 셈이다. 그러니까, 모름지기 그런 기쁨 정도는 누리고 살아야 사람다운 삶이 되는 것인가.

흉내내기를 통해 복사본이 만들어지는 순간, 기쁨의 미메시스 말고도 생겨나는 것이 또 있다. 복사본과 원본 사이의 간극이 그것이다. 그것은 자기 자신과의 불일치라 해도 좋겠다. 노을빛이 너무 고와 사진을 찍었다. 무엇을 찍은 사진인가. 노을빛인가, 그로 인해 흔들린 마음인가. 눈 쌓인 겨울 산을 보고 가슴이 벅차 죽고 싶었다. 그 마음이 노래가 되었다. 노래

속에서 되살아나는 것은 무엇인가. 물론 사진 속에 포착되어 있는 것은 노을이 고운 저녁 하늘일 뿐이고, 또 노래 속에서 펼쳐지고 있는 것도 눈 쌓인 겨울 산의 숨 막힐 듯한 아름다움이다. 그림도 노래도 모두 노을과 산의 복사본들이다. 그런데 그 복사본 앞에 서 있는 당신은 대체 무엇을 보고 있는가. 복사본이 있는 곳에는 어김없이 원본과의 간극이 있다. 사진에서 눈을 떼지 못하고 있는 당신 앞에 있는 것은 이미 노을도 마음도 아니다. 당신의 응시는 그 사이의 공간 속에 있다. 그 간극은 겨울 골짜기처럼 고요하고 잠잠하다. 입이 없으므로 말할 수 없고, 설사 그로부터 무슨 소리가 들려온다 해도 그것을 들을 수 있는 귀가 우리에게는 없다. 우리가 예술이라 부르는 모든 것들은 모두 그 간극으로부터, 골짜기의 어둠으로부터 솟아나온다. 그러니까 우리가 그로부터 어떤 소리를 듣는다면 그것은 오로지 그 골짜기에서 태어난 예술작품들을 통해서이다. 그 컴컴하고 고요한 간극은 미메시스라는 순정한 기쁨의 자기 지시적 동일자이다.

미메시스란 기본적으로 신관이나 무당, 광대의 일이었다. 신탁 받는 신관이건 공수 받는 무당이건 연기하는 광대건 간에 그들은 모두 다른 누군가의 의지를 위해 몸을 내준다. 하지만 몸을 빌려주는 것이 쉬울 수가 없다. 그 몸으로 무언가 신성한 힘이 들어오는 것 또한 쉬울 수가 없다. 오체투지로 몸을 낮추고 신생아의 수준까지 감각을 비워도, 몸은 자기만의 고유한 저항이 있어 몸일 수 있다. 절대 투명성을 요구하는 신성한 힘과 몸의 저항이 맞부딪치면서 생겨난 것이 우리 앞의 텍스트이다. 게다가 그것은 우리의 시선과 만남으로써 새로운 모습으로 다시 태어나고 있다. 그러니까 예술작품이라는 복사본을 통해 무언가를 바라보고 또 느끼는 사람이라면 그는 이미 겨울 골짜기의 정적 속에, 텍스트가 만들어지는 신의 자궁 속에 들어와 있다. 거기에서는 고통도 슬픔도 절망도 이미 기쁨이다. 뒤집어 말하면 기쁨의 미메시스는 기쁨만이 아니며, 그 자체가 역설의 생산이다. 맺힌 마음으로 몸의 저항을 통과한 미메시스는 그 자체가 역설을 만드는 힘이다.

　미메시스는 단지 광대나 무당만의 것이 아니다. 평범한 삶을 살아가는 사람들도 자기 자신을 연기한다. 남들 앞에서 남들 보라고 하는 연기도 문제겠지만, 자기 자신을 유일한 관객으로 삼아 하는 연기가 더 문제이다. 자기가 스스로에게 맡긴 역할과 그 역할을 연기하는 배우 사이의 간극이 드러나는 순간은 자기 자신의 이질성, 자기 자신과의 순수한 차이가 드러나는 순간이다. 이런 순간을 경험한 사람이라면 텍스트만이 아니라 지상에 존재하는 어떤 것도 복사본일 수밖에 없음을 깨닫게 될 것이다. 그러나 그것이 무슨 문제일까. 모든 것이 복사본이라면 원본은 오히려 복사본의 그림자이자 환영일 것이며 복사본 없이는 존재할 수 없는 어떤 것이 아닌가.

　모든 텍스트는 자기 자신과의 불일치를 드러내는 자기만의 증상이 있다. 그 증상의 고유성이 텍스트의 고유성이 된다. 내게 비평이란 증상이 드러나는 간극을 들여다보는 일이고 그곳에 들어가 증상과 함께 춤추는 일이다. 내 눈에 보이는 복사본인 세상과 그 세상을 통해 구성되는 원본과의 간극, 그곳은 우리가 살아가기 위해 견디어야 하는 역설이 생겨나는 공간이기도 하다. 그곳에 어울리는 형식은 춤이다. 너울거리는 절대성들, 저항하는 몸과 텍스트의 무의식이 함께 어우러지는 미메시스의 율/동. 기쁨과 역설을 생산하는 미메시스의 힘 속에서 함께 흔들리며, 그것을 논리화하는 또하나의 역설적인 일이 내가 스스로에게 부과한 일이다. 입이 없어서, 혹은 입이 있어도, 게다가 입이 있는지 몰라 말 못 하는 것들이 있다. 그들의 입이 되는 일은 설교가 아니라 노래하는 사람의 몫이다.

　이 책은 두번째 평론집을 낸 후 7년 동안 읽고 생각하고 썼던 것들의 흔적이다. 세월이라고 말하면 너무 크고 시간이라고 말하면 너무 투명하다. 어쨌거나 그 순간들이 나를 거쳐 갔고 자취를 남겼다. 이 책은 그 일부이다. 쓴 것은 생각한 것보다 적고, 생각한 것은 읽은 것보다 적다고 생각했었다. 하지만 새삼 깨닫게 되는 것이 있다. 쓴 것만이 읽은 것이었다. 그것을 다시금 느끼게 되는 순간이다.

2012년 가을
서영채

차례

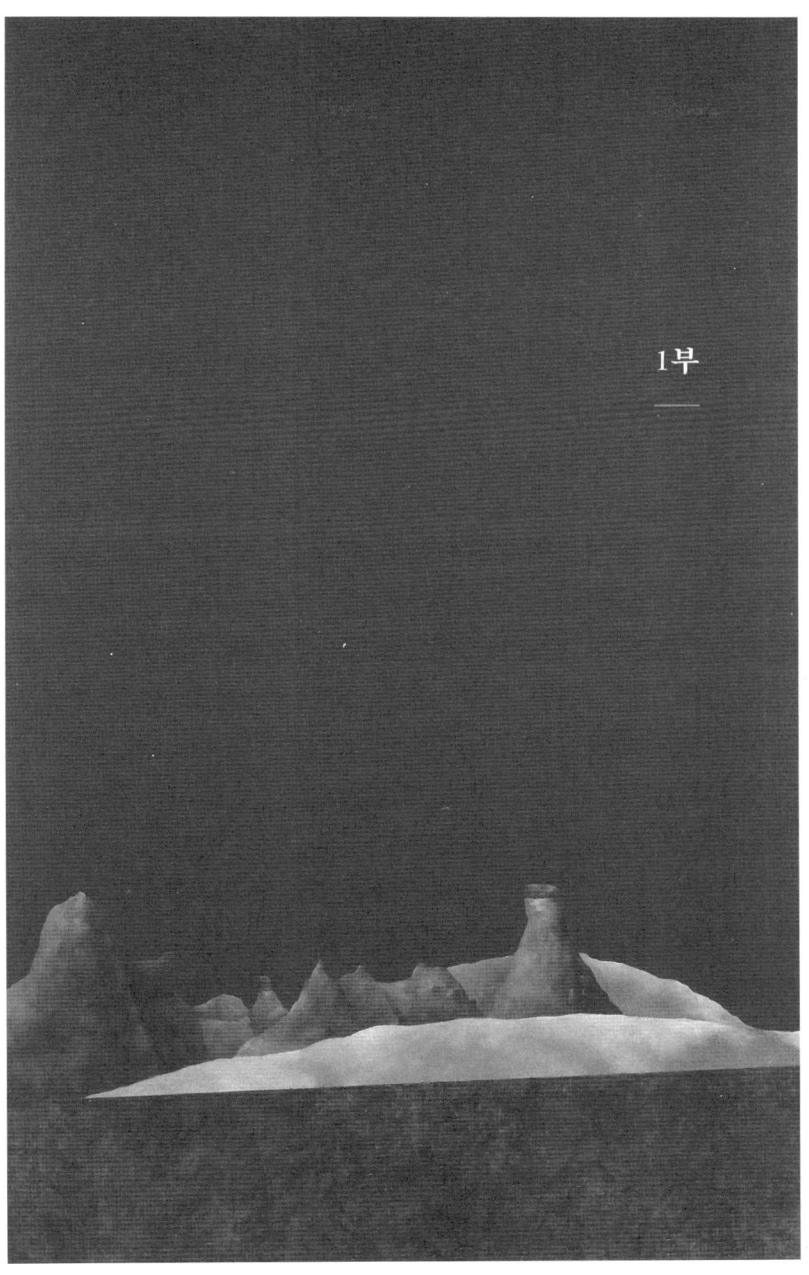

1부

속물 · 바보 · 광인 사이에서, 부사처럼

내가 알게 된 말의 세계에는 네 종류의 단어가 있었다. 명사와 동사, 형용사, 부사. 물론 나는 다른 종류의 말들도 배웠지만 그 세계에서 내가 사귀어 가까이 알게 된 말은 어쨌든 이 네 종류였다. 중학교 시절 국어 문법 시간에 나는 또 체언과 용언이라는 말도 배웠다. 체언은 말 그대로 문장의 몸뚱이가 되는 말이고, 용언은 부림을 받는 말이라고 이해했다. 명사는 체언에 속하고 동사와 형용사는 용언에 속한다. 부사는 둘 중 어디에도 속하지 않는다. 있어도 그만이고 없어도 그만인 말이겠다. 부사를 위해 마련된 수식언이라는 말은 그런 뜻이겠거니 생각했다.

내가 언어의 세계에 발을 들여놓았을 때 가장 먼저 나를 사로잡았던 것은 명사였다. 모든 찬란하고 아름다운 말들은 모두 명사의 세계에 있었다. 자유, 평등, 민주, 평화, 통일, 정의, 사랑, 실천 같은 단어들. 이 모두가 라캉의 용어를 빌리자면 주인 기표가 될 수 있는 단어들이다. 나를 매혹시켰던 이 장려한 추상명사들의 세계는 그러나 무지개 같은 것이었다. 주인 기표의 속성 자체가 그렇지만, 손으로 잡을 수도 없고 냄새를 맡을 수도 없는 화려한 아름다움의 세계. 그 세계로부터 눈길을 거두자 비로소 그 밑에 군집해 있는 수많은 일반명사들이 보였다. 집, 밥, 할머니, 사과, 친구, 어린이, 바다, 이모, 딸. 이런 단어들은 내 기억 속에서 과거형 술어들과 결합하면서 고유명사가 되었다. 아, 그 이름들. 내가 사랑하고 그리워하고 꺼려하고 미워했던 이름들. 윤동주가 하나씩 불러보았다던, 희미해지고 덧씌워지고 사라지고 다시 떠오르는 이름들. 고개를 들면 여전히 추상명사들의 세계가 하늘을 덮고 있었지만, 고유명사와 사귀고 난 다음부터 그 하늘은 예전의 하늘이 아니었다. 한때 나를 설레게 했던 광휘는 사라져버렸고 그저 내가 무언가를 채워넣어야 비로소 살아남을 수 있는, 조금은 초라해지고 어찌 보면 한심해 보이는 존재가 되었다.

그리고 나는 형용사와 사랑에 빠졌다. 파랗다, 깨끗하다, 좀스럽다, 예쁘다, 상큼하다, 헤실거리다, 깔끔하다, 붉다 같은 말들. 형용사들은 둥근 바퀴를 달고 있었다. 바둑판처럼 빈틈없이 연결되어 있던 추상명사들의 세계 위를 형용사가 구르기 시작하자 명사들의 세계 전체가 들썩였고 정연했던 명사들의 표면 위에 균열이 생겨났다. 창백했던 추상명사들도 형용사와 부딪치면서부터는 차츰 고유명사의 색깔을 지니기 시작했고, 언제든 다른 모습이 될 수 있는 상태가 되었다. 파란 자유, 깨끗한 평등, 좀스러운 민주, 예쁜 평화, 상큼한 통일, 헤실거리는 정의, 깔끔한 사랑, 붉은 실천. 형용사는 용언일 뿐이어서 그저 있어야 할 자리에 있었을 뿐인데, 주인 노릇을 해야 하는 체언들이 오히려 형용사와의 만남을 당황스러워 했다. 자기 속이 텅 비어 있음을, 주인 노릇이란 그저 명목뿐이었음을 형용사가 새삼 확인하게 해주었기 때문일 것이다. 형용사들은 그렇게 명사들의 세계에 의미의 씨앗을 흩뿌려놓고 언제 그랬냐는 듯 또 제 갈 길을 갔다. 형용사들이 지나가고 나면 꽉 짜여 있던 명사들의 세계는 일대 꽃밭으로 변한다. 명사들이 갈라지는 틈새로 피고 지고 새로 피어나는 수많은 의미의 꽃들. 그러니 그런 철없는 형용사들을 어떻게 사랑하지 않을 수 있을까.

뜨거웠던 내 청춘의 나날들 속으로 동사는 포식자처럼 기마병처럼 닥쳐왔다. 동사들이 나타나면서부터 꽃밭은 한순간 전장으로 변해버렸다. 그 주력은 타동사들이다. 잡다, 치다, 빼앗다, 세우다, 만들다, 없애다, 무시하다, 찌르다. 타동사들은 명사와 형용사로 이루어진 세계를 가르고 구획하여 자신의 목적어로 삼고, 포획된 의미를 가지런히 정렬해놓는다. 타동사들의 강렬함과 활동성은 호랑이나 사자가 그렇듯 매혹적이다. 이에 비하면 저 혼자 움직이는 자동사들은 식물성의 말들이다. 걷다, 서다, 달리다, 떨어지다, 무너지다, 눕다, 자다, 죽다 같은 말들. 자동사들은 동작보다는 상태에 가깝고 동사보다는 형용사에 가깝다. 타동사들이 지니고 있는 위력은 명령형 어미가 함께할 때 극대화된다. 쳐라, 빼앗아라, 세워라, 만들어라, 없애라, 무시해라, 찔러 찔러 길게 찔러. 이런 말이 지니고 있는 강렬함이 기쁨이나 통쾌함으로 다가온다면 그것은 당신이 발화자의 위치에 서 있기 때문이다. 괴로움으로 다가온다면 행동을 실행에 옮겨야 하는 주어의 위치에 서 있기 때문이고, 비참함으로 다가온다면 동사들에 의해 포획되는 목적어의 자리에 있기 때문일 것이다.

 그래도 다행인 것은 동사들의 세계에 과거 시제나 완료상이 있다는 사실이다. 과거형 술어들은 동사들의 움직임을 정지시켜 형용사로 만들어버린다. 그리고 그것을 전체로 바라볼 수 있는 거리를 우리에게 제공한다. 한발 떨어진 거리에 있으면, 현재의 발화자는 과거의 주어와 분리된다. 과거 시제는 호랑이를 가두는 우리일 수 있지만 경우에 따라서는 나 자신을 가둔 틀일 수도 있다. 위태로운 말들과의 안전거리가 확보되면, 나는 저 위력적인 언어들이 만들어내는 위태로운 풍경들을 숭고한 것이라고 할 수도 있을 것이다. 칸트의 말이 있지 않은가. 그것이 굉장한 것은 그 굉장함을 알 수 있는 우리 자신이 있기 때문이라고 했던.

 그럼에도 여전히 우리를 괴롭히는 것은, 우리 삶이 과거형 술어만으로는 지탱될 수 없다는 사실이다. 우리가 몸담고 사는 현재 시간은 매순간 우리에게 현재형 동사들의 선택을 요구한다. 용언의 마지막에 어미가 확정되고 종결부호가 나타나는 순간 문장의 일차적인 의미는 완성된다. 어미의 확정으로 제 모습을 분명히 드러낸 동사는 이제 거꾸로, 앞서 등장한 체언들을 관통하여 맥락을 만들어낸다. 문장을 거꾸로 거슬러 올라가며 동사가 맥락을 만드는 순간 비로소 문장의 의미가 생산되고, 그 의미 위에서 주체가 출현한다. 사랑에 빠진 주체, 변명하는 주체, 선언하고 저항하고 아부하는 주체. 말의 생산은 의미의 생산이면서 또한 관계의 생산이기도 하다. 말하는 사람과 듣는 사람에 의해 만들어지는 담론 구성체는 발화자에게 선택을 요구한다. 우리 시대, 입 달린 사람들에게 주어지는 옵션은 세 가지다. 현명한 속물과 착한 바보와 거룩한 광인. 성공하거나, 실패하거나, 좌절하거나. 명사와 형용사와 동사의 길.

속물은 영리하고 꾀가 많아 현실의 승리자가 되기 쉽다. 불행한 것은, 많은 사람들이 인정해주는 성공을 거두었는데도 그것이 진짜 성공이 아님은 그 자신이 잘 알고 있다는 사실이다. 이 비극성으로부터 벗어날 수 있는 길은 두 가지이다. 자기 자신까지 철두철미 속여넘기는 길, 그리고 탈세간의 길. 어느 쪽으로 가도 궁극에는 해탈이 기다리고 있으니, 그것은 작은 영리함을 넘어서 커다란 지혜에 이르는 길이다. 그래서 속물의 영웅은 현자이다. 세상의 이치를 속속 꿰뚫어보고 있으면서 그 세계의 어떤 이해관계로부터도 벗어나 있는 존재. 현자는 절대 속물의 다른 이름이다. 허우대 멀쩡하고 네모반듯한 틀을 지니고 있으면서도 속은 텅 비어 있는 저 아름다운 추상명사들의 세계는 속물들의 세계와 매우 잘 어울리는 짝일 것이다.

바보는 착하지만 세상 물정을 모르기 때문에 실패하기 쉽다. 다행스러운 것은, 모든 사람들이 실패라고 말하는데도 바보는 그것이 실패인 줄 모른다는 것이다. 그러니 바보에게 실패는 있어도 실망은 있을 수 없고,

그런 뜻에서는 진정한 의미의 실패도 있을 수 없다. 좌절 없는 실패의 세계, 그 착각의 왕국에서 바보는 자기 충족적이고 완결된, 충만한 존재가 된다. 바보를 바라보는 속물의 시선은 이중적이다. 속물은 바보를 경멸하면서도 부러워한다. 이와는 달리 바보는 속물의 세계에 아예 관심이 없다. 그런 것이 있는지도 모르는 것이 바보이다. 그래서 바보의 영웅은 성자이다. 성자의 세계는 고집과 반복이 지배하는 천진한 어린아이들의 세계이다. 명사의 각진 틀을 동요시키고 거기에 내용을 부여해주는, 제멋대로 들러붙고 부풀어오르고 사라져버리는 형용사의 세계는, 멍청하고 고집스럽게 착한 바보 성자들의 세계와 매우 가까이 있다.

속물의 자기기만과 바보의 착각을 거부하는 지점에서 광인이 출현한다. 그가 알아버린 세상의 진짜 이치는 너무나 치명적이기 때문에 속물적인 자기기만으로는 가려지지 않는다. 바보스러운 착각의 세계 속에서도 광인은 안주처를 찾을 수 없다. 그렇게 하기에는 그는 너무 많은 것을 알아버렸다. 성공이냐 실패냐도 그에게는 중요하지 않다. 오히려 세상 속에서의 좌절이 그에게는 존재조건이다. 그에게 주어진 유일한 길은 새로운 세상을 만들어내는 일이다. 태양의 빛을 항문으로 받아들여 새로운 세상을 창조할 수 있는 씨앗을 키우거나, 인류의 구원을 위해 목숨을 바치거나. 그러므로 광인의 영웅은 신인(神人)이다. 언어도단의 절대성 앞에서는 현자의 지혜도 성자의 순결도 무력할 뿐이다. 창을 든 기마병처럼 명사와 형용사의 세계를 관통하며 말의 맥락을 만들어내는 타동사의 세계는 광인의 세계를 닮았다. 광인은 절대 깡패의 다른 이름이다.

그런데 우리 앞에 놓여 있는 옵션이 과연 이 셋뿐인가. 다행스럽게도 우리에게는 아직 부사가 남아 있지 않은가. 명사처럼 지혜롭지도 않고 형용사처럼 순결하지도 않으며 동사처럼 거룩하지도 않은 말. 체언도 용언도 될 수 없는, 있는 듯 없는 듯, 저마다 굉장한 저 말들의 세계 주변을 떠도는 말. 명사에게는 아무 쓸모가 없고, 형용사와 동사에게는 있어도 그만 없어도 그만인 말. 그래서, 명사처럼 허황되기도 어렵고, 형용사처럼 바보스러울 수도 없고, 동사처럼 깡패 같지도 않은 말.

부사는 명령형 타동사들의 엄청난 포스에 숨이 막혀 있을 때면 나를 찾아오곤 했다. 시부저기, 답싹, 힐끗, 결코, 꼭, 비로소, 늘, 함께 같은 말들. 부사와 사귀게 되면서부터 나는 동사의 세계가 지니고 있는 마법권으로부터 벗어날 수 있었다. 그것은 내가 떠나왔던 명사의 세계로 다시 돌아가는 길이기도 했다. 고등학교 2학년 때 학급 담임이었던 국어 선생님은 학년 초에 급훈을 제시했다. 급훈이나 좌우명 같은 것이라면 일찍이 한 시인이 쓴 적 있듯이, '인내' 같은 단어가 들어가야 할 자리이다. 그러나 선생님이 제시한 급훈은, '인내'가 아니었다. 성실이나 책임, 근면, 협동 같은 말도 아니었고 민족, 역사의식, 자주, 주체성 같은 명사도 아니었다. 멋지게 살자, 열심히 하자, 제대로 하자 같은 문장도 아니었다. 그의 입에서 나온 말은 "이왕이면"이었다. 우리는 와르르 웃었고, 다홍치마라고 바로 덧붙였다. '이왕이면'은 누군가의 붓글씨로 씌어져 급훈이라는 우스꽝스럽고도 진지한 자리에 올라섰다. 아마도 부사의 맛을 알게 된 것은 그때가 처음이었을 것이다. 똑같은 부사라도 다른 말에서 옮겨온 부사보다는 태생이 부사인 토종 부사들이 좋았다. '빨리'보다는, '어서'나 '얼른'이 좋았다. 그리고 무엇보다도 의태 부사들이 좋았다. 이들은 문장의 표면적인 의미에 영향을 미치지 않는 말들이었고, 또한 보통의 부사들과는 달리 동사나 형용사나 부사 앞이 아니더라도 문장 속 어디나 파고들 수가 있었다. 그중에서도 특히 웃는 모습과 연관되어 있는 의태 부사들, 배시시, 쌩끗, 껄껄, 헤벌쭉 같은 말들이 좋았다. 나는 국민교육헌장의 장엄하고 아름다운 문장 속에 이런 부사들을 삽입해 넣으며 웃었다. 물론 먼저 급훈이 나와야 한다. 이왕이면 우리는 민족중흥의 쌩끗 역사적 사명을 띠고 헤벌쭉 이 땅에 태어났다 배시시.

시간이 지나면서 나는 알게 되었다. 나를 매혹시켰던 언어의 힘이 사실은 부사에 있었음을. 명사는 지시하고 형용사는 규정하고 동사는 명령한다. 말하는 사람의 입을 빠져나오는 순간 모든 말은 그 자체로 하나의 행동이라고 언어행위이론가들은 말했다. 약속이거나 선언, 감탄, 청유, 당부, 명령 같은 행동들이라고. 또 언어학자 야콥슨은 언어가 여섯 가지 기능을 가지고 있다고 했다. 표현적, 사역적, 지시적, 사교적, 시적, 메타언어적 기능. 그러나 이 모든 언어적 기능과 언어적 행동은 결국 단 하나의 행동으로 귀결된다. 명령이 그것이다. 모든 말의 궁극적 귀결점은 명령이다. "나는 간다"라는 문장이 있다 치자. 무슨 뜻인가, 그래서 어쩌란 말인가. 너는 여기 있어라, 나에게 작별인사를 해라, 너도 같이 가자, 갈지 말지 빨리 결정해라, 너 혼자 죽어라 등등의 말로 번역될 수 있다. 그 어떤 문장도, 심지어는 독백조차도 발화자의 마음속에 떠오르는 순간 그것은 이미 하나의 명령이다. 그리고 그 명령의 궁극적 담지자는 동사이다.

테두리를 만드는 명사의 지시력은 개념이 지니고 있는 추상력의 산물이다. 명사에게 중요한 것은 대상을 구분하고 분류하는 일, 테두리를 만드는 일이다. 이에 비하면 형용사의 규정력은 직관의 소산이어서 즉물적이고 직접적이다. 이 둘의 관계는 칸트의 용어로 말하자면 오성과 감성의 관계와 흡사하다. 그래서, "내용 없는 사상은 공허하고 개념 없는 직관은 맹목적이다"라는 『순수이성비판』의 유명한 구절은 이렇게 바꿔 쓸 수 있다. 형용사 없는 명사는 공허하고 명사 없는 형용사는 맹목적이다. 하지만 직관과 개념의 결합으로 구성된 말을 입 밖으로 내보내는 마지막 힘은 동사가 지니고 있다. 움직임이 시작될 때 직관도 개념도 제 자리를 찾아갈 수 있다. 그런 점에서 동사는 헤겔적인 단어이고, 모든 말들을 움직이게 할 수 있다는 점에서 말의 왕의 지위를 차지하고 있다.

그런데 바로 그 동사의 명령에 개입할 수 있는 힘을 지닌 유일한 말이 부사이다. 명령을 강력하게 만들 수도 있고, 반대되는 명령으로 바꿀 수도 있고, 또 명령을 우스꽝스럽게 구겨버릴 수도 있는 것이 부사의 힘이다. 동사에 개입한다는 것은 곧 문장 전체에 개입할 수 있다는 뜻이기도 하다. 게다가 의태 부사들은 부가적일뿐더러 그 자체로 자립적이다. 속물적인 명사, 바보스러운 형용사, 광인 같은 동사 사이에 있을 때는 물론이고, 현자와 성자와 신인(神人) 사이에 있을 때조차도 그러하다. 그들이 명령하는 동사의 힘에 포획되지 않을 수 있는 것은 그들이 흉내내는 힘, 미메시스적 힘의 산물이기 때문이다.

지배하고 규율하고 규제하는 힘, 질서를 만들어내는 힘, 맥락을 만들어내는 힘 사이로 부사들은 사뿐사뿐 뛰어다닌다. 산들산들 날아다니고 건들건들 흘러다닌다. 이 언어의 광대와 무당, 탕아들은 상징계의 평면을 침식하고 퇴적하고 융기시킨다. 형용사 바보와 명사 속물 사이로, 광인 동사의 칼을 피하며, 상징계 전체를 헐헐 교란시킨다.

속물들이여 고백하지 마시라. 너희 속마음의 내용 없음은 고백하지 않아도 안다. 바보들이여 침묵하시라. 너희의 순결한 맹목이 세상에 상처가 된다. 그리고 동사들이여, 뜻대로 하시라. 너희에겐 마지막까지 경배자들이 있을지어니.

바라건대, 독자들이여, 말이 지배하는 세상에서 수많은 명령들 사이로 떠다니는 저 유쾌한 부사들의 몸짓에 주목하시길. 부사 없는 명령, 부사를 거부하는 힘들의 운명에 주목하시길. 이만 총총.

나비와 잠자리 사이

— 시를 쓰는 마음에 대하여

　허수경의 다섯번째 시집 『빌어먹을, 차가운 심장』의 시편들을 미리 읽게 된 것은 우연이었다. 그 우연은 내게서 천천히 멀어져가고 있는 그네와도 같았다. 돌아올 궤적과 속도를 예상할 수 있어 피할 수도 있었던, 혹은 피하려면 피할 수 있었다고 지금 내가 생각하고 있는 그런 종류의 우연. 그러나 나는 결국 돌아오는 그네에 올라타게 되었다. 올라타게 되었다는 것은 물론 매우 점잖고 순화된 표현이다. 실은 내가 지금 어떤 자세로 그네에 실려 있는지조차 알 수가 없다. 하나 분명한 것은 내 몸과 마음이 허수경의 시가 이끄는 대로 그저 흔들리고 있다는 것이다.

　하지만 그런 현기증은 어쩌면 허수경이라는 어떤 특정한 시인의 시 때문이 아니라, 서정시라는 물건 자체에서 비롯되는 것일 수도 있겠다. 허수경의 시가 그런 서정시의 속성을 새삼스럽게 일깨워주었기 때문이라고 해도 마찬가지 말이겠다. 어쨌거나 분명한 것은, 나는 허수경이라는 시인의 시를 읽었다는 것, 그리고 울렁거리고 메슥거리는 마음이 지금 내 몸 안에 있다는 것이다. 그 울렁거림! 한때는 나를 사로잡고 있었고 또 내가 기꺼이 그 손아귀에 사로잡히고 싶었던, 그러나 언제부턴가 가능하면 피하고 싶었던 그 울렁거림. 허수경의 시를 피하고 싶었던 것은 아마도 내가 그 존재를 예상할 수 있었던 바로 그 울렁거림 때문이었을 듯싶기도 하다.

서정시가 사람들에게 주는 현기증이나 울렁거림에 관한 한, 속 시원한 대답이 있기는 어렵다. 예컨대, 그런 울렁거림의 정체는 무엇인가, 그것은 어디서부터 유래한 것인가 같은 질문들이 그렇다. 우리에게 가능한 것이 있다면, 시를 읽으며 가슴이 울렁거림을 느끼고, 그것도 울렁거림에 관한 자기 확신의 단계에 도달한 것도 아닌 채로 다만 내가 시를 읽으니 기분이 좀 묘하다, 내 마음이 요새 뭔가 잘못되었던 것이 아닐까, 혹은 시라는 물건이 본디 좀 유해하거나 유독한 것이 아닐까 하는 등의 매우 주관적인 느낌을 갖는 정도가 통상적이겠다. 그런 것이 시에 관한 우발적 독자들의 평균적인 반응이 아닐까 하는 것이다. 좋다 나쁘다의 차원은 물론 그다음일 것이다. 내 울렁거림도 말하자면 그런 정도의 것이었던 듯싶다.

하지만 대체 무엇이 내 마음을 울렁이게 만들었는지에 대해서라면, 내 앞에 허수경의 시편들이 있으므로 조금은 더 짚어가며 따져볼 수는 있겠다. 물론 앞서도 말했지만 그것은 어떤 특정한 시편이나 구절에 대한 반응이라기보다는 서정시라는 물건 자체에 대한 반응이었기가 쉽다. 고백하자면, 나는 오래전부터 시를 정면으로 바라보지 않았었다. 바라보지 못했다고 말하는 편이 좀더 옳을 것 같기도 하다. 시를 읽는 일 자체가 힘들었다. 그 짧은 글을 읽는 것이 뭐가 힘들다는 것이냐고 묻는다면, 시를 읽는 일 자체가 정서적으로 편치 않았기 때문이었다고 할 수밖에 없다. 시에 대한 너의 자의식이 너무 지나친 때문이 아니냐고, 글을 쓰며 이십대를 함께 보낸 친구들이라면 아마도 이렇게 나를 힐난할 수도 있겠다. 다른 예술 작품들은 좋으면 좋은 대로 나쁘면 나쁜 대로 덤덤할 수 있는 마음이, 왜 시에 대해서만은 그렇게 각박하고 예민해야 하는가. 이런 반문에 대해서도 나는 제대로 반박할 수가 없다. 단지 시를 읽기가 힘들었고 그래서 읽기 싫었을 뿐이라며 그저 고개를 젓는 정도이다. 물론 나의 이런 반응은 시 읽기가 왜 싫은 건지조차 따져보고 싶지 않다는 것이므로, 전형적인 회피 이상의 것일 수는 없다.

오랫동안 지속되어온 이런 마음이 있었기에, 허수경의 시가 좀더 강도 높은 현기증으로 다가왔는지도 모르겠다. 물론 그동안에도 나는 간간이 서정시의 습격을 받곤 했었다. 활자를 읽고 노래를 들으며 사는 이상 그것은 피할 수 없는 것이기도 했다. 설사 읽고 듣는 일이 아니더라도 세간을 떠나지 않는 이상, 누군들 서정의 세계와 단절되어 살 수 있겠는가. 게다가 막다른 길에서 맞부딪친 시인이 허수경 같은 이라면, 빠져나갈 수 있는 길이 많지는 않다. 내가 아는 한, 허수경은 시인 같은 시인, 전형적인 청승의 시인이었기 때문이다.

허수경은 첫 시집 『슬픔만한 거름이 어디 있으랴』를 낸 이십대에 이미 늙어 있었다. 그의 시집 자체가 증거자료이므로 서슴없이 그렇게 말해도 좋을 듯싶다. 그런데 그런 조로와 청승이야말로 서정시의 본령이라 할 수는 없을까. 이를테면 허수경이 첫 시집에 실려 있는 첫번째 시 「진주 저물녘」에서 주모가 되고 싶어하는 자신의 마음을, 혹은 그 자신이 이미 주모의 마음임을 만천하에 공개했을 때,

기다림이사 천년 같제 날이 저물셰라 강바람 눈에 그리메지며 귓볼 불콰하게 망경산 오르면 잇몸 드러내고 휘모리로 감겨가는 물결아 정이 든 고향 찾아올 이 없는 고향
문디 같아 반푼이 같아서 기다림으로 너른 강에 불씨 재우는 남녘 가시나
주막이나 차릴거나
승냥이와 싸우다 온 이녁들 살붙이보다 헌칠한 이녁들
거두어나지고

밤꽃처럼 후두둑 피어나지고

—「진주 저물녘」 전문

와 같은 구절들이 겨냥하고 있는 것이 그런 것은 아닐까. 이때의 허수경은 이십대의 여성이었다. 그러니 젊고 멋진 전사들을 품고 싶다는 마음이야 당연할 것이지만, 그 품는 자세가 주모의 것이라면 좀 남다를 수밖에 없다. 청춘의 새침함을 떠나야 가능한 것이 주모의 세계이기 때문이기도 하지만, 대상 선택에 따르는 성적 긴장의 차이를 많은 부분 반납한 채, 조금 과장해서 말하자면 우주의 마음이라고도 해야 할 어떤 무차별의 세계를 표상하는 것이 주모의 마음이기 때문이다. 서정시가 세계의 모든 것을 자기 속에 품어 안는 것, 혹은 세계 전체에 자기 마음을 뒤집어씌워버리는 것이라 한다면, 여자의 늙은 마음으로서의 주모의 마음이란 그런 것의 본령에 매우 가까이 있는 것이라 할 수 있지 않을까.

하지만 이 시에서만 하더라도 허수경의 시의 몸은 진주에 있었다. 그래서 허수경은 진주를 고향이 아니라 진주라고 부를 수 있었고, 이 시에서 등장하는 고향이라는 말도 "정이 든 고향 찾아올 이 없는 고향"에서와 같이 찾아가야 할 대상이 아니라 찾아와야 할 대상으로 자리잡고 있다. 그러나 몸이 진주를 떠나지 않았던 이즈음의 허수경은 어쩌면 절반쯤만 시인이었던 것이 아닐까. 마음의 정감을 한꺼번에 끌어올려 우주를 향해 일시에 내뱉어버리는, 아무런 기교도 필요 없는 진짜 시인의 발성에는 도달하지 못했던 것이 아닐까. 주모가 되고 싶다는 마음에는 공감하면서도 이 시에 등장하는, 자신이 사투리임을 강하게 주장하는 '문디'나 '이녁' 같은 전형적인 사투리들이 나는 마땅치가 않았다.

그러나 진주를 진주라고 부르지 못하는 상태의 시라면 어떨까. 다섯번째 시집 『빌어먹을, 차가운 심장』에서 허수경은 「고향」이라는 제목으로 이렇게 쓴다. 여기에서 문제가 되는 것은 진주가 아니라 고향이다.

시간의 물웅덩이에 잠자리가 잠깐 앉았다
시간의 가슴 깊이에서 동그라미가 생겨났다

아직 집으로 가지 못한 사람들이 물웅덩이에 서서
가녀린 동그라미를 들여다보았다

고향에 어린아이가 태어났다
다들 아는 그 아이의 얼굴을

아는 사람은 아무도 없었다
방아 잎 냄새가 났다

천년고도의 몸 냄새였다 해골의 노래였으며
몸의 춤이었고 숨이었다

내가 생애 동안 해온 모든 배반의 시작이었고
거짓의 모태였고 그리고 아직도 내가 알 수 없는 먼 죽음의 시작이었다

이 천년의 지루한 탱고를 위하여
비 내리는 작은 오후를 영광처럼 바라노니
아, 고향에는 백석 풍으로 국 끓이는 호박 얼굴을 한 여자가 살고 있을
터이다

　　　　　　　　　　　　　　　　　　　　　　　　　　—「고향」 전문

「고향」에서 시인은 「진주 저물녘」의 경우와는 대조적으로 고향을 떠난

존재이다. 그래서 여기에서 고향이라는 단어는 추상성의 영역에 등재된다. 그냥 물웅덩이가 아니라 "시간의 물웅덩이"라 표현한 첫 구절에서부터 그런 추상성은 단박에 드러난다. 동그라미가 생겨난 것도 그냥 가슴이 아니라 "시간의 가슴"이라 했다. 이런 구절들이 아니더라도 시의 구성 자체가 추상적일 수밖에 없음은 「고향」이라는 시의 제목 자체가 보여준다. 진주도 경상도도 한국도 아닌, 고향이라는 단어의 압도적인 추상성이 시 전체를 감싸고 있는 것이다. 고향이라는 말은 그곳을 떠난 사람들만이 실감나게 쓸 수 있는 말이다. 시인 허수경의 고향은 진주이지만, 고향이라는 단어와 진주라는 지명이 정확하게 겹쳐질 수 없다. 이것이 단지 일반명사와 고유명사의 불일치를 뜻하는 것만은 아니다. 오히려 고향이라는 단어가 지닌 특수성의 발현이라 함이 좀더 적절해 보인다. 어떤 지명이건 고향이라 불리는 순간 그것은 이미 그것 이상이거나 이하의 것이 된다. 일찍이 정지용이 썼듯이, "고향에 고향에 돌아와도 그리던 고향은 아니러뇨"라는 것이 고향의 속성이기 때문이다.

　허수경에게도 사정은 마찬가지다. 그가 진주로 돌아간다고 해도, 설사 그곳 천년고도에서 방아 잎을 넣고 국을 끓이고 있는 호박 얼굴을 한 여자를 눈앞에서 생생하게 목격한다 해도, 시인 자신이 그런 여자가 된다 해도, 그곳은 결코 진짜 진주일 수도 고향일 수도 없다. 그것이 고향이라는 말의 생리이다. 부정적인 장소, 외부적인 장소로 존재할 수밖에 없는 곳, 그곳이 고향이다. 말하자면 허수경에게 진주는 진주가 아니라 고향일 때 비로소 진주다울 수 있는 셈이지만, 그러나 그 진주다운 진주는 세상 어디에도 존재하지 않는 곳이며, 오로지 잃어진 곳으로서만, 내가 꿈꾸었던 곳은 이곳이 아니었다는 탄식으로서만 존재할 수 있는 장소인 것이다. 그곳이 곧 고향으로서의 진주이다. 그러니 그런 불일치로서만 실재하게 되는 삶의 현재성을 바라보게 되면 그 어떤 것도, 그 속에 깃들어 있는 어떤 힘도, 그저 천년의 탱고처럼 지루할 뿐이고, 또한 사정이 그러하니, 비

내리는 작은 오후만으로도 얼마든 영광일 수 있는 것이 아니겠는가. 그래도 남는 것이 있다면 내 고향이 고향답기를 바라는 마음, 그래서 어쩔 도리 없이 사치스러울 수밖에 없는 마음이 아니겠는가.

이런 점에서 보자면 나비의 행로를 좇다가 문득 눈에 차오르는 눈물도 예사롭지가 않다. 이 시집의 절편 하나를 뽑아보자.

저녁에 흙을 돋우다가 나비를 보았네
저녁에 흙을 부드럽게 만져
막 나오는 달리아를 편하게 하려다가
나비를 보았네

나비가 날아가는 곳을 멍하니 보는데
턱 허니 의젓하게 차오르는 눈물

언제부터인가
야간등을 단 밤하늘의 비행기를 보면
무슨 이 지상에서 살아남을 권리이듯
눈물이 의젓하게 차올랐네

저 안에 마늘쪽같이 아린 집이 있어
야간등을 달고 나비들은 그 곁을 지나는지도 모른다

나비가 저녁 햇살로 사라지는 것을 보면서
잠자리가 아니어서 다행이다, 라고
생각하기도 했네

여린 빛마저
울음 오므리듯 투과하는 날개를 가져서
어떡할 것인가
—「저녁에 흙은 돋우다가」 전문

　여기에서 나비는 야간등을 단 밤하늘의 비행기와 연결되어 있다. 시인 허수경이 현재 한국을 떠나 독일 생활을 하고 있다는 사실 정도만 아는 사람이라면 이런 시를 쓴 마음을 어렵지 않게 이해할 수 있겠다. 그의 눈에 눈물이 차오르게 하는 것은 나비가 아니라 사실은 비행기라는 것이다. 그 비행기가 표상하는 고향으로 가는 길이라는 것이다. 그러나 과연 그뿐일까. 나비 뒤에 밤 비행기가 있지만 그 뒤에는 또 잠자리가 있지 않은가.
　허수경은 이 시에서 "눈물이 의젓하게 차올랐네"라고 썼다. 차오르는 것은 슬픔이 아니라 눈물이라 했고, 또 그 차오름을 가리켜 의젓하다고 표현했다. 슬픔이 마음에 속하는 것이라면 눈물은 몸의 영역이다. 마음은 자기 것이라고 해도 좋을 것이되 몸은 그렇지 않아서 오히려 빌려 쓰는 것에 가깝다. 그런데 마음보다 먼저 움직이는 몸이라면, 슬픔보다 먼저 차오르는 눈물이라면 어떨까. 그것을 의젓하다고 표현하는 마음이라면 또 어떨까. 안와와 안구 사이로 차오르다 마침내 비어져나오는 체액으로서의 눈물이 있다. 그것은 마음과는 무관하게 움직이는 몸의 흐름을 보여준다. 몸이 먼저 움직이고 그 움직임을 보며 마음은 비로소 제 본디 모습을 깨닫게 되는 것이다. 그래서 몸의 언어로서의 눈물은 흡사 제 것이 아니라 다른 독립한 존재인 듯, 자식이나 손자나 강아지나 마당에 핀 꽃인 듯 놀랍고 기특하고 그래서 의젓하게 느껴지는 것이 아닌가.
　나비나 비행기가 표상하는 슬픔에 너무도 익숙해져서 언제부턴가 그것을 짐짓 모르는 척했던 마음, 혹은 그런 슬픔을 지닌 채로 사는 일이 힘겹기에 저 밑에 보이지 않는 곳으로 눌러놓았던 마음, 그러다보니 어느덧 정말 슬픔도 슬픔이 아닌 것처럼 되어버린 마음이 있다. 하지만 그런 마음의 행로와 무관하게 움직이며 오히려 마음의 무의식을 깨우쳐주는 몸의 흐름이 있는 것이다. 그러니 그런 몸의 표상으로서의 눈물이란, 마음이 눈감아버린 슬픔을 일깨워주는, '이를테면 발끝에서 안와 바로 밑까지 가득 차 있으면서도 그 위로는 솟구치지 않고 있어 미처 깨닫지 못하던 슬픔의 존재를 상기시켜주는, 그 어떤 마중물 같은 것이 아닐 것인가.

또 허수경은, 저녁 햇살 속으로 사라지는 것이 나비라서, 그것이 잠자리가 아니라서 다행이라고 했다. 잠자리의 돌연한 출현이 단순히 상투적인 시적 코다(coda)만은 아니어 보이는 까닭은, 앞에서 인용한 시 「고향」에 잠자리가 등장해서만은 아니다. 잠자리의 반투과성 날개가 표상하는 슬픔이란 아마도 밤 비행기나 나비가 표상하는 슬픔과는 다른 차원의 어떤 것이 아닐까. 말하자면 단순한 향수의 차원만은 아니지 않을까 하는 것이다.

예를 들자면, 김소월의 「엄마야 누나야」와 같은 경우가 그런 것이 아닐까. 소월이 바라는 강변살이, 갈잎의 노래와 금모래로 둘러싸인 집이 있고 게다가 엄마와 누나가 함께 살 수 있는 강변살이란 원천적으로 불가능한 것임은 조금만 뜸을 들이면 누구나 알 수 있다. 하지만 그 불가능함 자체가 이 시의 정서적 배경이 되는 것이 아닌가. 불가능함이라는 검은 배경이 있어 강변살이에 대한 희구와 바람은 더욱 환하게 솟아나는 것이 아닌가. 설사 고향이 강변과는 무관한 사람이거나 누나도 엄마도 없이 자란 사람일지라도, 어쩌면 그렇기 때문에 더욱더 절실한 마음으로, 시를 접하는 순간 너 나 없이 맞닥뜨리게 되는 것이 바로 그런 바람이 아닌가. 요컨대 그 바람은 불가능한 꿈에 대한 그리움의 차원에 있는 것이다. 그리고 그런 강변살이가 표상하는 상태에 대한 바람과 그리움은, 잠시 그 꿈의 불가능함을 잊은 채 그 속에서 자신이 희원하는 환상을 떠올리게 되고 그러나 이내 상기되는 그것의 불가능함 때문에 마음을 스쳐가는 어떤 아릿 같은 것이 느껴질 때, 그 꿈의 불가능함을 감내할 수밖에 없는 사람의 슬픔이 된다. 그런 슬픔이라면 어떨까. 분노처럼 격하고 탁한 것이기보다는 비애처럼 투명하고 맑은 쪽에 가까울 것이다. 그런 슬픔이라면 잠자리의 날개로 표현될 수 있는 어떤 것이 아닐까.

허수경의 잠자리는 아마도 그런 슬픔의 표상이겠다. 좀더 정확하게 말하자면 잠자리가 슬픔의 표상이라기보다는, 허수경의 슬픔은 나비와 잠자리 사이에 가로놓여 있다고 해야 할지도 모르겠다. 옛집에 가고 싶고 옛 친구와 가족들을 만나고 싶어하는 매우 실제적인 그리움이 한편에 있고, 그러나 결국 그런 그리움을 현실화하는 것이 종국적으로는 내 마음의 빈 곳을 채울 수 없으리라는 생각, 내가 그리워하는 사람을 내가 원하는 방식으로 원하는 양만큼 만나는 것은 불가능하다는 생각, 내 그리움은 끝내 채워질 수 없으리라는 종국적인 체념의 심사가 다른 한편에 있다. 나비는 야간등을 달고 고향을 향해 가지만, 나비 아닌 잠자리는 고향 없는 존재이며 자신의 집을 지상이 아닌 어느 곳에도, 그곳이 천상이든 지하이든 내가 도달할 수 없는 어떤 곳에 지니고 있는 존재이다. 그러므로 야간등을 켜고 날아가는 비행기를 둘러싸고 벌어지는 나비와 잠자리의 분리는 진주와 고향의 분리와도 같은 것이라서, 이런 분리는 양극을 두 개의 기둥으로 하여 거미줄과도 같은 정서의 망을 만들어낸다.

그것을 우리는 향수라 부를 수도 있다. 그리움이나 비애나 슬픔이나 회한 등등, 그 자리에 무슨 말을 채워넣어도 상관없다. 또한 이런 양상에 대해, 실향에서 비롯된 향수와 원초적 고향 상실로 인한 근원적 향수의 분리라고 불러도 좋겠다. 어떻든 중요한 것은 그런 분리를 통해서 형성되는 정서의 망이 있다는 것이다.

그런데 그런 정서의 망이란 무엇인가. 그것의 실체성을 확인할 수도 없는데 무엇 때문에 그런 것을 가상해야 한다는 것인가. 어쩌면 이런 질문 자체가 그 망의 존재 이유를 말해주는 것일지도 모르겠다. 그것은 요컨대 우리 마음의 어떤 보호막과도 같은 것일 텐데, 이렇게 가상해보면 어떨까. 그 망 너머에는 이름 붙이기 어려운 어떤 무시무시한 것이 있다. 잠자리의 고향에 있는 그 무엇, 천상이거나 지하거나 우리의 삶의 원리나 정서의 한계 너머에 있는 그 무엇, 우리가 그것을 보거나 겪어버린다면 더이상 우리 마음의 삶뿐 아니라 몸의 삶도 불가능하게 될 그 무엇이 있다. 그것은 아마도 삶 그 자체의 통렬한 허무감과도 같은 것이겠다. 물론 중요한 것은 그것을 아는 것이 아니라 그 정체를 느끼는 것이다. 우리가 시를 통해 감각하게 되는 거미줄 같은 정서의 망이란, 바로 그 무시무시한 어떤 것으로부터 우리를 차단시켜주는 보호막으로 자리잡고 있다.

이를테면 아름다운 강변살이가 이제는 불가능하기 때문에 느끼는 슬픔이라면 그것은 감당할 수 있을 정도의 것이다. 누구나 그 정도의 슬픔이나 비애는 안고 살아가는 것이므로. 하지만 그런 강변살이가 가능한데도 느끼는 슬픔이 있다면 어떨까. 그건 매우 난처한 것이 아닌가. 고향을 떠났기 때문에 느끼는 슬픔도 마찬가지다. 진정으로 위험한 것은 고향을 떠났을 때가 아니라 고향에 돌아와서 느끼는 슬픔이다. 여기에는 대책이 없다. 요컨대 나비의 슬픔은 감당해야 하는 것이고, 잠자리까지는 감당할 수 있되, 그 너머는 차원이 다른 것이다.

허수경이 잠시 마음속으로 그려본 잠자리란 그 무시무시한 세계로부터 날아온 위험의 신호였을지도 모른다. 그러나 그런 위험신호를 감지할 수 있는 것은 제대로 된 시인의 능력이지 않을까. 잠자리를 볼 수 있는 눈이 있어서 비로소 거미줄 같은 정서의 망이 직조되고, 잠자리와 나비 사이에 형성된 그 망 위에서 비행기는 물론이고 달리아조차도 비로소 제자리를 찾게 될 터이다. 그런 세계 속에 있을 때에야 비로소, "술병을 들고 앉아 있는 늙은 남자의 얼굴이 술에 짙어져갈 때/ 그 옆에 앉아 상처 난 세상의 몸에서 나는 냄새를 맡으며/ 차가운 해가 뜨거운 발을 굴리는 것을 바라보는 것이다"(「차가운 해가 뜨거운 발을 굴릴 때」에서)와 같은 관조와 성찰이 가능해지는 것이겠다.

1980년대 후반, 진주에서 상경한 시인이었던 허수경은 1990년대에 다시 독일로 떠났다. 그의 탈향의 행로는 그렇게 이어져갔다. 거기에서 고고학을 공부하고 있으며, 수메르의 쐐기문자를 연구하고 있다는 풍문이 들려왔다. 그가 독일에서 써 보낸 장편 『모래도시』, 그리고 『길모퉁이의 중국식당』이나 『모래도시를 찾아서』 같은 산문집에서 그런 사정을 조금씩 확인해볼 수 있었다. 이를 통해 우리는, 진주에서 서울을 거쳐, 독일과 바빌론으로 이어지는 그의 길은 아마도 서정시의 핵심을 향해 가는 길이 아니었을까 하고 생각해보는 것인데, 이것은 물론 나중에 가서야 확인될 성질의 것이므로 지금의 우리는 다만 그렇게 짐작할 뿐이다.

이라크 전쟁을 지켜보던 허수경이 2005년, 이제는 자신의 전공이 된 바빌론의 고대 문명에 대해 쓴 책 속에는 할머니의 이야기가 있다. 허수경이 어릴 적, 글을 몰랐던 외할머니와 함께 바다로 산책을 나간 적이 있다. 봄날의 투명한 바닷속에는 새 바다풀이 돋아나고 있었고, 그것을 들여다보던 할머니가 어린 허수경을 보며 이렇게 말했다. "니, 그 바다 때깔, 보나, 니가 글을 쓸 줄 알게 되몬 그 때깔 이바구 먼저 써다고." 놀랍지 않은가. 어린 손녀에게 당부하는 할머니의 입에서 나온 말이, 신산했을 당신의 삶에 관한 이야기 같은 것이 아니라 저 고운 봄 바다의 때깔에 관한 이야기라니! 이런 때의 사투리는 보통 이상의 힘을 발휘한다. 아름답다고밖에 달리 표현하기 어려운 매력적인 천진함의 세계를 보여준다. 허수경이 시인일 수 있었던 것은 이런 할머니의 손녀였기 때문이 아닐까.

그런 봄 바다라면 나도 상상해볼 수 있다. 잠자리도 잊고 나비도 잊은 채, 거미줄에 걸린 날벌레거나 그물에 걸린 새 모양으로, 그 고운 바다 때깔 속에 푹 젖어도 좋을 것이다. 뭐라도 한 수 읊조리거나 흥얼거릴 수 있다면, 아, 더욱 좋을 것이다.

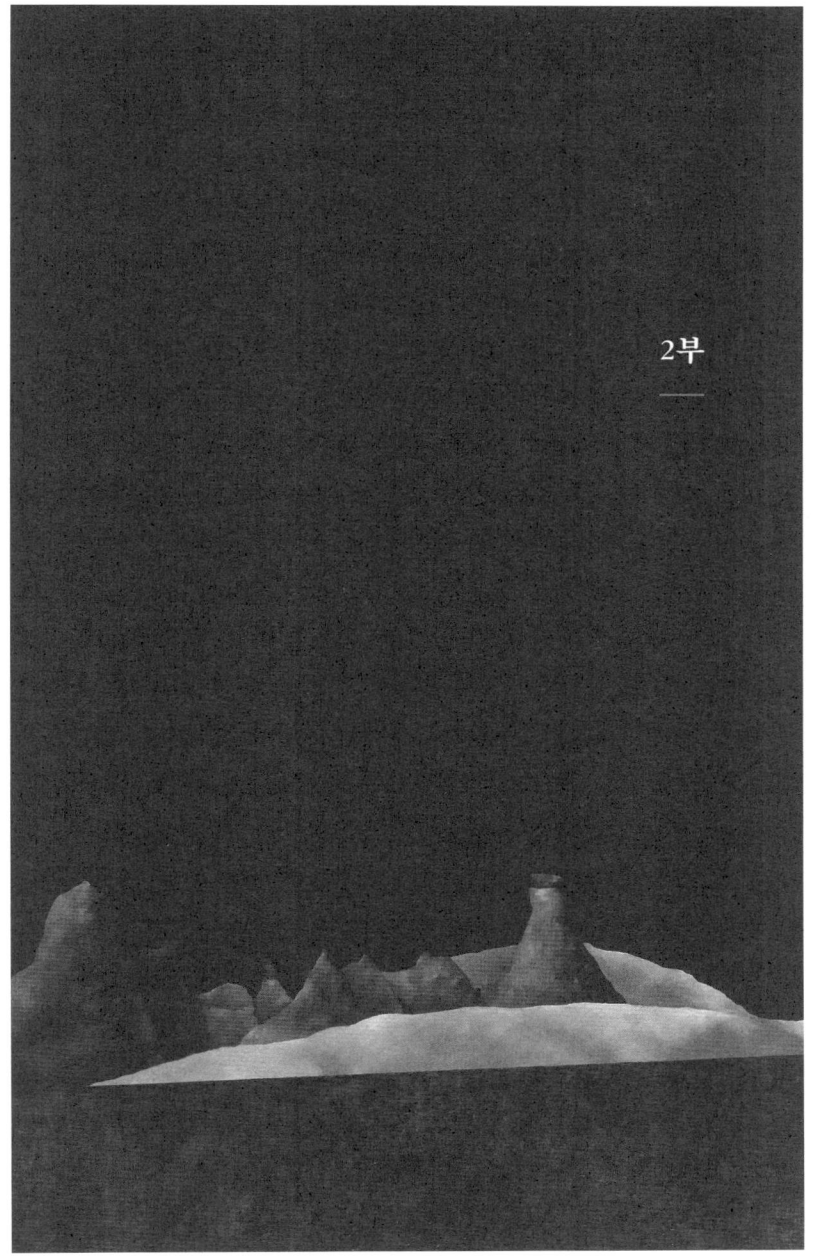

2부

기억의 글쓰기, 역사 밖의 작은 서사들
― 유종호와 조은

1. 기억 정치의 항체, 사적 기억의 글쓰기

현대사의 기억을 다룬 두 권의 책, 유종호의 『나의 해방 전후』와 조은의 『침묵으로 지은 집』에 대해 말해보자.[1] 문학평론가 유종호가 쓴 책은 회고록이고 사회학자 조은이 쓴 책은 소설이다. 외양이나 형식에 상관없이 이 둘은 하나의 공통점을 지니고 있다. 20세기 중엽 한국인들이 감당해야 했던 역사적 경험에 대한 술회이며, 기억의 글쓰기라는 형식을 통해 한 나라의 공통 경험과 공적 기억에 다가가고자 한 시도라는 점에서 그렇다.

문학평론가이자 영문학자 유종호는 1935년생이고 사회학자 조은은 1946년생이다. 유종호는 증평과 충주에서 유년 시절을 보냈다. 그곳에서 그는 1940년부터 1949년까지 일제와 미군정과 대한민국 정부라는 세 개의 서로 다른 체제를 겪었다. 그 놀라운 변전의 공간 속에서 10년 동안 그가 만났던 사람들과 세상의 이야기가 『나의 해방 전후』의 내용이다. 또 조은의 기억은 유종호의 기록이 끝나는 시점에서 시작된다. 그는 다섯 살의

---

1) 두 책의 서지사항은 다음과 같다. 유종호, 『나의 해방 전후』, 민음사, 2004; 조은, 『침묵으로 지은 집』, 문학동네, 2003. 두 책을 인용할 경우 본문에 쪽수만 밝힌다.

나이로 1950년의 6·25를 맞았고, 전쟁이 시작된 직후에 아버지가 실종되는 경험을 치러야 했다. 이것이 세상살이에 대한 그의 기억의 출발점으로, 그 이후 아버지의 부재는 그의 내면의 중심점으로 자리잡게 된다. 냉전 이데올로기 속에서 침묵을 강요당해야 했던 시절의 경험과 기억들, 좌익 집안의 자식으로 살얼음판을 걷듯 조심스럽게 살아야 했던 시절의 이야기가 책의 줄거리를 이룬다.

두 사람은 모두 어린 시절부터 상당한 독서가였다. 1948년에 중학 2학년생이었던 유종호에게 정지용은 시인 중의 시인이자 우리말의 스승이었다. 새로 수립된 정부는 월북 문인들의 글을 교과서에서 삭제하기로 결정했고, 이 결정에 따라 유종호는 자신의 교과서 속에 실려 있던 정지용의 시를 먹칠하여 지워야 했다. 그 이후로 학교생활을 시작한 조은은 정지용이라는 시인이 있는지도 몰랐다. 그가 처음으로 정지용이라는 시인의 존재를 알게 된 것은 여고 1학년이었던 1962년, 선배가 남몰래 적어준 「향수」라는 시를 통해서였다. 두 사람의 나이 차는 열한 살에 불과하지만 한때 둘은 전혀 다른 세계에 속해 있던 사람이었다.

이들이 쓴 두 권의 책을 맞붙여놓으면 일제 말기에서부터 을유해방과 6·25, 4·19, 5·18을 거쳐 오늘에 이르기까지, 1940년 이후 20세기 후반 한국 사람들의 마음을 스치고 지나갔던 굵직했던 사건과 시간의 흐름이 하나의 선으로 이어진다. 그사이 60년이 넘는 시간이 흘러 해방은 어느덧 60주년이 되었고, 그 시대와 사건을 자기 삶의 시계로 경험하지 못한 세대가 압도적 다수가 되었다. 이제 현재 시간을 살고 있는 대다수의 사람들에게 해방의 경험과 기억은 역사화되기에 이르렀다. 그리고 6·25나 4·19도, 또한 5·18과 6월항쟁도 이미 역사화되었거나 차츰 그렇게 되고 있는 중이다.

역사화된다는 것은 한 시대나 사건이 기록 속의 존재로 남게 된다는 것, 곧 현재 시간을 살아가는 사람들의 구체적 실감으로부터 떨어져나와 추상적 경험이 된다는 것을 뜻한다. 공적 기억으로서의 역사란 굵은 동아줄과도 같아서, 많은 사람들의 경험이 집적되고 압축되어 이루어진 결과이다. 그처럼 압착된 섬유들의 공간에서는, 자연상태의 섬유 가닥이랄 수 있는 개인의 삶의 결이나 자연스럽게 부풀어 있는 정서의 체적이 확인되기 어렵다. 그것들은 모두 공식적 언어로는 재현하기 어려운 경험의 잉여이며, 그런 잉여야말로 실제로 경험의 핵심을 이루는 것이다. 인터넷 쇼핑을 위한 PC 모니터로도 옷의 모양이나 색깔의 종류는 확인할 수 있지만, 정작 중요한 질감이나 색조, 전체적인 느낌은 확인하기 어려운 것과 같은 이치이다.

더구나 대규모로 소환된 공적 기억으로서의 역사는 매우 위험한 존재다. 대개의 경우 이들을 소환하는 것은 국가나 이념 같은 집단 주체들이다. 새 역사를 창조하겠다는 신념으로 가득 찬 사람들에게 창조의 대상으로서의 역사는 단지 미래의 것일 뿐 아니라 동시에 과거에 속하는 것이기도 하다. 그래서 그들에게 역사는 생산만이 아니라 조작과 변조의 대상이기도 쉽다. 일본과 독일의 역사 수정주의자들의 경우에서 대표적으로 드러나듯이, 과거의 역사를 수정하고자 하는 동력은 언제나 새로운 미래상에 대한 힘으로부터 추동된다. 게다가 국가나 이념 같은 권위적 주체와 함께 있는 역사 기술은 자신에 대한 긍정성과 무결성에 대한 주장을 배면에 깔고 있다. 무결성에 대한 주장이 개인도 아니라 집단에 의해, 그것도 절대적 실체를 확인하기 어려운 과거의 사건들에 대해 행해지는 일은 끔찍한 일이다. 역사화되는 순간 시대도 사건도 언제나 그릇된 이해나 변조가 가능한 영역으로 들어가게 되는 것이다.

유종호와 조은은 역사화되어가는 시대와 사건을 사적 경험의 형식으로 재현해놓았다. 유종호는 이태준의 소설 「해방 전후」의 경우를 본떠 책의 제목을 붙였다고 했다. 거기에 덧붙여진 '나의'라는 한정어는, 해방 전후의 경험에 대해 기술하되 사적이고 개인적인 경험의 코드로 접근하고자 한다는 기호로 읽힌다. 사적인 경험의 기록은 그 자체가 동아줄을 이루는 섬유 한 가닥에 불과함을 인정하는 것이기에 배타적 권위를 지니기는 어렵다. 또 대표 단수가 아니라 평범한 1/n로서의 기록은 대문자 역사도 장엄한 서사도 되기 어렵다. 두 저자들은 모두 자신의 저작에 대해 여행이라는 표현을 썼다. 유종호는 근접 과거로의 시간 여행이라 했고, 조은은 기억 여행이라고 했다. 이들의 기록은 근접 과거를 살아온 다양한 사람들의 많은 일화를 내장하고 있다. 다채로운 기억의 다발들, 정제되지 않은 서사의 다발들이 그 안에 포함되어 있다. 이들의 이야기에는 사건의 정서적 배치를 위한 특별한 플롯도 없고, 서사 전체의 리듬을 아우르는 드라마투르기도, 그러므로 서사의 절정이나 미학적 결구 같은 것도 존재하지 않는다. 정해진 시간의 흐름이 있고, 그 시간의 질서에 따라 기억과 사건들이 느슨하게 흩어져 있을 뿐이다. 물론 둘은 회고록과 소설이라는 차이가 있다. 회고록은 내가 보고 들은 이야기에 가깝고, 소설은 나의 이야기, 내 마음의 풍경에 대한 이야기에 가깝다. 어느 쪽이거나 역사에 대한 권위적 담론과는 거리가 멀다. 소설은 양식 자체의 속성이 그렇고,『나의 해방 전후』가 지니고 있는 탈권위적 성격은 유년기에 대한 회고라는 형식적 특성에서 말미암는다.

  그런데 도대체 이 저자들은 왜 이런 책을 썼을까. 물론 칠십대에 접어든 문학비평가가 회고록을 쓰는 것은 이상하지 않다. 이런 경우라면 대체로 문단을 중심으로 한 공적인 인물들에 대한 일화나 숨겨진 사연들에 대한 회고이기 쉽다. 그러나 유종호는 난데없이 자신의 유년기를 호출 대상으로 삼았다. 또 사회학자가 쓴 소설은 어떤가. 표지에 소설이라는 장르명이 명기되어 있으나 과연 이것이 허구적 서사로서의 소설인지에 대해서는 작가도 또 책을 만든 편집자도 확신하지 못하고 있는 것으로 보인다.[2] 무

---

2) 작가의 말에서 조은은 자신의 책이 픽션과 논픽션의 경계에 놓여 있는 것, 상상력 대신 기억으로 쓰는 소설이라고, 기억을 가능한 한 극화하지 않았다고 말하고 있다. 또『침묵으

엇 때문인가. 어떤 권위적 담론으로부터도 거리를 유지하고자 했던 때문이 아니었을까. 그것도 부침과 곡절이 많았던 시절의 이야기가 아닌가.

　한 개인에게도 그렇지만 사회의 차원에서도 기억은 학습의 기본이다. 역사 기술을 위시하여 법과 제도가 사회 전체의 학습적 성과가 등재되는 기록장이라면, 사적 경험의 기록으로서 기억의 글쓰기는 그 학습의 다양한 시행착오들이 기입되는 기록장이라 할 것이다. 자신의 오류나 과오를 기억하고 싶지 않기로는 개인뿐 아니라 사회도 마찬가지일 것이다. 국가건 민족이건 이념이건 간에, 어떤 형태의 집단적 담론도 주류가 되는 순간 쉽게 중앙집권적이고 배타적인 형태로 전화되고, 거기에 자기중심적이고 집단적인 기억 정치가 부수되는 것은 그 때문이라 해야 할 것이다. 유종호와 조은의 기록은 자기가 책임질 수 없었던 시절에 대한 기억의 글쓰기다. 이런 점에서 이들은 정치가나 고급 관료들이 자기 책임하에 있던 시간에 대해 쓰는 외교적이고 정치적인 회고록이나 자서전과는 경우가 다르다. 두 저자가 보여주는 이 같은 기억의 글쓰기라면, 배타적이고 독선적인 기억 정치의 장에서 항체 역할을 할 수 있는 것이 아닐까. 이 두 저자가 원했던 것도 바로 그것이 아니었을까. 두 권의 책 속으로 들어가보자.

2. 1940년대 삶의 자연사(natural history)

　『나의 해방 전후』는 1940년대의 생활 풍속에 대한 매우 조밀한 보고서다. 유종호는 1941년에 국민학교에 입학했고 1949년에 중학교 3학년생이 되었다. 그가 회고한 1940년대의 기록은 여섯 살 난 꼬마아이가 16세의 소년으로 성장해가는 것과 궤를 같이한다. 『나의 해방 전후』는 이런 점에서 풍속지이면서 동시에 교육소설의 의미를 지닌다.

로 지은 집』의 표지에는 '조은 소설'이라고 표기되어 있다. 통례에 따르면 '소설'이라는 장르명은 단편소설 모음집에 붙이는 것이고, 이 책과 같은 경우라면 조은 장편소설이라는 이름이 붙었어야 했다.

그런데 왜 난데없이 1940년대인가. 책의 첫머리에서 유종호 자신이 이런 질문을 던졌다. 대답은 매우 우회적이다. 근접 과거의 사회사 정립에 기여가 되기를 바란다는 것이 그것이다.

　이 책에서 시도한 것은 해방 전후 십 년간의 삶의 결과 세목을 재현하는 것이다. 온전한 과거 이해 없이 적정한 현재 이해는 불가능하다. 근접 과거에 대한 우리들의 이해는 너무나 허술하고 그것은 현재의 온전한 파악을 저해하고 있다고 생각한다. 그래서 될수록 많은 사람들이 각자 살아온 시대를 생생하게 증언해서 근접 과거의 온전한 사회사 정립에 기여했으면 하는 바람을 가지고 있다. 이 책은 그러한 면에서 조그만 사회사적 기여가 되기를 바라며 쓴 것이요 결코 자전이 아니다.(5~6쪽)

여기에서 그가 강조하고 있는 사회사란 무엇을 뜻하는가. 다수의 증언과 회고로 만들어지는 풍부한 삶의 기록으로서의 역사라는 것을 문맥에서 확인할 수 있다. 또한 그것은, 정치적 사건들의 인과의 연쇄로 기술되는 역사, 권력관계의 뼈대만을 문제삼는 앙상한 역사에 대한 대타의식의 발현으로 보인다. 요컨대 유종호는 이런 뜻에서의 사회사적 접근을 통해 한 시대에 대한 이해가 좀더 깊어지고 그럼으로써 거친 판단이나 오해를 막을 수 있으리라는 것이다. 좀더 구체적으로 말해보자. 무엇이 잘못 이해되고 있고, 또 그것이 어떻게 이런 글쓰기에 의해 수정될 수 있다는 것인가. 그가 책의 첫머리에서 제시하고 있는 것은 시인 윤동주의 창씨개명 문제다. 한 학생에게서 그는 이런 질문을 받았다. 지조 있는 저항시인 윤동주가 왜 창씨개명을 했느냐. 윤동주의 연보에는 1941년 말에 일제의 탄압과 윤동주의 도일 수속으로 인해 히라누마(平沼)로 창씨했다고 되어 있다. 평소에 생각해보지 않았던 터라, 불가피한 일이 아니었겠나 정도로 대답하고 말았다. 요컨대 책의 첫머리에서부터 창씨개명과 친일의 문제가 현안이 되는 것이다. 물론 이런 문제는 그리 간단한 것이 아니다.

　내가 국민학교 후반부를 다녔던 충주 남산학교에서는 출석부가 생년월
일 순서로 되어 있었다. (……) 출석번호 1번이 요시야마(佳山)라는 성이
었다. 해방이 되고 나서야 최상남(崔相南)이라는 이 동급생은 자기의 창씨
가 실은 자기 성인 최(崔)의 파자(破字)임을 자랑스러운 듯이 말해 주었다.
이렇게 본래 성씨의 흔적을 남기기 위해 고심한 일을 두고 애국심의 발로
라고 하는 것은 반듯한 지적은 아닐 것이다. 본래의 성씨에 대한 각별한 집
착은 어디까지나 가문에의 집착이겠기 때문이다. 따라서 본래의 성씨와 무
관한 일본식 성으로 고쳤다고 해서 그 집안을 친일 가문이라고 할 수는 없
지만 윤(尹)씨도 아니면서 '이토(伊藤)'로 한다든가 해서 완전히 일본식으
로 고친 사례도 많았다. 또 창씨를 끝까지 거부했다고 해서 그 집안을 반일
(反日)가문이라고 할 수도 없는 것은 친일행위는 친일행위대로 부족 없이
이행하고 본래의 성씨를 고수한 사례도 없지 않기 때문이다.(14~15쪽)

　창씨개명의 문제만 하더라도 이처럼 다양한 스펙트럼이 있다. 했느냐
안 했느냐의 사실 판단에서부터, 어떻게 했느냐, 왜 했느냐 등등의 문제
가 따라나온다. 친일의 문제도 마찬가지다. 더욱이 이런 문제는 법이 아
니라 윤리적 차원에 속한다. 윤리는 법과는 달리 드러난 행위나 결과가
아니라 감추어져 있는 동기와 내면을 판단의 근거로 삼는다. 그래서 판단
이 쉽지 않고 이분법적으로 구분될 수 있는 성질의 것도 아니다.
　이를테면 유럽의 이름난 악당 돈 후안이 있다. 그의 이야기에 관해서
는 시대나 이념에 따라 내용과 결말이 조금씩 달라지는 여러 판본들이 있
다.[3] 많은 여자들을 울리고 못된 짓을 했던, 그러면서도 조금의 가책도 없

---

3) 이에 대해서는 이언 와트, 『근대 개인주의 신화』(이시연 외 옮김, 문학동네, 2004) 1~4장
참조.

었던 돈 후안이 최후의 순간을 맞았다. 마지막 순간에라도 참회하면 천국에 갈 수 있다는 말을 듣는다. 참회하고 천국에 갈 것인가, 아니면 생전의 행적에 책임을 지는 자세로 자기 죄를 안고 지옥의 유황불을 향해 갈 것인가. 나약한 선인이 될 것인가, 일관성 있는 악당이 될 것인가. 어느 쪽이 윤리적인가. 개과천선은 미덕이지만, 일관성과 책임 있는 태도도 미덕이다. 또한 자기 이익을 위해 처신을 바꾸는 것은 악덕이지만, 잘못을 반성하지 않는 것도 악덕이다. 또 어디서부터가 진짜 반성이고 참회인가. 윤리성에 대한 판단이라면 최소한 이런 역설을 통과할 수 있어야 한다.

『나의 해방 전후』에서 기술 대상이 되는 1940년대라는 시대는 지축이 두 번씩이나 바뀌었던 시절이다. 10년 동안 세 개의 서로 다른 정체가 보통 사람들의 생각과 삶을 포획했었다. 1945년 8월 15일을 분기점으로, 소년 유종호는 세상이 바뀌는 모습을 생생하게 지켜보았다. 학교 선생님과 친구들의 이름이 일순간에 바뀌었고, 국어가 바뀌었고, 교과서도, 수업 과목명도, 훈화의 내용도, 그 자신의 이름도 바뀌었다. 그들은 그런 시절을 겪었다. 겉으로 드러난 사실만 가지고 판단한다면 오해도 있고 거친 이해도 있을 수 있다는 것. 그래서 선악과 정사를 판단하기에 앞서 그 시대에 대한 정밀한 이해가 있어야 한다는 생각이 『나의 해방 전후』의 바탕에 깔려 있는 것으로 보인다.

『나의 해방 전후』는 일차적으로 이런 윤리적 감각에 기초해 있다. 그래서 이 책은 저자 자신이 밝혔듯 자전이 아니라 회고록이나 관찰기의 성격이 짙고, 기술에 임하는 태도도 객관적이고자 하는 역사가의 자세에 입각해 있다. 따라서 이 책은 일차적으로 1940년대 한국 사람들의 생활상을 담고 있는 풍속지의 역할을 한다. 세태와 풍속은 1945년 8월 15일을 분기점으로 전후반기가 선명하게 나뉜다. 태평양전쟁이 시작되고 본격적인 전시체제로 돌입하면서 생겨난 학교 안팎의 분위기와 풍경—주재소의 오종 소리와 청결 검사를 나오던 '순사'들, 언덕에 버티고 섰던 대공감시

초라는 뾰족집, 일본식 이름으로 지칭되던 교사와 동급생들, '체조'나 '직업' 시간에 교사들의 입에 상투적으로 오르내리던 인쿠단렌(忍苦鍛鍊)이라는 말, 일본식 신사(神社)와 도리이(鳥居)의 모습, 전몰장병에 대한 모쿠토(禱), 전쟁이 시작되자 거리에서 사라져버린 설탕과 과자와 고무신과 운동화, 책보와 란도셀과 도롱이와 종이우산의 풍경들, 봄의 '원족(遠足)'과 가을의 운동회, 1940년대식 김밥의 모양새, 어린 몸과 마음을 피폐하게 했던 아동 노역의 생생한 현장들, 그리고 국민학교 창가 시간에 배웠던 일본 군가—들이 꼼꼼하게 채록되어 있다. 또 1945년을 넘어서면, 미군정기와 정부 수립 이후의 새로운 풍경—바뀌어버린 교육과정과 교과목명, 중학교 건물에 진주했던 미군들의 모습, 갑자기 늘어난 길거리의 엿장수와 담배장수들, 해방 후로 폭증한 학생들의 숫자, 환경도 갖춰지지 않은 채 발표식 수업을 요구했던 군정청의 민주주의 교육 지침, 해직되는 좌익 교사들과 권세를 부리던 우익 학생연맹 간부들의 모습, 신문사 광고란을 장식했던 전향한 좌익들의 '탈당 성명서', 지금은 사라져버린 방물장수 선짓국장수 옹기장수 당사주행상 들, 중학교 3학년생의 신체가 겪어내야 했던 학도호국단 주도의 백리행군, 그리고 무엇보다 그에게 충격으로 다가왔던 공개처형의 장면—들이 주르륵 펼쳐진다.

이런 풍경들과 함께 그 시절을 겪어내야 했던 다양한 사람들의 모습과 이후의 운명이 간결하게 서술된다. 그 낱낱의 화소들은 전환기의 흐름 속에서 사람들의 운명을 보여주는 저마다 하나씩의 작은 역사들이다. 충주라는 지역의 이야기, 동창과 친지들의 이야기, 교사들의 이야기가 대종을 이룬다. 이를테면 충주의 본정통에 히라구치 상점이라는 큰 점포가 있었다. 해방 이후 이 건물은 건국준비위원회 사무실이 되었고, 다시 한 달이 지나지 않아 유달수 상점으로 간판이 바뀌었다. 그는 히라구치 상점의 점원 출신으로 상점 주인이 되었으나 6·25 피난길에 지도를 소지하고 있다가 즉결처분을 당했다. 그 이후 이 건물은 지역 국회의원의 소유가 되고,

그는 또 전두환 정권 때 장관까지 지냈다는 것으로 이야기가 맺어진다. 한 건물을 스쳐간 사람들의 작은 역사들이 이런 방식으로 기록되어 있다. 또 저자의 중학 동기생 김영근이라는 인물의 이야기가 있다. 소년이었던 김은 미군 쓰레기장을 뒤지다 미국 지폐로 가득 찬 돈가방을 발견했다. 그의 집안에서는 그 돈으로 과수원을 매입했다. 물론 횡재한 사실은 철저하게 비밀에 부쳐졌다. 김은 그 이후로 자기에 관해 말을 하지 않고 만나는 친구도 없는 사람이 되었다. 시속이 바뀌어, 60년대 이후에는 시골 알부자의 사업 장르가 과수원에서 석유 대리점이나 연탄공장 등으로 변했다. 김도 과수원을 팔고 석유 대리점과 주유소 등을 하다가 돈도 떼이고 사업도 실패하여 빈손이 된다. 그가 동기생들에게 놀라운 횡재의 비밀을 털어놓은 것은 이처럼 빈털터리가 되고 난 이후의 일이었고, 그후로 김은 동기생들의 집단에서 사라져버린다.

이 책의 많은 부분을 점하고 있는 이처럼 다양한 인물들의 약전은, 그가 실제로 접했던 사람들, 동창생들이나 학교 교사들의 이야기가 큰 비중을 차지하고 있다. 특히 교사들의 폭력을 묘사한 대목이 매우 인상적이다. 두 종류의 폭력이 있다. 폭력 기계라는 느낌을 주는 건조한 사디스트의 폭력, 그리고 자신의 열등감과 나약함으로 인해 촉발되는 폭력. 전자는 국민학교 4학년 담임이었던 가쓰라기 선생의 경우이고, 후자는 중학교 3학년 담임이었던 생물 담당 유동렬 선생이 대표적이다. 젊은 조선인이었던 가쓰라기 선생은 일제 말기 파시스트적 교사의 전형으로 등장한다. 승벽이 강해서 매사에 아이들을 몰아붙이고, 체조와 실업을 중시하고, 하루도 아이들의 따귀를 때리지 않고 지나가는 날이 없고, 게다가 스스로 교육에 열의가 있다고 생각하고 있는 교사. 최악의 교사다. 국민학교 4학년이었던 유종호는 그의 폭력성 앞에서 몸서리를 친다. 또하나의 대표적 폭력 교사 유동렬 선생, 이 역시 승벽이 강해서 다른 반과 경쟁하기 좋아하고, 권위적이지만 안타깝게도 실력이 없는 교사다. 말할 수 없는 악필이었는데 한 학생의 말을 오해하여 그를 난타했다. 말릴 수도 피할 수도 없는 폭력이었다. 그는 학생지도계를 담당했고 경찰 출신이었다. 6 · 25 때 남하하다 사망했는데 학생들에게 총으로 희생당했다는 것이 정설이라고 전한다. 70년대에는 그를 반공투사로 기리는 비석이 운동장 구석에 세워졌다고 한다.

유종호의 책에서 특히 인상적인 것은 교사들의 다채로운 열전이다. 해방 후 자신의 정치적 입장이나 정치색을 드러냈던 교사들이 있었다. 그의 경험 안에서, 좌익 교사는 철없는 이상주의자의 모습으로, 또 우익 교사는 권위적이거나 질 낮은 돌팔이로 그려진다. 6학년 담임이었던 황호성 선생은 해방 후 부임한 젊은 이상주의자로 김순남 작곡의 〈농민의 노래〉와 역사 발전 법칙을 가르쳐주었다. 교육자협회에 가담하여 해직된 후 지게를 졌고 인공 치하에서 맹렬히 활동하다 퇴로가 막히자 수류탄으로 자폭하는 길을 택했다. 체육이나 교련을 담당했던 우익 교사들은 형편없는 인품과 실력으로 학생들을 질리게 만든다. 그리고 일제 치하에서 독립운동을 했던 지사적 풍모의 반일적 민족주의자 윤섭구 선생은 엄격한 원칙주의자로 묘사된다. 교실 미닫이문을 발로 닫은 학생에게 체벌을 가하고 뜻 없이 일본 군가를 부른 아이들을 비감한 어조로 질책했다. 권위적인 돌팔이나 철없는 이상주의자는 말할 것도 없지만, 아이들을 어리둥절케 하는 엄격한 원칙주의자도 좋은 교사는 아니다. 그가 묘사하는 존경스러운 교사들이 있다. 음악을 사랑했고 학생들에게 그 사랑을 알게 해주었던 음악담당 교사 이구철 선생, 뛰어난 인품과 실력을 갖춘 중학교 한문교사 이백하 선생 등이 그들이다. 이들은 폭력적 좌우대립과 정치적 혼란기를 탈 없이 헤쳐나올 수 있었다. 물론 그것이 꼭 바람직한 삶이냐는 또다른 차원의 문제다.

유종호는 이처럼 다양한 일화들을 엮어 한 시대의 작은 역사로 조형해냈다. 이 같은 사적 경험의 기록은 지난 시대의 삶에 대한 자연사(natural history)적 접근이라는 점에서 특징적이다. 역사를 기록하는 사람들은 묻는다. 이것은 기록할 만한 가치가 있는 것인가. 그것에 대해 대답하는 것이 역사철학이자 역사관이다. 관점과 입장에 따라 역사는 인간 해방의 역사가 되기도 하고, 자유 실현의 역사나 근대화의 역사가 되기도 한다. 유럽의 경우, 18세기 후반 역사철학의 개념이 등장하면서부터 인간의 역사는 자연과 분리되기 시작했다.[4] 이는 곧 인간의 삶의 기록이 자연사의 질서로부터 분리되어 기승전결의 구성을 지닌 서사적 주형 속으로 포획되는 일에 다름아니다. 이 경우 사건 자체보다 중요한 것은 그것의 의미가 되며 그 의미는 서사의 목적론이 제공해준다. 『나의 해방 전후』에서 유종호는 60년 전의 기억을 더듬어가며 사소한 삶의 경험들을 기록해냈다. 그것은 그 어떤 목적론적 서사의 틀로부터도 자유롭다는 점에서 한 시대 삶의 자연사에 해당되며, 따라서 그것은 민족 담론은 물론이고 어떤 집단적인 담론에 대해서도 외부자로만 존재한다. 거기에는 외부에서 부여된 어떤 외삽적 의미도 또 자체에 내장된 교훈도 존재하지 않는다. 신산한 시대를 살아갔던 사람들의 다양한 운명의 모습이 기록되어 있을 뿐이다. 그로부터 어떤 의미를 읽어내거나 교훈을 얻는다면 그것은 순전히 읽는 사람의 몫일 뿐이다. 이런 기록들이 다양하게 축적되어 떼를 이룬다면 얼마나 장관일까. '면면히 이어져온' 따위의 수사로 역사의 순혈주의를 강조하거나, '후손이나 민족의 미래'를 운운하며 과거를 수정하고자 하는 사람들에게 그것은 가로지르기 힘든 장벽이 될 것이다.

3. 가족 로맨스를 넘어서는 길

조은의 『침묵으로 지은 집』은 소설이면서 동시에 회고록이나 자서전으로 읽힌다. 저자 자신이 밝히고 있듯이 이 책은 장르에 대한 의식 없이 시

---

4) 라인하르트 코젤렉, 『지나간 미래』, 한철 옮김, 문학동네, 1998, 64~65쪽.

작하고 맺어진 글이다. 소설과 회고록의 형식적 경계는 허구적인지 아닌지에 따라 만들어지지만, 문제는 그 경계가 명확하게 그어질 수 있는 것이 아니라는 점에 있다. 멀리로는 18세기 말에 씌어진 칼 필립 모리츠의 자서전이자 장편소설인 『안톤 라이저』의 경우가 그렇고 가까이로는 박완서의 『그 많던 싱아는 누가 다 먹었을까』나 신경숙의 『외딴 방』 등을 위시한 많은 예들이 있다. 사실과 허구는 다양한 차원에서 서로 넘나든다. 따라서 내적 형식이라는 측면에서 좀더 중요한 것은 허구성이라기보다는 서사 자체가 지니고 있는 구성적 방향성이다. 이런 점에서 『침묵으로 지은 집』은 장편소설보다는 회고록의 서사 모델에 훨씬 가깝다. 유종호의 『나의 해방 전후』처럼, 작중화자가 지켜본 다양한 사건과 인물들의 이야기가 느슨하게 흩어져 있다는 점, 극화되지 않은 기억의 글쓰기라는 점에서 그렇다.

6·25와 분단상황, 냉전 이데올로기 때문에 원했던 삶을 살 수 없었던 많은 사람들이 있다. 『침묵으로 지은 집』은 일차적으로 저자 자신의 주변에 있던 이런 사람들의 내력에 대한 간결한 보고서의 모음집이다. 그 핵심에는 저자 자신과 가족들이 있다. 그의 아버지는 전남 영광 출신으로 해방 후 좌익 계열의 시장 밑에서 M시 부시장을 지냈고, 6·25 직후 서울에서 행방불명이 되었다. 경찰에 끌려갔다고만 알려져 있고 생사 여부가 확인되지 않았다. 영광은 전남에서도 특히 좌우 대립으로 인한 피해가 컸던 곳으로, 전쟁중에 전체 인구 12만 중 3분의 1이 그로 인해 숨졌다고 한다. 그의 집안에서도, 지역에 영향력이 큰 인사였던 할아버지와 큰아버지가 경찰의 손에 총살을 당했고, 둘째였던 아버지는 행방불명, 그 아래 두 숙부는 전쟁의 충격과 부역 혐의로 인해 사회적으로는 금치산자 비슷한 처지가 되었다. 전쟁이 끝난 후에도 조은의 가족들은 사라져버린 아버지를 기다리며 피난민처럼 살았다. 어머니가 링컨처럼 키우고 싶어했던 한 살 손위인 오빠는 자유당 정권 당시 이승만의 선거 포스터를 훼손했다는

혐의로 체포되어 학교에서 퇴학당하고 소년원 신세를 졌다. 또 5·16 이후에 깡패 소탕전이 벌어져 소년원 전과가 있다는 이유로 오빠는 다시 구속되고 학교에서도 제적되는 고역을 치러야 했다.

조은의 이야기는 이처럼 가족에 관한 것으로부터 시작하여 그 주변 사람들의 삶으로 펼쳐진다. 6·25와 냉전 이데올로기로 인해 상처입은 사람들의 삶에 대한 간략한 기록들이 책의 대종을 이룬다. 대표적인 예로 조은의 국민학교 담임교사였던 신영진 선생의 경우를 들어보자. 사범학교 의무복무 기간을 마치고 대학을 졸업하여 신문기자가 되었던 그는, 국방부 출입기자 시절 군사기밀 누설 혐의를 받아 2년간 갇혀 있어야 했다. 그가 빨치산의 아들이었다는 사실이 위력을 발휘했다. 남편의 구명을 위해 발 벗고 뛰던 아내는 법원 관리에게 성을 상납하기에 이르렀고 남편이 출소하자 딸을 남기고 사라져버렸다. 홀로 남은 그는 학교에도 보내지 않은 채로 딸을 키웠고, 18세에 가출해버린 딸은 일본인의 현지처가 되어 세 살배기 여자아이와 함께 돌아왔다.

전전긍긍하며 살아야 했던 좌익의 자식들과 전쟁고아들의 이야기, 험난했던 정치적 탄압 속을 살아왔던 사람들의 이야기가 앞뒤로 이어진다. 성년이 되어서야 자신이 입양아였음을 알게 된 친구, 4·19 때 친구의 죽음을 현장에서 목격하고 정신병을 앓다가 끝내 자살해버린 친구 오빠, 해방 공간의 좌익 교사로 해직 후 삼십 년 넘게 고등 룸펜 생활을 해야 했던 고숙, 브레히트의 연극을 극장에 올렸다가 남산으로 끌려갔던 선배, 그리고 폭격에 맞아 세상을 뜬 언니가 입고 있었던 것과 같은 교복을 입기 싫어 집안의 여자들이 다 거쳐갔던 여학교를 군이 피해버렸던 조은 자신의 이야기 들이 그것이다.

그런데 명망 있는 사회학자 조은은 왜 이런 책을 썼을까. 그것도 소설이라는 이름으로. 이런 질문은 『침묵으로 지은 집』의 서사적 중심점이 무엇인지를 묻는 것과 같다. 물론 대답은 간명할 것이다. 6·25 때 행방불명된 후 언제나 부재와 침묵의 공간에만 갇혀 있던 아버지라는 존재가 그 대답의 자리에 놓여 있다. 단지 아버지만은 아니다. 6·25 때 사라져버린 사람들에 대해서 집안에서는 모두가 침묵을 지켰다. 그것은 일종의 금기였다. 그중에서도 아버지는 생사가 확인되지 않은 채로, 더러는 월북자로 혹은 납북자로 취급되었다. 그 침묵을 횡단하고자 하는 것이 아마도 이 책의 주도 동기였다고 할 수 있을 것이다. 그 자신이 이렇게 말하고 있다.

소설을 쓸 생각이 아니었다.
'어떤 기억들'에서 놓여나고 싶었다. 아무도 말하지 않는 기억에 대한 작은 이야기를 쓰고 싶었다. 처음 쓰기 시작할 때는 이백자 원고지 스무 매씩 이십 일 동안만 쓸 생각이었다. 그런데 이야기가 길어졌고 탈고하는 데 이년 육 개월이 걸렸다. 강의 틈틈이 써야 했기 때문이기도 했지만 그보다도 더 큰 이유는 자주 주춤거렸기 때문이다. 왜 이런 글을 써야 하는가 또는 나는 왜 글을 쓰는가 그런 질문들을 수없이 해야 했다.(313쪽)

요컨대 조은에게는 『침묵으로 지은 집』이 자기 치유로서의 글쓰기였다는 것인데, 그렇다면 그가 놓여나고 싶어하는 기억이란 무엇인가. 침묵을 강요했던 시절에 대한 기억들인가. 아니면 아버지 집안의 남자들이 죽고 사라지고 북으로 넘어갔던 시절의 기억들인가. 무엇 때문에 그는 글을 쓰는 동안 주춤거리고 망설였는가.

책의 마지막쯤에 가면 76학번인 한 여자 후배의 이야기가 나온다. 1979년에 사흘 동안 구류를 살았던 경험이 있는 후배였다. 그후로 20년 이상 약을 먹어야 잠을 잘 수 있었고 지금도 시내의 경찰을 보면 가슴이 철렁거린다고 했다. 조은은 그 후배에게 그 공포의 체험에 대해 글을 쓰라고 말한다. 씻김굿을 하듯 글을 쓰라고. 여기에서도 조은은 치유로서의 글쓰기에 대해 말하고 있는 셈이다. 그렇다면 조은에게도 그런 상처가 있었다는 것인가.

그는 책의 말미에 한 절을 할애하여 '아버지의 초상'이라는 제목을 붙였다. 조은은 책 전체를 통해 하나의 질문에 매달려 있는 것으로 보인다. 아버지는 어떤 사람이었는가. 객관적으로는 쉽게 말할 수 있다. 그의 아버지는 1910년 호남의 한 유학자 집안에서 태어나, 연희 전문을 중퇴한 후 관료생활에 들어섰고 6·25가 터진 후 아내와 세 남매를 남긴 채 사라져버린 남자다. 하지만 끌려가서 돌아오지 않고 있는 아버지의 빈자리가 이런 진술로 채워질 수는 없다. 그래서 조은은 계속해서 반복적으로 어머니에게 묻는다. 아버지는 어떤 사람이었는가.

남편에 대한 어머니의 생각이나 평가는 상황에 따라 기분에 따라 왔다 갔다한다. 기억이 왔다갔다하기 때문만은 아닌 듯하다. '청렴결백한 관리'였다가 '지주의 아들로 소갈머리 없는 남자'였다가 '시국을 잘못 만나 뜻을 못 펼친 운 없는 남자'였다가 '시국 판단도 못 하고 처자식 고생시키는 철 없는 남자'였다가 뭐 그런 식이다.(270쪽)

어머니의 대답 중 가장 분명한 것은 그냥 보통 남자였다는 것이다. 그러나 이 대답을 조은은 못 견뎠던 듯싶다. 해방공간에서 아버지는 어떤 입장에 있었는가. 아버지는 어떤 사람이었는가. 아버지의 친구나 친척 지인들 누구에게도 속 시원한 대답을 얻지 못한다. 행방불명된 지 50년이 넘어 어머니로부터 아버지의 최후에 대한 결정적인 단서를 듣고 난 다음에도 여전히 그것이 의문이었다. "나는 어머니에게 다시 묻는다. 아버지가 왜 보통 남자라고 생각하느냐고. 그리고 누가 보통 남자가 아니냐고 그렇게 묻는다. 어머니는 거기에 답하지 않고 딴전을 피운다."(284쪽) 조은은 어머니로부터 무슨 대답을 원하는 것인가. 조은이 이렇게 계속 아버지의 정체에 대해 묻고 있는 것은 원하는 대답이 따로 있기 때문이 아닌

가. 그 자신에게 지난 50년 동안 부재와 침묵의 공간으로 남아 있던 아버지라는 남자가 보통 남자여서는 안 된다는 것인가. 그래서 그에게 아버지는 복원되거나 재현되지 않는 존재였던 것인가.

언젠가부터 난 부단히 아버지를 그려보려고 애썼다. 마음속에서 그리고 지우고, 그리고 지우고를 여러 번 했다. 여전히 그려낼 수가 없다. 처음에는 아버지에 대한 집안의 침묵이 너무 완강해서라고 생각했는데 꼭 그것만은 아니다. 아버지의 흔적이 별로 없어서라고 생각했는데 그것만도 아닌 것 같다. 내가 아버지를 그릴 수 없는 것은 아버지의 행적에 대해 모르기 때문이라고 생각했는데 꼭 그것만도 아니다. 아버지에 대한 어머니의 평가가 너무나 엇갈려서라고 생각했는데 그것도 아니었다. 이제 생각해보니 그렇다. 우리 역사에 그런 사람은 설 자리가 없어서였다.(260~261쪽)

그는 이미 아버지의 자리를 만들어두고 있었다. 그 자리는 가족이라는 공간이 아니라 역사라는 공적 기억 속에 만들어져 있었다. 그래서 보통 사람이라는 어머니의 규정을 참아낼 수 없었던 것이 아닐까. 아버지는 좌익 집안의 자식이었으나 혁혁한 운동가도 아니었고 총살을 당하지도 않았고 행방불명이라는 이름으로 흐지부지 사라져버린 남자다. 역사 속에 설 자리가 없는 사람, 어머니가 자유주의자라고 칭하는 평범한 보통 사람, 그것이 그가 확인하게 되는 아버지의 참모습이다. 그러니 문제는 아버지의 참모습을 찾는 것이 아니라, 이미 드러나 있는 그 모습과 화해하는 것, 그것을 인정하는 것이다.

전남지역 운동사를 읽는다. 거기서 아버지 친구들 이름을 몇몇 찾아낸다. 집안에서 가끔씩 듣게 되는 지인들의 이름이 여기저기서 보이지만 아버지의 이름은 없다. 아버지는 어머니 말마따나 '보통 남자'였던 모양이다.

우리 역사 어느 장에도 끼어들 자리가 없는.(285쪽)

　이야기가 여기에 이르면 많은 것들이 선명해지는 것이 아닐까. 조은
은 침묵으로 지은 집이라 했지만 누가 그에게 그 집으로 들어가라고 했는
가. 비참하게 죽어간 육친들에 대해 말하는 것을 명시적으로 금지한 사람
은 없었다. 단지 분위기로 그것을 알았을 뿐이라고 스스로 생각하고 있
다. 그러니 침묵의 집 속으로 들어간 사람은 그 자신이 아닌가. 그렇다면
그것은 또 무엇 때문인가. 『나의 해방 전후』에서 유종호는 1949년에 목격
했던 빨치산 청년의 공개처형 장면을 공포의 기억으로 간직하고 있다. 그
현장에서 그의 마음속에서 커다란 반향을 일으키며 떠돌아다녔던 것은
개죽음이라는 단어였고, 저렇게 죽어서는 안 된다는 생각이었다. 1950년
가을에 증발해버린 조은의 아버지는 어떤가. 그 가을에 처형당한 할아버
지와 큰아버지의 죽음은 또 어떤가. 모두 개죽음이 아닌가. 조은이 진정
으로 인정할 수가 없었던 것은 바로 그것, 그 죽음들의 무의미성이 아니
었을까. 아버지가 보통 사람이었다는 것을 인정하기 힘들었다는 것은 곧
그들의 죽음이 개죽음임을 인정할 수 없다는 것의 미화된 표현이 아니었
을까. 그렇다면 스스로에게 아버지의 이미지를 떠올릴 수 없게 했던 조은
의 저 강력한 무의식적 의지도 이해할 수 있지 않을까.
　아버지가 그 어떤 비극적 영웅이 아니라 보통 사람이라면, 그들의 죽음
도 그 어떤 대의를 위한 고귀한 희생이 아니라, 그저 허망하고 허망할 뿐
인 개죽음에 불과한 것이 된다. 그렇다면 그로 인해 조은과 그의 부모 세
대들이 감당해야 했던 고통의 나날들은 어떻게 되는가. 아버지들의 죽음
의 무의미성을 인정해버리고 나면 그 세월이 너무나 억울하지 않은가. 그
렇다면 이것이야말로 조은으로 하여금 쓰기를 망설이게 했고, 스스로 확
인하기를 두려워했던 상처의 실체가 아닐까. 그 사실을 확인하는 것이 두
려워 스스로 침묵의 집 속으로 들어갔던 것이 아닐까 하는 것이다.

이 책에서 아버지의 실체를 확인해가는 조은의 모습은 흡사 가족 로맨스의 환상에서 벗어나 성숙에 이르는 성장소설의 이야기처럼 다가온다. 상상력이 풍부한 소녀가 꿈을 꾼다. 내 친부모는 따로 있다. 아빠는 외교관이고 엄마는 발레리나다. 이 백일몽의 세계로부터 벗어나야 성년이 될 수 있다. 평범한 보통 남자였다는 어머니의 말을 받아들이기 힘들어했던, 이문열식의 비극적 영웅도 조정래식의 거인도 조세희식의 난장이도 아닌 아버지의 모습을 인정하기 어려워했던 조은의 경우도 마찬가지가 아닐까. 이것은 단지 조은 한 사람의 문제만이 아니라 우리 사회 전체의 문제이기도 하다. 이는 곧 비극적이었던 현대사를 어떻게 역사화할 것인가의 문제이기 때문이다.

우리의 아버지나 할아버지 세대가 벌여놓았던 피투성이의 싸움판이 있었다. 많은 사람들이 죽고 다치고 많은 사람들의 삶이 망가져버렸다. 그런 엄청난 희생이 지불되었다면 대가가 있어야 한다. 무엇을 위함이었는가. 사람들은 말했다. 민족 해방을 위한 전쟁이었다거나, 자유 수호를 위한 투쟁이었다고. 민족의 고귀함을 아느냐고, 자유의 소중함을 아느냐고. 그러나 그 어떤 공식적 언설들도 전쟁과 희생의 무의미성을 호도하기 위한 헛된 수사 이상일 수는 없다.

그 싸움의 본질은 개싸움이고 그 희생의 본질은 개죽음이다. 그래서 그 희생의 대가라면 전쟁의 무의미성에 대한 철저한 자각 이외에 다른 것이 있기는 어렵다. 그것을 공식적으로 인정할 수 있어야 한다. 그것이 민족 단위의 가족 로맨스를 넘어서는 것이되 또한 그것은 한 개인이 아버지의 죽음의 무의미성을 인정하는 것만큼이나 어려운 것이다. 그것은 곧 국립묘지를 없애는 것과 같은 일이기 때문이다. 식민사관이라는 것을 의식하고 있었을 때는 민족 단위의 자기비하가 문제였지만, 이제는 민족적 자기 미화도 문제가 될 시점에 이른 듯싶다. 현재의 한국의 경제력을 고려한다면 이제부터는 후자가 훨씬 더 위험한 것일 수 있다. 내 아버지가 비극적 영웅이 아니었듯이 내가 속한 민족도 선택된 민족 따위가 아니라는 것, 더 나아가서는 가족이라는 단위가 그렇듯이 민족이라는 단위도 영속적 실체가 아니라 우연의 산물에 불과하다는 것, 따라서 선택된 민족이라는 것 따위는 바보 같은 환상에 불과하다는 것, 어떤 명분을 붙이건 간에 모든 싸움의 본질은 개싸움이라는 것, 이것을 인정하는 것이 곧 성숙한 사회에 이르는 필요조건의 하나일 것이다.

조은은 그가 기억 여행이라 지칭한 글쓰기를 통해 50년 동안의 기억을 훑고 다녔다. 그곳에는 아버지도 아버지의 부재도 존재하지 않았다. 단지 그가 만들어놓은 아버지의 자리만이 존재하고 있었을 뿐이다. 그 사실을 인정하는 데 50년이 걸렸다고, 조은은 우리에게 매우 우회적으로 고백하고 있는 듯싶다. 『침묵으로 지은 집』이 회고록이나 자서전이 아니라 소설이라는 이름을 붙이고 나와야 했던 것도 그 때문이 아니었을까 싶다. 그의 기억 여행은 지나간 시간과 경험 속으로의 여행일 뿐 아니라 동시에 자기 자신의 환상 속으로의 여행이기도 했기 때문이다.

4. 역사 밖의 작은 서사들

모든 역사는 승자의 기록이라는 고전적인 명제가 있다. 이 말은 역사라는 서사 자체의 근원적 욕망을 보여주기에 족하다. 승리와 영광의 기록이고자 하는 것, 극복과 성취의 기록이고자 하는 것이 곧 역사 기술에 내장된 근원적 욕망일 것이다. 역사를 기록하는 손의 주인이 바라보는 것은 과거의 사적들이되, 그 눈은 미래의 독자들에게서 빌려온 것이기 쉽다. 또한 역사가 주로 문제삼아왔던 것은 공통의 공적 경험이다. 개인적인 것도 사적인 것도 역사 기술의 영역 안에 들어가기는 쉽지 않다. 그래서 역사의 욕망은 쉽게 국가나 민족 같은 집단 주체의 욕망과 결합하고, 웅장한 대형 서사로 발현되곤 한다. 고난과 수욕의 경험도 이 욕망과 만나면 현재나 미래의 영광을 위한 초석이 된다.

    유종호와 조은은 현대사의 개인적 경험을 재료로 각각의 작은 서사를 조형해냈다. 유종호는 유년기의 회고라는 형식을 취함으로써, 자신의 기록을 한 편의 해방 전후의 생활사로 만들어냈다. 그 결과 그의 기록은 이 시기의 역사가 결합하기 쉬운 민족 담론의 외부에 서게 되었다. 또 조은은 소설의 형식을 취함으로써 아버지의 빈자리와의 싸움의 기록을 매우 우회적으로 드러내주고 있다. 그것은 그 혼자만의 문제가 아니라, 20세기 한국의 역사로 인해 생겨난 민족적 가족 로맨스의 극복이라는 문제와 연결되어 있다. 이들이 만들어낸 작은 서사들은 모두 자기 긍정의 서사를 요구하는 국가의 욕망과는 절연되어 있다. 유종호와 조은이 우리에게 들려준 이야기를 상기해보자. 충주 남산국민학교 교사 학생 전원은 모두 일본식 이름을 가지고 있었다. 나도 마찬가지였다. 우리는 이상주의자를 철부지로 만들고 현실주의자들을 간특하게 만드는, 그리고 성실한 생활인을 비겁자로 만드는 세월을 살아왔다. 역사 속에서 증발되어버린 내 아버지는 거인도 난장도 아닌 평범한 보통 남자였을 뿐이다. 나는 아버지의 죽음의 무의미성을 받아들이는 데 50년이 걸렸다. 이들이 들려준 이야기는 자기 긍정의 서사와는 무관하다. 물론 이를 곧바로 국가나 역사의 욕망에 맞서는 것이라 하기는 어렵다. 그러나 이 작은 서사들이 최소한 국가와 결합된 역사라는 욕망의 외부에서 태어나고 움직인다는 것을 인정하기는 어렵지 않다.

    그들은 스스로 묻고 답했었다. 왜 이런 글을 쓰는가. 대답은 각각이었지만 정답은 하나일 것이다. 쓰는 것 자체가 목적이었다는 것. 그들은 서사가 지니고 있는 치유력을 신뢰하고 있는 것으로 보인다. 서사를 통해 불쾌한 경험을 반복하는 것은, 개인적 차원에서는 그 경험과 친숙해짐으로써 주체로서의 능동성을 확보하게 하는 것이지만, 사회적 차원에서는 고통의 반복을 통해 장기 기억을 만드는 일이다. 이런 작은 서사들이 모여 군집을 이루게 된다면 그때는 단순한 외부자가 아니라 강력한 대립자가 될 수도 있을 것이다. 국가든 민족이든 민중이든, 언제든 배타적이고 자기중심적인 위력으로 발현될 준비가 되어 있는 집단 주체의 담론에 대한 항체일 수 있을 것이다.

상상력과 허풍의 미래
— 천명관과 조하형

1. 허풍으로서의 소설

새 세기에 접어들면서, 그동안 축적되어온 서사적 감수성의 변화가 차츰 뚜렷하게 모습을 갖추는 듯싶다. 2004년 겨울에 나온 천명관의 『고래』나 조하형의 『키메라의 아침』같은 신인들의 장편이 그런 변화의 상징적 지표로 보인다. 물론 근대예술의 가치를 규정하는 척도는 아름다움이 아니라 새로움이다. 변화는 새로움의 변증법을 자신의 속성으로 지니고 있는 예술작품이 감당해야 할 숙명이다. 소설의 영역도 마찬가지다. 그렇다면 무엇이 어떻게 바뀌고 있다는 것인가.

소설은 이야기의 예술이다. 그리고 그 이야기는 어떤 방식이건 이야기하는 사람의 삶과 연관을 맺고 있다. 아무리 새로운 변화라 하더라도 이를 자체를 벗어날 수는 없으며, 종국적으로는 왜 그런 이야기를 하는가에 대한 질문과 맞닥뜨릴 수밖에 없다. 따라서 서사적 감수성의 변화란 바로 그 질문에 대답하는 방식의 차이에서 비롯되는 것일 뿐이다. 또한 이야기의 예술로서 소설이 지니고 있는 근본적 질문은 삶에 관한 것이다. 어떻게 살 것인가의 문제가 그것이다. 물론 대답은 언제나 정해져 있다. 바르게 살 것. 그러나 어떻게 사는 것이 바르게 사는 것인가. 삶의 윤리성은 어떻게 구현되어야 하는가. 이 질문에 대한 대답은 시대나 상황이나 사람에 따라 천차만별일 수밖에 없다. 서사적 감수성의 변화와 차이의 가닥을 잡아보는 것은 바로 이런 차원에서 행해져야 할 것이다. 요컨대 소설이라는 물건을 통해 우리 시대의 삶을 어떻게 테마화하는지가 문제가 되는 것이다.

이런 관점에서 볼 때, 새로운 소설들은 역사의식을 강조했던 1980년대의 서사적 모델은 물론이고, 개인의 내면을 강조했던 1990년대 서사의 주류 모델과도 결별하고 있는 것으로 보인다. 1980년대 서사의 정신은 우리 삶을 공적 맥락으로 호출했다. 여기에서 서사는 공통의 기억에 대한 기술로서의 역사를 기본 모형으로 하고 있으며, 삶의 윤리성은 공동체적 가치라는 공적 영역에서 구현되었다. 이와는 달리, 1990년대 서사의 정신은 우리 삶을 사적 영역으로 소환했다. 여기에서는 개인의 기억에 대한 기술로서의 고백이 서사적 틀의 전범이 되었고, 삶의 윤리성도 한 개인의 내적 진실을 문제삼는 주관적 진정성의 차원에서 구현되었다. 그럼에도 이 둘은 하나의 공통점을 지니고 있었다. 서사는 다른 어떤 것이 아니라 현재적 삶에 대한 문제의식의 소산이어야 한다는 점, 삶의 지금 여기에 초점이 맞춰져야 한다는 점이 그것이었다. 둘의 차이는 단지 그 삶의 양상에, 곧 사회적 삶이나 개인의 내적 삶이냐에 있었을 뿐이다. 이런 점은 이 둘과 구분되는 새로운 경향들이 등장하면서 좀더 분명해지는 듯싶다. 그렇다면 새로운 서사적 감수성은 무엇을 겨냥하고 있는가.

천명관의 『고래』는 환상소설의 형태를 취하고 있고, 조하형의 『키메라의 아침』은 미래소설의 외관을 가지고 있다. 이들의 이야기는 각각이 설정하고 있는 공간적 배경과는 무관하게 가상의 공간에서 펼쳐진다. 그들은 삶의 지금 여기가 아니라 우리의 오늘과는 다른 삶에 대해 이야기한다. 그럼으로써 그들은 현재적 삶과의 직접적 연관관계라는 요소와 결별해버린다. 따라서 여기에서 위력을 발휘하는 것은 역사와 현실을 바라보는 문제의식의 열도도 아니고, 삶과 맨몸으로 부딪치는 사적 경험의 밀도도 아니다. 무엇보다 위력적인 요소는 자유롭게 유동하는 서사적 상상력이다. 그것이 허구적 서사의 뼈대를 만들어내고 그것의 집적이 삶에 대한 통찰을 포착해낸다. 삶을 하나의 전체로 조망케 하는 이 통찰이, 삶의 현실성이라는 지반으로부터 이륙해버린 상상력을 조향해내는 끈이다. 이 끈마저 놓아버린다면 상상력의 서사는 소설이 아닌 다른 서사장르의 세계로 날아가버릴 것이다. 곧 삶에 대한 통찰을 확보함으로써 상상력의 서사는 소설이라는 장르적 전통의 영역 안에 머물 수 있게 되는 것이다.

상상력의 서사는 무엇보다도, 차가운 정신의 산물이다. 여기에서의 차가움은 단순한 감각의 차원에 머무는 것이 아니라 서사 자체의 지향성과 연관되어 있다. 서사를 뜨겁게 만드는 것이 독자와의 공감에 대한 열망이라면, 삶을 하나의 전체로 통찰하고자 하는 시선은 소설을 차갑게 만든다. 이런 점에서 이들은, 조정래의 『태백산맥』이나 임철우의 『봄날』, 또 신경숙의 『외딴 방』 같은 뜨거운 소설들과 구분된다. 우리는 지금 천명관과 조하형이라는 두 신인작가의 장편에 대해 이야기하고 있지만, 이러한 방식의 차가운 서사는 이미 그들 앞에 예비되어 있었다. 김영하의 『검은 꽃』과 『아랑은 왜』, 성석제의 『왕을 찾아서』와 『인간의 힘』, 김훈의 『칼의 노래』와 『현의 노래』 같은 장편들이 그것이었다. 이들의 다수는 역사소설이라는 외관을 취하고 있다. 그러나 여기에서의 역사는 『장길산』을 통해 황석영이 조형해냈던 역사와는 의미가 다르다. 『장길산』에서의 역사는 현재적 삶에 대한 문제의식으로 충전된 시간이며 그래서 그것은 우리 시대 삶의 전사(前史)로서 의미를 지니고 있었다. 그러나 2000년대의 서사가 다루고 있는 역사는 우리와는 절대적으로 단절된 공간, 우리의 현재와는 다른 질서의 삶이 이루어지고 있는 공간을 의미할 뿐이다. 그래서 그 역사의 공간이 조선시대건 삼국시대건 상관없으며, 설사 과거가 아니라 미래라도 의미는 같다. 이들은 모두 현재와는 다른 삶의 공간이라는 점에서 동등한 의미를 지닌다. 다른 삶을 이야기하고자 한다는 점에서는 역사소설과 미래소설이 등가인 것이다.

『고래』와 『키메라의 아침』이 보여주는 상상력의 세계는 기본적으로 허풍의 세계다. 다른 삶에 대한 이야기, 현실성을 포기한 이야기라는 점에서 그렇다. 『고래』가 야단스럽고 도도한 허풍이라면, 『키메라의 아침』은 지적이고 새침한 허풍이다. 허풍은 무엇보다도 농담과 유희의 세계다. 그것이 어떻게 문학일 수 있는가는 이미 저 차가운 작가들이 보여주었다. 천명관과 조하형은 환상소설과 미래소설을 위시한 다양한 서사의 서브장르들의 문법을 차용함으로써 허풍의 강도를 한층 강화한다. 『키메라의 아침』은 미래소설의 형태를 취하여 지적이고 진지하게 허풍을 서사화하고, 『고래』는 다양한 서사의 문법들을 한데 버무림으로써 허풍이 어떻게 운명의 표정을 포착해낼 수 있는지를 보여준다. 이 둘은 지금과는 다른 삶을 이야기하고 있지만, 다른 삶에 대한 이야기로서의 허풍은 그 자체의 질량을 통해 삶에 대한 통찰을 구현해내고 그럼으로써 이들은 우회적이고 간접적으로 우리 시대의 현실과 재접속된다.

이들의 시도는 그 자체만으로도 참신해 보인다. 물론 예술에서의 새로움은 과거와의 절대적 단절이라기보다는 일종의 덧쓰기의 형태에 가깝다. 모든 도약에는 도약대의 흔적이 기록되어 있듯이, 과거는 사라지는 것이 아니라 밑지층으로 압축되는 것이다. 천명관의 『고래』와 조하형의 『키메라의 아침』은 모두 최근의 공모를 통해 세상에 나온 신인들의 장편이다.[1] 이런 점에서 이들의 소설은 우리 시대 소설 좌표와 새로운 서사적 상상력의 향배를 가늠해볼 시금석일 수 있을 것이다.

---

1) 천명관의 『고래』(문학동네, 2004)는 제10회 문학동네소설상 당선작이고, 조하형의 『키메라의 아침』(열림원, 2004)은 제3회 『문학·판』 신인작가 장편소설 당선작이다. 작품을 인용할 경우 본문에 쪽수만 밝힌다.

2. 미래소설의 상상력과 아이러니: 조하형의 『키메라의 아침』

조하형의 『키메라의 아침』은 매우 불친절한 소설이다. 미래소설의 외관을 지니고 있는데도 소설 전체가 130여 개의 단장으로 구성되어 있다. 공간적인 배경은 한국이지만 시간은 분명치 않다.[2) 어떻든 미래의 이야기다. 오지 않은 미래일 수도, 우리와는 다른 시간대이거나 혹은 지나가 버린 미래일 수도 있다. 더욱이, 심각한 정신질환을 앓고 있는 작중인물들의 환상과 백일몽, 환각 등이 과거에 대한 회상과 함께 소설 속의 현재 사건들과 교차하고 있고, 여기에 죽은 인물들의 시선과 또다른 미래의 시간까지 중첩된다. 또 작중인물들의 내면을 묘사하는 데 있어서도 록클라이밍과 전통음악에 대한 전문용어들이 시적으로 구사된다. 고삐 풀린 유전공학에다 족출한 돌연변이로 생태계의 질서가 뒤죽박죽인 세계에 대한 이야기가 단장의 형태로 전후 설명 없이 툭툭 던져져 있는 형국이다. 이 정도면 소설을 읽는 것이 장애물 경주라 해도 좋을 듯싶다. 그러니 방법이 없다. 작가가 곳곳에 심어놓은 쉼표의 호흡으로, 천천히 쉬어가면서 읽을 수밖에.

『키메라의 아침』이 그려내고 있는 세계의 일차적인 모습은 유전공학의 디스토피아이다. 키메라는 사자 머리와 염소의 몸에 뱀을 꼬리로 가진 괴수의 이름이다. 유전공학의 놀라운 발전으로 인간은 유전자 재조합을 통해 신화나 전설 속에 잠들어 있는 동물들을 불러냈고 또한 각종의 혼종동물들을 만들어냈다. 가시 돋친 뱀, 세 다리의 들소, 네 다리의 닭, 생선 비늘로 덮인 멧돼지, 꼬리 아홉의 호랑이, 외다리 캥거루 따위들. 게다가 돌연변이를 통해 인간 자체가 날개 달린 포유류로 변했다. 지구는 말 그대로 키메라의 세계가 되었고, 그런 세상의 모습이 『키메라의 아침』의 밑그

---

2) 베트남 전쟁에 참전했던 김상사가 칠십 노인으로 등장하니 대략 2010년 어름일 듯한데, 날개 달린 신인류가 탄생한 지 이미 칠십여 년 후로 설정되어 있는 것으로 보면 최소한 2080년쯤은 되어야 할 것 같기도 하다.

림이다.

이처럼 『키메라의 아침』의 기본 구도는 미래소설의 형태를 지니고 있다. 그래서 상상력의 유희가 소설 속에서 많은 비중을 차지하고 있다. 그러나 동시에, 돌연변이나 진화공학에 의해 생겨난 이 낯선 세계의 모습은 현재의 사회상에 대한 비유로서도 기능한다. 이를테면, 날개 달린 신인류가 출현했다고 했다. 어떤 일이 벌어질까. 세상은 날개를 가진 조인(鳥人)들과 날개 없는 구인류로 나뉘고, 그 중간에 불구의 날개를 가지고 태어난 존재들이 박쥐처럼 끼어 있다. 이 세계의 중심을 이루고 있는 것은 물론 젊은 조인들이다. 그 나머지 늙은 구인류들과 불구의 날개들은 모두 도시의 외곽으로 주변화되어 그들끼리 슬럼가를 이루고 산다. 그러나 인간이 날개를 가진다 해서 무엇이 그리 크게 바뀔 것인가. 집도 옷도 바뀌고, 불황에 빠져 있던 세계경제가 다시 활력을 얻었을 것이다. 하지만 결국 먹고사는 것은 지상에서 해결해야 하는 것이 아닌가. 소설 속의 현재는 조인들이 태어난 지 이미 칠십여 년이 지난 시점이다. 날개 달린 조인들이라 한들 월급 받고 살아가야 하는 처지인 한, 얌전히 날개를 접고 책상과 컴퓨터 앞에 앉는 것밖에 다른 도리가 있는가. 그래서 이미 비행(飛行)은 비행(非行)이 되어버렸다고, 가끔씩 주말의 야외공원에서 날개를 펼쳐보는 정도일 뿐, 멀쩡한 날에 날아다니는 자들은 철부지들이거나 양아치, 삼류 예술가, 백수들뿐이라고 조하형은 말하고 있다. 이 정도면 있으나마나 한 날개일 뿐이다. 날개 없는 늙은 남자가 신인류의 늙은 창녀에게 물었다. 날아본 적이 있는가. "날다마다. 나도 소싯적에는 하늘을 휘젓고 다녔다우." 요즘도 날아다니는가. "애새끼들이나 날개 치고 다니지. 다 늙어가지고, 누가 날갯짓을 한답디까?"(173쪽) 이런 지점에 이르면, 조인의 등장이라는 미래소설적 요소는 이미 현실에 대한 비유의 차원으로 옮겨져 있는 셈이다.

서사의 내부로 들어갈수록 미래소설이라는 외관은 더욱 희미해진다.

『키메라의 아침』의 서사의 얼개는 두 명의 초점인물을 중심으로 짜여진다. 둘 모두 칠십 가까운 노인으로, 노인촌이라 불리는 미래식 산동네 주민들이다. 한 사람은 유명한 록클라이머 출신의 유리창 청소부 김철수, 그는 날개 없는 구인류로 중증 치매환자인 아내와 여섯 살 난 자폐아인 외손자와 함께 산다. 또 한 사람은 이 가족이 세 들어 사는 집 주인 박영구, 기자 출신으로 번역을 하며 생계를 꾸렸다. 그의 쌍둥이 여동생 박영자는 조인 1세대로 맨몸으로 하늘로 날아오른 최초의 인간에 속하지만, 박영구는 불구의 날개를 달고 태어났다. 날개는 있으되 날 수는 없는 신세로 살았고, 세계의 질서를 바꾸겠다는 망상에 사로잡혀 있는 노인이다.

죽음을 향해 가는 이 두 노인의 행적이 서사의 골간을 이룬다. 전직 록클라이머 김철수는 망상 속에 살아가는 늙은 아내와, 누구와도 소통하지 못하는 어린 손자 앞에 속수무책이다. 아내는 주기적으로 발작을 일으켜 손자의 날개에 칼질을 하기에 이른다. 김철수가 이들을 위해 할 수 있었던 것은 발목을 묶어놓는 정도였다. 이들에게 인간으로서의 존엄성을 지켜줄 수 있는 방법은 없는가. 스스로 목숨을 끊을 수도 없는 그들을 고통 없이 죽게 해주겠다는 것이 김철수가 택한 방법이다. 이를 위해 김철수는 독약을 준비하고, 젊은 시절 그들 부부가 록클라이머로서 최초로 인연을 맺었던 암벽으로 간다. 사흘에 걸친 이 과정이 이 소설의 플롯 시간을 이룬다. 또 불구의 날개를 달고 태어난 박영구는 세상을 바꾸겠다는 망상에 사로잡혀 절망적인 실험을 반복한다. 신인류도 구인류도 아닌 그의 태생 자체가 분열증의 묘판이었다. 마약에 빠지기도 했고 정신병원 신세를 지기도 했던 그는 세상을 바꾸기 위한 실험에 목숨을 걸고, 그 과정에서 삶의 마지막 순간을 맞이한다.

이 두 노인의 이야기 속에서 미래소설이라는 외관은 별로 중요하지 않다. 세계의 주류질서로부터 떨어져나온 두 노인과 그들의 절망적인 삶이 있을 뿐이다. 그렇다면 그들은 그 절망과 어떻게 맞대면하는가. 이야기 속으로 한 발짝 더 들어가보자.

박영구가 하는 실험이란 무엇이고 그것이 어떻게 세상을 바꿀 수 있다는 것인가. 박영구가 몰두하는 실험은 다름아닌 닭을 날리는 것이다. 퇴화해버린 날개를 가진 닭과, 불구의 날개를 가지고 태어난 박영구가 같은 처지라는 것은 당연해 보인다. 그런데 닭이 날아오르는 것과 세계를 바꾸는 것은 무슨 상관이 있는가. 박영구 뒤에는 그가 정신병원에서 만난 또다른 광인들의 생각이 있다. 닭의 날개 속에 저장되어 있는 익룡 날개의 기억을 회복시키겠다는 것이 그 생각의 한 축이고, 다른 한 축은 이른바 '100번째 원숭이 효과'다. 고구마를 씻어 먹기 시작한 한 원숭이가 있다. 다른 원숭이들이 이를 흉내내기 시작하고 그 수가 100마리에 이르면, 다른 모든 원숭이들이 배우지 않고도 고구마를 씻어 먹기 시작한다는 것, 그렇게 되면 공명효과를 통해 세상이 바뀌게 된다는 것이다. 이것이 닭의 비행연습을 시도하는 광인들의 논리다. 진화의 힘을 가속케 하여 새 우주를 만드는 혁명을 꾀하고자 하는 것이다.

『키메라의 아침』의 서사적 담론의 주축은 진화공학을 둘러싼 과학사적 사유와 이를 바탕으로 한 망상과 광증의 세계다. 박영구는 닭의 몸에 저장된 기억을 깨우기 위해 마약까지 동원하고자 했다. 이에 대해, 박영구의 쌍둥이 동생이자 마약판매상이었던 박영자는 이렇게 일갈했다. 뭍으로 기어올라 양서류가 되는 물고기는 당신들이 생각하는 그런 혁명가가 아니다. 정말로 강한 놈들은 자기 영역 밖으로 나갈 이유가 없다. 뭍으로 나온 것들은 자기 땅에서 추방당한 존재들일 뿐이다. 게다가 어류의 태양을 바꾼 양서류의 혁명 따위가 무슨 소용이란 말인가. 그것은 고작해야 지상의 영역까지 먹이경쟁의 장으로 바꾸어버렸을 뿐이다. 태양을 바꾸려는 혁명의 시도는 모든 태양이 미쳤다는 허무로 귀착되거나, 새로운 태양 같은 건 처음부터 없었다는 반증으로 이용당하게 되어 있다. 물론 그렇다고 해서 박영구가 자신의 망상과 실험을 포기하는 것은 아니다. 이

두 개의 논리. 광기의 낭만주의와 자포자기의 냉소주의는 절망의 극한에 까지 자신의 길을 갈 뿐이다.

　이야기가 여기에 이르면, 중요한 것은 세계의 미래 모습이 아니라 광증의 세계가 된다. 무엇이 사람들을 광증으로 몰아넣었는가. 이에 대해 조하형은, "인간의 어깨에 날개가 달리면서, 광장공포증이나 자폐증 환자가 늘어났다. 자유도가 하나 증가할수록 위험은 몇천 배로 증가하는데, 조인들은 그 위험한 자유를 감당할 준비가 되어 있지 않았다. 그들은 확장된 자유 앞에서 자기만의 미친, 새로운 요새를 고안해내는 일에만 몰두했다"(124쪽)라고 써놓았다. 하지만 구태여 조인의 탄생이라는 서사적 장치가 아니라도 이미 우리는 하늘을 날고 있지 않은가. 일찍이 프로이트는 새로운 문명으로 무장한 인간을 가리켜 보조기관을 장착한 신(prosthetic god)이라 불렀다. 보조기관을 이용하면 인간은 이미 어떤 짐승보다 빨리 달리고 어떤 새보다 높이 날며 또 그 어떤 맹수보다 강력하다. 그렇다면 현재의 우리는 이미 우리 문명이 획득해낸 자유도의 높이로 인해, 어느 시대의 어느 종보다도 자폐증과 광장공포의 세계에 더 가까이 다가가 있는 것이 아닌가. 요컨대 『키메라의 아침』의 조하형은 조인들의 세계를 통해 지금 우리 시대의 광증에 대해 말하고 있는 것이 아닌가.

　소설의 마지막에 이르러 조하형은 자폐증의 세계로부터 벗어나는 한 아이의 모습을 아름답게 그려놓았다. 김철수의 손자 길동의 이야기가 그것이다. 김철수는 아내와 손자를 데리고 자살여행을 떠났고, 우여곡절 끝에 목표했던 암벽 앞에 도달했다. 이제는 독이 든 음료를 마시고 셋이 함께 누우면 끝이다. 그런데 자폐증자인 길동이 갑자기 암벽 위로 날아오르기 시작한다. 신체의 균형감각이 부실한 자폐증자 길동은, 비칠거리며 암벽 위로 날아오르는 나비를 보았고 그 나비 속에서 자기의 모습을 발견했기 때문이다. 그러나 망령 든 할머니의 칼에 찢어졌다 봉합된 날개는 길동의 몸을 버티지 못했고 길동은 마침내 암벽 상단 돌출부에 불시착한다.

여섯 살 난 손자가 벼랑 끝에서 우는 모습을 보고 이번에는 전직 록클라이머 김철수가 나선다. 그가 암벽을 기어오르는 모습을 치매증의 아내가 밑에서 쳐다보고 또 자폐증의 손자가 위에서 내려다본다. 이 과정에서 자폐아는 드디어 말문이 터지고 난생 처음으로 자신의 가족들과 눈을 맞추게 된다. 또 치매증의 세계에 갇혀 있던 늙은 여인도 잠시 맑은 정신으로 돌아와 바위를 타는 남편의 마음과 하나가 된다.

오버행의 몸짓이 일으킨 균열을 본다. 팔뚝으로 얼굴의 피를 훔치는 순간, 무공용의 행위가 없었다면 존재하지 않았을 세계가 열개(裂開)된다. "하르부지." 아이가 고함을 쳤다. 언어장벽이 일순간 무너졌다. 그는 자운영 꽃을 날개에 뿌리며, 손자의 눈을 보았다. 생애 처음으로, 자폐아와 눈을 맞출 수 있었다. 피를 흘려 창백하고 눈물에 젖어 번들거리는 아이의 얼굴이 천천히, 변하기 시작했다. 뜨거운 웃음이 용출했다. 그 열기를 느끼는 순간, 아이의 시선이 이동했다. "하므니." 김철수는 아이의 음성과 시선을 쫓아갔다. 그 끄트머리에, 이순희가 있었다. 그녀 역시 아이처럼 웃고 있었다. 환하고, 뜨겁게. 그는 아내를 향해 손을 흔들기 시작했다. 그러나, 웃음은 번개처럼 지나갔다.(309쪽)

이 장면이 소설의 절정이다. 여기에 이르기 위해 장장 여덟 쪽에 이르는 록클라이밍에 대한 세부묘사가 필요했다. 이 아름다운 장면은, 소설 전체를 도포하고 있는 망상과 우울증의 세계를 가로지르는 시적 섬광이다. 그래서 그 순간은 번개처럼 강렬하지만 순간적일 수밖에 없다. 이 순간 길동은 자폐증의 세계로부터 빠져나올 수 있었다. 그러나 암벽 밑에서 손자와 남편을 바라보다 목이 탄 노파는 독이 든 음료수를 마시고 절명하고, 또 김철수는 병든 아내를 살해하고 죽음을 피해 도망치는 손자를 벼랑 끝까지 추적해간 극악한 범죄자로 체포된다. 김철수의 가족을 하나로 묶어주었던 시적 순간은 다시 그들의 운명을 규정하는 우울한 아이러니 속으로 잦아들어가버린다.

그러나 이 지점을 넘어섬으로써 이제는 우리도 130여 개의 단장으로 파편화되어 있는 『키메라의 아침』의 서사를 이해할 수 있게 되지 않았는가. 키메라의 세계로 표상되는 유전공학의 디스토피아란 단지 서사적 의장에 불과했다. 그보다 중요한 것은 그 세계에 미만해 있는 광증이고, 그 세계를 또 한층 파고들어가면 작중인물들의 삶을 규정하고 있는 운명의 통렬한 아이러니가 버티고 있다. 이 아이러니의 공간을 지배하고 있는 것은, 하늘로 솟구쳐 세계를 전체로 관조하는 조인들의 시선, 곧 새의 시선이다. 자폐아 길동의 유일한 애착 대상은 애벌레였다. 그것은 길동이 하늘로 날아올랐을 때 보았던 사람들의 모습이기도 했다. 또 시간 순서를 뒤섞어놓은 단장들을 통해 조하형은, 작중인물들이 서로를 모르는 상태로 조우했던 우연한 경험들을 소설 여기저기에 툭툭 던져놓았다. 조인센터 건물을 맨몸으로 빌더링하는 젊은 김철수를 박영구가 보았고, 발작을 일으켜 하수도에 머리를 박고 물구나무를 선 채 자기가 나무라고 주장하는 젊은 박영구를 김철수가 보았다는 식이다. 물론 두 사람이 친구가 되기 이전의 일들이었다.

과거와 현재와 미래가 뒤섞이고 실제와 환상이 뒤섞여 있는 130여 개의 단장들은 이런 방식으로 서로 대화를 나누며 작품 전체를 하나의 거대한 아이러니의 공간으로 만들어간다. 이 세계를 지배하고 있는 것은 이야기 전체의 시말을 알고 있는 작중화자의 목소리다. 그는 수시로 서사 속으로 들어와 인물들의 운명과 미래에 대해 알려준다. 이를테면, "쌍둥이들의 아빠인 택배회사 트럭기사는, 탯줄을 자르면서 감동의 눈물을 글썽거렸다. 이 사내는 내일밤 폭우가 쏟아지는 도로 한가운데에서 이 장면을 떠올리며, 또다시 눈물을 머금게 된다"(13쪽)와 같은 방식이다. 그러니 기쁨도 슬픔도 온전히 그것일 수 없다. 시간 속에서 펼쳐지는 끝없는 사건의 흐름이 있을 뿐이며, 삶이란 그 흐름의 한줄기를 잠시 붙잡아놓은 기억의 집합일 뿐이다. 한발 더 나가면, 인간이라는 존재 자체가 우주에 가득 차 있는 원자들의 순간적인 결합이라는 매우 우연한 생화학적 사건의 하나일 뿐이다. 그러니 먼지 같고 벌레 같은 존재들이 아등바등하며 사는 삶이란 얼마나 허망한 것인가.

조하형은 이런 방식으로, 우리 시대의 밑바닥을 흐르고 있는 형이상학적 질병의 세계를 그려주었다. 그렇다면 어떻게 살아야 하는가. 대답은 자명하다. 바르게 살 것. 어떻게 사는 것이 바른 삶인가. 김철수는 감옥에 갇혀서도 울퉁불퉁한 벽을 인공암장 삼아 록클라이밍을 하고 있다. 벽을 타고 오르는 것, 그것은 그가 한평생 해왔던 일이다. 형이상학적 질병을 이기는 것은 몸의 기억을 살려내는 것이다. 그것 이외의 다른 대답이 있기는 어렵다. 몸의 기억을 흐르게 하는 것은 우주라는 거대한 몸과 하나가 되는 일이기도 하다. 조하형은 이 자명하면서도 새삼스러운 진리 위에 미래소설이라는 야단스러운 서사적 의장을 덧씌워놓았다. 이해할 수 있는 일이 아닌가. 그것을 비장하고 장엄하게 발언하는 것은, 최소한 이 새침하고 지적인 허풍의 세계에는 어울리지 않는다.

3. 서사의 향연과 아이러니: 천명관의 『고래』

천명관의 『고래』는 이야기하기의 실재가 무엇인지를 보여주는 소설이다. 400쪽이 넘는 볼륨의 서사를 가로지르며 천명관은 활달하고 천연덕스럽고 줄기차게 이야기한다. 어디선가 들어봤음직한 이야기, 신파적으로 과장되거나 너절하고 허풍스러운 이야기들을 끌어모아 그는 한 다발의 서사로 엮어놓았다. 말 그대로 서사의 향연이다. 흡사 천명관은 우리에게 이렇게 말하고 있는 듯하다. 나는 이야기하는 입이고 혀다. 당신들은 다소곳한 귀가 되어 그냥 들어라. 다른 도리가 없지 않은가. 조용히 그의 이야기를 듣는 수밖에.

그가 들려주는 이야기는 세 여자의 삶과 죽음으로 이루어져 있다. 작중에서 노파라 불리는 더이상 추할 수 없는 여자가 있고, 자수성가한 기업가의 원형으로 말년에 남자로 변신하는 여자 금복이 있다. 그리고 금복의 딸로, 세상에서 가장 기운이 세고 덩치가 큰 여자, 자폐아에 벙어리인 춘희가 있다. 노파와 금복, 춘희, 셋 모두 괴물들이다. 현실 속에 있기 어려운 인물들이라는 점에서 그렇다. 이 괴물들이 살았던 전설의 땅 평대가 있다. 천명관은 평대에서 살다 간 이 세 괴물들의 이야기를, 별다른 서사적 구성 없이 펼쳐놓는다. 무슨 이야기인가. 누구의 눈으로 보느냐에 따라 달라진다. 천하의 박색으로 고생만 하다 죽은 노파의 입장에서 보면 『고래』는 한 편의 복수극이다. 또 자수성가한 기업주 금복의 입장에서 보면 『고래』는 전형적인 부르주아의 건국서사시다. 진시황의 나라처럼 두 대에서 끝나버린 불행하고 장엄한 평대라는 왕국의 이야기. 또 춘희의 입장에서 보면 『고래』는 자폐증자의 삶의 기록이면서 동시에 진정한 왕이 어떻게 탄생하는지를 보여주는 다른 한 편의 건국서사시다. 춘희의 왕국은 그의 어머니 금복의 왕국과는 달리 신하도 신민도 없는 혼자만의 왕국, 내면성의 왕국이다. 이 왕국이 건설되기 위해 두 명의 선조가 필요했다. 축적자로서의 노파, 교환자이자 생산자로서의 금복. 이들의 기초 위에서 절대적 증여자로서의 왕, 세상에 알려진 후 '붉은 벽돌의 여왕'이라 불렸던 춘희가 탄생한다. 이 세 개의 줄기가 하나로 엮어지면서 탄생한 이야기, 그것이 『고래』다.

이야기의 골간은 간단하다. 노파가 고생스럽게 모아놓은 돈이 있었다. 노파가 죽은 후 그 돈을 차지하게 된 행운아 금복은 평대에 왕국을 건설했다. 그 왕국이 몰락한 후 금복의 딸 춘희가 옛 왕국의 폐허 위에 새 왕국을 세웠다.

이런 구도에서 이야기의 실질적인 출발점은 노파가 쌓아놓은 돈다발이다. 노파는 국밥집을 하며 평생 모아놓은 돈을 천장에 숨겨놓았고, 큰비가 왔던 어느 날, 죽은 노파의 뒤를 이어 국밥집을 운영하던 금복의 머리 위로 돈다발이 쏟아져내린다. 말 그대로 돈벼락을 맞은 금복은 이를 종자 돈으로 삼아 일약 평대를 주름잡는 기업가로 성장했다. 금복의 왕국은 물론이고 춘희가 세운 자폐증의 왕국도 모두 노파의 돈다발이 있어 가능했던 셈이다.

그런데 노파는 왜 죽는 날까지 돈다발을 쌓아두고자 했는가. 노파는 주지도 쓰지도 않고 오로지 모으기만 했다. 그가 다른 누구에게 무엇을 준 것은 죽어 귀신이 되고 난 후, 10년 만에 출옥한 춘희에게 두부 한 모를 건네준 것이 전부다. 노파는 물론 처음부터 노파였던 것은 아니다. 놀라운 박색으로 태어나 소박을 맞고 대갓집의 부엌데기가 되어 이런저런 사연을 거쳐 국밥집을 하게 되는 여자다. 고향에서 탈출하여 씩씩하게 사업을 벌여가는 금복의 모습에 비하면 노파의 이런 모습은 신화 속의 인물처럼 간결하게 처리된다. 대갓집의 반편이 외아들과의 사이에 딸을 하나 두었지만, 노파는 그 딸을 벌치기에게 팔아버렸고, 그 뒤로는 어떤 가족도 없었다. 노파는 자기와 교접했던 두 명의 남자를 자기 손으로 죽인 독한 여자다. 한 명은 복수를 위해, 또 한 명은 배반에 대한 응징으로 죽였지만, 왜 죽였는지는 중요하지 않다. 꼭 죽이기까지 해야 했을까, 그들을 죽이게 했던 진짜 힘은 무엇인가, 이런 질문도 중요하지 않다. 이 모두는 신화라는 시원적 공간에서 벌어진 일이다. 신화에는 이유가 없다. 단지 행위와 사건만이 있을 뿐이다. 노파는 죽을 때까지 국밥집을 하며 오로지 모으기만 했다. 강도가 들어왔을 때도 목숨을 걸고 재산을 지켰고, 자리 보전을 하게 된 후, 장성한 딸이 찾아와 협박을 했을 때도 내놓지 않았다. 무엇 때문인가. 답은 자명하지 않은가. 돈을 모으는 것, 그것이 그의 삶의 전부였기 때문이다.

노파의 저 집요함은 그 자체로 삶의 경제에 대한 원초적 상징이다. 한 개체의 입장에서 보면, 삶은 절대적 증여로서 무상으로 주어지고, 알 수 없는 외부의 힘에 의해 강탈당하는 어떤 것일 뿐이다. 원하지 않았음에도 주어지고 자신의 의지와는 무관하게 빼앗기는 것, 그것이 모든 유기체의 삶의 원형이다. 노파는 신화적 공간 속에서 축적자로서의 임무만을 부여받았고, 그 임무에 충실했다. 노파의 천장에 축적된 화폐는 수없이 누적된 교환의 잉여다. 그것은 그의 것이 아니라 그에게 절대적 증여로서의 생명을 준 존재의 것이다. 그것을 가두어놓는 것은, 일차적으로는 교환의 흐름을 정지시킴으로써 화폐의 생명을 빼앗는 것이고 궁극적으로는 교환이 토대를 두고 있는 증여의 흐름을 정지시키는 것이다. 노파는 자기가 팔아버린 딸의 손에 죽고, 귀신의 모습으로 소설 속에 되살아나 금복의 왕국을 파괴한다. 노파는 자기 의지와는 무관하게 금복에게는 절대적 증여자가 되었다. 절대적 증여자는 대가 없이 주는 사람이며, 교환관계의 외부에 존재한다는 점에서 신과 동등한 위치에 있다. 금복의 입장에서 볼 때 그 신에게 갚아야 하는 부채가 있다면 그 대가는 생명 말고는 다른 것이 있기 어렵다. 노파도 금복도 그들이 축적한 부의 진정한 주인이 누구인지를 잊었다. 그래서 이들에게 돌연한 죽음은 매우 자연스럽다.

　금복은 『고래』의 서사 전체를 통해 가장 돋보이는 인물이다. 타고난 매력의 소유자이며 현명함과 결단력, 끈기에 직관력까지 갖춘 인물, 성공적인 기업가의 전형이다. 게다가 행운까지 그의 것이었다. 금복은 무엇보다 자신의 욕망을 나침반 삼아 미래를 향해 직선으로 나아가는 인물이며, 자기 욕망에 충실하고 정직했던 인간답게 다방에서 시작하여 벽돌공장을 거쳐 자신의 꿈이었던 고래극장을 만드는 데까지, 평대에서는 손이 미치는 모든 일에 손을 댔고 손을 대는 족족 성공했다. 또 많은 남자를 자기 힘으로 선택했고 사랑했고 그것도 모자라 스스로 남자가 되었다. 그리고 그런 인물에게 어울리는 방식으로 자신의 왕국과 함께 대화재 속에서 장렬하게 산화했다.

　금복은 매력적인 산골 소녀에서 통 크고 인정 많은 여장부로, 그리고 마지막으로는 이기적이고 속 좁은 주정뱅이 남자로 변해간다. 이런 서사의 선을 타고 벌어지는 그의 활약과 변신이 『고래』의 서사가 지니고 있는 활력의 대부분을 차지한다. 그만큼 그의 비중이 『고래』에서는 압도적이다. 이치로 보면 그럴 수밖에 없다. 세 명의 중심인물인 노파와 금복, 춘희 중 금복만이 타인들과 소통하는 현실적 인물이다. 나머지 둘은 신화적 인물들이다. 더욱이 금복의 이야기는 부르주아 시대의 서사시로서의 소설이 지니고 있는 서사적 골격의 전형이다. 꿈과 야망을 가지고 힘의 중심을 향해 뛰어드는 사람들의 이야기, 출세하고자 하는 촌놈들과 고향을 떠난 고아들의 이야기가 그것이다. 실패냐 성공이냐는 그다음 문제다. 일찍이 루카치는 이런 이야기를 세 유형으로 분류했다. 성공을 향해 치달려가는 시선으로 보면 모험소설이 되고, 성공을 위해 포기해야 했던 것들의 시선으로 보면 환멸소설이 되며, 이 둘이 합해지면 성장소설이 된다. 어떤 경우건, 자신의 고향을 빠져나와 꿈과 야망을 향해 나아가는 젊은 영혼들의 이야기가 그 근간이며, 그것이 근대 자본주의시대 서사의 가장 강력한 우세종이다. 『고래』에서 금복의 서사가 지니고 있는 활기는 이 같은 근대적 서사 자체의 힘에서 비롯되고 있다.

금복과 평대 왕국의 돌연한 몰락은 근대적 교환의 메커니즘이 지니고 있는 한계상황을 보여준다. 젊은 시절의 금복은 용기 있는 모험가이자 지혜로운 교환자였다. 고향을 탈출하기 위해, 또 고래로 표상되는 힘에의 의지를 실현하기 위해 금복은 남자들의 힘을 빌려야 했다. 자신의 욕망이 시키는 대로 늙은 생선장수, 천하장사 걱정, 깡패 대장 칼자국 등으로 남자를 바꿔갔지만, 그러면서도 금복은 인정 많고 신용 있는 교환자였다. 걱정을 선택하면서도 뒤에 남은 생선장수에 대한 배려를 아끼지 않았고, 다시 칼자국의 여자가 되면서도 심각한 부상을 입어 무력해진 거인 걱정의 삶을 끝까지 챙겼다. 금복은 유쾌한 교환자였지만 그가 의지하고 있는 교환의 논리는 증여의 질서와 완전히 절연된 것은 아니었다. 그것은 평대에서 기업가로 성공하는 과정에서도 마찬가지였다. 인정 많은 여장부답게 그는 자신과 인연을 맺었던 많은 사람들을 거두고 챙겼다.

근대의 자본제적 질서가 기반해 있는 교환의 논리는, 증여라는 원시적 질서를 탈인격화시키고 합리화시킨 결과다.[3] 그러나 교환이 있는 곳에는 어김없이 증여의 질서가 부수된다. 의식과 언어가 있는 곳에 무의식이 있을 수밖에 없는 것과 같은 이치다. 등가교환이라는 합리성의 선을 따라가며 교환의 논리는 자신의 지반으로부터 멀어지려 하지만, 한발 높이 오르면 시선을 따라 같이 올라가는 수평선처럼, 증여의 질서는 그 뒤에 어김없이 교환의 그림자로 붙어 있다. 통 큰 여장부 금복의 넉넉한 인심과 인정은 교환의 무의식인 증여의 발로였다. 교환은 오로지 또다른 교환과의 연결이라는 흐름 속에서만 살아 있을 수 있다. 금복에게 종말은 그가 남자가 되었을 때, 월경을 멈추고 남근을 갖게 되었을 때, 여러 남자들과 성관계를 갖던 쾌활한 여장부였던 그가 오로지 한 여자에게만 매달리는 속좁은 남자가 되었을 때 찾아온다. 그것은 금복이 타인들에 대한 배려를 멈추기 시작한 것과 동시의 일이었다. 여자냐 남자냐의 문제가 아니라 베풀 줄 아는 인간이냐 아니냐가 문제가 되는 것이다. 노파의 경우가 그랬듯이, 금복이 축적한 부도 그의 것이 아니다. 그가 돈을 주고 얻은 창녀 수련에 대해 집착하기 시작했을 때, 몸도 마음도 남자가 되었을 때, 그는 흐르기를 멈추었고 교환하기를 멈추었고 그럼으로써 증여의 흐름을 닫아버렸다. 그것이 금복의 실질적인 종말이다. 칼자국의 귀신과 노파의 귀신이 함께 만들어낸 평대의 대화재는 그 종말에 대한 서사적 의장에 지나지 않는다.

『고래』의 서사는 노파와 금복을 거쳐 춘희의 세계에서 비로소 완성된

---

3) 교환과 증여의 관계에 대해서는 나카자와 신이치, 『사랑과 경제의 로고스』(김옥희 옮김, 동아시아, 2004) 참조. 나카자와는 마르셀 모스의 증여의 개념과 라캉의 틀을 결합시켜 교환과 증여, 순수증여의 삼각틀을 설정했다. 이에 따르면 교환은 거세된 증여다.

다. 그것은 자폐증과 백치의 세계이고 절대적 내면성의 세계다. 덩치 큰 자폐아로 태어난 춘희는 어느 누구와도 대화를 나눌 수 없는 처지로 평생을 살았다. 의붓아버지 문(文)이나 이모 격인 쌍둥이자매처럼, 춘희와 친밀성을 공유한 사람들은 있었지만, 그와 대화를 나누었던 것은 오로지 늙은 코끼리뿐이었다. 방화범으로 몰려 10년간의 옥살이를 하던 중에도, 그 후에도, 춘희는 언어에 관한 한 절대 고독의 세계 속에 살았다. 언어가 없는 세계, 그것은 거세와 분열을 겪지 않은 세계이고 무의식이 없는 세계이며, 그러므로 전체가 온통 무의식 자체인 세계다. 그 세계 속에서 춘희는 흙을 구워 벽돌을 만들었다. 가족도 친구도 없이 오로지 벽돌만을 구웠다. 춘희에게 그 밖의 인간들의 세계는 이해할 수 없는 신기한 것이었다. 춘희의 이런 세계가 과연 가능한 것인지 물을 수도 없다. 그의 세계와 우리의 세계는 서로에게 놀라운 것이기 때문이다. 또 춘희의 세계는 노파의 세계와 마찬가지로 신화의 영역에 속하기 때문이다. 소설의 마지막에서 작가는 자신만의 왕국을 건설한 춘희의 모습을 세 장에 걸친 여백으로 표현했다. 한 장이 넘어갈 때마다 시간이 흐른다. 그때마다 똑같은 문장이 세 번에 걸쳐 반복된다. "그녀는 홀로 벽돌을 굽고 있었다." 춘희의 왕국을 표현하는 데 이것 말고는 달리 방법이 없어 보인다.

『고래』의 서사는 이렇듯 신화의 세계에서 시작하여 신화의 세계로 끝난다. 서사의 주축은 물론 그 중간에 놓여 있는 금복의 세계다. 이 세계도 신화적 과장으로부터 그다지 멀리 있는 것은 아니다. 금복이 살아온 20세기 중반의 한국 역사는 옅은 흔적만을 남긴 채 그의 삶을 스쳐지나가버린다. 그래도 비교적 현실에 가까운 것이 금복의 세계라면, 이 세계를 가운데 두고 노파와 춘희라는 두 허풍의 세계가 마주보고 있다. 노파가 절대적 축적자였다면 춘희는 절대적 증여자다. 춘희는 절대 고독 속에서 대극장을 짓고도 남을 만큼의 벽돌을 평생에 걸쳐 만들어놓았다. 노파도 춘희도 그렇게 쌓아만 놓았다. 그런데 한 사람은 축적자이고 다른 한 사람은 증여자다. 그것은 돈과 벽돌의 차이다. 돈은 교환 속에서만 가치를 구현한다. 세상이 바뀌면 휴지가 되어버린다. 그러나 벽돌은 닳아서 없어질 때까지 벽돌이다. 또 이 백치 벽돌공의 세계에 교환이라는 개념은 아예 존재하지 않았다. 우리 사는 세상에서 이런 절대적 증여자가 존재할 수 있는가. 대가 없이 에너지를 제공해주는 태양 말고는 예를 찾기 어렵다. 그런데도 천명관은 그런 인간의 모습을 그려놓았다. 그러니 이것이 보통 단수의 허풍인가.

이 도도한 허풍의 세계에 마지막 질문을 던져보자. 『고래』의 주인공은 누구인가. 노파는 물론이고 금복도 춘희도 아니다. 이들의 왕국이었던 평대라는 공간도 아니다. 이들의 가슴 아프고 우스꽝스러운 이야기를 신명나게 들려주는 투명한 화자, 저 신파극 변사체의 구사자가 바로 주인공이 아닐까. 이런 시선으로 『고래』를 보면 소설 속에는 화자의 입담이라는 단 하나의 문체만 존재한다. 묘사도 대화도 소략하기 짝이 없다. 로마의 보병들처럼 저벅거리며 나아가는 사건의 흐름과 그것에 대한 화자의 논평만이 있을 뿐이다. 이러한 서사의 진행 속에서 화자는 수시로 인물들의 미래를 슬쩍슬쩍 흘려주고, 오랜만에 등장한 과거의 인물들을 되새겨주고 또 이야기에 지쳤을 법한 독자들을 격려하기도 한다. 가끔씩 주체할 수 없는 장난기로 여기저기서 사랑의 법칙이니 중력의 법칙이니 해가며 실없는 허풍을 치기도 한다. 『고래』의 서사에서 정작 중요한 법칙은 물론 따로 있다. 무엇인가. 한번 출연한 주요 인물들은 시간을 두고 반드시 다시 등장한다는 것이다. 살아서 등장하지 못하면, 노파나 금복의 아버지나 칼자국처럼 귀신이 되어서라도 서사의 공간으로 되돌아온다. 한 번만 출연하는 인물이 있다면, 물론 그는 주요인물이 아닌 것이다. 『고래』의 이 2회 출연의 법칙은 무엇을 위함인가. 그것은 변사의 문체가 지니는 효과와 동일한 지평에 있다. 운명의 모습을 보여주는 것이 곧 그것이다.

운명이란 무엇인가. 지나가고 나서야 필연이었음을 깨닫게 되는 우연,

그것이 곧 운명이다. 『고래』는 설화체의 소설답게 수많은 우연과 과장으로 이루어져 있다. 우연이 힘을 발휘하기로는 우리의 삶도 마찬가지다. 그러나 우연투성이의 삶을 그대로 옮겨놓으면 소설은 삼류로 전락한다. 진짜 있었던 일이라고 우겨봐야 소용이 없다. 소설이라는 제도화된 허구에서 중요한 것은 사실인지 여부가 아니라 사건 자체의 핍진성이기 때문이다. 『고래』에서 위력을 발휘하는 화자의 역할과 2회 출연의 법칙은 우연들을 운명이라는 시적 형태로 전환시켜준다. 이야기의 시말을 꿰뚫고 있는 『고래』의 화자는 그 이야기 속에서 신의 위치에 있고, 작중인물들의 미래를 흘려주는 화자의 목소리는 운명의 목소리에 다름아니다. 그 목소리가 있어 우연은 운명으로 뒤바뀌고, 그 전환 속에서 우리는 우리 삶이 그 자체로 지니고 있는 우주적 유머와 아이러니의 공간을 확인하게 된다. 그 공간을 포착해준 것은 화자의 야단스러운 허풍이지만, 그러나 또한 『고래』가 지니고 있는 풍부한 서사의 향연이 있음으로써 그것이 가능케 되었음은 더이상 말할 필요가 없을 듯싶다.

4. 상상력과 허풍의 미래

두 신인들의 장편을 읽어보았다. 둘 모두 자폐증의 세계가 서사의 한 핵자로 자리잡고 있다. 이것이 우연이라거나 공교로운 일치로 보이지는 않는다. 우리 문학은 격렬했었다고 해야 할 만큼 뜨거운 시대와 냉각기를 거쳐 현재에 이르렀다. 지금 우리의 서사는, 비약적으로 상승한 정신과 표현의 자유도로 인해 광활한 개활지에 내던져져 있는 것처럼 보인다. 물론 서사나 문학뿐 아니라 우리 시대의 정신적 삶 자체가 그렇다고 해도 좋을 듯싶다. 어느 방향을 향해 달려갈 것인가. 벌판은 소리를 질러도 메아리가 없는 땅이다. 그 한가운데서 쿨한 태도를 취하며 사방을 응시하는 것 이외에 다른 옵션도 있는가. 자폐증과 광장공포는 절대자유 앞에 선 존재들의 일차적 반응으로 보인다.

천명관과 조하형은 모두 몸의 기억으로 이런 상황에 맞서는 사람들의 모습을 그려내주었다. 딸의 어머니는 자수성가하여 왕국을 만들었지만 자멸해버렸다. 또 손자의 할아버지는 바뀐 세상으로 인해 어느 날 갑자기 무능력자가 되어버렸다. 앞 세대들의 잔치는 끝났다. 어떻게 살 것인가. 답은 언제나 정해져 있다. 죽는 날까지 벽돌을 굽고, 힘이 자라는 데까지 날아오르는 것. 이 자명한 대답을 위해 천명관은 신화적 과장으로 서사의 향연을 베풀어놓았고, 또 조하형은 미래소설이라는 조금은 생뚱맞은 서사적 의장을 인출해왔다. 이들의 방식은 지금까지 우리 장편의 흐름에서는 매우 낯선 것이었고, 그래서 이들의 모습은 적잖은 당혹감을 불러일으킨다. 이런 것이 과연 문학일 수 있을까.

그러나 우리는 이미 알고 있지 않은가. 다른 모든 예술장르에서도 그렇듯, 문학성은 언제나 사후적으로만 규정된다. 자명한 문학을 향해 가는 것은 진짜 문학으로부터 멀어져가는 것일 뿐이다. 문학은 바로 그 자명성으로부터 멀어져갈 때에만 도달할 수 있는 어떤 것이다. 그런 움직임 속에서만 문학은 자신의 새로운 잠재력을 가동시키고 권태를 극복할 수 있다. 서사도 삶도 마찬가지다. 천명관과 조하형은 서로 다른 방식으로, 상상력과 허풍이 어떻게 문학이 될 수 있는지를 보여주고 있다. 상상력과 허풍은, 그 어떤 후광도 없이 자기 자신의 힘만으로 추진력과 열정을 길어올려야 하는 시대에, 서사가 꺼내들 수 있는 매우 유력한 무기로 보인다. 조심스럽게 전망하건대, 이제는 이 새로운 감수성에 힘이 붙고 있는 것이 아닌가 싶다. 문학? 이들의 서사가 우리 시대의 삶과 함께 가고 있는 한, 그것은 그들이 가고 난 길 위에서 새롭게 조형될 것이다.

공생의 윤리와 문학
— 민주화 이후의 한국문학

1. 새로운 중세

1987년 이후로 20년이 지났다. 대한민국의 아홉번째 헌법이 발효된 1987년 이후로 우리는 네 개의 정부를 겪었고, 두 번의 실질적 정권교체를 경험했다. 1987년 6월이 최소 정의 민주주의(minimal definition of democracy)의 시발점이었다면 그 10년 후에 이루어진 김대중 후보의 당선은 그것의 내용적인 확인이었다. 그리고 다시 10년이 지나 우리는 또 한번의 실질적 정권교체를 확인하고 있는 중이다. 결과야 어떻든, 절차적 정당성에 입각한 한국의 민주주의는 이제 자기 자신만의 불가역적인 궤도에 진입했다고 해도 좋을 것이다. 계몽 자체가 불가역적인 속성을 지니고 있지만, 87년 체제의 출발점에는 희생자들의 피가 놓여 있다는 점이 강조되어야 할 것이다. 무상으로 주어진 것이 아니라 다중의 참여와 헌신에 의해 작지 않은 대가를 치르고 획득된 공동의 자산이기 때문에, 형태는 바뀔 수 있을지언정 그 정신은 쉽게 회수될 수 없다는 것이다. 그런데 무엇이 문제인가.

절차적 정당성에 의한 민주주의체제가 이제 안정기에 접어든 것은 많은 사람들이 공감하는 바이지만, 과연 민주화 이후의 한국사회의 민주주의가 소망스러운 지점에 도달했는지에 대해서는 쉽게 수긍하기 어렵다. 1987년 헌법에 따라 최초의 대통령 선거가 치러질 때, 당시의 대학생들은 부정선거를 방지하기 위해 특정 정당의 선거감시단원이 되기를 자처하여 곳곳에 파견되었다. 그들의 임무는 봉인된 투표함을 지키고 그것을 개표장까지 이송하는 일이었다. 20년이 지난 지금 우리는 그런 걱정은 하지 않아도 좋은 상태가 되었다. 선거전에서 벌어지는 불법적인 행태들이 여전히 남아 있지만, 최소한 대규모의 관권 개입이나 금권 선거, 개표 부정 같은 미개한 사태는 걱정하지 않아도 좋은 처지가 된 것이다. 그러나 이제 갓 문턱을 넘어선 이런 형식적이고 절차적인 차원의 민주주의가 아니라, 사회적 상태라는 관점에서의 민주주의라면 어떨까. 2002년, 정치학자 최장집이 민주화 이후의 한국 민주주의는 오히려 위기에 처했다고 했을 때, 그가 지목하고자 했던 것은 바로 사회적 상태로서의 민주주의이자, 정치에 관한 사회적 관심과 열도로서의 민주주 정신이 처해 있는 위기에 관한 것이었다. "한국의 민주화는 강권적 권위주의 통치를 종식하는 데 있어서는 효과적이었다고 하겠다. 무엇보다도 이는 한국사회에서 운동이 가져온 자랑할 만한 성과이다. 그러나 한국에서 민주화 이후 십오 년간의 경험은 민주화가 실질적 내용, 사회경제적 측면의 개혁에 있어서는 무력했다는 것을 보여준다. 민주화에도 불구하고 사회의 계급구조는 심화되었고 재벌 경제구조는 강화된 반면, 노동 배제는 지속되었고 우리 사회의 정신적 토양은 더욱 황폐화되었다. 민주정부들은 집권 초기에는 경쟁이라도 하듯 개혁의 의지를 강하게 나타냈지만, 이내 후퇴했고 기득구조를 안정시키는 방향으로 보수화되었다."[1]

지난 20년 동안 우리 사회에서 이루어진 민주화의 일차적인 공적은 군

1) 최장집, 『민주화 이후의 민주주의』, 후마니타스, 2002, 174~175쪽.

부 권위주의 세력을 정치 일선에서 퇴출시켰다는 점일 것이다. 군사주의의 에토스가 점차 탈색됨에 따라, 전후 한국사회의 가장 큰 질곡의 하나였던 냉전 이데올로기 자체도, 비록 국가보안법이 여전히 남아 있기는 하지만 내용적으로는 현저히 약화되었다. 이러한 정황이 1987년 체제를 만들어낸 집단적 의지와 열망의 결실임에는 이론의 여지가 없다. 그러나 문제는 민주화 이후로 야기된 사회 전체의 탈정치적 경향들, 정치적 무력감과 무관심이다. 이것은 기본적으로 열망 뒤의 환멸 같은, 일종의 문턱 넘기의 효과 때문일 것이나, 연유야 어떻든 지난 10년 동안 이루어진 투표율의 저하는 1997년 대선의 80.7%에서 2001년 대선의 70.8%를 거쳐 이번 2007년 선거의 62.9%까지 가파른 하향의 물매를 보여주고 있다. 투표율의 현저한 저하는 당선자들의 대표성에 심각한 문제를 야기한다는 점에서 일차적인 문제이지만, 결선투표제의 도입 같은 제도의 개선을 통해 보완될 수 있다는 점에서 근본적인 것이라 할 수는 없다. 이보다 좀더 심각한 문제는 사회의 다양한 집단 사이의 이해와 갈등을 조정하고 그럼으로써 사회 전체의 행로를 조향해야 하는 임무를 지닌 정치가, 자기 충족적이고 폐쇄적인 정치집단 내부의 파워게임이 되어버리는 것, 시민들의 일반 의지가 표현될 수 있는 제도적 통로와 장이 사라져버리는 것, 그리하여 대의 민주주의의 이념이 형해화되는 것, 그리고 무엇보다도 주권의 정치적 표현에 대한 열망 자체가 사라지는 것이다. 투표율 저하로 표현되는 정치에 대한 무관심과 냉소는, 뒤집어 말하자면 현재의 한국 정치가 지니고 있는 이러한 문제에 대한 상징적인 표현이라고 할 수 있을 것이다.

그러나 이것은 단지 표현만이 정치의 언어로 이루어지고 있을 뿐, 정치 자체의 문제만이 아님은 말할 것도 없다. 2007년 대선에서 유권자들의 마음을 움직였던 이미지는 정치가 아니라 경제였다는 사실에 관한 한 별다른 이론의 여지가 없어 보인다. 최소한, 이명박 후보에게 표를 던진

30.6%의 한국의 유권자들에게는 사회적 정의나 도덕성의 문제보다는 당장의 경기 부양이 지상의 과제였던 것으로 보인다. 그들의 수효나 대표성과는 무관하게 앞으로 5년 동안은 그것이 한국사회의 일반 의지이자 메인 어젠다로 군림하게 되었다. 물론 경제 문제가 사회의 새로운 중심이 되었다는 사실에 관한 한 그것은 비단 어제오늘의 일은 아니다. 사회적 리비도가 정치로부터 철회되어 경제를 향해 공개적이고 대대적으로 투여되었던 것은 1997년 11월부터 3년 동안에 걸쳤던 IMF구제금융 시기였다. 그 이후로 이루어진 변화는 그 중량감에 있어 1987년을 전후하여 벌어진 정치적 격동이나 변화를 상회한다고 해도 좋을 것이다. 민주화를 위해 결집되었던 다양한 연대와 열망의 동력은 그 와중에서 공중으로 휘발되어버렸고, 아름다운 여배우의 미소와 함께 우리에게 공개적으로 다가온 "부자 되세요"라는 광고문안은 우리들의 마음속 배금주의에 대한 정화의례를 행해주었다. 이제 우리는 도덕적 부담 없이 마음 편하게 부자를 꿈꿀 수 있게 되었다. 2007년에 이르러 마침내 개시된 전 국민 펀드 시대가 그런 마음을 웅변해주고 있다. 그사이 '부가가치창출'이라는 새로운 정언명령이 등장했고, 그에 응답할 수 없는 많은 영역들이 고사의 위기에 처하게 되었다. 그리고 청년들의 대대적인 탈주가 시작되었다. 인문사회계열의 예비 엘리트들은 고시 준비생이 되었고, 자연계열 준재들의 목표는 의대 진학이 되었다. 그리고 어느덧 거대한 성채가 된 한국의 재벌기업들.

민주화는 집권 엘리트의 교체를 실현함으로써 정치권력을 상대화시켰지만, 정치권력의 약화는 경제권력의 상대적 강화를 초래했다. 바야흐로 3세 경영시대로 접어들고 있는 한국의 재벌기업들은 이제 새로운 세습왕조가 되어가고 있다. 혈통을 통해 양위되고 계급 구속적 결혼을 통해 성층화되는 경제권력은, 한시적일 수밖에 없는 정치권력과 나란히 놓일 때 가위 절대권력이라 할 만한 면모를 지니게 된다. 이들 새로운 왕족과 귀족의 등장으로 이제 사회는 포스트모던이 아니라 새로운 중세가 되어가고 있는 중이다. 자수성가한 1세대 창업자는 예쁜 며느리와 똑똑한 사위를 얻고, 그렇게 태어나는 3세들은 부자일 뿐 아니라 잘생겼고 똑똑하고 후덕하기까지 하다. 그렇게 우리 사회는 새로운 중세로 변모하고 있는 중이다. 새로운 귀족계급이 대중들에게 어떤 이미지로 다가오는지는 TV 드라마 남자주인공들의 모습이 상징적으로 보여주고 있다.

경제권력은 현실적 위력이라는 점에서만이 아니라 정신적 헤게모니라는 측면에서도 자신의 세계상을 사회의 정신적 중심에 등극시켰다. 무한경쟁이 그것의 표어이고, 실력중심 사회는 그것의 순화된 표현이다. 경쟁이 사회적 키워드가 됨으로써 다양한 차원에서 위기담론이 전개되었다. 한국경제의 위기, 국가경쟁력의 위기, 삼성과 현대의 위기, 한국 건설업의 위기, 대학의 위기, 교육의 위기, 문학과 인문학의 위기. 그리고 그 배후에는 위기담론의 중심축으로서 주식시장이 버티고 있다. 매일같이 위기를 생산하고 소비함으로써만 지탱되는 주식시장. 위기를 예견하고 현실화하고 넘어서고 새로운 위기를 만들어냄으로써 주식시장은 자기만의 고유한 흐름을 만들어낸다. 주식시장이 만들어내는 위기의 그래프는 상품 생산을 통해 이루어지는 자본주의체제 자체의 삶의 호흡을 반영하고 있다. 마르크스에 의해 널리 알려진 것처럼 상품은 쓰기 위해서가 아니라 팔기 위해서 만들어지는 물건이고, 상품의 사용가치는 단지 생산자가 구매자의 마음을 움직이기 위해 제공하는 약속에 불과한 것이다. 그래서 상품의 가치는 사용되는 순간이 아니라 팔리는 순간 실현된다. 상품의 생산에 투여된 노동이 사회적 필요노동의 일부임을 증명할 수 있는 길도 화폐로의 변신이라는 도약을 감행함으로써만 확보될 수 있다. 그래서 팔린다는 것을 전제로 해서 생산된, 팔리기를 기다리고 있는 상품들은 그 자체가 거대한 외상거래의 집적체이다. 팔리면 신용이 구원되지만 팔리지 않으면 신용불량의 나락으로 떨어져버린다. 상품 생산자의 위기는 그래서 언제나 판매의 위기이고, 판매를 전제한 생산이 미리 소비해버린 신용의 위기이다. 또한 그래서 자본주의 경제의 위기는 언제나 유동성의 위기로, 금융의 위기로, 곧 신용의 위기로 찾아온다. 그것이 공황이다. 미리 당겨 쓴 돈의 위기, 크레디트의 위기, 외상거래의 위기이다. 경쟁에서 이기는 것은 그래서 절실해진다. 승자만이 교환이라는 목표에 도달하여 위기에 처한 신용을 구원할 수 있기 때문이다.

자본주의체제에서 생산되는 모든 위기의 근원에 신용이 있다는 것은, 물질이 아니라 마음이 중요하다는 것을 뜻하기도 한다. 좀더 정확하게 는 마음의 물질성이라고 해야 좋을 것이다. 주식 시황을 나타내주는 그 래프는 위기의 지수이자 불안의 지수를 표현하는 그래프이기도 하다. 자 본주의의 꽃인 주식시장은 위기감과 불안과 실망과 기대를 구체적인 주 가로 표현하는, 곧 경제적 언어로 번역된 마음의 시장이기도 하다. 그래 서 신용의 위기는 동시에 마음의 위기이기도 하다. 공황은 언제나 신용거 래자의 마음에서부터, 현재의 위험이 아니라 미래의 위험에 대한 걷잡을 수 없는 공포로부터 시작된다. 그리고 그 위험은 교환 파트너에 대한 신 뢰의 상실에서 말미암는다. 불안과 위기감이 마음까지 잠식하고 나면 이 제 마음은 갈 곳이 없다. 경쟁 자체를 거부하는 것, 일체의 교환을 중단하 는 것, 사람들과의 관계맺기 자체를 포기하는 것, 자기를 거쳐가는 일체 의 유동성의 흐름을 폐색시키고 자급자족의 굴혈로 칩거해가는 것, 요컨 대 자폐증의 세계가 그 황폐화된 마음을 위한 유일한 처소일 것이다.

민주화 이후로 생겨난 탈정치화의 경향과 경제 지상주의의 가장 부정 적 결과는 사람들의 마음을 사막화시켰다는 점이다. 경쟁이라는 원리는 가치의 다양성과 삶의 기쁨을 앗아갈 뿐 아니라 삶 자체를 질식시킨다. 경쟁은 게임을 뜨겁게 만들고 전체의 에너지 수준을 고양시킬 수 있지만, 그것은 어디까지나 게임 참가자들을 소모품화한다는 전제에서만 가능한 일이며, 소수의 환호로 귀결될 수밖에 없는 경쟁의 원리는 결국 게임 자 체에 대한 환멸감만을 낳을 뿐이다. 승리한 소수의 편에서도 패배한 다수의 편에서도 경우는 마찬가지다. 게다가 게임의 규칙이 불공정하거나 경쟁자들이 불평등한 조건에서 출발해야 하는 사정이라면 게임에 대한 관심이 철회되거나 게임 자체가 거부될 수도 있다. 그것은 자본주의 경제의 편에서도 무서운 일이다. 군부 권위주의 세력의 정치적 억압이 찢어놓았던 마음은 봉합을 위한 사회적 리비도를 동원할 수 있었고, 그렇게 충전된 에너지를 통해 새로운 세계에 대한 열망으로 부활할 수 있었다. 그러나 경쟁사회의 집중된 긴장과 불공정한 현실적 조건 속에서 과잉 소모되는 마음들, 조금씩 조금씩 바스라지면서 고사해가는 사막화되는 마음은 치유의 에너지를 동원할 수도 없다. 게다가 마음의 사막에서는 누구도 주인일 수 없다. 오로지 사막의 계율을 내려주는 시장의 신만이 홀로 주인일 뿐, 귀족도 왕족조차도 저 자유주의의 신이자 시장의 신 앞에서는 노예의 신분을 벗어날 수 없다. 그래서 우리에게 다가오고 있는 경제 제일주의의 새로운 중세는 새로운 신정사회이기도 하다.

2. 자본제 · 네이션 · 국가의 외부자로서 문학

그렇다면 이러한 시장근본주의에 대해 어떻게 대응해야 하는가. 또 문학은 이에 대해 어떤 대답을 해야 하는가. 민주화 이후의 한국의 정치적 상황에 대해 비관적 진단을 내렸던 최장집은 자유로운 경쟁을 모토로 하는 자유주의에 맞서 참여의 윤리를 강조하는 공화주의를 활성화시켜야 한다는 대답을 내놓았다.[2] 자유주의는 사적 개인의 자유와 권리로부터 공적 질서를 구축하는 것임에 비해 공화주의는 책임과 공공성, 공동체에 대한 참여와 애정을 강조한다는 것이다. 공동체주의에 관한 한, 민주화를 이루어낸 역사적 경험과 이 과정에서 축적된 다양한 사회운동의 역량이라는 점에서 한국사회가 풍부한 잠재력을 지니고 있다는 점도 이런 주장

---

2) 최장집, 같은 책, 4부.

에 지원군이 될 수 있을 것이라고 했다. 아마도 그런 정도가 합당한 대답일 것이다. 좀더 원리적으로 말해서, 근대국가의 형성이 서로 이질적인 원리를 지니고 있는 세 요소, 자본제·네이션·국가의 결합에 의해 만들어진다고 했을 때, 이 셋은 내용적으로 독립적이면서도 상호보완적으로 작동하게 되어 있다.[3] 여기에서 국가는 군대와 관료조직 같은 합목적적 통치기구이고, 네이션은 기본적으로 농촌공동체에 기반을 둔 향토애나 애국심 같은 공동체적 정서를 핵심적인 자질로 지니고 있다. 경제 영역에서 필연적으로 발생할 수밖에 없는 문제들, 계급적 적대나 부의 편중 같은 문제들은 결국 네이션이 지니고 있는 공동체의 상호부조적 정서나 국가기구가 지니고 있는 규제권력의 합리적 개입을 통해 해결되어야 하는 것이다. 이런 뜻에서 보자면, 최장집이 자유주의적 힘에 맞서는 것으로 강조했던 공화주의는 네이션의 역할을 강화하자는 것으로 이해될 수 있으며, 보수화되어가는 정당제도를 개선하여 시민들의 적극적 참여를 유도하는 방식으로 정치를 재활성화시킴으로써 시장근본주의의 고삐 풀린 힘을 제어하자는 것으로 좀더 구체화될 수 있을 것이다.

시장근본주의에 맞서 제시될 수 있는 논리적 대안이라면 그런 정도가 해답일 듯싶다. 물론 다른 두 요소에 대한 과도한 강조는 언제든 또다른 괴물들을 불러올 수 있다. 네이션이 전일적이 되면 비합리주의와 파시즘이 생겨나고, 국가의 길을 쫓아가면 관료주의와 스탈린주의가 도사리고 있다. 우리에게 가장 바람직한 것은, 관료와 이데올로그와 자본가가 서로를 견제하면서 팽팽하게 대립할 수 있는 상태일 것이다.

지난 20년 동안 변화해온 한국사회의 이와 같은 흐름에 비추어볼 때 문학의 경우도 사정은 크게 다르지 않은 것으로 보인다. 1980년대 후반을 정점으로 하여 문학에서도 정치성과 사회성의 비중은 점차 축소되어

---

3) 가라타니 고진, 『트랜스크리틱』, 송태욱 옮김, 한길사, 2005, 45~46쪽.

왔다. 그와 동시에 문학이 사회적 담론의 장에서 차지하는 비중도 차츰 축소되었다. 당면한 정치적 현실이 중요한 관심의 대상이었을 때, 그것에 대해 발언하는 동시대의 문학은 사회적 담론의 중요한 거점일 수 있었다. 하지만 민주화 이후에 점차 심화되어온 탈정치화의 경향 속에서 문학은 더이상 자신의 특권적 지위를 주장할 수 없게 되었다. 동시대의 문학 작품을 읽고 토론하는 것이 영화나 TV드라마, 상업광고의 트렌드에 대해 말하는 것보다 중요하다고 주장할 수 없게 되었음은 물론, 무협지나 인터넷소설, 칙릿의 새로운 경향에 대해 논의하는 것보다 더 중요하다고 말할 수조차 없게 되었다.

그래서 현 시점에서 1980년대의 문학을 바라보는 사람들의 시선은 왕왕 이중적이 되곤 한다. 정치적 탄압이 가혹했던 폭정의 시대였지만 그런 현실이 있음으로써 문학은 상대적으로 높은 지위를 누릴 수 있었기 때문이다. 그러나 문학의 사회적 위상이 높았다고 하여, 그런 시절을 그리워할 수도 그 시절도 돌아가기를 원할 수도 없는 노릇이다. 우리가 그 시대의 문학을 기린다면, 정치적 억압과 싸우면서, 혹은 그 싸움의 와중에서 지나치게 전투적이 된 논리가 문학에 대해 가했던 억압과 맞서면서 제시되었던 주장과 생각들의 구체상에 대해 기린다는 것은 아니다. 그런 주장들은 자기 맥락을 떠나는 순간 우스꽝스러운 것이 되기 쉽다. 구체적인 맥락 속에서만 유효할 수 있는 논리의 표면이 아니라 그런 논리를 만들어낸 정신적 동력, 문학의 이름으로 그런 주장과 생각을 가능케 했던 정신적 파토스야말로 우리가 기려야 할 대상일 것이다. 이는 물론 1980년대의 문학뿐 아니라 그 이전과 이후의 문학에 대해서도, 오늘날의 문학에 대해서도 마찬가지일 것이다. 이런 점에서, 지난 20년 동안 점차 이루어진 문학의 위상 변화는 단순한 개탄의 대상이기에 앞서 오늘날의 문학이 받아들이고 감당해야 할 몫이며, 존재조건이라 해야 할 것이다.

문제는 문학에서 점점 사라져간 사회성과 정치성, 즉 문학의 현실대응력의 부재에 있는 것이니 이를 다시 회복해야 한다고 말하는 것은 경청할 만한 의견일 수 있겠다. 그러나 그것이 단순히 사라져간 정치성을 복구해야 한다는 논리로 귀결되는 것은 곤란한 일이다. 이러한 논리에 대한 논란은 해묵은 순수참여논쟁과 같은 형태로 귀정되기 쉽다. 이에 대한 결론이라면 자명할 수밖에 없다. 문학은 그 양자택일의 외부에 있다는 것이다. 게다가 사라져간 것은 누군가 억지로 없앤 것이 아니라면 그럴 만한 이유가 있기 마련이다. 그것을 되찾아야 한다는 논리는 단순한 복고 이상이 되기는 어렵다. 그보다 중요한 것은, 사라져간 것들이 남긴 빈자리가 무엇인지를 바라보는 것, 그리고 그 빈자리의 요구를 논리화하는 일일 것이다. 그 요구가 새로이 도래해야 할 정치성과 사회성이라 할지라도 그것은 사라져버린 것들과 같은 것일 수는 없다. 문학 앞에 새로운 현실이 대두되었다면, 문학을 화두로 하는 우리들의 성찰은 새로운 세계 속에서 재조정되어온 문학의 자리에 대한 성찰이어야 할 것이며, 좀더 깊게는 문학의 본성과 존재이유에 대한 근본적 성찰이어야 할 것이다.

문학의 당위적인 자리에 대해 연역적이나 규정적으로 말하는 것은 물론 불가능에 가까운 일이다. 아도르노의 말처럼 예술의 본질을 예술의 근원에서 연역해내는 것이 불가능한 것[4]과 같은 이치다. 문학도 예술도 사유의 한 형태인 한 역사적 맥락을 떠나서 존재할 수는 없다. 우리가 당면한 현실과, 또 그 현실이 뿌리를 두고 있는 근대세계의 출현이라는 맥락에 선다면 우리는 문학에 대한 당위적 요청으로서 이렇게 말할 수 있겠다. 근대세계를 가능케 했던 것이 자본제·네이션·근대국가의 삼각동맹이라면 문학은 그것의 외부자여야 한다고. 물론 다른 모든 존재들과 마찬가지로 문학도 근대적 사유의 형식인 한에서 저 삼각동맹을 존재조건으로 삼을 수밖에 없다. 그럼에도 그 삼각형의 외부에 존재해야 한다는 것,

---

4) T. W. 아도르노, 『미학이론』, 홍승용 옮김, 문학과지성사, 1984, 13쪽.

그것은 문학이 인간해방의 기록자라는 임무를 부정하지 않는 한 필연적으로 감당해야 하는 당위적 요청일 수밖에 없다. 문학을 가치 있게 만드는 것이 문학성이라면, 그것은 전체 사회의 일부이면서 동시에 그 외부로서 사회 전체에 대한 반성을 가능케 해야 한다는 속성을 통해서만, 즉 문학성이 사회의 외부성으로서 재도입되는 과정을 거쳐서만 그럴 수 있기 때문이다.

　문학성은 흔히 이데올로기나 정치성의 소극적 반대개념으로 상정되곤 하며, 또 더러는 비문학적인 것의 배제라는 점에서 순수성이라 일컬어지곤 했다. 하지만 그런 의미의 순수성이 선험적이거나 불변적인 실체로 존재할 수 없다는 것은 자명한 일이다. 문학성과 그 타자라는 대립구도 자체가 구체적인 현실공간에서 만들어진 것일뿐더러, 문학성이라는 개념의 틀을 채우는 내용은 한시적으로만 유효한 것이기 때문이다. 문학성의 내용이 이를테면 순수성이나 혹은 그 반대되는 사회성이나 이념성 같은 구체적인 것으로 실체화되면, 그다음 순간 그것은 더이상 문학성의 내용일 수 없게 된다. 문학성이 존중되어야 한다는 점에는 이론의 여지가 없고, 또 그런 태도를 일컬어 우리는 긍정적인 의미에서 문학주의라 부를 수 있다. 그러나 문학성이 실체화되면 남는 것은 문학주의가 아니라 문학 페티시즘일 뿐이다. 그것은 문학만이 아니라 근대의 모든 예술이 감당할 수밖에 없는 독창성과 새로움의 변증법적 운명에 속하는 것이다. 반짝이고 독창적이었던 비유가 문학어의 사전에 등재되면 그것은 더이상 독창적일 수 없을뿐더러, 오히려 문학이라면 마땅히 가장 기피해야 할 진부성의 표본이 된다. 내용이 실체화되는 순간 문학성은 자신의 반의어가 되는 것이다. 규정되는 순간 문학성은 더이상 문학성이 아닌 것이 되는 것이다. 새로움의 변증법은 새로움이라는 개념 자체에도 적용된다. 문학성은 그래서 누구에게도 영주권을 허용하지 않는 텅 빈 중심일 수밖에 없다. 문학성은 언제나 자기의 외부에 존재하는 것들만을 불러들이지만, 일단 자신의 영토에 들어오면 그들에게도 다시 외부성으로서 재도입되기를 요구한다. 그런 변덕이 문학성의 속성이다.

문학의 사회적 역할과 책임을 강조하는 것도 마찬가지일 것이다. 문학이 반드시 자본제와 네이션과 국가의 내부만이 아니더라도 사회적 실정성(Positivität)의 일부가 되면, 그 자리를 수락하는 순간 문학은 문학성과 어긋나게 된다. 문학성은 무엇보다도 실정성의 적극적인 반의어이기 때문이다. 사회성이라는 관점에서도 문학의 사회적 역할은 문학이 사회의 외부를 향해, 반사회적이고 비사회적이고 탈사회적인 장소를 향해 나감으로써만 구현될 수 있고, 그렇게 구현된 문학성만이 사회의 음화이자 근본적 반성기제로서 사회성의 일부로 재도입될 수 있다. 오늘 우리에게 주어진 세계의 외부, 그것은 곧 자본제·네이션·국가의 동맹으로 형성되는 삼각형의 외부일 것이다. 이제 그 세부에 대해 말해보자.

첫째, 문학이 국가의 외부에 존재해야 한다는 것은 국가기구의 목적합리성과 그 정점에 존재하는 국익의 틀에서 벗어나야 한다는 것을 뜻한다. 국가는 대외적으로는 주권의 대표자이며 대내적으로는 통치기구의 총체이다. 문학이 발휘할 수 있는 정치성은 반집권적인 정치성, 국가론 없는 정치로서의 정치성, 반국가적인 것으로서의 정치성이다. 대통령이건 장관이건 집권 엘리트의 공적인 임무는 국익을 수호하는 것이며, 국익은 수호의 대상이 되기 위해서는 먼저 정의되어야 한다. 그러나 국익의 정의는 결의론(casuistry)적으로, 그때그때 사안에 따라 규정될 수밖에 없다. 이라크에 파병하는 것이 국익에 도움이 되는가, 한미 FTA를 체결하는 것이 국익에 보탬이 되는가. 국익은 사전에 정의된 것일 수 없다. 대통령이 수호하고자 하는 것 곧 그것이 국익의 내용이 된다. 그러나 문제는 국익의 내용이 선거를 통해 그들을 뽑아준 사람들의 의지와는 무관하게 결정된다는 점이다. 대통령은 지지자들의 표를 통해 당선이 되지만 당선된 후에는 지지자들의 대표자가 아니라 국민 전체의 대표자로서 사고하고 판단해야 한다. 그것은 무기명 보통선거라는 절차 자체의 의미이다.[5] 투표자들의 이름과 계급적 성격이 드러나지 않음으로써 당선자는 자신을 당선시킨 힘으로부터 자유로워지며, 또 이 둘 사이의 관계도 일단 당선이라는 관문을 통과하고 나면 역전되어버린다. 당선시킨 의지는 베일 속에 숨겨져 있으므로 이제 둘 사이의 힘의 우선권은 투표권자가 아니라 당선자가 가진 채 국민 일반의 의지를 규정할 수 있게 된다. 이것은 마치 언어기호에서 시니피앙(소리)과 시니피에(뜻)의 관계와도 흡사하다. 말은 뜻을 전달하기 위해 존재하는 것이지만, 현실적인 위력으로 존재하는 것은 소리일 뿐이고, 뜻은 소리가 지나가면서 만들어내는 흐름 위에서 생겨나고 사라진다. 대통령은 자신을 뽑은 의지를 대표하기 위해 존재하는 것이지만, 현실적인 위력으로 존재하는 것은 대통령의 권한일 뿐이므로 그의 결정이 지나가는 길 위에서 지지자들의 의지와 나아가 유권자 집단 전체의 일반 의지는 결정되는 것이다. 자기를 대통령으로 뽑은 사람들의 의지와는 무관하게 대통령은 파병을 결정할 수 있고, 대통령이 결정하면 그것이 곧 국민의 일반 의지이자 국익에 대한 정의가 된다. 이라크에서 살려달라고 외쳤던 김선일의 죽음에 대한 책임은 종국적으로 대통령이 아니라 국민의 몫이다. 테러리즘과 타협은 없다던 대통령의 의지가 곧 국민의 일반 의지를 규정하기 때문이다. 그의 생각에 모든 국민이 반대했다 하더라도 사정은 마찬가지다. 그것이 대의제의 폭력성이다.

문학이 발휘해야 하는 정치성이라는 것이 있다면, 집권 엘리트가 정의한 국익의 내용에 대해 비판하는 것(그것은 집권 엘리트의 반대 정파가 해야 하는 일이며 그들도 국가의 일부이다. 그 둘은 국익을 정의하기 위해 서로 다른 내용으로 다투는 국가 개념의 내부자들이다)이 아니라 그 외부성으로 발휘되어야 하는 어떤 것이다. 그것은 국익을 정의하는 국가의 권리 자체

---

5) 가라타니 고진, 같은 책, 256쪽.

를 부정하는 것, 더 나아가서는 국익이라는 개념 자체를 부정하는 것, 혹은 그 자체로 폭력적일 수밖에 없는 정의(定意/正義)의 패러다임 자체를 거부하는 것으로 실현될 수 있다. 이른바 '국가관이 분명한' 문학, 국적이 분명하고 자신의 국적을 위해 봉사하는 문학, 그것은 문학의 반대말이다. 오히려 국적불명의 문학, 반국가적인 문학, 다른 국적 속으로 들어가 그것의 눈이 됨으로써 자신의 국적에 맞서는 문학, 문학의 정치성은 이런 문학 속에서 구현될 수 있을 것이다. 그러므로 문학성이 동맹을 맺을 만한 정치성이 있다면 그 대상은 국가론을 바탕으로 하는 집권적 정치가 아니라, 국가로부터 버림받은 사람들의 정치, 국가의 개념으로부터 탈출해 나온 사람들의 정치, 국가의 틀을 벗어나는 소수성의 정치, 국가론 없는 혁명정치여야 할 것이다.

둘째, 국가의 외부가 집권적 정치에 대한 부정으로 구성된다면, 네이션의 외부는 애국심에 대한 부정으로 이루어진다. 문학이 지니고 있는 코스모폴리탄적인 본성을 고려한다면 이는 당연한 일이다. 그럼에도 이런 문제가 새삼스럽게 다시 거론되어야 한다면, 그것은 지난 시절 네이션의 개념이 한국문학의 한 중추를 이루고 있었고, 또 새롭게 변화된 정치적 환경 속에서 네이션의 개념이 재정의되기를 요구하고 있기 때문이다. 군부 권위주의 집단에 의해 장악되어 있던 국가권력은 네이션의 개념을 독점하여 반국가적인 것을 네이션에 반하는 것, 곧 반민족적인 것으로 규정했다. 이와 같은 네이션에 대한 국가의 찬탈행위에 대해 문학은 또다른 네이션의 개념을 제기함으로써 맞섰다. 남과 북을 아우르는 것으로서의 민족의 개념이 그것이었으며, 문학은 민족문학의 개념을 내세움으로써 그와 같은 대항담론의 한 첨단을 이룰 수 있었다.

하지만 지난 20년 동안 이루어진 국내외의 상황 변화는 이런 개념의 전환을 요구하고 있다. 한국의 경제성장과 지난 10년 동안 꾸준히 이루어진 남북 화해의 결과로 북한은 어느덧 대결의 상대가 아니라 교류의 파트너가 되었으며, 북한의 갑작스러운 붕괴에 따르게 될 엄청난 통일 비용을 걱정하는 사람들에게는 심지어 조심스러운 관리의 대상이 되어가고 있는 중이다. 또한 지난 10년 동안 점차로 증가해온 장기 거주 외국 국적자의 수는, 결혼이민자와 이주노동자의 수를 합하여 100만을 넘어서고 있다. 이른바 '단일민족'이라는 말을 중심으로 형성되었던 순혈주의적 민족 개념은 일제강점기나 분단체제 속에서는 나름의 긍정적 힘을 지닐 수도 있었겠지만, 이제는 더이상 네이션에 관한 담론의 중심이 되기 어려워졌다. 오히려 네이션이 지녀야 할 상호부조적 정서에 반하는 개념이 되어가고 있는 중이다. 지난해, 작지 않은 논란 끝에 민족작가회의가 자신의 이름에서 민족이라는 말을 떼어내기로 결정한 것은 이러한 네이션의 개념의 변화된 지형을 상징적으로 보여주고 있다.

문학의 존재가 다른 무언가를 위한 것일 수 있다면, 최소한 그것이 민족이나 애국심을 넘어서 있는 어떤 것이라는 점이 점차 분명해지고 있는 중이다. 1944년 유럽문학의 고전에 대해 논하는 자리에서, T. S. 엘리엇은 민족적 취향으로부터 자유로울 것을 필요조건으로 지적하면서 로마의 시인 베르길리우스만이 그런 자격을 지닐 수 있을 것이라고 했다. 이국의 문학을 수용하고 소화할 수 있는 문화적 포용성과 성숙성을 갖추고 있다는 점에서 그렇다는 것이었다. 물론 문학은 언제나 자기 현실에 바탕을 둔 것일 수밖에 없다. 그러나 중요한 것은 시각이다. 네이션의 한계를 넘어서지 못한다면 그것은 우리가 기려야 할 문학성의 시선일 수 없을 것이다. 좀 과장하여 말한다면, 문학은 다른 나라 사람이나 다른 인종이나 인류를 위한 것, 심지어는 소나 나무나 외계인을 위한 것일 수는 있어도 자기 동네 사람이나 자기 나라 사람만을 위한 것이어서는 곤란하다. 네이션의 상호부조적 감정은 공동체 내부에만 적용되는 것이므로 그 밖에 대해서는 흔히 폭력적인 것으로 발현되기 쉽다. 내 가족에 대한 과도한 책임은 사회에 대한 무책임으로, 자기 동네에 국한된 책임은 다른 동네에 대한 무책임으로, 한 국가에 대한 배타적 책임은 인류에 대한 무책임으로 전화된다. 그런 경계에서 문학이 어디에 존재할 수 있을지는 자명하다. 배타적으로 설정되는 책임이라는 개념 자체를 거부하는 것, 그것이 문학의 일이다. 문학은 네이션의 외부자가 됨으로써 네이션의 개념이 지니고 있는 폐쇄성으로부터 자유로울 수 있을 것이다.

셋째, 자본주의 경제체제와 그로부터 유래한 상품미학이 현재의 문학이 직면하고 있는 가장 큰 적이라는 사실을 강조하는 것은 새삼스럽다. 그럼에도 불구하고 이 사실이 거듭 강조되어야 하는 것은 무엇 때문인가. 근대 예술 일반이 자신의 독자성과 자율성을 확보하는 데 시장경제가 가장 큰 원조자였다는 점에는 이론의 여지가 없다. 예술은 문화상품이 됨으로써 전통사회의 예술이 지니고 있었던 하인의 신분으로부터 벗어날 수 있었다. 하지만 그와 동시에 예술은 문화상품이라는 존재조건에 저항함으로써만 자신의 가치를 보존할 수 있다는 역설적인 조건 속에 처하게 되었다. 예술은 무엇보다도 미메시스적 힘을 자신의 속성으로 지니고 있다. 그래서 시장에 대한 저항이 존재하지 않는 경우 예술은 대규모 오락산업의 산물들과 구분이 불가능한 지경에 처하게 되며, 그것은 곧 예술의 죽음에 다름아니게 된다. 예술은 벤야민의 용어를 빌리자면 '제의적 가치'의 후예로서 또한 잉여의 형식으로서, 시장이 요구하는 등가교환의 질서의 외부에 존재함으로써만 존재의 의미를 획득할 수 있게 되는 것이다. 문학도 근대 예술 일반이 지니는 이 같은 역설적 운명에서 예외일 수는 없다. 민주화 이전까지 한국의 문학은 네이션이나 국가가 지니고 있는 파토스와 평행하거나 교차함으로써 상대적으로 이와 같은 본원적 대립으로부터 상대적으로 떨어져 있을 수 있었다. 그러나 민주화 이후로 문학은 더이상 네이션이나 국가의 힘에 기댈 수도, 그것과 직접적으로 적대함으로써 대립의 포인트를 전이시킬 수도 없게 되었다. 이제 문학에게 가장 압도적으로 다가오고 있는 위협은 국가나 네이션이 아니라 시장이 되고 있다. 교환의 질서에 대한 저항이, 새삼스럽지만 거듭 강조되어야 하는 것은 이 때문이다.

　문화산업의 최첨단인 할리우드 영화산업이 보여주듯이, 예술이 문화상품으로 전화되기 위해 필요한 것은 예술에 대한 위생적인 관리이다. 자극과 감정과 취향은 그것의 수용 가능성에 따라 등급이 매겨지고, 그렇게 정해진 한도 내에서 위생 처리된다. 시장의 위생 기준을 통과한 감정과 취향만이 문화상품권으로 구매 가능한 엔터테인먼트가 될 수 있다. 그래서 1970년대『오적』의 김지하를 감옥에 보낸 것이 국가의 제재라면, 1990년대『내게 거짓말을 해봐』의 장정일을 감옥에 보낸 것은 시장의 제재에 가깝다. 그럼에도 상품이라는 형식을 전면적으로 거부할 수 없다는 것은 우리 시대의 문학과 예술이 지니고 있는 가장 큰 멜랑콜리이다. 예술작품의 평가 기준에 대해 아도르노가, "자체에 내재하는 지적 계기에 대해 직관이 갖는 긴장관계를 얼마나 깊이 있게 견뎌내는가 하는 것이다"[6]라고 했을 때, 지적인 것과 직관의 대립은 합리성과 미메시스의 대립으로, 교환의 질서와 그 외부의 대립으로 쉽게 전치될 수 있다. 무질서한 질료의 덩어리만으로 만들어진 작품은 수용 자체가 어려워지지만, 반대로 합리적이고 수미일관하게 짜여진 작품은 사람의 마음을 움직이기 어렵다. 이 둘 사이의 긴장이야말로 우리가 예술작품에서 얻고자 하는 어떤 것일 터이다. 이것은 예술과 문화상품이라는 두 형식의 대립에서도 마찬가지이다. 둘 중 어느 하나라도 거부하는 것은 불가능하다. 그것은 흡사 삶과 꿈의 관계와도 같기 때문이다. 삶이 없이는 꿈도 있을 수 없으나, 꿈 없는 삶은 무의미해진다. 거부하기 어려운 조건으로 주어져 있는 문화상품이라는 존재형식에 대해 문학이 얼마만큼 저항할 수 있느냐 하는 것, 그 존재형식의 필연성에 대해 얼마나 버틸 수 있느냐 하는 것, 그것이 문제인 것이다.

---

6) T. W. 아도르노, 같은 책, 161쪽.

이미 세계체제가 되어버린 자본주의의 외부를 상상하는 것은 쉽지 않은 일이다. 시장경제의 최고 준칙이 등가교환이고, 기술혁신과 노동합리화를 통해 생산 코스트를 떨어뜨리고자 하는 자본가들에게 낭비는 가장 큰 적이다. 자본주의의 외부이고자 한다면 문학은 일차적으로 등가교환의 외부에 섬으로써, 또한 낭비의 형식에 대한 미메시스가 됨으로써 그에 한발 다가갈 수 있을 것이다. 교환이 물질을 매개로 이루어진다면, 모스(Marcel Mauss)에 의해 정식화된 증여는 거기에 비물질적인 요소, 위신이나 감사, 사랑, 증오 같은 정서적 자질들이 첨가됨으로써 개념화된다. 그래서 선물의 값을 따지는 것은 증여의 질서에 어긋나는 것이다. 그러나 그런 정신적 요소들까지 계량화하는 것이 또한 시장의 논리가 아닌가. 승진을 위한 뇌물이나 도급업자의 리베이트가 그런 것이 아닌가. 증여라는 것은 곧 유예된 교환이 아닌가. 어떤 대가도 바라지 않는 완벽한 선물, 순수한 증여라는 것이 과연 존재할 수 있는가. 이에 대해 일본의 한 인류학자는 라캉을 원용하여 순수증여라는 개념을 제시했다.[7] 어떤 대가도 바라지 않는 익명의 증여가 그것이다. 그리고 그것은 사람의 영역이 아니라 신의 영역에 가까운 것, 그래서 오히려 증여자를 불편하게 하는 것이라는 점도 지적해두었다.

이런 논리는 바타이유에 의해 논리화된 사치와 낭비의 개념을 상기시킨다. 지구의 생명체들은 태양으로부터 쏟아지는 무한정한 에너지를 원천으로 체계의 성장을 도모하고 삶을 유지한다. 이 에너지는 생명체들이 필요로 하는 것에 비해 언제나 과잉으로 존재한다. 더이상 체계의 성장에 기여할 수 없는 과잉 에너지는 필연적으로 낭비될 수밖에 없다. 인류의 전쟁은 그런 잉여 에너지에 대한 파국적 소비의 대표적인 예이고, 더 나아가 생명체 전체의 관점에서 보자면 유성생식도 먹는 것도 죽음도 사치

---

7) 나카자와 신이치, 『사랑과 경제의 로고스』, 김옥희 옮김, 동아시아, 2004, 2장.

가 아닐 수 없다고 했다.[8] 그러니 우주적 생명의 관점에서 보자면 인간이나 척추동물 같은 정교한 유기체는 그 존재 자체가 사치일 것이고, 우리의 삶이라는 것도 결국 사치와 낭비를 통해서만 존재할 수 있는 것이다. 그러나 냉정하고 철저하게 교환조건과 생산 코스트를 점검하고 관리해야하는 교환자들의 입장에서 이런 논리는 수용될 수 없다. 상품화될 수 없는 사치와 낭비의 요소들, 바타이유의 표현을 빌리자면 '저주의 몫'은 등가교환의 논리에 대한 철저한 외부자이다. 그러니 교환의 외부자이고자 하는 문학과 예술이 확보해야 할 몫이라는 것도 좀더 분명해지는 것이 아닐까. 순수증여의 상태를 향해 나아가는 것, 교환이 요구하는 비인격적 척도로부터 떨어져나간 정신적이고 인격적 자질들의 처소가 되는 것, 사치와 낭비와 잉여의 카오스와 친구가 되는 것이 곧 그것일 것이다.

자본주의의 외부가 된다는 것은 또한 그것의 윤리적 기축, 곧 단일한 경쟁논리의 외부자가 된다는 것을 뜻하기도 한다. 경쟁은 속화된 진화론의 윤리이기도 하며 단일한 법통을 통해 위계화된 가치 전체주의의 산물이기도 하다. 나무 모델을 따라 만들어진 진화도의 가장 높은 곳에는 인간이 있다. 그것을 만들어낸 것은 공적 역사를 기록하는 승자의 시선이며, 현재의 관점을 정점으로 서열화된 역사적 이성의 시선이다. 그러나 이와 같은 승자의 시선으로 구성되는 관념론적 진화론의 세계상이 자연의 전부가 아님은, 공생의 원리로 구성되는 생태학적 자연의 세계상이 보여주고 있다. 거기에는 경쟁이 없으므로 승패가 없고, 승부라는 개념조차 무의미해진다. 지배와 예속의 변증법의 자리는 우정과 사랑의 정치가 대신할 수 있다.

그러나 사막화된 우리들의 마음이 어떻게 이 아름다운 세계 속으로 들어갈 수 있을 것인가. 목적합리성으로 무장되어 있는 국가와, 자폐적으로

---

8) 조르주 바타이유, 『저주의 몫』, 조한경 옮김, 문학동네, 2000, 1부 2장.

전화할 준비가 되어 있는 네이션, 그리고 무엇보다도 경쟁의 질서 속에서 황폐화된 세계에 대한 미메시스를 통해서, 그 세계로부터 추방된 소수자들의 눈과 입이 됨으로써, 그 삼각형의 외부자를 자처함으로써 문학은 비로소 공생 윤리의 일원이 될 수 있을 것이다. 그런 고통과 역설과 희망의 기록이 아니라면 인간 해방의 기록자로서의 문학이 무슨 의미를 지닐 수 있을 것인가.

3. 세 개의 별

가치질서의 격변기에 어김없이 출현하는 것은 절대 자유의 공포이다. 사방이 지평선이라는 사실이 확인되는 순간 공포는 번개처럼 온몸을 관통해버린다. 존재의 의미에 대한 불안을 누가 다스려줄 것인가. 사막화된 마음은 경쟁이 무엇이고 어떻게 해야 이길 수 있는지는 잘 알고 있지만, 정작 우리가 어디로 가야 하는지, 왜 가야 하는지에 대해서는 대답할 수 없다. 국가는 이 질문에 대해 대답할 자격이 없고, 이제는 네이션마저 그에 대한 대답의 권능을 상실하게 되었다. 그렇다면 문학은 이에 대해 어떤 대답을 할 수 있을까.

삶의 의미에 대한 질문은 치명적이다. 마음으로 그 질문을 받아들이는 것은 신의 얼굴을 맞대면하는 것만큼이나 치명적이다. 열기 때문에 온몸이 불덩이가 되어버릴 것이다. 문학이 그 질문에 대해 대답할 수 있다면, 그 질문을 회피하려 안간힘 쓰는 사람들을 미메시스함으로써만, 대답의 음화들을 만들어냄으로써만 그럴 수 있을 뿐이다. 그에 대한 직접적인 대답은 어떤 대답도 틀린 대답이고 또 어떤 대답도 정답일 수 있다. 다만 미리 정해진 답은 답일 수가 없을 뿐이다.

이 점은 문학성이라는 것에 대해서도 마찬가지다. 삶의 의미에 대해 준비된 대답이 있을 수 없는 것처럼, 문학성도 기성적인 실체의 모습으로는 존재할 수가 없다. 삶의 의미도 문학성도 사후적으로만 확인될 수 있을 따름이다. 그것은 지나고 나서야 진짜였음을 알게 되는 사랑과도 같다. 그럼에도 단 한 가지, 아직 정답이 무엇인지는 알 수 없지만 정답이 있다는 사실, 문학성이 무엇인지는 알 수 없지만 결과적으로 많은 사람들이 동의할 수 있는 문학성은 장차 존재하게 될 것이라는 사실은 희망의 근거가 된다. 지평선 너머를 볼 수 없기에 거기에 무엇이 있는지는 모른다. 그러나 그 너머에 반드시 우리가 기다리고 있는 어떤 것이 있으리라는 확신은 절대 자유의 공포를 넘어서게 만든다. 그런 일에 대해서라면 문학도 조금은 할 말이 있을 것이다.

새로운 중세에 사막화되는 마음과 문학의 당위적 요청에 대해 지금껏 늘어놓은 당위적 문자들은 어쩌면 불필요한 나열에 불과한 것일지도 모르겠다. 여기에서 늘어놓은 당위적 언설들은 이미 지난 20년 동안 사막을 가로질러온 문학의 신체 위에 새겨져 있는 것이기 때문이다. 그 세목들에 대해 논할 수 있는 자리는 아니므로 세 개의 별에 대한 이야기로 논의를 마무리하자. 루카치와 칸트와 니체의 별이다.

『소설의 이론』 첫머리에서 청년 루카치는 하늘의 별이 우리 삶의 지도일 수 있던 시대의 행복에 대해 말했다. 그런 시대가 과연 존재했는지에 대해 묻는 것은 불필요할 것이다. 중요한 것은 그런 시대가 있었는지의 여부가 아니라 그 시대에 대한 강렬한 그리움과 동경을 우리 모두 공유하고 있다는 사실이다. 모두가 각각의 방식으로 공유하고 있는 유년상태의 기억들, 절대적으로 의존적이어서 주체됨의 어떤 갈등도 없던 시절의 기억이 있기에 우리는 루카치의 별 이야기에 기꺼이 공감할 수 있다. 그럼에도 그 별이 우리의 어두운 길을 밝혀주지는 못한다. 루카치의 별은 과거의 별일 뿐이어서, 그 빛을 확인하려 추억 속을 뒤적인다면 우리는 단지 차가운 돌덩이만을 확인하게 될 것이기 때문이다.

노년의 칸트는 하늘의 별이 아니라 우리의 마음속에서 빛나는 윤리의 별에 대해 말했다. 하늘에는 별이 빛나고 마음속에는 도덕률이 빛나고 있다고. 칸트의 별은 과거의 별이 아니라 현재의 빛이지만 그 빛은 한 사람의 마음의 바깥을 벗어날 수가 없다. 마음에는 창문이 없으므로 별이 거기 있음을 확인할 수가 없다. 그래서 별이 정말 있는지 혹은 그 별이 진짜 별인지 마음의 주인조차 알 수 없게 되기도 한다. 자기 마음을 깊이 들여다본다면 우리는 나중에 가서야 모두의 마음속에 별이 있었음을 알 수 있게 될지 모른다. 그 별빛은 길을 밝히기에 너무 어둡지만 어쩔 것인가. 그 정도가 우리가 기댈 수 있는 현재의 빛이라면 도리가 없지 않은가.

루카치의 별이 과거의 것이고 칸트의 별이 보이지 않는 현재라면 니체의 별은 미래의 것이다. 니체는 차라투스트라의 입을 빌려 춤추는 별에 대해 말했다. 춤추는 별을 낳기 위해서 인간은 모름지기 혼돈을 품고 있어야 한다고. 혼돈을 품고 있는 존재만이 그 미래의 별을 볼 수 있다는 것이다. 니체의 말처럼 춤추는 별이 태어날 수 있을지, 또 어떤 별이 어떻게 태어날지에 대해서는 알 수 없는 일이되, 혼돈을 품고 있으라는 그의 말은 최소한 문학에 대한 당위적 요청의 이름으로는 용납될 수 있을 것이다. 혼돈은 명석판명한 근대적 코기토의 이방인이며, 자본제·네이션·국가의 삼각동맹으로부터 추방된 존재이다. 문학이 자신의 당위적 요청으로서 이 삼각형의 외부자 되기를 자처한다면, 그럼으로써만 문학이 이 사막에서 자신의 존재의 의미를 확보하고자 한다면, 혼돈의 친구가 되어야 한다는 것 또한 당연한 요구일 것이다.

다른 것도 아니고 혼돈이라지 않은가. 모든 것의 시초이자 종말로서의 혼돈은 사막을 살아가는 우리들의 너절한 삶 속에, 다스릴 수 없는 욕망과 충동으로 뒤엉켜 있는 우리의 마음속에, 압도적인 운명 앞에서 기꺼이 쓰러져줌으로써 오히려 운명의 힘을 농락해버리는, 그래서 고결할 수 있는 우리들의 노예의식 속에, 차별도 위계도 억압도 없는, 또한 동시에 잔인함과 섬뜩함과 공포가 날것 그대로 존재하는 원초적 자연상태 속에, 그리고 무엇보다도 거대한 신용거래의 집적 위에 세워진 위태로운 바벨탑의 삶 속에, 그렇게 도처에 널려 있다. 이런 혼돈에 대한 미메시스를 통해서라면 문학은 근대성의 계량화된 평면 위에 쏟아지는 물방울처럼, 자유롭고 분방하게 그 암흑의 힘과 더불어 춤을 출 수 있을 것이다. 다른 것도 아니고 별을 춤추게 하는 일이라지 않은가. 저 강고한 삼각동맹자들이 별을 따라 춤을 출지는 모를 일이나, 루카치의 별을 추억으로부터 소환해오고 창문 없는 방에서 칸트의 별을 꺼내주는 일이라면 어떨까, 그 정도라면 춤추는 문학에게 기대해도 좋을 것이다.

역설의 생산
— 문학성에 대한 성찰, 2009

1. 위기의 위기에 봉착한 문학성

동시대의 예술이나 문화적 현상에 대한 반응은 왕왕 세대에 따라 달라지곤 한다. 어린 세대들은 열광하고 젊은이들은 즐기고 늙은이들은 흘겨본다. 물론 이것은 나이가 아니라 마음의 문제이다. 자기의 생각과 자기 나름의 삶의 방식을 유지하고자 하는 보수적인 동력에 관한 한, 코나투스 (conatus)라는 스피노자의 개념이 아니더라도 누구에게나 자명한 것일 수밖에 없다. 또한 우리를 둘러싸고 있는 근대의 시간성 자체가 비동시적인 것의 동시성에 의해 구성된다는 점 또한 여기에서는 중요한 고려의 대상이 되어야 한다. 몰락하는 것들의 표정을 자기 자신의 삶으로 받아들여 본 적이 있는 사람이라면, 그 어떤 아름다움과 감동 속에서도, 결국 사위어갈 수밖에 없는 운명의 형상을 간취하게 된다. 물론 그 어떤 관조도 태어나면서부터 그 자신이기는 힘들다. 오히려 격렬한 수용적 정서로 태어난 열광이 정서적 삶의 어느 변곡점을 넘어서는 순간 관조로 변신하는 것이라고 하는 것이 좀더 타당할 것이다. 늙은 관조와 젊은 열광이 이처럼 하나의 선으로 연결되어 있다면, 관조 속에는 열광의 빈자리와 잔해가 놓여 있고 또한 열광 속에는 다가올 관조의 자리가 예비되어 있다고 해도 좋지 않을까. 그래서 어떤 관점에서 보자면, 관조는 열광을 그리워하고 열광은 관조를 동경한다고 해도 좋지 않을까. 동일한 시점에서 발생한 열광과 관조의 동거는 그러므로 일종의 과거와 미래의 동거이며 서로 다른 감정 시간들의 혼재성에 해당될 것이다. 이것은 단지 한 시점의 사회적 성층에서만 그럴 뿐 아니라, 한 사람의 마음속에서도 마찬가지일 것이다.

그래서 예술작품의 평가에 관한 한 그 어떤 판단도 절대적이기는 어렵다. 어떤 예술가나 예술품을 시종일관 고평하거나 혹평하는 사람이 있다면, 그런 일관성은 객관적인 것으로서의 평가에 입각한 것이라기보다는 일종의 고집이나 신조의 산물에 가까울 것이다. 이러한 점은 이미 고전이라고 평가되고 있는 경우에도 그렇지만, 특히 동시대의 예술작품에서 더욱 두드러진다. 대중음악의 경우가 자주 그렇듯이, 저급하다고 생각했던 노래가 어느 순간 갑자기 가슴에 다가오기도 하고, 또 한때 내 마음을 움직였던 노래가 어느 순간에는 허접하게 느껴지기도 한다. 또 요즘 유행가는 전혀 듣지 않던 당신에게 '장기하와 얼굴들'이라는 이십대의 밴드가 참신하고 들을 만하게 다가왔다면 그것은 아마도 당신이 한때 당신과 정서의 호흡을 같이 했던 노래의 흔적들을 발견했기 때문이 아닐까. 이런 사정은 다른 모든 문학·예술작품의 경우도 마찬가지일 것이다. 도스토옙스키나 발자크도, 고흐나 피카소도 자기 시대의 열광과 비판을 자기 자신의 당연한 지분으로 지니고 있다. 동시대의 반응에 관한 한 어떤 작품도 일방적인 지지나 비판의 대상이기는 어렵다는 것이다.

동시대 문학에 관한 담론의 경우도 사정은 마찬가지이다. 작품에 대한 평가는 언제나 지지에서 비판으로 이어지는 하나의 스펙트럼을 이루고, 시간적으로 가까운 작품일수록 그 편차는 크기 마련이다. 그 스펙트럼 위에서 어떤 자리를 차지할 것인지는 전적으로 독자의 몫이다. 물론 그 평가에 대한 책임도 그 자신의 몫이다. 미적 판단에 관한 칸트의 입론이 보여주었듯이 평가에 임하는 사람이라면 누구라도 자신의 자리를 보편적인 위치에 올려놓고 싶어한다. 그래서 평가에 관한 논쟁은 상대를 자기 위치로 이끌어들이는 설득의 형식을 취하게 된다. 이것은 진리를 향해 나아가는 논증의 형식과는 다른 것이므로 상대를 치명적인 곳으로 몰아가서는 곤란하다. 중요한 것은 상대를 제압하는 것이 아니라 내 편으로 이끌어들이는 것, 상대의 동의를 얻어내고 그럼으로써 자기 의견을 좀더 폭넓은 합의의 차원으로 고양시키는 일이기 때문이다. 아렌트가 『판단력 비판』에서 칸트의 정치철학을 읽어내고자 했던 것도 이런 까닭이다.

그러나 바로 이런 이유 때문에 거꾸로, 문학작품의 평가에 관한 논쟁은 왕왕 그 자체로 정치적이거나 이데올로기적인 것으로 전화되기도 한다. 어떤 사람의 평가에서 그 어떤 사심이나 정치적 함의나 음모론적인 의도 같은 것을 읽어내는 방식이 그것의 가장 저급한 형태일 것이다. 미적 판단이라는 것 자체가 판단하는 사람의 교양이나 수준을 담보하는 것이기 때문에, 한 개인에게는 민감하고 경우에 따라서는 자존심이나 인격과 관련된 치명성을 지니게 되는 것이기도 하다. 한 사람과 적이 되고 싶다면 방법은 간단하다. 그 사람의 취향을 공격하면 된다. 나아가 그 사람의 미적 판단에 대해서 정치적 저의 같은 어떤 비미학적 요소를 문제삼으며 공박한다면 그것은 돌이키기 어려운 일이 된다. 그래서 평가에 관한 논쟁에서 절대로 삼가야 할 것은 상대방의 다른 의도에 관한 예단이다. 그것은 상대가 아니라 자기 자신을 향해 날아오는 칼날이기 때문이다.

그럼에도 평가에 관한 논쟁에서는 왕왕 이런 경계가 무너지기도 하고, 경우에 따라서는 그런 주장이 사람들의 호응을 얻기도 한다. 그런 경우는 대개 우리 자신의 조급성이나 미숙성에서 기인하는 것이겠지만, 평가에 대한 담론 자체가 지니고 있는 정치적 속성, 상반되는 입론을 통해 합의를 향해 나아가는 속성의 영향도 적지는 않을 것이다. 우리가 경험칙으로 알고 있는 것은, 진리는 단순하지만 그곳에 이르는 길은 결코 단순하지 않다는 것이다. 평가는 물론 논증적 진리와는 다른 영역에 속하는 것이지만 이런 이치라는 측면에서는 그다지 멀지는 않을 것이다.

문학성이라는 개념을 둘러싸고 벌어지는 다양한 담론들도 마찬가지 경우일 것이다. 고정된 실체일 수 없는 것, 개별 작품들에 대한 다양한 평가 속에서 순간적으로 나타나는 어떤 양태나 텅 빈 중심으로 존재할 수밖에 없는 것, 그것이 곧 문학성이라는 개념의 본래적인 속성이다. 1990년대 이후로 한국에서 문학이 인문주의와 함께 다양한 위기담론의 대상이 되어왔음은 물론 분명한 사실이다. 그리고 그런 양상은, 정도의 차이나 시차는 있을지언정 다른 나라들의 경우와 크게 다르지는 않다. 자본주의라는 삶의 양식을 자신의 존재조건으로 삼을 수밖에 없다는 것이 우리 시대 문학과 예술의 본원적인 운명이기 때문이다. 문화산업 비판이나 이른바 예술 상업주의 비판이 어느 시대에나 끊이지 않았음이 자본주의시대 예술의 운명을 보여주는 가장 상징적인 지표일 것이다. 문학을 둘러싼 위기담론 역시 마찬가지로 보인다. 그것은 언제나 자기 시대의 구체적인 사회적 사실과 함께 사람들의 마음속으로 다가온다. 문학작품들이 판매가 부실할 때에도, 거꾸로 너무 많이 팔린다고 생각될 때에도, 사회적 영향력이 너무 적어졌다고 생각될 때에도, 반대로 너무 많은 사람들에게 다가가고 있다고 생각될 때에도. 물론 그런 위기담론의 핵심부에 놓여 있는 것은 경제이고, 또한 그것의 심리적 표현인 주가지수 그래프일 것이다. 하지만 이처럼 위기담론이 일상화되면 이제 담론의 위기가, 위기담론의 변증법이라 할 만한 양상으로 위기의 위기가 찾아온다. 기존의 모든 위기를 한순간에 정지시키고 새로운 위기의 지도를 제공해주는 것으로서의 공황.

문학의 위기에 관한 담론은 1990년대 중반부터 본격적인 유행이 시작되어 2000년대에 접어들면서는 일상적인 것이 되었다. 그렇다면 위기의 위기는 무엇이었을까. 2004년 겨울에 발표된 가라타니 고진의 이른바 '근대문학종언론'이 그런 것이었다고 해도 좋지 않을까.[1] 위기담론은 이제 사망선고가 되었다. 그에 따르면 한국뿐 아니라 세계 전체가 그렇다는 것 아닌가. 아무리 유행이라고 해도 사망선고라면 좀 심각한 것이 아닌가. 고진의 근대문학종언론을 두고 문학담론의 공황의 순간이라고 할 수 있는 것은 물론 그에 대한 한국 언론에서의 반응을 두고 하는 말이지만, 근대문학이 역사적 소임을 다했다는 고진의 말이라야 새삼스러울 것이 없으며, 이에 대해서는 이미 진중한 검토가 행해진 바 있다.[2] 그러니 이제 좀더 생산적인 것은 그의 선언을 계기로 우리 내부에서 제기되는 질문들을 바라보는 일이 아닐까. 위기의 위기로서의 공황이란 근본적인 질문들을 상기시키는 일종의 전환점일 것이기 때문이다. 이를테면 이런 질문들: 그의 입론이 적지 않은 영향력을 행사했다면 그것은 무엇 때문인가. 그가 말하는 문학의 종언이란 곧 문학의 문학다움의 사라짐을 뜻하는 것인데, 그렇다면 지금 우리 시대에 문학다움이란 무엇인가. 과연 그런 것이 존재하는가. 존재한다면 어떤 모양인가. 또 어떤 모양이어야 하는가.

그의 입론이 누군가에게 모종의 충격을 가지고 다가왔다면, 일상화된 위기담론 속에서 동시대 문학에 대한 논의가 자명한 것으로 전제하고 있던, 혹은 그래서 잠시 망각하고 있던 바로 그 문학성에 관한 관심을 환기시켜주었기 때문이 아니었을까. 어떻든 분명한 것은 그의 입론이, 거기에 동의하지 않는 사람은 물론이고 동의하는 사람에게조차도 다소 불편한 것으로 다가왔다는 점이 아닐까 싶다. 그러니 바로 그 불편함에 대해 더 들어보는 것으로 논의를 시작해보면 어떨까. 이를 통해, 우리 시대 문학성의 소재와 존재방식에 대해 성찰할 수 있다면 그 또한 다행스러운 일일

---

1) 가라타니 고진, 「근대문학의 종언」, 구인모 옮김, 『문학동네』 2004년 겨울호; 『근대문학의 종언』, 조영일 옮김, 도서출판b, 2006.
2) 황종연, 「문학의 묵시록 이후—가라타니 고진의 「근대문학의 종언」을 읽고」(『현대문학』 2006년 8월호)가 그 대표적인 예일 것이다.

것이다.

2. 고진의 '근대문학종언론'이 지닌 세 가지 불편함

2-1. 미래에서 날아온 문학의 사망통지서

고진의 종언론이 지니고 있는 불편함에는 최소한 세 가지 정도의 사연은 있어 보인다. 가장 먼저 들어야 할 것은 그가 일본의 비평가라는 점이다. 근대문학 일반의 종언에 대한 선언이, 일본의 비평가에 의해, 그것도 한국문학의 현재적 정황이 중요한 근거가 되어 행해졌다는 사실은 사람들의 마음을 불편하게 하기에 충분해 보인다. 20세기 한국인들에게 일본은, 이제는 상당 부분 희석되기는 했지만 타자의 역설적 기능을 수행해왔다. 한국에게 일본은 제국주의적 가해자이면서 동시에 추구해야 할 경제적 모델로서 정서적으로도 논리적으로도 양가적인 존재였거니와, 그것은 단지 일본이라는 구체적인 나라가 아니더라도 근대성 자체가 지니고 있는 역설성의 표상이라는 점은 새삼 강조할 필요가 없을 것이다. 그런 곳으로부터 문학에 대한 사망선고서가 날아왔다면 그것만으로도 내부에서 제기될 법한 종언론과는 사뭇 다른 강도를 지닌 것일 수밖에 없다.

하지만 여기에서 좀더 문제시되는 것은 종언론의 발신지로서의 일본이 단지 공간적인 외부일 뿐 아니라 시간적인 외부이기도 하다는 점이다. 고진 자신의 논의에 따르면, 일본은 이미 1980년대에 접어들면서 문학이 끝났고, 한국은 그래도 다를 것이라고 생각했지만, 1990년대 후반에 접어들면서 마찬가지 상황이 되었다는 것이다. 여기에서 그가 말하는 근대문학의 종언은 근대문학의 총아였던 소설의 몰락을 뜻하는 것이고, 좀더 정확하게는 소설을 소설이게끔 했던 어떤 사회적 틀의 종식을 의미한다. 이런식의 입론이 지니고 있는 근본적인 난점도 그 자체로 문제이지만, 여기에서 중요한 것은 고진의 이런 논리가 우리에게는 일종의 예언처럼 다가올 수밖에 없는 조건들이다. 한국에게 일본이 지니고 있는 시간적인 외부성의 문제가 그것이다.

고진이 근대문학의 요체로서 전제하고 있는 것은 문학이 지니고 있는 사회적 정치적 성격과 기능들이다. 이는 물론 단지 문학만의 문제가 아니라 그것을 그것답게 만드는 틀의 문제이다. 그래서 문제가 되는 것은 학생운동이나 정치적 저항운동 같은 대항담론과 문학의 관계, 혹은 시대정신 속에서의 문학의 위상, 문학의 정치성 등이다. 그가 1980년대에 일본 문학은 끝났다고 말했을 때 그것은, 실제로 종언을 고한 것은 문학이 아니라, 자본주의 경제를 중심으로 구성되는 삶에 대한 저항담론의 현실성과 실제성이라는 말에 훨씬 가깝다. 요컨대 중요한 것은 문학이 아니라 문학을 둘러싸고 있는 틀인 것이다. 이런 점에서 보자면, 한국과 일본은 대략 20년 정도의 시차를 갖는다. 학생운동의 시대였던 일본의 1960년대는 한국의 시계로는 1980년대에 해당된다. 섹트주의와 내부 폭력으로 학생운동이 얼룩지고 그래서 마침내 혁명적 잠재력이 소진되었던 일본의 1970년대는 한국으로 치면 1980년대 후반과 1990년대 초반에 해당될 것이다. 70학번이었던 일본의 한 언론인은 그런 환멸적인 현실 앞에서 시위에도 나가지 못한 채 혁명과 마르크스주의의 의미에 대해 고민할 수밖에 없었던 자신의 대학 초년 시절을 회고하고 있다.[3] 한국에서라면 그런 정신적 정황은 1990년을 전후해 대학에 입학한 대학생들에게 해당될 것이다. 바로 이런 시차가, 고진의 종언론으로 하여금 타임머신으로 전송된 일종의 예언으로 보이게 한다는 것이다. 미래로부터 우리를 향해 날아온 불길한 전언이라면 그 내용의 적실성과 무관하게 그 자체만으로도 무시할 수 없는 정서적 강도로 다가오는 것은 당연한 것이 아니겠는가. 그것이 우리를 불편하게 만드는 첫번째 요소라고 해도 좋겠다.

---

3) 사토 마사루 · 우오즈미 아키라, 『내셔널리즘이라는 미궁』, 아사히신문사, 2006, 247쪽.

2-2. 의지 없는 선언으로서의 문학종언론

우리를 불편하게 만드는 두번째 요소는 고진의 종언론이 지니고 있는 담론의 형식에 있다. 그의 입론은 여러 얼굴의 담론 형식을 지니고 있다. 진단이면서 예언이고 또한 선언이기도 하며, 그래서 그런 담론의 주체로서의 고진은 현자와 예언자와 사도의 얼굴을 동시에 보여준다. 프랑스에서는 사르트르 이후로 또 일본에서는 나카가미 겐지의 죽음 이후로 문학은 끝났다고 말할 때는 진단에 가깝고, 이제 문학의 시대가 갔으니 자본주의와 국가의 운동에 대항하기 위해서는 젊은이들이 이제 문학 아닌 다른 영역으로 가야 한다고 말할 때는 진리를 선언하는 사도의 목소리에 가깝다. 그리고 그의 선언에서 중요한 거점 역할을 하는 한국의 문학에 대해서는, 그의 발언은 예언에 가깝다. 물론 어떤 진술도 그 자체로 하나의 언어적 행위이고 고유한 발화수반적(illocutionary) 기능을 지니고 있다는 화용론(pragmatics)의 논리에 따르면 이것은 당연한 일일 것이다. 화자와 맥락에 따라 의미는 전혀 다르게 생성될 수가 있기 때문이다. 그럼에도 불구하고 새삼스럽게 그의 담론이 지니고 있는 다중성에 대해 지적하는 것은 무엇 때문인가. 그의 종언론의 근본적인 틀로 자리하고 있는 선언의 형식이 지니고 있는 문제성 때문이다.

분석이 사유에 입각하고, 예언의 파토스가 표징에 근거한다면, 선언의 힘은 의지에서 나온다. 독립선언이건 공산당선언이건 혁명선언이건 마찬가지다. 그래서 증거도 표징도 없는 것으로서의 선언은 그 자체만으로 보자면 매우 선정적인 것일 수밖에 없다. 그 선정성은 분석자나 예언자의 시선에서 보자면 어이없는 일이다. 사도 바울이 아테네 광장에서 부활한 예수의 복음을 선언했을 때 그 자리에 있던 스토익들과 에피큐리언 철학자들은 웃음을 터뜨렸다고 「사도행전」은 전하고 있다. 그들의 웃음은 신의 아들이라는 예수의 선언 앞에서 유대의 율법주의자들이 터뜨렸던 웃음과 동일한 의미를 지니고 있다. 그들의 웃음을 멈추게 하기 위해서는 어떻게 해야 하는가. 가장 간단한 방법은 그들이 요구하는 것을 주는 것이다. 철학자들에게는 증거를 대고, 율법주의자들에게는 새로운 표징의 권능을 보여주면 되는 것이다. 그러나 그것은 선언의 자기 부정에 해당하므로 선언의 주체에게는 불가능한 일이다. 그것은 철학자가 되거나 율법학자의 길을 가는 것이며, 그것은 곧 선언의 주체로서 사도의 삶을 포기하는 것이기 때문이다. 사도의 길이란 무엇인가. 바디우에 따르면 그리스적 로고스의 지혜도 유대적 신의 권능도 포기하는 것, 어리석음과 허약함의 자리를 고수하는 것이 그것이다.[4] 그리스도의 출현이라는 기적을 증거로 들이미는 순간 사도는 유대 담론의 세계로 빠져버리고 율법과 계약에 고개를 숙이는 속물적인 주체가 되어버리며, 혹은 자신의 지적 확실성에만 복종하는 방자한 주체가 되어버린다. 바울로 표상되는 사도적 믿음의 주체는 자신을 무지함과 나약함 속에 내던져진 존재로, 신의 지혜와 권능 앞에 철저히 복종하는 주체로 내세우는 순간 정립되고, 나아가 그런 존재의 삶을 자기 삶으로 보여주는 것을 통해서만 완성된다. 그것은 곧 삶으로 구현되는 믿음에 대한 의지를 통해서만 가능한 일이다. 그런 선언하는 주체의 의지가 집단의 힘으로 밀어닥친다면 그것은 어떤 철학자나 예언자의 얼굴에서 웃음기를 거두어내기에 충분할 것이다.

선언은 증거와 표징을 필요로 하지 않는다는 점에서 순수 의지의 영역에 속한다. 그래서 분석적 판단이나 해석을 통한 예언이 아닌 것으로서의 선언은 자신의 진리치를 사후적으로 입증할 수밖에 없다. 이를테면 자신의 세대를 문학적 황무지 앞에 서 있는 화전민 같은 존재라고 선언했던 1950년대의 이어령이 있었고, 태초의 폐허 앞에 서 있다고 자신들을 표현했던 1960년대 산문시대의 동인들이 있었다. 이들은 모두 근대성의 자식들이며, 이런 점에서 그들의 원형은, 스스로를 조상도 없고 물려받은

---

4) 알랭 바디우, 『사도 바울』, 현성환 옮김, 새물결, 2008, 4장.

전통도 유산도 없는 고아라고 외쳤던 1910년대의 이광수의 선언에 있다. 그들 앞에 있었던 것이 진짜 황무지이고 폐허였는지, 혹은 그들이 진정 물려받은 것이 아무것도 없는 고아였는지는 그들의 선언 이후의 삶이 증명할 수밖에 없다. 소시민 문학은 그 소임을 다했으며 이제부터는 노동자들의 새로운 문학이 있을 뿐이라고 했던 1980년대 후반 김명인의 선언도 이런 점에서는 마찬가지다. 그런 선언들이 지니고 있는 선정성을 지울 수 있는 길, 그 선언을 바라보는 사람들의 얼굴에서 웃음기를 지워버릴 수 있는 길은, 선언의 순간이 아니라 선언 이후에 있다. 제아무리 대단한 것이 그들 앞에 있다 하더라도 상관없다는 식으로, 우람한 숲과 풍부한 결실을 보여줌으로써 그 이전에 있던 것들을 모두 화전민 앞의 황무지로 만들어버리는 것, 새로운 세계를 보여줌으로써 그 이전에 있던 것들이 모두 폐허에 불과했음을 깨닫게 해주면 되는 것이다.

게다가 선언이라는 담론은 새로운 질서의 도래와 그것을 맞는 기쁨을 원형적인 파토스로 지니고 있다. 폐허와 황무지와 전통의 부재라는 것들은 모두 그런 기쁨을 위해 동원된 억양법적인 반례에 불과한 것이다. 새로운 질서를 맞는 기쁨과 그 기쁨을 향해 가고자 하는 불꽃같은 의지가 선언을 가능케 하는 것이다. 새로운 문학이나 예술의 선언이건 독립선언이나 혁명선언이건 사정은 마찬가지다. 그렇다면 고진의 경우는 어떨까. 그의 종언론은 선언의 외양을 지니고 있으되, 기본 구성은 논증의 형식을 따르고 실질은 예외적 표징의 담론으로 이루어져 있다. 문학의 죽음을 말하기 위해 그는 사르트르 이후의 프랑스에서 시작하여 1950년대의 미국과 1980년대의 일본으로 나아가고, 그리고 마지막에는 2000년대의 한국에 도달함으로써 논의를 맺는다. 이것은 논증의 형식을 취하고 있지만, 어떤 방식으로건 근대문학 세계의 전체 상을 포괄할 수 없는 불완전한 귀납의 형식이라는 점에서, 실질적으로는 특수성을 통해 전체 상에 대해 도달하는, 바디우식으로 말하자면 예외의 논리와 표징 해석을 통해 결론에 도달하는 유대 담론의 실상을 지니고 있다. 그가 말하는 근대문학이라는 것도 또한 죽음이라는 것도 모두 추상적인 개념들이다. 사람은 죽는다는 것을 논증하는 것과는 다를 수밖에 없다는 것이다. 게다가 그가 든 결정적인 예로서의 한국문학에 관한 한, 부실하기 짝이 없는 예증이 버티고 있다. 1990년대 교류했던 한국의 비평가들이 이제 모두 문학을 그만두었는데, 그 이유인즉 젊은 세대들의 감각을 따라가지 못해서가 아니라는 것. 그래서 한국에서도 문학이 죽었다고 볼 수밖에 없다는 식이다. 그럴 수도 아닐 수도 있다. 하나 마나 한 소리라는 것이다. 물론 그의 논리에서 정점에 있는 것은 자본주의와 관료체제에 대해 저항해야 한다는 당위적인 진술이므로, 이런 것이야 아무래도 상관없다고 할 수도 있다. 그런 대단한 일을 위해서라면 문학의 죽음 같은 것이야 그 제단에 얼마든지 봉헌되어도 좋다고 할 수도 있겠다. 다만 여기에서 중요한 것은, 그 모든 것을 폐허화해버릴 만큼 강력한 대항담론의 파토스를 끌어올리는 것이며, 또 그 힘을 보존하고 재생산해낼 만한 방법의 회로를 제시해주는 일이다. 그것이 새로운 조합주의운동(NAM)이건, 지역화폐운동(LETS)이건 상관없다. 그와 같은 희망의 근거가 있을 때 비로소 선언의 형식은 빛을 발할 수 있을 것이 아닌가.

그런 기쁨의 발성법으로부터 멀어진 종언론이란, 단지 문학의 죽음만을 말하는 도약 없는 억양법의 수사란 어떤 것인가. 니체식으로 말하자면 원한에 가득 찬 죽음에의 의지 이외에 다른 것일 수 있을까. 좀더 다소곳하게, 그리스적 담론의 양식을 빌려 아직 총체성을 확보하지 못한 문학의 죽음에 대해 조심스럽게 질문하는 것이 온당한 방법이 아니었을까. 그의 종언론 속에 존재하고 있는 이 같은 이질적인 담론들의 혼거와 그로 인해 빚어지는 담론 형식의 착종이, 또한 논리 내부의 마찰음이 우리를 불편하게 한다. 가라타니 고진은 「근대문학의 종언」이라는 짧은 강연록의 저자이지만 또한 그는 무엇보다도 『일본근대문학의 기원』과 『트랜스크리틱』

의 저자이기도 하기 때문이다.

2-3. 문학의 진짜 죽음, 죽어야 사는 문학

세번째 요소는 앞의 둘보다 좀더 근본적이고 심각한 것으로 보인다. 고진의 종언론이 문학성의 죽음을 뜻한다면 문학의 죽음은 사실일 것이기 때문이다. 사실이라고? 그의 종언론이 지니고 있는 논리적 허실과는 무관하게 문학의 죽음이 어쩌면 사실일지도 모른다는 생각이 머리를 스친다면, 남들은 다 알고 있는데 나만 모르고 있는 것은 아닐까 하는 의심이 들고, 설령 당장은 아니더라도 어차피 난파할 배이기에 하루바삐 탈출하는 쪽이 현명하리라는 생각이 든다면, 그런 의심이나 생각을 빨리 현실화하는 것이 좋을 것이다. 가는 길에 도덕적 알리바이 같은 것도 하나쯤은 만들어놓는 것이 좋겠다. 내가 문학을 버린 것이 아니라 임종할 기회도 주지 않고 저 혼자 유명을 달리해버린 문학이 나를 버린 것이라고.

그런데 사실이라고? 문학의 죽음이라는 것이 어떤 구체적인 장르의 소멸을 말하는 것이 아님은 당연한 것이다. 그것은 문학을 문학답게 만들었던 어떤 핵심의 죽음, 곧 문학성의 죽음을 뜻한다. 그렇다면 그것은 단순히 수사학적인 표현도 아니고 문학의 진짜 죽음인 셈이 아닌가. 문학성의 종언 이후에도 여전히 소설과 시가 씌어지고 읽힐 것이지만 그 모든 것들은 껍데기이자 시체이고 유령이라는 것이 아닌가. 아, 그러나 문학성은 바로 그런 곳에 존재하는 것이 아닌가. 자신의 죽음을 안고 가는 유령적 존재, 그것이 바로 문학성이 아닌가.

문학종언론이 사회적 영향력의 상실 같은 것을 지칭하는 것으로 사유된다면 그것은 매우 순진한 발상이다. 그런 발상 밑에는, 이를테면 의학도였던 루쉰이 대오각성하여 중국 정신의 치유자가 되기 위해 문학도가 되었다거나, 혹은 『엉클 톰스 캐빈』이 남북전쟁과 노예해방을 초래했다는 식의 문학의 기능에 대한 환영이 자리잡고 있다. 문학이 자신의 외부와 교섭하는 방식은 다층적이지만, 여기에서 문제가 되는 문학성이란 실체가 아니라 그 어떤 효과로서, 부재하는 중심으로서만 존재할 수 있는 것이다. 그래서 그것은 존재라기보다는 비존재라고 하는 쪽이 좀더 정확할 것이다. 한때 있었거나 앞으로 있을 수 있는 것이지만 현재 속에는 존재할 수 없는 것, 문학 속에는 존재하지 않으며 오로지 그것의 존재에 대한 의심 속에서만, 그런 긴장의 손길 속에서만, 또한 문학의 구체적 사용 속에서만 가까스로 그것의 존재를 확인할 수 있는 어떤 것, 그런 것이 문학성의 속성이 아닌가. 그래서 문학성이란 완성되고 파악되는 순간 곧 죽음을 맞는 것이며, 그런 뜻에서 언제나 자신의 죽음을 그 자신의 존재의 핵심으로 지니고 있는 것이지 않은가.

이런 의미에서라면, 문학성의 죽음이라는 테제는 곧 문학의 잠재적 생명력의 상징이자 소생을 예고하는 지표로 받아들여져야 할 것이다. 그렇다면 문학성의 죽음은, 쓰는 사람에게나 읽는 사람에게나 오히려 환영해야 할 어떤 것이 아닌가. 문학의 죽음을 확인하는 마음의 불편함은 오히려 언제나 품고 있어야 하는 것이 아닌가. 언제나 문제가 되는 것은 죽음을 잊은 삶이 아닌가. 죽음을 매우 가까운 곳에서 마주하고 있을 때 삶은 오히려 생생해지는 것이 아닌가. 삶의 평범한 기쁨이 놀라운 설렘으로 다가오기로는 회복기 환자의 경우만한 것이 없을 것이며, 삶의 소박한 행복이 절실하고 안타까운 것으로 다가오기로는 죽음과 매우 근접하게 된 시한부 환자의 경우보다 더한 것은 있기 어려울 것이다. 그러니 그런 죽음이라면, 죽음을 의식함으로써 생겨나는 마음의 불편함이라면 오히려 문학이 기꺼이 감당해야 할 어떤 것이 아닐까. 건조하고 지루한 평화야말로 문학의 진정한 적이 아닌가. 그래서 근대문학의 종언이라는 고진의 입론은 그의 의도와는 무관하게, 오히려 죽음과 소생을 반복하는 것으로서의 문학성의 본질에 관한 테제로 받아들여야 할 것이다.

게다가 문학성은 칸트의 용어를 빌려 말하자면, 초월적(transcendent)

인 개념이 아니라 초월론적(transcendental)인 개념이다. 둘은 경험적으로 확인할 수 없다는 점에서는 동일하지만, 초월론적 개념은 그것의 구체적인 사용을 통해 사후적으로 그 존재를 확인할 수 있게 되는 어떤 것이다. 어떤 규정적인 것으로 상정되는 순간 이내 죽음에 도달하게 된다는 것, 그래서 기왕에 존재하는 어떤 문학 속에도 존재할 수 없다는 것이 문학성의 속성이다. 문학이라는 확정된 범주의 잉여로서만, 그 나머지이자 찌꺼기로서만 존재할 수 있는 것으로서의 문학성은, 그러므로 기성적인 것과 미지의 것 사이에서, 그 둘 사이의 긴장과 역설 속에서 발현되는 양태이자 틀로서만 존재할 수 있다. 그래서 그것은 미메시스가 그렇듯, 욕망보다는 충동에 가깝고 증상보다는 환상에 가깝다. 문학성은 자신을 보편화하려는 힘과 이에 맞서 자신을 역사화하려는 힘의 길항 사이에서, 거듭거듭 자신의 외부적인 것으로서 재도입하는 충동으로서만, 그릇된 보편성을 격파하는 역사성으로서, 또한 조급한 역사성의 성긴 피부를 꿰뚫어버리는 또하나의 외부성으로서 존재하는 것이다. 초월론적 개념들이 지니는 이러한 의미에 관한 한, 『트랜스크리틱』의 저자 가라타니 고진이 이미 칸트와 마르크스의 예를 통해 명석하게 개진한 바 있다. 칸트와 마르크스가 공히 성취해낸 횡단적 사고란 경험적 의식의 자명성을 괄호에 넣고 그것을 성립시키는 조건을 천착하는 것이거니와, 기이한 것은 고진이 왜 동시대 문학에 대한 사유에서는 그러한 사고를 적용하지 않았는가 하는 점이다. 어떻든 근대문학종언론에 대한 비판에 관한 한 『트랜스크리틱』의 저자에게 맡겨놓는 것으로 충분해 보인다.

그럼에도 남는 불편함이 있다면 그것은 무엇 때문인가. 문학성이라는 것 자체가 지니고 있는 실재로서의 속성 때문이라고 해야 할 것이다. 직접적이고 명시적으로 담론화될 수 없는 영역들, 끝없는 상징화와 그를 통해 부여되는 해석적 안정성에도 불구하고 메워지지 않는 어떤 원초적 결여의 자리와 같은 것, 그것은 우리 시대의 문학성에 대한 성찰이 자신의 파트너로서 동반해야 할 역설적인 대상일 것이다. 그래서 문학성을 사유하는 데서 느껴지는 불편함이란 흡사 이율배반에 관한 칸트의 논증처럼 무한성과 유한성 사이에서 스스로를 제한할 수밖에 없는 근대적 주체가 자신의 운명으로 감당할 수밖에 없는 역설의 공간을 바라보는 심정과도 흡사하게 느껴진다. 말하자면 그것은, 미메시스적 힘을 자기 동력으로 삼고 있는 문학성이라는 대상 자체가, 그것이 지니고 있는 초월론적인 속성이, 그것을 사유하고자 하는 사람들에게 부여할 수밖에 없는 정서적 반응으로 보인다는 것이다. 자신의 물질적 조건을 혁명화함으로써만 살아갈 수 있는 자본주의처럼, 문학성도 자신의 죽음을 자양으로 해서만 살아남을 수 있을 것이기 때문이다. 그러니 이 마지막 불편함에 대해서는 다른 도리가 없어 보인다. 칸트가 명시해놓은 이성의 규제적(regulative) 사용[5]을 지침으로 삼아 각자의 삶과 생각의 힘을 그 안에 던져넣는 수밖에.

3. '트랜스크리틱'의 윤리성과 위험

3-1. '트랜스크리틱'의 윤리적 계기

가라타니 고진이 '트랜스크리틱'이라는 이름으로 칸트와 마르크스의 입론을 병치시키고자 했을 때, 그 바탕에서 작동하고 있는 것은 프로이트에 의해 고안된 사후성(Nachträglichkeit)의 개념으로 보인다. 칸트에게서 그것은 인식론의 차원에서 고안된 초월론적 주체의 문제였고, 또한 마르크스에게서는 가치형태론의 문제였지만, 고진은 이들의 입론을 공히 어떤 실천의 문제로 귀결시켰다. 이것을 고진은 이성의 규제적 사용이라는 칸트의 개념을 통해 구체화하거니와, 그것은 곧 윤리의 문제이기도 했다. 프로이트가 트라우마의 소재에 관해 지속적으로 언급해온 사후성이

---

5) 이 단어를 칸트의 한국어 번역자들은 '규제적' 혹은 '통제적'으로, 『트랜스크리틱』의 번역자는 일본의 예를 따라 '통정적(統整的)'으로 번역했다. 이 글에서는 '규제적'으로 통일하여 쓴다.

란 개념의 경우도 마찬가지다. 거기에는 과거와 미래 사이의 인과론적인 역전이, 미래가 과거를 발견하고 결정한다는 역설이 존재하고 있다. 그래서 그 둘 사이에 끼어 있는 것으로서의 현재의 문제는 그 역설의 긴장을 얼마나 버티어내는가에 있다. 자본주의에 대한 사유에 있어서도 사정은 마찬가지일 것이다. 고진 자신이 강조했던 것처럼, 자본주의에 대해 미리 비난하지 않은 채, 또 코뮤니즘에 대해서도 미래의 어떤 구체상으로 실체화하지 않은 채 현실과의 대립적 장력을 유지할 수 있었던 것이, 마르크스주의자가 아닌 마르크스의 대단함이었다. 이런 관점은 고진 자신에게도 적용되어야 함은 당연한 일이다. 그가 강조했듯이 비판의 진정한 요체란 한 대상을 타자의 시선에 노출시키는 일이기 때문이며, 궁극적으로 그것은 칸트의 예가 그러했듯이 현재로서는 판단 불가능한 차원을 고려 대상에 넣는 일이기 때문이다.

이를테면 칸트가 이성의 규제적 사용에 대해 언급했던 것은 『순수이성비판』에서 변증론에 접어든 이후의 일이었으며, 그것은 실천이성의 영역을 염두에 둔 때문이었다. 순수이성의 분석론에서 개념과 원칙의 요소들을 논증한 후 칸트는, 형이상학적 전통이 자신의 대상으로 가지고 있던 이념의 세 영역, 영혼(주체)과 우주(세계)와 신을 순수이성의 영역에서 축출했다. 그것이 변증론의 영역이며, 잘 알려진 바와 같이 오류추리(paralogism)와 이율배반(antinomy)과 이상(ideal) 등이 그의 비판의 형식이었다. 하지만 그는 순수이성의 영역에서 추방된 존재들을 다시 이성의 규제적 사용이라는 형식으로 복귀시킨다. 경험적 판단에 기반을 둔 순수이성이 확인할 수 없는 것이라고 해서 그것이 존재하지 않는다고 단언할 수는 없다는 것, 그러므로 그런 존재들에 대한 판단은 판단자 자신의 삶을 던져넣음으로써만 완성될 수 있다는, 일종의 실천적인 관심이 그 자체에 내재해 있다. 예를 들자면, 칸트는 세번째 이율배반에서 자연 필연성과 자유의 인과성이라는 양립 불가능한 개념을 대립시켰고, 둘 모두를 긍정했다. 객관의 필연성과 주관의 자유가 모두 참일 수 있다는 것이다. 감성적인 세계에서 모든 것은 경험적인 조건 속에 갇혀 있고 그래서 여기에서는 무조건적 필연성은 존재할 수가 없다. 그럼에도 불구하고 그 세계 전체가 기초해 있을 수 있는 어떤 절대 필연성이 부정되지는 않는다는 것이다. 이성의 규제적 사용은 바로 이와 같은 지점에서 순수이성의 자기 한계를 설정하는 것으로서 작동한다는 것이 칸트의 논리이다.

신의 존재에 관한 문제도 마찬가지다. 증명될 수는 없지만 그렇다고 단적으로 부정될 수도 없다는 것이다. 물론 실천이성의 영역으로 가면 영혼의 불멸성이나 신의 존재는 좀더 적극적인 형태로, 확정할 수는 없지만 실천이성의 원리를 위해 전제되는 요청(postulate)의 형식으로 다시 등장하기도 한다. 하지만 이처럼 이성의 한계지점을 명확하게 제한하는 것 자체가 이미 그 자체로 논증의 윤리를 실천하는 것일 수 있다. 흔히 라캉의 실재와 동등한 위상을 지니는 것으로 간주되는 물자체라는 칸트의 개념에서도 사정은 동일하게 드러난다. 그것은 진짜 대상을 불가지의 영역으로 추방해버리는 회의주의적 동기와는 거리가 멀다. 우리가 경험적으로 알 수 있는 것은 현상들의 영역뿐이고 그래서 그 너머의 세계에 대해서는 확증할 수 없지만, 그럼에도 현상세계라는 어떤 효과를 가능케 하는 궁극적 실체를 전제하는 것으로서의 물자체의 개념은 그 자체가 이성의 규제적 사용의 결과이기 때문이다. 이것이 왜 중요한가. 한계를 설정하는 것은 제한하는 것일 뿐 아니라 또한 동시에 그 한계 너머의 지점에 대한 사유의 가능성을 열어놓는 것이기도 하기 때문이다.

고진이 물자체라는 칸트의 개념 속에서 그의 윤리를 보고자 했던 것도 그 때문이며, 또한 코뮤니즘에 대한 마르크스의 태도에 대해서도 칸트의 용어를 빌려 동일한 차원에서 언급했다.

마르크스는 코뮤니즘을 '구성적 이념'(이성의 구성적 사용)으로 생각하는 것을 일관되게 거부했다. 따라서 마르크스는 미래에 대해 말하지 않았다. 마르크스는 『독일 이데올로기』에서 엥겔스가 쓴 글에 다음과 같이 덧붙였다. "공산주의란 우리가 성취해야 할 어떤 상태가 아니며, 현실이 형성해가야 할 어떤 이상도 아니다. 현 상태를 지양해나가는 현실의 운동을 우리는 '공산주의'라고 부른다. 이 운동의 제반 조건은 지금 실제로 존재하는 전제로부터 생겨난다."(『독일 이데올로기』) 그러나 그것은 마르크스가 코뮤니즘을 통정적(統整的) 이념(이성의 통정적 사용)으로 가지고 있었던 것과는 전혀 모순되지 않는다. 그것을 '과학적 사회주의' 따위로 이론화하여 말하는 것이 형이상학이며, 마르크스는 이것을 거부했던 것이다.[6]

칸트 자신이 밝혀놓은 것처럼, 구성적/규제적의 구분은 수학/철학의 구분과도 상응한다.[7] 수학은 보편에서 특수로 나아가는 방식이며 거기에는 유클리드 기하학의 공리계와도 같이 보편적인 규정들이 이미 기성적인 것으로 존재하고 있다. 그것을 그는 구성적이라고 불렀다. 하지만 칸트에게 철학은 특수를 통해 보편에 이르는 방식이며, 이 경우 보편성이란 종국적으로 도달해야 할 어떤 목표지점을 뜻한다. 보편성은 아직 구현되지 않은 어떤 것, 마치 프로이트의 트라우마나 마르크스의 코뮤니즘처럼 장차 도래하게 될 어떤 것을 지칭하는 것일 뿐이다. 있다는 것은 알지만 그것이 무엇인지는 아직 모르는 상태라는 것이다. 고진이 보편성의 개념을 어떤 실정적 존재자 즉 구성적인 것이 아니라, 어떤 계기를 만나는 순간 새롭게 생성되는 유동적인 것임을 강조하고 있는 것도 이러한 사정을 염두에 둔 때문이다. 단순히 과거와 현재의 경험적 총체로서의 일반성이 아니라, 어떤 계기를 통해 발현될 보편성을 강조하는 일이란, 칸트가 물

---

6) 가라타니 고진, 『트랜스크리틱』, 송태욱 옮김, 한길사, 2005, 21~22쪽.

7) 칸트, 『순수이성비판』, 백종현 옮김, 아카넷, 2006, 864~865쪽.

자체를 상정함으로써 순수이성의 한계를 상정한 것과 마찬가지로 언제든 다가올 수 있는 타자의 시선의 자리를 예비하는, 그래서 그 자체로 윤리적인 속성을 지니고 있는 태도인 셈이다.

3-2. 역설 청산의 위험성

고진의 사유 속에서 이러한 윤리적 계기는 자본주의라는 우리 삶의 현실적 존재조건과 만남으로써 좀더 구체화된다. 마르크스의 가치형태론을 리카르도와 베일리의 입론 사이에서 파악하는 그의 논리가 그 시발점이다. 마르크스의 가치 개념은 물론 그 자체가 초월론적인 것이다. 구체적이고 경험적인 것으로서의 가격이 아니라 추상적인 개념으로서의 가치를 논하고 있다는 점에서 그렇다. 사회적 분업이나 등가교환이라는 개념 역시 마찬가지다. 개별적인 경험의 차원에서는 성립될 수가 없는 개념들이다. 이를테면 우리가 물건을 사고팔 때 각각의 경우마다 사정이 달라서 등가교환이라는 개념은 성립하기 어렵다. 좋은 물건을 생각보다 싸게 샀다거나, 비싸지만 할 수 없어서 샀다거나, 바가지를 썼다거나, 이익을 많이 남겼다거나, 밑지고 팔았다는 식이기 때문이다. 그런 심정적 부등가교환이야말로 구체적 거래가 지니고 있는 본질적 속성이다. 그것을 등가교환이라는 틀로 보기 위해서는 구체적 경험을 넘어서는 추상적인 틀, 즉 서로 다른 가치체계들의 접합으로 이루어지는 사회라는 틀이 필요하다.

가치의 생산이라는 점도 사정은 마찬가지다. 상품의 가치는 노동력의 투입을 통해 만들어지며 그 양은 노동시간으로 측정된다는 논리는, 어디까지나 사회적 분업과 사회적 필요노동이라는 추상적 차원에서만 진리일 수 있다. 사회적 분업이란 누군가의 의도하에 만들어진 것이 아니라 결과적으로 그렇게 실현되고 있는 것, 곧 추상적인 차원에서 사후적으로 확인 가능한 것이다. 사회적 필요노동도 마찬가지다. 사람들이 몸을 움직여 필요한 물건을 만드는 일이란 마르크스의 용어에 의하면 구체적 유용 노동이다. 그것은 사용가치만을 생산할 뿐이므로 교환을 전제로 하는 가치의 생산과는 무관하다. 가치의 생산자가 되기 위해서는 추상적 인간 노동의 차원으로 들어가야 하며, 그 영역으로 들어가는 일이란 곧 시장에서의 교환이라는 장벽을 넘어서는 일을 뜻한다. 노동력이 투입되었다고 해서 반드시 가치가 생산되는 것은 아니라는 것이다. 사람들의 노동이 가치의 생산일 수 있기 위해서는 사회적 필요노동 속으로 진입해야 하거니와, 상품의 판매가 그 유일한 통로인 셈이다. 그럼에도 상품의 생산자들, 곧 쓰기 위해서가 아니라 팔기 위해서 만드는 사람들은 언제나 팔릴 것이라는 전제에서 만드는 사람들이다. 그들은 말하자면 신용을 당겨쓰고 있는 사람들이며 그런 점에서 외상 거래자나 차입 투자자와 동일한 위상을 지니고 있다. 예상대로 팔린다면 문제가 없지만, 팔리지 않을 때, 그것도 집단적으로 팔리지 않을 때가 문제가 된다. 그래서 공황은 언제나 과잉생산과 신용 경색의 형태로 나타난다. 당겨쓴 돈들의 위기인 것이다.

칸트와 마르크스를 접합시키고 있는 고진의 이러한 논리의 궁극적 지향점은 무엇인가. 자본주의와 민족국가의 외부를 사유하는 일이 곧 그것이라고 해야 할 것이다. 그런데 그것이 어떻게 가능할 것인가. 자본주의와 민족국가는 지금껏 2세기 넘게 우리 삶을 지배해온 주축 원리였으며, 현실 사회주의권의 붕괴 이후로는 명실공히 세계체제의 원리가 되었다. 그것의 외부를 사유하는 일이란 말하자면 외부 없는 외부성의 사유와도 같은 것, 물자체에 대한 논증과도 같은 것이 아닐 수 있을까. 하지만 고진은 자본 형성의 원리에 접근함으로써 그 대항논리의 거점을 만들어내고자 했다. 화폐가 상품생산을 통해 자본으로 전화하기 위해서는 두 가지 계기, 생산과 판매가 필요하다. 이 두 번의 전환을 통해 자본의 증식이 이루어진다. 고진이 강조하는 것은 그중에서도 두번째 계기다. 생산을 거부하는 일(노동운동) 못지않게 중요한 것이 판매를 중지시키는 일(소비자운동)이라는 것이다. 마르크스가 상품의 목숨건 도약이 이루어지는 지점이라고 했던 바로 그 지점이, 자본의 사활적 관심이 놓여 있는 곳이라는 점에 관한 한 이론의 여지가 없어 보인다. 바로 그 지점을 공략함으로써, 요컨대 고진은 임노동의 폐기가 아니라 매매행위의 종식을 통해 자본주의의 세계체제에 대항해야 한다는 것인데, 지금 이 자리에서 그것의 유효성이나 현실성에 대해 논의하는 것은 적절치 않아 보인다. 진단하는 것은 논리의 일이되 실천에 옮기는 것은 의지의 일이기 때문이다. 그가 현실적 대안으로 제시했던 새로운 조합주의운동(NAM) 같은 것이 아니더라도, 중요한 것은 그런 의지가 어떻게 실현되는지가 문제이기 때문이며, 의지의 진리는 선언이라는 담론의 진리가 그렇듯 사후적으로만 검증 가능한 것이기 때문이다. 다만 여기에서는 역전된 사후성의 효과에 대해, 역설의 청산작업이 지니고 있는 위험에 대해 언급해볼 수는 있겠다.

예를 들자면 고진은 권력 독점의 폐해를 막기 위해 보통선거에 제비뽑기의 형식을 도입해야 한다고 말하기도 했다. 제비뽑기란 아테네 민주정치의 핵심적인 요소로서, 그가 이를 언급한 것은 단순히 풍자나 우스개의 차원이 아니다. 보통선거제가 지니고 있는 허실에 대해서는, 얼마나 많은 우연과 비논리와 조작과 스캔들, 선동 등이 그것의 핵심을 이루고 있는지에 대해서는 이미 많은 사람들이 알고 있다. 선거과정 자체에 개입하게 되는 이런 비합리적인 요소도 그렇지만, 1인 1표와 비밀투표라는 형식 자체도 논리적으로 문제가 있을 수 있고, 또 고진 자신이 지적하고 있듯이 유권자와 당선자의 관계는 마치 시니피에와 시니피앙의 관계처럼 당선이 확정되는 순간 분리되어버린다. 당선자가 대표하는 것은 유권자들의 의지가 아니라 그 자신의 의지일 뿐이며 그것을 방어할 수 없는 근본적인 장치는 불가능하다. 그럼에도 대통령과 의원들은 언제나 국민의 이름으로 말하고 행동한다. 그러니 그 당선자의 자리를 누가 차지하더라도 상관없다는 결론이 나온다. 냉소적인 수사법에서가 아니라 실제로 그렇다고 해도 좋다. 결국 국가를 움직이는 현실적인 위력은 국민의 일반의지라기보다는 관료사회의 의지이기 때문이다. 유권자의 일반의지란 무엇인가. 그것은 보통선거를 통해 선출된 정치가들의 집단적인 의지가 만들어내는 일종의 가상이며, 그 의지의 현실성을 판단하는 관료들의 의지가 배후에 자리잡고 있다. 선거를 대신하는 제비뽑기(고진은 후보자 3인을 선발하여 제비뽑기를 하자고 했다)란 이러한 실상을 은폐하지 않고 드러내는 일이며, 보통선거제를 통해 일반의지가 구현될 수 있다는 환상을 폐기하는 뜻인 셈이다.

그러나 문제는 이와 같은 역설의 청산작업이 지니는 위험성이다. 일반의지가 실현될 수 있다는 것은 정치 현실 속에서 많은 사람들이 확인해왔듯이 일종의 환상일 뿐이지만, 문제는 그 환상의 폐기는 그것을 중심으로 형성되어 있는 상징질서 자체, 즉 민주주의라는 제도 자체의 폐기에 이른다는 것이다.[8] 설사 입후보자 중 누가 되더라도 달라지는 것은 아무것도 없으며 그래서 그중에서 제비뽑기를 하더라도 결과는 똑같으리라는 것이 현실이라 하더라도, 그러나 특정한 누군가가 자신의 의사를 대변해줄 것이라는 생각과, 그리고 보통선거에 의해 유권자들의 일반의지가 대표될 수 있으리라는 기대, 그래도 이번에는 다를 것이라는 희망을 폐기하는 것은 투표에 임하는 그 어떤 유권자도 원하는 것이 아니다. 말하자면 여기에서 환상은 그 자체가 불가피한 내재적 요소라는 점이다.

환상의 이 같은 역설적 속성은 무의식이라는 개념 자체에 이미 내재해 있다. 프로이트가 신경증의 발생 기전으로서 억압을 들었을 때, 억압이라는 메커니즘이 확인될 수 있는 것은 억압된 것들이 회귀하는 순간이다. 무의식의 존재가 확인되는 것도 역시 그 순간이다. 이를테면 어떤 증상이 있다. 무엇이 그 증상을 만들었는지는 분석을 통해 드러날 수 있을 뿐이다. 억압되어 있는 과거의 어떤 기억이 있다는 것은 알 수 있지만, 그것

---

8) 슬라보예 지젝, 『이데올로기라는 숭고한 대상』, 이수련 옮김, 인간사랑, 2002, 254쪽.

이 무엇인지는 알 수가 없다. 분석과정을 통해 억압된 것들이 드러날 때 비로소 억압이라는 기제의 존재가 확인되는 것이다. 그러므로 분석과정을 통해 드러나는 억압된 기억이란, 분석이 진행되는 길 위에서 어느 순간 나타나게 될 어떤 미지의 것이며, 과거에 속하는 것이지만 장차 존재하게 될 과거이다. 증상의 해석을 통해 나타나게 될 억압된 기억은, 곧 무의식은, 이런 뜻에서 과거로부터가 아니라 미래로부터 오는 것이며, 역사가 그렇듯, 사전에 존재하는 것이 아니라 역사 기술을 통해 만들어질 어떤 사후적인 것일 수밖에 없다. 그것이 프로이트의 사후성이라는 개념과, 나아가서는 무의식이라는 개념 자체가 지니고 있는 역설적 속성이다.

그러므로 여기에서 중요한 것은 이런 역설을 폐기하거나 해소하는 것이 아니라 오히려 보존하고 생산하는 것이다. 그 과정을 통해서만 우리는 입이 없어 말하지 못하고 있던 우리 내부 타자의 목소리를 들을 수 있기 때문이다. 이런 관점에서 보자면, 『트랜스크리틱』의 후반부에서 개진되는 가라타니 고진의 대안들에 대해, 그리고 또한 그의 짧은 강연록인 「근대문학의 종언」의 논리에 대해 그 조급함을 지적하지 않을 수 없다. 그것은 사후적으로만 확인될 수밖에 없는 것들의 가치를 선취하는 것이며, 곧 상품 생산자들처럼 담론의 신용을 당겨쓰는 것이기 때문이다.

화폐 물신주의도, 보통선거를 통해 주권이 대표될 수 있다는 것도 환상에 불과한 것이되, 문제는 그것이 불가피한 환상이며 그 환상을 가동시키는 욕망을 제거하면 그 배후에서는 좀더 일그러지고 기이한 대상이 드러난다는 사실이다. 정신분석학자들은 그것을 근본적인 부정성으로서 죽음 충동이라고 불렀다. 그렇다면 이런 사태에 어떻게 대처해야 하는가. 지젝은 바로 그 죽음 충동의 영역에 대해, "우리가 해야 할 일은 그것을 '극복하거나' '소멸시키는' 것이 아니라, 그것과 대면하고 그 무시무시한 차원을 있는 그대로 인정하는 것이다. 그리고 이러한 근본적인 인정에 근거해서 그것을 일상생활의 양태들과 접속시키려고 노력해야 한다"(같은 책,

25쪽)라고 했다. 충동뿐 아니라 환상과 역설에 대해서도 같은 말을 할 수 있을 것이다. 환상과 역설은 그 자체가 충동에 대한 방어이면서 또한 일 그러진 충동의 육체를 감싸고 있는 피부와 같은 것이기 때문이고, 그래서 역설을 마주하는 것이란 곧 충동을 마주하는 것과 같은 차원의 것이라 해야 할 것이기 때문이다.

4. 역설의 생산: 미메시스의 기쁨과 문학성

문학성에 대해서도 같은 말을 할 수 있을 것이다. 문학이 예술의 한 영역으로 자립화된 것은 근대에 접어든 이후의 일이며, 다른 모든 것들이 그렇듯이 어느 시점에서는 그 시효성을 반납할 수밖에 없으리라는 것은 당연해 보인다. 하지만 우리 삶을 지탱하는 소중한 가치로서 문학을 기린다면, 그것은 문학이 아니라 문학성이라는 개념에 대해서이다. 문학의 역사 속에서 확인할 수 있듯이 문학성에 대한 규정은 그것이 놓여 있는 사회적 역사적 맥락에 따라 다를 수 있다. 사회성이나 현실성이 강조될 수도, 반대로 비타협적인 자기 목적성이 고평될 수도 있다. 하지만 문학과 예술이라는 언어의 고유성을 인정한다면 그것은 아마도 아도르노가 인용했던 쇤베르크의 다음과 같은 말에서 표현되고 있는 것이 아닐까 싶다. "우리는 그림을 그릴 뿐이지 그 그림이 나타내는 것을 그리지는 않는다."[9] 여기에서 강조되고 있는 것은 그리기라는 행위 자체가 지니고 있는 충동적 속성이다. 그것은 문학과 예술이 지니고 있는 코나투스의 표현이며, 논증적 사유와 대비되는 것으로서 비분절적 사유가 지니고 있는 그런 힘을 우리는 미메시스적인 것이라고 지칭할 수 있겠다. 그것은 아리스토 텔레스의 쓰임에서처럼 대상에 대한 모방이기도 하며, 나아가서는 아도르노의 쓰임에서처럼 대상의 상태와 동화되는 것이기도 하다. 어느 쪽이

---

9) 아도르노, 『미학이론』, 홍승용 옮김, 문학과지성사, 1984, 16쪽.

건 상관없다. 중요한 것은 진짜 대상이 지니고 있는 복합적인 속성들, 더러는 모순적이고 역설적인 힘들, 근대적 이성의 영역에서 추방당한 힘들과 그 흐름을 포착해내는 일이다.

그래서 미메시스는 그 자체로 논증적 사유의 외부자라 해도 좋을 것이다. 불합리와 부정의와 역설의 대상을 날것 그대로 포착해내는 힘이라는 점에서 그렇다. 아도르노가 "예술은 자연이 아니라 자연미의 모방이다"(같은 책, 120쪽)라고 했을 때, 자연은 인식에 의해 이미 대상화된 것이라면 자연미는 그런 대상화의 틀 바깥으로 버려진 정서와 감응들이 빚어내는 효과와 같은 것이다. 그래서 문학이 아니라 문학성이라는 물건은 바로 그런 의미에서의 자연미와 대화함으로써 생성될 수 있는, 효과 너머에 존재하는 실재의 자리와 물자체의 자리에 다가감으로써 빚어지는 순간적인 계기일 것이다. 우리가 문학성을 보존하고자 한다면 어떻게 해야 하는가. 기성의 문학성으로부터의 벗어남이라는 매우 추상적인 말 이외에 정해진 방법이란 있을 수 없다. 문학성은 언제나 과거형으로 말하게 될 것으로만, 더 정확하게 말하자면 미래완료의 것으로만, 사후적인 것으로만 존재할 수 있을 것이기 때문이다. 다만 우리는 부정의 형식으로라면 이렇게 말할 수도 있을 것이다. 삶의 다면성과 다층성을 품어내기 위해서는, 거기에 존재하는 이해할 수 없는 요소들과 역설적인 속성들을 제거해서는 안 된다고. 최근의 한 장편에 등장하는 이런 계기들을 소략하게나마 살펴보는 것으로 이 추상적인 논의를 마무리짓자.

신경숙의 장편 『엄마를 부탁해』(창비, 2008)에서 인상적인 것은 여러 겹의 시선에 의해 포착되는 모성의 존재이다. 늙은 엄마의 실종으로 인해 펼쳐지는 밀도 있는 가족애의 세계와 이를 구성해내는 섬세한 디테일들이 이 소설의 기둥이거니와, 여기에는 모성의 신화가 지니고 있는 역설적 속성이 내재해 있다. '엄마는 위대한 희생자이다'와 '엄마는 불쌍한 여자다'라는 두 명제가 양극을 이루고 있다. 모성이란 무엇인가. 어린 새끼들에 대한 엄마의 무한정한 사랑이라는 것이 신화에 불과하다는 것이야 새삼 강조할 필요가 없다. 『엄마를 부탁해』는 모성이라는 개념 자체가 성장한 자식들의 시선에 의해 구성된 것이며, 그것은 근본적으로 자식들이 지니고 있는 죄의식과 자책감의 산물임을 보여주고 있다. 엄마의 실종이 서사의 계기가 된다는 점도 그렇지만 소설의 서술 형식이 기본적으로 2인칭 화자의 형식을 지니고 있다는 점은 그런 자책과 자기 심문의 속성을 상징적으로 보여준다. 이것은 모성이라는 것이 기성적인 것이 아니라 가족관계 속에서 구성되는 것이라는 점, 즉 구체적인 양육 경험과 그 과정에서 형성되는 공통의 기억을 통해 만들어지는 것이라는 점을 강조하는 것이기도 하다.

이처럼 모성을 구체적인 정황 속에서 만들어지는 것으로 포착하는 것은 모성의 원초적 신화에 대한 일종의 탈신비화의 의미를 지닌다. 이 점은 소설의 실질적인 네번째 장에서 죽어가는 엄마의 영혼을 화자로 등장시키고 있는 점에서 좀더 분명해지는데, 여기에서는 엄마가 자신의 결여와 욕망을 드러내고 있다. 엄마도 소녀였고 처녀였으며 엄마에게도 숨겨진 사랑이 있었다는 것, 엄마에게도 엄마가 필요했다는 것이다. 그래서 그 마지막 장면은 엄마가 자신의 엄마를 찾아가고 그 엄마와 하나가 되는 환상으로 마무리지어진다. 말하자면 이런 이야기는 타자의 결여를 드러냄으로써, 순수 증여처럼 불편하게 다가오는 모성을 역사화시키는 것, 곧 상징적 차원으로 안정화시키는 일에 다름아니다. 그런 방식으로 모성의 탈신화화가 완성되는 것이다.

그런데, 그것으로 끝난 것일까. 엄마를 잃고 자신들의 무능력과 불효함에 대해 비탄에 빠져 있는 자식들이 있다. 그런 자식들에게 새와 영혼의 목소리로 자신의 숨겨진 이야기를 들려주고 있는 엄마란 무엇인가. 자책으로 괴로워하는 자식들을 향해, 엄마는 가난하게 태어나 험한 세상을 살다 간 그저 불쌍한 여자였을 뿐이고, 그래도 너희들과 함께했던 시간이

더없는 행복이었다고 자식들을 위로해주고 있는 목소리의 주인공은 누구일까. 사라진 엄마가 아니더라도 성장한 자식들에게 모성의 존재란 그 존재 자체만으로 부채이고 자책의 원천일 수밖에 없다. 그것은 엄마가 원하는 것이 아니다. 그렇다면 진정한 모성이란 양육과정이 끝난 자식들에게 자신의 이기성과 욕망을 거침없이 드러내는, 그래서 자식들의 마음에 어떤 불편함도 부담감도 주지 않는 모성이 아닌가. 그렇다면 자신의 결여를 드러냄으로써까지 자식들을 위로하고 떠나는 모성이란, 자식들의 자책이 구성해낸 모성의 한 극단을 보여주는 것이 아닌가. 엄마의 실재와는 무관하게, 상징화된 엄마로서의 모성이 도달할 수 있는 한 극단을 보여주는 것이 아닌가. 그래서 신경숙은 소설의 마지막에 죽은 그리스도를 안고 있는 성모 마리아의 형상, 불가해한 고통의 표현으로서의 피에타를 배치해놓았는가.

물론 작가 신경숙은 매우 감도 높은 필치로 어머니의 이야기를 해놓았을 뿐이다. 우리가 그 책을 읽고 감동을 받거나 의아해하거나 자신의 경우를 대입하며 자책하고 또 안도하고 한다면, 그것은 아마도 역사화된 모성과 보편적 모성의 실재 사이에서 벌어지는 긴장과 역설의 자장 때문일 것이다. 그런 두 힘 사이에서 벌어지는 긴장이야말로 알게 모르게 우리 삶과 삶에 대한 생각들을 구성하고 있는 본질일 것이다.

우리 삶에서 벌어지는 역사화와 보편화의 상호침투 과정을 미메시스적 힘이 포착해낼 수 있다면, 그것은 미메시스가 지니고 있는 역설의 생산력 때문이라고 해야 할 것이다. 물론 여기에서 역설의 생산이라는 것도 삶을 하나의 흐름으로 접근해가는 일을 통해, 외부적인 것으로 추방당한 것들의 재도입 과정을 통해, 잉여 속에서 중심을 발견하고자 하는 노력을 통해 가능케 되는 것이며, 종국적으로는 사후적인 효과로서 확인될 수 있을 것이다. 그 순간 역설의 생산은, 아리스토텔레스에게 미메시스가 그랬듯이 기쁨의 생산이기도 할 것이다. 그러니 도리가 없지 않은가. 외부를 보기 위해서 필요한 것은 경계까지 나가는 일이다. 경계를 발견하는 일이란 경계 너머에 대한 사유의 가능성에 대해 열어놓는 일이기도 하다. 문학성의 경우도 그러할 것이다. 쉽게 예단하지 않으며 역설을 견디는 고단한 영혼들에게 시인이 건네주는 위로의 목소리를 들으며 글을 맺자.

삐뚤
삐뚤
날면서도
꽃송이 찾아 앉는
나비를 보아라

마음아
　　　—함민복, 「나를 위로하며」, 『말랑말랑한 힘』, 문학세계사, 2005

3부

———

몰윤리와 과잉윤리 사이, 왕비의 죽음
— 신경숙의 『리진』 읽기

1. 뉴에이지 역사소설

『리진』은 신경숙의 다섯번째 장편소설이다. 전작 『바이올렛』 이후로 만 6년 만이다. 오랜만에 나온 장편이라는 점도 그렇지만, 역사소설이라는 점이 이채롭다. 다른 사람도 아니고 신경숙이 아닌가. 우리가 아는 신경숙은 역사소설과 어울리는 작가가 아니다. 그는 무엇보다도 마음의 현존을 그려내는 현재형 묘사의 작가, 그것을 통해 1990년대 문학의 한 흐름을 만들어냈던 작가가 아닌가. 그런 그가 역사소설을 썼다면 그 자체만으로도 예사롭지 않다. 그렇다면 우리는 일단 『리진』의 작가를 향해 이렇게 물어볼 수 있겠다. 왜 역사소설인가.

최근 들어 이루어진 서사적 지형의 변화를 고려한다면, 역사소설이라는 장르 선택 자체에 대해 질문하는 것이 반드시 적절한 것만은 아닐 수도 있다. 작가가 신경숙이라는 사실을 고려하더라도 사정은 마찬가지다. 2000년대 들어 김훈의 『칼의 노래』와 『현의 노래』를 위시하여 다양한 작가들에 의해 씌어진 새로운 역사소설들, 이를테면 김영하의 『검은 꽃』, 황석영의 『심청』, 성석제의 『인간의 힘』, 전경린의 『황진이』, 김별아의 『미

실』등은 그 자체만으로도 서사적 지형의 새로운 변화를 보여주는 지표
라 할 만한 뚜렷한 현상으로 자리잡고 있다. 단순하게 보자면, 서사적 긴
장을 찾아내고자 하는 장편 서사의 동력이 당대의 현실에서 한발 물러서
역사라는 좀더 넓은 서사의 공간으로 이행해가는 것이라 할 수 있겠지만,
개별적인 작품들 속으로 들어가보면 사정은 좀더 복합적일 수 있다. 이에
대해서 좀더 구체적인 것은 물론 또다른 차원의 논의를 필요로 할 것이나
간단한 지도를 그려볼 수는 있겠다.

'왜 역사인가'라는 질문에 대해서 한국의 소설사는 이미 두 개의 선명
한 대답을 마련해두고 있다. 역사라는 거대한 사건의 집적체 자체가 지니
고 있는 흥미가 그 하나이고, 현실에 대한 교사로서의 역사라는 고전적
인 명제가 다른 하나이다. 역사소설이라는 장르 자체가 지니고 있는 동력
도 기본적으로는 이 연장에 놓여 있었다고 할 수 있다. 새로운 흥밋거리
를 찾아 역사를 향해 뛰어드는 것, 일종의 사담(史談)이나 시대물의 연장
에 놓여 있는 것으로서의 역사소설이 있고, 또하나는 현재에 대한 일종의
전사(prehistory)로서 당대의 현실을 추동해나가는 방향성을 발견해낼 수
있는 이념이나 의식의 투영체로서의 역사소설이 있다. 전자에서는 보편
적인 것으로서의 삶의 운명이 문제가 되고, 후자에서는 특수적인 것으로
서의 역사의식이나 이념—내셔널리즘이건 마르크시즘이건 간에—이 좀
더 큰 비중을 차지한다. 이 둘을 양 극단으로 하여 구체적인 작품이 만들
어내는 다양한 스펙트럼이 펼쳐져 있거니와, 이 둘은 박종화와 홍명희 이
래로 한국 소설사에서 역사소설이라는 장르의 동력을 만들어낸 두 개의
핵심적인 힘이라 할 수 있겠다.

이에 비하면 최근에 족출한 새 세대의 역사소설들은, 이 두 힘의 인력
으로부터 완전히 자유롭다고 할 수는 없겠으나, 최소한 직접적인 영향권
으로부터 벗어나 역사적 서사의 새로운 공간을 만들어내고 있다는 점에
그 특징이 있다고 하겠다. 이들을 뉴에이지 역사소설이라 부른다면 그것

은, 단순한 흥미만을 겨냥한 것도 아니면서 또한 동시에 그 어떤 목적론적 역사의식으로부터 벗어나 있는 어떤 지점을, 현재적인 지반에서 유래한 다양한 문제의식과 윤리적 감각이 구현되고 있는, 현대성의 다양한 반면들이 표현되고 있는 작은 완결성의 공간을 보여주고 있다. 그래서 이들은 역사 속으로 뛰어들기보다는 오히려 생생한 현재성의 광장으로 역사를 끌어내는 쪽에 가까워 보인다. 탈냉전시대에 새로이 조형되는 윤리적 기율의 모습과, 그리고 지나간 시간 속에 잠들어 있던 사람들의 운명을 감싸고 있는 역설과 아이러니의 복합체를 현대적인 스타일로 그려냄으로써, 역사라는 소재를 우리 시대 현실에 대한 적극적인 반영태로서 견인해내고 있는 것이다.

이런 점에서 최근의 역사소설들은 그 자체가 2000년대로 넘어오면서 생겨난 시대정신의 또하나의 변곡점을 지시하고 있는 것으로 보인다. 1990년대 후반을 지나며 점차 가속화되어온 남북 화해의 분위기 속에서 한국사회도 본격적인 탈냉전시대에 접어들었고, 그와 동시에 자본주의의 전일적 지배와 신자유주의의 정신적 풍토 속에서 사회적 유동성이 현저히 약화되어가는 것이 현실이고 보면, 우리 시대의 현실을 대상으로 하는 장편서사의 영역이 점차 위축되어가는 것은 불가피한 일이 아닐 수 없다. 고전적인 의미에서 장편서사의 주인공은 새로운 세상에 대한 꿈을 자양으로 모험과 성장의 길을 떠나는 것을 기본형으로 삼고 있음에 비해, 사회적 유동성의 저하는 이런 주인공들의 행동영역을 현저히 제한하고 있기 때문이다. 이런 점을 고려한다면, 고대사에서부터 20세기 초반의 근대사에 이르기까지 다양한 시대를 배경으로 현재적인 문제의식들을 표현해내는 최근의 역사소설들은 장편 서사의 새로운 영토를 마련해내는 의미 있는 시도들이라 할 수 있겠다.

이러한 시도들을 통해 점차 역사는 다양한 개성과 스타일의 장편 서사가 뛰어놀 수 있는 신선한 영역이 되어가고 있는 중이다. 신경숙의 『리진』

도 기본적으로는 이런 맥락에서 이해할 수 있겠다. 과연 신경숙의 감각이 조형해낸 역사의 공간은 어떤 모양인가.

2. 『리진』을 관통하는 두 개의 시선

신경숙은 대뜸 고종의 시대에 짧은 생애를 살다 간 한 궁녀의 이야기를 호출해냈다. 왕으로부터 리진이라는 이름을 하사받았던 궁녀. 왕비의 특별한 총애를 입어 프랑스 초대공사의 아내가 되어 궁궐을 떠날 수 있었고 또 그와 함께 파리 생활을 한 처지니, 당시의 상황으로 보아 보통의 궁녀일 수는 없다. 그러니 여기에 사연이 없을 수 없겠거니와, 그런 사연 속에서 펼쳐지는 리진의 삶과 운명이 소설의 전면에 부각되어 서사의 본류를 이룬다. 또 그 뒤로는 사위어가는 한 왕조의 운명과 그 시대의 파란만장했던 역사의 한 단면이 전개된다. 때는 바야흐로 전통과 근대라는 서로 다른 질서가 교체되던 시기이며, 또한 한국의 정치사라는 관점에서 보면 실패한 근대화의 안타까움과 망국의 비애가 아로새겨져 있는 시기이다. 이런 역사적 풍경이라면 그 자체를 조밀하게 그려내는 것 자체만으로도 흥미로울 수 있을 것이다.

『리진』에서 가장 먼저 눈에 띄는 것은, 리진이라는 인물을 매개로 하여 생생하게 재현되는 역사 자체의 흥미로움이다. 이는 리진이라는 인물이 지니고 있는 특별한 개성과 이력에 기인하는 바 크다. 어릴 적 천애고아가 되어 어린 나이로 궁에 들어가 왕비의 사랑을 받고, 또 아름답고 총명한 궁녀로 자라나 프랑스 외교관의 아내가 되는 인물. 그를 중심으로 다양한 역사적 인물들과 가공의 인물들이 움직이고 있다. 아름다운 리진을 사랑했던 남자들—궁중 무희 리진에 매혹되었던 조선의 초대 프랑스 공사 콜랭, 김옥균의 암살범이자 한말의 정객으로 프랑스 유학 생활을 하고 또 『춘향전』과 『심청전』을 프랑스어로 번역했던 홍종우, 그리고 리진처럼 고아 출신으로 그와 남매처럼 성장하여 끝까지 리진 곁을 지켰던 실어

증의 악사 강연 등—과, 그리고 무엇보다도 리진을 친딸처럼 아꼈던 비운의 왕비 명성황후가 있다. 이런 인물들과 어우러지며 서사의 주류를 만들어내는 리진의 짧은 생애는, 성균관 마을이었던 반촌에서 시작하여 궁중과 프랑스 공사관을 거쳐 파리로 이어지고 다시 조선의 궁궐 한복판에서 끝난다. 그 과정에서 리진은 콜랭과 함께 프랑스의 근대 문물을 접하고, 파리에서는 소설가 모파상의 낭독회에 참석하여 그와 함께 『여자의 일생』을 낭독하기도 하고, 그 소설을 조선어로 초역하여 명성황후에게 보내기도 하며, 또한 파리에 유학 와 있던 홍종우를 도와 『춘향전』 번역에 참여하기도 한다. 역사와 허구가 뒤섞이며 만들어지는 이런 서사는 그 자체로 흥미롭거니와 작가 신경숙을 리진의 이야기 속으로 끌어당겼던 일차적인 힘도 이와 같은 서사의 흥미가 아니었을까 싶다.

하지만 이야기 속으로 들어가보면, 좀더 구체적인 서사의 동력을 이루고 있는 또다른 힘들을 만나게 된다. 이는 『리진』이라는 장편소설을 관통하고 있는 두 개의 시선과 관계되어 있거니와, 소설 속에서 둘 중 좀더 우선적인 것은 아름다운 처녀 리진을 바라보고 있는 남성들의 시선이다. 프랑스 공사 콜랭을 위시하여, 파리에서 리진의 곁을 맴도는 홍종우, 오랍동생 노릇을 해냈던 강연, 그리고 한 궁녀의 미모에 눈길을 주었던 왕의 시선이 모두 같은 층위에 존재하고 있다. 이중에서도, 신임장을 제정하러 가는 첫 길에 대뜸 궁중의 한 궁녀에게 매혹되고 그것을 감출 수 없었던 콜랭의 시선이 가장 대표적인 것이며, 이 시선으로 인해 소설의 전반부는 일차적으로 조선의 궁녀를 사랑하게 된 이국 외교관의 로맨스라는 형태로 조형되게 된다.

궁녀는 왕의 여자이므로 궁녀에 대한 사랑은 금기에 해당된다. 그래서 이런 사랑은 언제나 비극적인 느낌을 짙게 내장하고 있다. 15세기를 배경으로 한 한문소설 『운영전』의 경우가 이를 상징적으로 보여주었다. 안평대군의 궁에 아름답고 총명한 궁녀 운영이 있고, 그를 사랑하게 된 젊은 선비 김진사가 있었다. 궁녀와의 사랑은 금지된 것이지만, 사랑의 열정은 언제나 금지가 있는 곳에서 더욱 뜨겁게 타오른다. 『리진』의 경우도 마찬가지다. 열정이라는 기제 자체가 감정의 불균형 상태를 통해서만 작동되는 것이기에, 감정의 소통회로에 존재하는 저항과 금지는 정서의 흐름에 낙차와 물매를 만들어 열정의 힘을 더욱더 강하게 만든다. 저항이 셀수록 열정이 더욱 뜨겁게 타오르는 것은 자명한 이치다. 그런 열정 속에서 뜨겁게 타올랐던 운영전의 주인공들은 결국 비극적인 최후를 맞는다. 왕의 궁전이 아니라 왕자의 궁전에서 벌어진 일임에도 불구하고 그랬다. 물론 『리진』의 시대적 배경은 『운영전』으로부터 4세기가 지난 시점이다. 그럼에도 동일한 법과 제도를 지닌 조선 왕국에서의 일이라는 점에는 변함이 없다. 그러니 그 사랑의 완성이 쉬울 수는 없는 노릇이다. 게다가 『리진』의 사랑은 리진에게 매혹된 프랑스 외교관 콜랭의 일방적인 것이다. 한 여자의 마음을 얻기도 쉽지 않은 터인데, 하필 마음을 빼앗겨버린 여자가 구중심처에 있는 금지된 사랑의 대상이다. 더구나 그 자신이 외교관의 신분이라 자칫 스캔들이 된다면 외교관으로서의 이력에 치명적일 수도 있다. 어떻게 그 사랑을 이룰 수 있을 것인가. 구애자 콜랭의 앞에 놓여 있는 장벽은 몇 겹에 해당되는 것이다.

소설의 전반부를 이끌어가는 것은 이처럼 아름다운 궁녀 리진에 대해 콜랭이 느끼는 안타까움과 간절함이다. 리진은 어릴 적 프랑스 선교사로부터 프랑스어를 배운 적이 있는 독특한 이력의 소유자이다. 콜랭이 조선이라는 낯선 부임지의 풍경에 황망해하고 있을 때, 그녀는 자기의 프랑스식 인사를 아무렇지도 않게 같은 언어로 되돌려주고 또 궁중의 연회에서 재차 주인공 격인 무희로 등장하여 콜랭의 마음을 사로잡아버린 인물이기도 하다. 콜랭이 그런 리진에 대한 사랑을 완성하기 위해서 무엇보다 급한 것은 왕의 허락을 얻는 일이다. 그래서 콜랭은 이래저래 힘들지만, 정작 리진은 이런 사정에 대해서는 아랑곳하지 않고 마치 맑은 거울처럼 요지부동으로 서 있을 뿐이다. 콜랭의 사랑을 이룰 수 있게 만들어주는 은총은 전혀 다른 곳에서, 뒷날 명성황후로 불렸던 왕비로부터 다가온다. 물론 여기에도 사연이 있다. 어릴 적부터 리진에게 왕비는 어머니 같은 존재였고, 그와 마찬가지로 왕비에게도 리진은 딸 같은 존재였다. 리진이 왕의 특별한 눈길을 받을 만큼 아름다운 여자로 자라나자 왕비는 리진을 왕의 그런 시선 밖으로 내보내고 싶어했다. 그것은 여자로서의 질투 때문이 아니라, 딸에 대한 어머니 같은 마음 때문이었다. 이런 사정으로 인해 콜랭은 리진에 대한 사랑을 이룰 수 있는 기회를 잡게 되고, 마침내는 리진의 마음을 움직이게 된다. 이런 다단한 과정을 거쳐 리진은 콜랭의 아내가 되어 마침내는 파리로 떠나게 되는 것이다.

이렇게 보면 소설의 전반부에서는 리진을 향한 콜랭의 욕망이 일차적인 서사적 동력으로 존재하고 있는 것이라 해도 좋을 것이다. 리진 자신은 왕비가 있는 궁궐을 떠나고 싶어하지 않았다. 총명한 자질과 아름다운 용모를 지니고 있었으나, 그것을 무기로 신분의 상승을 꾀했다든지, 파리로 상징되는 근대세계를 향한 그 어떤 동경을 지니고 있었던 것도 아니다. 그저 어린 그에게 고결한 존재로 다가왔던 왕비에 대해 한없는 동경과 사랑을 가슴에 품고 있었고 그 곁을 지키고 싶어했을 뿐이다. 왕비의 명에 따라 프랑스 공사관에 머물게 되었을 때에도 그의 마음은 자기에게 지극정성을 보였던 구애자 콜랭을 향해 있었던 것도, 프랑스 공사관의 서재를 채우고 있었던 새로운 세계를 향해 있었던 것도 아니었다. 리진의 마음은 오로지 왕비가 있는 궁궐을 향해 있었을 뿐이다. 그가 콜랭의 마음을 받아들인 것 역시 왕비의 의중을 깨닫고 난 다음의 일이었다.

그렇다면 어떤가. 콜랭의 로맨스를 이루게 한 것은 정작 그 누구도 아니라 바로 왕비가 아닌가. 그렇다면 리진은 물론이고 리진을 욕망했던 콜랭조차도 따지고 보면 왕비의 의도 속에 존재하는 장기의 말에 불과했던 것이 아닌가. 왕비는 리진을 보내며, 딸을 시집보내는 어머니처럼 그녀를 위로하고 또한 부러워했다. 파리로 떠나는 리진에게 왕비는 자기가 끼고 있던 백통가락지를 빼어주며 말한다. "나는 개화된 세상에 나가보길 꿈꾸나 이 궁궐에서 한 발짝도 옮기지 못할 처지이니 네가 부럽구나."(1권, 28쪽) 바깥세상 일에 대해 누구보다 궁금해하고 강한 호기심을 보였던 것은 리진이 아닌 왕비 자신이었다. 그런 왕비의 마음을 잘 알기에 리진은 파리 생활을 하면서도 왕비에게 끝없이 편지를 썼고, 작가 신경숙은 그 편지들을 독자에게 공개해주었다. 그러니 파리 시내를 활보하고 근대적 삶의 매력을 마음껏 누렸던 감각의 주인공, 루브르 박물관을 채우고 있는 이집트와 그리스의 전시품들을 보며 노획품일 뿐이라고 말하고 또 자기를 바라보는 파리 사람들의 시선을 견디기 힘든 불편함으로 받아들였던 사람은, 사실은 리진이 아니라 왕비가 아닌가. 리진은 그저 왕비의 젊은 분신으로서 궁중을 떠날 수 없었던 왕비의 눈이며 입에 불과했던 것은 아닌가.

이야기가 여기에 이르면, 이 소설을 추동하고 있는 두번째의 서사적 동력이 서서히 드러나기 시작한다. 앞에서 우리는 『리진』의 서사 전체를 관통하고 있는 두 개의 시선에 대해 언급했거니와, 이제는 매력적인 궁녀 리진을 바라보는 남성들의 시선에 맞서 있는 이 소설의 두번째 시선에 대해 언급해도 좋을 듯싶다. 왕비를 바라보는 리진의 시선이 그것이다. 그것은 어머니를 바라보는 딸의 시선이면서, 동시에 폭력적인 근대성의 위력에 파괴되어버렸던 한 고결함의 운명에 대한 시선이기도 하다. 이 두번째 시선은 전면으로 부각되어 있는 사랑 이야기 뒤에 그저 배경으로만 잠재해 있다가, 소설의 후반부에 이르면 서서히 전면으로 배어나오고, 말미에 가서는 마침내는 터질 듯한 긴장감으로 서사 전체를 휘감아버린다. 그것은 그 어떤 로맨스나 사랑의 열정도 부차화시켜버릴 만큼 압도적이고 강렬하다. 그리고 그 정점에는 왕비의 죽음이라는 비극적 사건이 있다.

3. 왕비의 죽음을 재현하는 세 가지 방식

그런데 왜 신경숙은 명성황후의 그 비극적인 사건을 소설 속으로 끌어들인 것일까. '을미사변'이라는 이름으로 널리 알려진 그 사건은 한국 근대사의 참담한 상처가 아닌가. 한 왕국의 왕비가 외국의 자객들 손에 무참한 방식으로 살해당했다는 것은, 다른 나라에서 벌어진 일이라 하더라도 비참한 사건이 아닐 수 없는데, 제 나라 제 조상들에게 벌어진 일이라면 그 정서적 파장은 훨씬 더 대단한 것일 수밖에 없다. 을미사변 이후 전국적인 단위로 '을미의병'들이 봉기했던 것도, 또한 왕비의 죽음 이후에 들어선 내각이 포고한 단발령에 대해 격렬한 저항이 있었던 것도 그런 맥락에서 이해되어야 할 것이다. 상투를 자르는 일이 단지 집단적으로 헤어스타일을 바꾸는 것이 아니었음은 물론이지만, 또한 신체발부는 수지부모 운운하는 성리학적 이념이나 전통을 수호하고자 하는 의지의 문제만도 아니었던 셈이다.

민족사라는 관점에서 볼 때 을미사변은, 시해의 대상이 왕이 아니라 왕비라는 점에서 그 치욕스러움이 배가된다. 왕은 그 자신이 상징하는 질서와 운명을 함께하는 것이기 때문에 왕의 죽음은 그 자신과 그를 포함한 칼을 쥔 손들의 집단이 책임져야 할 몫이다. 즉 왕의 죽음은 그가 표상하는 질서의 붕괴에 대한 정서적 반응 정도로 족한 것이다. 그러나 왕비의 죽음은 경우가 다르다. 프로이트의 화법으로 말하자면 여성들은 남성들의 전쟁터에 걸린 내깃돈이다. 남성들간의 전쟁에서 희생양이 되는 것은 여성과 아이들이되, 전쟁에서 승부가 결정되고 난 후 여성과 아이들이 당하는 수난은 전쟁터에서 결정된 승부를 재차 선명하게 의식화하는 절차에 해당된다. 패배한 나라의 왕비는 상대방의 노예가 되어야 한다. 승부가 결정되는 것은 전쟁터에서의 일이지만 그것이 한 집단 속에서 상징화되는 것은 이 같은 왕비의 노예화를 통해서이다. 그래서 왕비의 죽음(노예화)은 왕의 죽음(패배)을 다시 한번 확인하는 것으로서, 왕의 죽음이 최초의 충격이라면 왕비의 죽음은 그 충격의 의미에 대한 해석이자 상징화로서 자리잡게 되는 것이다.

그렇다면 시해당한 명성황후의 경우는 어떤가. 왕의 죽음이 있기도 전에 왕비의 죽음이 먼저 와버린 것이 아닌가. 말하자면 현실의 패배가 있기도 전에 상징적 패배가 먼저 다가와버린 것이다. 그래서 왕비의 시해라는 사건은, 전쟁은 시작되기도 전에 이미 끝나버렸고 이미 왕이 시체가 되었음을, 왕뿐 아니라 국체의 수호자여야 할 세력들이 모두 걸어다니는 시체일 뿐이라는 사실을 알려주는 사건인 것이다. 요컨대 왕비는 왕보다 먼저 살해당함으로써 한 왕국의 왕과 신하 모두가 시체임을 만천하에 선언한 셈이다. 전쟁터에 나갈 기회조차 얻지 못한 시체들.

을미사변은 이런 점에서 민족사의 외상적인 충격 경험으로 자리잡고 있다. 그렇다면 그로부터 벗어나는 길은 무엇인가. 왕비의 죽음을 해석 가능한 의미의 공간으로 끌어냄으로써 그 충격을 상징적 공간에 재배치하는 것이 그것이다. 여기에는 두 가지 방식이 있었다.

첫째는 고종 시대의 정치적 세력관계를 수구와 개화 혹은 대원군과 민비의 대립이라는 장기판으로 설정하고, 그 위에 현실 정치의 한 축으로 왕비를 배치하는 방법이다. 이것은 시해당한 왕비의 몸에 남성의 옷을 입히는 것으로서, 이렇게 되면 현실 정치의 과정에서 이방의 폭도들에게 암살당한 것은 왕비가 아니라 단지 그와 상반된 이해관계를 지녔던 한 정치인이었을 뿐인 것이 된다.

둘째는 이와 반대로 민족정기의 앙양을 위해 바쳐진 희생양이자 일제의 세력에 맞서 국권을 수호하려다 숨져간 민족의 영웅으로 기리는 방식이다. 이는 을미사변으로부터 100년이 지난 1995년에 초연되었고 그후로 지금껏 장기 공연되고 있는 이문열 원작의 뮤지컬 〈명성황후〉에서 웅변적으로 형상화되고 있다. 여기에서 왕비는 무엇보다도 '조선의 국모'이자 '조선의 잔 다르크'라는 에피세트로 존재하며, 따라서 왕비의 죽음은 민족적 희생이라는 숭고한 차원에 등재된다. 전자가 표준적이고 객관적인 역사 기록의 방식이었음에 비해 후자는 최근 들어 힘을 얻기 시작한 새로운 전유의 방식이라 해야 할 것이다. 거기에 동반되어 있는 민족주의적 열정은 위태로운 것이되, 을미사변이라는 외상적인 경험을 대중적인 문화양식의 대상으로 끌어왔다는 것 자체가 자국의 역사를 바라보는 한국인들의 시선에 변화가 생겼음을 보여주는 한 지표라 할 것이다. 말하자면 민족주의적 시선의 도움만 있다면, 을미사변이라는 외상적 사건을 극적으로 재현하더라도 능히 그것을 수용할 수 있을 만큼 자국사를 바라보는 한국인들의 시선에 정서적 탄력이 생겼음을 보여주고 있다는 것이다.

신경숙이 『리진』을 통해 왕비의 죽음이라는 소재를 끌고 왔을 때 그 앞에는 최소한 이 같은 두 개의 텍스트가, 표준적인 정치사와 민족주의적 재현의 서사가 놓여 있었다. 그렇다면 신경숙이 호출한 왕비의 죽음은 어떻게 표현되는가. 『리진』의 서사가 지니고 있는 독특함은 왕비의 죽음을 리진의 시선으로 포착해낸다는 점에 있다. 그것은 어머니를 바라보는 딸의 시선이어서 사적이고 주관적인 것이되, 오히려 그로 인해 그 어떤 이념으로부터도 자유로울 수 있는 보편적인 윤리의 지점을 포착해낸다. 객관적이고 실증적인 정치사적 기술에는 윤리적 시선이 존재하지 않고 민족주의적 재현에는 너무나 많은 윤리가 있다. 그와 같은 몰윤리와 과잉윤리 사이에 존재하는 어떤 지점을 신경숙의 『리진』은 간취해내는 것이다.

신경숙의 『리진』은 일차적으로 민족주의적 시선으로부터 거리를 유지한다. 리진이 콜랭과 함께 파리를 향해 나선 길에서, 유럽풍의 드레스를 입고 서양 사람의 곁에서 함께 걷고 있는 조선 여자 리진에게 눈길이 쏟아졌음은 당연한 일일 것이다. 제국주의의 시대였으니 그 눈길이 곱지 않았으리라는 것도 또한 능히 짐작할 수 있다. 그런 눈길에 대해 신경숙은 리진의 아름다움을 맞세워놓는다. 소설의 초두에, 리진을 바라보는 제물포의 조선 사람들의 호기심과 불쾌감이 뒤섞인 시선을 묘사한 직후에 신경숙은 곧바로, 그 시선에 아랑곳하지 않는 리진의 태도와 모습을 묘사했다. 다음은 그 일부분이다.

　그녀의 매력은 단순히 옷차림이 다른 것에서 뿜어져나오는 것이 아니었다. 헤아릴 수 없이 많은 여인들 속에 섞여 있어도 단박 눈에 띄는 눈부신 목덜미와 깊은 눈동자 때문만도 아니었다. 그녀의 드러난 목덜미는 고개를 아래로 숙일 땐 다정하고, 몸의 중심이 바로 서 있을 땐 의연하며, 주변을 돌아보느라 부드럽게 접혀지고 휘어질 때는 손바닥을 갖다대고 싶게 관능적이었다.
　가지런한 눈썹 밑에 자리잡은 그녀의 반짝이는 두 눈은 어떤가. 무슨 어려운 이야기를 해도 금세 알아듣고 고개를 끄덕일것같이 깊은데다가 물기가 촉촉이 서려 있어 그 누구도 가보지 못한 바다 밑을 감추고 있는 듯 비밀스러워 보였다. 귀밑으로부터 뺨까지는 홍조가 들어 있어 얼핏 수줍음이 많은 사람인가 싶은데, 두 눈 사이로 좁은 듯 길게 뻗어 있는 콧마루가 수줍음을 넘어 총명함을 느끼게 했다. 독특한 조화였다. 가늘지도 도톰하지도 않은 꼭 다문 입술 주변엔 봄날 새싹에 붙어 있는 가는 솜털이 보송해 설령 그녀가 무슨 생뚱맞은 짓을 해도 깊이 껴안아주고 싶을 만큼 사랑스러움이 머물렀다.(1권, 11~12쪽)

민족주의적인 시선이 지니고 있는 공격성을 스펀지처럼 흡수해버리는 여성의 이런 아름다움이라면 어떨까. 신경숙이 만들어낸 리진답지 않은가.
　파리 생활을 하던 리진은 박물관과 공원에서 접하게 된 프랑스의 제국주의적 속성에 대해 비판적이었다. 그러면서도 파리에서 만난 조선 정객 홍종우의 열렬한 애국주의와는 거리를 유지했다. 파리에서도 시종일관 한복 차림으로 생활했고 언제나 왕과 왕의 아버지의 초상을 품고 다녔던 홍종우는, 귀국할 임시에 그 초상화를 리진에게 넘겨주려 하였으나 그녀

는 받지 않았다. 리진이 사랑하는 왕족이 있다면 오직 왕비일 뿐이다. 왕
비가 리진에게 어머니에 해당한다면 왕은 아버지일 텐데도, 리진은 왕비
의 시아버지는 물론이고 왕비의 남편에게도 별다른 관심을 보이지 않는
다. 그에게는 왕비가 표상하고 있는 압도적인 고결함만이 문제가 되고 있
을 뿐이다. 리진이 어린 나이로 궁궐에서 처음으로 왕비를 만나던 날을
신경숙은 리진의 눈이 되어 이렇게 묘사해주었다.

> 좀 전만 해도 궁 안이 어둡다고 생각했는데 진이의 눈 속으로 세상의 모
> 든 밝은 빛이 어우러지며 쏟아졌다. 꽃에서 나는 듯 은은한 향내가 건너왔
> 다. 낭랑한 목소리의 주인이 움직일 때면 날아갈 듯 아름다운 녹당의에서
> 사각거리는 소리가 났다.
> ―중궁 마마시다.
> 꿈속일까.
> 자신에게 최초로 넌 누구냐고 묻는 존재를 진은 올려다보았다. 왕비는
> 눈만 있는 사람 같았다. 윤기가 흐르는 흰 얼굴은 조용한데 눈동자에서 유
> 난히 광채가 흘렀다. 기쁨이나 슬픔 같은 뚜렷한 감정이 아닌 마음 안의 미
> 묘한 말을 가득 담고 있는 눈이었다. 빛이 나는 눈 아래로 갸름한 입술이
> 미소짓고 있었다.(1권, 46~47쪽)

어린 리진의 눈에 왕비는 이처럼 휘황한 광채로 다가왔고, 게다가 그
광채 속의 인물이 리진에게는 어머니와도 같은 자애로움을 보여주었다.
배를 수저로 긁어 어린 리진에게 먹여주었고, 또 리진이 성장함에 따라
궁녀로 들여 비서 격으로 옆에 두었으며, 궁녀 신분인 리진을 마치 딸을
시집보내듯 콜랭에게로 가게 했던 사람이 왕비다. 또 리진이 파리 생활을
견디지 못하고 돌아왔을 때에도 왕비는 리진을 불러 함께 잠을 잤다. 친
정에 다니러 온 딸을 맞듯이 리진과 함께 이부자리를 펴고 누워 지난 일

과 마음속의 소회를 주고받는다. 파리에서의 일을 묻고 이야기를 듣고 하다가 어느덧 왕비의 숨결이 고르게 잦아들고, 그러나 험악한 정세와 암살의 위협 속에서 깊은 잠을 이루지 못하는 왕비는 이내 잠이 깨어 궐련을 피운다. 그런 모습을 딸은 안타까운 모습으로 지켜본다. 자느냐고 묻는 왕비의 말에, 그런 정황이 황망하여 딸은 차마 깨어 있다는 기척조차 하지 못하고, 왕비는 왕비대로 혼잣말인 것처럼 혹은 들으라는 말인 것처럼 지옥 같은 마음속의 풍경들을 탄식하듯 늘어놓고 있다. 애잔함과 따뜻함이 뒤섞여 있는 이런 대목은 가족적 유대감을 밀도 있게 보여준다. 가족이란 무엇인가. 함께 이부자리에 누워 잠들 때까지 두런거리는 것이라고 신경숙은 답하고 있는 셈이다. 그런 대답은 일찍이 그의 첫 장편『깊은 슬픔』에서 이미 나왔던 것이기도 하다.

리진은 고아가 된 후로 어릴 적부터 자기를 거둬준, 생모나 다름없는 여자 서씨에게 한 번도 어머니라고 부르지 못했다. 서씨를 어머니라고 부른 것은 왕비가 시해당하는 장면을 목격하고 난 후의 일이다. 그 부자연스러움이 왕비의 존재 때문이었음을, 신경숙은 죽음을 향해가는 리진의 내면을 통해 직접 우리에게 들려준다.

리진은 달콤한 배 속을 삼키듯 입 안에 고인 마른침을 삼켰다. 자신이 왕비를 어머니라 여겼음을 왕비가 칼을 맞는 순간에 리진은 깨달았다. 고개를 들어 바라보기조차 어려운 왕비가 아니라 사가의 다정한 어머니라 여겼음을. 그 사이에서 늘 분열했으나 속 깊은 곳의 리진의 마음은 왕비를 외롭고 고단하고 다정하고 힘이 세고 강건한 어머니로 여겼음을. 그래서 서운해하면서도 원망하면서도 미워하면서도 종내 사랑할 수밖에 없었음을.(2권, 295쪽)

왕비에 대한 리진의 마음이 이런 정도라는 것을 염두에 둔다면, 왜 리진이 파리에서 조선으로 다시 돌아와야 했는지도, 또 조선에 돌아와 궁궐 출입을 하면서도 왜 유럽식 드레스를 벗지 않았는지도 이해할 수 있게 된다.

리진은 새로운 문물과 지식에 호기심이 많은 총명한 처녀였다. 프랑스어로 자유롭게 소통할 수 있었기에 콜랭과의 관계가 아니더라도 파리에서 경제적으로도 자립할 수 있는 가능성이 있었고 또 그런 제안을 받기도 했었다. 요컨대 파리로 이주함으로써 리진은 비로소 궁녀의 신분에서 근대적 여성주체가 되었고(리진은 왕비에게 쓴 보내지 못한 편지에서 일인칭 주어로 '소인' 대신 '저'를 선택했다) 그 생활을 만끽할 수 있는 가능성이 있었다. 그런데도 리진은 그 생활을 포기하고 조선으로 돌아오게 된다. 소설에 따르면, 몽유병으로까지 도진 조선에 대한 향수 때문이라 했다. 그러나 조선에서 리진은 왕실에 매여 있는 궁녀였을 뿐이고, 돌아온다 하더라도 또다시 그 생활로 돌아가야 할 가능성이 크다. 자유롭게 살 수 있는 처지가 되었고 새로운 생활에 충분히 적응할 수 있을 정도의 능력과 총명함을 지닌 리진인데, 조선 생활에 대한 병적인 그리움이라면 좀 이상하지 않은가. 그렇다면 그것은 무엇 때문일까. 이유라면 단 하나, 왕비의 존재 때문이라 해야 하지 않을까. 또 조선에 돌아왔을 때도, 콜랭과의 관계는 사실상 끝이 났고 다시 파리로 돌아가지 않을 것임은 누구보다도 리진 자신에게 명백했다. 그런데도 리진은 유럽식 드레스를 벗지 않고 그 차림으로 궁궐 출입을 했다. 여기에도 오직 하나의 이유가 있는 것으로 보인다. 근대적 복식을 포기하지 않음으로써 리진은 왕비의 시해현장에서 살아남을 수 있었다. 그 스스로 주체됨을 포기하지 않은 채 왕비의 시해현장에서 다른 궁녀들과는 달리 살아남고자 했던 리진의 의지, 그래서 생생한 눈으로 왕비의 죽음을 목도하고, 증언하고, 또 궁녀가 아니라 딸의 자격으로 왕비를 따라 순사함으로써 어머니의 죽음을 애도하고 싶었던 리진의 의지가 작가의 손길을 그렇게 이끌었던 때문이 아니었을까 하는 것이다.

사정이 그렇다면 왕비가 시해당하는 장면이 이 소설의 클라이맥스에 배치되어 있다는 것도 이해할 수 있지 않을까. 신경숙은 왕비의 살해 장면을 위해 한 절을 할애했다. 궁궐에 난입한 폭도들에 의해 비참하게 살해당하는, 당당하게 칼을 받는 패배한 전사도 아니고 민족사의 제단에 올려진 성스러운 희생양도 아닌, 그저 승냥이떼에 쫓기는 무력한 초식동물의 모습으로, 도망가고 도망가다 막다른 골목에 몰려 무참하게 유린당하는 왕비의 모습은 이 소설의 압권에 해당한다. 그 순간, 서양식 드레스를 입고 있다는 이유로 죽음을 피한 리진의 눈에서는 피눈물이 흐른다. 아름다운 리진을 그려낸 신경숙의 필치는 이 대목에서도 동일한 감도로, 상궁과 나인과 대신 들이 베이고 찔리고 마침내 왕비의 가슴에 칼이 꽂히는 처참한 장면을 세세하게 묘사해낸다. 무엇 때문이었을까. 이 대목에서 좀더 분명해지는 것이 있다면, 이 소설의 진짜 주인공은 리진이 아니라 왕비였다는 것, 좀더 정확하게는 왕비의 죽음이었다는 것이 아닐까. 그런데 무엇 때문이었을까.

왕비의 죽음을 다룬 것이 새삼 근대사의 상처를 통해 민족주의적 정서를 환기하고자 함이 아님은 분명하다. 앞에서 지적했듯이, 리진이라는 카메라의 눈 자체가 그런 정서와는 상당한 거리가 있다. 이 소설에서 왕비의 처참한 죽음을 지켜보는 것은 왕비를 어머니처럼 사랑했던 딸의 시선일 뿐이다. 그 시선에 의해 포착된 왕비의 죽음은, 개화기의 정치적 갈등 속에서 패배한 정치인의 죽음도 아니고, 또 민족의 이름으로 애도되어야 할 국모의 죽음일 수도 없다. 아마도 그것은 근대성의 어두운 위력 아래 무참하게 유린당한 어떤 고결함의 쓰라린 종말이라 해야 하지 않을까. 그렇다면 리진이라는 흥미로운 이력을 지닌 한 궁녀의 이야기를 쓰기 시작한 작가 신경숙의 손을 이곳으로 인도한 힘이 무엇이었는지도 좀더 분명해지는 것이 아닐까. 왕비를 살해한 손의 주인들도, 그들을 하수인으로 부린 일본 제국주의의 침략적인 힘도, 우리가 그 지반 위에 서 있는 폭력적인 근대성의 발현에 불과한 것이다. 말하자면 신경숙은 리진의 이야기를 통해 우리가 지난 100년 동안 허겁지겁 달려오며 달성하고자 했던 근대성의 이면을, 어떤 합당한 애도과정도 없이 폭력적으로 매몰되어버린 한 고결함을 재현해내고 있는 셈이다.

이처럼 서사가 종결되는 지점으로부터 전체를 거꾸로 보면 사정은 확연해진다. 『리진』은 특이한 이력의 한 궁녀의 이야기로 시작했으나, 왕비의 죽음이라는 사건이 지니고 있는 압도적인 힘은 그 밖의 다른 서사들을 부차적인 것으로 만들어버린다. 오직 그 외상적 사건만이, 그 사건이 지니고 있는 정서적 절절함만이 전면으로 부각되는 것이다.

신경숙은 왕비의 죽음을 딸의 시선이라는 사적이고 정서적인 코드로 포착함으로써 기존의 두 가지 방식과는 다른 상징화의 길을 마련해놓았다. 미친 근대성이 지닌 폭력성과 그것의 타자로서의 고결함이 그 길의 이정표이다. 또한 신경숙은 왕비의 죽음을 생생하게 재현함으로써 파괴당한 고결함에 대한 애도의 제의를 마련해놓았다. 리진은 왕비의 분신이었으므로, 그 애도는 왕비를 따라 죽은 리진의 것이 아니라 독자의 몫이다. 그런데 우리에게 그런 애도가 필요했다는 것인가. 합당한 애도의 과정을 거치지 못한 상실의 경험은 우울증을 초래한다. 프로이트에 따르면, 우울증이 애도와 구분되는 것은 자기 존중(self-regard)이 없다는 점에 있다. 그렇다면 리진에 관한 이야기를 시작한 작가 신경숙을 왕비의 죽음으로 이끌어간 힘이, 우울증에 걸린 우리의 근대성을 위해 애도의 무대를 마련해준 것인가.

한때 우리의 것이었으나 이제는 근대성의 밑지층이 되어버린 그 세계는 한 번도 제대로 된 애도의 대상이지 못했다. 우리의 역사 속에서 근대성은 우리가 선택한 것이 아니라 외부의 힘에 의해 강요된 것이었고 또한 우리의 전근대는 우리 자신에 의해 청산된 것이 아니었다. 요컨대 우리에겐 작별의 의례를 행할 그 어떤 기회도 주어지지 않았던 것이다. 그래서 근대성의 우울 밑에 억압되어 있던 그것은 언제나 일그러지고 기이한 모습으로, 혹은 되찾아야 할 전통이라는 지나치게 성스러운 이름으로, 더러는 민족 감정이라는 이상한 탈을 쓰고 회귀하곤 했던 것이 현실이었다. 그러니 비록 뒤늦은 것이라 할지라도 사적이고 윤리적인 방식으로 이루어지는 신경숙의 저 애도는 아직 유효한 것이지 않을까. 최소한, 왕비의 죽음을 피눈물나는 눈으로 바라보았던 리진의 시선이 될 수 있는 독자에게라면, 그리고 그 시선을 맞받으며 다가오는 난자당한 고결함의 시선을 볼 수 있는 독자에게라면, 비록 뒤늦은 것일지라도 이 애도는 그리 늦은 것은 아닐 것이다.

4. 성장으로서의 좌절

리진의 생애는 한국의 근대와 전근대가 만나는 지점에서 점화된 비극으로 읽힌다. 작가 신경숙은 역사와 소설적 상상력을 맞붙여놓음으로써 몰윤리와 과잉윤리의 뜨거운 접점을 포착해냈다. 아름답고 총명한 모습으로 등장한 리진을 보자. 배움에 즐거워하는 이 씩씩한 여성에게 잘 어울리는 것은 빛나는 성장의 서사였을 것이나, 그럼에도 리진은 그 길을 갈 수 없었다. 리진은 자신의 몸과 마음을 시해당한 왕비의 관으로 봉헌했고, 결과적으로 『리진』은 여성 성장의 좌절에 관한 서사가 되었다. 중요한 것은 물론 좌절인지 아닌지가 아니라 어떤 좌절인가 하는 것이다.

루카치는 장편소설의 작가가 지녀야 할 최고의 미덕으로 세상을 바라보는 시선의 겸손함을 지목했었다. 겸손한 주체에게만 장편서사가 지녀야 할 총체성이 은총과도 같이 다가오는 것이라고 했다. 그런 겸손함이라면 작가 신경숙은 저두굴신의 단계에까지 나아갔던 것으로 보인다. 그가 조형해낸 리진의 좌절이 리진만의 것이 아님은 자명하지 않은가. 좌절의 뼈아픔이 또한 왕비만의 것도 아니지 않은가. 근대로의 이행에 실패하고 국권을 상실한 한국의 근대사 자체가 지니고 있는 좌절이 이 모두의 가장 원초적인 힘으로 존재하고 있기 때문이다. 리진의 비극적 죽음은 요컨대 그 모든 좌절들의 구현물일 것이다. 리진이 발랄한 태도로 근대적 여성 주체의 성장서사의 길을 갔다면 그것은 서사시적 환각이거나 낭만적 허위일 것이다. 신경숙은 최대한 몸을 구부림으로써 리진의 시선이 될 수 있었고, 리진의 몸이 이끄는 대로 비극적 사건을 향해 나아감으로써 좌절당한 한국적 근대의 한 실재를 포착해낼 수 있었다. 아마도 그것은 자신을 깊이 사랑한 작가를 향해 주인공 리진이 돌려준 선물이었을 것이다.

앞에서 우리는 왕비가 리진에게는 어머니와 같은 존재였음을 누누이 지적했다. 그러나 이제는 어머니라는 이름만으로는 부족해 보인다. 물론 그렇다고 하여, 리진의 시선에 포착된 왕비가 다시 정치가나 국모가 될 수 없음은 자명하다. 단지 자애로운 어머니의 역할에 그치지 않고, 자식의 장래를 위해 숙고하고 배려하고 결단하는 일은, 세상사에 밝아야 가능하다는 점에서 아버지 쪽의 미덕에 가까울 것이나, 리진에게는 왕비가 아버지였다고 하는 것도 부족해 보인다. 아마도 둘 다였다고 해야 할 것이다. 성숙을 향해 나아가는 주체에게 믿고 의지할 만한 발판이 되어주는 사람이라면, 어머니이고 아버지이며 또한 스승이기도 한 존재로서, 어른이라는 이름이 좀더 합당한 것이 아닐까. 그것은 마음속에 존재하는 이상적 실체로서 타자의 다른 이름이기도 하다.

신경숙은 리진으로 하여금 타자의 죽음을 목격하게 하고 또 그 죽음에 대한 대답으로서 순사를 선택하게 함으로써 두 죽음 사이의 공간을 만들어놓는다. 리진의 죽음이라는 두번째 죽음이 있음으로써 왕비의 어른 됨이 완성되거니와, 한 죽음의 유예와 한 죽음의 확인이 이루어지는 그 공간의 존재로 인해 리진과 왕비는 완벽하게 한 몸이 된다. 그러나 그것은 지금까지와는 달리 왕비가 리진을 부리는 것이 아니라 리진이 왕비의 죽음을 끌어안는 방식으로 이루어진다. 그것은 리진이라는 새로운 주체가 자신의 타자를 만들어내는 것이며 자신의 동일시를 완수하는 것이기도 하다. 이를 위해서는 현실적 좌절이 불가피했으되 그러나 그 좌절이야말로 윤리적 차원에서 구현되는 성장의 다른 이름임을, 그것이 파리에서 누릴 수 있었던 어떤 근대적 삶보다, 혹은 다양한 가능성으로 그 앞에 놓여 있던 여성 주체로서의 그 어떤 성공보다도 값진 것이었음을, 리진의 이같은 삶의 최종적인 비극에까지 추적해간 신경숙의 상상력이 보여주고 있다. 리진의 이 같은 삶은 어른이자 타자로서의 왕비가 있어 가능했지만, 또 역으로 왕비의 죽음은 리진의 존재로 인해 새로운 의미를 얻는다. 그러니 어떤가, 당신의 소임은 그것으로 충분했노라고, 고단했던 삶의 역정을 거쳐야 했던 리진에게, 그의 시대의 역사에게, 그 힘에 저항할 수 없었던 『리진』의 작가에게, 이제는 우리가 말해줄 수 있지 않을까.

호랑이 울음소리, 서사의 잉여
— 천운영의 『잘 가라, 서커스』 읽기

1. 모험 없는 세계의 서사

　모험이 사라져버린 세계에서 서사는 어떻게 살아남을 것인가. 천운영의 세계로 들어가는 데 이런 질문을 나침반으로 삼아보면 어떨까. 물론 이 질문은, 천운영의 세계에만 국한되는 것이 아님은 두말할 필요가 없다. 그것은 탈냉전시대 서사양식의 일반적인 존재조건에 해당되는 것이라 해야 마땅할 것이다. 모험이란 기본적으로 한계 초월의 경험이며 어떤 것을 위해 자기 존재를 거는 것, 목숨이나 명예나 자존심, 가족의 생계 등을 거는 행위다. 그런 대가가 걸려 있지 않다면 제아무리 거창한 것이라도 놀이동산의 롤러코스터 이상일 수 없다. 반대로 대가와 한계 초월의 경험이 동반된다면 겉보기에는 아무리 하찮것없는 것일지라도 실제로는 굉장한 모험일 수 있다. 경우에 따라서는 전쟁이나 혁명도 전혀 모험이 아닐 수 있고, 대단찮아 보이는 연애나 혼외정사도 놀라운 모험일 수 있다는 것이다. 현재적 삶의 구체적인 조건들을 질료로 삼는 것이 서사양식이다. 삶에서 모험이 사라진다는 것은 서사양식의 주재료가 될 이야깃거리가 사라진다는 것을 뜻한다. 그런데 지금 우리 시대 삶의 조건들이 그렇다는 것인가.

좀더 근본적인 차원에서 말해보자. 근대 자본주의체제 속에서 모험이란 무엇인가. 원론적인 대답이 있을 것이다. 스스로 사유와 행위의 주체가 되는 것, 자기 삶의 주인이 되는 것, 곧 어린아이가 어른이 되는 것이야말로 모든 사람들이 직면하게 되는, 그리고 죽는 날까지 그것의 완수에 골머리를 싸안게 되는 가장 커다란 모험이 아닐 수 없다. 그것은 자기가 삶의 주인임을 스스로에게 증명하는 것이며, 이를 위해서는 말 그대로 '목숨건 도약'이 필요하다. 그리고 바로 그것에 대한 이야기가 서사문학의 진정한 원천이며 내적 틀일 것이다.

모험에 대해 조금 통속적으로 말해보면 어떨까. 아마도 두 가지를 들 수 있지 않을까. 부자가 되는 것과 혁명가가 되는 것. 자본주의체제의 시민들이 추구하는 최고의 가치가 부자가 되는 것 혹은 성공하는 것임에는 부연의 여지가 없다. 돈은 모든 가치의 저장고일뿐더러 물질적 부는 주체를 자유롭게 한다. 마구간 같은 삶으로부터 벗어나 자유를 획득하기 위해서는 모험을 감행하지 않을 수 없다. 그 목표를 위해서는 많은 경우 명예나 자존심을 포기해야 하고 더러는 목숨까지도 걸어야 한다. 혁명의 경우도 마찬가지다. 삶의 주인이 될 수 없는 덕목들이 주인 노릇을 하는 세상을 뒤집어엎겠다고 나서는 일은, 체제와 국가라는 절대 권력에 맞서는 일이다. 도처에 위험이 도사리고 있는 굉장한 모험이 아닐 수 없다. 부자 되기와 혁명가 되기는 정반대의 벡터를 가진 힘이지만, 둘 모두 체제를 하나의 전체로 조망케 하는 시선을 제공해준다는 점에서는 등가의 위치에 있다. 가장 높은 중심에서 전체를 굽어보는 내부자의 시선과 울타리 밖의 다른 세계에서 전체를 바라보는 외부자의 시선.

삶에서 모험의 영역이 빠져나간다는 것은 무엇인가. 단적으로 말하자면, 세계 전체를 조망하는 시선을 갖는 일이 힘들어진다는 것이고, 자기 삶의 주인 노릇 하기가 점점 더 힘들어진다는 것이 아닌가. 21세기로 접어들면서 한국사회에서 분명해진 것은, 이제는 부자 되기도 혁명가 되기도 힘들어졌다는 것이다. 지금 여기에서 정치권력에 대한 혁명을 꿈꾸는 것은 우스꽝스럽기까지 한 일이 되어버렸고, 혁명적 전망에 입각한 사유도 현저히 힘을 잃었다. 집을 바꾸는 일보다 체제를 바꾸는 일이 훨씬 중요하다고 생각하는 사람들은 멸문의 위기에 처했고, 그나마 남은 사람들의 발언권도 현저하게 약해졌다. 이와 동시에, 부의 편중이 심해지고 계층 간의 유동성이 현저하게 약화되어, 삶의 계급적 조건들은 갈수록 고착화되어가고 있다. 한 사람이 맨손으로 시작해 자신의 성실한 노력만으로 부자가 될 수 있는 가능성은 반자본주의 혁명이 성공할 가능성보다 그리 커 보이지 않는다. 이런 가능성이 실제로 어떤지를 따져보는 것은 그다지 중요하지 않다. 많은 사람들이 심정적으로 그렇게 느끼고 있다는 점이 문제다. 혁명의 성공도 부자 되기도 어려워졌다는 것, 그렇게들 느끼고 있다는 것, 그것이 지금 우리 시대 생활 경험의 기저를 이루고 있다.

서사문학이라는 관점에서 보더라도 상황은 크게 다르지 않다. 서사적 파토스라는 점에서 보자면 1980년대식 정치혁명도 1990년대식 문화혁명도 뒷모습만을 보이고 있는 처지다. 물론 사회적인 측면에서 보자면, 아직도 여전히 당위적 언설이 필요한 영역들은 도처에 산재해 있고, 또 앞으로도 그럴 것이라는 점에는 이론의 여지가 없다. 그러나 여기에서 문제삼고자 하는 것은 서사의 차원이다. 정치적 담론들이 곧바로 장편소설의 동력이 되기는 이제 매우 힘들어졌다는 것이다. 정치적 올바름을 둘러싼 서사적 긴장이 소설적 담론의 중심축을 이루기 어려운 것은 물론이고, 1990년대 장정일의 경우에서처럼 문화정치를 위한 싸움이 이야기의 골격을 이루는 것도 쉽지 않게 되었다. 이런 사실은, 서사의 양식에서 계몽의 영역이 현저하게 줄어들었다는 것과 맥을 같이한다. 분단 문제 같은 현실정치적 문제나, 성정치나 여성주의, 섹슈얼리티, 다양한 소수자들의 문제 같은 사회적 이슈와 문화정치의 영역이 여전히 중요한 소재일 수 있다. 그러나 이 경우에도 서사는, 이미 알고 있는 것을 다시 확인하고 함께 기꺼워하는 축제의 양식일 수는 있어도, 인식의 충격을 주는 계몽의 양식이기는 어려워졌다.

『잘 가라, 서커스』는 이런 정황에 대한 천운영식의 대답인 것으로 보인다. 모험이 무엇인지는 잘 모르겠지만 서커스에 대해 이야기를 들려줄 수는 있다고, 천운영은 말하고 있는 듯싶다. 그는 대뜸, 흔히 조선족이라 불리는 중국 동포의 삶을 첫번째 장편소설의 소재로 호출했다. 한국에 온 중국 동포들과 동춘호를 타고 속초와 훈춘 사이를 오가는 보따리상들의 삶에 대해 이야기한다. 그 중심에 버티고 있는 것은, 호랑이 울음소리를 들은 남자와 흰 나비를 본 여자의 운명이다. 이들은 모두 자기 세계로부터 벗어나고자 안간힘을 쓰는 도망자들이다. 그리고 그들은 자기 욕망에 대해 정직하지 않았던, 그러므로 실패한 삶을 살 수밖에 없는 사람들이다. 천운영은 그 실패야말로 현재의 서사가 책임져야 할 몫이라고 생각하고 있는 것일까. 작품 속으로 들어가보자.

2. 디아스포라의 삶과 언어

『잘 가라, 서커스』는 천운영의 첫 장편이다. 잘 알려져 있듯이, 천운영은 2000년에 등단한 이래로, 두 권의 작품집 『바늘』과 『명랑』을 내는 동안 문단과 독자들의 폭넓은 주목을 받은 대표적인 신진기예다. 그의 첫번째 장편이라면 그 자체만으로도 주목의 대상이 되기에 족하다. 먼저, 줄거리를 간단하게 훑어보자.

『잘 가라, 서커스』는 전체적으로 보아, 한국에 시집온 연변 처녀의 수난기로 읽힌다. 중국에서 안마사 노릇을 하던 림해화라는 처녀가 있다. 국제결혼 중매회사를 통해 한국 남자와 결혼을 한다. 문제는 신랑이 된 남자인데, 부천에서 식당을 하는 삼십대의 총각 이인호에게 약간의 장애가 있다. 어릴 적에 목을 다쳐 발성기관을 정상적으로 사용할 수가 없고, 또 그 이후로 발달장애가 있었는지 약간의 정신지체 증상을 보이고 있다. 순한 눈을 가진 마음씨 고운 청년이었지만, 결혼 직후 어머니가 세상을 떠나고 난 후부터는 아내에 대해 극도의 분리불안 증상을 보이게 된다. 게다가 또하나의 문제가 있다. 인호를 부모처럼 보살펴주었던 동생 윤호가 있다. 해화와의 결혼도 윤호가 주선해주었다. 그런데 형수가 된 해화를 바라보는 윤호의 눈길이 심상치 않게 되어버렸다는 점, 게다가 덩달아 시동생을 바라보는 해화의 눈길도 보통이 넘게 되어버렸다는 점이다. 이 세 사람에게 어떤 일이 벌어지게 될 것인가.

이들의 이야기가 소설의 중심축을 이루고 있지만, 소설 속에서 우선적으로 드러나는 것은 중국과 한국에서의 조선족들의 삶에 대한 풍부하고 핍진한 묘사력이다. 묘사 대상에 대한 장악력이라는 점에 관한 한, 천운영은 누구보다 집요하고 탁월하다. 이 점은 이미, 그의 소문난 등단작 「바늘」에서 첫 선을 보였고 또 두 권의 창작집을 통해서도 잘 드러난 바 있다. 그 묘사력은 자주, 음침하고 황폐한 풍경들과 결합하여, 이를테면 문신하는 바늘과 피 맺히는 피부에 대한 묘사라든지 또는 배를 향해 다가오는 칼과 그것을 받는 배의 느낌에 대한 묘사 같은 것들이 만들어내는 강렬한 느낌의 자장을 형성해내곤 했다. 『잘 가라, 서커스』에서도 천운영의 묘사력은 유감없이 발휘되고 있다. 그의 묘사력이 포착해낸 중국 동포들의 언어와 삶은 군더더기 없이 깔끔하다. 우선 도드라지는 것은 여주인공 해화가 구사하는 연변 사투리다. 예를 들면,

"제가 살던 용정에는 사과배라는 게 있슴다. 그 사과배라는 게 저희 중국의 조선족들과 똑같단 말임다. 왜서 같은가 하면 조선에서 이주해오면서 사과 묘목을 갖고 온 사람이 그걸 연변 참배나무에 접목시키지 않았겠슴까. 모두 세 그루였는데 그중 용케 한 그루가 살아남았담다. 그래서 열린 거이 모양은 사과 비슷하고 맛은 배 비슷한 희한한 과일이 나왔단 말임다.

그것이 이젠 용정의 특산물이 되었지 않았습까. 용정에 있는 제일 큰 과수원은 그 면적이 만 무가 넘는다고 만무과원이라 함다. 그러니 중국에서 터전을 잡은 우리 조선족들과 어찌 같지 않겠습까. 복사꽃 날리는 걸 보니 자꾸자꾸 사과배꽃이 생각나지 않겠어요? 얼마 있으면 그곳에도 배꽃이 피겠습다."[1]

와 같은 대화에서 또는,

　무덤이었다. 공주의 무덤. 발해 공주의 무덤이 바로 내 눈앞에 있었다. 다리에 힘이 빠졌다. 팔다리가 매시근한 것이 도무지 움직일 수가 없었다. 머릿속에는 눈보라가 매삼치고 물사품이 일었다. 아무 생각도 나지 않았다. 손끝이 저릿저릿했다. 나그네의 팔에 감겼던 팔이 저절로 풀어졌다. 그와 함께 내려갔던 무덤, 벽화가 있던 그 무덤이 유리관 속에 들어가 있었다. 석관과 비석을 제외하고는 예전에 보았던 그대로였다. 나는 그 자리에 붙박인 채 공주의 무덤을 뚫어지게 바라보았다.(67쪽)

와 같은 내적 독백 등에서 유려하게 구사된다. 위의 인용문에 등장하는 매시근하다, 매삼치다, 물사품, 나그네 같은 단어들, 또한 이 책의 다른 부분에서 나오는 안까이, 썩두부, 비수개, 잠순간, 눈구럭, 안깐, 살몸, 번대머리, 토닭, 오솝소리, 문명하다, 머절싸하다, 마사지다, 보쟁이다, 감사납다 같이 북한과 연변에서 새롭게 진화한 단어들이나 우리 일상에서 잊혀졌던 고풍스러운 어휘들이 자연스러운 문맥 속에 섞여들어와 색다른 정감으로 살아난다.
　연변과 한국의 조선족들의 생활상이 요령 있게 형상화되고 있다는 점

---

1) 천운영, 『잘 가라, 서커스』, 문학동네, 2005, 58쪽. 이후 이 책의 인용은 본문에 쪽수만 표시함.

도 인상적이다. 해화의 한국살이가 시작된 후로 마음의 의지처였던 시어머니가 돌연 세상을 뜨고, 또 정서적으로 기대고 있었던 시동생 윤호마저 집을 나가 살게 된다. 그 이후로 남편 인호는 해화에 대해 극도의 분리불안 증상을 보여 해화가 눈 바깥으로 나가는 꼴을 보지 못하고, 또 밤에는 전선으로 팔을 묶어두기까지 한다. 견디다 못한 해화가 마침내는 가출을 하여 통상의 불법체류 조선족들이 겪는 밑바닥 생활을 하게 된다. 창호 기술자였던 윤호는 윤호대로 집을 나간 이후, 속초와 자루비노 사이를 운항하는 국제 페리 동춘호를 통해 중국과의 사이에서 보따리 장사를 하는 이른바 따이공의 대열에 합류하게 된다. 이 두 사람의 동선을 통해, 연변과 한국에 사는 조선족들의 생활 모습이 서사의 전면으로 포착된다. 해화가 만나게 되는 창춘 아짐, 그의 소개로 알게 된 약장수 서옥분, 또 윤호가 속초와 연변에서 만나게 되는 중국 동포들, 윤호를 통해 중국의 누이에게 돈을 부치는 속초의 조선족 청년, 윤호와 깊은 관계가 되는 안마사 영옥 등이, 해화와 윤호의 동선 위에 개성 있는 모습으로 배치된다.

　이를테면 창춘 아짐은 한국살이가 10년이 된 베테랑 조선족이다. 식당일을 하며 늙은 홀아비 식당 주인의 내연녀 역할까지 해내고 있다. 금실이 좋았던 아짐의 남편은 러시아를 오가며 보따리상을 하다가 이국에서 비명횡사했다. 처음 한국에 왔을 때 자신의 몸을 탐하는 늙은 남자들의 모습에 기함을 하기도 했지만 이제는 그 바닥에서 베테랑이 되었다. 해화의 등장에 자주 닦달을 해대는 현재의 식당 주인을 두고도, "타박타박해도 속정 있는 사람이라…… 타향 만리에서 눈 맞추고 배 맞추면…… 그게 내 나그네 아니겠나"(174쪽)라고 말한다. 남편을 뜻하는 연변 사투리 나그네라는 말은 단어 자체가 지닌 관조적인 어감으로 그 말을 쓰는 사람의 품성을 한층 더 너그럽게 표현해준다. 창춘 아짐은 아무 준비도 없이 집을 나선 해화를 따뜻하게 감싸주었다. 창춘 아짐이 보여주는 세상에 대한 관대함과 따뜻함은 기본적으로 이산자 혹은 탈향민들이 지니고 있는 서로간의 유대감에서 기인한 것이지만, 그에 앞서 10년 동안의 밑바닥 생활에서 우러나온, 삶 전체를 관조해내는 예지에 기반하고 있는 것으로 보인다.

창춘 아짐의 소개로 해화가 만나게 되는 지하도 약장수 서옥분의 경우도 마찬가지다. 서옥분은 독립군의 후예로 중국에서 나고 자랐다. 다른 조선족들과는 달리 합법적인 신분으로 한국 생활을 하고 있는 중이다. 그럼에도 그에게 한국은 창춘 아짐에게 그랬듯이 만리타향일 뿐이다. 서옥분은 말수가 적고 무뚝뚝한 인물처럼 보이지만 실상은 누구보다 속정이 깊고 다른 사람들을 배려하는 마음을 지닌 너그러운 인물이다. 겉모습의 딱딱함은 한국사회를 향한 것이고 속마음의 관대함은 자기와 같은 이산자들을 위한 것일 테지만, 이런 불일치 속에서, 설레발 없고 속 깊은 서옥분이라는 매력적인 인물이 탄생한다. 해화는 여관 종업원 생활에 실패하고 다시 서옥분의 약장사 좌판 곁으로 돌아왔을 때를 이렇게 표현했다. "여자는 내게 어떤 말도 묻지 않았다. 그저 엉덩이를 슬쩍 들어 자리를 비켜주었을 뿐이었다. 늘 함께 앉아 있었던 사람처럼, 잠깐 자리를 비웠다가 돌아온 사람처럼. 꼭 엄마 옆에 앉은 기분이었다."(228쪽)

이들은 모두 고향에서 떨어져나온 존재들, 진정한 의미에서의 이산자들이다. 윤호가 만난 중국 동포들도 마찬가지다. 한국에 와 있으나 연변에 있으나 이산자들이기는 마찬가지다. 연변에서는 한국을 동경하고 한국에서는 외국인이 되어버린 자신을 발견한다. 이를테면 윤호가 속초에서 만난 조선족 청년의 경우, 한국에 돈을 벌러 왔으나 오로지 그 목적만이었던 것은 아니다. 그는 발해사를 전공했던 사학도였고 희미하긴 하지만 해화의 첫사랑인 것으로 암시되기도 한다. 고향을 찾는다는 기분으로 한국에 왔으나 거기에서 그는 이방인인 자신을 발견했을 뿐이다. 그의 마지막 선택은 일본으로 밀항하는 것이다. 중국에서 소수민족으로 사는 것도, 한국에서 외국인으로 사는 것도 싫다고 했다. 그는 고향 없는 존재가 되었고, 진정한 의미에서의 이산자, 실향민이 되었다.

그러나 그들만이 실향민인가. 좀더 추상도를 높여 말하자면, 자신의 정신적 탯줄을 끊고, 할아버지와는 물론이고 아버지와도 다른 세상에서 살아야 하는 근대인들의 운명 자체에 디아스포라의 경험은 이미 내장되어 있으며 따라서 그것은 우리 자신의 정신적 본질이라 해야 할 것이 아닌가. 요컨대 조선족들만이 아니라, 한국 땅에서 태어나 한국 국적을 가지고 살아가는 사람들도 이산자이자 실향민이기는 마찬가지가 아닌가 하는 것이다. 그렇다면 조선족을 타자로 여기는 한국인들은 어떤 사람들인가. 이산의 운명에 맞닥뜨려 그것을 직시하며 살아가는 조선족들과는 달리, 자신의 진짜 처지도 알지 못한 채, 자기가 지금 살고 있는 땅의 주인이라고 착각하고 있는 바보이기조차 한 것이 아닌가. 식당 종업원 창춘 아짐과 지하도 약장사 서옥분, 발해 사학도 속초 청년의 모습을 그려냄으로써 천운영이 정작 우리에게 말하게 되는 것은 바로 그것이 아닌가.

이런 점에서 보자면, 『잘 가라, 서커스』의 중요한 삽화로 발해가 등장하고 있다는 점도 예사롭게 보이지 않는다. 연변이 1,300년 전에는 발해의 강역이었으니 발해에 관한 이야기가 삽화로 등장하는 것이 이치로 보면 그다지 신기할 것은 없다. 또 작중에서는 발해 공주의 무덤이 있는 룽수이상이 여주인공 해화의 고향으로 설정되어 있기도 하다. 고구려 유민과 말갈족이 연합하여 만든 나라 발해, 속초 청년은 그것이 누구의 역사에 속하는가에 대해 묻는다. 무엇이 정답인가. 발해는 당나라와는 달리 독자 연호를 썼지만, 또 벽화에 나타난 모습으로는 당나라와 복색이 같았다고 한다. 그 청년은 발해의 역사가 한국사에 속하느냐 중국사에 속하느냐를 묻고 있는 것이다. 청년은 스스로 답을 내리지 못했다고 했다. 답이 어려운가. 발해는 그저 발해였을 뿐이고 여전히 발해일 뿐이다. 모든 근대인들이 이산자일 수밖에 없다는 관점에서 보자면, 사라져버린 나라의 역사 상속권을 놓고 벌어지는 분쟁이란 얼마나 어리석은 일인가. 이산자란 고향도 나라도 없는 존재들인데, 하물며 지나간 시간의 소유권을 놓고 싸우는 일의 바보스러움이라니. 그러나 그 바보스러운 질문을 던지는 사람이 조선족 청년이라면 조금 경우가 다를 수도 있을 것이다. 유민들의 나라이자 후계 자 없는 나라로서의 발해는 그 자체로 디아스포라라는 운명의 상징이고, 그 나라 역사의 소유권에 대한 질문은 자신의 정체성에 대해 회의하고 있는 조선족 청년에게 잘 어울리는 짝이라는 점에서 그렇다.

천운영은 이와 같은 방식으로 중국 동포들의 삶과 말과 생각들을 포착해냈다. 그럼으로써 그는 자신이 발로 쓰는 작가임을 다시 한번 확인시켜 주었고 이와 동시에, 장편소설이 무엇보다 디테일의 예술임을 보여주고 있다. 우리는 또한, 한국문학이 정색하고 맞이해야 할 서사의 중요한 원천이 새롭게 나타났다는 사실을, 천운영의 이런 작업을 통해 새삼 확인하게 된다.

3. 흰 나비를 본 여자

소설의 두 주인공, 해화와 윤호의 삶에 대해 말해보자. 이들은 모두 혼자서는 감당하기 어려운 부채를 떠안게 된 인물들이다. 해화의 남편이자 윤호의 형인 인호 때문이다. 인호는 어릴 적 사고로 인해 목소리를 잃었고, 그 이후로 정상적인 발달에 장애가 생겼다. 성인이 된 이후에도 식구들에 대한 과도한 집착으로 극심한 분리불안 증세를 보였고, 또 남들에게 쉽게 속고 남들이 좋아하는 쪽으로만 자기 행동을 맞춰가는 의존성 성격장애의 증상도 보인다. 이런 모습의 형 인호와, 또 당뇨로 한쪽 발을 잘라낸 엄마까지 감당해야 하는 것이 동생 윤호의 처지였다. 그가 형의 신붓감을 찾아 연변으로 건너가게 된 것도 그 부채를 감당하는 일의 힘겨움 때문이었다. 그래서 신붓감을 골라내 연변에서 결혼식을 주선하면서도 그는 흡사 고려장을 치르는 자식의 심정 같다고 했다.

인호와 해화의 결혼 이후로 윤호의 부채는 이제 해화가 떠안게 되었다.

바보 같긴 하지만 착하고 잘 웃고 말 잘 듣는 남편이었을 때는 크게 문제 될 것이 없었다. 자애로운 시어머니까지 있어 가족애로 감싸일 수 있었고, 게다가 많은 연변 사람들이 꿈꾸는 한국행 F-2 비자, 중국의 부모까지 초청할 수 있는 권리까지 확보되어 있었다. 문제는 시어머니의 죽음 이후로 폭력적으로 변해버린 남편의 모습이다. 이를 완충해줄 시동생 윤호도 없다. 해화로 하여금 자기 시야 밖을 벗어나지 못하게 하는, 밤에는 전선으로 팔과 다리를 묶어놓는 남편 인호는 이제 경계선 성격장애의 폭력적인 증상까지 보인다. 자칫하면 정신병의 세계로 넘어갈 판이다. 해화는 그런 인호를 온통 혼자 감당해야 할 처지가 되어버렸다. 어떻게 해야 할 것인가.

천운영은 해화로 하여금 충동적인 가출을 선택하게 했다. 해화는 어느 하루, 팔과 다리가 전선줄로부터 자유로웠던 날 새벽 느닷없이 가출을 감행한다. 여권도 지갑도 없이 옷가방도 들지 않은 채, 행여 남편이 깰세라 허겁지겁 집을 나가버린다. 그것은 사전 계획이 없는 매우 우발적인 가출이었고, 그런 점에서 해화는 최소한의 윤리적 알리바이를 확보한다. 적어도 그의 결혼이 한국행 비자를 노린 기만적인 행위가 아니었다는 것, 그런 증거를 그 주변과 무엇보다 자기 자신에게 남겼다는 것이다. 그리고 이 지점에서 천운영의 『잘 가라, 서커스』는 모험의 형식과 결별한다.

모험의 형식은 무엇보다도 자신의 욕망을 끝까지 밀어붙이는 인물에 의해 규정된다. 해화는 왜 한국행을 택했는가. 답은 자명하다. 그 주변의 인물들에게 그랬듯이, 안마사 2년 경력의 25세의 연변 처녀 림해화에게 한국은 희망의 상징이었다. 한국으로 떠나오면서 그가 보았던 어둠침침한 옌지 역의 풍경은 이랬다. "저녁 간식거리가 든 비닐 봉투를 들고 선부부, 근처 상점에서 구입한 가방에 짐을 옮겨담는 여자, 과일사탕을 파는 아이, 괜히 어슬렁거리며 사람들에게 추근대는 남자, 음울한 표정으로 멍하니 앉아 있는 아짐, 틀니 없는 늙은이, 요란하게 화장을 한 계집애들, 땟국 질질 흐르는 두터운 솜옷을 입은 사내, 조선족들, 몽고족들, 한족들……"(38쪽) 그에게 한국행이란 이런 세계로부터의 탈출을 의미했다. 자신의 첫사랑이었던 청년도 이미 한국으로 떠나버린 터였다. 속초에서 불법체류중인 상태였으나 소식이 끊긴 지 2년이다. 한국 남자를 신랑감으로 맞이하는 것은 그 청년과의 상징적인 결별이기도 했다. 그렇게까지 하면서 한국행을 선택하는 해화는 자신의 욕망의 선을 타고 나아가는 모험 서사의 주체일 수 있다. 그런데 문제는 인호와의 결혼생활이 더이상 희망일 수 없게 되었다는 것, 그가 선택한 희망의 선이 돌연하게 중단되기에 이르렀다는 것이다. 그 순간을 천운영은 이렇게 표현했다.

"못, 움직이겠어요."
나는 몸을 부들부들 떨며 가까스로 말했다. 나그네의 얼굴이 심하게 일그러졌다. 나그네는 주위를 두리번거리며 안절부절못했다. 내 몸을 흔들다가는 발을 구르고, 뭐라 소리를 치다가 어디론가 급하게 달려갔다.
주위에 온통 나비떼가 날아다녔다. 희고 흰 나비들. 수많은 나비들이 내 몸을 휘감아돌며 하얀 분진을 떨어뜨렸다. 온몸이 근질거리고 정신이 아뜩해졌다. 겨우 다리에 힘을 주고 몸을 일으켰다. 무언가 물리칠 수 없는 힘이 내 몸을 강력하게 끌어당기고 있었다. 아무것도 보이지 않았다. 그저 희뿌연 분진뿐이었다. 분진이 걷히고 정신이 들었을 때, 나는 공주의 무덤 앞에 서 있었다.(68~69쪽)

해화가 남편의 식구들과 함께 봄나들이를 나왔던 때였다. 서울의 민속박물관에 놓여 있는 발해의 사적들, 특히 자신의 유년과 첫사랑의 기억이 담긴 정효공주의 무덤 앞에 서는 순간 해화는 놀라운 충격을 경험하게 된다. 불을 삼킨 듯 입 안이 뜨거워지고 현기증이 나고 다리에 힘이 빠져 꼼짝하기 어려운 순간을 경험하는 것이다. 그것은 인호와의 결혼이라는 자신의 선택에 대한 뼈아픈 후회의 순간이다. 그리고 나비의 환각이 찾아온다. 그 환각 속에서 해화는 열 살 때 맛보았던 고향의 풍광과 느낌, 또 무덤의 경험을 공유했던 첫사랑의 느낌을 상기해내고 그리고 새롭게 찾아온 사랑을 발견하게 된다. 형수의 소식을 듣고 급하게 달려온 윤호가 그였다.

누군가 내 어깨를 만지는 손길이 느껴졌다. 나는 천천히 고개를 들어 위를 올려다보았다. 한 남자가 내 앞에 우뚝 서 있었다. 그는 무덤 속에서 막 걸어나온 사람처럼 창백한 표정으로 나를 바라보았다. 그가 두 팔을 뻗어 내 겨드랑이 사이에 끼고 나를 일으켜세웠다. 그리고 내 몸을 부드럽게 감싸안았다. 온몸에 힘이 빠져나갔다. 나는 그의 팔에 의지한 채 겨우겨우 중얼거렸다.

"어째 이제 옴까?"

그가 내 등을 다독였다. 나는 아주 깊은 잠 속으로 빠져들어가는 것만 같았다.(70쪽)

이와 같은 방식으로. 해화의 환각 속에서 시동생 윤호는 옛 애인의 느낌과 겹쳐진다. 그가 꼭 윤호여야 할 이유는 없다. 그저 당당하게 자기 삶을 향해 나가는 젊은 청년이면 그것으로 족하다. 곧 해화가 감당해야 할 부채로서의 인호가 아닌 그저 보통의 청년이면 족한 것이다. 이것으로 사실상 인호와의 결혼생활은 끝이다. 이미 해화는 다른 세상의 존재를 온몸으로 느꼈고, 그 순간 이미 그는 다른 세상의 사람이 되었다. 실제로 가출을 하기까지 해화가 인호와 함께했던 삶은 자기 자신을 위한 변명에 불과하다. 채무를 변제하기 위해 마지막까지 최선을 다했음을, 다른 누구도 아닌 스스로에게 보여주기 위한 변명. 해화가 가출해버린 이후로 인호는 결국 죽음에 이르게 된다. 가출한 해화는 물론 그 사실을 확인하지 못하지만, 가출을 결행하는 순간 이미 해화는, 자기가 그런 방식으로 인호로부터 도망쳐나간다면 인호가 정상적으로 살기 어려우리라는 것을 알고 있었다. 그래서 그런 변명이 필요했는지도 모른다.

스스로에 대해 변명해야 하는 주체는 더이상 욕망의 주체일 수 없다. 거침없는 욕망의 주체는 장애물 너머의 대상을 응시하고 그것을 중핵으로 욕망의 환상도를 펼치는 적극적인 주체다. 자기 욕망의 진짜 대상이 무엇인지는 그 자신도 모른다. 그러니 가보는 것이다. 끝이 보일 때까지, 끝없음을 확인할 때까지. 스스로의 선택에 대해 변명을 해야 하는 주체는 이미 욕망의 주체일 수 없고, 그곳에는 그 어떤 모험의 형식도 존재할 수 없다. 그 대신에, 모험이 아닌 수난의 서사가, 또 수난 서사의 선을 통해 만들어지는 소극적이고 수동적인 주체가 존재하게 된다. 해화는 그 선을 따라갔고, 결국에는 약물중독이라는 환각의 세계에 이르게 된다. 욕망의 환상이 존재할 수 없는 곳에 생겨난 환각, 그것은 곧 죽음의 다른 이름이기도 하다.

4. 호랑이 울음소리를 들은 남자

또 한 명의 주인공 윤호의 경우도 소극적이고 수동적이라는 점에서는 마찬가지다. 그는 도움이 필요한 형과 병든 엄마를 건사하는 일에 힘겨워했고 그로부터 탈출하고 싶어했다. 그것은 운명이 그에게 부여한 힘겨운 부채였다. 그런데 그는 그 부채를 스스로 청산하지 않고 해화에게 떠넘겼다. 게다가, 형의 아내가 된 해화에게 쏠리는 마음을 제대로 수습해내지도 않았고 그렇다고 형의 아내를 원하는 자기 욕망에 정직하지도 않았다. 말하자면 그는 어떤 청산 작업도 하지 않은 채 자기 운명의 계정으로부터 도망쳐버린 셈이다. 그가 친구를 따라 따이공 노릇을 하게 되었을 때도 마찬가지였다. 말이 소규모 무역상이지 정확하게 말하자면 소규모 밀수상 노릇을 하는 것과 다름없는 일이었다. 윤호의 친구는 윤호 몫의 가방을 챙기며 세관을 통과하기 위한 뇌물을 윤호 몰래 가방에 넣어두었다. 가방 검사를 하는 세관원으로 하여금 가방 속 맨 위에 놓여 있는 고액권 지폐를 슬쩍 가져갈 수 있게 하는 것이 뇌물 공여의 요령이다. 윤호는 그런 사실을 알지 못했기에 세관원이 자기 가방을 여는 순간, 눈에 확 들어오는 백 불짜리 지폐를 보고 당황했다. 물론 그 때문에 그의 밀수 가방 속의 짐들은 무사히 통과되었다. 그런데도 윤호는 세관을 통과한 후 돈을 넣어둔 친구에게 오히려 소리를 지른다. 자기가 모르는 돈이 왜 들어가 있느냐고. 이상하지 않은가. 윤호는 자신의 그 행위가 밀수이고 불법이라는 것을 몰랐다는 것인가. 아니면 그는 지금 친구에게 어리광을 피우고 있는 중인가. 그는 범죄의 세계에 입문하는 순간인데도, 자신의 순결성을 훼손하지 않은 채로, 어떤 윤리적 고통도 지불하지 않은 채로, 어떤 대가도 없이 입장하고자 하는 것이 아닌가.

어머니가 죽고, 해화가 집을 나가고 또 해화를 찾아 헤매던 형도 자살하고 윤호는 혼자 남게 되었다. 비로소 그는 자신이 원하던 자유를 얻었다. 집과 땅도 좋은 값에 처분했다. 모든 구질구질함으로부터 탈출하는 데 성공한 것이다. 윤호는 빈집에 돌아와 마당에 놓아둔 어머니의 유골함을 본다. 그 순간을, "눈물이 핑 돌았다. 그 동안 나를 힘들게 했던 것은 형과 여자와 엄마가 없다는 것이 아니었다. 모두가 죽어갈 때, 나 혼자 살아남아 슬픔을 견뎌야 한다는 현실이었다"(247쪽)라고 표현했다. 그러나 이것은 잠시의 감상이거나 거짓말일 가능성이 크다. 그의 진심은 이쪽에 가깝다. "법랑을 바다 속에 던졌다. 형과 여자를 던졌다. 그리고 죽은 내 몸뚱이도 던졌다. 죽은 형은 이제 어느 곳에도 존재하지 않을 것이다. 어느 곳에도. 가벼웠다. 존재감을 느낄 수 없을 정도로 한없이 가벼워졌다." (248쪽) 어머니의 유골함을 챙겨다 형이 자살했던 바다에 던져넣는 순간의 심정이다. 여기에서 그는 형이 존재하지 않는다는 사실을 두 번씩이나 강조하고 있다. 그리고 자신의 몸도 죽은 몸이라고 지칭함으로써 자신을 위한 알리바이도 슬쩍 끼워놓았다. 그의 마음을 지배하고 있는 것은, 모든 부담감으로부터 해방된 사람의 홀가분함이다. 윤호는 이런 마음으로 어머니와 형과 해화의 세계와 작별한다. 그 세계는 그가 안쓰럽고 측은하게 생각했던 서커스의 세계이기도 했다.

자기가 버리고 온 세계에 대해 윤호와 해화의 반응은 이렇게 다르다. 해화는 뼈아픈 후회를 한다. 민속박물관 발해 공주의 무덤 앞에서 그를 꼼짝 못하게 옭아매버렸던 것, 그로 인해 정신까지 혼미해져 나비의 환각을 보게 했던 것, 그것은 곧 해화가 의식하고 싶어하지 않는 뼈아픈 후회의 힘이다. 흰 나비의 환각은 그 힘이 우회적으로 표현된 것에 다름아닐 것이다. 이에 비해, 윤호는 호랑이의 울음소리를 듣는다. 그가 타고 다니던 국제 페리 동춘호에 러시아 서커스단이 승선했고, 짐승들 중에 호랑이도 있었다. 화물칸에 있는 단원들과 짐승들을 보자, 서커스를 좋아하고 곡예하기를 즐기는 형의 얼굴이 떠올랐다. 호랑이 울음소리를 들은 것은 그다음 순간이다.

눈앞에서 아른대는 형의 얼굴을 지우기 위해 부리나케 화물칸을 빠져나왔다. 계단을 올라가려는데 호랑이 울음소리가 뒷목을 잡아챘다. 심장까지 전해질 정도로 강력하고 우렁찬 소리였다. 울음소리를 듣는 것만으로도 오금이 저려왔다. 비틀거리며 갑판 위로 올라섰다. 선미 쪽 문을 열자 억센 바람이 머리를 후려쳤다. 나는 뼛속까지 파고드는 억센 바람과 어둠을 맞으며 갑판에 서 있었다. 갑판 위에서도 호랑이 울음소리는 내내 귓가에 머물렀다. 나는 난간에 매달려 바닷물만 바라보았다.(154~155쪽)

호랑이 울음소리를 지우려 선실에 돌아와 누웠을 때, 배가 흔들리고 벽에 걸린 사슴 박제가 떨어져 발을 다친다. 그리고 불길한 예감이 엄습한다. 속초에 하선한 이후에도 비슷한 상황이 다시 한번 반복된다. 사슴뿔에 다친 발의 욱신거림과 호랑이 울음소리의 환청. 그리고 해화가 사라졌다는 형의 연락을 받는다.

　여기에서 호랑이 울음소리는 일차적으로, 해화의 사라짐을 암시하기 위한 서사적 의장으로 기능하지만, 단순히 거기에 국한되는 것만은 아니다. 해화가 떠났다는 전화를 받았을 때 윤호의 머리를 스친 생각은, "결국 떠나고 만 것일까?"(160쪽)였다. 윤호는 해화가 떠날 것임을 예감하고 있었다는 것이고, 따라서 여기에서 복선이나 암시 같은 것이 그리 긴요하지 않다는 말이다. 게다가 동춘호의 화물칸에서 윤호가 들었던 소리, 뒷덜미를 잡아채고 다리를 비틀거리게 하는 강렬한 힘으로서의 호랑이 울음소리는 환청이 아닌 진짜였다. 윤호의 마음을 뒤흔들어놓은 저 호랑이 울음은 무엇인가. 그 강력한 소리에 요동하기 시작한, 윤호가 차마 의식의 차원으로 떠올리지 못하고 있는 그 어떤 것, 그 불안은 무엇인가. 그것을 분명하게 말해줄 수 있는 사람이 없으니 그저 추측만이 가능할 뿐이다. 그러나 윤호는 호랑이 울음이 건드리고 사라져간 자기 마음속의 흔들림을 정면으로 응시하지 않는다. 그저 스쳐지나갈 뿐이다. 그의 행보가 끝나는 곳에 있는 것은 물론 인호의 죽음이다. 인호를 죽인 사람은 누구인가. 따지고 보면 그 자신이 아닌가. 형의 결혼을 위해 중국 땅에 갔을 때 고려장을 하는 자식의 심정이라고 스스로 말하지 않았는가. 짐을 부려놓듯 해화에게 형을 떠넘겼지만, 해화가 견디지 못하리라는 것을 윤호는 짐작하지 않았는가. 해화가 떠나고 나면 또 형이 견디지 못하리라는 것도 짐작할 수 있는 일이 아닌가. 그것을 막아줄 사람은 자기 자신이지만, 모든 일을 해화에게 미룬 채 떠나버리지 않았는가. 이것은 형의 죽음에 대한 명백한 미필적 고의가 아닌가. 혹시 그것 때문은 아닌가. 호랑이가 흔들어놓은 마음을 들여다보지 않았던 것은.

　소설의 첫 대목에는 중국의 서커스를 바라보고 있는 형제의 모습이 나온다. 형 인호는 교예단의 묘기에 몰입해 있고, 동생 윤호는 안쓰러운 눈으로 묘기를 바라보고 있었다. 인호가 어린아이임에 비해 윤호는 어른이다. 소설의 주인공으로서는 어떤가. 이야기를 바라보는 시선은 어른의 성숙한 시선이다. 그러나 이야기를 만들어나가는 힘은 어린아이가 지니고 있다. 그저 관조할 뿐인 어른의 시선은 사건의 시말을 알려주고 논평을 할 수는 있어도 사건 그 자체를 만들기는 어렵다. 사고를 치면서 사건을 만들어내는 주체들은, 무한한 호기심으로 세계를 대하고 자기 앞의 삶에 대해 몰입할 수 있는 것은 어린아이의 영혼을 가진 사람들이다.『잘 가라, 서커스』에서 그 역할은 연변 처녀 해화에게 맡겨져 있었다. 그러나 해화는 너무나 쉽게 좌초해버렸다. 그보다 훨씬 더 강력하고 폭력적인 진짜 어린아이, 급진화된 어린아이 인호가 있었기 때문일 것이다. 그리고 그 뒤에서 모든 요소들을 배치하고 통제한 냉소적인 어른 윤호의 존재도 한몫을 했다. 남편의 집을 나감으로써 해화는 확실한 도망자가 되었고, 그 결과로 윤호 역시 도망자가 되었다. 자기가 감당해야 할 세계와의 정면대결을 피해버린 사람들. 호랑이 울음소리를 외면하고, 흰 나비의 환각을 향해 나아간 사람들. 약물중독과 범죄의 세계는 덤이다.

5. 서사의 잉여

『잘 가라, 서커스』의 첫번째 층위는 한국에 시집온 연변 처녀 림해화의 실패담이다. 천운영은 해화를 주인공으로 선택함으로써 그 특유의 묘사력으로 중국 동포들의 언어와 삶을 포착해내고 디아스포라의 존재론적 의미에 대한 성찰의 기회를 제공해주었다.

두번째 층위는 어떤가. 지적장애가 있는 형을 죽음으로 몰아가는 동생의 성공담이라 할 수 있지 않을까. 실패자 해화는 자신의 실패로 인해 괴로움을 당하고 또 약물중독이라는 형태로 그 대가를 충분하게 지불한다. 그러나 형을 떼어내는 데 성공한 윤호는 홀가분한 마음으로 죽은 사람들의 영혼과, 또한 그들이 상기시키는 구질구질하고 끈끈한 세계에 대해 작별을 고한다. 그 어떤 윤리적 고통도 다른 어떤 대가도 지불하지 않은 채, 서커스의 세계여 잘 가라고.

작가 천운영은 왜 윤호의 이런 모습에 대해 응징하지 않았는가. 윤호가 무죄하기 때문인가. 윤호는 자기가 형을 죽였다는 사실을 모르고 있거나 혹은 어른스럽게 모르는 척하고 있다. 그러나 어느 쪽도 마찬가지다. 이런 형식의 죄는 오이디푸스의 죄와도 같다. 유죄성은 자기가 죄인이라는 것을 알게 되는 순간 생겨난다. 좀더 정확하게, '어른스럽게' 말하자면, 자기가 죄인임을 타자가 안다는 것을 자기가 아는 순간 죄가 생겨나는 것이다. 윤호가 응징당하지 않았다는 것은 이 소설의 절대적 타자인 작가 천운영이 그의 죄에 대해 눈감아주었다는 것이 아닌가. 오히려 응징하기는커녕 그를 편들어주고 있는 것은 아닌가. 무엇 때문인가. 1990년과 더불어 이십대를 맞이한, 1971년생인 작가 자신이 도망자이기 때문인가. 지금 우리 시대가 도망자들의 시대이기 때문인가. 자기가 도망자인지조차 모르고 있는 도망자들의 시대, 모든 무거운 것을 거부하고 배제하는, 가볍고 경쾌한 웰빙의 시대. 이 탈냉전시대의 거대한 인력이『잘 가라, 서커스』의 서사를 휘게 만든 것인가. 뼛속까지 울려대는 호랑이의 울음소리에 대해 귀 막아버리고, 가슴 깊은 곳에서 울려오는 불안을 흰 나비의 화사한 환각으로 잠재우는 시대. 그러니 누구도 윤호가 유죄임을 말할 수 없지 않은가. 그렇다면 이 소설의 세번째 층위에 대해서 이렇게 말할 수 있지 않을까. 떨쳐내기 힘든 어떤 세계와의 작별에 관한 이야기, 자기가 도망자라는 것을 모르는 도망자에 관한 이야기.

그래도 여전히 호랑이 울음소리는 남는다. 윤호는 짐짓 스쳐지나가버렸지만, 작가 천운영이 애써 끼워놓은 호랑이 울음소리. 그것은 서사의 잉여다. 서사 전체로 보자면 불필요한 부분이겠지만, 그 울음소리의 파장은 깊고 넓다. 천운영이 소설의 전면에 배치한, 중국 동포들의 삶에 대한 핍진한 묘사로도 그 서사의 잉여는 덮어버릴 수 없다. 이 탈냉전의 웰빙

시대에 그 잉여를 향해, 그 울음소리의 진원을 향해 고개를 돌리는 것, 호랑이 아가리를 정면으로 응시하는 것은 얼마나 중요하고도 절실한 것인가. 작가로 하여금 호랑이 울음소리를 그곳에 끼워넣게 만든 보이지 않는 손이, 재능 있는 젊은 작가 천운영에게 속삭였던 것도 바로 그런 이야기가 아니었을까. 그렇다면 자기가 실패자인지도 모르는 채 의기양양하기만 한 윤호와, 자신의 실패에 대해 낙담하고 있는 해화에 대해서 조금은 덜 아쉬워해도 되지 않을까. 어린아이같이 호기심에 가득한 순진한 눈으로 세상을 보고 그 세계를 향해 뜨겁게 투신해가는 새로운 모험가들의 이야기를, 우리는 조만간 천운영의 세계에서 확인할 수 있을 것이니.

한 유령 광대의 초상
─ 황석영의 『개밥바라기별』 읽기

1. 누구에게나 자기 몫의 삶이 있다

누구에게나 자기 몫의 삶이 있다. 다른 누군가에게 미룰 수도 없고 반납해버릴 수도 없는, 그래서 결국 그 자신만이 온전히 짐 져야 하는 것으로서의 삶. 그것이 자기 앞에 있는 것을 느낄 때 아이는 어른이 된다. 어떤 순간에는 그것이 감당할 수 없는 무게로 온몸을 짓누르기도 하고, 또 어떤 순간에는 그것이야말로 자기 삶의 의미로 다가오기도 한다. 때로 그것은 죽음에 대한 피하기 어려운 유혹이기도 하고 때로는 강렬한 삶의 동력이기도 하다. 그러니 그것의 존재는 부정할 수도 없다. 머리가 거부하면 가슴이 표적이 되고 가슴이 거부하면 몸이 느낀다.

자기 몫의 삶을 느끼고 있는 사람에게 삶의 지평선은 언제나 막막한 것일 수밖에 없다. 길이 보인다고 해도 지평선 너머로 이어져 있으니 끝을 알 수가 없고, 확실한 길이라고 생각했음에도 실상은 언제나 예상을 배반하곤 한다. 그것이 우리가 다 아는 길의 속성이 아닌가. 그러니 방법이 없다. 그저 가보는 수밖에. 예상하고 배반당하고, 배반당할 줄 알면서도 다시 기획하고 추진하면서. 우리에게 삶의 지도를 보여줄 수 있는 현자가 있다면 얼마나 다행스러운 일일까. 어떤 다른 세상에서는 밤하늘의 성좌가, 나의 손금이나 우연히 내 것이 된 이름이나 혹은 내가 태어난 날의 별자리가 내 삶의 지도 노릇을 하기도 했으리라 부러워하기도 하지만, 그 모든 것들이 막막한 지평선 앞에 선 사람의 암담함의 다른 표현임에는 두말할 나위가 없다.

그러나 길 없음의 막막함보다 더 견디기 힘든 것이 있음을 우리는 또한 잘 알고 있다. 너무나 자명한 길이 거역하기 어려운 힘으로 내 앞에 놓여 있을 때, 그 시초부터 종말까지 너무나 투명하고 예견 가능하여 내가 할 수 있는 일이란 매 순간을 견디며 그 길을 따라가야 하는 것일 때, 그러나 그 견딤으로서의 삶이 무가치한 것으로 느껴질 때의 마음이 그것이다. 그 궁극에는 인간의 유한성에 기반하고 있는 허무주의가 있다. 이를테면 모든 살아 있는 것들의 궁극적인 목표는 죽음이라고 했던 프로이트의 말이 있다. 물론 그는 또하나의 원초적인 동력으로서의 삶의 힘이 그 곁에서 나란히 작동하고 있다고, 죽음의 인력이 강렬할수록 그에 반발하는 삶의 힘 역시 같은 강도로 상승한다는 말도 했다. 소란스러운 삶 충동과 조용히 작동하는 죽음 충동, 이 두 힘의 복합으로서 우리의 삶이 이루어진다는 프로이트의 말은, 누구나 인정할 수밖에 없는 논리적인 것이다. 그러나 한 개인의 삶에서 좀더 크게 문제가 되는 것은 논리가 아니라 실감이다. 50세에 접어들던 톨스토이에게 찾아온 회감의 순간이 아마도 그런 것이겠다. 그는 죽음의 필연성이라는 동일한 명제를, 한 우화의 예를 빌려 이렇게 표현했다. 맹수를 피해 마른 우물로 뛰어든 나그네가 있다. 그러나 우물 밑에는 용이 입을 벌리고 있다. 다행히 우물 벽에 튀어나온 나뭇가지를 붙잡았는데 이번에는 두 마리의 쥐가 나타나 야금야금 가지를 갉아댄다. 사면초가의 상황에서도 나그네는 나뭇가지에 꿀이 있는 것을 알아채곤 그것을 핥아먹는다. 언젠가는 용의 아가리로 떨어져버릴 수밖에 없음을 알면서도 꿀을 핥아먹고 있는 것, 그것이 우리 삶이라는 것이다.

　죽음의 불가피성에 대한 프로이트와 톨스토이의 표현의 차이는, 보편적인 것으로서의 논리와 개별적인 것으로서의 실감의 차이라고 해도 좋겠다. 모든 유기체의 목적이 죽음이라는 명제에 대해 우리는 별다른 느낌없이 수긍할 수 있다. 논리의 문제이기 때문이다. 그리고 그런 인식이 단순한 논리의 차원을 넘어 실존적 고통으로 다가온다 해도 톨스토이의 경우보다는 훨씬 덜하다. 나만 당하는 난리가 아니라 살아 있는 모든 것이 함께 감당해야 하는 것이기 때문이다. 그러니까 우리는 그냥 한 그루 사과나무를 심을 것이다. 그러나 톨스토이가 한 나그네의 예를 들어 제시한 우화는 훨씬 개별적이고 감각적이다. 용의 아가리에 박혀 있는 이빨과 그 사이에서 으스러질 몸의 고통, 나뭇가지를 붙잡고 매달려 있어야 하는 사람의 절박함이 이야기에서 배어나온다. 그 절박함과 고통은, 문학적 명성과 풍요로운 귀족으로서의 삶의 정점에 있던 톨스토이 자신의 실감에 다름아닐 것이다. 그는 이런 상황에 대처하는 네 종류의 삶이 있다고 썼다. 모르고 살기, 모른 척하며 그냥 꿀이나 빨기, 궁상을 떨며 견딜 수 있을 때까지 견디기, 그리고 마지막은 자살이다. 톨스토이 자신은 자살을 택하고 싶어했다. 그동안 그가 소중하게 생각했던 가족의 존재와 예술도, 매달린 자의 꿀이라고 생각하는 순간 하찮은 것이 되어버렸다. 강렬한 자살충동이 찾아와 그는 수시로 밧줄과 권총을, 용의 아가리로 자진하여 나아가는 용감함을 절망적으로 꿈꾸었다.

　톨스토이는 자신을 죽음의 인력으로부터 벗어나게 했던 것이, 한때 그가 버려버렸던 신앙의 세계였다고 했다. 그러나 그것이 왜 하필 러시아정교였는지에 대해서는 쓰고 싶어했으나 끝내 쓰지 못했다. 이유는 간단하다. 그에게 러시아정교란 하나의 제유적 표현에 불과할 뿐이다. 그 자리에는 가톨릭이나 힌두교나 회교나 다른 어떤 종교의 이름이 들어가 있어도 마찬가지다. 그의 믿음이 어떤 것이었는지보다 중요한 것은, 민중적인 형태의 신앙 속으로 들어감으로써 그가 확보해낸 또하나의 것, 곧 새로운 삶의 형식이라 해야 할 것이다. 민중 신앙이라는 말에서 중요한 것은 신앙이 아니라 '민중'이라는 단어로 표상되는 삶, 그가 기생충의 삶이라고 타기해버렸던 귀족의 삶 반대편에 놓여 있는, 직접 땀을 흘리며 노동하는 삶인 것이다. 그에게 러시아정교가 중요했던 것도 그것이 민중의 것이었기 때문이지 다른 이유가 아니다.

자살 충동에 시달릴 때 톨스토이가 자신에게 던진 질문은 두 가지로 요약된다. 왜 사는가와 어떻게 살 것인가. 여기에서 중요한 것은 후자이다. 삶이 문제가 되는 한에 있어서, '왜'라는 질문은 오직 '어떻게' 속에서만 답해질 수 있는 성질의 것이다. 구체적인 삶의 실천 없이 왜에 대해서 대답한다면 그 어떤 대답도 관념적일 수밖에 없고 그래서 어떤 대답도 틀린 것이거나 무의미한 것일 수밖에 없다. 중요한 것은 자기 몫의 실존의 무게를 지고 삶 속으로 뛰어드는 것이다. 톨스토이는 자신의 삶을 바꾸었다. 그럼으로써 그는 어떻게에 대해 답할 수 있었고, 왜에 대한 대답은 그 속에서 저절로 우러나왔다. 왜라는 질문 자체가 무의미해진 것이라고 해도 좋다.

『개밥바라기별』의 주인공 유준의 경우도 마찬가지다. 일류학교에서 모범생의 삶을 살던 한 소년에게 어느 날부턴가 학교가 제시하는 가치와 부모의 요구가 시시해지기 시작했고 마침내는 견딜 수 없게 되었다. 그래서 학교를 나와 방랑을 했다. 산속의 동굴에 틀어박히고, 무전여행을 하고, 유치장에서 만난 떠돌이 노무자와 함께 노동판을 전전했다. 절에 들어가 행자 노릇을 하기도 했다. 이런 이야기 속에서, 마지막 방랑길에 오른 유준이 여자친구에게 남긴 말은 이랬다. "대단한 건 아니구 그저 이렇게 사는 걸 한번 바꿔보려고 해. 말하자면 기러기라든가 산토끼라든가 다 스스로 알아서 살잖아. 땅이 좀더 컸으면 좋았을 텐데. 그러면 어느 먼 세상의 끝에 가서 처박힐 수 있겠지. 언젠가 보니까 국도변에 차들이 씽씽 달리는데, 개 한 마리가 혀를 길게 빼고 일정한 걸음걸이로 달려가는 걸 봤어. 어디를 향해 가고 있었는지, 꼬리 뒤로 목줄을 길게 끌고서."[1] 삶이 막다른 골목에 이르렀을 때, 그것이 막다른 골목이냐 아니냐는 나중에 확인되는 것이지만 어쨌든 막다른 골목에 이르렀다고 느끼고 있을 때, 그로부터 벗어날 수 있는 방법은 유일한 것일 수밖에 없다. 삶을 바꾸는 것, 목줄을 채 떨구지도 못한 채 도망쳐나온 한 마리 개처럼 다른 세상을 향해 나아가는 것.

황석영의 『개밥바라기별』은 삶을 바꾸려고 안간힘을 썼던 소년들의 이야기이다. 황석영은 그것이 성장소설이고 자기 자신의 청춘의 기록임을 강조해놓았다. 이채로운 것은 이 소설의 끝에 놓여 있는 자살이라는 화소이다. 몇 년에 걸친 방황이 끝나고 나면 새로운 길이 시작되어야 하는데 그 자리에 놓여 있는 자살이라면 좀 이상하지 않은가. 그것은 괴테의 『빌헬름 마이스터의 수업시대』로 대표되는 성장소설 일반의 문법과는 어긋나는 것이기 때문이다. 이런 이야기라면 오히려, 허구적이나 건축적인 것과는 반대되는 유기적이고 사실적인 것이라는 점에서 고백이나 회고의 양식에 가깝다고 해야 할 것이다. 물론 성장소설이냐 고백이냐를 따지는 것은, 그것이 단지 분류의 기준에 불과한 것이라면 황석영의 『개밥바라기별』을 읽어내는 데 그다지 긴요한 문제는 아닐 것이다. 성장소설로 읽어달라는 작가의 요구가 있지만 그것은 무시하면 그만이다. 그것은 독자의 권리에 속한다. 그럼에도 이런 문제를 따져보는 것은 무엇 때문인가.

『개밥바라기별』은 작가 황석영 자신의 이야기로 읽힌다. 문학을 꿈꾸었던 한 낙오한 모범생이 어떻게 작가가 되었는가. 물론 『개밥바라기별』은 단지 스무 살을 전후한 시절의 이야기일 뿐이다. 그가 진짜 작가가 되기 위해서는 좀더 많은 시간을 기다려야 했다. 그러나 이런 토막난 이야

---

1) 황석영, 『개밥바라기별』, 문학동네, 2008, 250쪽. 이하의 인용은 본문에 쪽수만 밝힘.

기라도 황석영의 삶이라는, 이미 잘 알려져 있는 좀더 큰 텍스트의 일부가 된다면 사정은 다를 것이다. 작가의 탄생, 장인의 탄생, 혹은 문학의 탄생이라는 화두를 둘러싼 좀더 풍부한 서사적 울림과 의미의 자장을 확보할 수 있기 때문이다. 아무리 막다른 골목에 서 있더라도 두리번거리기만 한다면 어디서도 새로운 세상은 나타나지 않는다. 개처럼 목줄을 끌고서라도 그 세상 바깥으로 걸음을 옮길 때, 내딛는 걸음이 설사 자살이라는 허방을 디디게 될지라도 미지의 암흑을 향해 나아갈 때, 한 젊은 영혼이 꿈꾸는 새로운 세상이란 그때야 비로소 생겨날 수 있다. 생각이 아니라 삶을 바꿀 때에만 새로운 세상은 생겨날 수 있는 것이기 때문이다. 견딜 수 없을 만큼 아니다 싶으면 일단 떠나는 거다. 생각은 그다음이다. 삶도 문학도 마찬가지다. 새로운 세상도 문학도 길도 복권 당첨금처럼 정해져 있는 것이 아니다. 정해져 있는 것은 모두가 가짜다. 자신의 삶으로 이런 생각을 길어올렸던 소년 유준은 그 대가로 두 번의 죽음을 맛보아야했다. 그럼으로써 그가 얻은 것이 문학이라면, 그것도 황석영이라는 작가가 만들어놓은 텍스트라면 그것은 결코 비싼 대가는 아니다. 우리는 그것을 황석영의 삶이라는 좀더 큰 텍스트에서 확인해볼 수 있거니와, 그 텍스트의 일부일 때『개밥바라기별』은 말 그대로 샛별 같은 것일 수 있다.

2. 어떤 삶도 헛되지 않다

『개밥바라기별』은 명문고등학교 재학생 유준과 그의 친구들의 이야기이다. 그들은 대개 초등학교 5학년 때부터 입시 준비를 했고, 어려운 관문을 통과하여 서울에서 손꼽히는 명문고등학교에 입학한 영재들이다. 학교가 제시하는 궤도를 벗어나지만 않는다면 그들의 미래는 보장되어 있다. 명문대학교를 거쳐 사회의 고위직으로 나아갈 것이다. 관료와 법관과 의사와 경영자의 길. 물론 이를 위해 그들은 치열한 내부 경쟁을 거쳐야 한다. 그 과정이야 누구나 알고 있는 것이 아닌가. 학교에서 배우는 지식이 어떤 가치가 있는지는 물을 필요가 없다. 그것은 삶의 의미를 묻는 일이나 마찬가지다. 중요한 것은 지식의 유용성이나 그것이 지니고 있는 본원적인 의미가 아니다. 지식이 아니라 지식의 효용, 내부 경쟁을 통해 한정된 인원을 선발해내는 것이 그 지식의 존재 이유이다. 그러므로 그것은 즐거운 지식일 수가 없다. 오히려 지식 자체를 즐겁게 받아들이는 것은 위험하다. 열등생으로의 전락을 감수해야 할 경우가 많다. 즐거운 지식이란 자기 목적적인 것이기 때문이다. 우리가 다 알고 있듯이 학교에서 지식은 목적이 아니라 수단이다. 정해진 관문을 선착순으로 통과시키기위해 제시된 과제일 뿐이다. 그 관문을 위해 필요한 능력이란 단 하나, 자기 관리의 능력이다. 그것은 수많은 마법의 세계를 통과하기 위해 오디세우스가 동원해야 했던 단 하나의 지혜이기도 했다. 수많은 과목의 시험이있지만 시험 문제는 궁극적으로 단 하나인 셈이다. 너는 얼마나 너 자신을 관리할 수 있는가 하는 것, 곧 너의 지적 능력과 감정과 집중력과 너에게 주어진 시간을 관리할 수 있는가 하는 것.

유준 같은 소년은 이른 나이에 어른세계의 비밀을 알아채버렸다. 그 앞에는 거대한 벽과 좁은 문이 있었다. 부모와 교사는 너의 모든 능력을 동원해서 다른 사람보다 빨리 그 관문을 통과하라고, 그것이 너의 길이라고 말했다. 그런데 잠깐 정신을 차리고 보니 문은 있으되 벽이 없었다. 텅 빈 벌판에 문을 하나 만들어놓고 그 문을 향해 달려가라고 말하고 있는 것이 아닌가. 벽이 없으니 문을 통과해야 할 이유도 없는데 왜 문을 향해 가라고 하는가. 어쩌면 벽이 환상이었듯이 문도 환상은 아닌가. 앞으로 나아가는 것이 중요한 일이라면, 벽도 문도 환상일 뿐이라면, 그냥 앞을 향해 내 방식으로 가면 되는 것이 아닌가. 내부에서 솟아오르는 이런 의문을 바라보는 인물들이 성장소설 일반의 주인공들이다. 그것이 허깨비에 불과한 것임을 눈치채버린 마당에 그 길을 갈 수는 없는 노릇이다.

『개밥바라기별』에 등장하는 두 명의 낙오자, 준과 인호는 그래서 낙제생이자 퇴학생이 되었다. 그들이 걸어야 하는 길은 성장소설의 다른 주인공들의 길과 다르지 않다. 18세기 칼 필립 모리츠의 『안톤 라이저』나 19세기 괴테의 빌헬름 마이스터도, 『수레바퀴 아래서』의 한스 기벤라트나, 『호밀밭의 파수꾼』의 홀든 콜필드도, 시대와 지역은 다르지만 모두 주어진 궤도에서 벗어난 별들이다. 그들의 운명은 어떻게 되는가. 그것은 자기 앞에 놓여 있는 절대 자유의 공포에 대해 어떻게 대응하는지에 달려 있다. 빌헬름 마이스터는 아버지의 심부름을 위해 여행을 떠났지만 그 길은 방랑과 모험이라는 낯선 세계로 이어지게 된다. 유랑극단의 일원이 되어 많은 사람을 만나고 많은 경험을 한다. 그러나 그의 길은 결국 다시 돌아가는 길로 이어져 있다. 소설의 끄트머리에 놓여 있는 탑의 사회를 통해 그는 원점으로 귀환한다. 심부름을 보냈던 아버지의 세계로 돌아가는 것이다. 그렇다면 그는 단지 시간 낭비를 했을 뿐인가. 도착한 지점은 같을지라도 그것의 의미는 천양지차다. 하나는 주어진 세계였음에 비해 다른 하나는 자기가 선택한 것이기 때문이다. 그것은, 인간은 누구나 죽을 수밖에 없지만 어떻게 죽느냐가 중요한 것이나 마찬가지다. 빌헬름 마이스터의 방황담을 두고 성장서사의 원형이라고 할 수 있는 것도 그 때문이다. 누구나 어른이 될 수밖에 없지만 중요한 것은 어떤 어른이 되느냐 하는 것이기 때문이다.

학교를 그만두고 무전여행길에 오른 준과 인호 일행에게, 입학시험을 준비하고 있던 『개밥바라기별』의 착한 모범생 영길은 말한다. "너희들 지금 세월을 허송하구 있는 거야."(163쪽) 이런 지적을 하는 영길은 이미 세상 돌아가는 이치를 알고 있는 어른의 시선을 지니고 있다. 결국 그들도 돌아올 수밖에 없다는 것, 세상의 밖은 존재하지 않는다는 것, 빌헬름 마이스터처럼 아버지의 길을 벗어나 세상을 떠돌았지만 그런 방황조차도 마치 신의 시선처럼 버티고 있는 탑의 사회에 의해 미리 준비된 것일 수밖에 없으며, 결국은 떠나온 자리로 돌아올 수밖에 없는 것이 모든 빌헬

름 마이스터들의 운명이라는 것을 영길은 알고 있는 것이다. 거대한 벽과
좁은 문이 환상에 불과한 것이지만, 그것이 없다면 우리의 삶 자체가 존
립하기 어려운 불가피한 환상이라는 것. 그러므로 환상적 실체로서의 벽
과 문은 물론 진짜는 아니지만 진짜보다 더 강력한 힘으로 위력을 발휘하
는 상징적 실체라는 것을 영길은 알고 있는 것이다.

　그러므로 낙오를 자처한 모범생들을 바라보는 어른들의 시선은 안타까
움일 수밖에 없다. 어떤 형식이건 낙오는 낙오이기 때문이다. 『수레바퀴
아래서』의 주인공 한스 기벤라트는 자진한 낙오의 대가로 목숨을 바쳐야
했다. 시골의 한미한 집안에서 태어나 동네 천재가 되었던 그는 마을 사
람들의 기대를 한 몸에 받으며 그 마을에서 유일하게 신학교에 진학했다.
그를 기다리고 있었던 것은 거대한 수레바퀴였다. 그에게 놓여 있는 선
택은 두 가지다. 견딤으로써 상승하거나 시골 직인들의 세계로 돌아가거
나. 둘 중 어느 것도 성공할 수 없었던 한스에게 남아 있는 것은 죽음뿐이
었다. 물론 학교를 뛰쳐나온 소년들의 꿈은 홀든의 경우처럼 망망한 호밀
밭으로 달려가 파수꾼이 되는 것. 새로운 활력의 신천지로 나아가는 것이
다. 그러나 그것이 쉬운 것일 수 없음은 자명한 것이다. 호밀밭의 파수꾼
이 되는 것이란 거대한 수레바퀴 아래의 삶을 견디는 것과 등가의 일이기
때문이다. 게다가 그들은 자기가 버린 삶과 그 대가로 선택한 삶에 대한
책임까지 짊어져야 한다. 삶을 바꾸는 일이란 결코 무상으로 수행될 수
있는 일이 아닌 것이다.

　그러나 영길의 말에 대해 준은 이렇게 대답한다. "세월이 무슨 재물 같
은 거냐? 뒷전에 쌓아두고 허비하는 게 아니라구. 오히려 아무것도 없는
지평선에 꽃밭을 가꾸는 거다."(163쪽) 단순한 열정의 산물이 아니라면
이것은 또 얼마나 대단한 말인가. 준은 단순히 다른 세상, 다른 길에 대
해 말하고 있는 것만이 아니다. 세월은 결코 낭비될 수 없는 것이라는 그
의 말은 삶 자체에 대한 절대 긍정이라는 명제에 입각해 있다. 자신이 선

택한 삶이라면 어떤 삶이건 낭비일 수 없고 어떤 방황도 무익하지 않다는 생각이다. 하지만 이런 명제는 열아홉 살의 고교 중퇴생의 입에서 나오기에는 너무나 무거운 것이다. 그 명제는 인간의 것이 아니라 신의 것이기 때문이다. 세상에 존재하는 모든 불합리성과 그 속에서 아등바등하며 살아가는 인간들을 바라보는 신의 시선에 입각해 있을 때만이 어떤 삶도 헛되지 않다고 말할 수 있다. 모든 존재들의 삶이 근본적인 우연에 기초해 있지만 그 존재들을 둘러싸고 있는 그 거대한 질서로서의 우연이 사실은 우주적 차원의 필연임을, 그들을 둘러싸고 있는 모순과 불합리와 과잉과 일탈이 모든 존재들의 불가피한 운명임을 느껴 알 수 있다면, 이미 그는 유한한 존재로서의 인간이 도달할 수 있는 어떤 한계지점에 이르러 있는 셈이다. 그것은 니체가 말했던 운명에 대한 사랑이며 삶에 대한 절대적 긍정의 세계이기도 한 것이다.

열아홉 살 난 고교 중퇴생 유준이 아무렇지도 않게 내뱉은, 세월은 낭비될 수 없는 것이라는 명제도 이것과 정확하게 같은 차원에 있다. 문제는 그 명제의 진위가 오직 사후적으로만 입증될 수 있는 것이라는 점에 있다. 이러한 점에서는 자퇴생 친구들을 향해 그들의 방황이 시간 낭비일 뿐이라고 했던 영길의 말도 마찬가지다. 그들이 자신이 내뱉은 말들을 증명하기 위해서 필요한 것은 그들 자신의 삶의 역정이라는 짧지 않은 시간이다. 그리고 무엇보다도 그들은 그 안에 자기 삶을 던져넣어야만 한다. 자기 삶을 통해서만 그들은 자기 명제의 진위를 입증할 수 있는 것이다. 그러므로 이들의 대립이 내기라면 그것은 삶을 건 내기이다. 이 내기에서 불리한 패를 쥐고 있는 쪽이 누구인지는 자명하다. 영길에게 필요한 것은 정해진 관문을 통과하기 위한 인내력과 집중력뿐이다. 그러나 유준은 경우가 다르다. 이탈한 자란 사실은 내던져진 자의 다른 이름이고, 그들의 자유란 이탈의 순간을 벗어나면 공포와 우울로 돌변하는 것이기 때문이다. 그가 자신의 명제를 입증하기 위해서는 영길보다 훨씬 가혹한 시련을 겪어내야 한다. 게다가 기성의 질서라는 것이 그렇게 만만한 것인가. 그는 학교를 자진하여 그만둠으로써 기성 질서를 거부한 것이라고 스스로 말하고 있지만, 그것의 의미를 누가 인정해줄 것인가. 어떻게 말하든 간에 그는 낙오자이거나 도망자이다. 많은 사람들이 이를 악물고 혹은 자기기만을 동원해서라도 견디어내는 거대한 맷돌 밑의 삶의 고통을 그는 회피해버린 것이다. 그럼으로써 그가 획득하는 자유는, 지평선이 그런 것처럼 축복이면서 동시에 저주이다. 어떤 걸음을 옮기건 자기가 만드는 행로는 새로운 길이겠지만, 동시에 아무도 가지 않았던 길이므로 매 순간 다가올 수밖에 없는 자기 몫의 선택과 책임 앞에서 절대자유의 공포를 경험해야 한다. 게다가 자신이 도망쳐나온 세상의 의기양양한 모습이 순간순간 뒷덜미를 잡아챈다. 아무리 알리바이를 대더라도 자기는 결국 낙오자이자 패배자일 수밖에 없다는 열패감과 모멸감으로부터 벗어나는 일, 가혹한 자책으로부터 벗어나는 일이 그에게 주어져 있는 가장 큰 과제일 수밖에 없다.

　유준은 이로 인해 죽음과도 같은 공포를 견뎌야 했다. 소설의 첫 장에서, 월남 파병을 앞둔 군인의 신분으로 집을 찾아온 유준은 잠수함 같았던 자신의 방을 돌아보며 거기에서 있었던 자살 시도의 경험에 대해 술회하고 있다. 그의 자살 시도는 소설의 마지막 장에서 현재형으로 다시 등장하고 있다. 그것은 그가 자퇴하고 헤매다 다시 공업학교 야간부를 거쳐 어찌어찌 대학에 들어간 이후의 일이었다. 그사이에 그는 이미 저명한 잡지에 투고한 소설이 입선하여 작가의 길에 접어들기도 했다. 그런 그가 자살을 기도했다니 이상하지 않은가. 나이든 유준은 학교를 중퇴하던 시절의 느낌을 다음과 같이 술회했다. "어쨌든 내가 그때의 그 모퉁이에서 삐끗, 했던 것은 지금에 와서 돌이켜보면 필연이었다. 그 길은 내가 어릴 적부터 어렴풋하게, 이건 빌딩가의 대로처럼 너무도 뻔하고 획일적이라고 느껴왔던 삶으로 가게 될 확실한 도정이었다. 그러나 벗어났을 때의 공포는 당시에는 견디기 힘들었다./ 자퇴를 하고 나서 맥놓고 걸어가던 하굣길이 생각난다. 막상 일을 저질러놓고 나니 이제부터 내 앞에 놓인 길은 어디나 뒷길이 될지도 모른다는 불안감이 엄습해왔다. 나는 이제 의사나 법관이나 관료나 학자나 사업가나 존경받을 장래의 모든 가능성으로부터 스스로 잘려나온 것이다."(186쪽) 궤도를 이탈한 별들이 감당해야 하는 공포와 불안을 감안해보자. 일류학교를 박차고 나왔던 순간에 유준은 이미 상징적 차원에서는 자살을 감행한 것이다. 그로부터 몇 년이 지난 이후 시도된 자살이란 요컨대 이미 있었던 상징적 자살 기도를 재차 확인하는 절차에 불과한 것이라고 해도 좋겠다.

그렇다면 또 한 명의 낙오자 인호의 경우는 어떤가. 준과 영길의 대립적인 명제가 일종의 목숨건 내기와 같은 것이라면, 인호의 경우는 또 다르다. 물론 인호도 둘 사이의 대립에서 어느 쪽에 있는지는 명확하다. 유준의 경우처럼 인호도 불리한 패를 손에 쥐었다. 영길의 명제는 이미 많은 사람들에 의해 그 진리치가 확보되어 있는 것이지만, 준과 인호는 자기들의 명제를 스스로의 힘으로 증명해내야 한다. 그런 부담을 져야 하는 점에서는 인호도 준과 마찬가지 처지라는 것이다. 하지만 인호는 준과는 다른 길을 간다.

준이 중간고사를 앞두고 장기 가출을 결행하겠다고 했을 때, 주말이면 준과 함께 산을 타던 인호는 그것이 어떤 의미인지 잘 알고 있었다. 그것은 궤도 이탈의 첫걸음일 수밖에 없다. 낙제생이 되고 퇴학생이 되는 것, 상징적 자살을 감행하는 것이다. 그들은 함께 설악산에 파묻혀지냈고 결국 퇴학의 길을 갔다. 준은 이에 대해 진지하고 심각한 어조로 말했다. 정해진 길을 가지 않겠다고. 그 길에서 내려서겠다고. 인호에게는 준이 말하는 궤도 이탈의 자유가 뿌리칠 수 없는 유혹이었고 결국 거기에 합류한 셈이다. 하지만 고교 일년생인 준이 이렇게까지 말할 수 있었던 데는 자기만의 근거가 있었다. 그는 낙오생이기 이전에 소년 문사였고, 그 자신이 의식했든 안 했든 그것이 자기 삶의 미래에 대한 어떤 자부심이나 자신감의 근거일 수 있었다. 그런데 인호는 어떤가. 인호는 그들을 위해 마련되어 있는 버젓한 신사의 삶을 어떤 근거로 팽개치는가. 그는 말한다. "내가 하고 싶었던 건 고향집에 내려가 어머니하고 꽃을 기르는 일이었어. 그래, 내 꿈은 별게 아니었다구./ 조경사가 되면 근사할 거야. 구름 같은 푸른 가지를 하늘 꼭대기까지 뻗치고 서 있는 삼나무와, 몸집이 시뻘건 황토의 속살 같은 홍송을 온 벌판에 심을 거란 말야."(83쪽) 말하자면 인호는 샐린저의 주인공 홀든처럼 호밀밭의 파수꾼이 되겠다고 말하고 있는 것이다. 물론 동부 명문가 출신의 말썽꾸러기 소년 홀든도 결국 그 길을 가지는 못했다. 누이동생이라는 무구한 천사의 손길이 그의 탈주를 막았고 그것으로 이야기는 끝났다. 그도 빌헬름 마이스터처럼 신사들의 사회로 돌아갔던 셈이다. 설사 그가 호밀밭으로 떠날 수 있었다 하더라도 그 결과는 어땠을까. 동부의 철부지 신사가 거친 황원에서 적응할 수 있었을까. 그렇다면 인호는 어떻게 되었을까. 어린 신사의 복장을 벗어던진 인호는 과연 자신의 꿈처럼 나무 심는 사람이 되었을까. 그래서 행복했을까.

그러나 이 소설만으로 우리는 인호의 뒷이야기를 알 수가 없다. 그러니 짐작만 가능할 뿐이다. 그는 학교의 비겁한 깡패들에게 단독으로 맞서는 용기와 패기를 지녔고 그 힘으로 상징질서를 정면으로 돌파했다. 그런 인호였기에 학교를 그만두는 일이란 자살보다는 오히려 탈피에 가까웠을 것이다. 호밀밭의 파수꾼이 되고자 하는 일이란 사회적 성공이라는 게임 자체를 거부하는 것이므로 자기 손에 쥔 패 따위에도 무관심할 수 있었을 것이다. 물론 그렇다고 해서 그가 진정으로 호밀밭의 파수꾼이 되겠다는 꿈을 실현할 수 있었는지, 그리고 설사 그 꿈을 이뤘다 하더라도 그것이 그가 꿈꾸었던 바로 그것이었는지는 알 수가 없는 노릇이다. 오히려 아니었기가 쉬울 것이다. 삼나무와 홍송의 꿈을 말했던 인호는 고작 고등학생이었을 뿐이기 때문이다. 그것이 작은 꿈이라 할지라도 꿈이 생생할 수 있는 것은 오직 꿈일 때뿐이기 때문이다. 그러나 그 모든 사정에도 불구하고 인호의 꿈이 존중받아야 하는 것은 그의 꿈이 어떤 기성의 야심과도 무관하기 때문이다. 그런 소박성의 견지라면, 설사 자기 꿈을 실현할 수 없었더라도 또한 실상이 애초의 자기 기대와는 달랐다 하더라도, 그것을 확인해본 것만으로도 충분했다고 말할 수 있을 것이다. 삶에 관한 한, 그런 소박성의 소유자만이 어떤 삶도 헛되지 않다고 말할 수 있을 것이다.

그렇다면 실제로 자살을 감행한 준의 경우란 무엇인가. 황석영은 소설의 마지막 장에 이르러 준이 자살을 감행하는 장면을 2년 동안의 방황기와 함께 뒤섞어 배치해놓았다. 거친 삶의 현장으로 떠났지만 결국 돌아왔고 또 우울증 속에서 자살을 감행한 준, 그는 내기에서 져버린 것인가. 결국 영길의 말처럼 그의 방황은 시간 낭비에 불과한 것이었는가. 물론 우리는 황석영의 지난 삶을 알고 있으므로 그 결과를 알고 있는 것이나 다름없다. 그래서 이렇게 말할 수 있겠다. 자살 시도가 절망의 마지막을 확인하는 일이라면, 그것은 마음을 죽임으로써 새로운 몸을 얻는 일이기도 했다고. 진짜 작가가 되는 것, 진짜 글을 쓰는 일은 그 과정을 통과함으로써 비로소 가능한 것이라고. 그것은 재주 자랑으로서의 글쓰기를 끝내는 일이기도 했다. 물론 이것은 이 소설을 황석영의 삶이라는 좀더 큰 텍스트 속에 끼워넣음으로써 가능하게 되는 판단이다.

3. 모든 작가는 유령이다

『개밥바라기별』에는 주인공 유준이 스무 살의 나이로 작가가 되었을 때 그의 등단작을 어머니에게 읽어주는 장면이 있다. 실향민이었던 그의 어머니는 아들이 의사가 되기를 원했고, 그가 쓴 글을 태워버리기까지 했었다. 그러나 아들이 학교를 나와 글을 쓰는 일에 목을 매는 마당이니 이젠 도리가 없다. 어머니는 아들에게 이렇게 말했다. "책을 쓴다는 건 좋은 일이지만 제 팔자를 남에게 다 내주는 일이란다."(194쪽) 무슨 말인가. 몸을 비워야 한다는 것인가. 마음을 비워야 한다는 것인가. 이 말이 유준의 어머니의 말이기보다는 작가 황석영의 것으로 들리는 것은 어쩔 도리가 없다.

유준의 자살 사건으로 다시 돌아가보자. 텍스트의 문면을 따라가보자면 그의 자살은 이렇게 설명될 수 있다. 학교를 그만두고 오륙 년 동안이나 방황을 했지만 손에 잡히는 것은 아무것도 없었다. 마지막으로 출가를 결행했다가 어머니의 손에 이끌려 결국 집으로 돌아왔다. 우울증이 그를 기다리고 있었다. 글을 쓸 수 없다는 것이 가장 큰 곤혹이었기 때문이라고 했다. "그렇다, 세상의 표면만이 또렷할 뿐 나는 아무것도 아니었다. 글을 쓸 수 없다면 내 존재는 없는 거나 마찬가지다. 잘못 돌아왔다."(262쪽) 그리고 자살을 결심했고 실행에 옮겼다. 준이 학교를 나올 수 있었던 것은 그 자신이 발군의 소년 문사라는 자부심이 있었기 때문이다. 말하자면 유준이 학교를 나옴으로써 포기한 것은 학교가 정해준 성공의 길이지 성공 자체는 아니었다. 문학의 길이라는 또하나의 숨겨진 패가 있었기 때문이다. 그것은 다른 방식으로 신사가 되는 길이다. 하지만 어린 신사에게 그 길은 일종의 도박일 수밖에 없다. 애초에 신사의 일원으로 선발된 사람이 아니었다면 문학도 출세의 수단일 수 있다. 그러나 신사의 길을 대가로 지불하고 선택한 것이라면 그것은 이미 너무나 많은 내깃돈을 걸어버린 셈이다. 그런데 준이 야심만만하게 쥐고 있던 문학이라는 패에 문제가 생겼다면 그것은 정말 심각한 문제가 아닐 수 없다.

문학소년 유준도 그랬지만 이것은 작가 황석영의 문제이기도 했다. 황석영 또한 유준 못지않게 조숙한 문학적 재능이었다. 1977년의 창작집 『심판의 집』 서문에서 그 자신이 술회해놓은 것에 따르면, 황석영은 중학생 때부터 학생 문예에 입상했고 고등학교에 들어서는 단편소설이 지방 일간지 신춘문예에 당선되기도 했으며 학생 문예는 모조리 입상해 보였다고 했다. 그런 이력을 황석영 자신은 다른 사람들을 놀래켜주기 위한 일종의 '재주 자랑'이었다고 썼다.[2] 이 점에서는 『개밥바라기별』의 주인공 유준의 경우도 마찬가지다. 그는 소설의 실질적인 첫 장면을 위한 서술자로 착한 모범생 박영길을 선택했다. 영길은 모범생이면서 문예반원이기도 했다. 영길의 시선으로 보면, 탁월한 문재를 지니고 있으면서도 중학교에서는 수구반원이었고 고등학교 때에는 등산반에 가입한 준은, 문예반 교실을 그저 흡연실로나 쓰는 불량스럽고 조숙한 천재로 보인다. 그는 자기와 같은 문예반원들을 어린애 취급하는 준에게 이런 말을 들었다. "아주 좋은 것들은 숨기거나 슬쩍 거리를 둬야 하는 거야. 너희는 언제나 시에 코를 박고 있었다구. 별은 보지 않구 별이라구 글씨만 쓰구." (41쪽) 이것이 얼마나 대단한 자부심인지는 쉽게 짐작할 수 있다. 요컨대 재주 자랑이라는 점에서 보자면 어린 황석영이나 유준이나 난형난제였던 셈이다.

그들에게 문학이란 감춰두어야 하는 패 같은 것이다. 문학적 취향을 전면에 드러내는 일이나 책에서 익힌 지식을 직접적으로 드러내는 것을 유치한 것이라고, '대사 부인' 같은 짓이라고 경멸했다. 일종의 교양 속물 같은 짓이라고 생각했다는 것이다. 준이 학교를 나와 인호와 함께 석 달 동안 동굴 생활을 하면서도 책은 한 권도 가져가지 않았고, 자기 소설이 입선되던 그 순간에도 문학을 계속할 것인지에 대해 분명하게 말하지 않았다. 그리고 그런 수준의 사람들끼리 나누는 대화를 '공중전'이라고 말했다. 니체에 대해 말하는 것은 우스운 일이지만, 니체적인 나무에 대해 말하는 것은 수준 있는 태도라는 것이다. 그런 것이야말로 유준과 어린 황석영에게는 문학적인 것이었다. 학교에서도 그는 수업에 집중하지 않는 몽상가였고 재담가에다가 교실의 피에로였다. 심지어는 자기와 같은

---

2) 황석영, 『중단편전집 3』, 창비, 2000, 300쪽.

수준으로 교류하는 친구들 사이에서도 마찬가지였다. 그들 사이에서조차 준의 별명은 '다마네기'였다. 도무지 속내를 짐작할 수 없는 사람이라는 뜻이었다. 이런 방식으로 자기 속을 드러내지 않는 일, 솔직성이나 직접성의 세계로부터 거리를 두는 일이야말로 유준에게는 진짜 문학이었다. 그것이 얼마나 대단한 오만이고 재주 자랑인지는 명백할 수밖에 없다. 너희들은 문학에 코를 박고 있음에도 기껏 그 모양인데, 나는 문학을 우습게 생각하지만 최소한 이 정도라는 식의 태도이기 때문이다.

이런 점에서 보자면 제도교육을 거부하고 학교를 나오는 일 자체도 마찬가지다. 어린 신사들의 세계를 거부한 것이 모범생 되기를 포기한 것인가. 인호처럼 호밀밭으로 떠나겠다고 한다면 그럴 수 있다. 그러나 준처럼 문학이라는 패를 여전히 쥐고 있는 한에 있어서는 그렇다고 하기는 어렵다. 학교를 나오는 것이야말로, 문학도가 아닌 척하는 것을 뛰어넘는, 가장 높은 수준의 재주 자랑에 다름아닌 셈이다. 심지어는 자살의 문제도 마찬가지가 아닐까. 이 점에 관한 한 황석영과 유준 사이에 약간의 거리가 있다. 1977년의 기록에서 황석영은 이렇게 썼다. "그 뒤 팔 년 동안 나는 문학과 결별을 하게 되는데 무엇인가 숨 가쁘게 추적하며 산 것만 같다. 세 군데의 학교를 차례로 퇴학당하며 전전하다가, 마침내 어느 공업학교 야간부를 간신히 졸업하고 어느 대학교 철학과에 입학하게 되었다. 1964년에 다시 집에서 나갔다. 그 무렵에 연애도 했던 것 같고 어머니가 몹시 늙어버리셨고, 다분히 분풀이 같은 이유로 자살 미수까지 했던 때였다."[3] 그리고 그 이후로 대위와 동행했던 방랑이 있었다고 했다. 그러나 그로부터 30년이 지난 후인 『개밥바라기별』의 유준의 기록은 이와는 좀 다르다. 대위와의 편력이 모두 끝난 후 절망적인 상태에서 자살이 감행된다. 1977년의 기록에서 자살 미수는 단지 한 구절에 불과한 것으로, 아무

---

3) 같은 책, 303쪽.

렇지도 않게 마치 가벼운 삽화처럼 취급되고 있음에 비해, 2008년의 소설에서는 매우 심각한 방식으로 여러 차례에 걸쳐 언급되고 있다. 이 차이란 무엇인가.

한쪽이 고백의 형식이라면 다른 쪽은 소설의 형식이다. 그래서 한쪽이 사실에 가깝다면 다른 쪽은 진실에 가까운 것이라고 생각할 수도 있겠다. 하지만 이 두 개의 서술 사이에 존재하고 있는 30년의 시간을 감안해보자. 1977년의 황석영, 예기 만만한 삼십대의 작가 황석영이 강조했던 것은 자신의 문학이 재주 자랑의 수준에서 벗어날 수 있었다는 것이다. 그것은 문학을 구체적인 삶의 수준으로 끌고 감으로써 가능하게 되었다는 것이고, 그의 십대 후반 이후의 방황은 그 작업에 투자되었다는 것이다. 여기에서 그가 말하는 재주가 글쓰기에 대한 재능만을 뜻하는 것이라면 이 말은 지당한 말이다. 그의 재주란 어린 신사들의 사회에서나 통용될 수 있었던 것이었기 때문이다. 그러나 삼십대의 황석영이 『심판의 집』에서, 그것도 다소곳한 후기가 아니라 서문의 형식으로 당당하게 술회하고 있는 재주 자랑의 포기란 무엇인가. 그것 역시 또다른 차원의 재주 자랑이 아닐 수 있을까. 나는 책상물림의 서생 작가가 아니라 동시대의 삶을 몸으로 겪은 사람이라는 것, 현실의 한복판에 그 현장에 서 있었던 작가라는 것, 그것이야말로 진짜 작가일 수 있는 조건이고 자기 자신은 이미 그 선을 넘어섰다고 생각하는 자부심의 산물이리라는 것이다.

그렇다면 육십대의 작가 황석영의 『개밥바라기별』의 경우는 어떠한가. 모든 방황의 끝에 자살을 향해 가는 준의 내면은 절망적이지만 다소곳하고 담담하다. 절망은 현재형으로 자살을 바라보고 있는 어린 준의 것이고, 담담함은 월남 파병을 앞두고 미수에 그친 과거의 자살을 바라보고 있는 성숙한 준의 것이다. 그러나 후자의 시선은 육십대 황석영의 시선이라고 해도 좋지 않을까. 그것은 재주를 자랑하고 싶어했던 어린 유준의 것도 아니고, 그것을 넘어섰다고 생각하는 삼십대 황석영의 것도 아니다.

재주를 자랑할 필요조차 없는 수준으로 고양시키는 것, 재주 자랑 자체를 육화하고 그런 포즈 자체를 신체로 만드는 것, 재주의 화신이 되는 것, 말하자면 그런 정신의 수준이나 몸의 소유자가 보유할 수 있는 시선의 산물이 아닐까 하는 것이다. 재주 자랑이냐 아니냐를 떠나, 자랑의 대상으로서의 재주라는 틀 자체를 벗어나는 수준의 문제라는 것이다. 그런 차원에 서라면 우리는 이렇게 물을 수 있다. 작가란 무엇인가.

물론 이런 질문에 대해 대답해야 할 사람은 유준이 아니라 황석영이다. 『개밥바라기별』이 성장의 드라마에 충실한 소설이었다면 적당한 주인공은 호밀밭의 파수꾼을 꿈꾸었던 인호나, 화가가 되려다가 이상한 장인 자리를 만나 건축과로 진학하게 되는 정수, 혹은 가난한 집안에서 태어나 스스로 자신의 길을 찾아가는 미아 같은 인물이었을 것이다. 세상 밖으로 나가는 길이 곧 세상의 핵심으로 돌아가는 것이고, 또한 세상 속으로 들어가는 길이야말로 세상을 벗어나는 길이라는 명제가 그들의 삶을 감싸고 있다. 하지만 황석영은 자신의 분신이라 할 준의 이야기를 정면에 내세웠고 그를 죽음으로 몰고 갔다. 준은 그 자살 시도로 닷새 동안의 혼수를 겪어야 했다. 준에게 자살이란 단순한 포즈의 차원은 아니었다는 것이다. 그런 뜻에서 준은 비록 자살에는 실패했지만 상징적인 차원에서는 이미 죽음의 문턱을 넘어버린 것이라 해도 좋을 것이다. 그것은 학교를 나오면서까지 움켜쥐고 있었던 문학이라는 숨겨진 패를 포기하는 것이기도 했다. 그러나 준의 삶을 황석영의 삶 속에 삽입하여 말하자면, 그런 포기야말로 작가라는 유령의 신체를 획득하게 해주는 길이었다고 할 수 있겠다. 자살 시도 자체가 중요하다는 것이 아니라, 문학이라는 숨겨진 패를 포기하는 것이 중요하다는 것이다. 이를 통해 그가 얻은 것은 무엇인가. 작가라는 유령의 신체가 그것일 것이다. 작가란 무엇인가라는 질문에 대해 부활한 준이라면 이렇게 대답할 것이다. 유령이라고, 광대라고.

누구에게도 자신의 몸을 빌려줄 수 있고, 누구의 몸도 얻어쓸 수 있는 유령이자 광대로서의 작가. 세상을 흉내내고, 단순히 흉내낼 뿐 아니라 흉내냄으로써 동화되는, 시대의 심연을 향해 자맥질해가고 우리 삶의 가장 어두운 부분을 향해 다가가는 몸의 주인공. 그것이 유령이자 광대로서의 작가일 것이다. 그는 자기 팔자를 남에게 내주는 사람이고, 또한 남의 팔자를 자기 것으로 전유하는 사람이다. 사회 밖에 있는 타자들의 영혼을 위해 대여되는 신체이고, 타자의 시선이 되어 우리가 살고 있는 세상의 음화를 포착하게 해주는 존재이다.

1970년 두번째로 등단한 이후 지금까지 황석영이 우리에게 보여준 삶을 보자. 그는 그 자체가 한 편의 소설이라 해도 좋을 만큼 극적이고 치열한 삶을 살았다. 침묵에 잠겨 있던 1980년 광주의 비극을 누구보다 먼저 일깨워주었고, 남과 북의 경계가 금단의 것이었을 때 그는 평양을 향해 나비처럼 날아갔다. 그로 인해 4년 동안의 망명생활과 5년에 걸친 영어생활을 겪었다. 유령이므로 못 갈 곳이 없고, 광대이므로 금단의 경계나 국경도 문제가 되지 않는다. 1970~80년대를 그는 계몽주의자이자 지사로서의 삶을 살았다. 앞에서 인용했던 『심판의 집』 서문 같은 것이 적실한 예이지만, 리얼리즘 소설의 대표적인 예로 언급되는 그 시기 그의 작품들과 그리고 무엇보다도 조직가이자 운동현장의 극작가, 르포 작가로서 살았던 1980년대 그의 삶 자체가 그 증좌일 것이다. 1998년 출옥 후 황석영은 작가로서의 두번째 전성기를 열어가고 있는 중이다. 『오래된 정원』 이후로, 『손님』 『심청』 『바리데기』로 이어지던 장편의 흐름이 『개밥바라기별』에 이르렀다. 그는 여기에서 한 어린 문학도의 삶에 대해 매우 다소곳한 어조로 말하고 있다. 새삼 어린 날의 기억들을 장편소설의 형식으로 반추하고 있는 그의 이야기가, 또 그 한복판에 놓여 있는 자살 시도라는 화소가 그래서 내게는 예사롭게 들리지 않는다.

이 소설에서 그는 새삼스럽게 고백하고 있는 것으로 보인다. 그것도 매우 다소곳하고 밋밋한 어조로. 작가란 단순한 재주꾼도, 그 어떤 이념의 담지자도 실천자도 아니라고. 단지 유령이자 광대일 뿐이라고. 작가가 지녀야 할 이념이 있다면 그것은 유령의 자유이자 광대의 허영일 것이라고. 그런 시선에서 보자면 어떨까. 4·19의 현장에서 총탄에 산화한 중길의 삶도, 폐결핵으로 죽어간 화가 장무의 삶도, 꼬박꼬박 세금 내면서 살아갔을 모범생 영길의 삶도, 그 어떤 삶도 헛되지 않다고 말해줄 수 있을 것이다. 모두들 자기 몫의 삶을 살았을 뿐이라고. 상징적 죽음을 넘어서서, 두 죽음 사이의 공간에서 유영하는 유령 광대의 시선이란 사실은 신의 시선에 다름아닐 것이기 때문이다. 신의 시선이라고 했는가. 그렇다. 그것은 언제나 우리 곁에 있지만, 우리가 자신의 삶을 거꾸로 조망하는 관점에 선다면 언제든지 드러날 준비가 되어 있는. 그래서 유령 광대에게라면 언제든지 허용될 바로 그 시선을 지칭하는 말이다. 그것은 또한 우리 삶의 외부자와 소수자 들을 위해 언제든 자기 팔자를 내줄 수 있는 존재로서의 작가의 시선이라 불러도 좋을 것이다.

천운영이 일깨우는 불편한 진실
— 천운영의 『생강』 읽기

1. 이근안

천운영의 장편 『생강』은 잘 알려진 '고문기술자'를 모델로 한 소설이다. 이 문장에 뒤이어질 말은 어떤 것일까. 아마도 소재 자체의 강렬함에 대한 지적이거나 작가 천운영의 당찬 태도에 관한 문장이어야 할 듯싶다. 어느 쪽이나 의미는 마찬가지일 것이다. 천운영의 『생강』이 뿜어내는 힘의 근저에는 이근안이라는 이름을 가진 한 특별한 존재가 있다. 그 이름을 감싸고 있는 섬뜩한 기운이 있다. 그것에 대해 다룬다는 것, 그런 존재를 소설의 주인공으로 내세운다는 것은 그 자체만으로도 어떤 하드코어보다 외설적으로 보인다. 왜 그 고문경찰의 존재는 그렇게 뜨겁게 다가오는 것일까. 그것이 우리에게 악의 실재성을, 우리가 공식적으로 직면하고 싶어하지 않는 어떤 대상을 환기시켜주는 것 때문은 아닐까.

2. 사실과 진실

『생강』의 주인공, 고문 혐의로 수배를 받아 10년 넘게 도피생활을 했던 한 경찰의 모델이 어떤 사람인지는, 한국에서 1980~90년대를 거쳐온 사람이라면 이름을 대지 않아도 알 것이다. '고문기술자'로 불렸던 경기 경찰청 소속 이근안 경감, 1988년 12월 잠적하여 10년 11개월 동안 도피생활을 하다 자수했고, 불법감금을 한 죄로 7년 형을 언도받아 만기출소 후 현재 목사로서 살고 있는 사람. 『생강』에서 "얼굴이 세상에 알려진 지 꼭 10년 11개월 만에"[1] 자수하기 위해 다락방을 나서는 고문기술자 '안'은 실존인물 이근안의 정확한 복사판이다.

천운영은 『생강』이 사실에 기초한 소설임을 감추려 하지 않았다. 물론 '고문기술자'를 주인공으로 한 마당에 그것은 감추기 힘든 것이기도 했을 것이다. 이근안은 이제 해방 공간의 노덕술, 6공화국 이후의 정형근과 함께 한국현대사에서 '고문'하면 떠오르는 대표적인 이름이 되어 있다.[2] 그는 그중에서도 단연 우뚝한 존재이거니와 잠적하던 순간 이미 전국구의 유명인사가 되었다. 자취를 감춘 그의 사진은 일간신문의 일면을 장식했고, 도피생활을 하던 10년여의 시간 동안 그 얼굴은 수시로 TV를 통해 방송되었다. '이근안, 못 잡는가 안 잡는가'와 같은 제목의 뉴스기사와 시사 프로그램 등을 통해서. 그가 실제로 무슨 짓을 했는지와 무관하게 그는 그렇게 '고문기술자'의 살아 있는 상징이 되었다. 게다가 그는 아직도 인터뷰나 기사를 통해 언론매체에 등장하고 있는 인물이다. 살아 있는 유명인사를 소설의 모델로 쓰면서 허구인 척하기는 쉽지 않은 일이다.

하지만 그럼에도 불구하고, 어떤 사건이나 실제 인물이 소설이 되려면 허구화를 위해 필요한 형식적 절차가 있기 마련이다. 『생강』처럼 생존해 있는 실제 모델을 주인공으로 한 소설의 경우엔 그런 절차의 필요성이 좀 더 강하게 요구된다. 소설의 모델이 있다는 사실은 독자도 작가도 서로 알고 있는 것이지만, 허구로 읽어달라는 작가의 요구와 그러겠다는 독자

---

1) 천운영, 『생강』, 창비, 2011, 276쪽. 이하 이 책의 인용은 본문에 쪽수만 밝힌다.
2) 박원순, 『야만시대의 기록 1』, 역사비평사, 2006, 295쪽.

의 선-응락의 신호로서, 명백한 허구성의 표지 같은 것이 요청되는 것이다. 중요하지 않은 분명한 사실을 비틀어놓는 일 같은 것이 그런 예이겠다. 그것은 소설가로서 운필(運筆)의 영역을 확보하기 위함이기도 하다. 그런데도 천운영은 허구적 형식화를 위한 그런 절차들을 많은 부분 생략한 채 모델과 주인공을 겹쳐놓았다. 이근안과 그 주변의 인물들에 대해, 이를테면 이근안의 상관 박모씨, 부하 백모씨, 또 새로 온 상관 정모씨 등을 허구적 가공 없이 등장시켰다. 작가 자신이 확보하고자 했던 소설적 진실은 이런 영역에서 확보되는 것이 아니라고 판단했기 때문일 듯싶다. 하지만 그런 사정과 무관하게 이런 식의 서사적 설정에서 포착되는 것은, 소설을 대하는 작가 자신의 자세와 태도이다. 작가가 작심하고 덤벼들었다는 느낌이 물씬 풍겨나는 것이다. 말하자면 작가는 예사롭지 않은 결의가 있음을 독자들에게 보여주고 싶었던 것이었겠다. 뜨거운 소재와 제대로 맞서보겠다는 작가의 이런 의지와 결기가 독자로서는 물론 반가울 뿐이다. 그런 기운이 소재 자체의 강렬함과 맞부딪칠 때 서사는 작열하기 마련이다.

하지만 이런 시도는 명백한 두 개의 난점을 지니고 있다. 그런 난점을 어떻게 넘어서느냐가 소설의 성패를 결정하는 것일 터인데, 첫째는 살아숨쉬고 있는 사실성의 문제를 어떻게 처리할 것인가 하는 점, 둘째는 소설이라는 허구가 실제 삶의 드라마의 수준을 넘어설 수 있느냐 하는 점이다. 첫째가 허구와 사실의 경계를 어떻게 설정할 것인가의 문제라면, 둘째는 실제 사건을 모델로 하는 소설이 사실 자체를 넘어서 얼마나 뜨거운 의미를 건져올릴 수 있는가 하는 것이다. 결국 문제가 되는 것은 보편적인 것으로서의 허구와, 그것에 맞서 생생한 사실의 눈으로 그것을 지켜보고 있는 구체적 현실의 대결이겠다. 요컨대 허구가 길어올릴 보편성이 어떤 수준에 도달하는지가 문제가 되는 것이다.

이를테면 이근안은 10년여 동안 도피생활을 했고 그 대부분을 집에서 숨어 지냈다. 그 시간 동안 그는 무엇을 했고 어떤 생각을 했을까. 자기를 방치하는 조직에 대한 배신감과 그런 결과를 예상하지 못한 채 너무 깊이 충성해버린 자기 자신에 대해 자책감으로 치를 떨었을까. 조직을 보호하기 위해 잡혀서는 안 된다는 생각으로 끝까지 대상 없는 충성심을 발휘했을까. 가장 노릇을 제대로 하지 못하는 자신에 대해 열패감의 속앓이를 했을까. 추적당하는 자의 공포와 숨어살 수밖에 없는 자의 답답함은 기본이었을 것이다. 죄책감은 어땠을까. 끊겨버린 길 앞에 선 자의 민망함과 부끄러움과 후회 같은 것은 어땠을까. 이런 사정에 대해서는 어떤 사실의 카메라도 포착해내기 어렵다. 설령 이근안 자신이 나서서 그때의 심정을 술회한다 해도 사정은 크게 달라지지 않는다. 그가 누구 앞에서 어떤 사람의 입으로 말하느냐에 따라, 그것은 뉘우침이거나 참회일 수도, 변명이거나 자기 위안이거나 핑계이거나 거짓말일 수도 있다. 소설이라는 허구의 위력은 사실의 말문이 닫히는 상황에서 발휘된다. 그것을 일컬어 사람들은 소설의 진실이라고 부른다. 소설가 천운영의 경우도 마찬가지이다. 사실의 힘이 손을 쓸 수 없는 영역에서, 허구가 과연 어떤 수준의 보편성을 찾아내느냐 하는 것이 문제일 것이다.

3. 참회의 불가능성: 『생강』의 구도와 그 필연성

천운영이 이근안의 이야기를 소설화하는 방식은 서사적 설정 자체에 잘 드러나 있다. 『생강』의 서사는 두 명의 일인칭 화자에 의해 서술된다. 도망자 '안'과 그의 딸 '선'. 이 두 개의 시선이 교차하면서 이야기를 끌어간다. 실존인물 이근안에게는 아들만 셋이고 딸은 없다. 이제부터 천운영이 만들어낸 허구가 시작되는 것이다.

소설의 첫 장에서 '고문기술자' 안의 독백이 나오고, 뒤이어 두번째 장에서 그의 딸 선의 이야기가 나온다. 모델이 이근안임을 아는 독자라 하더라도 그에게 딸이 있는지는, 일부러 확인해보기 전까지는 알 수가 없다. 여기에서는 그저 그에게 딸이 있었을까 하고 잠시 생각해보는 정도가 통상적인 독자의 반응일 것이다. 실제로 어땠는지는 중요하지 않다고 생각하게 되었다면, 독자는 이제 모델 이근안의 세계가 아니라『생강』의 주인공 안의 세계로 들어갈 준비가 된 것이다. 천운영은 이런 방식으로 독자들을 인도하여 고문경관 아버지와 대학 중퇴생 딸이 벌이는 힘겨루기 속으로 끌고 들어간다. 뉘우치기를 요구하는 딸과 그것을 거부하는 아버지 사이의 힘겨루기.

소설 속에서 도피중인 안이 다양한 잠행의 행적을 거친 후 결국 돌아온 것은 자기 집이었다. 그것은 이근안의 경우도 마찬가지였다. 길게 머물 곳을 찾기가 쉽지 않았을 것이고 또 과감하게 집으로 숨어든 데는 믿는 바도 있었을 것이다. 어쨌거나 그는 거기에서 10년 동안을 숨어 지냈다. 그리고 선은 그런 아버지를 지켜보아야 했다. 딸은 아버지에게 뉘우치라고 요구했고 아버지는 그런 딸의 요구에 저항했다. 죄를 지었으면 죗값을 치러야 한다고 딸은 다양한 방식으로 아버지를 압박했고 아버지는 강하게 저항했다.

당연한 일이다. 성공적으로 나이를 먹어온 사람이 자기 잘못을 인정하는 것은 다시 젊어지는 것만큼이나 쉽지 않은 일이다. 물론 자기 잘못을 충심으로 뉘우치는 것은 나이를 떠나서 누구에게나 어려운 것이기도 하다. 시베리아 유형을 치러야 했던 도스토옙스키는 거기에서 다양한 범죄자들을 만났다. 그 일기에서 그는 자기가 만난 살인자와 강간범, 절도범 중 그 누구도 자기 잘못을 인정하는 사람이 없었다고 썼다. 그들이 정말로 뉘우치거나 후회하지 않았다는 것인가. 물론 그럴 수는 없는 일이다. 오히려 사정은 반대일 것이다. 어려운 것은 뉘우치는 것이 아니라 뉘우치는 마음을 다른 사람에게 드러내는 것이다. 나이를 먹어갈수록 후회와 뉘우침이 많아지는 것이 인생이다. 순간의 실수로 돌이킬 수 없는 길을 가기도 하고, 심지어는 절벽을 향해 달려가면서도 그런 상태임을 모르기도 한다. 그것을 깨달았을 때는 이미 늦어버렸고, 때로는 뒤늦게 깨달음으로 인해 뼈아픈 후회를 하기도 한다. 그러나 그것은 어디까지나 한 사람의 내면에서 벌어지는 일일 뿐, 후회나 참회의 마음을 바깥으로 표출하는 것은 전혀 별개의 것이다. 공중 앞에서 그것을 인정하는 것은 물론이고 심지어는 자기 자신의 의식 속에서 그것을 공식화하는 것조차 쉽지 않은 일이다. 뉘우치는 것이 아니라 그런 마음을 표현하는 것이 어려운 것이다.

게다가 나이가 들어 변화의 여지가 많지 않은 영혼에게 무언가를 절실하게 뉘우치는 것은 때로 치명적일 수 있다. 그것은 약하면 약한 대로 자기 자신을 지탱해주던 삶의 껍데기에 구멍을 내는 것이어서, 자칫하다가는 지난 자기 삶을 통째로 부정하는 데 이를 수도 있기 때문이다. 그것은 두말할 나위 없이 한 사람 인생의 실질적인 종말을 뜻한다. 20년 가까이 성공적인 직장생활을 해온 안이라면 누가 가르쳐주지 않더라도 그런 생존의 묘리를 체득하고 있을 것이다. 그런 사람에게 후회는 있을 수 있어도 참회는 기대하기 어렵다. 게다가 재판을 앞둔 상태에서 참회를 표현하는 일, 고문의 희생자들 앞에서 공개적으로 무릎을 꿇는 일은 불가능에 가깝다. 고문은 증거가 남지 않는 범죄이기 쉽다. 게다가 흔적 없이 일을 처리하는 솜씨 좋은 기술자라면 더욱 그럴 것이다. 그가 뉘우치는 태도를 취함으로써 법정에서 얻을 수 있는 이익이 있다면 모르지만, 대가 없는 참회 혹은 진심 어린 참회의 실천이란 기대하기 어려우리라는 것이다.

그런데도 천운영은 딸을 통해 지속적으로 안에게 참회를 요구했다. 그래도 되는 것일까. 스스로를 가두어버린 아버지를 향한 딸의 그런 요구는 고문에 가깝다. 고문자가 딸에게 고문당하고 있는 상황인 것이다. 그러나 과연 딸에게, 그런 요구를 할 권리가 있는 것인가. 고문자에게 참회를 요구할 수 있는 가장 우선적 권리는 피해자들의 것이고 그다음이 잠재적 피해자인 시민들, 그리고 가장 나중이 가족들이겠다. 물론 소설 속에서 딸은 악명 높은 아버지의 존재로 인해 자신의 젊음이 망가지는 경험을 했다. 친구에게도 남자에게도 버림받았으며, 갓 시작한 대학생활도 지속할수 없을 정도의 상황에 이르렀다. 하지만 그런 정도의 이유로 아버지에게 뉘우치기를 요구할 수는 없다. 자기 아버지의 특이한 신원과 악명 때문에 멀어져갈 친구나 남자라면 아버지 건이 아니더라도 언제든 멀어져갈존재들이고, 스스로 포기해버린 대학생활도 경우는 마찬가지이다. 그것은 안의 탓이 아니라 선 자신의 탓이다. 딸이 아버지를 고문할 수 있는 유일한 윤리적 근거는 아버지의 갱생과 부활을 바라는 그 자신의 마음, 아버지에 대한 사랑이다. 천운영은 어린 딸의 든든한 아버지였던 안의 젊은모습을 상기시킴으로써 딸에게 그런 근거를 확보해주었다.

딸의 마음속에 있는 아버지는 맨손으로 강도를 잡고, 모나미 볼펜 하나로 딸의 유치를 빼주었으며 다락방에 전선을 연결해주었던 믿음직한 사내였다. 그런 씩씩함으로 경찰에 특채되었던 아버지가 어느덧 국가에 의해 고용된 고문기술자가 되어 있다. 강도를 잡던 힘과 기술은 피의자들의 어깨를 탈골시키는 데 동원되었고, 어린 딸을 경탄케 했던 볼펜과 전선은고문의 도구로 전용되었다. 딸에게 아버지는 괴물이 되었고, 그 괴물이자기 다락방에 숨어 있다. 그리고 자기는 그 앞에서 문지기를 해야 한다. 딸이 인정할 수 없는 것은 그 괴물이 자기 아버지라는 사실이다. 아버지를 향한 딸의 고문은 그래서 일종의 축사(逐邪)의식, 축귀나 퇴마의식에 가깝다. 아버지 속에 숨어 있는 괴물을 내쫓고 진짜 아버지를 되찾고 싶다는 딸의 소망이 거기에 놓여 있는 셈이다. 이런 위치에 있을 때에만 아버지를 향한 딸의 요구는 윤리적 근거를 지닐 수 있다.

『생강』의 이런 구도를 통해 우리는, 작가가 아버지와 딸의 대결이라는단순한 형태로 이야기를 끌어가고 싶어했음을 확인하게 된다. 이런 설정을 위해서 작가는 서사 자체의 어색함과 버성김조차 감수했던 것으로 보인다. 예를 들어, 누군가 괴물을 돌보며 그것이 숨어 있는 공간을 엄호해야 한다면 그 사람은 딸이 아니라 아내여야 마땅했다. 딸에게 그 역할을 맡긴 것에 대해 엄마는 다른 사람들의 의심을 피하기 위해서라고 했지만 설득력이 약하다. 괴물이 숨어 있는 곳은 아무도 없어야 자연스러운 자리이다. 구태여 엄마가 아니라 딸일 이유가 없고, 게다가 하루 이틀도 아니고 공소시효가 끝나기만 기다린다고 해도 몇 년인데 그런 부담을 딸에게 지울 엄마라면, 아주 없지야 않겠지만 찾아보기가 쉽지는 않겠다. 또 작가가 선의 주변을 너무 쉽게 정리해버린 것도 그런 의도의 산물이었던 것으로 보인다. 선은 친구들이 자기로부터 떠나가는 것을 보았고, 대학을 그만두었고, 그후로 나가게 된 직장에서도 왕따가 되었다. 『생강』이라는 소설이 그에게 허용한 자리는 괴물이 숨어 있는 다락방, 바로 그 앞자리였다. 그럼으로써 『생강』의 서사는 부녀간의 대립이라는 간명한 틀로 축소되었다.

물론 이것은 그 자체로 호불호를 논하기 어렵다. 양면적이기 때문이다. 서정적 집중성을 확보하기 위해서는 풍부한 삶의 표정을 포기해야 하고, 드라마틱한 울림을 확보하기 위해서는 디테일의 속삭임을 포기해야 한다. 『생강』에서의 천운영의 선택은 필연적이었던 것으로 보인다. 『생강』의 사활적 과제는 아직 생생하게 살아 있는 실제 모델과의 거리를 어떻게 유지하느냐 하는 것이기 때문이다. 서정적 문장과 극적 구성을 향해 가는 것은 디테일의 압박을 방어하기 위한 유효한 수단일 수 있다.

4. 진짜 공포

『생강』의 모델로서 문제가 되는 것은 이근안이라는 실존인물이 아니다. 그가 실제로 어떤 사람인지는 크게 문제가 되지 않는다. 문제가 되는 것은 사람들의 머릿속에 있는 이근안, 10년 넘게 도피생활을 했던 전설적인 '고문기술자'를 지칭하는 기호로서의 이근안이다. 그 이근안이라면 이미, 라캉의 용어를 빌리자면 두 죽음 사이의 존재가 되어 있다. 상징적으로는 죽었으면서도 아직 진짜 죽음에 도달하지 못한 좀비 같은 존재.

그를 바라보기 위해서는 특별한 안경이 필요하다. 악명 높은 존재이기 때문에? 차마 정면으로 바라볼 수 없는 기이하거나 무시무시하거나 일그러진 존재이기 때문에? 일단은 그렇다고 해야 할 것이다. 노인의 알몸이나 화상 입은 아이의 상흔, 부모의 성교 장면이나 우리 몸속에 있는 내장처럼, 한 꺼풀 뒤에 있어야 마음의 평안이 유지되는 것이라는 점에서 외설적 존재라 불러도 좋겠다. 그러나 그것은 어디까지나 일차적으로만 그럴 뿐이다. 정말로 우리를 힘들게 만드는 것은 이근안이라는 기호의 모습이 아니라 그 기호가 은폐하고 있는 어떤 것이다. 진정한 외설성은 좀비 같은 존재 때문이 아니라 그 존재의 배후에 있는 어떤 것으로 인해, 좀더 정확하게 말하자면 그 배후에 무언가가 있음을 알게 됨으로 인해 생겨나는 느낌이다.

『생강』의 딸은 아버지의 갱생을 원했고 그것은 작가도 독자들도 마찬가지일 것이다. 인정하고 참회하고 책임지는 것이 곧 그것이다. 그것은 단 한 사람만 제외하고 모두를 행복하게 만들 수 있지만, 바로 그 한 사람 때문에 실현되기 어렵다. 그것은 앞에서 지적한 바와 같이 늙은 영혼들이 지니고 있는 마음의 관성을 넘어서야 실현될 수 있는 일이기 때문이다. 소설 속에서 딸은 아버지를 압박하면서 변화하는 아버지의 모습을 보았다. 처음에 그 존재는 야수 같은 괴물이자 공포의 핵심이었으나 10년의 세월이 지나는 순간 어느덧 불쌍한 짐승, 시체, 구더기가 되어 있다. 물론 그것은 딸의 시선에 포착된 아비의 모습일 뿐이다. 살아 있을 때의 관성을 여전히 지니고 있는 시체, 충동의 화신, 좀비가 된 육체라면 그렇게 단순할 수가 없다. 거기에서 무슨 모습을 보느냐는 보는 사람에게 달려 있으되, 그런 시선들을 맞받아내는 그것의 응시는 블랙홀과도 같은 것이다.

천운영은 "내 속에 숨은 공포"(250쪽)라는 표현을 썼다. 그것은 『생강』의 딸이 아버지를 지칭하는 말이었고, 딸은 마침내 그것을 극복했다고 했다. 딸의 입장에서는 그럴 수 있을 것이다. 괴물의 몸은 어쨌거나 아버지의 외양을 하고 있는 것이기에. 그리고 그런 딸의 모습이야말로『생강』을 아버지와 딸의 대립구도로 만든 천운영이 보고자 기대했던 것이었겠다. 괴물을 순치시키기 위해 파견된 필사적인 딸은 마침내 제 임무를 다했다. 딸은 결국 아버지를 다락방 밖으로 이끌어냈다. 그것은 때가 되어 제 발로 나왔다는 것과 같은 말이다. 그것은 딸과 아버지, 어느 편에서 보느냐의 차이일 뿐이다. 그러나 어떻든, 숨어 있던 공포가 밖으로 나오면 대상도 밖으로 나온다. 딸은 어느 순간 자기 안에 숨어 있는 공포를 알았고 그로부터 벗어날 수 있었다고 했다. 하지만 축귀의식이 끝났는데 여전히 다락방에 무언가가 남아 있다면 어떨까. 딸은 엄마를 통해 괴물이 숨어 있는 다락방 파수꾼이 되라는 미션을 받았다. 이런 경우 파수꾼의 진정한 존재 이유는 외부로부터의 침입자가 아니라 내부의 침입자를 경계하기 위한 것은 아니었을까. 괴물이건 시체건 구더기건 좀비건 간에, 위험하거나 구역질나는 존재는 언제나 밖이 아니라 안에서 만들어지는 것이 아닌가.

　'고문기술자'를 지칭하는 것으로 쓰였던 '숨은 공포'라는 말은 또한 작가 천운영이 이근안이라는 진짜 대상에 대해 가지고 있는 느낌이라 해도 좋을 것이다. 물론 이 경우 그 느낌은 작가만이 아니라 우리 자신의 것이기도 할 터인데, 그것을 넘어서는 것은 쉬운 일이 아니다. 그 대상의 자리에, 목사가 된 퇴역 '고문기술자' 이근안이라는 사람을 채워넣으면 문제는 간명해진다. 그래서 그런 논리는 매우 유혹적이기도 하다. 괴물의 존재와 그것을 제거함으로써 이룩되는 평화 같은 것은 누구에게나 안온한 그림이기 때문이다. 그러나 천운영의 말처럼, 그런 공포가 우리도 알 수 없는 모습으로 우리 안에 숨어 있는 것이라면, 공포도 아니고 불안도 아닌 어떤 메슥거림이나 불편함 같은 것으로 그것이 우리에게 신호를 보내고 있는 중이라면, 다만 우리는 그것을 이근안이라는 기호 속에 투사해 넣었던 것이라 한다면 어떨까. 이근안의 배후에 버티고 있는 진짜 공포의 대상은 아버지에 대한 딸의 시선으로 감당이 되지 않는 어떤 것이며, 아직도 다락방에 갇혀 있는 어떤 것, 아마도 우리가 진짜 악이라고 부름직한 어떤 것이 아닐까.

5. 악의 편재성

『생강』이 우리에게 환기시켜주는 불편함이 있다. 그것은 최소한 세 가지 차원으로 나누어볼 수 있겠다.

첫째, 전설적인 '고문기술자'로서의 이근안이 상기시키는 괴물성이다. 그 핵심에 있는 것은 물론 공포와 고통과 모욕으로 만들어진 고문이라는 국가폭력이다. 고문 피해자들의 증언과 사례들은 인간의 본성에 대한 의구심을 불러일으킨다. 고문공화국이라 불렸던 5공화국의 공포시대가 끝나고 난 후 비로소 모습을 보인 양귀자의 「천마총 가는 길」(1988)과 임철우의 「붉은 방」(1988) 같은 소설들이 포착해냈던 것이 바로 그것이었다. 여기에서 문제가 되는 것은 공권력의 의미라는 추상적인 차원이 아니다. 그것을 불법적으로 집행하는 손과 발의 구체적인 주인들에 대한, 즉 인간성 일반에 대한 의구심이 문제가 되는 것이다. 어떻게 인간이 그럴 수 있는가 하는. 그래서 이런 경험들은 인간됨의 내부에 존재하는 어떤 악의 근원에 대해, 칸트의 용어를 빌리자면 근본악(Radikales Böse)에 대해 사유하게 된다. 칸트는 그것을 일컬어, 생득적이고 보편적이라서 인간의 힘으로는 근절될 수 없으며 오로지 선한 의지의 발현에 의해서만 제어될 수 있다고, 그래서 이성의 한계 내에서는 이해하기 어려운 신비로운 현상이라고 했다.[3] 이에 따르면 고문자들은 근본악이며 괴물이다. 그것이 우리 안에 있다면 괴로운 일이 아닐 수 없다.

둘째, 이것보다 우리를 좀더 불편하게 만드는 것은 이근안의 평범성이다. 이것은 물론 아렌트가 재판정에서 선 아이히만을 두고 썼던 악의 평

---

3) 신옥희, 「칸트에 있어서 근본악과 신」, 『철학』 18집, 1982년 11월, 53쪽.

범성(the banality of evil)이라는 말을 염두에 둔 것이다. 수송 책임자로서 나치의 유대인 학살에 중책을 담당했던 아이히만은 괴물이 아니라 평범한 사람이었다는 것이 아렌트의 관찰의 핵심이었다. 아이히만이 사람으로서 할 수 없는 짓을 했던 것은 다름이 아니라 생각이 없었기 때문이라고 했다.[4] 다만 그것만이 문제였을 뿐 본래부터 괴물은 아니었다는 것, 아이히만이 지니고 있는 괴물성은 그런 생각 없음 때문이라는 것이다. 이런 논리는 아이히만이나 이근안이 본래 괴물이었다는 논리보다 우리를 더 불편하게 만든다. 괴물이 될 수 있는 가능성은 누구에게나 있기 때문이다.

이근안 목사의 경우를 보자. 목사가 되고서도 뉘우치지 않는 그의 모습을 보는 것은 매우 괴로운 일이다. 못 볼 것을 보고 있다는 느낌 때문이다. 한 인터넷TV에서 그와 인터뷰를 한 적이 있다. 여기에서 이 목사는 자신이 '고문기술자'였다는 사실을 부정했다. 고문이 아니라 강압심문이었다고 표현했고, 그것은 대공수사를 위해 불가피한 일이었다고 말했다. 카메라를 향해 그런 요지의 말을 하고 있는 사람의 모습을 지켜보는 것은 많은 인내심을 요구하는 일이다. 건전지 두 개를 들고 그것이 전기고문의 실체라고 주장하는 장면에서 한 사람의 인내심이 바닥을 드러냈다 해서 그 인내의 박약함을 탓하지 말자. 눈을 가리고 발바닥에 소금물을 바른 후, 건전지 두 개로 고문을 했다는 것이 이근안 목사의 주장이었다.[5] 물론 불법감금한 피의자를 향해 전기구이를 만들어버리겠다는 협박 같은 것이 있고 난 다음의 일이었겠지만,[6] 놀라운 것은 이런 류의 주장을 그는 천연

---

4) 한나 아렌트, 『예루살렘의 아이히만』, 김선욱 옮김, 한길사, 2006, 106쪽.

5) cooltv에서 인터뷰를 했고, 그 내용의 개요는 『일요신문』 824호(2010년 2월 9일자)와 825호(2010년 2월 16일자)에 실려 있다.

6) 고문의 내용과 절차에 대해서는 많은 증언들이 축적되어 있으며, 이근안 경감과 함께 고문에 참여했던 경찰의 고백도 나와 있다. 박원순, 같은 책, 57쪽.

덕스럽게 공중 앞에서 하고 있는 것이다. 심문을 하다보면 몇 대 쥐어박거나 유도의 업어치기 같은 기술을 쓸 수도 있고, 또 반항하는 사람들을 제압하려다보면 피의자들의 어깨가 빠지기도 한다는 것이다. 자기가 심문의 기술자일 수는 있어도 고문의 기술자는 아니라는 것이다. 그는 자기가 무슨 말을 하고 있는지 모르고 있다. 그런 척을 하고 있는 것이 아니라면, 그는 아렌트의 말처럼 정말 생각이 없는 사람이다.

물론 '고문기술자'의 대명사가 된 이근안 목사는 억울할 것이다. 그의 억울함은, 자기는 대공수사관으로서 그 직책이 요구하는 국가 공무를 충실하게 수행했을 뿐이라는 주장으로 모아진다. 그는 이렇게 항변할 것이다. 1)고문도 공무인가: 그렇다. 대공수사란 전쟁 상황이나 다름없기 때문에, 마치 전쟁에서 잡힌 적들에게 강압적인 방법을 써서 중요한 정보를 빼내듯이 심문에 임했을 뿐이다. 그것을 고문이라고 하면 곤란하다. 2)'강압심문'을 통해 조작해낸 이른바 간첩단 사건들도 정당한 일인가: 무리가 있었지만 조직의 유지를 위해 불가피한 일이었다. 그리고 그런 사건으로 인해 국민들이 대공경각심을 갖는다면 결과적으로 나쁜 일은 아니다. 나는 다만 악역을 담당했을 뿐이다. 3)당신이 악역을 맡았다 치자, 그로 인해 간첩의 누명을 쓰고 인생을 빼앗긴 사람들은 어쩔 수 없다는 것인가: 그들은 죄를 지었다. 납북된 어부는 고기 몇 마리 더 잡으려는 욕심 때문에 그 꼴을 당한 것이다. 또다른 사람들은 민주화니 뭐니 하면서 국가가 금지하는 일을 하려 한 것, 그것이 그들의 죄이다. 4)정말 당신은 당신이 한 일에 대해 무죄하다고 생각하는가: 왜 나만 가지고 그러는가. 나는 내 조직의 논리에 충실했던 사람일 뿐이다. 나는 내가 하지 않은 짓까지 덤터기를 쓴 사람이다. 일을 하다보면 누구나 다 죄를 손에 묻히는 것 아닌가. 하느님 앞에서는 모두가 죄인이지 않은가. 내 죄는 재수 없이 드러나 있어 문제가 된 것일 뿐이다. 그러는 당신은 무죄한가.

셋째, 우리를 결정적으로 불편하게 만드는 것은 이근안의 편재성이다.

악의 부재나 공허라고 말해도 좋을 듯싶다. 분별되지 않는 채로 세계에 가득 차 있다는 것은 없다는 것이나 마찬가지이기 때문이다. 그것은 우리에게, 미덕이 그 자체로 악덕이 되는 자기 지시적 부정의 순간이 우리가 사는 세계의 윤리적 기본항으로 버티고 있음을 상기시켜준다.

『생강』의 주인공 안도 이근안처럼 끝까지 뉘우치려 하지 않았다. 안은 이근안처럼 자기가 하는 일로 인정을 받고 싶어했고 또 자기 기술에 대해 자부심을 갖고 있는 직장인이었다. 그리고 그의 희망은 인정을 받고 있었다. 좋은 기술로 혁혁한 실적을 올렸고 표창과 메달을 받았으며 상사의 인정도 받았다. 자기에게 주어진 임무에 성실하게 임했던 것이다. 이런 점에서는 나치의 친위대 중령 아이히만도 마찬가지였다. 충실한 임무수행은 물론이고, 매사에 긍정적이며 누구에게든 공손했고 임무수행에 있어서는 심지어 창조적이기까지 했다. 그리고 그는 의무의 이행을 명령하는 칸트의 도덕률을 잘 알고 있었다. 자기가 해야 하는 것이 유태인들을 집단학살장으로 보내는 일임을 알았지만 자기로서는 상부로터 받은 명령에 복종할 수밖에 없었다고, 오히려 그 명령에 복종하지 않는다면 양심의 가책을 느꼈을 것이라고 했다. 자기가 만든 독창적인 심문기술에 예술가적인 자부심을 지니고 있었던 안의 경우도 이 점에서는 마찬가지였다. 그는 간첩을 잡는 사람이었고, 잡을 간첩이 부족하면 간첩을 양식하거나 만들어내기도 하는 특별한 예술가였다. 그리고 그것은 애국을 실천하는 일이기도 했다. 무엇이 문제라는 것인가.

이 성실한 직장인들의 잘못은 일차적으로 칸트를 오독한 결과라 해야 하겠다. 이것이 단순히 칸트를 정말로 읽었느냐 혹은 그의 가르침을 배웠느냐 등의 문제가 아님은 물론이다. 양심이라는 단어를 아는 정도로 족한 문제이고 그것이야말로 근대성의 윤리적 기축이다. 아이히만은 자기가 지키고자 했던 칸트적인 의무감에 대해 강조했지만 거기에 빠져 있는 것은 자유의 심연이다. 칸트의 정언명령이 우리를 데려가는 곳은 바로 그 자유로운 윤리적 주체의 자리이다. 의무와 복종이 도출되는 것은 바로 그 자유의 심연을 통해서이다. 그곳에 도달함으로써 주체는 자기 자신으로부터 분리될 수 있고, 그것이 가능해야 반성적 사유가 작동하기 시작하며 그 과정을 통해서 비로소 윤리적 주체, 자기 입법적 주체의 성립이 가능해진다. 그 속에서 주체는 정언명령의 목소리를 통해 자기가 해야 할 일을 판단하게 되거니와, 그 판단은 자기 의무가 무엇인지를 스스로 선택하고 규정할 책임까지 져야 한다는 것을 뜻한다. 그들이 명령을 받아 성실하게 수행한 일, 즉 유대인을 학살장으로 보내는 일이나 간첩을 잡는 일이 그들 자신의 범죄적 행위이기도 한 것은, 그들의 성실성이 문장 전체가 아니라 오로지 동사에만 집중되었기 때문이다.

이 성실한 직장인들의 범죄를 생각 없음으로 돌리는 것만으로는 부족해 보인다. 그것은 '생각 없는 성실성'의 범죄를 아이히만이나 이근안이나 『생강』의 안 같은 일부 예외적 개인들의 소행으로 치부해버릴 위험이 있기 때문이다. 우리 삶의 윤리적 기축 자체가 바로 그 생각 없음으로 인해 작동하고 있다고 하는 것은 어떨까. 그 핵심에 놓여 있는 것은 성공신화이겠다. 아렌트가 기록한 아이히만의 모습을 다시 들여다보자. 친위대에 들어가고 난 후 그의 목표는 대령 계급장을 다는 것이 되었다. 재판을 받는 상황에서도 그는 자기가 대령이 되지 못한 상황과 이유에 대해 반복적으로 언급했다. 직업학교도 제대로 졸업하지 못한 것에 대해 아버지가 가난했기 때문이라는 거짓 핑계를 댔고 자기 직업을 토목기사라고 허풍을 치곤 했던 아이히만, 그의 문제가 무엇인지는 분명하다. 공손하고 사람 좋은 아이히만이 나치 운동에 매료된 것은 좋은 세상 만들기라는 표상이 그 안에 있었기 때문이었다. 그 세상은 성실과 노력이 성공으로 보상받는 곳이었고, 그 성공 스토리의 중심에 있는 것은 히틀러였다. 그런데, "그 사람은 노력을 통해 독일 군대의 하사에서 거의 8,000만에 달하는 사람의 총통의 자리에까지 도달했습니다…… 그의 성공만으로도 제게는 이 사람을 복종해야만 할 충분한 증거가 됩니다"(아렌트, 198쪽)라는 아이히만의 말의 골격은 그대로 우리 시대의 마스터 서사로 군림하고 있는 것이지 않은가.

6. 불편한 진실

프로테스탄티즘이 자본주의의 정신적 기축이라고 했을 때 근검절약, 절제, 극기 등은 예찬의 대상이 되는 미덕이고 그것은 곧 부의 축적의 근거가 된다. 그러나 그것이 자기 목적이 되는 순간 수전노의 욕망이 탄생하거니와, 절제와 극기의 미덕은 그것이 상징하는 탐욕에 대해 어떤 항변도 할 수 없다. 수전노의 탐욕은 가장 이상화된 미덕의 형태이기 때문이다. 검약을 통한 축적이야말로 자본주의적 리비도 경제의 원형이지만, 그것을 극복하는 일이 어려운 까닭은 그 자체로 미덕의 형태를 띠고 있기 때문이다.[7] 많이 먹는 사람을 말릴 수는 있어도 검약하겠다는 사람을 말릴 수는 없는 노릇이다. 성실과 노력으로 표상되는 성공 서사의 경우도 마찬가지이겠다. 다른 것도 아니고 성실과 노력과 인내라지 않은가.

천운영의 『생강』은 기술자로서의 자부심과 확고한 국가관을 가지고, 또한 주체로서의 존엄을 잃지 않은 채 살아가고자 했던 사람이 어떻게 악마가 될 수 있는지를 상기시켜주고 있다. 악마로 변한 것이 아니라 그 자체가 악행의 화신인 것이다. 소설 밖에서 목사가 된 이근안 전-경감은 아직도 스스로의 자긍심을 놓지 않고 있는 것으로 보인다. 하느님 앞에서 행해지는 참회가 그의 유일한 참회인 듯싶은데, 참회를 받을 하느님은 예배당이나 저 높은 하늘이 아니라 그에 의해 망가져버린 피해자들, 간첩·빨갱이·불순분자·반국가사범들의 마음속에 있음을 그는 아직도 모르는 듯싶다.

---

7) 슬라보예 지젝, 『그들은 자기가 하는 일을 알지 못하나이다』, 박정수 옮김, 인간사랑, 2004, 47쪽.

하지만 우리도 잊지 말아야 할 것이 있다. 천운영이 상기시켜주는 가장 불편한 진실, 그것은 바로 내가 이근안이라는 것이다. 그 사실을 알지 못하거나 종종 잊어버린 채로 살아가는 이근안.

꿈 없는 삶의 괴로움
― 김미월의 『여덟 번째 방』 읽기

1. 당신의 꿈은 무엇인가

김미월의 장편소설 『여덟 번째 방』의 남자 주인공은 제대한 후 복학을 앞두고 있는 25세의 휴학생이다. 오영대라는 이름처럼 매사에 매듭 없고 헐렁한 청년이다. 그에게 치명적인 것은 꿈이 무엇이냐는 질문이다. 이런 질문은 주로 데이트 상대가 되는 여성들의 입에서 나온다. 상대가 마음에 드는 여성이라면 뭔가 대답을 해야 한다. 그러나 꿈이라니, 그 나이에 대통령이나 과학자라고 대답할 수는 없는 일 아닌가.

기다렸다는 듯이 앞으로의 인생 계획표를 좌악 늘어놓는, 자아도취적이거나 계산이 분명한 사람도 있겠다. 때로는 그런 열정이 좋아 보일 수도 있을 것이다. 비록 순간뿐일 수도 있겠지만, 어떤 열정이든 열정은 사람을 빛나게 만드는 것이니까. 좀더 세련된 사람이라면 슬쩍 미소를 흘리며 이렇게 말할 것이다. 그건 비밀인데요. 그 정도면 뭔가 있어 보이는 대답이겠다. 시간이 지나면 뭔가 대단한 것이 흘러나올 것이라는 식의 암시가 슬쩍 실려 있기도 하고. 그런데 우리의 주인공 오영대씨는 그답게 제대로 대답하지 못한 채 우물거렸고, 꼭 그 때문만은 아니지만 결과적으로 여자에게 차였다. 그의 친구는 그런 그에게 다음에는 이렇게 말하라고 조언했다. 앞에 있는 여자, 당신이 나의 꿈이다. 좀 느끼한 발언이지만 솔직한 것일 수도 있다. 실제로 오영대는 그것이 사실이라고 느끼고 있다. 문제가 있다면 그 사실을 부끄럽게 생각했다는 것이다. 소설의 한 대목을 인용해보자.

> 말이 나왔으니 말인데, 한때 영대의 꿈은 정말 그 선배였다. 그전에는 종달새였고, 또 그전에는 말 한마디 못 붙여본 수많은 예쁜 여자들이었고, 그의 머릿속에 든 것은 오직 여자들 생각뿐이었다. 어쩌면 내 꿈은 여자들의 환심을 사는 것이 아닐까. 그렇게 자문하자 아연 얼굴이 뜨거워졌다. 사나이 오영대, 그릇이 겨우 그 정도밖에 안 되는 인간이었단 말인가.[1]

여기에서 오영대가 잘못 생각하고 있는 것이 무엇인가. 매우 현실적인 그의 친구 현수라면 어렵지 않게 지적해줄 수 있을 것이다. 그릇이 작다는 탄식은 맞는 말이지만, 여자만을 꿈꾸기 때문이라는 진단은 틀렸다. 그의 문제는 여자를 꿈꾸었다는 것이 아니라, 그 꿈을 실현할 수 있는 제대로 된 방식을 몰랐다는 것이다.

주지하듯, 남녀관계에서 선택의 주체는 남성이 아니라 여성이다. 남성은 구애할 수 있을 뿐 종국적인 승낙은 여성의 손에 달려 있다. 남성이 해야 할 일은 선택될 수 있는 자격을 갖추는 것이다. 그러므로 예쁜 여자를 얻는 것이 꿈이라는 말은 남자의 입에서 나와서는 곤란하다. 남성이 예쁜 여성을 꿈꾼다는 것은 물론 일반적인 사실이지만, 중요한 것은 그것이 감추어져 있어야만 위력을 발휘할 수 있다는 것이다. 남성에게나 여성에게나 이 점은 마찬가지다. 매력적인 여성의 입장에서 볼 때, 더욱이 자기

---

1) 김미월, 『여덟 번째 방』, 민음사, 2010, 56쪽.

가 매력적이라는 사실을 알고 있는 여성의 입장에서 볼 때, 자기를 꿈꾸는 남성들은 주변에 널려 있다. 그 남성들은 모두 자기의 특별함을 알고 있는 사람들이다. 그러니 자기를 꿈꾸는 것만으로는 부족할 수밖에 없다. 여성이 원하는 최고의 남성은 자기를 꿈꾸는 사람이 아니라 자기를 꿈꾸게 할 사람이다. 매력적인 여성에게 필요한 것은 자기를 매혹시킬 사람인 것이다. 그렇다면 남성이 어떻게 여성에게 매혹을 제공할 것인가. 여기에서부터는 다양한 서사의 스펙트럼이 존재한다. 여성을 외면한 채 자기 자신의 꿈만을 바라봄으로써 그 안에 여성을 끌어들이는 이상주의적 서사에서부터, 어떤 목표를 향해 함께 가는 과정 속에서 친밀성의 영역을 만들어내는 현실주의적 서사까지. 하지만 이런 다양한 이야기들 속에서 하나 분명한 것은, 오영대처럼 자기 세계를 부정하고 있는 사람에게는 기회가 주어지기 힘들다는 것이다.

그러나 과연 그런가. 이런 냉소적인 논리를 그대로 수긍해도 되는 것일까. 우리의 주인공 오영대군이라면 이런 논리에 대해 뭔가 항변해야 마땅한 것이 아닐까. 연애를 하는 것이 취직하는 것도 아닌데, 여기에서까지 무슨 스펙을 요구하는 것이냐고. 좀더 나아가서는, 왜 꿈 같은 것이 필요한가. 그냥 좋아하는 것 하면서 비의도적으로 계획 없이 살면 안 되는 것인가. 게다가 왜 심문당하듯이 꿈에 대해 말해야 하는가.

하지만 소설의 첫머리에서부터 원하는 여성에게 구애를 거절당한 오영대는 이런 정도의 항변을 하기도 어려울 만큼 의기소침해져 있다. 물론 오영대의 이른바 객관적인 조건 자체는 그렇게 실망스러운 것이 아니다. 외모로 보더라도 180의 키에 나쁘지 않은 인상의 소유자이고, 서울 소재 4년제 대학생이다. 대단할 것은 없지만 나쁠 것도 없는 집안 출신이다. 그리고 다행인 것은, 대학에 적을 두고 있으니 아직 청년 백수는 아니라는 점이다. 다만 오영대의 약점은 명확한 꿈이 없다는 것, 게다가 치명적인 것은 그 약점이 여자들에 의해 쉽게 간파되곤 한다는 것이다. 꿈이 없으면 안 되는 것일까, 그런 질문을 하는 당신의 꿈은 무엇인가. 오영대의 이런 반문에 대한 답변들이 있다. 나의 꿈은 행복해지는 것이라는 대답, 혹은 꿈이 없다면 그게 인간이냐는 힐난 등이다. 물론 이런 반응들이 어떤 뜻인지는 자명해 보인다. 행복이 꿈이라는 말은 스스로의 속물성을 드러내는 수준의 답변이고, 또 인간은 모름지기 꿈을 가져야 한다는 말도 결국은 여기에서 크게 벗어난 것은 아니다. 이 말들이 모두 상대 남성의 능력을 살펴보려는 젊은 여성들의 입에서 나온 것이기 때문이다. 무시할 수만 있다면 무시해버려도 그만인 것이다. 하지만 문제는 이런 반응을 마주하는 오영대 자신의 마음에 무언가 비정상적인 흐름이 생겨난다는 것이다. 오영대 자신이 이런 꿈 없는 상태를 심각하게 받아들이고 있다는 것 자체가 문제인 것이다.

1977년생 작가 김미월은 자신의 주인공 오영대를 이런 공간에 내던져놓았다. 여기에서 꿈이라는 단어는 집단적 이념의 아름다운 언어일 수도, 개인의 특이성이 숨을 쉬는 낭만적인 어휘일 수도 없다. 기아와 질병 없는 세계, 전쟁 없는 세상, 통일된 조국, 자유와 평화가 넘치는 인간해방의 나라 등의 언어들은 꿈의 목록에서 삭제되어야 하고, 내 할머니를 기쁘게 할 노래 한 곡 만들기라거나 모터사이클로 유라시아 대륙을 횡단하기 등과 같은 항목에 대해서도 고개를 갸웃거릴 것이다. 그들 앞에서 꿈이라는 단어는 직업이나 직종, 더 좁게는 직장이나 생계수단 등의 의미로 번역되어야 할 것이다. 오영대가 꿈이 무엇이냐고 묻는 두번째 여자 앞에서 간신히 자아낸 말은 이랬다.

"아, 그러니까, 저기, 내 꿈은, 물론 우선은 취직을 해야겠지만, 아, 내가 진짜 하고 싶은 건, 말하자면……"
그는 횡설수설 오락가락 중언부언 갈팡질팡했다. 맥주잔 표면에 맺힌 물방울을 손가락으로 뭉갰다. 제가 어떻게든 말을 끝맺기는 했다는 것을 영대는 그녀가 웃는 것을 보고 알아차렸다.

"우린 둘 다 모라토리엄증후군 환자들이구나."

"응? 모라…… 뭐라고?"

그녀는 여전히 웃으면서 피우던 담배를 비벼껐다. 영대는 제 머리통이 재떨이에 거꾸로 처박혀 짓이겨지는 기분이었다.(87쪽)

이런 장면이라면 어떨까. 꿈은 있지만 일단 취직을 해서 돈을 벌겠다는 오영대의 대답은 정답에 가까운 것이 아닐까. 문제가 있다면 그의 대답이 아니라 태도에 있을 것이다. 왜 오영대는 꿈을 묻는 질문에, 이런 일이 처음인 것도 아닌데 저렇게 당황하는 것일까. 그는 현재 스물다섯 살의 대학생이고 상대도 동갑내기 여성이다. 그들은 이미 현실과 이상의 격차를 알고도 남을 나이다. 그런 나이에 꿈이 무엇이냐고 묻는다는 것 자체가 문제가 있는 것이 아닌가. 꿈이 무엇이었냐는 과거형의 질문이라면 가능할 것이다. 오영대도 이런 질문이라면 대답할 말이 있다. "그것은 천장이 높은 회사에 다니는 것이었다. 어떤 종류의 회사인가 하는 것은 부차적인 문제였다."(190쪽) 이것은 물론 어렸을 때의 이야기이므로 통상 아이들이 대곤 하는 다른 항목들과 마찬가지로 별 의미 없이 들으면 그만이다. 그런데도 오영대가 만나는 여자들이 그에게 꿈에 대해 묻는다는 것, 그리고 무엇보다도 오영대 자신이 그런 질문을 의미심장한 것으로 받아들인다는 것은 좀 문제가 있지 않은가.

오영대의 이런 꿈 타령에 대해서, 소설 속에서는 세 번에 걸친 집요한 심문이 행해진다. 대개는 오영대가 만나는 여성들의 입을 빌린 것이긴 하지만, 의미나 양상으로 보자면 이것들은 오영대 자신이 스스로에게 행한 심문에 가깝다. 실연을 당한 후 그는 뭔가 스스로 책임지는 삶을 살아야 한다는 생각 때문에 독립을 결심하고 실행에 옮겼다. 청바지 한 벌 값을 들고 월세 십만원짜리 창 없는 지하의 쪽방을 찾아 독립생활을 시작했다.

화장실도 제대로 사용하기 어려운, 말 그대로 잠만 자는 방이었다. 생활비를 위해 파트타임으로 할 수 있는 일자리를 찾아다니고, 비정상적으로 보이는 사람들 속에서 부대끼고, 그리고 그는 그 방에 혼자 누워 삶의 의미에 대해 묻는다. 그가 경이롭게 생각했던 정환이라는 이름의 고등학교 동창이 하나 있었다. 학교 공부는 물론이고 모든 것에 능했으므로 무엇이든 할 수 있으리라 생각했던 친구였다. 소설의 말미에서 그 친구가 출가했다는 소식을 듣는다. 진짜 삶을 찾고 싶다던 친구였다. 하지만 진짜 삶이라니, 과연 그런 게 있기나 한 것일까. 관 같은 방에 사는 오영대에게는 이처럼 삶의 의미에 대한 질문이 안팎에서 쏟아져들어온다.

이게, 진짜 삶일까.
그는 다시금 오래전의 목소리 하나를 떠올리고 있었다. 이렇게 시시하고 지루한 게 진짜 인생일까. 그때 정환의 눈은 화단 너머를 향해 있었다. 그는 무엇을 보고 있었을까.
눈을 감았다. 진짜 삶이니 가짜 삶이니 하는 것에 대해서 진지하게 생각해 보지는 않았다. 영대는 아무래도 상관없다고 생각했다. 무엇도 그에게는 중요하지 않았다. 그는 죽도록 하고 싶은 일도 없고 죽어도 하기 싫은 일도 없었다. 경험해보지 못한 것들을 궁금해한 적도 없고 잃어버린 것들을 아쉬워해 본 적도 없었다. 무언가에 사무쳐본 적도 없으니 뼛속 깊숙이 희열에 젖거나 분노에 떨었던 적도 당연히 없었다. 텔레비전으로 야구중계를 보다가 응원하는 팀이 역전패당하면 울분이 솟지만 그러다가도 배달되어온 자장면이 맛있으면 금세 기분이 풀어지곤 했다.
그런데, 그게 나쁜가? 잘못된 것인가? 내가 비정상인가?(155~156쪽)

이 대목은 오영대가 곤혹스러웠던 알바생활(팬시점에서 도둑을 감시하고 색출하는 일이었다)의 여파로 지쳐 있던 순간의 장면을 그려놓은 것이다.

진짜 삶을 찾고 싶다던 친구 정환의 말이 귀에 쟁쟁거리고 있다. 그런 것이 중요하지 않다고 부정하고 있지만, 하고 싶은 것도 아쉬운 것도 없다고 말하고 있지만, 그런 자신이 잘못된 것이냐고 항변하고 있지만, 그런 부정과 항변의 목소리가 커진다는 것이야말로 다른 삶을 향한 내적 동기가 강해지고 있다는 사실에 다름아니다. 오영대는 이미 돌아갈 수 없는 강을 넘어버렸다. 뭔지는 몰라도 이렇게 사는 인생이 제대로 된 것이 아니라는 것을 느끼는 순간, 꿈이며 진짜 인생이라는 단어들이 유난히 자극적으로 다가오는 것을 느끼는 순간, 이미 그는 강을 건너고 있었던 셈이다.

그러니 생각 없이 착하기만 했던 주인공 오영대를 이렇게 바꾸어놓은 원인, 꿈에 대해 집요하게 심문하던 여자들의 배후에 대해서도 우리는 이제 짐작하게 된 것이 아닌가. 당신의 꿈은 무엇인가. 당신은 진짜 삶을 살고 있는가. 다양한 인물과 설정을 통해 이 질문을 던지는 사람은 누구인가. 모라토리엄증후군 세대들을 향해, 청년실업세대이자 88만원세대를 향해 꿈이 있는지를 심문하고 있는 사람은 사실은 작가 김미월이 아닌가. 그렇다면 김미월은 오영대의 세대를 향해, 뜨내기 같은 일을 하며 근근이 버티고 있는 이 퍽퍽한 세대에게 그래도 뭔가 꿈을 가져야 한다고 말하고 있는 것인가. 장편소설 『여덟 번째 방』과 소설집 『서울 동굴 가이드』의 작가 김미월도 사실은 나이의 정확한 경계와는 무관하게 이미 그 세대의 일원이지 않은가.

2. 너는 지금 무엇을 하고 있느냐

오영대의 꿈 찾기는 『여덟 번째 방』의 서사의 한 축을 이룬다. 그가 25세의 평범한 대학생임을 감안할 때 이런 식의 꿈 찾기가 문제가 되는 것은 어쩌면 당연할 것이다. 어느 세대에게나 청년기의 핵심적인 과제는 자기 욕망의 밑바닥을 확인하는 일, 평생 힘을 쏟아야 할 일을 찾는 일이겠다. 그것을 찾는 일에 바쳐지는 시간이라면 설사 이십대의 10년이 온통 소요된다 해도 아깝지 않을 것이다. 그것은 누구라도 기꺼이 감당하려 할 과제일 것이기 때문이다.

작가 김미월은 이 과제를 앞에 두고 한심한 주인공 오영대를 심문하면서도 무방비상태로 내버려두지는 않았다. 『여덟 번째 방』은 액자소설의 구성을 지니고 있다. 오영대는 지하 쪽방의 이삿짐 속에서 일곱 권의 스프링노트를 발견한다. 오영대보다 조금 앞서 이십대를 보낸 젊은 여성 김지영의 기록들이다. 30세 김지영의 기록과 25세 오영대의 현재 상황이 이야기의 안팎을 이루며 교직된다. 김지영의 기록은 한심한 주인공 오영대를 위해 작가 김미월이 마련해놓은 선물이라 해도 좋겠다('여덟 번째 방'이라는 소설 제목은 김지영의 기록의 제목이기도 하다). 그 선물이 오영대에게는 위로가 된다.

동해안에 있는 도시의 서점집 딸이었던 김지영은 대학 진학 후 10년째 서울살이를 하고 있다. 그 10년의 시간 동안 서점은 손님이 없어져 문을 닫았고, 김지영은 두 차례의 실연을 하고 두 명의 친구를 얻었으며, 그 중 한 명을 건졌다. 그리고 글을 쓰게 되었다. 김지영이 기록한 이십대의 10년은 그렇게 요약될 수 있다. 기록 속의 김지영은 고전적인 영혼의 소유자이다. 글을 쓰는 사람이라는 점에서 그렇고, 실패한 사랑과 우정이라는 전형적인 성장의 드라마를 밟아간다는 점에서도 그렇다. 오영대가 발견한 김지영의 기록은 주로 대학 3년 동안의 생활에 집중된다.

서울에 갓 올라와 얼떨떨하던 봄, 김지영은 매력적인 친구 이진주를 만난다. 아이러니와 기지를 아는 진주의 존재는, 갓 스물이 된 미숙한 청춘들 속에서 군계일학 격이다. 서울 시내 중하위권 대학의 입학생으로, 시험 때의 실수 때문에 이 대학을 올 수밖에 없었다고 변명하는 사람들 속에서, 자기는 간신히 문 닫고 들어왔다고 말할 수 있는 인물이 이진주이다. 타인의 특성을 영리하게 간취하고 세련되게 표현할 줄 아는, 이를테면 "넌 말할 때 도치법을 자주 써"(90쪽)라든지 마음에 드는 선배에게

"와아, 어쩜 인중이 그렇게 깊고 또렷해요? 꼭 시냇물 같아요"(94쪽)라고 말할 수 있는 인물이기도 하다. 지영은 진주의 그런 능력을 "상대방을 특별하게 만들어주는 능력"이라고 썼다. 멋진 친구 이진주가 발하는 빛을 따라 김지영은 학교의 동아리에 가입하게 되고, 거기에서 새로운 책과 사랑과 실연의 순간들을 만나게 된다. 매력적인 남자 선배를 좇아가다보면 어느덧 그와 함께 민중가요를 열창하고 있는 자신의 모습을 발견하게 되고, 또 동료들과 함께 가는 길에서는 급박한 사회문제 같은, 재개발 철거민들의 싸움의 현장과 그 싸움에 결합한 젊은이들이 내뿜는 강렬한 포스의 장들과 조우하게 된다. 헤어졌던 첫사랑을 다시 만나게 되는 것도 강제 철거반 용역들과 거기에 저항하는 철거민들의 싸움이 벌어지는 현장 속에서이다.

열정과 환멸이 뒤엉킨 이런 시간들 속에서 김지영은 오영대와 마찬가지 상황에 직면하게 된다. 스무 살의 청춘들에게 문제는 언제나 실연이다. 사실은 거절당한 것이 아닌데도 거절당했다고 느끼는 것, 설사 거절당했다 하더라도 그것은 대체 가능한 대상들의 통시적인 연쇄로 나아가기 위한 조건일 뿐인데 그것을 절대적 형태의 자괴감으로 받아들이는 것, 우연을 제멋대로 운명으로 치환해버리는 것 등이 그 뒤에 버티고 있는 시나리오들이다. 무엇보다도 스무 살 시절의 실연이란 사랑과 결혼의 시간적 불일치에서 생겨나는 필연적인 결과들이기 쉽다. 아직 결혼할 때가 되지 않았으니 서로 차고 차이는 것은 당연한 것이다. 실연당했다고 느낀 김지영은 기약 없는 사람을 기다리는 자신을 한심해한다. 서점 주인 아버지는 어린 딸에게 일찍부터 위인전을 골라주었다. 이십대에 위대한 업적을 이룬 사람들의 삶을 읽었던 서점집 딸은 자기도 위대한 인물이 될 줄 알았다. 그런데 서울의 자취방에 혼자 앉아 소식 없는 남자에 목매고 있는 자신을 본다. 이런 경우라면 어디선가 들려오는 목소리를 듣지 않을 수 없다. 너는 지금 무엇을 하고 있느냐. 다음과 같은 김지영의 말은 그 질문에 대한 대답이다. 이십대에 업적을 이룬 위인들의 행적을 나열한 후 그는 이렇게 말한다.

스무 살이란 그런 나이였다. 그들과 똑같은 스무 살 시절을 살면서 나는 뭔가를 이루기는커녕 이루겠다는 의지조차 없었다. 기껏 어린 시절의 친구였던 남자애를 짝사랑하는 일에나 매달려 있었다.(167쪽)

스무 살 김지영의 문제는 오영대와 마찬가지로 연애감정 때문에 생긴 혼란이 아니라 자기비하에 빠져 있다는 사실이다. 물론 이 이야기의 기록자인 서른 살의 김지영은 다르다. 그는 이미 스무 살의 설익은 열정을 통과해온 사람이다. 자신의 과거를 있는 그대로 사랑할 수 있는 준비가 되어 있는 성숙함의 소유자이다. 그래서 자기 기록의 첫 문장을 "나는 평범한 사람이다"라고 시작할 수 있었다. 그뿐 아니라 세상 사람 모두 다 사실은 평범한 존재라고 생각하고 있다. 너는 지금 무엇을 하고 있느냐는 목소리가 들려올 때는 어떻게 해야 하는가. 아마도 서른 살의 김지영이라면 알고 있을 것이다. 그 목소리의 주인이 누구이건 간에 당황하면 지는 것이고, 패배 뒤에 밀려오는 부끄러움과 모멸감을 받아들일 수밖에 없게 된다. 그것을 원치 않는다면, 목소리가 들려온 곳으로 고개를 돌리고 그 목소리의 중심을 정확하게 응시해야 한다. 설사 눈이 나빠 아무것도 보지 못한다 하더라도, 혹은 너무 눈이 좋아 못 볼 것을 본다 하더라도, 일단은 그렇게 응시하는 침착한 자세만으로도 충분할 것이다.

스무 살의 김지영에게도 회심의 순간은 찾아온다. 3학년을 끝으로 휴학에 들어간다. 사랑도 친구도 잃었다. 가야 할 길이 보이지도 않는데 학비 조달까지 힘들어졌다. 휴학계를 제출하려는 김지영에게 늙은 교수가 물었다. 무엇을 할 생각이냐. 당연히 돈을 벌겠다는 말이 나와야 할 참이었지만 난데없는 말이 튀어나온다. 글을 써보려고 합니다. 교수는 무슨 글이냐, 소설이냐고 물었고, 김지영은 그렇다고 대답했다. 말이 저 스스로 그렇게 튀어나온 것이었고, 제 속에서 솟구쳐나온 그런 말의 모습에 김지영은 놀라지 않을 수 없었다. 그래서 결국 김지영은 소설을 쓰게 되었는 가. 김지영의 일곱 권의 노트가 그 대답이겠으나, 중요한 것은 김지영이 자기만의 삶의 통로를 발견했다는 것이다. 물론 그것은 이미 예비된 것이 기도 했다. 자신이 소설을 쓰고 싶어한다는 것을 깨닫기 전에 이미 김지영은 일기를 쓰는 사람이었다.

내가 원하는 것이 무엇인지는 여전히 알 수 없었다. 하지만 일기를 쓰는 동안만큼은 단지 내가 무엇을 원하는지 모른다는 이유 때문에 괴로워하지 않아도 좋았다. 나는 일기 쓰기에 더욱 몰두했다. 그렇게 내 20대는 천천히 흘러갔다. 내가 좋아하지만 나를 좋아해주지 않는 사람에 대한 갈망과 함께, 아직 내 것인지 아닌지도 모를 형체 없는 꿈과 함께.(171쪽)

스무 살의 김지영을 괴롭히는 것은 꿈이라는 단어의 빈자리이다. 기대와 실제가 어긋나는 삶 속에서 내가 정말 원하는 것이 무엇인지를 묻게 되는 것, 그것이 괴로움의 원천이다. 오영대가 김지영의 글을 읽으며 위로를 받았던 것도 그 때문일 것이다. 그들은 모두 같은 처지에 놓여 있다. 김지영은 글을 쓰고 있을 때면 그 괴로움으로부터 벗어날 수 있다고 했다. 이미 꿈속에 들어가 꿈을 작동시키고 있었으므로 꿈에 대해 묻거나 생각할 필요가 없었던 때문이겠다.

글을 쓰면서 김지영은 성숙해간다. 실연의 아픔은 새로운 사랑의 자장 속에 감싸임으로써 치유되는 것임을, 또 매력적이고 능력 있는 친구야말로 가장 좋은 스승이면서 동시에 가장 무서운 적이었음을 알게 된다. 치명적인 배신감은 언제나 가장 가까운 존재에 의해 촉발되고, 잘난 사람들은 자신의 의도와는 무관하게 그 존재만으로도 옆에 있는 사람에게는 상처가 된다는 것. 의도적인 것은 아니었으되 결과적으로 배반당한 우정이 있는 곳에는 복수의 에너지가 자라나고, 열등감으로 인한 옹졸한 복수가 가장 크게 상처 입히는 사람은 복수하는 사람 자신이라는 깨달음들이 김지영의 기록 속에서 표현되고 있다.

물론 이런 깨달음과 그로부터 발원하는 지혜는 어떤 바이블에도 기록되기 어려운, 말 그대로 매우 세속적이고 사소한 삶의 세목들에나 해당되는 것이다. 하지만 청년의 성숙은 바로 그런 체험의 절실함 속에서, 인류를 빛으로 인도할 위대한 지혜나 자진한 대속의 성스러운 피를 대가로 해서가 아니라, 제 자신의 영혼의 피를 흘리며 획득하게 되는 사소한 체험들 속에서 이루어지는 것임을 이제 서른이 된 김지영은 알고 있는 것이다. 그런 김지영이라면, 너는 지금 무엇을 하고 있느냐는 목소리를 향해 씽긋 웃어줄 수 있을지도 모르겠다.

오영대가 김지영의 기록을 통해 받았던 위로의 근원도 짐작해볼 수 있다. 오영대가 그 기록을 계기로 새삼 자신의 새로운 꿈을 찾았거나 한 것은 아닐 것이다. 꿈 없는 삶의 괴로움이 혼자만의 고역은 아니라는 것, 좀더 나아가면 자기 세대만의 고역도 아니라는 것, 어쩌면 누구에게나 한번쯤은 찾아오기 마련인 계기로서 우리 모두의 존재조건임을 희미하게나마 알게 되었기 때문은 아니었을까. 그런 각성의 경험을 경과한 이후라면 우리는 우리를 심문하는 목소리로부터 조금 더 자유로울 수 있을 것이다. 우리 마음의 근육도 좀더 유연해질 수 있을 것이다.

3. 그래서, 어쩌란 말인가

첫 장편소설 『여덟 번째 방』을 낸 김미월의 서사세계에 대해 세대론적 층위의 논의 두 개를 덧붙여두자.

첫째, 김미월이 보여준 성장서사의 세대적 특수성을 지적해야 하겠다. 이 점은 아마도 30년 전에 나온 소설 한 편과의 대조를 통해 좀더 분명해질 듯싶다. 1980년에 발표되고 그 이듬해 책으로 나온 김원우의 중편 「무기질 청년」이 있다. 이 소설은 삼십대의 한 남자가 술집에서 습득한 이십대 청년의 비망록을 읽는다는 설정이다. 『여덟 번째 방』과 유사한 모습으로 공히 액자소설의 형식을 지니고 있다.

『여덟 번째 방』의 기록자는 스스로를 평범한 사람이라 칭했고, 「무기질 청년」의 비망록 기록자는 무기질을 자처했다. 인간도 짐승도 바이러스도 아닌 무기질이라는 것이다. 27세의 대학원생인 무기질 청년은 자신의 별칭이 암시하듯 비판과 야유와 냉소와 계몽의 에너지로 가득 차 있다. 때로는 당대 사회의 풍속에 대해 일침을 가하는 모럴리스트이기도 하고 때로는 제대로 정리되지 못한 한국 현대사, 약삭빠른 속물들이 출세하는 현실에 대해 비분강개하는 지사의 모습을 지니고 있기도 하다. 그런 모습 자체가 1980년을 전후한 한국사회가 지니고 있는 허술함의 반영일 것이다. 물론 이런 허술함이 한 개인에게는 모험과 도약의 발판이기도 하다.

서른 살 차이가 나는 김원우와 김미월을 나란히 놓고 보면 액자와 그림 사이의 대조적인 양상이 흥미롭다. 김원우의 경우는 35세의 직장인이 27세 대학원생의 기록을 읽고, 김미월의 경우는 25세의 대학생이 30세의 기록을 읽는다. 「무기질 청년」은 패기만만하고 세상 돌아가는 일에 대해 할 말이 많은 청년의 언설을, 어느덧 기성이 된 선배가 논평하고 재비판하면서 취사선택하는 모양새이다. 『여덟 번째 방』은 그와는 반대이다. 비슷한 길을 먼저 간 선배의 이야기를 후배가 다소곳한 모습으로 듣고 있는 형국이다. 이 둘의 차이는 내려다보는 것과 올려다보는 것의 차이라고 해도 좋겠다.

「무기질 청년」의 세계는 허술한 만큼 청년의 영혼을 위한 공간도 풍부하다. 그래서 청년은 그 세계 속에서 활발할 수 있고 더러는 귀여운 방약무인의 단계에까지 나아갈 수도 있다. 그런 모습을 기특하게 지켜보는 것이 김원우의 소설의 중심 시선이다. 하지만 『여덟 번째 방』의 세계는 조밀하고 빈틈없어 숨이 막힌다. 청년기 삶 자체의 활기가 간신히 숨통을 유지하고 있을 뿐이어서, 액자의 주인공도 그림의 주인공도 점차 골방의 외톨이가 되어간다. 비정규직을 전전하는 그들이 거대한 기계의 일회용 부속이 아니라 저마다 특별한 존재일 수 있는 가능성은 없는가. 김지영의 기록이 보여주는 자신의 평범성에 대한 자각이 그런 계기이겠으나, 이것이 실현되기 위해서는 기록의 발견자 오영대를 기다려야 한다. 오영대가 김지영의 기록을 읽는 순간 김지영은 비로소 특별한 존재일 수 있게 된다. 매우 희미한 형태로 자리잡고 있는 고독한 외톨이들의 유대, 골방과 골방 사이의 원거리 대화를 통해 그들은 비로소 세계의 일원이 된다.

그럼에도 그들 앞의 세계의 근본 모습이 달라지는 것은 아니다. 김원우의 주인공 앞에 있는 세상은 활짝 열린 개활지 같은 곳이지만, 김미월의 주인공 앞에 있는 세상은 정체를 알 수 없는 동굴과도 같은 곳이다. 그림을 향한 액자의 시선이 보여주는 두 작가의 차이는 그래서 단순한 우연만은 아닐 것이다. 김원우의 시선 속에서 세계는 너무나 투명하여 심지어는 지루하기까지 한 곳이지만, 김미월의 세계는 인물들로 하여금 그저 앞 사람의 등판을 바라보며 걷게 하는 동굴이고 정글이다. 그 같은 모습은 세계체제의 단일대오로 빈틈없이 짜여버린 목적 잃은 합리적 세계의 표상으로 보아도 좋겠다. 김미월은 그런 풍경을 그림으로써 거대한 세계의 그물 조직 속에 갇혀 있는 사람들의 마음을 포착해내고 있는 셈이다.

둘째, 김미월의 서사세계의 특성들을 통해 우리는 그의 세대적 감성의 존재조건에 대해 접근해볼 수 있다. 김미월은 2004년에 등단하여 2007년에 첫 소설집 『서울 동굴 가이드』를 냈다. 장편소설 『여덟 번째 방』까지 이제 두 권의 책을 낸 셈인데, 이들 사이에서도 변화가 감지된다. 먼저 그의 소설들이 보여주었던 특성들에 대해 살펴보자.

『서울 동굴 가이드』 소재 단편들이 보여주는 김미월의 세계는 매우 정교하다. 복수의 시간대와 다양한 화소들이 적절한 구도로 배치되어 그들 사이의 울림을 만들어낸다. 단편 「너클」의 예를 보자. 주인공은 피시방에서 일하며 롤플레잉 게임에 빠져 있는 젊은 여성이다. 이 여성을 중심으로 다양한 화소들이 조직적으로 배열되어 있다. 실제 삶과 게임 속의 삶, 피시방에서의 생활과 일그러져 있는 가정, 과거와 현재 사이에서 역전되어버린 손녀와 할머니의 관계 등이 대칭적으로 구성되어 있고 그리고 그 복판에 무기이면서 동시에 허깨비인 가짜 보석이 핵심적인 상징으로 자리잡고 있다.

가짜 보석의 상징성에 대해 좀더 기술할 필요가 있겠다. 피시방의 손님 중 늘 십대의 어린 여성들을 동반하는 역겨운 남성 '백사장'이 있다. 그는 어린 여성들에게 루비나 사파이어 같은 고가의 보석을 선물하곤 한다. 어린 여성들은 진짜로 알고 혹하지만 물론 정교한 가짜이다. 그런데 주인공의 뒷주머니에도 가짜 보석이 있다. 너클에 박혀 있는 보석이다. 너클은 주먹의 강도를 높이기 위해 장갑처럼 정권에 장착하는 불법 무기이다. 그 너클파트에 박혀 있는 인조 보석은 단순한 장식이 아니라 파괴력을 배가하기 위함이다. 호신을 위해 뒷주머니에 넣고 다니는 너클을, 백사장의 소녀에게 건네주고 싶어하는 주인공의 마음으로 소설은 끝나거니와, 그 너클의 보석처럼 가짜이면서 진짜인 세계, 그것은 아이템을 사기 위해 현실의 화폐를 지불해야 하는 롤플레잉 게임의 세계이기도 하다. 인공의 세계이지만 그것이 발휘하는 효과는 어떤 현실보다 직접적이라는 점에서 그렇다.

그런데 이런 성격의 세계가 게임에만 국한되는 것인가. 화폐라는 인공의 신을 정점으로 구조화되어 있는 세계, 디지털화된 수치의 조작만으로 재화가 이동하고 부가 생산되는 세계, 곧 우리의 현실세계 자체가 이미 그런 것이 아닌가. 요컨대 소설 속에서 너클과 가짜 보석은 그 자체로 독립한 화소이면서 현재의 특수성과 좀더 큰 세계 상태를 보여주는 상징으로 작동하고 있는 것이다.

김미월의 단편들은 대개 이런 방식으로 구조화되곤 한다. 정교하고 다충적이다. 그런데 그의 단편들이 보여주는 또하나의 특성은 과거의 운명적 상처가 목소리를 높이곤 한다는 점이다. 그것은 육친이나 친구의 죽음 등으로 인한 것인데, 그것을 운명적이라 표현하는 것은 자기의 의지와는 무관하게 만들어진 것이기 때문이다. 다시 「너클」의 예를 보자. 노환으로 자리보전을 하고 있는 주인공의 할머니가 있다. 그 할머니는 어릴 적부터 어린 손녀를 핍박했고 그것이 상처가 되었다. 주인공은 십대 미혼모의 딸로 태어났고 어려서 엄마를 잃었다. 그런 주인공에게 할머니는 몽둥이찜질과 함께 욕을 하곤 했다. "뒈질 년! 지 에미 잡아먹은 년! 빌어처먹을 녀언!"[2] 그 할머니가 이제는 절대적 무기력자로 누워 있다. 자신의 소행이나 의지와는 무관하게 만들어진 상처들이 주인공의 현재의 마음속에서 말을 한다. 부차적인 경우도 있지만 그 상처가 소설 자체의 핵심적인 동기인 경우가 대부분이다. 『서울 동굴 가이드』에 실려 있는 아홉 편의 단편 중 최소 일곱 편이 이런 구성을 지니고 있다. 과거와 현재가 대화를 하는 방식은 소설의 기본적인 요소이지만, 과거의 운명적인 상처가 다양한 형태의 화소로 반복 출현한다는 것은 그 자체만으로도 유의미한 요소이겠다.

 물론 이런 양상은 김미월 특유의 작법의 수준에 존재하는 것일 수도 있다. 그러나 김미월의 소설집에 등장하는 많은 골방족과 외톨이 들을 보자. 그들이 공통적으로 느끼고 있는 것은 세계에 대한 무력감이다. 자신의 의지와는 무관하게 그들은 이미 상처 입는 존재들이 되어 있다. 그것이 그들의 존재조건이다. 상처를 극복하려 애를 쓰는 젊은이들이 있고, 더러는 「골방」에서처럼 저항선을 넘어서버린 현실의 압박에 괴물이 되어버리기도 한다. 그러니 그것을 단지 김미월만의 것이라고 할 수 있을까.

---

2) 김미월, 『서울 동굴 가이드』, 문학과지성사, 2007, 14쪽.

어쩌면 그것은 2000년대의 첫 10년을 경과하며 좀더 뚜렷하게 모습을 드러내고 있는, 그의 세대가 지니고 있는 정서의 존재조건이라 해야 하지 않을까. 신자유주의적 경향이라 해도 좋고 양극화사회라 해도 좋다. 세상은 점차 괴물이 되어가는데 그 앞에서 대책 없이 팽개쳐져 있는 젊은이들의 정서, 가벼워 보이지만 압도적인 그 무력감을 김미월의 단편들이 끌어안고 있다고 해야 하지 않을까.

김미월은 그런 세계 속에도 존재할 수 있는 유대감들을 매우 희미한 모습으로라도 그려내곤 했다. 이미 보았듯이, 장편소설 『여덟 번째 방』에서는 이런 유대의 감정선이 훨씬 더 굵어져 있다. 그리고 운명적 상처는 아직도 여전하지만 주변 인물(김지영의 첫사랑이 무당의 아들이었다)의 것으로 부차화되어 있다. 성장소설이라는 틀이 작용한 때문이라거나 혹은 글쓰기라는 화소가 개입한 때문이라거나 등의 다양한 이유를 생각해볼 수 있겠다. 그러나 어떻든 분명한 것은 세계에 대한 주체의 무력감이 『서울 동굴 가이드』의 단편들에서처럼 압도적이지만은 않게 되었다는 것이다.

지난 세기말의 외환위기 이후로 2000년대를 경과해오면서, 우리는 새로운 시대가 개시되고 있음을 목격하고 있는 중이다. 1980년대식의 거대한 야만이 종식되었을 때 우리 앞에 놓여 있던 것은 1990년대식의 교활한 야만이었다. 하지만 이제는 야만이 더이상 교활할 필요가 없는 시대, 욕망이 더이상 가면을 뒤집어쓰지 않아도 되는 시대가 도래했다. 합법적 폭력의 싸늘함과 무례한 탐욕의 냉소가 커플룩의 대범함을 연출하고 있다. 그러므로 이 시대의 새로운 감성지도는, 세련된 모습으로 부활하는 거대한 야만에 어떻게 맞서는가, 이 거대한 무력감에 어떻게 대처하는가에 따라 조형될 것이다.

근대세계가 열린 이후로 인간됨의 관건은 언제나 자기 삶의 주인이 될수 있는지의 문제였다. 주체화를 원한다면 세계를 포착 가능한 것으로 만들어야 한다. 점차 처리 불가능한 것으로 다가오고 있는 이 거대한 세계를 서사가 어떻게 수용할 수 있을 것인가. 무시무시한 초자아의 모습으로까지 박두해오는 우리 욕망의 거대한 정언명법에 서사는 또 어떻게 대처할 것인가.

시대에 역행함으로써 너무나 문학적이 되는 고전적 사례들을 젖혀둔다면, 기민하게 시대적 감수성과 접합을 시도하고 혹은 그것을 선도해왔던 사례들을 거론할 수 있을 것이다. 우리는 이미 박민규, 천명관, 김중혁, 박현욱, 정이현 등의 새로운 서사가 출현하는 것을 지켜봐왔다. 이제는 그 뒤를 이어, 난데없이 생겨난 이 거대세계를 압축하고 절단하고, 혹은 아예 외면함으로써 조롱하는 새로운 서사의 흐름을 목도하고 있는 중이다. 최근작들만 예거하더라도, 편혜영의 『재와 빨강』(창비, 2010)이 보여주는 파편화된 알레고리, 이지민의 『청춘극한기』(자음과모음, 2010)가 정밀하게 구현해내는 유쾌한 슬랩스틱 풍자, 김애란의 단편 「물속 골리앗」이 보여주는 미래 리얼리즘의 세계 등이 그 구체적 사례일 것이다. 독특한 방식으로 새로운 세대의 성장서사를 포착해낸 김미월은 이들의 포열 한가운데 선다 해도 부족함이 없어 보인다.

엄격하고 싸늘한 눈으로 우리를 바라보고 있는 우리 시대의 초자아가 있다. 우리에게 질문하고 명령하는 것이 그것의 일이다. 너의 꿈은 무엇이냐, 너는 지금 무엇을 하고 있느냐, 이런 질문들은 그 자체가 힐난이며 요구이기도 하다. 네가 원하는 목표를 분명히 하고 그것을 향해 집중하라는 것이다. 그 잘난 욕망의 정언명법 앞에 이들의 서사를 맞세워놓으면 어떨까. 자기들만의 고유한 방식으로 한마디씩 할 것이다. 그래서, 어쩌란 말인가. 그런 반문의 풍경이 우리 시대 서사의 꿈임에는 두말할 나위가 없겠다. 그럼으로써 우리는 욕망의 실재에 좀더 가까이 다가갈 수 있을 것이다.

4부

'콩가루 집안' 이야기의 건강성
— 박현욱론

1. 박현욱의 경쾌함

한 남자가 한 여자를 만난다. 그리고 사랑에 빠진다. 그것이 그의 삶의 모든 것일 수는 없지만, 그 만남으로 인해 한 사람의 삶이 헝클어지고 마음이 뒤죽박죽된다면, 그리하여 한 개체의 에너지체계에 급격한 물매가 생겨 기운의 새로운 흐름이 생겨나고 마음속에 새로운 세상이 열린다면, 그것이 예사로운 것일 수는 없다.

박현욱은 두번째 장편 『새는』에서 빅토르 위고를 인용하여 말했다. "한 여인이 당신 앞을 지나가면서 빛을 내뿜는 그날, 당신은 넋이 빠져서 사랑을 시작하게 되리라." 넋이 빠져나가는 그 순간은 얼마나 아름다운가. 그 아름다움에 눈이 먼 소년들은 그 순간을 꿈꾸고, 그 종말의 모습을 짐작할 수 있는 노년들은 애잔해한다. 빛나는 순간은 진실하고 아름답지만 결국 그것도 순간에 그치는 것임을, 어떤 빛나는 것들도 그 기억조차도 결국 언젠가는 사위어가게 된다는 것을 모르는 사람은 없다. 그러나 언제나 이런 모든 조건들에도 불구하고 시작되는 것이 사랑의 열정이 아닌가. 장애가 있으면 그 장애로 인해 더욱더 불타오르는 것, 인간의 몸과 마음의 질서 속에서 가장 통제 불가능하고 비합리적인 영역으로 남아 있는 것이 사랑의 속성이다.

소설은 이야기 문학이고 재현의 패러다임에 입각하고 있는 한에 있어 기본적으로 우리 삶의 풍속화라는 성격을 지닐 수밖에 없다. 그러므로 소설 형식에 내재해 있는 근본적인 문제의식은 우리 삶의 본질에 대한 질문이다. 사람은 무엇으로 사는가. 이에 대한 대답은 제각각일 수밖에 없다. 이를테면 프로이트는 이 질문에 대해 에로스와 아난케라고 답했다. 그는 정신분석학이라는 새로운 시선을 통해 무의식이라는 미지의 실체에 접근하고자 했거니와, 이러한 접근을 통해 그가 통찰해낸 인간학에서 가장 바탕에 놓여 있는 두 개의 힘이 에로스와 아난케, 곧 사랑과 굶주림이었다. 굶주림은 사람을 노역과 전쟁의 장으로 끌어내고, 사랑은 사람을 침실로 끌어들인다. 그래서 이 둘은 우리 삶을 구성하는 또다른 표현의 이항대립으로 쉽게 연결될 수 있다. 공적 정치와 사적 감정이라든지 사회와 개인, 국가와 가족의 대립 등이 그것이며, 독일 관념론식으로 말하자면 필연과 자유라는 두 왕국의 대립으로 표현될 수도 있다. 살 만한 세상을 만드는 일이 한편에 있다면, 한 개인의 숨겨진 진실을 추구하는 것이 다른 한편에 있는 셈이다.

박현욱이 써낸 세 편의 장편[1]은, 전체적으로 보아 경쾌하고 깔끔한 연애담으로 읽힌다. 사랑에 대해 이야기하는 것은 작가로서는 쉽지 않은 일

---

1) 박현욱은 특이하게도 등단 이후 지금껏 장편만 세 편을 펴냈다. 그는 2001년 장편 『동정 없는 세상』으로 '문학동네작가상'을 받으며 등단했고, 그 뒤로도 두 편의 장편 『새는』(2003)과 『아내가 결혼했다』(2006)를 발표했다. 단편 쓰기에 많은 역량이 투입되고 있는 것이 우리 문단의 현실이고 보면, 이는 조금은 특이한 모습이 아닐 수 없다. 요컨대 그는 우리 문단의 주류권으로부터 약간 비켜서 있었던 셈인데, 그의 세번째 장편 『아내가 결혼했다』가 고액의 현상금이 걸린 '세계문학상'의 수상작이 됨으로써 특별한 각광을 받기도 했지만, 상대적으로 비평적 조망도 적었던 것으로 보인다. 이 글에서 다룰 판본은, 『동정 없는 세상』(문학동네, 2001), 『새는』(문학동네, 2003), 『아내가 결혼했다』(문이당, 2006)이다. 앞으로 이에 대한 인용은 본문에 쪽수만 밝힌다.

이다. 사랑에 관한 한, 작가가 아니라도 누구든 한마디씩 할 이야기가 있기 때문에, 이야기하는 것은 어렵지 않지만 들을 만한 이야기를 하기는 쉽지 않은 것이다. 게다가 사랑이라는 정서적 기제 자체가 감정의 불균형성과 비대칭성으로부터 작동되는 것이기에, 사랑에 대한 이야기가 균형 잡힌 서사가 되기 위해서는 도처에 도사리고 있는 함정과 늪을 피해가야 한다. 또 사랑의 핵심에는 섹슈얼리티라는 반합리성의 핵심이 자리잡고 있으며, 사회적으로 관습화된 리비도 경제가 그것을 통제하고 배분하는 법칙으로 존재하고 있다. 사랑의 서사가 이에 대해 어떻게, 어떤 수위로 대처해야 하는지도 쉽지 않은 문제다.

그래서 사랑에 대한 이야기는 왕왕 그 반대편에 있는 필연의 왕국의 힘을 필요로 한다. 그것은 현실 정치적 문제이거나 사회적 윤리의 차원일 수도 있고 보편적 삶의 운명에 관한 문제의식일 수도 있다. 모험적인 작가라면 심연을 향해 단도직입할 수도 있겠지만, 박현욱은 모험적이기보다는, 독자들과 함께 보조를 맞추고자 하는 영리한 작가 쪽에 속한다. 그는 정교한 서사적 공법을 통해 사랑의 서사들을 풍속적 재료로 동원하고, 그것을 성장이나 윤리적 환상 같은 또다른 차원의 서사로 견인해낸다. 그가 만들어낸 서사의 걸음은 사뿐사뿐 가볍고 경쾌해 보인다. 물론 쉽게 읽히는 것과 쉽게 씌어지는 것은 전혀 다른 차원의 것이다. 그리고 대개, 쉽게 읽히는 글이 고심 끝에 어렵게 씌어진 글이기 쉬운 법이다. 더욱이 박현욱의 서사세계가 보여주는 저 경쾌함이 지니는 의미는 간단치 않아 보인다. 그 내력에 대해 살펴보자.

2. 비약 없는 비약의 서사

박현욱의 소설에서 돋보이는 것은 이야기 전체를 이끌어가는 호흡의 경쾌함이거니와, 이 경우 경쾌함이란 독자들을 끌어가는 서사적 설득력을 뜻하는 것이기도 하다. 『아내가 결혼했다』의 경우를 예시해보자. 제목

그대로 한 남자의 합법적이고 실질적인, 명실상부한 아내가 또 한번 결혼식을 해서 또 한 명의 남편을 얻는 이야기다. 그래서 두 남편과 한 아내의 가정이 만들어지고 그들은 아이까지 함께 기르는 진짜 가족이 된다. 아무리 세기가 바뀌었다고 한들, 이게 현재의 한국사회에서 가능한 이야기인가. 어떻게 이야기를 한다고 해도 이것은 억지거나 환상일 수밖에 없다. 그런데 박현욱은 이런 억지를 말이 되는 이야기로 만들어내고, 나아가 이런 억지스러운 이야기를 통해 이미 실질적으로는 역전되어버린 양성 간 역학의 실상을 보여준다.

한 남자가 한 여자를 사랑하게 되었다. 인아라는 이름의 여자는 일견 평범해 보이지만 알면 알수록 매력적이고 당차기 이를 데 없는 여자였다. 덕호라는 이름의 착해빠진 남자는 자기보다 세 살 아래인 인아와 연애 비슷한 것을 하게 되지만, 도무지 이 여자는 자기를 섹스 파트너로만 여길 뿐 결혼 상대로는 생각하지 않는다. 덕호는 자기가 남자니까 손해볼 것 없다는 생각을 하면서도 아쉽고 불편한 마음이다. 여자만이 아니라 남자도 자기를 부분 대상으로 취급하는 것이 좋을 이치가 없다. 게다가 말이 잘 통하고 축구 이야기까지 같은 수준에서 나눌 수 있는 저 프리섹스주의자 여자의 매력에 점점 빠져들어간다. 이 지경이 되면 이미 칼자루를 쥔 사람이 누군지는 명확해진 셈이다.

착한 남자 덕호는 매력적인 프리섹스주의자 인아를 어떻게 독점할 수 있을까에 대해 고심한다. 낭만적 사랑의 법칙에 따르면 이때 내밀어야 하는 것이 결혼이라는 카드다. 사랑과 성과 결혼은 삼위일체여야 하고, 여기에서 결혼은 사랑의 진정성을 보장해주는 최고의 카드이기 때문이다. 그것이 사랑의 일회성과 절대성에 기초한 낭만적 사랑의 문법이다. 그러나 인아는 결혼 같은 것에는 관심이 없다. 한 남자와의 관계에만 고정되는 것은 자기가 원하는 것이 아니라고, 자기는 현재의 결혼이라는 제도와 어울리는 사람이 아니라고 한다. 결혼을 원한다면 다른 사람을 찾아보라는 것이다. 그러니 그 카드조차 무용지물이다. 거절당한 청혼은 더욱 안타까워지고, 이 비대칭적인 감정의 역학은 매력적인 여자를 향한 착한 남자의 순애보를 더욱 뜨겁게 달궈놓는다.

그건 그럴 수 있다. 시속이 바뀌었으니까. 게다가 여자가 매력적이라니까. 혹시 결혼이라도 하고 나면, 그리고 애가 생기고 나면 여자의 성향이 바뀔 수도 있으니까. 게다가 이런 설정 속에서 여전히 작동되고 있는 것은 욕망의 주체와 대상을 규정하는 기성적인 질서, 곧 욕망의 주체는 남자이고 대상은 여자라는 틀이다. 대상의 디테일만이 바뀌었을 뿐, 낭만적 사랑의 서사가 지니고 있는 기본적인 골격은 여전히 유지되고 있다는 것이다. 그러니 여기까지는 그다지 특별하달 것이 없다. 쿨한 풍속에 맞춰 쿨하게 살아가는 한 여자와 그 여자를 좋아하게 된 한 착한 남자의 이야기일 뿐인 것이다.

그러나 결혼 이후에도 자유롭게 다른 파트너들과 관계를 갖는다든지, 나아가 또 한번 결혼을 하겠다고 나서는 것은 또다른 수준의 이야기다. 덕호는 인아가 내건 모든 조건을 수용함으로써 결혼에 성공했다. 서로의 감정생활이나 애정문제에 관한 사생활에 절대 간섭하지 않는다는 것은 필수적인 전제였다. 그러나 막상 결혼생활 속에서 서로의 사생활을 보장하는 것은 보통 남자 덕호에게는 생각만큼 쉬운 일이 아니었고, 당연하게도 덕호의 결혼생활은 몇 번의 결정적인 위기를 맞는다. 첫번째는 아내 인아가 정말로 또 한번의 결혼을 하겠다고 나선 것. 이것은 결혼 1년 만의 일이었고 아내의 자유로운 사생활을 보장해주던 착한 남자 덕호로서도 견디기 힘든 일이었다. 그래서 덕호는 이혼서류까지 모두 갖추었으나, 결국 인아의 호소에 마음이 흔들려 이혼에 실패한다. 어차피 인아의 자유로운 사생활을 보장했던 터에 실질적으로 크게 달라질 것은 없다는 이유도 있었지만, 가장 중요한 것은 그 자신이 여전히 인아의 남편이기를 원하고 있기 때문이었다. 그러나 서울과 지방을 오가며 두 집 살림을 하는 인아와의 결혼생활이 달가울 수는 없었다. 이젠 착한 남자 덕호가 새로운 결혼을 위해 평범한 보통 여자를 찾게 되고 마침내는 인아와의 이 기묘한 결혼생활에서 탈출할 기회를 잡게 된다. 이때 찾아오는 것이 인아의 임신이다. 그래서 덕호는 또다시 탈출에 실패하고, 한 여자 두 남자라는 기묘한 결혼생활을 지속하게 된다.

박현욱이 만들어놓은 서사는 이런 식으로 진행된다. 서로 말이 잘 통하는 착한 남자와 매력적인 여자가 있었다. 여기에서 출발하여 서로의 사생활을 간섭하지 않는 애인관계로 나아간다. 물론 이것만 해도 남자 쪽의 갈등이 없을 수 없었다. 이런 갈등을 봉합하는 것은 논리적으로 흠잡을 데 없는 인아의 말이다. 술을 좋아하고 섹스를 좋아한다는 인아에게 착한 남자 덕호가 묻는다. "여자가 왜 그렇게 밝혀?" 이에 대해 인아는 당연하다는 듯이 반문한다. 그게 뭐가 잘못된 것이냐. 그리고 덧붙인다. "사랑하지 않는 사람하고도 같이 잘 수 있다고 생각해. 그게 이상해?"(66쪽) 이런 말이라면 매우 솔직하거나 뻔뻔한 남자에게나 어울리는 것이다. 그래서 남자인 덕호는 이에 대해 반박할 수 있는 말이 궁색하다. 기껏해야 그래도 여기는 한국인데 여자가 어떻게 운운하는 옹색한 말뿐이다. 이런 방식으로 덕호는 조금씩 조금씩 인아의 세계로 끌려들어간다. 서로의 사생활을 보장하는 결혼생활로, 다시 이중결혼의 상태로, 나아가서는 두 명의 남편이 한 집에서 생활하는 상태로까지.

두 집 살림이 아니라, 두 남자가 한 집에서 사는 것까지? 그렇다. 그걸 가능케 한 것은 박현욱이 설정해놓은 불가피한 현실적인 상황이다. 애가 태어나 공동육아를 해야 하는 처지에, 덕호가 교통사고를 당해 몸이 불편해지고, 남편2의 도움을 받는 것이 합리적인 방안이 되는 처지에 이르는 것. 게다가 그 이후 아내가 미국에 있는 친정에 다니러 한국을 비운 사이에는 남편1과 남편2는 같이 술을 마시는 관계가 된다. 그렇게까지? 그 사정을 작가 박현욱은 착한 남자 덕호의 시선을 빌려 이렇게 표현했다.

아내가 없는 집에 놈이 자꾸 오는 이유를 나는 알고 있다. 놈은 갈 데가 없는 것이다. 그걸 어떻게 아느냐고? 나 역시 마찬가지니까. 이런 빌어먹을 콩가루 가족에 대해 이야기를 나눌 수 있는 사람은 대한민국 천지에 아무도 없다. 내 주변의 모든 사람들은 내가 평범한 가정을 꾸려서 무난하게 사는 줄로만 안다. 아내에게 또다른 남편이 있으며 아이에게 또다른 아빠가 있다는 말을 대체 누구에게 할 수 있겠는가. 남들에게 말하기는커녕 남들이 알까봐 두렵기만 하다.(310~311쪽)

당초에 남편1인 덕호는 남편2의 존재를 못 견뎌했고, 마지못해 아내의 두번째 결혼에 동의는 하면서도 결코 남편2의 존재를 받아들이려 하지 않았던 터였다. 그런 그가 남편2를 받아들이는 모습을 박현욱은 이와 같이 표현했다. 그가 비상식적인 정황 속으로 독자들을 끌어들이는 방식은 이런 식이다. 결론은 엉뚱한 비약이 아닐 수 없으되 그 과정은 그야말로 한 걸음 한 걸음이다. 가랑비에 옷 젖는 줄 모르는 셈으로 그저 조금씩 끌려들어갔을 뿐인데, 어느덧 우리는 이상한 나라에 와 있는 것이다.

이런 양상은, 편차는 다르지만 고등학생들의 성장을 다룬 두 장편 『동정 없는 세상』과 『새는』의 경우도 마찬가지다. 『동정 없는 세상』에서는 수능시험을 마친 남자 고교생의 동정 떼기가 이야기의 초점이 된다. 잘생긴 얼굴 빼고는 평범하기만 한 남학생 준호는 똑똑한 여자친구 서영에게 동정을 떼자고 조른다. 대뜸 "한번 하자"고 말을 꺼내는 남자아이도 범상치는 않지만, 그의 집요한 요구를 거절하다가 결국 응하고 마는 현명하고 똑똑한 여자아이의 마음은 어떤 것일까. 그 자신 역시 "호기심이 없는 것도 아니고 욕구가 없는 것도 아닌데 마냥 수세에 몰려 있어야 한다는 상황"(134쪽)이 싫었다는 것이 그 대답이다. 아마도 이런 정도가 정답이 아닐까 싶다.

또 1980년대 고등학생들의 이야기를 다룬 『새는』에서는 공부도 못하고 존재감도 없던 남학생 은호의 놀라운 변신이 펼쳐진다. 고등학교 1학년 때 만나게 된 눈부신 여자 동급생 때문이다. 여학생의 눈에 들기 위해, 기타를 배우고 문예반에 들어가고 마침내는 대입 공부에 몰두하게 되는 과정이 3년에 걸쳐 펼쳐진다. 결과적으로 보자면 인간 승리의 드라마라 할 만한 것이지만, 신문 배달을 해서 돈을 마련해 기타를 배우고 그래서 자신감을 얻고, 또 좋은 친구의 도움으로 문예반 활동에 필요한 책 읽기에 눈을 뜨고 마침내는 학과 공부에서의 발전에까지 이르는 3년의 과정에는 비약이라 할 만한 것이 없어 보인다.

이렇듯 작가 박현욱은, 『동정 없는 세상』의 주인공이 그랬듯이 한 번의 비약을 꿈꾸지 않고 조금씩이지만 집요하게, 자신이 마련해둔 서사의 종결점을 향해 독자들을 끌어나간다. 그가 유연하게 구사하는 유머와 적절한 인용, 기지 있는 문장과 정서적 애틋함 등의 기제들도 이런 템포를 유지하는 데 중요한 힘이 된다.

그러나 박현욱의 소설에 호감을 갖게 하는 데 좀더 크게 기여하는 것은, 비약을 비약이 아닌 것으로 만드는 이런 솜씨에만 그치는 것이 아니라, 그가 그런 비약의 서사를 통해 보여주고 있는 메시지의 건강성이 아닐까 싶다. 이 경우 건강성이라 함은 제도 안의 건강성이 아니라, 현실적 제도가 지닌 실정성의 내부를 뒤집어 보여주는 시선의 건강성이라 할 수 있을 듯싶다. 이를테면 『아내가 결혼했다』의 서사는 단순히 파괴되어가는 낭만적 사랑의 문법, 즉 몰락의 위기에 처한 모노가미라는 제도의 모습만을 보여주는 것은 아니다. 이런 경우라면 '헤프면서도' 당당한 여자나 '헤프기' 때문에 당당할 수 있는 여자를 보여주는 것으로 족할 것이다. 그러나 박현욱은 여기에서 한발 더 나아가, 욕망의 대상이 아니라 욕망의 주체인 여성의 모습, 그러면서도 결코 호락호락 파멸에 이르지 않고 새로운 제도를 만들어내는 힘을 지닌 여성 주체의 모습을 보여준다. 남성적인 시선에서 만들어진 이른바 '헤프다'는 개념 자체를 해체하여 섹슈얼리티의 개념을 재규정해버리는 것이다. 그럼으로써 그는 현실의 제도에 대해 파괴적으로 작동하는 힘이 아니라 새로운 생성을 향해 나아가는 긍정적인 힘을 보여주고 있는 것이다.

이것은 단순히 낭만적 사랑의 틀을 파괴함으로써 가능한 것이 아니라, 오히려 그 논리를 극단화시킴으로써 가능케 된다. 낭만적 사랑이란, 그 이전에는 결혼을 통한 가족의 재생산에 비해 하위가치였던 사랑이 지고의 가치가 됨으로써 성과 결혼을 정복해버린 결과의 소산이다. 그럼으로써 낭만적 사랑의 문법에서 사랑은 그 자신을 정점으로 하여 결혼과 성이 대등하게 자리잡는 삼위일체의 모습일 수 있지만, 이 논리를 극단화시키면 어떻게 되는가. 삼위일체의 중심은 사랑이기 때문에, 사랑이 절대화되면 결혼과 성은 그에 예속될 수밖에 없다. 사랑한다는데, 그리고 그 사랑이 진실이라는데 무엇이 불가능할 것인가. 그것이 설령 일부다처제가 아니라 일처다부제나 동성혼이나 또다른 형태의 복혼이라 한들 이를 어떤 논리로 제어할 수 있을 것인가.

물론 이런 것이 현실적으로 가능하거나 유의미한 것인지에 대해서는 이론의 여지가 있을 수 있다. 그리고 『아내가 결혼했다』의 서사적 결말은 현재의 한국 현실에 비추어보면 현실보다는 환상에 가깝고, 또 그 환상적인 결말은 인아라는 슈퍼우먼급의 여성이 있음으로써 가능했다고 해야 하겠다. 이런 점은 그의 다른 두 장편에서도 유사하거니와, 그러나 이에 대해 힐난하는 것은 그다지 적절치 않아 보인다. 박현욱의 서사가 포착해내는 인물들은 무엇보다도 자기 욕망에 정직한 사람들이다. 그 인물들과 그들을 도와주는 현명하거나 착한 사람들이 어우러지면서 만들어낸 것이 그의 서사이고 보면, 설령 그것이 현실보다 환상에 가깝다 한들 무슨 상관이겠는가. 중요한 것은 환상이냐 현실이냐가 아니라, 환상이든 현실이든 간에 서사 내부의 설득력이다. 게다가 박현욱의 환상이 만들어내는 긍정의 세계는 우리 현실의 부정적인 모습을 뒤집어놓은 결과이다. 그래서 그들의 이야기가 지금 우리 현실의 거울일 수 있다면 그로써 충분하지 않을까.

3. '콩가루 집안' 찬가

박현욱의 서사가 보여주는 경쾌함에는 또다른 사연들이 있어 보인다. 그의 서사에는 우리에게 조금은 낯설면서도 친숙한 몇 개의 서사소가 있다. 그중에서도 두드러져 보이는 것은, 『새는』의 해설에서 김동식이 적절하게 지적해주었듯이[2] 그의 서사가 기본적으로 아버지의 부재를 전제로 하고 있다는 점이다. 이에 관한 한 『동정 없는 세상』이 전형적이다.

주인공 준호의 가정은 어머니와 외삼촌으로 구성되어 있다. 준호가 숙경씨라 부르는 그의 모친은 스무 살에 그를 낳았고, 미장원을 하며 싱글맘으로 그를 키웠다. 그러나 여기에서는 홀어머니와 외아들로 구성된 가족이 지니고 있는 비장함이나 일편단심 아들의 성공을 바라는 모정의 간절함 같은 것은 찾아보기 어렵다. 오히려, 수능시험을 마치고 간신히 그저 그런 대학에 갈 수 있을 정도의 성적을 받은 아들에게, 20년 동안이나 내 곁에 있어주어 고맙다고 말하는 현명한 어머니와 그에 어울리는 아들이 있을 뿐이다. 이 가족의 또다른 일원인 외삼촌도 무려 서울대 법대를 졸업했음에도 독서로 소일하며 무위도식하다 만화방을 차리게 되는 사람이니 이들보다 그리 처지는 인물은 아니다. 게다가 그는 조카 준호에게는 누구보다 훌륭한 조언자 노릇을 한다.

이런 집안에서 자란 청년이라면, 주인공 준호가 어떤 개성일지 대략은 짐작할 수 있지 않을까. 어머니를 숙경씨라 부르고 삼촌을 명호씨라 부르는 자신의 가족을 일컬어 "콩가루 집안"이라고 하면서도 그게 무슨 상관

---

2) 김동식, 「이미지에 대한 몰입, 사춘기의 외디푸스적 위기를 돌파하다」, 『새는』, 281쪽.

이냐고 생각하는 청년이다. 그런 그에게 없는 것은 아버지만이 아니다. 부재하는 아버지에 대한 어떤 환상도 존재하지 않는다. 어릴 적부터 아버지가 누구냐고 묻는 준호에게 어머니나 삼촌으로부터 돌아오는 대답은 그때그때 달랐지만, 결론은 "재벌도 아니고 정치인도 아니야"(36쪽)라는 것이다. 그리고 그 결론에 대해 준호는 어떤 불만도 없다. 오히려 잘생긴 아들에게 대학은 그만두고 연기학원에나 가라고 하는 젊은 싱글맘과, 그에게 넌지시 인문학에 대한 공부를 해보라고 권유하는 현명한 삼촌으로 구성된 '콩가루 집안'에 대해 자부심을 지니고 있는 인물이 주인공 준호다. 그러니 여기에, 성장의 서사에 왕왕 개입하기 마련인 가족 로맨스에 대한 어떤 환상도 존재하지 않는다든지, 더 나아가 아버지의 자리를 정점으로 구성되는 어떤 가부장적 원리도 존재할 수 없음은 당연한 일이다.[3]

박현욱의 서사에서는 이와 같은 방식으로 아버지와 그로 대표되는 남성적 질서의 자리가 지워져버린다. 그 자리에 대신 들어서는 것이 착한 남자와 현명한 여자로 구성되는 커플들이다. 남자들이 착한 것은 그들이 현명한 여자들의 합리적인 조언을 경청할 줄 아는 사람들이라는 점 때문이다. 그런 정도를 빼면 그야말로 평범한, 혹은 보통보다 조금 처지는 인물들이 박현욱의 주인공들이다.

『새는』의 주인공 은호가 그 전형적인 예에 속한다. 그는 반에서 40등 후반대의 성적을 기록하는 처지로, 노래는 모든 사람들을 웃게 만드는 수준의 음치이고, 집안도 가난하고, 무슨 말이라도 들을라치면 얼굴이 발갛게 달아오르는 내성적인 성격의 고등학생이다. 잘하는 것은 없는가. 물

---

3) 이런 사정은 또다른 성장소설인 『새는』의 경우나 『아내가 결혼했다』의 경우도 유사하다. 이 두 소설의 아버지들은 모두 의미 없는 인물이거나 가족들에게 고통을 안겨주고 반감을 사는 인물들이다. 아버지에 대한 느낌이 어떤지를 『아내가 결혼했다』의 주인공 덕호는 이렇게 적절하게 표현했다. "아버지가 말했다. 사내자식은 꿈이 커야 돼. 그래서 나는 작은 꿈을 가지기로 했다. 아버지가 말했다. 법대나 상대를 가라. 그래서 나는 법대나 상대와는 가장 멀어 보이는 철학과로 갔다."(58쪽)

론 신은 공평하다. "이건 자랑이라고 할 수는 없지만, 나는 그냥 가만히 앉아 있는 것만큼은 잘한다. 그래서 수업시간에 떠든다고 혼난 적이 거의 없다."(25쪽) 그러나 그것이 다른 어떤 재능보다 귀한 것임은 그 이후의 이야기를 통해 입증된다. 그의 불행이자 행복은, 수석입학을 하고 얼굴도 예쁜, 학교에서 최고로 돋보이는 여학생을 사랑하게 된 것이다. 그 여자아이를 바라보는 것만으로도 행복하지만, 그것만으로 만족할 수 없어하는 이 남자아이는 여자의 눈에 들기 위한 행진을 시작한다. 방법이 무엇인가. 지금도 크게 다르지는 않지만, 소설의 배경이 되는 1984년부터 1987년까지의 고등학교란 유난히도 성적을 기준으로 서열화된 사회가 아닌가. 최고의 방법은 성적을 올림으로써 구원의 여성에 어울리는 신분을 획득하는 것일 터이다. 그러나 우리의 주인공 은호는 다른 길을 택한다. 학교 축제를 겨냥한 클래식기타 배우기가 그것이다. 마음이 이끄는 대로 선택한 것이므로 그의 집중력은 여기에서 위력을 발휘하고, 학교에서 내로라하는 기타리스트가 된 후 주인공은 깨닫는다. "서열화는 주로 공부에 의해 이루어지지만, 벗어날 수 있는 방법이 전혀 없는 것은 아니다. 아이들은 자신과 다른 무엇이 있다고 여겨지는 사람은 함부로 무시하지 않는다."(126쪽)

이와 같은 모습으로, 착하기만 했던 고교 일년생 은호는 어느덧 주목받는 아이가 되어간다. 그것은 실정적인 질서의 계단을 좇아올라가는 것이 아니라, 그것을 가로지르고 관통함으로써 가능케 된 것이다. 결과적으로 그는 자신이 원했던 사랑을 이루지는 못했지만, 그 과정에서 현명한 조언자이자 삶의 스승 노릇을 해준 진짜 사랑을 만난다. 기타 학원에서 만난 현명한 여학생 현주가 그런 이상적인 인물이다. 그런데 과연 이런 인물이 가능할까. 이에 대한 의문은 『아내가 결혼했다』의 여주인공 인아라는 인물의 현실성에 대한 의문과 유사하다. 인물의 결과적인 현실성보다 더 중요한 것은 서사 내부의 설득력이고, 그 서사를 통해 박현욱이 그려내 보여주는 좀더 큰 그림이다. 현주라는 인물로 인해『새는』의 서사는 평강공주와 바보 온달의 이야기가 되거니와, 이런 서사적 틀은 박현욱의 세 편의 소설의 기본적인 틀을 이룬다. 현명한 여자와 그런 여자에게 설득당하고야 마는 착한 남자라는 틀, 사라져버린 아버지의 자리를 대신하고 나서는 것이 곧 그것이다.

박현욱의 서사를 이끌어나가는 기본적인 논리의 선은 이처럼 지혜롭고 현명한 여성들이 만들어나간다. 아들에게 그 어떤 억압적인 힘도 가하지 않는『동정 없는 세상』의 어머니와, "한번 하자"고 졸라대는 남자친구를 적절하게 제어하면서도 순결주의를 고수하지 않는 지혜로운 여자친구 서영, 그리고 그저 보통 남자일 뿐인 남편을 집요하게 설득하여 새로운 가족 모델을 만드는 데 동참케 하는『아내가 결혼했다』의 여주인공 인아 등이 그런 여성들이다. 이들의 모습을 통해, 감성적인 남성과 논리적인 여성이라는, 우리의 통념과는 다소 어긋나 있는 역할 모델이 자리를 잡게 된다. 남성적인 속성을 지닌 논리는 여성 주체에 의해 구사됨으로써 부드러운 설득력으로 바뀌고, 남성들은 그들의 주도권 속으로 유연하게 이끌려간다.『아내가 결혼했다』는 사회적 모럴을 문제삼는 소설임에도, 거기에 도도한 웅변 같은 것은 존재하지 않는다. 일부일처제가 유일하게 올바른 결혼의 모델이 아님을 조근조근 밝혀가는 설득의 수사학이 지배적이다.

그리고 거기에는 무엇보다도 여성적인 대화의 방식으로서의 수다가 있다.『아내가 결혼했다』의 경우는 축구에 관한 이야기가,『새는』에서는 초창기 한국 프로야구에 대한 이야기가 그 재료가 된다. 전자의 경우엔 남자가 레알 마드리드 팬이고 여자가 FC 바르셀로나 팬이었으며, 후자의 경우엔 남자가 최동원, 여자가 박노준의 팬이었다. 이들이 축구와 야구에 대해 나누는 이야기는 추억담이거나 내레이션의 수사학을 위한 장치거나 혹은 정보 전달의 형식을 띠고 있기도 하지만, 근본적으로는 작가 자신과 주인공들이 독자들과 함께 나누고 싶어하는 수다의 형식으로 보인다. 수다란 무엇인가. 아무짝에도 쓸모없는 대화이다. 그것은 곧 언어의 사교적 기능을 극대화한 언어, 말의 내용이나 형식이 아니라 말을 주고받고 있다는 사실 자체가 중요한 언어이며, 그 자체로 사귐인 언어이다. 『아내가 결혼했다』의 부부가 위기에 처할 때는 서로 대화를 하지 않을 때였고, 또 남편1과 남편2가 소통하게 되는 것도 축구에 관한 대화를 통해서였다. 이처럼 웅변을 대체하는 수다의 양식은 박현욱의 소설에서 핵심적이다.

이와 같이 다양한 방식으로 현출되는 박현욱 서사의 여성적 성격은 『아내가 결혼했다』의 전도된 성격을 보여주는 남녀 주인공들의 결혼생활에서 가장 현저하게 드러난다. 서사의 설정 자체가 그렇긴 하지만, 통상의 경우와는 달리 여기에서는 여자가 적극적이고 공격적이며 남자가 소극적이고 수세적이다. 남자가 토라지고 여자가 달래준다. 아마도 다음과 같은 장면이 이런 서사적 양상을 보여주는 가장 상징적인 장면이 아닐까 싶다.

나는 아내를 외면했다. 아내는 방긋 웃으며 내 옆으로 다가왔다.
"근데, 저기, 정말 나도 싫어?"
"이 여자가 왜 이래. 저리 가. 싫어. 그대가 제일 싫어. 나는 지원이만 있으면 돼."
아내의 눈빛이 야릇하게 빛났다.
"이번엔 아들 하나 만들어보자. 이리 와."
"왜 이래. 저리 가."
아내는 내 말에 아랑곳하지 않고 나를 덮쳤다. 내 팔다리는 아직 완전히 낫지 않았다. 나는 부상자다. 뿌리치고 저항하는 데에도 한계가 있을 수밖에 없다.(306쪽)

이런 장면은 가부장적 전통의 역할 모델이라는 견지에서 보자면 있기 어려운 장면이다. 그러나 설사 그런 견지에서 보더라도 어쩌겠는가. 그럴 만한 가치가 있는 여자라는데 할말이 없지 않은가. 그저 절반이라도 함께 하는 것이 아주 헤어지는 것보다는 낫다고 남자 주인공이 주장하는데 별 도리가 없지 않은가. 그리고 그로부터 벗어난 관점에서 보자면, 이런 장 면은 그 자체만으로도 역할 전도의 통쾌함이 있지 않은가.

요컨대 박현욱은 세 편의 소설을 통해 시종일관, 남성들의 삶을 바루어 가는 현명한 여성들의 이야기, 곧 시종일관 '콩가루 집안'에 대한 찬가를 써온 것이 아닌가. 그것은 물론 여성에게 평강공주이기를 바라는 시대의 남성 판타지일 수도 있겠다. 그러나 그런들 또 어쩌겠는가. 『아내가 결혼 했다』의 말미에서 박현욱은 한 영장류 학자의 말을 인용하여 침팬지와 보 노보(피그미 침팬지)라는 두 종류의 영장류를 비교해놓는다. 침팬지는 수 컷 리더가 무리를 지배하고 암컷을 독점하는 사회를 이루고, 보노보는 암 컷 중심의 모계사회로 평등한 집단을 이루고 있다고 한다. 보노보의 사회 에서 섹스는 번식과 쾌락의 수단일 뿐 아니라, 일상적인 애정 표현의 수 단이라는 점도 덧붙여주었다. 사태가 그렇게 단순한 것만은 아닐 수도 있 겠지만, 어떻든 인간의 사촌 격인 두 영장류의 사회, 압제적이고 폭력적 인 침팬지의 부계사회와 평화적인 보노보의 모계사회를 나란히 놓아두는 것만으로도 지금의 우리에겐 시사적일 수 있다.

남편이 둘인 상태에서 아이가 태어났다. 누구 아이냐고 묻는 남편1에 게 『아내가 결혼했다』의 인아는 단호히 내 아이라고 말한다. 보노보의 모 계사회를 '콩가루 집안'이라고 규정할 수 있는 것은 오직 폭력적인 침팬 지의 눈으로 보았을 때뿐이다. 그렇다면 어떨까. 그것이 많은 사람들을 행복하게 할 수 있는 것이라면, 박현욱의 서사에서 흘러나오는 '콩가루 집안'에 대한 찬가는 좀더 높아져도 좋지 않을까.

4. 욕망에 정직한 사람들의 윤리

박현욱의 소설들이 지니고 있는 가볍고 경쾌한 리듬은 기성의 모럴을 뒤집어놓는 이 같은 역설의 힘에서 비롯되는 것으로 보인다. 그리고 그 밑에는 자기 욕망에 대한 정직성이라는 좀더 큰 힘이 버티고 있다. 그것은 박현욱이 만들어낸 전형적인 인물들이 공유하고 있는 미덕이기도 하다. 『동정 없는 세상』이나 『아내가 결혼했다』의 주인공들이 보여주는 다른 사람들에 대한 태도의 솔직성도 기본적으로는 이런 미덕으로부터 말미암는다.

자기가 진정으로 원하는 것이 무엇인가에 대한 응시와, 그 결과에 대한 어떤 자기기만이나 합리화나 환상도 용납하지 않는 태도로부터 욕망에 정직한 사람들이 만들어진다. 물론 욕망의 대상을 획득할 수 있는지의 문제는 별개의 것이다. 라캉의 이론이 보여주었듯이 욕망의 대상이란 신기루와 같은 것이어서 종국적인 충족은 언제나 유예될 수밖에 없는 것이기도 하다. 그러나 설사 욕망의 대상을 획득하지는 못한다 하더라도, 자기 욕망에 대한 정직성은 주체로 하여금 그 대상에 이르는 길을, 그 방향성을 획득케 해준다. 그런 태도의 윤리야말로 삶의 의미에 대한 적실한 대답일 수 있지 않을까. 그리하여 그들이 획득하게 되는, 욕망을 충족시키는 것보다 더욱 중요한 것이 있다면 그것은 자기 자신에 대한 긍정이라는 덕목일 것이다.

박현욱의 서사세계가 농담하듯 가볍게 뒤집어놓은 가족 로맨스의 환상이란 기본적으로 자기기만의 산물이다. 엄숙한 부계 혈통으로 이어지는 거대한 족보의 논리 속에서는 그 어떤 가벼움도 살아남기 어렵다. 그 안에서 기본적인 동력으로 작동하고 있는 것은 훼손된 현재와 위대한 과거라는 신화적 쌍이다. 과거의 신화가 지니고 있는 위대함이라는 틀은 자기 자신을 바라보는 시선을 끝없이 타자의 시선으로 전치시켜 주체를 비장하고 엄숙한 정조로 이끌어간다. 신화나 위대함이라는 개념 자체의 속성이, 내부가 아니라 외부에 존재하는, 즉 자기 자신의 것이 아닌 시선으로 포착된 결과이기 때문이다. 이런 틀 안에 존재하는 한, 삶은 엄숙하고 진지해야 한다. 비판은 원리적이어야 하고 싸움이라면 반드시 정면대결을 해야 한다. '조상의 빛난 얼을 오늘에 되살려'야 한다고 단호한 표정으로 부르짖는 사람들에게 농담을 건네는 것은 위험한 일이다.

박현욱은 아버지의 자리를 슬쩍 지워버림으로써 이런 가족 로맨스의 함정을 피해간다. 그는 아버지의 자리를, '콩가루 집안' 가족들에 대한 우스개와 농담과 여성적인 수다로 채워놓았다. 내 아버지가 어떤 사람이었는지보다 자기가 어떤 아버지가 될 것인가의 문제가 더 중요하다고 생각하는 사람들이 박현욱의 인물들이다. 그들은 솔직하고 건강하다.

그의 등단작 『동정 없는 세상』에서 인상적인 것은, 마침내 동정 폐기에 성공하는 주인공 남녀의 모습이었다. 자칫 저급하거나 경박해질 수도 있는 서사적 설정인데도 지혜롭고 순결한 여고생을 등장시킨다. 게다가, 그 여학생은 남학생의 천연덕스럽고 집요한 요구에 마침내 첫 섹스를 결행한다. 첫번째 시도에서는 실패하고, 두번째는 가까스로 흉내를 내고, 세번째에서야 비로소 성공에 이른다. 이런 서사적 설정을 통해 박현욱은 건전한 이성교제라는 윤리적 키치는 물론이고, 순결하고 현명한 여고생의 처녀성은 지켜져야 한다는 서사적 통념도 어렵지 않게 넘어서버린다. 그들이 경험한 섹스는 포르노테이프 속에 있는 것과는 매우 다른 것이었다. 섹스란 무엇인가. 어른으로서 익혀야 할 새로운 언어이자 조금은 조심스럽게 접근해야 할 특별한 대화의 문법일 뿐 그 이상의 어떤 것도 아니라는 것이 『동정 없는 세상』의 대답이라면, 아마도 그런 정도가 우리 시대의 건강한 상식이 아닐까 싶다.

박현욱의 소설의 바탕에는 이 같은 건강성에 기초한 서사적 균형감각이 자리잡고 있다. 『아내가 결혼했다』와 같은 발상이 서사적으로 가능할 수 있었던 것도 거꾸로 이런 균형감각이 있었기 때문이 아닐까 싶다. 이야기할 대상에 대해 그는 천착하기보다는 펼쳐놓는다. 교정되어야 할 통념이 있다면 정면에서 공격하기보다는 조금씩 설득해들어가는 쪽을 택한다. 그러면서도, 『아내가 결혼했다』의 여주인공이 상징적으로 보여주듯이, 박현욱의 인물들은 자신의 바람을 이루고자 하는 태도에서만큼은 정직하고 비타협적이다. 박현욱의 소설이 지니고 있는 경쾌한 분위기도 근본적으로는 이 같은 유연성과 비타협성의 어우러짐에서, 그 둘 사이의 균형을 잡아내는 작가의 감각에서 기인하는 것이라 해야 할 것이다. 그러니 그런 경쾌함이라면 어떨까. 청산되지 못한 가부장제와 권위주의라는 우리 사회의 밑그림이 쉽게 바닥나지 않을 것이라면, 박현욱의 저 경쾌한 행보는 좀더 지속되어도 좋을 것이다.

명랑한 환상의 비애
― 황정은론

1. 명랑한 환상

황정은의 단편 「모자」의 첫 문장은 이렇다. "세 남매의 아버지는 자주 모자가 되었다." 아버지가 모자가 된다고? 그럴 수 있다. 소설이니까. 사람이 벌레가 되는 소설도 있었는데 모자가 못 될 이유는 없다. 비유일 수도 있고, 환상일 수도 있겠다. 카프카의 예가 있었지만 어쨌거나 이런 첫 문장과 맞닥뜨리고 나면 독자의 입장에서는 당혹스럽지 않을 수 없다. 그렇다고 다른 도리가 있는 것도 아니다. 한번 가보자는 심정으로 작가가 닦아놓은 이야기의 길을 쫓아가는 수밖에. 대체 어떤 사연으로 아버지는 모자가 되는 것일까.

작가 황정은은 그러나 독자들의 이런 반응 같은 것은 별로 상관하지 않는 것처럼 보인다. 조금은 심드렁한 태도로 혹은 천연덕스럽게, 그저 자신의 발걸음을 사뿐사뿐 옮길 뿐이다. 이런 식이다. 아버지는 그전부터 가끔씩 모자가 되곤 했는데 갈수록 그 도가 심해져 이제는 아무 데서나 모자가 되어버린다. 그래서 식구들을 곤란하게 만들곤 했다. 이웃의 항의도 있었다. 아이들이 보는 앞에서 모자가 되어버리면 어떻게 하느냐고. 자식들의 입장에서는 그런 이웃의 태도가 합당해 보이지는 않았지만 그렇다고 무시할 수도 없다. 그래서 자주 이사를 다닌다. 모자가 되어버리곤 하는 아버지 때문에. 아버지에 대한 소문 때문에. 좀 불편한 일이지만 그래도 다른 도리가 없으므로 그냥 그렇게들 산다. 아버지가 혹시 못에 걸려서 모자가 되어버리면 곤란할 것 같아 새 집에 들어서면 벽에 박힌 못들을 빼내기도 하고, 또 차라리 못에 걸려 모자가 되는 것이 냉장고 앞에서 모자가 되어 자식들 발에 밟히는 것보다는 낫다고들 말하기도 하면서.

이런 양상으로 이야기가 흘러가면 아버지가 모자가 된다는 것은 소설 속에서 어느덧 별스러울 것 없는 자명한 전제가 된다. 그때쯤 작가는 아버지가 언제부터 모자가 되기 시작했는지에 대해 식구들의 입을 통해 알려주기 시작한다. 먼저 세 남매가 입을 연다. 사연들은 각각이되 아버지가 더없이 초라해졌던 순간이라는 점에서는 이구동성이다. 첫째는 학교 친구들과 함께 지나가다가 허름한 옷차림으로 전봇대 옆에 서 있는 아버지를 모르는 척했던 순간이었다고 했고, 둘째는 라디오 하나 고쳐주지도 새로 사주지도 못하는 아버지를 향해 격렬하게 항의했던 순간이었다고 했다. 그리고 셋째는 학부모 참관일 날 학교에 온 아버지가 갑자기 모자가 되어 사물함 위에 얹혀 있었다고 했다. 좀더 나아가서는 아버지의 어머니와 아버지의 아내의 기억을 통해 모자가 되었던 젊은 날과 어린 날의 아버지의 모습이 술회된다. 그리하여 마침내 모자가 되곤 하는 아버지의 전모가 드러난다. 자기 힘으로 돌파할 수 없는 세계의 완강함, 그 앞에서 알몸으로 드러나는 무참함과 초라함을 감내하지 못한 한 허름한 사내의 모습이.

이 지점에 이르면 왜 우리는 작가 황정은이 아버지를 모자로 만들어버렸는지 이해할 수 있게 된다. 사자나 슈퍼맨이 아닌 것은 물론이되 하다못해 장롱이나 냉장고나 나무도 아니고 모자인 것에 대해. 이삿짐 위에 조용히 놓여 있는, 혹은 못에 걸려 있는 낡은 모자라면 어떨까. 동네 산책길에서, 훈련을 받던 예비군들에게 희롱당한 딸 때문에 노기등등하여 파출소로 달려갔던, 그러나 달려가는 것만이 그가 할 수 있는 전부였던 아버지라면, 낡고 허름한 모자 이외에 다른 무엇으로 변신할 수 있을까. 고흐의 신발을 그 옆에 놓을 수도 있겠지만 모자가 된 중년 사내는 삶 전체를 관조하는 그런 기품조차도 갖고 있지 못하다. 낡은 실크해트나 중절모 정도로 추정되는 이 모자-아버지는 그저 어이없는 세상 속에서 말문을 잃고, 귀도 코도 키도 잃어버리고 스스로에게 마술을 걸어 자신을 작은 공간 속에 가두어버린, 앞뒤가 꽉 막힌 한 중년 가장의 상징이 되는 것이다.

아마도 이런 방식이, 이제 첫 책을 내는 황정은이 세상을 미메시스하는 대표적인 형식일 것으로 보인다. 변신이나 환상적인 모티프가 소설의 전면에 부각되어 우리들의 삶의 표정들을 이끌어낸다. 「모자」나 「오뚝이와 지빠귀」처럼 한 겹 뒤에서 바로 현실이 드러나는 경우도 있고, 「문」처럼 좀더 깊이 감추어져 있거나 「곡도와 살고 있다」처럼 환상이 저 혼자 떠도는 것처럼 보이는 경우도 있다. 그러나 어떤 경우든 황정은의 환상은 가볍고 경쾌한 명랑성과 결합되어 있다는 점에서 특징적이다. 그런 감각은 일상의 비애와 슬픔과 혹은 고통을 수채화풍의 가벼운 터치로 포착해낸다. 그래서 그의 환상은, 종종 환상 일반이 만들어내곤 하는 비장의 영역으로부터도 벗어나 있다. 그런 환상의 모습은 어떻게 손대볼 수 없을 정도로 완강해져버린 세계의 질서를 역으로 표상하는 것이기도 하다. 이것은 물론 황정은이라는 한 개인의 상상력의 산물이지만 또한 동시에 그로 하여금 이런 서사를 마련하게 한 좀더 큰 힘의 소산이기도 할 것이다. 황정은의 소설은 그 힘과 무슨 말을 나누었는가.

2. 마조히즘적 명랑성의 비애

이제 첫 책을 내는 1976년생 신인작가 황정은의 세계에서 가장 현저한 것은 앞에서 지적한 대로 환상성이다. 물론 환상성 그 자체는 특별하달 것이 없다. 환상성은 허구적 글쓰기로서 소설이 지니고 있는 중요한 속성의 하나일뿐더러 우리 시대의 문학 속에서도 다채롭게 구사된 바가 있다. 중요한 것은 그것이 어떤 식으로 배치되어 있는가, 그것이 어떻게 서사적으로 맥락화되어 있는가 하는 점이다.

황정은의 환상이 지니고 있는 독특성은 명랑성과 비애가 결합되어 생겨난 것이라는 점이다. 견딜 수 없는 고통이나 깊은 슬픔과는 달리, 비애는 우리가 일상인으로서 살아감에 있어 어떤 식으로건 감당할 수밖에 없는 상황의 산물이라는 점에서 일종의 체념의 소산이다. 그리고 그런 마음의 상태로부터, 즉 부조리한 세계 상태에 대해 체념할 수밖에 없고 그 불가피성 때문에 오히려 그런 상태를 적극적으로 수용해버리려고 함으로써 마조히즘적인 명랑성이 만들어진다. 비애와 명랑성이 이런 방식으로 결합되는 지점에서 황정은 특유의 환상성이 생겨나는 것이다. 앞에서 단편 「모자」의 예를 들었지만, 황정은이 다루고 있는 또하나의 변신담 「오뚝이와 지빠귀」의 경우에서 이런 점은 좀더 현저하게 드러난다.

「오뚝이와 지빠귀」는 이십대 후반의 한 기혼 여성이 오뚝이로 변해가는 과정을 다룬 이야기다. 사람이 오뚝이가 된다고? 그렇다. 황정은은 은행에 다니는 기조라는 이름의 여성이 점점 오뚝이로 변해간다고 했다. 이런 발상이라면 일찍이 1997년의 한강의 경우가 있었다. 「내 여자의 열매」가 그것이었다. 여기에서는 출판사 직원이었던 여자가 나무로 변해가는 과정이 황정은의 경우처럼 남편의 눈으로 포착되었다. 이 둘을 나란히 놓으면 유사한 형식의 변신담이 10년의 격차를 놓고 마주보고 있는 셈이 된다.

오뚝이가 되건 나무가 되건 간에 두 경우는 모두 현실성으로부터의 이탈을 전제로 한 것이며, 그런 한에서 일종의 우화적 속성을 지니고 있다. 그것은 환상성이라는 형식 자체에 내장되어 있는 것이기도 하다. 그런 점에서 나무 되기와 오뚝이 되기는 그 자체로 세계의 현재 상태에 대한 반영의 의미를 지닌다. 나무가 되는 여자의 이야기를 통해 한강이 말하고자 했던 것은 무엇인가. 자명하지 않은가. 소녀 같던 한 여자가 온몸에 멍이 들고 마침내는 초록색 피부의 나무가 되어 화분에 심겨지는, 그리고 그런 아내를 안타까운 눈으로 바라보는 남편의 이야기는, 거꾸로 그런 여자를 나무의 상태로 만들어버리는 세계의 동물성에 대한 일종의 네거필름일 것이다. 오뚝이가 되는 황정은의 경우도 이와 유사하다. 어느 날 갑자기 자기를 제외한 세계의 모든 것이 커지기 시작하고 그러다가는 활동성도 사고도 정지하는 순간들이 생겨나다 마침내 자그마한 오뚝이가 되어버리는 여자 은행원이 있다. 그리고 그 곁에는 그 황당한 변신을 지켜보는 남편이 있다. 오뚝이가 되는 여자 기조씨는 다른 것으로 변할 바에는 이왕이면 지빠귀 같은 새가 되고 싶다고 했다. 얄미운 소리를 하는 사람들을 콕콕 쪼아줄 수 있게. 오뚝이는 싫다고, 남들이 건드리면 건드리는 대로만 반응해야 하는 오뚝이가 되는 것은 정말 싫다고 했다. 그러면서도 오뚝이가 되어갈 수밖에 없는 여자의 이야기를 통해 황정은이 말하는 것도 능히 짐작할 수 있지 않은가. 유동성을 잃고 갈수록 경화되어가는 사회적 상태의 상징물이 곧 오뚝이라는 것 아니겠는가.

그럼에도 이 둘이 구분되는 지점이 있다. 한강의 경우 나무가 되는 아내는 일종의 특이성의 출현이었고, 아내의 변신은 철저하게 그들 부부가 사는 상계동 아파트 내부에서 벌어지는 일이었다. 하지만 황정은의 경우는 좀 다르다. 집에서 꽁치를 굽다가 오뚝이가 되기도 하지만 은행에서 일을 하다가 오뚝이가 되기도 했고, 그래서 남편이 오뚝이가 된 아내를 데리러 은행으로 찾아가는 일도 있었다. 기조씨는 마침내 은행에서 해직되어 실업자 오뚝이가 된다. 그뿐 아니다. 친척들이 찾아와 그런 그를 걱정하고, 러시아 인형 마뜨료쉬까로 변하곤 하는 다른 여자의 경우도 있었는데 애를 낳고는 멀쩡해졌다고 그러니 빨리 애를 가지라는 이야기도 했다. 그럴 때마다 기조씨는 오히려 조금씩 몸이 줄어들곤 했고 마침내는 진짜 오뚝이가 된다. 그리고 오뚝이가 된 아내를 바라보다가 이제는 남편 무도씨조차도 문득 세계가 커지고 있음을 느낀다. 이제는 남편이 오뚝이가 될 차례가 되었다는 것이다. 그러니 황정은이 말하는 변신담은 기조씨라는 한 젊은 여성의 경우에만 해당되는 것이 아니라, 누구에게나 열려 있는 일반적인 현상이라는 것 아닌가. 그렇다면 그건 참 곤란한 문제가 아닌가.

게다가 황정은의 변신담은 경쾌하고 명랑한 분위기 속에서 진행된다. 한강의 「내 여자의 열매」는 아파트의 삶을 고통스러워하는 한 예민한 영혼의 이야기였고 그래서 거기에는 어떤 존재론적 결단 같은 비장한 분위기가 어려 있다. 야만적인 세계의 상태를 견딜 수 없어, 사랑하는 사람들을 옆에 두고도 다른 세계로 떠나야 하는 사람의 고독하면서도 처절한 내면이 펼쳐져 있는 것이다. 이에 비해 황정은의 변신담은 흡사, 소크라테스의 사형이 집행되는 날의 풍경을 다룬 『파이돈』의 경우처럼 기묘한 명랑성이 작품 전체를 지배하고 있다. 이를테면 거의 오뚝이로 변한 시점에서부터 기조씨는 방울소리를 내기 시작했다. 그것을 보고 남편 무도씨는 멀리서도 알 수 있어 참 편리하다고 생각한다. 게다가 자신에게도 아내와 같은 증상이 시작되었음을 알게 되면서부터는 무도씨에게는 걱정스러운 것이 많아졌는데, 그 걱정인즉 둘 다 오뚝이로 변해버리면 집안 살림은 누가 할 것인가, 세금 내는 일이며 집 관리는 누가 할 것인가 따위의 것들이다. 또 기조씨가 완전한 오뚝이가 되기 직전에 마지막으로 했던 말은 "무도씨, 지빠귀는 짓빠, 짓빠, 하고 우나"였다. 이런 디테일들을 통해 황정은은 처절할 수도 있는 변신담을 실없는 농담 같은 분위기로, 카프카의 우화들처럼 비극성과 명랑성이 뒤섞인 기묘한 분위기로 조형해놓는다. 이는 모자나 오뚝이로의 변신담이라는 설정 자체에 내재되어 있는 것이기도 했다.

황정은과 한강이 보여주는 이런 차이는 물론 두 개의 서로 다른 개성에서 비롯된 것이겠으나, 조금 비약하여 일종의 문학적 세대의 차이로,

IMF 사태를 사이에 두고 생겨난 사회적 파토스의 차이나 그것에 조응되는 서사적 감수성의 차이로 설명될 수는 없을까. 이런 판단을 가능케 하는 것은 황정은의 서사적 감수성이 지니고 있는 저 실없는 명랑성 때문인데, 이것은 카프카나 플라톤의 경우처럼 일종의 마조히즘적인 유머로 읽힌다. 그것은 곧, 엄청난 위력을 지니고 있는 현실의 질서 앞에서 자진하여 그 현실적 질서의 일부가 되고 짐짓 그 질서를 적극적으로 실천함으로써 그것의 불합리함을 비웃는 것, 즉 자진하여 합법적으로 우스꽝스러워짐으로써 오히려 합법성을 조롱하고자 하는 에너지의 산물이 아닌가 하는 것이다. 말하자면 한강의 나무 되기가 세상으로부터 벗어나는 것이라면, 황정은의 오뚝이 되기는 세상의 핵심으로 들어가는 것에 해당되는 것이라 해도 좋을 것이다.

1998년 IMF 사태 이후로 한국사회에서는 계층적 양극 분화가 현저하게 고도화되었고 그에 따라 자본주의적 심성은 사회 전체를 휘감아버렸다. 세상은 솔직하게 저속해졌고 그에 따라 저속이라는 개념 자체도 무화될 지경이 되었다. 그런 세상에서 다른 세상을 꿈꾸는 일은 점점 더 힘들어지고 있다. 그로부터 벗어나는 일이나 세상을 뒤집어엎는 일은 물론이고, 그 질서 속에서 상층으로 올라가는 것도 힘들어졌다. 이러한 계층 간 유동성의 현저한 둔화 속에서 어떤 꿈을 꿀 수 있겠는가. 그래서 황정은은 다른 세상의 꿈에 대해서가 아니라 새로운 중세가 되어가는 바로 이 시대의 세계 자체에 대해, 또한 그 엄청난 위력 앞에서 모자처럼 초라해지고 오뚝이처럼 딱딱해지는 사람들의 삶에 대해, 마치 농담처럼 우화처럼 우리에게 들려주고 있는 것이 아닌가. 그렇다면 황정은의 환상은 21세기 새로운 중세 시민들의 삶과 내면에 대한 적절한 표상의 방식일 수 있지 않을까. 그 환상이 지니고 있는 명랑성은 그래서 비애의 다른 이름이라 해도 좋지 않을까.

3. 희미하고 연약한 유머

황정은의 서사가 지니고 있는 명랑성은 기본적으로 그의 소설이 포착해낸 세계의 부조리함에서 비롯되는 것으로 보인다. 이런 점에 관한 한 「G」나 「초코맨의 사회」 같은 콩트가 원형적인 모습을 보여주고 있다. 여기에는 좀처럼 주체의 틈입을 허용할 것 같지 않은 완강하고 괴물스러운 세계가 있고, 그 앞에는 그 세계의 작동원리에 영향을 미칠 수 없는 미미한 존재들이 있다. 세계에 대한 저항의 에너지를 상실해버린 그들은 그 세계의 일부이기도 하다. 황정은의 소설은, 이런 인물들의 행동이나 생각이 서사의 대상이 될 수 있는 한 가지 방법을 보여준다. 세계의 거대한 성채 앞에서 좌절할 수밖에 없는 존재들이 안간힘을 써서 만들어내는 유머가 그것일 것이다.

마조히즘에서 유머가 사라져버리면 자기희생이라는 비극적 처절함이 남는다. 자신의 안위를 돌보지 않고, 압도적인 위력을 지닌 세계와의 대결에 나서는 일은 영웅의 몫이고, 그런 행위는 예수의 경우처럼 숭고나 거룩함의 영역에 등재된다. 황정은은 거기에 유머를 개입시킴으로써 주체와 세계 간 대립의 격렬함을 완화시키고 이야기를 일상적인 차원의 알레고리나 비유의 차원으로 끌어내린다. 윤리적 영웅성이 아니라 일상성의 차원에서 작동할 때 환상 자체가 지니고 있는 정서적 파토스도 알레고리나 비유 같은 가벼운 형태로 탈색된다. 그런 세계를 바탕으로 작동하는 황정은의 유머감각은 희미하고 담백하다. 세계를 교란시켜버릴 수 있는 통렬함이나, 기존의 세계 상태 속에서 간극을 만들어냄으로써 새로운 공간을 개진해내는 전투성과는 거리가 있다는 점에서 그렇다. 또한 이런 점에서, 황정은의 서사적 감수성은 1990년대의 서사적 감수성의 일단을 계승함과 동시에 스스로를 그것과 구분시킨다.

황정은의 소설들은, 마조히즘적인 유머를 지니고 있다는 점에서 1990년대의 장정일이 뿜어냈던 서사적 활력과 유사한 바탕을 지니고 있고, 또한 우리 삶 속으로 돌연하게 등장하는 환상의 계기들을 포착해내고 있다는 점에서 1990년대 윤대녕의 단편에서 종종 모습을 보이곤 했던 서사적 계기들을 계승하고 있기도 하다. 그럼에도 황정은의 세계는 1990년대의 서사적 감수성과 현저한 격차를 보여주고 있다. 현실세계 내부에서 전선을 찾아내기가 어려워져버렸고, 또한 세계의 외부를 상상하는 것도 힘들어져버렸다는 점에서 그렇다. 세계 내부에 전선이 없으니 황정은의 명랑성은 장정일의 「펠리컨」이나 「아버지를 찾아가는 긴 여행」의 경우처럼 저돌적인 것일 수가 없고, 세계의 외부를 찾아내기가 어려우니 황정은의 환상은 윤대녕의 「말발굽 소리를 듣는다」의 경우처럼 세계 밖을 향한 에너지의 강렬함을 뿜어낼 수가 없다. 죽은 자들과 교통하는 황정은의 단편 「문」의 주인공은 말한다. "아주 전부터 그랬어. 희로애락이 희박해." 황정은의 서사세계도, 그것이 기반하고 있는 그 너머에 있는 진짜 세계도 우리에게는 그렇게 희박하게 느껴진다. 그래서 황정은의 환상은 장정일이나 윤대녕의 경우와는 달리 담담한 수채화풍의 색조로 다가온다.

「모자」나 「오뚝이와 지빠귀」의 경우도 그랬지만 단편 「문」의 경우는 이런 점에서 좀더 전형적이다. 주인공은 언제부턴가 자기 뒤에 문이 있음을 알게 된다. 가끔씩 그 문이 열리고 그로부터 사자들의 혼령이 등장하곤 한다. 그가 어릴 적 세상을 떠난, 커피콩을 조심스럽게 골라 그라인더에 갈아 커피를 만들곤 하던 할머니의 영혼이 나오기도 하고, 또 지하철에서 자살한 부랑자의 영혼이 나오기도 한다. 주인공은 그들과 대화를 나눈다. 그들의 대화는 산 사람들끼리 나누는 일상적인 대화와 전혀 다를 바 없어, 있는 듯 없는 듯 희미하고 희박한 것들이다. 그 세계가 어떠하냐는 질문에, 할머니의 영혼은 눈이 내린다고 했고, 부랑자의 영혼은 파도소리 같기도 하고 바람소리 같기도 한 소리가 들린다고 했다. 그리고 그 영혼들은 주인공 앞에서 생전에 하고 싶었던 일들을 한다. 커피콩을 갈아 커피를 내리고 또 자기의 삶에 대해 말을 하기도 하고. 주인공은 부랑자의 영혼에게 묻는다. "결정적이지 않은 상태로 살아간다는 건 나쁜 걸까." 거두절미하고 툭 던져진 이 이상한 질문에 대해, 점차 희미해져가는 영혼은 그것은 그것대로 나쁘지 않다고 대답한다. 이것이 대체 무슨 말인지, 왜 그런지에 대해 좀더 이야기를 했으나 그 목소리는 희미해져버려 주인공도 독자들도 들을 수가 없었다. 그러니 그냥 우리 멋대로 해석해버려도 좋을 것이다. 오뚝이처럼, 모자처럼 살아도 좋다고, 그런 아버지의 자식으로 그런 아내의 남편으로 살아도 좋다고, 그러다가 저 스스로가 오뚝이와 다를 바 없음을 알게 되어도, 오뚝이처럼 작아지고 딱딱해져버려도 좋다고. 초현실적인 세계에서 벌어진 일이므로, 작가는 이에 대해 어떤 이야기도 더이상 들려주지 않았으므로 그 나머지는 독자들의 몫인 것이다.

황정은의 환상세계는 현실세계와 잇닿아 있고, 그래서 그 자체로는 매우 연약하고 희미한 것으로 보인다. 자립적인 환상세계나 초현실의 공간 자체가 지닐 수 있는 에너지나 강력함과는 거리가 있다는 것이다. 그럼에도 황정은의 세계에서 환상은, 실제 세계의 폭력성으로부터 서사의 세계를 방어해내는, 얇지만 강렬한 보호막으로 작용한다. 보호막 속의 세계는 명랑하고 경쾌하지만, 그 밖으로 벗어나면 일그러진 세상의 모습이 날것 그대로 드러나버린다. 황정은의 등단작 「마더」와 그 직후에 발표된 「소년」의 경우는 어떤 환상적 장치도 없이 작가가 바탕하고 있는 세계의 원상을 고스란히 드러내 보여주고 있다. 엄마에게 버려진 아이들과 그 아이들을 둘러싸고 있는 어른들의 폭력, 그리고 복수심에 불타는 아이들의 세계가 펼쳐진다. 육절기가 돌아가는 정육점의 풍경들, 피고름을 흘리고 죽어가는 늙은 개, 굶주린 노파들, 부랑자들, 노름하는 깡패의 애인이 되어 자식들을 방치한 채 약물로 자신의 삶을 망가뜨리는 엄마, 자살을 꿈꾸고 더러는 실행에 옮기는 사람들의 풍경이다. 그런 비참한 세계를 황정은은 속도감 있는 건조한 문체로 아무렇지도 않게 그려놓았다.

환상은 그런 세계 속으로 구원처럼 찾아오고, 환상이 막처럼 드리워지면 세계는 비참의 직접성으로부터 끌어올려진다. 「모기씨」와 같은 경우가 이를 보여준다. 「모기씨」는 교통사고로 모친을 잃고 하반신 마비로 누워 있는 사람의 이야기다. 사고에서 살아남은 부친은 사업을 위해 중국으로 떠났는데, 넉 달째 연락두절 상태다. 월급을 받지 못하던 간병인도 마침내는 사라져버렸다. 이런 비참한 상황을 구원하는 것은 젤라틴으로 되어 있는 거대한 모기의 환각이다. 주인공은 모기의 몸속으로 푹 잠기기도 하고 모기와 대화를 나누기도 한다. 그렇다고 하여 세계의 비참이 사라지는 것은 아니다. 환상이 등장함으로써 사라지는 것은 비참의 직접성일 뿐이다. 환상은 그 자체가 지니고 있는 탈현실적인 서사의 경쾌함과 활력을 통해 비참의 직접성을 명랑한 비애의 형식으로 대체시켜놓는 것이다.

황정은의 소설세계 속에서 환상은 이런 방식으로 작동한다. 환상의 바깥에 있는 세계는 괴롭기 짝이 없으나, 「곡도와 살고 있다」처럼 일단 환상의 막 속으로 들어가면 서사세계는 더없이 경쾌하고 발랄해진다. 황정은에 따르면 '곡도'란 사람의 말을 하는 기묘한 애완동물들이지만, 거꾸로 그들이 주인을 평가하고 주인의 서비스를 받는다. 사람의 말을 하는 곡도의 목소리는 기묘해서 작가는 그것을 타이프체로 표현했다. 주인의 행동이 맘에 들지 않으면 곡도는 전력질주하며 수많은 개체로 증식해버리거나 혹은 "아, 정말이지"라는 말과 함께 조금씩 작아져버리기도 한다.

그런데 이게 대체 무슨 이야기인가. 작가 황정은에게 이렇게 묻기도 힘들어 보인다. 작가가 전력질주하며 똑같은 이야기를 증식해내거나 아니면 "아, 정말이지"라고 말하며 작아져버릴 것 같은 기세이기 때문이다. 그러니 곡도들이 만들어놓은 질서 속에서 얌전히 그들의 행동을 지켜보는 수밖에. 작가 황정은은 독자들에게 그런 태도를 요구하는 것처럼 보인다. 당당하게 자기 존엄성을 지켜가는 애완동물이라니, 그것이야말로 애완동물의 실재일지도 모르지 않는가. 주인으로부터 버림받으면 곡도는 보통 동물로 변해버리지만 반대급부로 그 주인 또한 무언가 중요한 것을 잃어버린다고 했다. 특정한 어휘나 자신감이나 미소나 그림자 혹은 눈꺼풀일 수도 있다고 했다. 어쩌면 이미 우리는 곡도를 버렸고 그래서 곡도들은 평범한 동물들이 되었고, 또 그래서 우리도 또한 무언가 중요한 것들을 잃어버렸다고, 그렇게들 살고 있다고, 곡도라는 이상한 동물에 대한 초현실적인 이야기를 통해 황정은은 우리에게 이런 말을 들려주고 있는 것은 아닌가.

초현실적인 모티프와 이야기를 통해 직조되는 황정은의 유머는 이처럼 전복적인 통렬함이나 풍자적인 공격성과는 거리를 두고 있다. 그래서 그것은 그 자신이 자주 구사해온 환상성이라는 기제처럼 희미하고 연약해 보인다. 그러나 그 희미함과 연약함이 과연 황정은만의 것이라 할 수 있을까. 어쩌면 그것은 황정은과 오늘의 우리가 처해 있는 세계의 상태를 보여주는 것은 아닐까. 어떤 외부성도 용납하지 않는 세계의 완고함, 내부에 그 어떤 전선도 균열도 허용하지 않은 채 세계를 전일적으로 통제해내는 전제군주적인 세계 상태는 오히려 그 자체가 연약한 것이 되어버린 것이 아닐까. 새로운 세계를 꿈꿀 수 있는 유연성도 탄력성도 상실해버린 세계는 마치 매끄러운 표면을 지닌 딱딱한 오뚝이처럼 그저 외부의 자극에만 기계적으로 반응하는, 완고하기 때문에 생명력을 잃어버린 존재가 된 것은 아닌가. 황정은의 서사가 직조해내는 흐릿한 유머와 희미한 환상, 저 수채화풍의 명랑성을 보자. 그것은 전복적이라기보다는 오히려 그 스스로 전복됨으로써 세계와 일체화되는 어떤 것이라 해야 하지 않을까. 황정은의 서사세계가 지니고 있는 초현실성과 부조리함은 그 자체가, 다른 옵션을 잃고 외길로만 달려가는, 그래서 자기 갱신의 힘을 상실해가는, 고사해가는 합리성의 세계에 대한 미메시스라 할 수 있지 않을까 하는 것이다.

4. 서사의 타자성을 확보하는 황정은의 방식

2005년 등단 이후 황정은이 발표한 작품들을 시간 순서로 늘어놓으면 출발점에는 「마더」와 「소년」의 세계가 있고 그 반대편에는 「곡도와 살고 있다」가 있다. 3년 정도의 짧은 기간이지만 그는 환상 밖의 세계에서 환상 속의 세계로 점차 이동해왔던 것으로 보인다. 「무지개풀」과 「일곱시 삼십이분 코끼리열차」 「모기씨」 등이 전자에 좀더 가까이 있고, 「문」 「모자」 「오뚝이와 지빠귀」 등이 후자에 좀더 가까이 있다.

전자의 작품군이 황정은 세계의 밑그림에 해당된다면 후자의 작품군은 황정은 특유의 표상 방식이 환상성으로 구현되어 있는 경우이다. 앞에서 우리는 그의 환상이 명랑성과 비애가 결합됨으로써 탄생한 것이라 했지만, 좀더 정확하게 말한다면 환상이 지니고 있는 명랑성으로 현실의 비애를 감싸안는 방식이라고 해야 하겠다. 그런데 왜 환상인가. 이에 대한 대답은 황정은의 작품 자체에 이미 마련되어 있는 것으로 보인다. 요지부동으로 버티고 서 있는 산문적인 세계 속에서 서사의 활력을 확보하기 위한 시도였다는 것이 그 대답일 것이다. 이런 점을 감안한다면 황정은의 세계에서 환상성은 큰 비중을 차지하고 있지만 그 자체로 대단한 의미를 가진 것이라고 할 수는 없다. 그에게 환상성이란 기법에 불과한 것이고 좀더 중요한 것은 황정은으로 하여금 그런 표상의 방식을 선택하게 한 정신의 힘일 것이기 때문이다. 그렇다면 1976년생 신인작가 황정은이 스스로에게 부여한 과제는 무엇이었을까. 그가 직면해야 했던 가장 무서운 질문은 무엇이었을까.

황정은이 신인이라는 사실을 염두에 둘 때 이에 대한 일차적인 대답은 어렵지 않게 추정해볼 수 있다. 출발점에 선 작가에게 가장 절실한 것은 자기만의 개성을 찾아내는 것일 터이기 때문이다. 그럼에도 우리가 황정은의 세계를 향해 이런 질문은 던지는 것은 무엇 때문인가. 이에 대한 대답 역시 어렵지 않다. 지금 우리의 시대에 이르러 한국문학은 존재의 자명성을 점차 상실해가고 있는 중이다. 이제는 누구도 문학적 글쓰기의 영역에 접어들면서 자기 글의 존재 의미에 대한 질문을 회피하기 어려워지고 있는 것이 현실이다. 문학이라는 자기 목적적인 글쓰기의 경우에 있어 점차 절실해지고 있는 것은 어떻게가 아니라 왜라는 질문에 대한 나름의 대답이다. 어떻게 쓸 것인가라는 질문도 왜 쓰는가라는 질문을 품고 있는 한에서만 유효할 지경이 되고 있는 것이다. 그렇다면 황정은이라는 한 신인작가가 내린 대답은 어떤 것일까.

이야기꾼에는 두 유형이 있다고 했던 벤야민의 말을 상기해 보자. 그는 대뜸 농부와 선원을 들었다. 농부란 자기 동네의 옛이야기를 잘 아는 사람이고 선원은 다른 동네의 사는 모양을 보고 온 사람이라고 했다. 여기까지가 벤야민의 이야기이지만, 그러나 좀더 심층으로 들어가면 이 두 유형은 여행자라는 하나의 틀로 통합될 수 있다. 농부도 선원도 여행자라는 점에서는 마찬가지라는 것이다. 선원이 여행자라는 말은 당연한 것이지만 농부가 어떻게 여행자일 수 있는가. 대답은 이렇다. 선원이 공간을 여행한 사람이라면 농부는 시간을 여행한 사람이라는 것. 근대 세계가 열린 이후로 시간성은 그 자체가 타자를 생산하는 기제가 되었다. 전 세계를 지배하는 급속한 변화의 흐름 속에서 자기의 과거는 현재의 외국만큼이나 이국적인 것이 되어간다. 이야기는 비일상적인 것, 자기 삶의 낯선 부분들을 찾아내는 데서부터 시작된다고 했을 때, 근대세계에서 낯선 것은 현재의 외국에서만이 아니라 자기 동네의 과거 속에도 존재할 수 있는 것이다. 게다가 근대세계를 규정하는 근본적인 시간성은 비동시적인 것의 동시성이다. 동일한 시간대 속에는 서로 다른 많은 시간대가 동시적으로 존재하고 있다. 한 사람에게서도 그렇고 한 공간에서도 마찬가지다. 이를테면 2000년대의 패션에 1990년대의 문화적 감각과 1980년대의 정치적 감각을 가지고 있는 사람도 있을 수 있고, 또 조선시대와 1950년대와 2000년대가 함께 존재하고 있는 서울의 공간도 있을 수 있다. 세계적인 근대화의 흐름 속에서 타자성을 생산하는 것은 기본적으로 시간의 힘이기 때문에, 농부도 선원도 모두 여행자가 될 수 있다는 것이다.

이런 논리 속에서 중요한 것은 이야기를 만드는 근본적인 힘의 소재처이다. 이야기는 일상적인 흐름과는 다른 힘의 흐름이 조우하는 곳에서 만들어진다. 현재의 세계에 대한 타자성과 외부성이 확보되는 순간 일상의 흐름에 균열이 생기고 거기에서 이야기의 힘이 태동한다. 그러니 문제는 그 타자성을 어떻게 확보하느냐 하는 것이다. 이러한 질문에 대한 대답은 물론 작가들의 개성에 따라 제각각이겠지만, 거친 방식으로나마 시대적인 차이에 대해서 언급해볼 수도 있겠다. 이를테면 1980년대는 사회 내부에 정치적 혹은 윤리적 정당성이라는 거대한 균열선을 지니고 있었고 그것이야말로 서사적 상상력의 원천이었다. 또 1990년대는 탈이념적인 세계 상태 속에서 비로소 문제삼기 시작한 개인의 사적 진정성이 서사의 주된 동력으로 자리하고 있었다. 그렇다면 2000년대는 어떠한가. 이 새로운 중세에, 노골적인 속물들의 시대에 어떤 이야기가 가능할 것인가. 흥미와 교훈의 대상인 이야기뿐 아니라, 삶의 의미를 문제삼는 것으로서의 소설이 어떻게 자기 존재의 근거를 확보할 수 있을 것인가.

이에 대해 황정은은 이국의 이야기도 역사 이야기도 아닌 어떤 것, 현재 일상으로의 여행이라 할 만한 어떤 것을 내놓았다. 이런 관점에서 보자면 그의 작품에서 큰 비중을 차지하는 환상이라는 요소도 일상을 여행지로 만들기 위해 동원한 것이었다고 할 수 있겠다. 환상이라는 장치를 걷어버려도 사정은 마찬가지다. 「무지개풀」이나 「일곱시 삼십이분 코끼리열차」 같은 단편들은 어느 한순간 낯선 것으로 등장하는 일상에 관한 이야기이다. 「무지개풀」에서는 쇼핑과 물놀이의 풍경이 부조리극의 형태로 제시되고, 「일곱시 삼십이분 코끼리열차」에서는 평범한 소풍 이야기가, 분열증이나 망상쯤에 해당되는 이상 심리 공간의 틈입에 의해 갑자기 낯선 세계로 전환되어버린다. 이 두 개의 서사세계 모두 우리의 일상이 지니고 있는 불모성과 황폐함을 기저에 깔고 있지만, 그것을 포착하고 재현하는 황정은의 시선과 기술방식은 그런 황폐함을 명랑성으로 도포해버린다. 아마도 작가 황정은은 그것이 소설이라고 생각하고 있는 것으로 보인다.

황정은의 명랑성은 기계적이고 무의식적인 감각 같은 것으로 다가온다. 그의 환상과 유머를 떠올려보자. 이전 시대 서사의 풍자나 골계, 익살 등이 지니고 있던 강렬함이나 절박함과 구분되는 그것은, 마치 외부의 자극에 대한 오뚝이의 반응과도 같은, 심드렁하고 무뚝뚝하고 아무렇지도 않아 비인간적으로 느껴지는 명랑성이다. 평범할 뿐인 일상은 그런 서사적 감각과 만남으로써 한 겹의 코팅막이 입혀지고 그럼으로써 황정은풍이라 할 만한 독특한 서사 형식으로 견인된다. 이런 점에서 황정은의 명랑성은 그 이전의 문학 세대가 지니고 있던 격렬함이나 절실함의 대체물이라 할 수 있다. 요컨대 그는 서사를 가장 원초적인 차원에서 다루고 있었던 것으로 보인다. 이야기하기의 충동 혹은 미메시스적 충동 자체를 드러내는 일이 그것일 것이다. 추한 것은 불쾌하지만 추한 것에 대한 미메시스는 유쾌하다고 아리스토텔레스가 말했을 때, 우리는 그의 말에 덧붙여서, 추한 것에 대한 미메시스는 대상의 추함과 미메시스의 유쾌함 사이에서 정서적 긴장을 만들어내는 것이라 말할 수 있겠다. 아리스토텔레스는 미메시스가 인간의 본능에 속한 것이라 했다. 황정은의 서사가 지니고 있는 명랑성이 기계적인 것처럼 느껴진다고 했을 때 그 기계성이란 서사 자체가 지니고 있는 이러한 본능성, 충동으로서의 미메시스와 매우 가깝다는 것을 의미하는 것이라 해도 좋겠다. 그렇다면 황정은의 그런 시도는, 어쩌면 우리 시대의 서사가 당면하고 있는 근본적 질문, 곧 자기 목적적 글쓰기의 무용성에 대한 하나의 대답일 수 있지 않을까.

충동은 그 바깥에서 보면 이물스러운 것이지만, 그 자체로는 내부와 외부가 구분되지 않는 즐김의 산물이다. 체셔, 미오, 파씨, 기린, 무도, 기조

등은 황정은의 소설 속에 등장하는 인물들의 이름이다. 이런 이상한 이름들을 빼어든 황정은은 이미 미메시스의 충동구조 속에 들어가 있는 것은 아닌가. 그 충동구조를 통과하는 순간, 대체 이런 글을 왜 쓰는가라는 질문도 무용해져버리고, 낯선 것으로 변신해버린 일상이 우리 앞에 덩그러니 버티고 있다. 그의 환상과 유머는 가냘파 보이고 또 그의 서사가 어떤 독자들과 만나 어떤 반향을 불러일으킬지도 아직은 미지수이지만, 그러나 황정은이 보여주고 있는 서사의 저 원초적 충동이라면 어떨까. 이를 통해 황정은은 이미 새로운 스타일 하나를 만들어내고 있는 중이 아닌가. 게다가 그는 이제 첫걸음을 떼기 시작한 신인이지 않은가.

작가는 어떻게 태어나는가
— 김경욱이라는 소설기계의 탄생

1. 김경욱이 발견한 호랑이 아가리

　김경욱이라는 작가가 있다. 1971년 광주에서 태어났고, 서울대 영문과를 나와 국문과 대학원에서 박사과정을 수료했다. 만 22세이던 1993년에 등단하여 지금껏 16년째 소설을 쓰고 있는 중이다. 그 동안 여덟 권의 책을 냈다. 네 편의 장편과 네 편의 단편집. 그러니까 『위험한 독서』는 그의 아홉번째 책이고, 다섯번째 단편집이다. 평균적으로 보면 2년에 한 권꼴로 책을 내왔던 셈이다.

　그의 이력에 관한 사실들은 책날개 같은 곳에 다 밝혀져 있어 이 자리에서 특필할 만한 것은 아니다. 그럼에도 글의 첫머리에 이런 사실들을 늘어놓는 것은 무엇 때문인가. 몇 가지 사연이 있을 터인데, 이를테면 그의 이력을 들여다보면서 가장 먼저 떠오르는 질문은 이렇다. 집안의 촉망을 한 몸에 받았음이 분명한, 잘생기고 똑똑한 젊은이가 어쩌다 소설 같은 것을 쓰게 되었는가. 어쩌다 소설 같은 것이라고? 그렇다. 때는 바야흐로 1980년대가 끝나고 1990년대가 시작되는 시점, 이념의 시대가 끝나고 글로벌한 실용주의의 시대가 시작되는 시점이다. 부모의 입장에서 보자면, 신언서판이 고루 갖추어진 젊은이라면 모름지기 경세와 치국에 관한 일을 해야 마땅한 것이 아닌가. 뭔가 좀 그럴듯하고 남 보기에도 번듯한 일, 그런 게 어렵다면 하다못해 제 밥벌이하는 데 걱정 없는 일 같은 것, 작게는 안정적으로 세금을 내거나 크게는 그렇게 모인 세금을 다루는 일 같은 것. 그러니 부모라면 똑똑하고 잘생긴 아들이 법대나 의대 가기를 원할 것은 자명하지 않은가. 영문과에 진학하는 일이란 부모와 자식 사이의 어떤 타협점 같은 것일 수 있겠다. 학부 시절에 영어를 익히는 일 정도면 부모의 입장에서도 나쁘지는 않다. 험한 세상에서 능력 있는 사람이 되는 데 긴요한 문화적 자본을 축적하는 것이므로. 또 그 너머의 세계를 동경하는 자식의 입장에서도 차선의 선택일 수는 있다. 거기에는 영어 배우기 말고도 문학하기란 물건이 있으므로. 그래서 청년기의 형이상학적 갈증은 그것으로 어느 정도는 해소될 수 있을 것이므로.

하지만 문제는 한 청년에게 그 갈증이 참을 수 있는 수준을 넘어서는 일이다. 대체 형이상학적 갈증이란 무엇인가. 자기 앞의 삶에 눈을 뜨는 청년에게 있어 가장 견디기 힘든 것은 삶의 의미에 대한 질문이다. 밤하늘의 별을 보며 전율을 느꼈던 파스칼식 회의주의자의 말을 빌리자면, 누가 도대체 나를 있게 했는가, 누가 나를 지금 이곳에 있게 했는가 하는 질문 같은 것. 그것은 초월적 질서가 모든 사람들의 삶을 장악하고 구획하고 조직하는 세계에서는 있기 어려운 질문이다. 삶의 의미에 대해 '왜'와 '어떻게'가 드러나 있지 않고, 드러나 있다 해도 서로 어울리지 않게 결합되어 있는 세계에서, 그 감옥 같고 정글 같은 곳에 혼자 내팽개쳐 있다고 느끼는 사람만이 가슴으로 맞닥뜨리게 되는 질문이 곧 그것이기 때문이다. 마주치게 되는 계기는 다양할 것이다. 실연일 수도, 진학의 실패일 수도, 가정의 불화일 수도 있다. 어떤 것이건 간에 삶에서 비롯되는 이런저런 좌절과 실패가 그 자체를 넘어서 좀더 근본적인 삶의 무의미함으로 다가올 때 존재의 불안은 번개처럼 엄습한다. 어떤 극복으로도 메울 수 없고, 어떤 성공으로도 덮어 가릴 수 없는, 자기 안에 커다란 구멍이 있음을 깨닫게 된 청년은 비로소 성년의 입구에 서 있는 것이다.

스물두 살의 청년 김경욱에게 그 계기는 실연이었다. 거절당한 사랑의 상처를 다스리는 가장 현실적인 방법이 무엇인지는 누구나 아는 것이다. 다른 사랑을 만나는 것, 자기도 누군가에게 선택될 수 있음을 스스로에게 확인시키는 것이다. 그렇다고 해서 상처가 사라지는 것이 아님은 물론이다. 상처가 근본적으로 치유되기 위해서는, 누군가에게 상처받고 또 상처를 입히며 사는 것이 우리 삶의 자연스러운 과정이라는 것, 실연이란 자기에게 어울리는 짝을 만나기 위해 불가피하게 지불해야 하는 비용임을 제 스스로 깨달아야 한다. 세상은 절대 공평한 것이 아니되 결과적으로 보자면 공평할 수밖에 없다는 사실을, 머리로 이해하는 것이 아니라 가슴으로 받아들일 수 있어야 한다. 그러나 가슴이 뜨거운 청년들에게서 그런 차가운 각성을 기대하기는 어려운 노릇이다. 그러니 그저 그 상처에 붕대를 덮어 보이지 않게 하면서, 눈을 돌려 다른 세상과 다른 관심을 향하게 하는 것이 현실적일 것이다. 일찍이 1917년에, 실연당해서 자살하려 했던 한 처녀에게 작중인물의 입을 빌려 이광수가 들려주었던 말도 그런 것이었다. 세상에는 그것 말고도 중요한 일이 많다는 것.

그러나 다른 많은 경우처럼 김경욱에게서도 문제는 단지 실연의 상처만이 아니라 그 너머에 훨씬 더 무시무시한 구멍이 있음을 느껴버렸다는 점이다. 실연으로 인해 생긴 아픔이란 어쩌면 그 구멍을 은폐하기 위해 한 유기체가 동원하는 위장술일 수도 있다는 것을 어렴풋하게나마 알아차리게 되어버렸다는 사실이다. 구멍의 존재에 대한 느낌은 불안의 형태로, 라캉의 용어를 빌리자면 너무 가깝게 다가와버린 실재계의 위력에 대한 정서적 반응의 형태로 드러난다. 김경욱은 그것을 회한이라는 단어로 표현했다. 그는 자전소설이라는 이름으로 발표된 단편 「미림아트시네마」에서 그 순간을 이렇게 썼다.

가을에서 겨울로 넘어가는 어느 날이었다. 날씨는 더없이 맑아서 대기는 투명했고 하늘은 청명하기 이를 데 없었다. 그 무렵 그의 마음은 지옥이었다. 실연의 고통은 시간이 지나도 결코 희미해지지 않았고 스스로 지쳐버린 스물둘의 몸과 마음은 그 어떤 위안도 구하지 못했다. 한마디로 최악이었다. 그날 저물어가는 캠퍼스를 걸어내려오며 그는 묘한 기분에 휩싸였다. 들끓는 회한으로 가슴은 터져버릴 듯했지만 머리는 서늘하도록 명징했다. 그 기분이 그는 나쁘지 않았다. 오히려 맘에 들기까지 했다. 마치 오래전부터 그러리라고 마음먹었던 것처럼 그는 녹두거리의 문구점에서 노트한 권과 모나미 수성플러스펜 한 자루를 샀다. 무엇을 하겠다는 계획은 전혀 없었다. 그냥 노트 한 권과 펜 한 자루를 샀을 뿐이다. 하숙방 책상 앞에 앉아 그는 노트를 펼쳐놓고 뭔가를 적어내려가기 시작했다. 그의 글쓰기는 그렇게 아주 사소하게 시작되었다.

　　　　—『누가 커트 코베인을 죽였는가』, 문학과지성사, 2003, 331~332쪽

　그는 자신의 글쓰기가 아주 사소하게 시작되었다고 했지만, 그러나 그것이 그렇게 사소한 일일까. 그는 지금 자기 삶 뒤에 도사리고 있는 거대한 호랑이 아가리를 발견한 것이다. 그 호랑이 아가리는 묻는다. 말해라, 네가 원하는 것은 무엇이냐. 그 속으로 빨려들어가지 않기 위해서는 무언가 대답을 해야 한다. 무슨 대답이건 간에, 대답함으로써만 호랑이 아가리는 가려질 수 있다. 김경욱은 글을 쓰기 시작했다고 했다. 물론 이 경우의 글쓰기란 공무원시험 준비하기나 취업 준비하기 등과 동등한 위상을 지닌다. 막연하나마 자기 삶의 설계도를 가지고서 그 호랑이 아가리와 대면하는 일이란, 모든 청년들이 조만간의 차이는 있을지언정 한번은 감당할 수밖에 없는 일이라는 점에서 그렇다. 그렇다면 그는 무엇을 쓰기 시작했다는 것인가. 그의 이력을 염두에 둔다면 그의 등단작 「아웃사이더」

같은 단편소설이었으리라 짐작할 수 있다. 그러나 무슨 이름으로 불리건 간에 그것은 본성상 낙서이자 일기일 수밖에 없다. 심정에서 타오르고 있는 불은 객관적인 형상성을 거부하기 마련이다. 그것이 표현을 얻어 튀어 나온다면 그것의 속성은 객관적인 것으로서의 소설보다는 주관적인 것으로서의 시에 가까울 것이다. 불타는 심정만으로 소설은 이루어지지 않는다. 시가 정오의 양식이라면 소설은 황혼의 양식이기 때문이다. 이것은 어느 쪽이 우월하냐의 문제가 아니다. 한 구절의 시가 보여주는 통찰의 깊이 혹은 정서의 높이는 그 어떤 대하소설의 육중한 질량도 능히 감당할 수 있다.

글을 쓰기 시작한 청년 김경욱에 대해, 그래서 우리는 이렇게 말할 수 있을 것이다. 이제 그는 작가의 세계로 가는 첫번째 관문을 통과한 것이라고. 자기를 거울에 비춰보는 일을 시작한 것이라고. 자기 삶을 전체로서 성찰하기 시작한 것이라고. 하지만 존재의 구멍을 느끼는 일이란 작가에게는 단지 필요조건일 뿐이다. 그것은 단지 출발점에 불과하다. 그의 등단작 「아웃사이더」에는 정서의 뭉텅이들이 떠다니고 있다. 고교생과 그를 가르치는 대학생이라는 두 인물이 나오지만, 그것은 주체와 거울상의 관계와 흡사하다. 둘 모두 한 몸이라는 것이다. 그것을 두 인물로 분리시키는 일이란 자기 자신을 둘로 나누는 일, 둘 사이에 대화를 시켜보는 일, 하나로 하여금 다른 하나를 짐짓 모르는 척 기술하게 하는 일과도 같다. 이것이 자기 성찰의 진정한 모습이 아니라는 것은 자명한 일이다. 거울 속에 있는 존재는 타자가 아니라 자기에게는 너무나 익숙한 대상이다. 말을 시키지 않더라도 무슨 생각을 하고 있는지는 속속들이 알고 있다. 그러니 둘 사이의 대화란 사실은 대화가 아니라 독백에 불과할 뿐이다.

여기에서 한발 더 나아가면 무슨 일이 벌어지는가. 유체 이탈이 감행된다. 거울을 들여다보고 있는 자기 자신을 타자의 시선으로 지켜보는 일, 거울 앞에서 자기 자신의 모습을 보면서 온갖 표정을 연출하고 있는 광대 같은 자기 자신의 모습을 그 바깥에서 지켜보는 일. 그 제3의 눈길을 의식하는 순간 거울도, 거기에 비춰지는 자기 자신의 모습도 덧없는 것이 된다. 거울에 비친 자기 모습이 진짜 자기가 아니라는 것, 자기와 매우 흡사하지만 결코 진짜 자기일 수가 없다는 것. 진짜 자기 모습을 보기 위해서는 거울이 아니라 다른 사람들의 눈동자 속을 들여다보아야 함을 알게 되는 것이다. 그래서 그 순간을 넘어서면 거울은 더이상 거울이 아닌 것이 된다. 거울은 단지, 어떤 모습도 되비추지 않는 검은 구멍이거나 혹은 그 너머로 수많은 사람들의 형상이 지나다니는 유리창이 되는 것이다. 검은 구멍을 향해 자맥질해들어가느냐 혹은 유리창을 통해 다른 사람들의 형상을 포착해내느냐 하는 것은 옵션에 지나지 않는다. 어느 쪽이건 간에 그 일을 시작한 사람들을 가리켜 우리는 비로소 작가라고, 혹은 성인이라고 말해줄 수 있다.

2. 1990년대 세대 소설쓰기의 조건

우리는 지금 작가 김경욱의 아홉번째 책을 앞에 두고 작가의 탄생이라는 조금은 엉뚱한 이야기를 늘어놓고 있는 중이다. 무엇 때문인가. 단도직입적으로 말해보자. 우리는 이제야 비로소 그가 작가라는 소설기계로 태어나고 있음을 확인하고 있는 중이기 때문이다. 여기에서 기계라는 말로 지칭하고자 하는 것은 자의식이 없는 존재를 뜻한다. 투입과 산출 사이에 놓여 있는, 작동과 효과만으로 존재하는 감정 없는 실체. 물론 사람이 어떻게 자의식이 없을 수 있겠는가. 쉽사리 그런 의식을 겉으로 드러내지 않는 존재를 가리켜 기계라는 싸늘한 어감을 지닌 말로 불러보자는 것이다. 기계는 거울을 보지 않는다. 거울 보는 법을 몰라서가 아니라 거울을 보아도 달라지는 사태가 없음을 잘 알고 있기 때문이다. 청년 루카치는 소설이 소설이기 위해 필요한 두 개의 반성에 대해 말한 적이 있다. 하나는 자기 자신을 들여다보는 것, 또하나는 그런 자기 자신의 모습을 다시 바라보는 것. 두번째 반성의 시선을 확보하지 않으면 자기 자신이나 세상을 보는 것이 편벽되고 위태롭게 된다. 그러니 그것은 단지 소설이나 작가의 문제만이 아님은 자명하다. 기계란 아직 반성의 단계로 접어들기 전이거나 이미 두 차례의 반성을 거친 후의 존재들이다. 김경욱이라는 작가의 아홉번째 책에 대해 언급하는 자리에서 구태여 이런 이야기들을 상기하는 것은 1990년을 전후하여 스무 살이 된 세대들이 감당해야 했던 독특한 정신적 상황 때문이다.

김경욱이 즐겨 쓰는 표현법을 원용하여 말하자면, 세상에는 두 부류의 소설가가 있다. 첫째는 주인공이 작가와 함께 나이를 먹는 경우, 둘째는 주인공이 어김없이 이십대로 고정되어 있는 경우. 첫번째의 대표적인 작가가 이광수라면 두번째는 염상섭이다. 물론 이분법에는 반드시 예외가 있는 법이니, 여기에도 또다른 옵션이 있다. 이상의 경우처럼 나이먹을 기회를 놓쳐버린 작가들. 첫번째 유형의 경우에 중요한 것은 소설이 아니라 소설가이다. 서사가 아니라 담론이 훨씬 더 중요한 경우라 해도 좋다. 주인공은 작가의 분신으로서 사고하고 발언하고 행동하며, 독자들에게도 그렇게 다가간다. 이런 경우 작가는 단순한 이야기꾼이 아니라, 실천적 지성이거나 사제거나 혁명적 주체거나 모럴리스트거나, 어떻든 자기의 발언이 좀더 나은 세상을 만드는 데 기여해야 한다고 생각하면서 이야기를 만들어내는 경우에 해당된다. 반면에 두번째 유형은 자기 자신을 감추는 데 능한 사람들이다. 세상에 뛰어드는 일보다는 관찰하고 분석하는 쪽에 서 있으며 그래서 다른 목소리에게 자기 몸을 빌려주는 무당이나 중립적인 장인이나 무심한 기계에 가깝다. 첫번째 유형은 자기 생각을 거리낌없이 주장하는 반면, 두번째 유형은 좀처럼 자기 속내를 드러내지 않는다. 불가피한 경우라 하더라도 직접적인 방식이 아니라 간접적이고 우회적으로, 자기가 다루는 인물들의 입을 통해서라기보다는 그 인물들의 관계나 운명을 통해서 그렇게 한다.

소설쓰기라는 점에서 보자면 둘 중 첫번째 유형이 좀더 근원적이라 할 수 있다. 근대를 대표하는 서사장르로서 소설이 지니고 있는 원초적인 힘은 고백하고자 하는 충동, 자기가 겪고 생각한 삶에 대해 말하고자 하는 충동에 근거한 것이기 때문이다. 그래서 두번째 유형이라 하더라도, 염상섭의 경우가 보여주듯 처음부터 소설기계로 출발한 것은 아니다. 고백을 거쳐 관찰로 나아가는 것이 소설적 파토스 일반의 진화의 순서에 해당된다. 물론 예외도 없지 않다. 1980년대의 복거일이나 1990년대의 은희경처럼. 사십대에 등단한 그들은 출발할 때부터 늙은 신인들이었다. 소설에서 고백적 충동이 지니고 있는 힘은 그것이 기본적으로 시간성에 의존하고 있다는 점에 기인한다. 고백자의 시선은 자기 삶을 하나의 완결태로 굽어보는 정신의 것이다.

여기에서 중요한 것은 모든 것을 변화시키는 힘으로서의 시간이다. 이를테면 칸트는 공간과 시간을, 직관의 외적 표상과 내적 표상의 형식으로 구분했다. 우리가 머릿속에 떠올릴 수 있는 모든 요소들을 제거하고도 남는 것, 예를 들어 책상과 걸상과 책들을 모두 치워버려도 남는 빈 방 같은 것이 직관의 외적 형식으로서의 공간이다. 그것이 있어야 직관이 가능하다는 점에서 선험적이다. 그러나 시간은 표상이 불가능하다. 시곗바늘이 움직이는 것이나 물이 흘러가는 것이나 나뭇잎이 떨어지는 것이나 모두 공간적인 이동에 불과할 뿐 그것이 시간성을 직접적으로 표상해줄 수는 없다. 그래서 직관의 두 형식 중, 시간은 공간과는 달리 오로지 내적 표상만이 가능하다는 것이다. 이런 점에서 시간이야말로 내면성의 출현에 결정적인 요소가 된다. 시간을 통해 타자의 시선을 획득한 고백자의 발언은 언제나 완료형일 수밖에 없으며 바로 그 순간 과거에 대해 기술하는 것으로서의 서사가 출현한다.

그러나 이런 고백의 형식이 소설적 시선의 탄생에 결정적인 것은, 그것이 단순히 과거에 대해 말하는 것이라는 사실 때문만은 아니다. 과거와 현재라는 두 개의 상이한 시간대를 설정할 수 있게 되는 것, 둘을 서로 마주보게 함으로써 둘 모두에게 거울을 마련해주는 것, 곧 반성적 시선을 확보하게 해준다는 점이 중요하다. 두 개의 시간대가 마주보게 되면 과거도 단순한 과거일 수 없고, 현재도 단순한 현재일 수 없다. 요컨대 현재성에 대한 의식에 시간이 개입해 들어오는 순간은 의식에 다양한 층이 생기는 순간이며, 변화의 결과와 변화 가능성에 대한 개념들이 현재성의 의식을 꿈틀거리게 만드는 순간이기도 한 것이다. 그것을 타자성의 등장이라고, 자기 자신과 자신의 현실을 일순간 낯선 것으로 만드는 타자의 시선의 등장이라고 부를 수 있다. 단지 이야기하는 것만이 아니라, 그 이야기를 들려줄 만한 가치가 있는 것으로 만드는 힘, 의미 있는 것으로 만드는 힘이 바로 그 타자의 시선이다. 그 시선이 개입하는 순간 나는 수많은 사람 중의 하나가 아니라, 세상에 둘도 없는 유일한 개인이 된다. 개별성을 넘어서는 이 같은 고유성의 출현이야말로 고백을 고백답게, 서사를 서사답게 만드는 요소이다. 요컨대 타자의 시선을 확보하는 것이 문제라는 것이다.

1971년생 김경욱은 1993년 이십대 초반의 나이로 등단했다. 이 사실이 강조되어야 하는 것은, 그가 1990년대에 등단했다는 것 때문도, 이십대 초반에 등단했다는 것 때문도 아니다. 둘을 합해야 의미 있는 것이 된다. 이런 점에서 김경욱은 그와 같은 해 등단한 1970년생 작가 김연수와 유사한 정신적 입지를 지니며, 1962년에 등단한 1941년생 김승옥과도, 또한 2003년에 등단한 1980년생 김애란과도 구분된다. 1990년대가 지니고 있는 특수성은, 1980년대까지 지속되어왔던 한국의 냉전적 정치상황과 1998년 이후로 본격화된 탈냉전적 문화적 토양 사이에서 일종의 과도기적인 것으로 존재하고 있다는 점이다. 다소 도식적으로 말하자면 이 변화는, 담론의 중심이 정치에서 문화로, 공동체에서 개인으로, 이념에서 윤리로의 변화를 뜻하는 것이라고 해도 좋다. 1990년대의 신세대 작가 김경욱은 말하자면 이런 변화의 사이에 낀 세대로 존재한다. 이런 시대에, 이제 갓 스물을 넘긴 작가 김경욱이 소설이라는 이름으로 무슨 이야기를 할 수 있을까. 어떻게 자신만의 특이성의 공간을 개진해나갈 것인가.

1980년대였다면 이십대적인 감수성은, 비록 그 자신의 힘만은 아니었을지언정, 그 시대가 지니고 있던 정치적 치열성과 결합함으로써 타자성의 공간을 열어낼 수 있었을 것이다. 기성사회가 지니고 있는 세계상과 다른 세계에 대한 꿈이 그들에게 타자의 시선을 확보해줄 수 있었기 때문이다. 또 2000년대 초반에 김애란이 보여준 세계를 향한 넉넉한 시선과 유머는 아직 김경욱 세대의 것이기는 힘들었다. 소련이 해체되고 동구권이 몰락했지만, 한국에서는 여전히 강경대와 김귀정 같은 대학생들이 공권력에 의해 죽어가고 있던 시절이었기 때문이다. 게다가 그들은, 한국전쟁으로 표상되는 이념적 대결의 강렬함을 유년의 원체험으로 지니고 있는 김승옥이나 이청준과도 경우가 달랐다. 무엇보다도 체험의 강도나 절실함이라는 점에서 그렇다. 그러니 무슨 이야기를 어떻게 할 수 있겠는가. 고백하고 싶어도 고백할 수 없으니, 그저 고백할 수 없음에 대하여 고백할 수밖에 없다는 것, 그것도 매우 간접적인 방식으로 그럴 수밖에 없다는 것, 그것이 김경욱과 또한 김연수의 세대 앞에 놓여 있는 소설쓰기의 조건이라고 해야 할 것이다.

이런 조건 속에서 김경욱이 끌고 들어온 것은 대중문화로 표상되는 문화적 저항의 몸짓이었다. 그럼으로써 그는 현실의 질서에 대해 아웃사이더이고자 했다. 그러나 그것 또한 이미 유효한 대안이기는 어려웠다. 정치적 저항을 바탕에 깔고 있을 때에만, 그것의 그림자 속에 있을 때에만 문화적 저항도 의미 있는 것이 되기 때문이다. 이를테면 민족의 장래를 걱정하는 많은 사람들 틈에서 혼자 이소룡의 영화에 대해 속삭이는 것은 캠프(camp)적 감각의 신선함을 줄 수는 있다. 그러나 그것도 어디까지나 정치적 담론들이 지니고 있는 엄숙주의에 대한 그림자로서만 그럴 수 있을 뿐이다. 게다가 많은 젊은이들이 주윤발과 장국영의 영화에 대해 열광하고 또 고전적인 록에서부터 모던록과 얼터너티브록을 즐기고 있는 상황이지 않은가. 그것들을 단순히 문화적 의장으로 끌고 들어오는 것만으로는 부족하고 엷었다. 요컨대 소설가로서 김경욱은 문화적 아웃사이더이고자 했으며, 그럼으로써 서사에 필요한 타자의 시선을 확보하고자 했으나, 그의 청년 시대는 이미 문화적 아웃사이더를 위한 충분한 공간을 확보하지 못하고 있었다는 점이 문제라는 것이다. 문제는 성숙성이었으되, 그것을 제공해줄 어떤 시간성도 또한 공간적인 이질성도 발견하기 어려웠던 시대에 김경욱이 이십대의 청년 소설가가 되었다는 것, 그것이 문제였다고 해야 할 것이다.

그렇다면 방법은 무엇인가. 최근의 김경욱의 작품경향을 이미 알고 있는 우리로서는 너무나 쉽게 대답할 수 있다. 자아가 아니라 세계를 향해 시선을 돌리는 것이 그 대답일 수 있다. 물론 1990년대라 하더라도, 『외딴 방』의 작가 신경숙 같은 경우에는 거울을 들여다보는 것이 의미 있는 일이었다. 그는 거울 뒤의 어둠을 향해 자맥질을 해갔으며 그것을 통해 개인적 체험과 시대적 보편성이 만나는 의미 있는 지점을 포착해낼 수 있었다. 반대로 『새의 선물』의 작가 은희경은 은박을 벗겨 거울을 유리창으로 만들어버렸고 그것을 통해 생생한 생활세계의 감각을 포착해냈다. 이십대의 김경욱은 염상섭보다는 이광수에 가깝고, 은희경보다는 신경숙에 가까웠다. 그는 무엇보다도 일인칭의 소설가였다. 소설의 화법이라는 점에서가 아니라 작중인물과 나누는 정서적 교감이라는 측면에서 그렇다. 그의 장편 『모리슨 호텔』(열림원, 1997)에 등장하는 인물들은, 죽어가는 남자 주인공이나 비로소 사랑에 눈뜨는 여자 주인공이나 모두 김경욱의 분신들이다. 계몽이 불가능한 세계에서 고백자에게 가능한 것은 죽음충동일 뿐이다. 그의 초기 소설에서 이십대의 주인공들이 너무나 쉽게 죽는 것도 그 때문일 것이다. 그러나 그가 거울로부터 세계를 향해 눈을 돌리는 순간 새로운 서사적 공간이 펼쳐지고 새로운 유형의 작가가 탄생한다. 그것을 위해서는 작가 자신의 내적 성숙성이, 그리고 그것을 제공해줄 수 있는 시간적 거리가 필요했다. 또 그는 작가로서의 지독한 슬럼프와 내적 위기를 거쳤다. 그런 과정을 통해 변신한 김경욱의 모습을 두고 우리는 지금 소설기계로서의 작가라고 부르고 싶은 것이다. 그의 아홉번째 책인 『위험한 독서』도 그 모습의 일단임에는 두말할 나위가 없다.

3. 진화하는 소설기계 김경욱

소설을 따라 읽다보면 어느 순간 작가의 달라진 모습을 보고 놀랄 때가 있다. 좋은 모습으로 바뀌었을 때 보통 손이 풀렸다고들 한다. 작가 김경욱의 경우도 그런 순간이 보였다. 보는 눈에 따라 편차는 있겠지만, 내게는 그의 네번째 작품집 『장국영이 죽었다고?』(문학과지성사, 2005)에 실린 단편들이 발표될 때였던 것으로 보였다. 표제작 「장국영이 죽었다고?」나 「당신의 수상한 근황」 같은 작품들이 특히 그랬다. 작가가 소설을 쉽게쉽게 뽑아내고 있다는 느낌을 주었다. 운동선수들에게서 보이는 유연하고 부드러운 동작들이 그렇듯, 이런 느낌을 주는 글일수록 오히려 힘든 수련과 면려에 바탕을 둔 것이기 쉽다. 쉽게 읽히는 글일수록 공들여 씌어진 글이기 쉬운 것과 같은 이치이다. 「베티를 만나러 가는 길」 등의 그의 초기작에서는 즉물적으로 등장했던 〈아비정전〉 같은 영화가 「장국영이 죽었다고?」에서는 서사 전체와 혼융되는 모습을 보여주었다. 아마도 그것은 소설 속으로 틈입해온 시간성의 힘이라고 해야 할 것이다. 기억의 형식으로 소환된 영화는 단지 문화적 의장이 아니라 두 사람의 고독을 연결시켜주는 서사적 요소로 작동하고 있는 것이다.

이런 변화의 모습이 우연하게 등장한 것이 아님은 물론이다. 등단 이후 그가 펴낸 책들을 연대순으로 늘어놓으면, 두번째 장편 『모리슨 호텔』(1997)과 세번째 장편 『황금사과』(문학동네, 2002) 사이에, 혹은 두번째 창작집 『베티를 만나러 가다』(문학동네, 1999)와 세번째 창작집 『누가 커트 코베인을 죽였는가』(문학과지성사, 2003) 사이에 적지 않은 시간적 공백이 존재한다. 그 시기에 극심한 슬럼프를 겪었다고 그 자신이 자전소설에서 술회하고 있기도 하지만, 무엇보다도 삼십대로 접어들면서 바뀌기 시작한 그의 작품의 경향 자체가, 그가 겪었으리라 짐작할 수 있는 많은 것들을 암시하고 있다. 이것은 두 창작집, 『베티를 만나러 가다』와 『누가 커트 코베인을 죽였는가』에 씌어져 있는 작가의 말의 차이를 확인해보는 정도로 충분하다. 전자에서 김경욱은 여전히 자신을 세대적 감각의 상징적 위치에 놓고 있지만, 후자에서 그는 글쓰기의 부끄러움에 대해 말하고 있다. 여기에서 비로소 모습을 보이는 겸손은 단순히 인간 일반의 품성이나 윤리적 덕목인 것은 아니다. 그것은 오히려 작가로서의 덕목에 가깝다. 그것은 곧 세계의 목소리를 받아들여야 하는 무당의 겸손이고 자의식이 없어 자존심을 모르는 기계의 겸손에 가깝다는 점에서 그렇다. 이에 대해서는, 자기를 낮출 줄 아는 영혼에게만 총체성의 계시는 은총처럼 다가온다고 했던 청년 루카치의 지적을 상기해도 좋을 것이다.

　그렇다면 무엇이 어떻게 바뀌었다는 것인가. 단적으로 말하자면 성숙성의 획득이라고 해야 할 것이다. 자기의 내면을 직접적으로 표출하는 방식으로부터 한발 떨어져나온 것이라고 해도, 또는 자기 자신이 아니라 대상을 바라보기 시작한 것이라고 해도 좋다. 세대적 자의식이 현저하게 드러나 있는, 그가 이십대에 쓴 두 장편(『아크로폴리스』『모리슨 호텔』)과, 반대로 그런 자의식으로부터 벗어나 있는 지점에서 씌어진 두 장편(『황금사과』『천년의 왕국』)의 차이를 지적할 수도 있겠으나, 그가 최근 사오 년간에 집중적으로 발표하고 있는 단편들에서 그런 변화된 모습을 분명하게 확인해볼 수 있다. 성숙성이란 여러 겹의 시선을 겹침으로써, 하나의 대상이 지니고 있는 다양한 측면들을 함께 고려함으로써, 한 번의 반성이나 판단이 아니라 여러 번의 반성을 포개어놓음으로써 실현되는 어떤 것이다. 그럼으로써 김경욱이 자신만의 스타일을 확보할 수 있었다면, 그것은 자기 스타일에 대한 고집을 포기함으로써 비로소 획득하게 된 스타일과도 같은 것이다.

『위험한 독서』에 실려 있는 단편 「공중관람차 타는 여자」를 예로 들어보자. 줄거리만으로 보자면 실패한 첫사랑에 관한 이야기이다. 한 여자가 대낮에 혼자서 공중관람차에서 내려오고, 한 남자는 지방도시의 공항 활주로로 강하하는 비행기 속에서 그런 여자의 모습을 보고 있다. 여기까지는 있을 수 있는 일이다. 그런데 그 두 사람이 서로에게 실패한 첫사랑이었다면 어떨까. 이런저런 사연이 있겠지만 아무래도 그건 너무 낭만적이거나 작위적이라 해야 할 것이다. 그래서 김경욱은 이야기를 비틀어놓는다. 분명한 것은 대낮에 공중관람차에 혼자 오른 한 여자가 있고, 그것을 내려다보는 한 남자가 있다는 것뿐이다. 둘이 어떤 관계인지는 아무도 모른다. 남자가 상상한 대로 첫사랑의 여자일 수도 있고 아닐 수도 있다는 식이다. 이쪽이 좀더 현실적이다.

그러나 여기에서 한발 더 나아가, 아직 첫사랑의 상처를 지니고 있는 남자의 환상이 있고, 게다가 그것이 환상일 뿐이라는 사실을 남자도 이미 알고 있는데, 그런데 정말 그 여자가 그 남자의 첫사랑이었다면 어떨까. 그 환상이 현실이라면? 이건 말이 되는, 게다가 풍부한 울림을 지니고 있는 괜찮은 이야기이지 않은가. 그런 게 인생이지 않은가. 가끔씩 도저히 상상할 수 없는 일이 눈앞에서 아무렇지도 않게 벌어지는 것, 놀라운 우연이 가끔씩 사람을 소스라치게 하는 것, 그런 게 균열과 구멍을 품고 살아가는 보통 사람들의 삶이지 않은가. 김경욱은 말하자면 첫사랑에 관한 낭만적 이야기를 두 번 꼬아놓음으로써 괜찮은 소설 한 편을 빚어낸 셈이다. 우연히 스친 두 사람이 첫사랑이었다고 말하는 첫번째 단계는 낭만적 허위이고, 그것이 한 남자의 환상일 뿐이라고 말하는 것이 현실적인 것이라면, 그 모든 사정에도 불구하고, 우연 속에 내던져져 있는 이 둘이 진짜 첫사랑이었다는 것, 그런 게 인생이라는 명제는 어떨까. 아마도 그런 것을 우리는 소설이라고 할 수 있지 않을까. 요컨대 낭만적 허위에 불과할 이야기가 두 번의 꼬임을 통해, 김경욱이 배치해놓은 겹의 시선을 통해 울림이 풍부한 아이러니의 공간으로 전치되고 있는 것이다.

이 같은 겹의 시선을 놓고 우리는 지금 성숙성이라는 표현을 쓰고 있는 셈인데, 그런 시선은 이야기 전체의 틀만이 아니라 세부까지 개입하여 볼 만한 장면들을 만들어내곤 한다. 「공중관람차 타는 여자」의 예를 계속 들어보자. 세 개의 인상적인 장면이 있다.

첫째는 여주인공 수진이 혼자서 거울 앞에 서 있는 장면이다. 사연은 이렇다. 결혼 전 수진에게는 세 부류의 남자가 있었다. 지적인 남자, 현실적인 남자, 낭만적인 남자. 누구와 결혼할 것인가. 물론 셋 다 답일 수 없다. 정답이 있다면 그것은 사랑하는 남자여야 한다. 그래야 열정이 식고 난 후 남게 될지도 모를 후회까지도 기꺼이 감당할 수 있다. 하지만 수진이 선택한 답은 능력 있고 책임감을 강조하는 남자였다. 그런 남자는 대체로 고집이 세고 자기중심적이어서 같이 살기 힘든 스타일이다. 결혼생활이 평탄할 수는 없었고 남편을 죽이고 싶은 순간도 있었지만, 아이 둘을 낳은 수진은 차가운 결혼이나마 유지하고 있는 중이다. 그런데 결혼 전 수진이 외면해버렸던 낭만적인 남자가 영화감독이 되어 텔레비전에 등장했다. 한때 혁명을 꿈꾸었던 남자였다. 문제는 그 영화의 내용이다. 감독의 첫사랑 이야기라고 알려진 영화가 수진 자신의 이야기로 가득 차 있는 것이 아닌가. 이십대의 예쁜 여배우가 자기 젊은 날을 연기하는 모습을 보고 극장에서 집으로 돌아온 수진, 마음이 편할 수는 없다. 욕실의 거울 앞에서, 젊음의 빛이 완전히 사라져버린 자기의 알몸을 들여다본다. 그 순간 욕실의 불이 꺼진다. 그건 장난기 많은 첫째의 짓이다. 곧이어 불이 켜진다. 그건 엄마가 욕실 안에 있음을 알고 있는 둘째의 배려다. 그렇게 번갈아가며 스위치를 향해 다가오는 첫째와 둘째의 손가락에 의해 거울 속의 나신은 반복적으로 명멸한다. 그것을 망연히 바라보며 수진이 서 있다. 첫째의 손이 이기기를 바라면서. 멋진 장면이다.

둘째는 수진이 첫사랑과 헤어지게 된 사연이다. 그것을 수진은 잘못 외워 쓴 시 한 구절 때문이라고 했다. 고등학교 1학년 때 마음에 드는 선배를 만났다. 순전히 그가 좋아 문예반에 들었다. 기적이 일어났다. 그 선배가 자기에게 연애편지를 보낸 것이다. 워즈워스의 시 한 편도 함께 보냈다. 그의 데이트 신청을 받아들이며 자기도 답장을 썼다. 워즈워스에 대한 답례로 릴케의 시 한 편을 써서 보냈다. 외우고 있던 시인지라 확인해볼 필요도 없었다. 달콤한 첫 데이트를 마치고 돌아온 수진은 릴케의 시집을 뽑아들었다. 있을 수 없는 일이 벌어졌다. 릴케의 「엄숙한 시간」의 마지막 행이 자기 기억과 달라져 있는 것이 아닌가. '그 사람은 나를 위해 죽고 있다'가 아니라 '그 사람은 나를 바라보고 있다'였다는 것. 그것이 수진에게는 참을 수 없는 수치였고, 그를 계기로 그와 멀어지게 되었다. 그러나 상대 남자의 입장에서 보자면 이것은 도무지 영문을 알 수가 없는 것이다. 달콤한 편지를 주고받고, 또 첫번째 데이트까지 분위기가 좋았는데 난데없이 자기를 피하는 여자를 이해할 길이 없는 것이다. 제대로 말이 통할 만한 나이였다면 사정은 또 달랐을 것이다. 영문도 모르는 채 여자에게 외면받은 어린 영혼은 상처받은 불쌍한 짐승이 되었다. 그러니 위축되어버린 어린 영혼의 행동은 제약될 수밖에 없다. 릴케의 시 한 구절 때문에 끝장나버린 첫사랑이라니! 그럴 수 있다. 그런 게 보통 첫사랑이기 때문이다.

마지막으로 셋째 장면, 소설의 마지막 장면이다. 남자도 여자도 모두 서른을 넘긴 나이가 되었다. 출장길에 오른 남자는 비행기에서 내려 공항을 빠져나가다 작은 액자에 걸려 있는 릴케의 시 「엄숙한 시간」을 본다. 마음이 촉촉해졌지만 정확한 이유는 기억나지 않는다. 수진의 편지를 받았던 고등학교 시절 이후로 너무나 많은 시간이 흘러버렸다. 그리고 공항 건너편에는 수진이 있다. 공중관람차의 캐빈에서 새삼 옛기억이 떠올라 혼자 울다 나왔다. 혼자 우는 울음이라면 진짜 울음에 가깝다. 물론 남편을 증오하고 애를 둘이나 가진 엄마가 첫사랑의 기억 때문에 울음을 터뜨리는 일은 있기 어렵다. 불현듯 떠오른 그 기억이란 아마도 감정의 둑을 터뜨린 마지막 한 방울의 물 같은 것이었을 것이다. 두 사람은 그렇게 서로의 존재를 모른 채 서로를 비껴간다. 김경욱은 이런 이야기가 실제가 아니라 단지 남자의 환상일 수 있음을, 이인칭 소설이라는 형식과 소설 초두의 장치를 통해 암시해두었다. 그러나 이 마지막 장면에 이르면 두 사람의 이야기는 환상이 아니라 실제 상황에 훨씬 가깝게 묘사된다. 이런 낭만적인 이야기가 실제 상황이라고? 그러나 이야기를 따라온 독자들의 마음은 이미 무장해제되어 있어 이런 정도의 아이러니를 받아들이는 데 큰 문제가 없다. 그런 설득력이야말로 성숙해진 작가 김경욱의 솜씨라고 해도 좋을 것이다.

우리가 최근의 김경욱에 대해 성숙성을 운위한다면 그의 작품에 등장하는 이런 양상들 때문이다. 「공중관람차 타는 여자」처럼 그는 이제 시간성을 능란하게 구사하고 있다. 한 작품만 더 예로 들어보자. 「황홀한 사춘기」는 1988년 스파르타식 기숙학원에서 재수생활을 했던 한 총각의 이야기다. 아버지는 이비인후과 전문의이고 어머니는 그런 남편을 간택할 수 있었던 재력가이다. 이 두 가닥의 이야기가 꼬이면서 서사의 줄거리가 직조된다. 1988년의 재수생이 우스꽝스러운 기숙학원에서 보내야 했던 한 해 동안의 에피소드들이 한편에 있고, 다른 한편에는 화목할 수 없었던 집안 이야기가 있다. 세목을 들어 이야기하지 않더라도 그런 상황에서 있을 법한 이야기들이 나온다. 학원의 군대식 규율에 저항하는 재수생들과 그들의 저항에 당근과 채찍으로 대응하던 학원 운영자들의 이야기, 또 바람을 피우다 마침내는 빈털터리로 이혼당하는 아버지 이야기 같은 것들. 마지막이 멋지다. 어느덧 10년의 시간이 흘렀다. 1988년의 재수생은 이제 총각 학원강사가 되어, 자기가 학원 시절에 보고 배웠던 교사들의 노하우를 전수하고 있는 중이다. 그가 학원에서 아버지의 전화를 받는다. 밥을 비비는 중인데 참기름병이 보이지 않는다는 것이다. 이런 정도의 장면만으로도 1988년 이후 이 두 사람이 보냈을 10년간의 정황이 한순간에 주르륵 펼쳐진다. 단편이 지녀야 할 미학적 덕목을 압축된 시간성이 확보해주고 있는 것이다. 일상 속에 있을 수 있는 그렇고 그런 이야기들인데도 시간성이 개입하는 순간, 곧 겹의 시선이 개입하는 순간 허구적 이야기로서의 소설만이 포착해낼 수 있는 정서적 울림의 공간으로 전환되고 있는 것이다.

이 밖에도 그의 최근의 소설들이 보여주는 미덕들이 있다. 그의 서사 여기저기서 모습을 보이는 디테일의 핍진성과 유머감각 등을 예시할 수 있을 것이다. 「고독을 빌려드립니다」에서는 홈쇼핑 고객관리부 특별관리팀장 노릇을 하는 회사원이 등장한다. 이 소설의 주된 화제는 고독 같은 추상명사까지 대여해주는 렌털 업체 이야기지만, 이 화제가 아무런 장치 없이 전면에 나온다면 좀 생뚱맞고 이상할 수 있다. 이런 이야기를 설득력 있게 만드는 것은 회사 생활의 핍진성이다. 디테일의 정치함이 말을 하기 시작하는 것이다. 주인공 남자는 홈쇼핑 회사에서 고객을 어떻게 관리하는가. 김경욱은 대뜸 전화 상담하는 장면을 배치해놓았다. 주인공은 특별관리팀을 운영하는 팀장이다. 구입한 상품에 불만을 가진 고객의 전화에 어떻게 대처해야 하는지를 팀원들에게 교육시켜야 하는 입장인 것이다. 전화상담을 통해 반품률을 떨어뜨리는 것이 그들의 임무이다. 그러기 위해 중요한 것은 고객과의 통화에서 최초의 3분을 넘기는 것. 통화시간이 3분이 넘어서면 반품률은 절반 이하로 떨어진다. 김경욱이 마련해놓은 이런 이야기를 읽어나가다보면, 홈쇼핑 회사에 실제로 그런 부서나 매뉴얼이 있는지는 알 수 없지만, 아마도 그런 게 있을 것 같다는 느낌을 갖게 된다. 정치하게 마련되어 있는 디테일에 의해 설득되고 나면, 그 나머지 이야기에 대해서는, 설사 비현실적이거나 엉뚱한 이야기가 나오게 되더라도, 한번 들어보자는 생각으로 마음의 문을 열게 된다. 설득력 있는 디테일 한둘이 그렇게 만드는 것이다.

유머의 경우도 마찬가지다. 「맥도날드 사수 대작전」은 테러에 대한 공포를 우스꽝스럽게 다룬 풍자적인 희극이다. 평양과 개성의 맥도날드 점포에 방화사건이 났다 하여 소설의 시간대를 흐려놓았다. 그런 것이야 아무래도 상관없다는 말일 것이다. 사건은 한 맥도날드 점포에 괴전단이 뿌려짐으로써 시작된다. 비에 젖은 전단은 잉크가 번져 내용을 정확하게 알 수가 없다. 그래서 크로스퍼즐 같은 확인게임이 시작된다. '제3세계해방전선'이 있어야 할 자리에는 '청담동진단방사선' '각종수입가방수선' '물 좋은노래방알선'이 끼어들고, '아동들의 건강을 해치지 마라'의 자리를 두고는, '아우들의 요강을 버리지 마라'와 '아시아의 최강을 넘보지 마라'가 경합한다. 또 '제3세계 미성년자를 착취하지 마라'의 자리에는 '너무 세게 동성애자를 갈취하지 마라'와 '여보세요 악성감자를 섭취하지 마라'가 등장한다. 이런 만담들을 읽어나가다 피식거리기라도 했다면 이미 독자는 작가와의 게임에서 진 것이다. 나머지는 작가가 이끄는 대로 끌려갈 수밖에 없다.

『위험한 독서』에 실려 있는 몇몇 작품을 예시하여 김경욱의 소설이 지니고 있는 미덕들을 언급해보았다. 이를 통칭하여 우리는 작가로서의 성숙성이라 불렀지만, 이런 면모는 이 책의 곳곳에서 확인될 수 있다. 물론 작품마다 편차가 없지는 않아서 보는 눈에 따라서 서로 다른 의견들이 나올 수도 있겠다. 하지만 그 정도가 크지 않고 전체적으로 매우 균질해졌다는 점에는 많은 사람들이 동의할 수 있을 듯싶다. 매 편마다 수작과 걸작이라고 할 수는 없지만, 어떤 작품을 뽑아들더라도 끝까지 편안한 마음으로 읽을 수 있다. 한 작가의 이름을 보면서 그의 작품이라면 어느 것이든 즐기겠다는 마음으로 느긋하게 접근할 수 있다면, 그는 이미 한 수준에 올라선 것이다. 내게는 현재의 김경욱이 그런 작가로 보인다. 그것이 쉬운 게 아님은 두말할 나위가 없다.

그런 수준을 확보하기 위해 그는 세대적 자의식을 포기해야 했고, 독창성에 대한 추구라는 예술가적 태도의 결연함을 접어두어야 했다(이는 그의 작품들이 보여주고 있는 것이다). 그 결과로 소설기계가 하나 탄생했다. 계약서나 사고보고서같이 실용적이고 분명한 목적이 있는 것이 아닌, 자기 목적적인 글을 쓰는 사람들이 맞닥뜨리게 되는 가장 큰 난점은 글쓰기 자체의 의미와 가치에 관한 것이다. 내가 쓰는 이 글이 대체 무슨 소용이 있을 것인가 하는 것. 소설기계 김경욱은 이제 이런 자의식을 드러내지 않는다. 그는 이미 기계이기 때문이다.

게다가 김경욱은 진화하는 기계이다. 지난 15년간의 그의 세계가 이를 보여주고 있다. 깨달음은 순간이되 그것의 실현을 위해서는 오래고 긴 실천이 필요하다. 기계란 그 고독을 견디는 존재들, 견디고 있다는 사실조차 드러내지 않는 존재들이다. 김경욱은 독창성에 대한 추구를 유보함으로써 기계의 길에 들어섰지만, 어쩌면 그것이 진정한 독창성에 이르는 길일지도 모른다. 천재가 그렇듯 독창성이라는 것도 여러 질이라, 사후적으로만 확인될 수 있기 때문이다. 어쩌면 그런 독창성이야말로 진짜일지도 모를 일이다. 그러나 진화하는 기계만으로도 쉽지 않은데 거기에 독창적이기까지 하다면? 그것은 아무리 미래의 일이라도 좀 섬뜩할 것이다. 물론 이런 것이야 한가한 독자들의 짐작일 뿐, 그러거나 말거나 김경욱은 쓴다. 그것만이 기계의 일이다. 기계의 탄생을 지켜보는 일도, 기계의 작동을 지켜보는 일도 독자로서는 매우 유쾌한 일이다. 김경욱의 독자라면 일단은 그것으로 족하다고 할 것이다.

루저의 윤리
— 한창훈 서사의 원천과 의미

1. 한창훈 · 김소진 · 이문구: 리좀적 글쓰기

『나는 여기가 좋다』는 한창훈의 다섯번째 작품집이다.[1] 1992년에 등단하여 첫번째 작품집 『바다가 아름다운 이유』를 낸 이후, 이삼 년 만에 한 권씩 낸 것이 여기에 이르렀다. 누구나 확인할 수 있듯이, 초기에 비하면 유연하고 능숙해졌다. 하지만 그런 정도를 가지고 한창훈의 이 책을 특별하달 수는 없겠다. 오히려 지금의 한창훈에게서 돋보이는 것은 그런 차이가 아니라 18년의 시간이 그를 통해 만들어내고 있는 어떤 수미일관함이다. 그것은 물론 그동안 그가 써낸 소설세계의 양상이기도 하지만 그보다는 오히려 소설쓰기에 대해 그의 글이 보여주고 있는 어떤 태도의 문제에 가깝다. 한창훈이라는 작가의 이름에 김소진이라는 이름이 겹쳐지는 것

---

1) 이 글에서 참조한 한창훈의 작품들은 다음과 같다. 소설집 『바다가 아름다운 이유』(솔, 1996), 『가던 새 본다』(창비, 1998), 『세상의 끝으로 간 사람』(문학동네, 2001), 『청춘가를 불러요』(한겨레, 2005), 『나는 여기가 좋다』(문학동네, 2009), 장편소설 『홍합』(한겨레, 1998), 『섬, 나는 세상 끝을 산다』(창비, 2003), 산문집 『바다도 가끔은 섬의 그림자를 들여다본다』(실천문학사, 1999). 이후 인용할 경우 본문에 쪽수를 밝힌다.

은 이런 점 때문이다.

　거문도 섬사람들 이야기를 하는 작가 한창훈이, 미아리 산동네 사람들에 대해 이야기했던 작가 김소진과 겹쳐진다고? 그렇다. 일단 그들이 지니고 있는 외적 공통점들이 있다. 둘 모두 1963년생으로 동갑이라는 점, 또 비슷한 시기에 등단했다는 점(김소진은 한창훈보다 한 해 빠른 1991년이다) 등이다. 이런 것도 물론 작은 것은 아니다. 그들이 공유하고 있는 것은 단순한 물리적 시간이 아니라 작가로서의 정향성에 적지 않은 영향력을 행사하는 세대적 감수성이기 때문이다. 그들은 고등학교 2학년 때 1980년 5월을 맞았고, 그로부터 촉발된 뜨거웠던 80년대를 이십대의 나이로 보냈으며, 이념세계의 대대적인 재편이 시작될 무렵 글을 쓰기 시작했던 사람들이다. 이런 점에서 그들은 환멸 2세대에 해당된다고 해도 좋겠다. 그들보다 열 살쯤 위인 문인들, 이를테면 1950년대 전반기에 태어난 황지우나 임철우, 김정환 등과 같이 뜨거운 시대를 뜨거운 글쓰기로 달려온 환멸 1세대와는 다를 수밖에 없다. 화염의 중심이 사위어가는 것을 확인하면서 글을 쓰기 시작한 사람들이라는 점에서 그렇다.

　하지만 이와 같은 시대적 조건들이란 말 그대로 외적인 조건에 지나지 않는다. 정작 중요한 것은 이런 외적 조건 속에서 작가들 각자가 확보해낸 서사적 개성이다. 한창훈과 김소진이 겹쳐진다고 했던 것도 바로 이러한 점 때문이다. 인물에게는 성격이 운명이라면, 작가에게는 스타일이 운명이라 해도 좋을 것이다. 한창훈의 소설이 김소진의 소설과 공유하고 있는 기본적인 특성은 단편지향적이라는 점이다. 서사 자체가 에피소딕하고, 서사적 골격보다는 육체의 풍부함이 돋보이며, 소재나 제재의 문제성보다는 디테일의 풍부함과 정치함이 서사에 생동감을 부여하는 방식의 글쓰기이다. 그것은, 갈등을 만들고 해소하면서 서사를 앞으로 추동하기보다는, 삶의 어떤 특정 시점에서 드러나는 횡단면들을 제시함으로써 그로부터 서정적 울림을 포착해내고자 하는 성향의 산물이기도 하다.

물론 한창훈의 현재의 저작 목록에는 다섯 권의 소설집 외에도 두 권의 장편, 『홍합』과 『섬, 나는 세상 끝을 산다』가 포함되어 있다. 『홍합』은 여수의 수산물 가공 공장을 배경으로 한 이야기이고, 『섬, 나는 세상 끝을 산다』는 거문도쯤으로 추정되는 한 섬의 생활사에 대한 보고서이다. 하지만 이 두 소설은 장편이라기보다는 연작소설에 가깝다. 소설 전체를 관류하는 기둥 줄거리가 없는 대신, 한정된 공간 속에 등장하는 다양한 인물들의 다양한 이야기가 리좀과도 같은 모습으로 장편의 질량을 채워내고 있다는 점에서 그러하다. 이는 또한 김소진의 경우도 마찬가지이다. 그의 유일한 장편 『장석조네 사람들』도 한창훈의 것처럼 전형적인 연작 형태의 장편이었다.

그러니까 한창훈과 김소진에게는 두 개의 길이 주어져 있었다 해도 좋겠다. 하나는 의미의 생성을 향해 현실의 저항선을 뚫고 나아가는 길이고, 또하나는 그 저항선 위를 미끄러지면서 삶의 환유적 흐름에 몸을 싣는 길이다. 후자의 길이 그들을 소환했고, 그 부름에 응답함으로써 그들은 허구로서의 소설이라는 틀이 만들어내는 강력한 인력권으로부터 한발 떨어져나올 수 있었다. 그들에게 소설은 이야기의 종결점을 중심으로 펼쳐지는 거대한 가상의 세계가 아니라, 여울목에서 포착된 굽이치는 삶의 풍경들이다. 그곳의 정서는 성장이나 전진보다는 회고나 퇴행에 가깝고, 동적이기보다는 정적이고 관찰자적이며 관조적이다. 성공이 있더라도 소박하거나 유머러스하고, 실패가 있더라도 장려하거나 비극적이기보다는 조금 추레하거나 애상적이다. 한창훈과 김소진이 선택한 길은 요컨대, 허구 제조자로서의 이야기꾼이 아니라, 경험과 기억과 관찰을 통해 이야기를 건져올리는 낚시꾼으로서의 이야기꾼이었다. 그럼으로써 그들은 단편 작가로서의 이야기꾼이 되었던 셈이다.

작가들이 자신의 소설을 통해 보여주는 스타일은 거꾸로 삶이나 글쓰기에 대한 작가의 태도를 보여주기도 한다. 한창훈이라는 이름을 떠올릴 때 김소진이라는 이름이 거기에 겹쳐진다고 했지만, 이 두 이름을 겹쳐놓고 나면 좀더 밑에서 떠오르는 이름은 이문구이다. 물론 세 편의 연작소설집, 『관촌수필』(1977)과 『우리 동네』(1981)와 『내 몸은 너무 오래 서 있거나 걸어왔다』(2000)로 대표되는 작가라는 점에서 이것은 새삼스러울 것이 없다. 이들의 세계 속에는, 리좀적 소설쓰기가 지니고 있는 그 자체의 의지가 있다. 중심화된 이야기, 큰 이야기에 대한 거부의 태도가 그것일 것이다. 의식적인 거부일 수도, 일종의 체질 같은 것의 자연스러운 결과일 수도 있다. 1942년생으로, 이념 대립의 와중에서 아버지와 형들을 잃었던 이문구의 경우는 그것이 일종의 작가로서의 정신적 양생의 길이었던 것으로 보인다. 정치적인 것과 문학적인 것 사이의 경계를 타고 가면서 형성된 그의 글쓰기는 단편의 모음만으로도 장편의 질량을 상회하는 중량감을 보여준다. 그것은 여백의 중량감이라고 해도 좋겠다. 그렇다면 1963년생들의 글쓰기는 어땠을까. 김소진은 1997년 세상을 뜰 때까지 작가로서의 자기에게 주어진 만 6년간의 시간을 매우 압축해서 썼다. 아버지들이 표상하는 반/에토스와 어머니들이 표상하는 에로스가 양 극단을 이룬 채로, 그의 산동네 이야기들은 그가 쓰고 간 시간의 양태만큼이나 긴장감으로 대전되어 있다. 그 충일함 역시 장편의 밀도를 상회하기에 부족함이 없어 보인다.

한창훈의 섬사람들 이야기는 어떨까. 이야기를 둘러싸고 있는 정서는 충일하기보다는 흥건하고, 서사 전체의 양감으로 보자면 훨씬 더 나긋나긋하다. 그의 이야기가 있는 곳엔 어김없이 술이 따라다닌다. 바닷가 홍합공장에서 새참으로 먹는 막걸리가 있고, 어부들이 뱃멀미를 없애기 위해 목구멍으로 들이붓는 소주의 세계가 있다. 노동이 있는 곳에 술이 있어서 한창훈의 세계에서는 노동의 일상이 또한 축제의 공간이기도 하다. 심지어는 싸움의 경우도 마찬가지다. 『나는 여기가 좋다』에 수록되어 있는 「아버지와 아들」의 경우를 보자. 섬 생활을 그만두고자 하는 늙은 아버지 어부와 오히려 육지에서 섬으로 돌아온 젊은 아들 어부가 있다. 이들 사이의 불화는 불가피하다. 자기 뜻에 반하는 아들이니 아버지로서는 아들이 하는 일이라면 무슨 일이건 마음에 찰 리가 없는 것이다. 그렇다면 싸움의 방식이 어떠한가. 새벽에 고깃배를 띄우고자 하는 아버지는 지난밤 술자리 때문에 제대로 준비하지 못한 아들을 힐책하며 소주 사발을 하사한다. 좋아서 주는 술이 아니라 먹고 죽으라는 술이다. 아들은 두말없이 그걸 받아 마시고, 그것만으로도 아버지에 대한 저항이지만, 한발 더 나아가 아버지에게 소주 사발을 되돌려줌으로써 사태를 확전시킨다. 부자지간을 떠나 고기 잡는 남자로서 술 먹고 같이 죽어보자는 것이다. 물론 늙은 어부도 물러설 수는 없다. 그래서 어떻게 되는가. 술이 개입된 싸움이니, 그것도 자기 자신의 현재를 부정하는 아버지와 그 아버지의 본래 모습을 기리고자 하는 아들 간의 싸움이니 그것이 진짜 전쟁일 수는 없다. 자연의 이치대로 늙은 어부는 술에 떨어져 잠이 들고 젊은 어부는 제가 해야 할 몫을 한다.

그런 것이 한창훈의 세계를 대표하는 정서로 보인다. 김소진의 서사 속에서는 기억이 땅 속의 감자처럼 이어져 있다면, 한창훈의 세계에서는 경험과 관찰이 그 역할을 대신하고 있는 것으로 보인다. 그로 인해 그의 소설 속에서는 디테일의 정치함이 말을 한다. 섬마을을 배경으로 솟아나는 유머와 청승과 고집과 로맨스 들을, 한창훈은 단편의 양식으로 그물 뜨듯 한 코 한 코 떠내고 있다. 그것이 18년째이다. 한창훈이 아니라 그 누구에게든 그와 같은 것이 쉬울 수는 없다. 『나는 여기가 좋다』가 감탄스러운 것은 이야기의 각 편들이 서로 얽어지며 만들어내는 풍요로운 환유의 사슬 때문이기도 하지만, 다른 한편으로는 그 속에 녹아 있는 그의 이런 태도 때문이기도 하다.

2. 한창훈 서사의 원천에 대하여

한창훈이 만들어낸 세계를 전체적으로 보자면 일단 두 개의 공간이 눈에 뜨인다. 이는 크게, 전라도 사투리와 충청도 사투리라는 두 개의 사투리가 지배적인 공간으로 대별될 수 있겠다. 작가 한창훈의 개인사와 대조해보면[2] 이 두 개의 공간의 존재 근거는 쉽게 납득된다. 그는 외가가 있는 거문도에서 어린 시절을 보냈고, 열 살 때 여수로 이주해 초등학교와 중학교를 마쳤다. 고등학교는 광주에서 다녔고, 4년 동안의 휴지기를 거쳐 대전에서 대학생활을 했다. 그러니 그의 소설 속에 자주 등장하는 두 개의 사투리의 공간은 쉽게 정리될 수 있다. 유년 시절을 보낸 곳으로서의 거문도와 여수, 그리고 대학생활을 하고 문학수업을 한 곳으로서의 대전과 서산.

전라도와 충청도의 이 두 공간은 모두 해안이거나 그와 인접해 있는 공간들이다. 어촌이거나 반농반어의 공간 혹은 농촌이기도 하다. 그래서 그곳이 여수나 거문도의 남해안이건 서천의 서해안이건 사실 큰 차이는 없다. 쇠락해가는 풍경이기는 어느 쪽이나 마찬가지이기 때문이다. 이런 점에서 보자면 그 공간이 섬이나 어촌이 아니라 농촌이라고 해도 경우는 마찬가지다. 한창훈의 세계에서 어부는 그 의미로 보자면 농부와 구별되지 않는다는 것이다. 한창훈의 세계의 한가운데 있는 것은 말할 것도 없이 바다와 어촌의 풍경이지만, 그가 쓴 바다와 어부들의 이야기가 땅과 농부들의 이야기라 해도 상관이 없다는 것이다.

이를테면 한창훈의 세계 속에서 어부들은 바다에 나가는 것을 어장에 나간다고 표현한다. 술에 취한 어부가 물에 빠져 죽는 사고가 일어나기도 하고, 더러는 스크루에 밧줄이 감겨 배가 표류하기도 하지만, 그래도 한

---

2) 작가의 이력은 첫 소설집 『바다가 아름다운 이유』에 가장 상세하게 밝혀져 있다. 문학수업을 했던 풍경은 두번째 소설집 『가던 새 본다』에 실린 유용주의 발문에서 짐작해볼 수 있다.

창훈의 어부들이 상대하는 바다는 예상치 못한 위험이 도사리고 있는 모험의 난바다는 아니다. 소규모의 동력선으로 물고기를 잡는 연해이거나 좀더 나간다 해도 거문도와 제주도 사이의 어디쯤이다. 그러니 철이 되어 갈치나 멸치를 잡으러 바다에 나가는 것은 마치 철을 맞춰 밭이나 논에 나가는 것과 마찬가지이며, 가끔씩 대형 돗돔 같은 어마어마한 괴물을 만나 어부가 목숨을 잃는 일이 없는 것은 아니지만, 계절과 물때를 맞춰가며 그물이나 주낙으로 물고기를 상대하는 일이란 사냥보다는 농사일 쪽에 훨씬 가깝다. 선원이나 사냥꾼보다는 오히려 농부에 가까운 것이 한창훈의 어부들이다. 그러니 그의 소설 속에서 서로 다른 사투리로 표상되는 두 개의 공간은 그 의미로 보자면 하나인 셈이며, 나아가서는 어부도 농부도 실낙원의 주체들이라는 점에서 동일한 위상을 지니고 있다 해도 좋겠다.

이 같은 한창훈의 소설세계와 그의 개인사를 나란히 대놓고 보면 하나 특이한 공간이 있음을 알게 된다. 그가 유소년기를 보낸 거문도(여수)와 청년기를 보낸 서산(대전) 사이에 놓여 있는 공간, 즉 광주의 존재가 그것이다. 거기에서 그는 고등학교를 다녔다. 다른 두 공간은 그의 소설 속에서 여러 가지 형태로 변주되면서 등장하고 있음에 비해 광주는 잘 등장하지 않는다. 그래봐야 고등학교 시절 3년 동안일 뿐인데 왜 그것이 특이하다는 것인가. 그 광주는 그냥 광주가 아니라 1980년 5월의 열흘 동안을 품고 있는 광주이기 때문이다. 1980년 5월에 그가 고등학교 2학년의 나이로 광주에 있었다는 것은 어떤 의미에서건, 그가 그때 무슨 일을 했건, 설사 아무것도 듣지도 보지도 못했다 해도 하나의 사건일 수밖에 없다. 광주항쟁 자체가 내장하고 있는 폭발력이 워낙 크기 때문이다. 그럼에도 그의 소설 속에서 1980년 5월 광주의 경험이 잘 등장하지 않는다는 것은 좀 이상하지 않은가. 그가 광주를 다루는 방식은 매우 삽화적이어서, 예를 들자면 『홍합』에서 한 작중인물의 남편이 그때 광주에서 행방불명되었다는 식으로 스쳐지나가는 정도이다. 이런 이유로 인해, 그가 1980년 5월 광주에서 있었던 일에 대해서 쓴 「변태變態」라는 단편은 매우 예외적으로 보인다. 이런 단편이 가능했던 것은 작가의 고백을 요구하는 자전소설이라는 틀이 그에게 주어졌기 때문일 듯싶기도 하다.[3] 그만큼 한창훈은 결과적으로 자신의 광주 체험을 드러내고 싶어하지 않았던 셈인데, 어쨌거나 이 소설 속에서 그는 그때 일의 일부에 대해 털어놓았다. 거기에는 한 개인으로서도 작가로서도 외상적인 것이라 할 만한 사건이 내장되어 있는 것으로 보인다. 우리가 작가 한창훈의 서사적 감수성의 원천에 대해, 또한 그가 가지 않은 길에 대해 말할 수 있는 것도 아마도 그런 지점에서 일 것이다.

한창훈에게 다가온 광주는 무엇이었을까. 「변태」의 한복판에 놓여 있는 것은 다른 어떤 것도 아닌 공포의 체험이다. 날것으로 생생하게 다가오는 죽음의 공포. 그리고 그것은 칼칼한 에로스에 감싸여 있다. 소설의 주인공은 광주에서 하숙을 하고 있는 고등학생이다. 같이 하숙하는 재수생, 삼수생 들과 함께 어울려 선술집에도 출입하고, 짐짓 어른 흉내를 내며 삼십대 초반인 술집 주모의 거친 에로스에 혼자서 다가가기도 하는, 그러니까 조금은 탈선해 있는 18세인 셈이다. 그런 주인공에게 1980년 5월의 광주라는 거대한 폭탄이 다가갔다. 어떤 일이 벌어졌을까. 매력적인 주모를 두고 어른들과 먹살잡이를 할 만큼 수컷 기질이 왕성하고 탈선적인 고교생, 게다가 그것을 제어할 부모도 없이 하숙하고 있는 인물이라면 이에 대한 반응은 자명하지 않을까. 그는 시위대가 되어 시내로 나갔고 그 현장에서 두 번의 아찔한 경험을 한다. 시위대와 함께 돌멩이를 던지고 난 다음 순간, 안개 같은 최루탄 가스 사이로 느닷없이 코앞에 다가와 있는 장갑차, 그리고 그 위의 총구와 맞서게 된 경험이 그 첫번째이다. "침을

---

3) 「변태」는 『문학동네』 1999년 봄호, '젊은작가특집'의 자전소설란에 발표되었고, 『세상 끝으로 간 사람』에 엮였다. 이하 인용시에는 이 책의 쪽수를 밝힌다.

뱉으면 닿을 거리"를 두고 장갑차와 맞서게 된 순간을 그는 이렇게 표현했다. "장갑차 위의 군인이 총으로 나를 겨누는 게 보였다. 그 순간. 어떤 판단이나 추측도 할 수 없던 그 시간. 얼음 같거나 두부 같거나 하여튼 한 가지 색으로만 머릿속이 채워지던 짧은 시간."(204쪽) 포클레인 한 대가 장갑차를 향해 돌진하는 바람에 총구가 그곳을 향했고, 그 덕에 그는 목숨을 건질 수 있었다.

이 경험이 얼마나 악몽 같은 것이었을지는 그의 입을 빌리지 않더라도 충분히 짐작해볼 수 있다. 실제로 총탄에 사람들이 쓰러져가던 현장이었기 때문이다. 그에게 두번째 경험은 이보다 좀더 충격적이었다. 그가 장갑차를 만났던 다음날, 도청을 지키던 군인들과 이제는 무장을 하게 된 시민군들 사이에서 총격전이 벌어졌고 그는 또 그 현장에 있었다. 총상을 입은 사람들이 생겼고, 부상자를 구하려다 총탄에 머리가 깨져 즉사하는 사람도 있었다. 그곳은, "금방까지 살아 움직이던 사람이 시체가 되어 눈앞에 나뒹구는 것을 나는 멍하니 바라보았다. 깨어진 두개골에서 핏줄 선명한 뇌가 사방으로 터져나왔다는 것을 조금 지난 다음에야 알았다"(220~221쪽)와 같은 표현이 살아 있는 공간이었다. 거기에서 그는 또 한 사람의 죽음을 목격한다. 그는 총상을 입은, 자기보다 어린 남자아이를 부축하여 병원으로 옮기던 중이었다. 어디선가 날아온 총탄은 그 자신을 스쳐 바로 그 부상당한 아이의 등을 파고들었다. 자기에게 어깨를 기댄 채로 총을 맞고 숨을 거두는 남자아이의 얼굴을, 숨을 거두는 순간의 표정을 그는 지켜보지 않을 수 없었다. 풀린 동공의 무표정이 허공 속에서 그를 지켜보는 것을, 유명을 가르는 짧은 막과 그 막이 나타났다 사라지는 순간의 엄청난 허무의 장력을, 그 공포와 충격을 그는 고스란히 받아내야 했다. 병원 입구에서 사람들에게 그 죽은 아이를 넘겨주고 난 다음 순간을 그는 이렇게 썼다.

나는 뛰기 시작했다. 사람들이 도로에 길게 들어서 있고, 여전히 총소리와 화염에 휩싸인 자동차에서는 검은 연기가 하늘을 타고 오르는데 그것들은 아주 오래된 사진처럼 비현실적으로 보였다. 수천 발의 총알이 하늘을 뒤덮고 있었다. 총알들은 일정한 거리를 유지하면서 날아가더니 한순간에 방향을 바꿔 나에게 덤벼들기 시작했다.

그것은 착각이면서도 현실이었다. 극도의 공포에 휩싸여 걸음이 잘 걸어지지가 않았다. 나를 바라보는 저 많은 사람들이 다 총알 같기도 했고 모두 이미 죽어 저승의 문이 열리기를 기다리는 혼령들 같기도 했다. 골목에는 사람들이 없었다. 이제 나와 총알만 가득했다.

하숙집은 여전히 텅 비어 있었다. 방문을 닫아걸고 이불을 뒤집어썼다. 그러나 총알은 계속 따라왔다. 드디어, 환난을 일종의 재미로 받아들이는 사춘기의 철없음이 얼마나 속없는 것이었는가, 뼈가 저리기 시작했다. 이제 죽음이 눈앞에 다가온 것이다.

누군가 노크를 했다. 덜덜 떨며 문을 열었다. 총알이었다. 총알이 퓌웅, 귀를 스치며 벽에 박혔다. 이 세상에는 나와 총알뿐이었다. 내 심장과 머리를 겨누는 저 번뜩이는 총구. 나는 살충제를 맞은 벌레처럼, 우악스런 발에 밟혀 몸뚱이 한쪽이 뭉그러진 벌레처럼 꾸물댔다.(222~223쪽)

여기에서 중요한 것은 광주가 아니라 죽음이다. 날것으로서의 죽음, 공포스러운 실재로서의 죽음. 무엇으로 인한 죽음인지, 그 죽음의 의미는 무엇인지, 대체 누가 그 죽음에 대해 책임을 져야 하는지 따위를 따져 묻기 전에, 뇌수가 터지고 동공이 풀리는 생생한 실감으로서의 죽음 그 자체만이 눈앞을 가득 채우고 있는 형국이다. 죽음의 이 생생한 날것의 감촉은 어떤 상징화의 시도도 무력화시켜버린다. 체험 자체가 압도적이어서, 비극적 열흘을 둘러싸고 만들어질 수 있는 다양한 상징적 의미가 들어설 여지가 없다는 것이다. 실재로서의 죽음이 너무나 가깝게 다가와버린 탓에 그것을 객관화할 정서적 여지가 없었던 셈이다. 한창훈으로서는 도망가기에도 이미 늦어버렸다.

그런 현장에 한창훈과 함께 있었던 또 한 사람의 작가를 우리는 기억하고 있다. 전남대학교 영문과의 27세의 복학생이었던 임철우가 그이다. 그는 한창훈보다 정확하게 1년 앞서, 그와 똑같이 자전소설란에서 자신이 겪었던 광주 경험에 관한 뼈아픈 고백을 했다.[4] 18세의 불량학생 한창훈에게 문제가 되었던 것이 공포라면, 27세의 순진한 복학생 임철우의 트라우마는 죄의식이었다. 철없던 한창훈은 멋도 모르고 저 공포의 현장으로 뛰어들었음에 비해, 철난 복학생 임철우는 그곳으로부터 도망가고 싶어 했다. 더 정확하게 말하자면, 뜨거운 현장의 부름에 소환되지 않을 수 있는 기회를 잡을 수 있게 되기를 기원했고, 그의 기원은 스스로 선택한 운명의 이름으로 이루어졌다. 그는 겁쟁이 도망자이면서 스스로를 위한 도덕적 알리바이까지 원했던 것이다. 운명이나 도박 같은 방식으로. 그러니 그것을 고백하는 그 순간이야말로 작가 임철우로서는 자기 마음의 가장 밑바닥까지 내려가는 순간이었을 것이다. 그 고백의 뜨거움이란 애드거 앨런 포의 표현을 빌려 말하자면, 펜에 불이 붙어 종이를 오그라뜨릴 만한 위력을 지닌 것이라 할 만하다. 대단하다고 말할 수밖에 없는 장면인 셈이다. 그리고 바로 그 죄의식이야말로 작가로서의 임철우를 가능케 했으리라고 말할 수도 있겠다. 광주항쟁 이듬해에 발표된 그의 등단작 「개도둑」의 경우가 이를 증거한다. 한 마리 개에 대한 어이없는 죄의식과 부채감, 책임감 같은 기형적인 정서의 덩어리를 우리는 거기에서 발견할 수 있다. 그는 바로 그 지점에서 시작하여 죄의식의 기원을 향해 다가갔고, 또한 기원의 소실점 너머에 존재할 마이너스 죄의식으로서 해원의 지점을 상상하기도 했다. 『봄날』(문학과지성사, 1998)과 『백년여관』(한겨레신

---

4) 임철우는 『문학동네』 1998년 봄호의 '젊은작가특집' 자전소설란에 「낙서, 길에 대하여」를 발표했다.

문사, 2004)이 그것이었다.

그렇다면 여수 출신의 광주 유학생, 조대부고 2학년 학생이었던 한창훈의 경우는 어떨까. 멋모르고 다가갔다가 맞닥뜨린 저 공포를 그는 어떻게 처분할 것인가. 그 대답은 물론 한창훈이 써낸 소설 자체일 것이다. 날것으로 날것을 치유하는 방식, 에로스로 타나토스를 방어하는 방식이 그 앞머리에 있다. 「변태」에서 그 자신이 불쌍한 벌레였음을 발견한 주인공이 찾아가는 곳은 날것의 에로스가 존재하는 공간, 그에게 자기 아랫도리를 보여주겠다고 했던 삼십대의 주모가 있는 공간이었다. 정확하게 말하자면 찾아간 것이 아니라, 충격에 빠진 주인공이, "어떻게 갔는지도 모르게, 아직 대낮의 행길을 깊은 밤 공동묘지처럼 걸어갔고 무작정 고리를 잡아챘는데, 문은 쉽게 열렸다. 여인네가 약간 놀라는 얼굴을 했다"(223쪽)와 같이 표현되는 무의식적인 행보의 결과로 도달하게 된 공간이다. 깊은 밤의 공동묘지를 지나 도달한 곳, 그곳은 1920년대의 시인 이상화에게 그랬듯이 자폐와 퇴행의 굴혈이면서 동시에 치유의 공간이기도 하다. 물론 「변태」의 주인공은, 술도 안주도 구할 수 없는 그곳에서 한 바가지 욕과 함께 쫓겨나온다. "너도 가, 이 새끼야. 쬐끄만한 게 까져갖고."(225쪽) 하지만 그에게는 좀더 큰 동굴이 있다. 한창훈의 등단작 「닻」(1992)의 경우가 이를 상징적으로 보여준다. 좀더 나아가면 섬이라는 보통명사로 표상되는 그의 서사의 중심 공간 자체가, 더 나아가서는 선원과 작부, 어부와 잠녀가 이합하는 그의 소설세계 자체가 치유의 동굴이라고 해도 좋을 것이다.

이런 점에서 볼 때, 그의 등단작 「닻」에서 인상적인 것은 그 속에서 삼굴이라 불리는 해안동굴의 존재이다. 서로 사랑했지만 이런저런 이유로 헤어져 살게 된 젊은 남자와 여자가 있다. 그들은 같은 섬 출신이다. 파도가 치는 날, 그들은 함께 같은 배로 고향 섬으로 돌아가고 있는 중이다. 이는 우연이라는 이름의 운명 때문이다. 서로 사랑했지만 헤어져 살게 된 그들은, 이루지 못한 사랑과 도시에서의 험했던 생활로 인해 상처받은 존재들이다. 여자의 배에는 다른 남자의 아이가 자라고 있다. 그들은 애증이 뒤섞인 착잡함으로 서로를 외면하고 있다. 그리고 그들을 태운 배는 풍랑 때문에 섬의 선착장으로 접근하지 못한다. 선장은 이 섬의 천연 피난처인 삼굴로 배를 붙인다. 그곳은 남자와 여자의 사랑이 시작되었던 곳이기도 하다. 거기에서 비로소, 상처를 안고 있는 젊은 남자와 여자는 서로에게 마음을 연다. 소설의 마지막은 젊은 남자가, 다른 남자의 아이를 가진, 자기가 사랑했던 여자를 업고 가는 것으로 끝난다. 섬에서 남자가 상처입은 여자를 업고 가는 장면이라면, 우리는 『나는 여기가 좋다』에 실린 「섬에서 자전거 타기」에서 다시 확인할 수 있다. 두 소설의 시차는 15년 이상이지만, 여기에서 중요한 것이 그런 모티프 자체가 아님은 물론이다. 상처받은 존재들은 어김없이 섬으로 돌아온다는 것, 한창훈의 소설에서는 그것이 핵심이다. 상처입은 사람들과 그를 위로하는 섬이라는 설정은 한창훈의 세계에 있어서는 하나의 원형이라 해도 좋을 것이다. 『섬, 나는 세상 끝을 산다』와 같은 장편은 이런 점을 유감없이 보여주고 있기도 하다. 그러니 「닻」에 나오는 동굴 같은 설정도 부차적일 것이다. 한창훈의 인물들에게는 섬 자체가 치유와 부활의 동굴이기 때문이다.

그렇다면 이제 우리는 거꾸로, 광주에서의 경험을 실존주의적인 감수성으로 처리한 한창훈의 방식에 대해서도 이해할 수 있지 않을까. 날것으로서의 공포는 누구에게나 기휘(忌諱)의 대상이다. 포장하지 않으면 다룰 수 없는 난처한 대상이기 때문에 어떤 방식으로건 상징화의 단계를 거쳐야 한다. 예를 들어, 그 놀라운 현실 앞에서 가장 먼저 제기될 질문은 이런 것이 아닐까. 도대체 누가 이런 사태를 초래했는가 하는 것. 위험과 공포를 외부적인 것으로 처리하고자 하는 것은 마음의 기본적인 기제이기 때문이다. 그런 사태를 초래한 정치적 책임의 문제, 정당성의 문제, 역사성과 윤리의 문제를 따지는 것 등이 그런 절차에 해당할 것이다. 이런 상징화 과정을 통해 그 사태가 초래한 외상적 충격은 해석 가능한 영역으로 자리잡게 된다. 광주에 대한 서사화를 통해 임철우가 행했던 것이 그런 일이었다. 하지만 한창훈은 이와는 다른 길을 갔다. 그는 무엇을 자기 몫으로 삼았던 것일까. 최소한, 정치적 정당성이나 이념이나 윤리적인 것을 따지는 것은 아니라고 해야 하겠다. 그 이전에 있거나 이후에 있는 것, 말하자면 정신의 하부에서 우리 삶의 육체를 이루고 있는 기본적인 허접함 같은 것, 그리고 그 허접함을 치워버리고 정신마저 제거해버렸을 때 남는 삶의 근본적 허망함 같은 것, 한창훈이 일곱 권의 책을 통해 그려내고자 했던 것은 바로 그런 것들이 아니었을까.

한창훈이 그려낸 섬과 바다의 이야기들은, 이런 점에서 보자면 정신이 지향하는 품위나 격조, 강렬함과는 다른 곳에 있다 해야겠다. 그 이전이라고 해도 좋고 이후라 해도 좋다. 고집스러운 어부와 착한 잠녀, 감상적이고 쾌활한 작부와 순진한 선원들의 세계, 그들이 빚어내는 흥감한 육담의 세계가 그 구체적인 모습일 것이다. 한창훈은 그런 세계를 통해 삶의 한복판에 내장되어 있는 원초적 공포와 전율의 날 선 시선을 비껴가게끔 하고자 했던 것인지도 모르겠다. 어떻든 그들로 이루어진 세계가, 일찍 일어나는 새로 살아가야 하는 도시의 주민들에게 일종의 정서적 범퍼의 역할을 한다는 것은 그에게도 우리에게도 분명해 보인다.

3. 한창훈 서사의 의미에 대하여

『나는 여기가 좋다』에서 세 번에 걸쳐 등장하는 어부가 있다. 아내에게 버림받고 배도 팔아넘겨 한심한 신세가 된 어부이다. 등장하는 맥락이나 디테일은 조금씩 다르지만 섬에서 어부로서 버젓하게 살기는 힘들어진 사람이라는 점은 동일하다. 표제작 「나는 여기가 좋다」에 등장하는, 이제 오십 줄에 들어선 주인공 어부가 그 대표적인 모습이겠다. 그는 어부의 아들로 태어난 천생 어부였고 한때 근동에서 칭송이 자자하던 멋진 소년

선장이기도 했다. 그랬던 그가 이제는 배를 팔게 되었고, 또 아내까지 육지로 떠나겠다고 한다. 같이 가지 않을 거라면 이혼하겠다고 한다. 무엇때문인가. 당연히 돈 때문이다. 빚을 내서 멋진 배를 들여왔으나 배를 끌고 어장에 나갔던 것은 고작 2년뿐이다. 그후 3년 동안은 내리 선착장에 묶여 있었다. 어장이 죽어버려 배를 움직이면 오히려 손해가 나는 지경이되었기 때문이다. 그러니 그들의 살림이 어떨지는 짐작할 수 있는 것 아닌가. 아이들도 제법 커서 모두 육지에 나가 있는데, 어떻게든 육지에 가서 벌이하며 살겠다는 아내를 말릴 수가 없다. 설득할 논리가 없기 때문이다. 그렇다고 선뜻 따라나설 수도 없다. 섬에서 배가 없는 어부란 전장에서 총 없는 군인과 마찬가지인데도, 그래도 선뜻 떠날 수가 없다. 그런처지의 어부의 이야기에 한창훈은 저런 제목을 붙여주었다. '나는 여기가좋다'.

몰락하는 어촌이나 대물림하는 가난에 관한 이야기라면 새삼스러운 게아니다. 머리 좋고 자기 관리에 능한 사람들이 몰려가는 곳이 어디인지는자명하다. 그러니 돈을 벌자면 그 근처로 가야 한다. 돈을 만들고 관리하고 불리는 사람들이 있는 곳으로. 설사 마음에 들지 않는다 하더라도 이런 말에 논리적으로 반박하기는 힘들다. 여기에 맞설 수 있는 방법은 두가지가 있을 것이다. 하나는 그런 논리를 만들어내는 틀 자체를 부정하는것, 사람 사는 게 돈만 가지고 되는 것은 아니라고 대답하는 식이다. 다른하나는 긍정도 부정도 하지 않은 채 그런 논리의 구조 자체를 외면해버리는 것, 그게 도통 무슨 말인지 모르겠다는 태도를 취하는 것이다. 어촌이건 농촌이건 산촌이건 간에 분명한 것은, 그 장소들이 모두 돈의 핵심으로부터 매우 먼 곳에 있다는 사실이다. 돈놀이로 돈을 버는, 돈의 핵심세계에 있는 금융 자본가들의 눈으로 보자면 그곳 사람들은 기본적으로 루저들이다. 게다가 빚에 쪼들려 배와 아내를 잃게 된 「나는 여기가 좋다」의 어부 같은 모습이라면 더 말할 게 없다. 그런 모습의 인물을 대신하여 한창훈은 '나는 여기가 좋다'라고 말해주고 있다. 무슨 말인가. 당신 말이 다 옳지만, 혹은 옳은지 어떤지 모르겠지만, 하여튼 나는 여기가 좋으니 그저 건드리지만 말고 그냥 내버려두라는 것인가.

아내는 섬을 떠나기 싫다는 남편에게 겁쟁이라고 했다. 바다가 좋아서 섬에 있는 것이 아니라 섬을 떠나는 것이 무섭고 싫은 것이 아니냐고. 그 점에 대해서는 어부도 별로 부정하지 않는다. 어느 정도는 사실이기 때문이다. 그는 배를 잘 몰 수는 있지만 자동차는 모르고, 바다는 잘 알지만 뭍은 잘 모르는 사람이다. 물론 아직 늙지 않은 나이에 단단한 몸이 있으니 육지에 가서 무슨 일을 하든 사는 데는 문제가 없을 것이다. 그럼에도 불구하고 떠나지 않겠다는 저 겁쟁이는 대체 어떤 인물인가. 배를 팔았음에도 아직 빚이 남아 있는데 어떤 대책이 있는 것인가. '나는 여기가 좋다'라는 문장은 그에게 제기될 이런 힐난에 대한 대답으로 보인다. 논리적 추궁에 대해 일일이 대꾸하지 않고 외면함으로써 대답하는 일. 그것은 루저의 자기 긍정을 보여주는 대목이기도 하다.

한창훈의 책에는 이 선장의 수준을 훨씬 상회하는 높은 수준의 겁쟁이가 있다. 「가장 가벼운 생」의 주인공 손씨 노인이 그이다. 그는 평생을 떠돌이로 살았다. 병역기피자였기 때문이다. 왜 군대를 가지 않았는가. 표면적인 이유는 이렇다. "난 말이여, 전쟁중이었다믄 입대했을 거여. 근디 그때는 혁명정부 시절이었단 말여. 말이 혁명정부지 구테타 아니여? 나라 도둑질이란 말이여. 입대하믄 구테타 도둑놈들 말단 쫄따구배끼 더 돼? 최소한 그 짓은 안 하구 살어야 되겠더라, 이 말이여. 어며, 이해돼?" (150쪽) 그래서 고향을 등지고 국가에 등록되지도 않은 채로 정처 없이 뜨내기 인생을 살았다는 것이다. 그렇다면 이건 겁쟁이의 행사가 아니지 않은가. 물론 뜨내기 인생을 살게 된 진짜 이유는 따로 있다.

뜨내기 삶을 살던 그가 자기도 모르는 사이 아들이 하나 있었다는 것을 뒤늦게 알게 되었다. 그가 터를 잡고 소작으로라도 농사를 짓게 된 것은 그것을 알고 난 이후의 일이다. 농사를 지어 생긴 돈 중 자기의 기본적인 용처 이외의 돈은 모두 아들의 생활비로 보냈다. 자식 얼굴을 모르는 것은 고사하고 그 엄마의 얼굴도 기억나지 않는데도 그렇게 했다. 마침내 장성한 자식 얼굴을 보고 난 그가 소설의 화자인 동네 사람에게 유언처럼 남기는 말은 자기 아버지의 이야기이다. 일제 때 지주 집안에서 태어나 전문학교까지 나온 아버지가 몰락해가는 것을 어린 눈으로 지켜보았다는 것, 결국은 헌털뱅이 아편쟁이가 되어 머리가 터진 채 선지피를 쏟으며 죽어가는 아버지의 최후를 지켜보았다는 것, 그 장면이야말로 자기가 아버지로부터 물려받은 유산이라는 것이다. 그것이 어떻게 유산이 되느냐는 질문에 이렇게 답한다.

되더먼. 나야 들 배워노니께 조리 있게 말은 못 하지만 자식이 부모한테 배울 것은 그거 하나뿐인 듯싶은 겨. 뭐라고 말하기가 쉽지는 않지만 말이여, 죽는다는 거, 죽어 읎어진다는 거, 그것 하나로도 교훈이 되더먼. 그래서 집을 떴어. 배운 것두 싫고 부자두 싫구 떠받들어주는 것두 싫구, 한량두 싫구 노름쟁이, 아편쟁이두 다 싫었지만 우선은 세상 모양 있게 살지 말자, 다친다, 한곳에서 오래 살지 말자, 죽는다, 이렇게 생각했단 말이여. 그래서 집을 나섰고 아예 인연을 끊어버린 겨……(166쪽)

이것이 떠돌이의 삶을 살겠다고 결심했던 진짜 이유에 해당된다. 말하자면 겁쟁이였기 때문이라는 것이다. 장성한 아들이 처음으로 찾아온다고 했을 때 노인은 소설의 화자를 불렀다. 도무지 혼자 볼 자신이 없으니 와서 함께 있어달라는 것이었다. 얼굴 한번 보지 못했던 부자가 상면하는 자리지만, 그동안 피차 존재를 알고 있었으면서도 얼굴을 보지 않았던 사이니 대단한 일이 있기는 어렵다. 예상할 수 있듯이, 어른스럽게 성장한 아들과 소심하고 겁 많은 아버지는 자기 자리를 지킨 채 담담한 상면을 했을 뿐이다. 그저 그런 정도가 정상일 것이다. 남남처럼 지내온 사이에 새삼 가족이라고 나서는 것도 이상한 일일 것이다. 그런데도 노인은 그 긴장을 참아낼 수가 없었다. 그런 그를 겁쟁이나 도피자라고 불러도 문제가 없을 것이다. 게다가 그는 낙오자이기를 자처하고 있지 않은가. 모양 있게 살지 말자고.

그러나 손씨 노인이라면 이에 대해 이렇게 반문하지 않을까. 내가 겁쟁이인 것은 맞다, 아버지처럼 죽기 싫어서 나는 세상을 떠돌았다, 그게 뭐가 잘못된 것인가, 저 험한 세상과 정면대결을 하지 않았다고, 피해버렸다고, 패자와 루저의 공간으로 스스로 걸어들어갔다고 그게 당신에게 무슨 문제인가. 손노인은 호박농사를 지어 시장에 내갔을 때도 끝까지, 큰 것과 작은 것을 구분해서 팔라는 요구를 묵살하고 모든 호박을 같은 값에 팔았던 사람이다. 차이를 두어서 파는 게 남는 장사임을 알면서도 그랬던 사람이다. 은근한 고집 같은 것은 착하고 양순한 사람의 몫이기 쉽다.

한창훈이 즐겨 그리는 인물들은 대개 이런 사람들이다. 추진력이나 결단력 같은 단어와는 거리가 먼 사람들이다. 정면 대결은 한사코 회피하려 하는 야무지지 못한 사람들이다. 「아버지와 아들」에서, 섬으로 돌아온 아들이 도시에서 배운 교훈이 있다. "인연과 정 때문에 손해보는 이는 결코 사장이 못 된다는 것을 그는 육지에서 배웠다."(261쪽) 사장도 여러 부류이므로 꼭 그렇다고 할 수는 없으되, 이 젊은 어부 후보생은 요컨대 인연과 정 때문이라면 자기가 손해보는 삶을 살아도 좋다고 생각하는 사람인 것만은 분명하겠다. 그런 마음이 한창훈 인물들의 기본 심성이다. 그들은 논리적이지도 않고, 더러는 무조건 여기가 좋다는 어부처럼 합리적이지도 않지만, 너그럽고 착하다. 상처 입은 사람들에게 쉽게 자기 등을 내주는 사람들이다.

그런 심성으로 쌓인 공간 속에서 루저들의 자기 긍정이 이루어진다. 세상에서 성공하고자 하는 사람들의 으뜸가는 덕목은 현재에 안주하지 말라는 것이다. 현재의 자신을 부정하고 새로운 영역을 향해 도전하라는 것, 잘 준비하되 패배를 두려워하지 말라는 것이다. 요컨대 그들에게는 자기 부정이야말로 지고의 덕목이라는 것, 그것이 운동과 흐름을 낳고 그 속에서 성장이 이루어진다는 것이다. 하지만 루저들은 움직이기 싫어한다. 빈 곳을 찾아 틀어박히고 피하고 숨는다. 하지만 그것도 또한 흐름을 낳는다. 정확하게 말하자면 흐름 속에 박혀 있는 돌멩이처럼 시속의 거대한 흐름을 가르고 와류를 일으킨다. 그들은 자기 부정의 거대한 흐름 속에 존재하고 있는 강요된 자기 긍정의 외로운 섬이다. 루저들에게도 수신의 덕목이 있다면 그것은 이를 악문 견인주의자들의 것과는 정반대의 모습을 하고 있는 것이겠다. 미래에 투자하지 않고 현재에 만족하는 것, 패배를 두려워하고 아예 승부 자체를 피할 것, 가능한 한 움직이지 말고 무엇보다도 아직 숨을 쉬고 있는 현재의 자신의 모습을 긍정할 것, 절대로 '모양 있는 삶' 같은 것을 살려고 하지 말 것, 그런 것이 대자적 루저의 덕목이지 않을까. 성공을 꿈꾸는 자기 부정에 맞서는 것으로서 낙오자들의 자기 긍정.

낙오자들은 낙오함으로써 낙오하지 못한 사람들의 고단함을 거꾸로 되비춘다. 그들은 삶을 단순화시킨다. 왜 애써 극복하거나 승리하려고 하는가. 무서운 대상 앞에서 도망갈 수 있으면 도망가야 하는 게 아닌가. 성공을 원하는 사람들은 고통을 참고 견디는 사람들이다. 고통이 강해질수록 기쁨도 커진다. 그것은 수도승들이 누리는 고통스러운 기쁨, 누리지 않음으로써 누리는 기쁨이다. 그러니 그 반대에 있는 사람들은 어때야 하는가. 그들의 임무는 행복해지는 것이다. 그것이 루저의 윤리가 아닐까. 견디지 말고 당장 행복해질 것, 그것이 그들의 정언명령일 것이다. 성공의 세계에서 견딜 수 없는 것은 자기가 패배자임을 인정하는 것이다. 그것은 세계의 끝이기 때문이다. 그러니 그 세계에서는 어떤 식으로건 패배의 확인은 유예되어야 한다. 하지만 일단 인정하고 나면 편해진다. 그것이 루저세계의 축복이다.

「올 라인 네코」나 「밤눈」 같은 단편들은 루저들의 자족적인 감정세계를 보여주고 있다. 「밤눈」의 늙은 로맨스의 주인공, 송림식당의 여주인은 적당한 남자를 꿰차는 데 실패한 사람이지만 그래서 행복한 사람이다. 남자를 꿰차는 대신 그는 사랑을 얻었다. 그래서 너그럽다. 가슴 큰 다방 아가씨에게 커피를 배달시키겠다는 손님들의 말에, "돈 아깝게 뭐하러 커피 시키요. 그냥 내 것이나 좀 주무르고 말어"(43쪽)라고 말할 수 있는 사람이다. 또 「올 라인 네코」는 법과 욕망 사이에서 주체의 분열이라는 틀을 무화시켜버리는 사랑의 위력을 보여준다. "뭐, 뭐시여, 사아랑?"(72쪽) 한쪽에는 경찰이 지키고자 하는 성매매방지특별법이 있고 그 반대편에는 섬에 팔려온 다방 아가씨와 노총각 선원 사이의 로맨스가 있다. 그들의 여관행을 두고 한쪽에서는 법의 위반이라고 주장하고 다른 한쪽에서는 사랑이라고 반박한다. 파출소장은 어이가 없다. 사랑? 그것은 노총각 선원 용철이 다방 아가씨 미정에게 추근댈 때 썼던 말이기도 했다. 그 말에 미정은 어이가 없었지만, 이제는 미정이 그 말을 파출소장에게 쓰고 있는 것이다. 사랑 때문이라고. "뭐, 뭐시여, 사아랑?"은 그랬을 때의 파출소장의 반응이었다.

사랑이라는 단어는 성공의 세계에서는 시민권을 받을 수 없는 말이다. 그래서 그 단어의 돌연한 출현 앞에서 처음에는 다방 아가씨 미정이, 나중에는 파출소장이 어이없어했다. 그러나 노총각 선원 용철의 입에서 발사된 그 단어는 결국 다방 아가씨와 파출소장의 세계를 관통해버린다. 법과 금지된 욕망이 규정하는 세계를 가로지르며 그 단어가 만들어내는 선은 산문적 질서를 꿰뚫는 시적 순간의 궤적이며, 마조히즘적 유머의 아우라가 그 궤적을 감싸고 있다. 그 단어가 지나가면 법의 세계의 균질한 평면이 구겨지면서 웃음기가 생겨나기 시작한다. "뭐, 뭐시여, 사아랑?" 그것은 파출소장과 미정을 헛웃음치게 만들었지만 조만간 그들은 자기에게 되돌아오는 그 헛웃음을 받아내야 한다. 그 순간 진지해지지 않을 수 없고, 그 진지함의 경계를 넘어서면 헛웃음은 미소로 변한다. 그들도 루저의 세계에 입문한 것이다. 물론 그 순간은 매우 짧은 시적 순간이다. 노총각 어부 용철의 주장대로 그들이 결혼해서 같이 산다면 어떻게 될 것인가. 상상하지 말자. 연장하는 것은 시의 일이 아니고 한창훈의 일도 아니다.

한창훈은 소설가가 아니라 시인이라는 것인가. 아마도 그렇다고 해야 할 것이다. 자기 이야기의 대상으로 섬사람들을 선택하는 순간, 그리고 단편 서사의 스타일을 그가 받아들이는 순간, 그것은 돌이킬 수 없게 되었다고 해야 하겠다. 그가 스타일이 규정하는 운명에 얼마나 저항하려 할지, 저항할 수 있을지, 그런 저항이 얼마나 큰 와류를 만들어낼지는 지금으로서는 알 수 없는 일이다. 하지만 주로, 전통적인데다 늙은 루저들의 친구로 살아가는 시인 한창훈이기에, 그리고 그가 지난 18년 동안 만들어온 서사의 선이 우리 앞에 있기에, 그를 향한 기대가 조금 색다를 수 있다는 점은 지적해두고 싶다.

윤대녕의 연애, 그 철없음의 시

1. 윤대녕의 연애담에 대한 질문

윤대녕은 지난 20년 동안 줄기차게 연애 이야기를 써왔다. 이 점에 대해서라면 우리는 적어도 다음과 같은 세 개의 질문을 할 수 있겠다. 이것은 의미 있는 진술인가. 왜 연애인가. 그리고, 어떤 연애인가.

이 질문들이 의미 있는 것이기 위해서는 다음과 같은 문제들이 함께 해결되어야 하겠다. 연애담이라는 틀로 윤대녕의 소설에 대해 접근하는 것이 합당한 것일까. 좀더 근본적으로는, 그의 연애담이 감싸고 있는 것은 무엇일까. 그리고 이런 질문들 뒤에서 우리는, 익애(溺愛) 그 자체에 숨겨져 있는 우리들의 존재론에 대한 키르케고르적 질문을 발견할 수 있지 않을까. 우리의 영혼을 잠식하는 형이상학적 질병에 관하여. 혹은 연애 그 자체의 철없음과 유치함에 대하여. 그럼에도 사람을 끌어당기는 그 매력의 치명성에 대하여. 혹은 십우도의 마지막에 버티고 있는 입전수수(入廛垂手)의 시에 대하여.

2. 윤대녕 연애담의 맥락

윤대녕의 소설이 1990년대의 새로운 경향을 보여주는 대표적인 아이콘 중의 하나로 평가되어왔음은 이제 와 새삼 강조할 필요가 없을 것이다. 그는 1990년 등단한 이래로 지난 20년 동안 여섯 권의 소설집을 냈고, 또 여덟 편의 장편소설을 출간했다.[1] 이 책들 속에 남녀의 만남과 그들 사이의 감정 문제가 빠진 적이 없으니, 모두의 진술은 일단 사실에 가깝다고 해야 하겠다. 하지만 이런 점이 왜 특필되어야 하는가. 그럴 만한 의미가 있는 것인가. 여기에 대해서는 이론의 여지가 있을 수 있다.

소설이란 것이 본래부터 연애에 관한 이야기라고 18세기 영국의 비평가 새뮤얼 존슨은 말한 적이 있다. 영국에서 근대소설이 성립되던 시기의 일이었다. 하지만 이런 지적이 아니더라도 우리 시대의 대표적 서사 양식으로서의 소설은 그 자체가 우리가 삶이라 부르는 대상에 관한 이야기이다. 삶이라는 매우 포괄적이면서 구체적인 대상 속에서 사랑의 감정에 관한 것이라면, 적어도 그 절반쯤의 비중은 차지하고 있다 해도 좋을 것이다. 요컨대 소설이라면 연애 이야기가 포함되는 것은 당연한 것일 터, 하필 윤대녕의 소설을 적시하며 연애 이야기라고 하는 것은 좀 이치에 어긋나는 것이 아닌가 하는 것이다.

하지만 이런 생각은, 적어도 윤대녕이 등단하던 시점의 한국문학의 기상도를 고려한다면 일종의 역사적 착시에 기인한 것이기 쉽다. 소설이 연

---

1) 소설집 『은어낚시통신』(문학동네, 1994: 문학동네, 2010), 『남쪽 계단을 보라』(세계사, 1995: 세계사, 2003), 『많은 별들이 한곳으로 흘러갔다』(생각의나무, 1999: 문학동네, 2010), 『누가 걸어간다』(문학동네, 2004), 『제비를 기르다』(창비, 2007), 『대설주의보』(문학동네, 2010), 장편소설 『옛날 영화를 보러 갔다』(중앙일보사, 1995: 문학동네, 2008), 『추억의 아주 먼 곳』(문학동네, 1996), 『달의 지평선』(해냄, 1998), 『코카콜라 애인』(세계사, 1999), 『미란』(문학과지성사, 2001), 『사슴벌레 여자』(이룸, 2001), 『눈의 여행자』(중앙 M&B, 2003), 『호랑이는 왜 바다로 갔나』(생각의나무, 2005: 문학동네, 2010)가 있다. 인용할 경우 책 제목과 쪽수만 밝힌다.

애를 다루는 것을 당연하게 여기지 않는 분위기가 지배적이었던 것이 당시의 현실이었기 때문이다. 연애 문제를 정면으로 다루는 것이, 진지한 문학에는 일종의 기휘처럼 취급되었다고 함이 더 적절할지도 모르겠다. 예를 들자면 윤대녕보다 10년쯤 일찍 등단하여 1980년대를 가로질러온 작가 임철우의 경우는 이렇다. 그의 소설 속에서 키스신은 1997년에 발표된 장편 『봄날』에서야 처음으로 등장한다. 소설을 발표하기 시작한 지 16년 만의 일이었다. 그것도 광주항쟁의 마지막 날, 광주 도청을 사수하려는 젊은 남자와 그를 떠나보내는 젊은 여자가 마지막으로 헤어지는 장면에서였다. 그의 세대들 중에 임철우만이 특별히 애정 문제나 사랑의 표현에 대해 염결했기 때문이라고 하기는 어렵다. 한 시대를 사로잡고 있던 일종의 서사적 에토스의 문제였다고 하는 것이 좀더 합당한 일이겠다. 좀더 거슬러올라가볼 수도 있다. 김승옥이 이제는 그의 대표작으로 평가받고 있는 「무진기행」을 썼을 때, 그의 친구였던 평론가 김현의 반응은 작품이 너무 통속적이지 않으냐는 것이었다. 이 경우 '통속적'이란 남녀의 감정 문제가 전면에 부각되어 있음을 지적하는 것이겠다. 이것은 1960년대 중반의 일이다.

물론 이런 몇몇의 예를 가지고 한국소설 일반의 경향에 대해 확언하는 것은 좀 성급한 일일 수 있다. 하지만 적어도 1990년대 이전의 20세기 한국소설들이, 연애 서사에 관한 한 표현과 평가에 있어서 매우 인색했었다는 점에는 큰 이론의 여지가 없어 보인다. 남녀의 사랑 이야기를 전면적으로 다루는 일에 대해서는, 쓰는 사람이나 읽는 사람이나, 사적으로는 어떨지 모르겠지만 공식적으로는 별로 탐탁해하지는 않았었다는 것이다. 두 가지 이유를 적시할 수 있겠다. 지식인들의 장르로 시작되었다는 한국 근대소설의 태생 자체, 그리고 20세기 후반 한국의 역사적 정황들.

전통 사회에서는 읽고 쓰는 일 자체가 지식인의 것이었지만, 근대로 접어든 이후로도, 공교육이 대중교육 수준으로 확장되기 전까지 사정은 마찬가지였다. 이런 환경 속에서 근대의 소설은 지식인들이 쓰고 읽는 장르로 스스로를 재조정함으로써 종래의 낮은 장르에서 높은 장르로 신분상승을 꾀할 수 있었다. 소설이 문학의 일환으로 보통 교육을 위한 교과서에 실리게 되었다는 것이 그 상징적인 예일 것이다. 이것은 19세기 지식인의 관점에서는 있을 수 없는 일이다. 이와 함께 남녀관계 속에서 사랑의 감정을 다루는 것도 정서교육의 일환으로 취급되었다. 감정의 문제가 정육(情育)이라는 정서 교육의 형태로, 지정의(知情意)라는 칸트주의적 삼항조 속의 한 당당한 구성원으로 자리잡게 되었다는 것이다. 그럼에도 불구하고 정작 사랑의 감정을 연애라는 서사의 형태로 표현하는 일에는 적극적이지 않았던 것이 20세기 후반 한국소설의 현실이었다. 물론 출판이 상업적인 형태를 취하고 있었으므로 연애담에 대한 시장의 수요에 부응하기 위한 책들도 있었지만, 그럼에도 그런 읽을거리들은 그저 통속적인 것으로 치부되어 진지하게 다뤄지지 않았고 또 스스로도 진지하게 다뤄지기를 요구하지 않았다.

이런 현상은 비단 한국뿐 아니라 근대세계 자체의 일반적인 현상으로 간주해도 좋을 것이다. 우리의 경우는 그것이 좀더 예각적인 형태로 나타난 것일 텐데, 그 주된 이유는 이차대전 이후 식민지 상태로부터 벗어난 많은 신생독립국 중의 하나였던 한국의 처지 때문이라 해야 할 것이다. 그런 나라로서 겪을 수밖에 없었던 정치적 격변과 소용돌이, 특히 1970년대 이후로 이른바 유신체제라는 어이없는 사태와 그 여파가 만들어낸, 이십여 년 넘게 이어진 정치의 계절을 상기한다면, 지식인들의 공적 담론 속에서 사랑과 성의 문제가 매우 부차화될 수밖에 없었던 것은 당연한 결과였다고 해도 좋겠다.

게다가 연애담을 소설로 다루는 것은 그 자체가 만만한 일이 아니다. 연애는 무엇보다도 감정의 문제이며 그 핵심에는 성의 문제가 도사리고 있다. 섹슈얼리티의 문제는 말할 것도 없이 인간의 삶이 지니고 있는 가장 비합리적인 요소 가운데 하나이며, 그래서 합리적인 경제인을 표본으로 하는 근대적 삶에서 가장 곤혹스러운 부분이기도 하다. 감정의 문제도 비합리적 속성이라는 점에서는 성의 문제 못지않다. 연애는 첫 만남의 미세한 떨림에서부터 성의 문제에까지 이어져 있다. 그래서 연애사를 제대로 이야기하기 위해선 곳곳의 함정을 건너뛰어야 한다. 두 사람이 만나서 마음을 확인하는 과정은, 운명적인 사랑이나 격정의 드라마일 수도, 혹은 일상사처럼 평이하게 진행되는 매우 심드렁한 이야기일 수도 있다. 문제는 그런 이야기들이 어떤 방식으로 서사화될 수 있느냐는 것이다. 사랑에 빠진다는 것, 그리고 연애관계 속으로 접어들게 되는 일이란 한편으로는 자신의 유치함과 철없음을 드러내는 일이기도 하다. 연애감정의 핵자로 존재하는 열정으로서의 사랑은 충동의 처소에서 생겨나는 것이기 때문이다. 그래서 연애 서사에서 문제는 그 철없음을 어떻게 처리할 것인지가 된다. 소설가의 입장에서 보자면 연애담은, 서정시인에게 연시가 그렇듯 매력적이지만 까다로운 대상이 아닐 수 없다.

1990년대 윤대녕의 등장이 신선했던 것은, 이와 같은 안팎의 환경 속에서 다채로운 사랑의 서사를 개진하기 시작했다는 점에 있었다 해도 좋지 않을까. 물론 윤대녕의 참신함이 단순히 제재에 국한되는 것이라 할 수는 없다. 탈세간을 지향하는 윤대녕의 독특한 페르소나와 퇴영적이면서도 섬광 같은 강렬함을 내장하고 있는 서사적 분위기, 시대를 반영하는 적절한 문화적 레퍼런스와 섬세한 문체, 윤대녕의 등장은 이 모든 것들이 어우러져 만들어내는 독특한 서사적 감각의 등장이었다고 함이 훨씬 더 적절할 것이다. 그러나 오히려 거꾸로 이 모든 것들이 연애담의 서사화를 위한 의장이었다고 할 수는 없을까. 연애담을 통해 다른 무언가를 말하고자 했던 것이 아니라, 사실은 연애담 그 자체야말로 윤대녕의 서사세계의 알맹이로 존재하고 있었다고, 좀더 정확하게는 연애담의 핵심에 놓여 있는 정서적 긴장 상태야말로 그의 소설의 핵자라고 할 수는 없을까 하는 것이다.

3. 윤대녕 연애담의 풍경들

윤대녕의 경우도 그렇지만, 연애담이 소설 속에서 아무런 의장 없이 맨얼굴로 등장하는 것은 쉬운 일이 아니다. 장편소설들이 연애담을 취급하는 기본적인 방식은 소설의 기둥 줄거리와 병치시킴으로써 이야기의 매력점으로 구사하는 것이다. 예를 들자면, 『태백산맥』에서 정하섭과 소화의 사랑 이야기나 하대치와 장터댁의 질펀한 육담 등이 그런 경우이겠다. 하지만 연애를 정면으로 다룬다면? 그건 심각한 사태이다. 우리는 그 안에서 연애가 아닌 다른 어떤 것을 읽어야 할 것이다. 연애사에 씌어진 운명의 표정을 읽거나, 시대의 흐름을 읽거나, 저항과 결단의 서사를 읽거나, 성 정치학을 읽거나 등등.

연애를 전면적으로 다루는 것이 힘든 것은, 연애라는 친밀성의 형식 자체가 조목조목 들여다보면 사실은 내용 없는 것이기 때문이다. 연애란 무엇인가. 이런저런 계기를 통해 마주치고 만나고 친해지고 함께 시간을 보내고 자고, 그리고 결국은 헤어지는 이야기이다. 결혼을 하건 이별을 하건 사별을 하건, 헤어짐에는 시간만이 문제일 뿐이다. 이 과정에서 두 사람이 누리는 친밀도는 함께 보낸 시간의 밀도와 분량에 따라 결정된다. 그래서 중요한 것은 함께 나누는 대화들, 그리고 함께 먹고 마시고 자는 경험들이다. 하지만 이것은 연애만이 아니라 우리 일상의 삶의 내용이기도 하다. 연애에서 그런 것들을 빼놓는다면 무엇이 남을 것인가. 아마도 성의 문제가 남겨질 것이다. 그러나 성 그 자체는 매우 공격적이고 정치적인 테마이다. 감정게임으로서의 연애를 넘어 섹슈얼리티의 영역을 향해 가는 것은, 장정일이나 마광수 같은 정신의 소유자들, 성 속에 잠재되어 있는 유치함을 적극적으로 드러내고 구사하고 또 탐구할 수 있는 사람들에게나 가능한 일이다. 그들은 나이와 무관하게 1980년대적인 정신을 지니고 있다. 먹고 마시는 일에서도 스타일을 중요하게 생각하는 윤대녕의 인물들에게는 성에 대한 이런 공격적 태도는 어울리지 않는다. 사랑에 빠진 사람들에게, 또 섹스를 하는 사람들에게, 자신의 유치함을 드러내는 일, 퇴행하는 일은 어색한 일이 아니다. 유치함이란 말 그대로 나이 어림이고 나아가서는 순정함이나 무구함이기도 하기 때문이다. 하지만 윤대녕의 인물들은 그런 유치함의 경계를 쉽게 넘어가지 않는다. 가장 최근의 소설집에 실려 있는 다음과 같은 대목을 보자.

> 두 남자는 맥주를 마시고 수경은 한 시간 동안 커피를 두 번 리필해 마셨다. 준호가 눈치채지 못하는 사이 수경은 그와 세 번이나 눈길이 마주쳤다. 수수께끼라도 풀듯 찌푸려 있던 그의 이마가 일순 부드럽게 펴졌다. 그가 무언가를 기억해낸 것이다.
>
> '저 남자가 어디서 나를 본 적이 있구나.'
>
> 수경은 커피를 마시는 척하며 호흡을 가다듬었다. 그리고 두 사람의 눈이 가까운 허공에서 다시 뒤엉켰다. 찰나 그의 눈동자에 잔물결 같은 파문이 일었다. 낮게 숨을 몰아쉬고 나서 그가 준호를 돌아보며 말했다. 대개의 남자들이 그렇듯, 여자가 들으라고 일부러 꾸며낸 말이었을까.
>
> "나 같은 사람은 봄비가 내리는 날이면 고향의 보리밭이 그리워져. 아까 사무실에서 나오기 전에 사전을 뒤져보니, 봄 춘(春) 자가 햇빛을 받아 풀이 돋아나는 모양을 나타낸 거라고 하더군. 일본어 발음으로는 '하루'라고 하는데 뜻은 역시 같다지?"
>
> 유치한 느낌이 들어 수경은 속으로 피식 웃어넘겼다. 그나마 거북한 정도는 아니어서 수경은 무심한 듯 그의 말에 귀를 기울였다.
>
> —『대설주의보』, 20쪽~21쪽

장차 연애하게 될 여자(수경)와 남자(그)가 처음 만나는 대목이다. 수경이라는 이름의 여자는 이 장면에 등장해 있는 또 한 명의 남자(준호)와 사귀는 중이지만 감정적으로는 매우 느슨하다. 그 사이에 긴장이 될 만한 새로운 남자가 끼어든 셈이다. 연애의 시발점을 이루는, 이와 같은 첫 만남에 대한 묘사에서 윤대녕의 문장은 조밀해지고 대전된다. 위의 예문에서 볼 수 있듯이, 마주치고 마주치다 다시 뒤엉키는 것은 몸이 아니라 시선이다. 섹스를 나누는 것은 남자와 여자의 몸이 아니라 시선이라는 것이다. 그것은 섹스라는 점에서 "유치한 느낌이 들"지만, 몸이 아니라 시선의 섹스라는 점에서 "거북한 정도는 아니"다. 윤대녕은 이처럼 유치함의 경계에 도달해 있으면서도 좀처럼 그 벽을 넘어서지는 않는다. 성에 대한 묘사는 매우 제한적이고 연애하는 사람들의 대화도 문어체로 묘사된다. 그것이 거꾸로 유치할 수도 있다. 하지만 위의 인용문에서 여자가 말하듯 "거북한 정도는 아니"다. 연애 자체가 그렇지 않은가. 참을 수 있는 정도의 유치함, 혹은 매력적인 유치함 같은 것.

성에 관해서는 제한적인 윤대녕의 묘사는 먹고 마시고 수작하는 장면들에 대해서는 매우 적극적이고 꼼꼼하다. 함께 먹은 음식이 해물스파게티인지 오징어볶음인지 유산슬인지, 그리고 무슨 술을 어디에서 마셨는지를 구체적으로 기록한다. 그래서 그가 지난 20년간 써온 소설들을 주욱 늘어놓으면 그대로 음식과 술의 풍속사가 될 정도이다. 아, 이때는 국산 포도주 마주앙이 유행했었군, 이런 때는 칵테일을 마시는 게 좀 세련된 취미였었군, 그 시절에 나름 수준 있는 사람들이 들었던 음악은, 읽었던 책은 이런 종류였군. 이를테면, "어둑한 바에 앉아 그녀는 블루하와이를 그는 와일드터키를 우선 스트레이트로 한 잔 마시고 나서 하이네켄을 주문했다. 손님들은 그닥 없었고 음악은 에릭 사티의 피아노곡이었다. 마르가리타로 칵테일을 바꾸며 그녀가 그의 옆얼굴을 기웃거렸다"(『많은 별들이 한곳으로 흘러갔다』, 251쪽)와 같은 방식이다. 또 「3월의 전설」에서 남자와 여자의 만남은 중고로 팔리고 있던 아프로디테스 차일드의 음반 한

장이 계기가 되고, 「신라의 푸른 길」에서는 아베 코보의 소설 『모래의 여자』와 마리아 칼라스가 부르는 푸치니의 오페라 속의 노래 제목이 시외버스에서 만난 남자와 여자의 마음의 문을 여는 구실을 한다.

그뿐 아니라 어디에서 만나는지도 매우 중요한 것으로 적시되어 기록된다. 그의 소설에서는 지명들이 매우 구체적인 형태로 등장한다. 광화문과 미아리, 인사동, 대학로, 홍대 앞과 같은 시대적인 명소들뿐 아니라 진관외동, 월곡동, 방배동, 성북동, 혜화동, 삼청동, 평창동 등의 서울의 지명들, 그곳에 자리잡고 있는 음식점, 점집, 카페, 다방, 술집 등이 매우 구체적으로 호출되고, 강원도, 경상도, 전라도, 충청도 등 반도의 남쪽 전체와 제주도에 자리잡고 있는 명소들과 유적지들, 그리고 그다지 알려지지 않은 장소들까지도 사정은 마찬가지다. 이런 모습은 「무진기행」의 김승옥이나 「하구」의 이문열이, 전라도 순천이나 낙동강 하구의 하단이라는 실제 지명 대신 무진이나 강진 같은 가공의 지명을 만들어냈던 것과는 매우 대조적이다.

윤대녕의 인물들은 이런 장소에서 이런 음식들을 먹으며, 사람들과 만나고 사귀고 헤어지고 더러는 다른 사람의 목숨을 구하기도 한다. 그것이 윤대녕이 만들어놓은 연애담의 외연이고 또한 의장이기도 하다. 그러니 윤대녕의 소설에 의해 행해진 연애의 전경화는, 사실은 일상의 부각이라 해도 좋겠다. 포연이 걷히고 그 뒤에서 점차 선명해지고 있는 것, 윤대녕에게 그것은 연애의 풍경들이었다. 혁명이 끝나자 연애가 시작되었다는 것, 그것이 윤대녕식의 1990년대적 정신의 풍경이라 해도 좋겠다. 장정일의 장편소설 『너에게 나를 보낸다』(1992)는 정치적 이유로 감옥에 갔던 1980년대식 지식인이 출옥 후에는 삶의 질을 추구하는 요리사가 되는 모습을 슬쩍 담아놓았다. 그 소설이 나왔던 1990년대 초반, 그것은 낯선 풍경이었지만, 1990년대가 끝나갈 무렵이 되자 어느덧 익숙한 것이 되어 있었다. 그런 흐름 속에서 윤대녕의 소설은 연애하는 사람들의 모습을 포착해냈다. 좀더 정확하게 말하자면 연애가 아니라 실연의 풍경이라 해야 하겠다.

그가 그려낸 연애의 풍경이란 몇몇의 드문 경우를 제외하면 대개 남자와 여자가 서로 비껴가는 모습들이다. 「소는 여관으로 들어온다 가끔」에서와 같이, 마음에 둔 여자를 찾아가는 길에 다른 여자를 만나게 되는 이야기, 그것도 잠시 만났다 스치는 이야기가 윤대녕 연애담의 기조를 이루고 있다. 아름다운 소설 「상춘곡」이나 최근의 「대설주의보」와 같이 희망적인 모습으로 끝나는 경우도 있지만 이것도 물론 10년 넘는 실패와 좌절 위에 펼쳐져 있는 것이어서, 흡사 산문적 일상 사이로 잠시 등장한 시적 순간과도 같은 형국이다. 그러니, 혁명이 끝나자 시작된 것은 연애가 아니라 실연이었던 셈이다. 그리고 그 실연의 자리는 이내 좀 생뚱맞아 보이는 불륜과 별거와 이혼으로 채워지고, 점차 그것들은 먹고 마시는 일처럼 일상이 된다. 그리고 연애에서 이혼으로 이어지는 바로 그 자리에서, 그동안 복류하고 있던 개인들의 역사가, 꿈과 집안의 내력과 가족사가 드러난다. 가끔씩은 전생과 운명과 내생이 드러나기도 한다. 후술하겠지만 그 자리는 공포를 대신한 불안, 격정을 대신한 권태의 자리이기도 하다. 윤대녕은 조금은 관조적인 태도로 그것이 삶이라고 말하고 있는 것처럼 보인다. 물론 그 자리는 세속적 해탈로서의 입전수수가 이루어지는 곳이기도 하다.

4. 불안과 더불어 시작되는 연애

윤대녕의 소설이 지니고 있는 두 개의 뚜렷한 원천은 연애담과 가족사이다. 그의 소설에서 가족에 관한 이야기, 누이들과 부모와 백부들 그리고 조부에 관한 이야기는 연애담과 나란히 가며 하나의 선을 이루고 있다. 「은어」나 「제비를 기르다」, 그리고 최근의 「꿈은 사라지고의 역사」에서와 같이 두 개의 원천이 겹쳐 있는 경우도 있다.

그런데 이 두 영역에서 공통적으로 모습을 드러내고 있는 유형의 인물들이 있다. 집을 나가는 사람들이 그들이다. 가족사의 영역 속에서는 아버지이기도 하고 할아버지이기도 하고 때로는 어머니(「제비를 기르다」)이기도 하다. 아예 우물 속으로 떠나버린 삼촌이거나(「은어」) 말을 타고 집을 나선 백부이기도 하다. 그렇게 집을 나섰다가 할아버지는 말을 끌고 돌아오고(「말발굽 소리를 듣는다」) 아버지는 사슴을 몰고 돌아온다(「많은 별들이 한곳으로 흘러갔다」). 또 연애담의 영역 속에서는, 느닷없이 출가해버리거나(「소는 여관으로 들어온다 가끔」 「오대산 하늘 구경」) 종적 없이 사라져버리곤 하는(「낯선 이와 거리에서 서로 고함」) 젊은 여성들이 있다. 더러는, 이와는 반대로 환속한 비구니(「3월의 전설」)와 수녀(「많은 별들이 한곳으로 흘러갔다」) 들이 섬진강이나 동해안 일대를 배회하기도 한다.

　이들 가출자/출가자들이 보여주는 것은, 세상 바깥을 향한, 경계 너머를 향한 강한 동경이고 의지이며 때로는 충동이다. 이들 중에는 「꿈은 사라지고의 역사」에서처럼 운명적인 힘 때문에 어쩔 수 없이 떠날 수밖에 없는 경우도 있다. 이런저런 배경이나 성별 또 나이와 무관하게 이들을 하나로 압축하면 재가승이나 나그네의 이미지가 된다. 산문에 틀어박혀 해탈을 꿈꾸지도, 그렇다고 세속의 복판에서 출세에 몰두하지도 못하는 인물의 모습이다. 시정의 거리와 탈세간의 공간을 넘나들면서 유랑하는 것, 그 경계를 맴돌며 만나지는 대로 만나고 살아지는 대로 사는 것이 이런 인물의 삶이다. 하지만 남들처럼 평범하게 일상적인 삶을 영위하다가도 언제 갑자기 집을 나설지 모르는 사람들이다. 윤대녕의 초기작에서 이런 인물들의 모습은 「말발굽 소리를 듣는다」와 「소는 여관으로 들어온다 가끔」과 같은 작품에서 인상적으로 나타난 적이 있다.

　「말발굽 소리를 듣는다」는 삼대에 걸친 가출 충동에 대해 말하고 있는데, 그 가운데에서 매우 인상적인 것은 불꽃나무의 환상이다. 가출했던 조부가 집 안으로 끌고 들어온 말이 있다. 때가 되자 그 말이 사람의 언어로 말을 하면서 가자고 한다. 그러면 누군가가 그 말을 타고 그 말이 끄는 대로 가야 한다. 그 끝에 놓여 있는 것이 불꽃나무이다. 불꽃처럼 타오르고 있는 나무. 그리고 돌아온다. 돌아와 아무 일도 없었던 것처럼 또 일상의 한 부분이 된다. 이 이야기는 소설 속 화자의 조부와 백부에 관한 것이다. 그런데 말을 타고 나선 백부가 불꽃나무를 보고 돌아온 것에 대해 "그는 자신의 개벽을 목격하고 그렇게 흔흔한 모습으로 되돌아왔던 것이다"(『은어낚시통신』, 176쪽)라고 기술하고 있다. 여기에서 화자는 개벽이라는 말을 썼다. 동학이나 증산의 용어가 아니더라도 개벽이라는 말은 새 하늘 새 땅이 열리는 것이니, 한 사람에게 쓸 수 있는 말은 아니다. 논리 그 자체로 보자면 이 자리에는 해탈이라는 말이 좀더 어울릴 것이지만, 이 말은 불꽃나무가 지니고 있는 강렬한 이미지와는 어울리지 않는다. 아마도 혁명이라는 1980년대의 용어가 여전히 위력을 발휘하고 있었기 때문이라 해야 할 것이다. 혁명이라는 말을 감싸고 있던 열기가 이제 세계의 차원에서가 아니라 한 개인의 차원에서, 세계에 대한 전망이 아니라 개별자의 충동의 차원에서 움직이고 있는 셈이다.

그런 에너지야말로 윤대녕의 서사를 꿈틀거리게 했던 근본적인 힘이 아니었을까. 그의 소설 속에 등장하는 페르소나의 원형은, 그의 표현을 빌리자면, "빈 수레를 끌고 다니는 까만 염소"(『많은 별들이 한곳으로 흘러갔다』, 164쪽)이다. 이에 대해서는, "떠나지 않고는 못 배기는 사람"이고, "바람을 너무 타서 까만 염소처럼 돼버린 사람이고 그것도 모자라 꼬리에다가는 빈 수레까지 달고 다니는 사람"이라고 부연되어 있다. 무엇이 그로 하여금 떠나게 하는가. 왜 그는 떠돌아야 하는가. 분명하게 꼬집어 말하기는 쉽지 않은 일이다. 최근의 「꿈은 사라지고의 역사」에서, 금융회사에 다니며 강남에 아파트를 가지고 멀쩡하게 잘 살고 있는 한 인물은 이렇게 말했다. "그런데 어느 날 당연한 일인 듯 이런 자각이 몰려왔다. 나는 일찍이 남부럽지 않은 평온한 삶을 얻었으나 어쩐지 꿈이 없는 인생을 살고 있지는 않은가? 이를테면 남들이 만들어놓은 세계에서 남의 인생을 살고 있지는 않은가 말이다."(『대설주의보』, 143~144쪽) 세상을 떠나지 못한 채 주변을 떠도는 마음이라면 이 정도가 그 이유라고 할 수 있을 것이다. 세상에 안착해 있는데도 문제가 되는 것은 어느 순간 사람을 엄습하는 불안인 것이다. 나는 과연 인생을 제대로 살고 있는 것인가. 충동의 낚싯바늘 노릇을 하는 불안.

그렇다면 떠나면 되지 않는가. 머뭇거릴 것이 무엇이 있는가. 낮잠에서 깨어난 일요일 늦은 오후의 메슥거리는 마음이라면, 그리고 그런 메슥거림에 뭔가 미심쩍은 것이 있다면, 그것이 마음을 불안하게 한다면, 그 불안의 핵심으로 나아가면 되지 않는가. 그곳에서 불꽃을 태우다 어느 모래사장에서 회한 없는 백골을 쪼이는 한이 있더라도 가야 하지 않는가. 「소는 여관으로 들어온다 가끔」의 여주인공은 불안의 핵심을 향해 나아갔다. 아버지가 세상을 떠난 후 출가하여 계를 받았다. 자기를 키워준 의붓어머니가 홀로 남았다. 계를 받고 집에 들른 딸을 어머니는 붙잡고 싶어했다. 말로 붙잡다가 안 되니 교통사고를 가장해 자기 몸을 망가뜨렸다. 그랬는데도 바랑을 지고 나서는 딸을 향해 어머니는 소리친다 "이년아, 여기가 네 법당이야!"(『은어낚시통신』, 230쪽) 결국 딸은 주저앉고 만다. 하지만 그렇게 될 수밖에 없음을 우리는 알고 있다. 비구니가 원했던 것은 자기가 납득할 수 있는 강력한 힘으로 자기 자신을 잡아주는 것이었음을.

타클라마칸 사막의 미란을 향해 가려다 콩나물국을 끓여주는 여자가 있는 계곡으로 들어와버린 「은항아리 안에서」의 주인공은 알고 있다. "나는 내가 늘 없음의 있음에 홀려 떠나고 있다는 것을."(158쪽) 그래서 결국 떠남을 반복하다가 결국 돌아올 수밖에 없음을. 그는 자기를 떠나지 못하게 하는 사람이 있기를 그 자신이 원하고 있음을 고백한다. 아마 소를 찾겠다고 나선, 비구니가 된 딸도 마찬가지였을 것이다. 소를 찾으러 나선 그 길은, 소를 잡아 길들여 타고 돌아오건 끝내 포기하고 돌아오건 간에,

어떤 단계에서건 결국 돌아올 수밖에 없는 길이기 때문이다.

윤대녕의 연애담이 많은 경우 실연으로 끝날 수밖에 없음은 그의 소설이 조형해내는 인물들의 성격이 이와 같기 때문이다. 그들의 연애는 상대방이 아니라 그 어깨 너머의 지평선에 시선을 두고 있는 재가승의 연애이고, 게다가 그 대상은 결사적인 어머니 때문에 주저앉은 환속한 비구니와도 같은 사람이다. 어느 쪽도 마음에 정처가 없고, 또 여성들은 대개 윤곽이 흐릿한 사람들이다. 현세의 삶에 별 뜻이 없으면서도 그저 간신히 땅에 몸을 붙이고 있는, 희미한 마음과 희박한 몸을 가진 사람들이다. 그들에게 성공한 연애는 오히려 위험한 일이다. 그것은 감정의 정점을 넘어서는 것이기에 그 나머지는 사랑의 종말과 궁상맞은 일상으로의 몰락뿐이다. 거기에는 「꿈은 사라지고의 역사」의 주인공이 느끼는 존재론적 불안이, 도대체 내가 인생을 제대로 살고 있는 것인가 하는 대책 없는 질문이 도사리고 있다. 반복되는 연애의 실패 혹은 사라져버리는 대상들은, 일차적으로는 그런 불안에 대한 방어로 기능한다. 연애에 실패한 그들에게는 그리워해야 할 것, 채워야 할 것들이 아직 남아 있다.

하지만 윤대녕의 인물들에게 불안은 기피의 대상일 뿐 아니라 사랑과 애착의 대상이기도 하다. 키르케고르가 가르쳐주었듯이 불안은 가능성과 자유로부터, 현존하는 대상의 없음으로부터 비롯되는 마음이기 때문이다. 예를 들자면 까닭 없이 느껴지는 죄악감, 뭔가 잘못되고 있다는 느낌이 있다. 신학자들은 그것을 아담으로부터 물려받은 원죄 때문이라고 했다. 하지만 키르케고르는 대뜸 반문한다. 그렇다면 인류의 조상 아담은 누구에게서 죄를 물려받았는가. 물려받은 것이 아니라면 최초의 죄를 저지른 인간으로서 아담은 원죄 없는 인간이라는 것인가. 그가 죄를 짓기 전에는 아예 죄됨 자체가 없었다는 것인가. 죄됨이 없는 상태에서 죄가 가능한 것인가. 이런 의문들에 대해 키르케고르는, 죄의 물려받음이라는 양적 사고가 아니라 모든 인간들이 저 스스로 느낄 수밖에 없는 죄됨이라는 질적 비약을 통해 원죄를 설명했다.

천사도 아니고 짐승도 아닌 존재로서의 인간, 혹은 영육의 종합으로서의, 이른바 정신을 가진 존재로서의 인간이 불가피하게 감수할 수밖에 없는 것이 불안이되, 불안은 원죄를 정의하는 질적 비약의 순간이 자신에게 매우 가까이 와 있음을 나타내주는 일종의 지표이다. 그래서 키르케고르는 불안은 뛰어난 교사라고 했고 "더 깊이 불안에 빠질수록, 인간은 더 위대하다"[2]라고 했다. 불안의 크기는 그가 감당하게 될 자유와 가능성의 크기이기도 하기 때문이다. 무를 대상으로 하는 키르케고르적 불안은 프로이트와 라캉의 논리 속에서도 유사한 층위에서 개진되거니와, 불안은 현재의 구체적인 대상이 없다는 점에서 공포와 구분된다. 물론 라캉은 대상 없는 공포로서의 불안이 사실은 대상이 없는 것이 아니라 실재의 대상이 매우 근접해 있는 것이라 했지만, 그런 개념이라면 프로이트를 넘어 오히려 키르케고르에 더 가까이 간다.

윤대녕의 「그를 만나는 깊은 봄날 저녁」(1991)에 등장하는 두 명의 남자들은 공포에 대해 말한다. 그들이 말하는 공포는 파시즘이나 독재, 혹은 그들을 지배하고 있는 보이지 않는 힘과 관련되어 있다. 하지만 이들에 의해 구사되는 공포라는 말은 다분히 관념적으로 보인다. 그들은 서로 잘 모르는 사이, 그저 한 사람에게 상대의 명함이 있었다는 것만이 관계의 근거가 되는 사이이다. 그럼에도 그들이 같이 밥 먹고 술 마시고 사창가에 다녀오면서 느끼는 마음은 공포가 아니라 불안에 훨씬 더 가깝다. 공포라는 말이 실감을 얻는 것은 양귀자의 「천마총 가는 길」이나 임철우의 「붉은 방」 같은 1980년대의 뛰어난 고문 소설들에서이다. 그럼에도 소설의 말미에서 그들이 매우 딱딱하게 공식적인 코다의 자세로 공포에 대해 언급하고 있는 것은, 오히려 공포의 시대의 종말에 대해 작가가 느끼

---

2) 키르케고르, 『불안의 개념』, 임규정 옮김, 한길사, 1999, 295쪽.

는 아쉬움의 표현인 것처럼 보인다. 그것은 불안의 시대의 시작에 대한 불편함의 표현이라 해도 좋을 듯싶다. 윤대녕은 이 소설의 세계를 지남으로써 비로소 그 자신 고유의 서사세계, 세상을 떠돌고 연애하고 실연당하는 사람들의 세계를 개진해놓는다. 불안으로 대표되는 존재론의 세계, 신비주의와 안개와 소와 여관의 세계가 펼쳐지는 것이다. 그러니 그것은 그의 시대가 확보한 정치적 자유도의 표현이기도 하겠지만 그와 동시에, 그를 매혹시킨 "없음의 있음"이 비로소 서사적으로 포착되기 시작했다는 표지이기도 할 것이다. 영원성과 시간성이 교차하는 순간, 불안과 더불어 윤대녕식의 연애 서사가 시작되고 있는 것이다.

5. 입전수수의 시

윤대녕의 최근 소설집에서 우리는 1990년대 중반에 씌어진 아름다운 연애 소설 「상춘곡」(1996)을 두 번에 걸쳐 다시 만나게 된다. 「보리」와 「대설주의보」가 그것이다. 반복된 것들이 그렇듯 조금은 일그러져 있다. 그러나 그 일그러짐이야말로 입전수수의 단계라 해야 하겠다. 이는 익애에 빠진 사람들을 바라보는 제3의 시선이 등장함과 동시적인 것이라 해도 좋을 듯싶다.

윤대녕의 서사에서 연애는 기본적으로 먼 것과의 만남이었다. 연애감정을 유지하기 위해서는 바로 그 먼 것과의 거리를 유지해야 하며, 그런 대상과의 관계에서 연애의 완성은 있을 수 없다. 그것은 연애의 종말에 다름아니기 때문이다. 「상춘곡」은 1980년대에 스물여섯 동갑으로 만난 남자와 여자의 연애가 어떻게 망가지고 어떻게 새로운 길을 찾아가는지를 보여주었다. 마음에 드는 여자에게 박력 있게 다가간 남자가 있다. 사랑에 목숨건 깡패처럼 절에 진을 치고 여자를 기다렸고 그런 태도를 여자도 종래는 접수하게 되었다. 그리고 마침내 첫 섹스의 관문을 통과했다. 때는 바야흐로 1987년이다. 이제 무엇을 할 것인가. 오시마 나기사의 〈감각의 제국〉(1976)과 같은 포르노그래피, 혹은 죽음과 같은 탐닉의 세계가 아니면 갈 곳이 없다. 더이상 진행될 수 있는 연애의 서사가 있기 어려운 것이다. 그들은 흐지부지 헤어지게 되고, 그리고 짧지 않은 우회로를 돌아 다시 만난다. 여자는 이혼녀가 되어 있다. 그러기까지 10년의 시간이 지났다. 그제야 비로소 진짜 사랑이 시작된다고 말하고 있는 것이다.

「보리」는 「상춘곡」의 여성 버전으로 읽힌다. 이번에는 이혼남이 아니라 유부남에 대한 사랑이라 문제가 된다. 여자는 일방적으로 남자를 선택했고 남자의 마음도 움직였다. 그리고 헤어지지 못한 채 7년이 지났다. 그래서 「상춘곡」과는 반대로 이제는 놓아줄 때가 되어버렸다. 그것이 연애를 완성할 수 있는 길이다. 그런데 이 두 사람이 만들어온 잔잔한 연애의 풍경 속에는 그 고적한 분위기를 돌파해버리는 제3의 시선이 있다. 두 사람의 밀회를 지켜봐온 온천의 식당 여주인의 다음과 같은 말이다. "늦기 전에 비슷한 사람 만나 애 낳고 살림 차려. 어쩌니 저쩌니 해도 결국 여자가 가질 수 있는 건 그게 다야. 조금만 늙어봐, 누구 하나 쳐다봐주는 사람이 있는 줄 알아?"(36쪽) 나름 품위를 지키고 있는 기품 있는 연애의 장 속에 시장의 언어가 뛰어든 형국이다.

『대설주의보』에 실려 있는 단편들 속에는 이처럼 연애라는 액자 바깥에서 낭만적 연애감정의 세계를 바라보고 있는 현실적인 시선들이 존재하고 있다(「풀밭 위의 점심」에서는 한 여자와 두 남자 사이의 다단한 역사를 화자의 아내가 바라보고 있고, 「꿈은 사라지고의 역사」에서도 남자 주인공의 아내가, 「대설주의보」에서는 남자 주인공의 결혼 상대격인 커리어우먼이 그런 시선의 역할을 한다). 우호적이기도 냉정하기도 하지만 어떤 경우건 매우 현실적이다. 그 시선들을 만나면 연애감정을 둘러싸고 있는 낭만성들이 햇살 앞의 안개처럼 관통되어버린다. 그런데도 윤대녕은 여전히 연애의 스타일을 고수한다. 「보리」를 위시하여 「대설주의보」나 「꿈은 사라지고의 역사」가 그런 경우이겠다. 그래서 이들의 존재는 마치 입전수수의 시처럼 느껴진다.

　그의 초기작 「소는 여관으로 들어온다 가끔」의 여주인공, 환속한 비구니는 '십우도'에 대해 말했었다. 잃어버린 마음을 찾고 깨달음을 얻는 과정을 소를 찾는 열 개의 장면으로 풀어놓은 것이 십우도이다. 소를 찾아나서고, 흔적을 발견하고, 보고, 잡고, 길들이고 그리고 소를 타고 집으로 돌아온다. 이제는 소를 잊을 차례다. 그리고 소도 사람도 다 잊어버린다. 여기까지가 팔 단계의 과정이다. 주지하듯, 이 여덟 단계는 도가의 것이었으나 12세기 중국의 선사 곽암이 여기에 두 단계를 더해 십우도를 만들었다. 여덟번째 인우구망(人牛俱忘)의 그림은 동그라미 하나이다. 소도 없고 사람도 없으며 오직 텅 빈 충만과 가득 찬 공허로서의 구족한 원만이 있을 뿐이다. 깨달음이 문제라면 여기에서 끝난 것이다. 그런데 여기에 둘이 더해진다면 무엇인가. 반본환원(返本還源)과 입전수수(入廛垂手)이다. 마지막, 입전수수의 단계는 시정으로 들어가 손을 내미는 것이다. 세상을 향해 손을 내미는 것. 나름 한 소식 했다고 장터로 나가 손을 내밀어본 사람은, 손 내미는 모든 사람이 이미 깨달은 사람이었음을 알게 된다. 그것을 '입전수수의 시'라고 부르는 것은 어떨까. 정작 이 소설에 등장했던 여주인공 금영은 환속했음에도 세상 속으로 들어가지도 손을 내밀지도 않았다. 그는 아직 소를 찾지 못했기 때문일 것이다.

　「대설주의보」의 남자와 여자는 눈 쌓인 백담사 산골짜기에서 해후하기 위해 12년간의 에움길을 돌아야 했다. 순간의 오해가 그들의 연애담을 긴 이야기로 만들었다. 그들은 이미 젊지 않은 나이가 되었다. 격정 속에 깃들어 있는 유치함을 볼 수 있고, 사랑이라는 감정의 연료가 기꺼이 공유되는 범속함의 반복임을 알고 있다. 그럼에도 그들은 설경을 배경으로 사랑의 시를 쓴다. 그 장면은 선운사로부터 벚꽃을 몰고 북으로 올라가겠다는 「상춘곡」의 마지막 장면과도 흡사한 느낌으로 다가온다. 그들로 하여금 시를 쓰게 하는 동력은 응축된 시간의 힘이라 해야 할 것이다. 「꿈은 사라지고의 역사」는 이런 점에서는 한술 더 뜬다. 여기에 내장된 시간은 26년이다. 삼촌 조카 사이인 두 남자와 그들이 함께 사랑했던 한 여자가 있었다. 그들이 만나고 헤어지고 다시 만나는 사이, 한 사람은 세상을 떠나고 26년의 시간이 흘러 있다. 이들의 이야기가 시가 될 수 있는 것은 그 짧지 않은 시간을 압축할 수 있는 눈, 이제는 젊지 않은 윤대녕의 눈이 있기 때문일 것이다.

베르톨루치의 영화 〈몽상가들〉(2003)에 대한 이야기로 마무리하자. 1968년의 혁명이 일어나던 때의 상황이다. 파리의 쌍둥이 남매와 미국에서 건너온 또래의 젊은 남자가 어울려 시네필리아와 섹스와 마약이 뒤엉킨 카오스적 열정 속으로 휩쓸려들어간다. 돌이킬 수 없는 광란이었음을 깨닫는 순간 그들을 구제하는 것은 거리의 혁명대들이다. 물론 이 세 청년도 그 힘을 만들어낸 장본인들의 일부이기도 했다. 철없는 세 젊은이의 행동을 포착하는 감독의 시선의 함의는 선명해 보인다. 혁명이란 철부지들이 벌이는 소동이자 광란이라는 생각이 그것이되, 그런 말을 하면서 감독은 관객들을 향해 씽긋 웃고 있다. 그리고 이렇게 덧붙이고 있다. 그러나 저 철없음, 아름답지 않은가. 아마도 그것을 우리는 입전수수의 시라고 해도 좋지 않을까. 수수까지는 모르겠지만, 어쨌든 저잣거리와 인간 본성의 지하실을 뒤적인 것이니 입전한 것만은 분명해 보인다.

연애담의 동력에 대해서도 같은 이야기를 할 수 있지 않을까. 철없음과 유치함이야말로 그것의 가장 큰 동력이다. 정서의 차원에서건 충동의 차원에서건 마찬가지다. 그 힘이 써내는 시가 있어 우리는 잠시라도, 우리 곁에 다가와 있는 불안을 달래고, 또 그 활력으로, 비록 우리가 소를 찾은 몸은 아니지만 사람들 속으로 나아가 누군가에게 손을 내밀 수 있는 것이 아닐까. 지난 20년간 자신의 스타일을 견지하며 지속되어온 윤대녕의 연애 서사는, 그 철없음의 시는 그래서 좀더 지속되어도 좋을 것이다.

5부

민족, 주체, 전통

— 1950~60년대 전통 논의의 의미

1. 주인기표로서의 전통

1950년대 중반에서부터 1960년대에 걸쳐 10년이 넘는 동안 한국문학의 전통을 둘러싼 비평적 논의가 있었다. 1950년대에 들어 새롭게 등장한 신예 비평가들을 중심으로 하여, 당시 한국 문단의 주류를 점하고 있던 작가, 시인, 비평가 들, 그리고 국문학자와 국어학자까지 가세하여 이루어진 대규모의 논의였다. 비평사라는 맥락에서 보자면, 전통 논의는 순수참여논쟁과 더불어 전후 한국 문단의 두 개의 핵심적인 쟁점으로 평가된다. 논의의 구체적인 모습이 어떠했는가를 따지기 이전에, 한 주제에 관한 논의가 이런 정도의 규모로 10년 넘게 이어졌다는 사실 자체가 예사롭지 않다.

전통을 둘러싼 구체적인 논점은, 우리에게 전통이라는 것이 있는가, 있다면 어떤 것인가 등이었으며, 이를 둘러싸고 다양한 맥락에서 다양한 논의가 전개되었다.[1] 한편에서는 임화의 '이식문학론'처럼 한국의 근대문학

---

1) 1950~60년대 전통론에 관한 연구로는, 김창원 「전통논의의 전개와 의의」(김은전 외, 『한국 현대시사의 쟁점』, 시와시학사, 1991), 김만수 「전후비평에서 '전통' 논의의 의미」

은 과거와의 단절 속에서 형성되었다고 했고, 또 한편에서는 그건 고전에 대한 실상을 모르는 소리라고, 아무리 시대가 달라졌어도 고전의 맥은 면면히 흐르고 있다고 반박했다. 또 한편에서는 전통이라는 개념 자체에 대해 정확하게 이해하는 것이 중요하다고, 과거의 유산이라고 해서 혹은 한국적인 것이라고 해서 모두 전통인 것은 아니라고 했다. 이와 관련하여 진정한 전통이라고 할 만한 것은 과연 무엇인가에 대해 논란이 뒤이어지기도 했다. 우리에게는 향가와 『춘향전』과 시조가 있다고 했고, 그런 것이 우리가 계승해야 할 진정한 전통일 수 없다고, 이제는 과거가 아니라 미래를 문제삼아야 한다고도 했다.

이와 같은 논의의 과정을 통해 전통이라는 주어는, 부재 · 단절 · 계승 · 극복 같은 다양한 술어들을 거느리게 된다. 이런 술어들은 과거나 현재의 사실에 관한 파악이나 가치 판단의 차원에서 서로 충돌했고 그래서 논의는 다분히 논쟁적인 형태가 되었다. 그러나 각각의 주장들이 전제하

(『현대비평과 이론』 제2호, 1991), 전기철 「한국 전후 문예비평의 전개양상에 대한 고찰」 (서울대 박사, 1992), 박헌호 「1950년대 비평의 성격과 민족문학론으로서의 도정」(『식민지 근대성과 소설의 양식』, 소명, 1993), 한수영 「1950년대 한국 문예비평론 연구」(『문학과 현실의 변증법』, 새미, 1997), 신두원 「전후 비평에서의 전통논의에 대한 시론」(『민족문학사연구』 제9호, 1996), 한강희 「1960년대 한국문학비평연구」(성균관대 박사, 1997), 홍성식 「1960년대 한국문예비평연구」(『한국 문학논쟁의 쟁점과 인식』, 월인, 2003), 김건우 「1950년대 후반 문학과 〈사상계〉 지식인 담론의 관련양상 연구」(서울대 박사, 2002) 등이 있다. 김창원은 전통론을 부정, 단절, 계승, 절충, 극복론으로 구분하여 전체 모습을 개괄했고, 김만수는 유종호를 중심에 두고 당시 전통론의 맥락을 살폈다. 전기철, 한수영, 한강희, 홍성식의 논문은 1950년대와 1960년대의 문학비평을 대상으로 한 박사학위 논문들로, 시대사적인 맥락의 일환으로 전통론을 고찰했고, 김건우도 『사상계』를 중심으로 한 지식인 담론을 살피면서 세대론적 전략의 맥락에서 전통론을 다뤘다. 박헌호는 1950년대 전통론 속에서 민족문학론이 잉태되는 모습을 포착해냈으며, 이와 관련하여 최일수의 논리에 대해 새롭게 평가했고, 이는 한수영에게 이어져 정태용과 함께 좀더 풍부하게 조명되기도 했다. 신두원은 1950년대에서 1960년대로 이어지는 논의의 전체적 맥락을 잡아주었고 각 논리들의 허실을 짚어주었다. 이들의 연구에 의해 전통론의 다양한 모습과 전체적인 맥락이 밝혀져 있다.

고 있는 당대의 현실에 대한 인식과는 무관하게, 논의의 귀결은 대부분이 당위적인 형태로, 곧 새로운 전통을 창조하여 한국문학을 발전시켜야 한다는 방식으로 맺어졌다. 이런 점에서 보자면 전통에 대한 논의는, 극단적으로 말하여 문학에 관한 일종의 개발 논리였다고도 할 수 있으되, 이는 이미 전통 논의라는 문제 설정 자체에 내장된 것이기도 했다. 단절론이건 부재론이건 계승론이건 간에, 전통에 관한 명제에서 중요한 것은 술어가 아니라 주어이기 때문이다. 곧 어떤 말을 하느냐보다 중요한 것은 무엇에 대해 말하고 있느냐 하는 것이다. 정신분석적 사유가 보여주고 있듯이, 의식의 수준에서 행해지는 부정은 인지 수준 밑에 가로막혀 있는 강한 열망이나 긍정과 연결되어 있기 쉽다. 이런 진술은 물론 인간의 무의식적인 욕망을 대상으로 가능한 것이지만, 사실이나 가치 판단의 차원에서도 사정은 크게 다르지 않을 것이다. 인지 수준을 표시하는 수평선이 어느 지점에 그어지느냐에 따라, 한 대상은 존재하는 것일 수도 그렇지 않은 것일 수도 있고, 또 긍정적인 것이 될 수도 부정적인 것이 될 수도 있기 때문이다.

전통 논의는 이런 점에서, 20세기 한국문학 전체를 관통하는 핵심적인 쟁점이었던 민족문학에 관한 논의와 유사한 구조를 지닌다. 이들 논의 속에서 전통이나 민족문학이라는 항목은 처음부터 주어의 자리를 점하고 있었다. 논의가 축적됨에 따라 점차 많은 술어들을 거느리게 되고, 논의의 마지막에 가면 확고한 주어의 자리를 굳히게 된다. 그리고 바로 이런 점에서 이 논의들은, 순수참여논쟁처럼 선명한 이항대립의 구조를 지니고 있는, 즉 순수문학과 참여문학이라는 두 개의 주어를 지니고 있는 논의와 구분된다. 물론 순수와 참여라는 대립항 속에서도 우리는 이 둘을 포괄할 수 있는 공통의 주어를 끌어낼 수도 있다. 문학이라는 주어가 그것이되, 여기에서 주어로서의 문학이란 순수나 참여라는 속성의 상위에 존재하는, 보편적이고 선험적인 공간으로 기능한다. 그러나 이러한 파악은 논쟁의 바깥에서 행해지는 것일 뿐임에 비해, 전통이나 민족문학은 각각의 논의 속에서 출발점에서부터 이미 주어의 자리를 차지하고 있었다는 점에서 다르다.

왜 이런 사실이 강조되어야 하는가. 많은 술어를 거느림으로써 확고한 주어의 자리를 차지하는 일 자체가 가지고 있는 한계가 인식되어야 하기 때문이다. 부동의 주어가 된다는 것은 그 자체의 존재에 대한 근본적 질문을 차단하는 어떤 자명성의 함정 속으로 빠지는 일에 다름아니다. 전통 논의 속에서도 마찬가지다. 전통이 다양한 술어들 속에서 자명한 주어가 되는 순간, 그 자체의 존재나 의미에 대한 질문은 더이상 불가능하게 된다. 이를테면 전통에 관한 가장 근본적인 질문은, 전통이란 것이 대체 무엇이며 왜 그것을 문제삼는가일 것이다. 수다한 형태로 존재했던 민족문학론에 대해 가장 근본적인 적대자는, 민족문학이라는 공간을 두고 경쟁을 벌였던 서로 다른 민족문학론들이 아니라 민족문학이라는 개념 자체를 거부하는 김동인의 논리였던 것처럼,[2] 전통에 관한 논의에서도 사정은 마찬가지다. 전통의 단절을 주장하는 논리가 아니라, 전통이라는 개념 자체의 실체성을 거부하는 논리, 좀더 좁혀서 말하자면 문학에 대한 민족 단위의 사고를 거부하는 논리야말로 전통론 자체에 대한 근본적인 타자이다. 그럼에도 전통에 대한 논의는, 전통이라는 주어를 둘러싼 다양한 술어들의 경쟁이라는 형태로 전개됨으로써, 이런 타자들은 그 논의 속에서 배제되고 그럼으로써 논의 자체가 자명성의 함정에 빠지게 되는 것이다.

전체적으로 보아 전통론은 후기에 이를수록 점차 우리가 계승해야 할 진정한 전통은 무엇인가 하는 질문으로 모아진다. 중세의 평민문학이야말로 한국문학의 진정한 전통이라고 했던 1965년의 조동일의 경우가 대표적인 예일 것이다. 이 지점에 이르면 전통은 존재의 자명성과 의의의 소

---

2) 서영채, 「한국 민족문학론의 역사에 대한 소묘」, 『문학의 윤리』, 문학동네, 2005, 53쪽.

중함에 대해 어떤 이론도 제기할 수 없는 대상으로 존재하게 되며, 이 순간 전통은 탐색의 대상이 아니라 이념적 효과로서만 존재할 수 있는, 라캉의 용어를 빌리자면 '대상a'의 위치를 점하게 된다. 그리고 그 순간 전통에 관한 논의는 한계 지점에 이르게 된다. 전통의 자리는 중세의 평민문학뿐 아니라 박지원의 한문서사나 정약용의 한시가 차지할 수도 있고, 혹은 신라나 고려의 문학이 날아올 수도 있고, 아예 한용운을 기점으로 하는 시민문학의 정신이 차지할 수도 있다. 이처럼 다양한 대상이 점유할 수 있는 장소로서의 전통은 부동의 중심일 수 있으되, 그 중심은 텅 빈 중심, 그 어떤 연속성의 표지로서만 기능하는 기의 없는 기표, 즉 주인기표(master-signifier)[3]가 되며, 그럼으로써 전통 자체에 대한 논의는 그 의미나 열도라는 측면에서는 무의미한 것이 된다. 이것은 흡사 길이 시작되자 여행이 끝나는 것과 마찬가지 양상이기 때문이다. 자기 입장의 구체적인 실천은 있을 수 있으되 입장 자체에 대한 논쟁은 무의미해지는 것이다.

그렇다면 논의가 시작된 지 이미 반세기가 지난 시점에서 이 논의를 다시 돌아보는 것은 어떨까. 당연한 말이지만, 현재의 우리가 느끼는 전통이라는 말의 감도가 그때와 같을 수는 없는 노릇이다. 이는 전쟁의 폐허 속에서 미국의 원조로 국가 경제가 유지되던 1950년대와, 신자유주의가 지배하는 세계체제 속에서 분단상황이 내용적으로 종식되기에 이른 2000년대의 차이라고 해도 좋을 것이다. 이식문학론의 극복을 위한 것이었건, 아니면 비평적 규준을 세우기 위한 T. S. 엘리엇 류의 것이었건 간에, 전통은 이미 그 자체로는 역사화된 개념이라고, 현실적 유효성을 대부분 상실한 미지근한 개념이라고 해야 할 것이다. 그러니, 이제 우리는 전통 논의의 뜨거웠던 현장을 향해 이런 질문을 던질 수 있겠다. 왜 전통이었는가.

이 질문을 통해 우리는 전통론의 역사적 맥락에 접근해볼 수 있을 것

---

3) 기의 없는 기표로서의 주인기표의 개념에 대해서는 슬라보예 지젝의 『이데올로기라는 숭고한 대상』(이수련 옮김, 인간사랑, 2002) 166쪽 참조.

이다. 그 시대의 정치와 사회적 담론의 관계망 속에 그 논의를 던져넣음으로써, 전통과 민족 같은 언어들이 의미화되었던 방식에 대해 살펴보는 것, 그리고 그러한 담론 속에 문학이 포획되는 양상에 대해 고찰하는 것, 또한 이를 통해 문학적인 것의 본성에 대해 성찰해보는 것이, 이 질문을 통해 우리가 얻고자 하는 대답의 세목이 될 것이다.

2. 전통과 시대적 빈곤: 이어령, 백철, 정태용

1950년대에 시작된 전통 논의는 전통의 빈곤에 대한 자각에서부터 시작된다는 점에서 특징적이다.[4] 이 빈곤이 전통이라는 항목에만 해당되는 것은 물론 아니며, 단순히 문학이나 정신의 빈곤에 국한되는 것도 아니다. 한국의 1950년대라는 시대 자체가 지니고 있는 총체적 빈곤—전후 신생독립국으로서의 한국이 감당해야 했던 정치·경제적 빈곤과 한국전쟁이라는 거대한 참화 이후의 물질적·정신적 빈곤—이 우선적인 규정력으로 버티고 있었기 때문이다. 현재의 시점에서 이 논의들을 살펴볼 때 좀더 실감나게 다가오는 것은, 전통이나 문학이나 사상의 문제를 따지기 이전에 생활 감각 자체로부터 오는 빈곤의 문제이다. 1950년대 중반, 한 소설(김광식의 「213호 주택」)에 관해 가해진 현대문명 비판이라는 평가에 대해, "우리 사회가 매〔메〕카니즘의 독소에 침해당하고 있다는 것은 옳다. 그런데도 불구하고 또 옳지 않다. 대도시 서울 한복판엔 아직도 원시적인 糞尿차가 질주하고 수도꼭지를 아무리 돌려도 물이 나오지 않는 형편이다"[5]라고 했던 이어령의 언급이 대표적인 예일 것이다. 빈곤에 대한 그의 언급은 다른 무엇보다도 당대 현실의 물질적 조건을 향하고 있었다.

---

4) 박헌호는 이어령의 예를 들어 "한국문학의 후진성에 대한 인식과 전통단절의 인식은 서로 상통하는 것이었다"고 했다. 「1990년대 비평의 성격과 민족문학론으로의 도정」, 『식민지 근대성과 소설의 양식』, 소명출판사, 2004, 420쪽.

5) 이어령, 『저항의 문학』(증보판), 예문사, 1965(초판, 지경사, 1959), 30쪽.

그 시대 삶 자체의 존재조건으로서 이 같은 총체적 빈곤 상태가 존재하고 있다는 점을 염두에 둔다면, 전통에 관한 초기의 논의에서 그 방향성과는 무관하게 거의 모든 논자들의 공통적인 전제가 전통의 빈곤이었음은 당연해 보인다. 그런 빈곤 상태로부터 벗어나 새로운 전통을 창조해야 하는 일의 절박함을 강조했던 당위적 어조를 공유하고 있었던 것 역시 자연스럽다.

1950년대가 지니고 있는 이 같은 총체적 빈곤 상태는 담론의 기형성을 초래한다. 당위적 어조를 취하고 있는 이 시기의 문화나 현실에 관한 담론 속에서, 이상적인 모습의 개념과 현실적 조건 간의 지나친 편차로 인해 담론 자체의 기형성이 초래되는 것이다. 이를테면 1950년대의 정치권의 지배 이데올로기로 존재했던 민주주의만 하더라도, '사회경제적 조건과 계급적 조건에 크게 앞서 있었던 조숙한 민주주의(premature democracy)'[6]로서 이념과 실제가 크게 차이 나는 모습을 보여주었다. 그래서 1950년대의 민주주의라는 이념은, 한편으로는 반공주의의 다른 말로서 이승만 정권의 권위주의적 성격을 강화하고 정당화하는 데 봉사하기도 했고, 또 한편으로는 1960년의 4·19혁명으로 폭발하는 저항이데올로기의 역할을 하기도 했던 것이다. 이런 점은 민족주의나 전통이나 문학의 경우도 마찬가지여서, 이념과 실제 사이의 물매가 매우 가파른 형태로 드러난다. 이어령은 현실 속에서는 기계에 굶주려 있으면서도 문학적 담론에서는 이른바 '메커니즘'을 비판하는 것이 얼마나 처절한 모습이냐고 했거니와,[7] 여기에서 그가 말하는 처절함이란 현실적 조건과 유리된

---

6) 박명림, 「1950년대 한국의 민주주의와 권위주의」, 『1950년대 남북한의 선택과 굴절』, 역사문제연구소 편, 역사비평사, 1998, 82쪽.

7) "또한 촛불 혹은 등잔불을 켜고 정전된 암흑의 도시를 밝히는 것이 오늘의 현상이다. 그뿐만 아니다. 화신 앞에는 마치 기적을 바라보는 군상들과 같이 텔레비를 구경하는 시민들이 매일 밤 人山을 이룬다. 우리가 이렇게 기계의 혜택에 굶주리면서도 메카니즘에 반항하지 않으면 아니 될 이 현상은 얼마나 처절한 모습이냐? 생활 감정과 관념의 세계가 이렇게

담론의 기형성이자 그 편차의 현저함을 지칭하는 것이라 하겠다.

이런 기형성은 전통에 관한 논의에 있어서도 마찬가지다. 일제시대의 유산인 한국의 역사적 정체성론(停滯性論)과, 정부 수립 이후 남한 사회에 급격하게 밀려들어온 미국식 모더니티의 이념이 뒤섞여 있는 데다, 일민족 이국가의 분단 상황은 민족과 국가 사이의 균형을 흐트러뜨림으로써 신생독립국이 지녀야 할 정신적 에너지의 원천까지 고갈되어버렸던 것이 이 시대의 현실이었다. 이런 상황 속에서, 문학과 전통에 대한 논의는 과도한 자기비하에 빠지거나 역사에 대한 인식의 부재를 드러내기도 했고, 주체성에 대한 지나친 강조로 인해 배타주의적인 모습을 드러내기도 했으며, 한국문학을 발전시켜야 한다는 절박함과 조급함으로 인해, 정부에서 경제뿐 아니라 문학에 대한 계발계획도 세워야 한다는 식의 주장까지 등장하기도 했다. 이어령이 썼던 위의 구절은 전체적으로 이런 시대적인 모습을 상징적으로 보여주는 것이겠으나, 아이러니컬한 것은, 그 속에서 전통 부재의 현실을 비판하고 또한 전통 논의에 적극적으로 개입하여 전통이라는 개념 자체를 제대로 모르고 있다고 상대를 몰아붙였던 이어령 자신도 이런 기형적 현실의 일부를 이루고 있다는 점이다. 조연현의 논리를 비판했던 이어령의 경우가 그러한데, 당대의 청년 재사 이어령이 범한 실수는, 전통이라는 개념에 대한 엘리엇적인 논리와 한국적인 실감의 차이에서, 곧 이상화된 서구와 현실로서의 한국의 편차에서 말미암은 것이다.

초기의 전통 논의에서 가장 중요한 참조점으로 존재했던 것은 T. S. 엘리엇의 전통론이다.[8] 이는 민족문학에 대한 논의에서 민족문학과 세계문

상이한 그 모순은 무엇을 의미하는가?" 이어령, 『저항의 문학』, 같은 쪽.

8) 「전통과 개인적 재능」(1919) 등에서 개진된 엘리엇의 논리는 영문학자 한교석의 「전통과 문학」(1955)에 의해 지적된 이후로 거의 모든 논자들에 의해 거론되었고, 1956년 『자유문학』 12월호의 특집에는, 최일수, 정병욱, 전광용, 이태극, 한교석의 평론에 이어, 엘리엇

학에 관한 괴테의 테제가 자주 등장했던 것과 흡사하다. 전통에 대한 논의가 한창 달아오르고 있던 1957년, 『현대문학』의 주간이었던 비평가 조연현은 서정주와 김동리의 문학을 중심으로 전통성과 현대성에 대해 언급했다.[9] 그는 현재적인 의미를 지닌 전통과 단순한 과거일 뿐인 유물을 구분해야 한다는 전제하에서, 서정주와 김동리의 서로 다른 행보를 지적했다. 논의를 요약해보자면 이렇다: '서정주는 초기의 반전통주의에서 전통주의로 옮겨왔고, 반대로 김동리는 민족적인 특성을 지닌 문학에서 휴머니즘이라는 보편적인 것으로 옮겨갔다. 그럼에도 이 둘은 결국 하나다. 괴테의 말처럼 가장 민족적인 것이 세계적인 것이며, 세계적인 것이 민족적인 것이기 때문이다.' 그리고 조연현은 민족적 속성이 세계적인 보편성으로 통할 수 있었던 몇몇의 예를 덧붙여놓았다. 파리에서 높은 평가를 받았던 화가 김환기의 개인전, 동남아 예술제에서 입상한 한국영화 〈시집가는 날〉, 또 동남아 순회공연에서 호평을 얻었던 한국의 예술사절단 등의 예가 그것이었다.

이에 대해 이어령은 「토인과 생맥주」(1958)라는 조롱조의 제목을 지닌 반박문을 통해 대뜸 엘리엇의 전통 개념을 들이대면서 조연현의 논리를 "토속적 전통관"이라 비판한다. 조연현은 전통을 토속적인 것으로 착각하고 있는데, 오히려 전통은 토속성이나 지방성으로부터 벗어나 그 어떤 보편성을 상정함으로써 생겨나는 개념이고, 보편적인 가치를 지닌 고전의 개념적 바탕 위에서 비로소 성립될 수 있다는 것, 그래서 조연현의 논리는 비논리의 극단이라는 것이다. 여기에서 그가 구사하는 전통과 고전의 개념은 엘리엇의 규정에 입각해 있다.

의 이 글이 양주동의 번역으로 실렸고, 1957년에는 이창배의 번역으로 『T. S. 엘리엇 문학론』이 나왔다.

9) 조연현, 「민족적 특성과 인류적 보편성―서정주와 김동리의 전통에 대한 태도를 중심으로」, 『문학예술』, 1957년 8월호.

엘리엇이 강조했던 전통의 개념은 개성(personality)으로부터의 탈각이라는 개념과 쌍을 이루거니와, 어떤 시인도 낭만주의가 강조했던 의미에서의 창조적 재능이란 있을 수 없으며, 개별 시인에 대한 평가는 그 앞에 놓여 있는 역사적 전통에 견주어짐으로써만 가능하다는 것이 엘리엇의 주장의 요지이다.[10] 이런 생각의 바탕에 있는 것을 엘리엇은 역사의식이라고 일컬었지만, 여기에서의 역사의식이란 문학사나 문화사적인 것으로서, 헤겔주의적인 역사의식이나 민족주의적 역사의식과는 무관하다. 고전의 개념과 결합되는 경우의 역사의식은 오히려, 서로 다른 민족이나 문명 사이에서 일어나는 도약으로서의 역사 개념에 입각해 있다. 이런 견지에서 엘리엇은 18세기나 19세기의 어떤 시인도 유럽문학의 고전이 될 수 없고, 그 자격은 오로지 사어가 되어버린 두 개의 언어(곧 희랍어와 라틴어)권의 시인만이, 그중에서도 로마의 시인 베르길리우스만이 지닐 수 있다고 했다. 베르길리우스는 희랍문학의 전통을 이어받아 라틴문학으로 새롭게 승화시켰다는 점에서, 곧 이국의 문화를 수용하고 소화하여 새로운 모습으로 창조할 수 있었던 포용성과 성숙성을 갖추었다는 점에서 고전의 반열에 오를 자격이 있다는 것이다. 이와 마찬가지로 전통은, 한 개인의 개성은 물론이고, 한 민족이 지니고 있는 독특성이나 지방성으로부터도 생겨날 수 없으며, 오히려 그런 지역적 한계로부터 벗어나는 정신만이 전통의 반열에 오를 수 있다는 것이다. 엘리엇이 괴테에 대해서조차도 그의 문학적 성취와는 별개로 그가 지니고 있는 게르만적 특성 때문에 고전의 반열에 올릴 수 없다고 했던 것도 이런 논리의 연장에 있다.

조연현의 평가에 대해 반박을 가하는 이어령의 논리는 엘리엇의 이와 같은 논리에 근거를 두고 있지만, 그러나 문제는 이와 같은 엘리엇식의 전통 개념이 그 인용 빈도와는 무관하게 한국의 논자들에게는 그다지 깊

---

10) 엘리엇의 논의는 「전통과 개인의 재능」(1919), 「비평의 임무」(1923), 「고전이란 무엇인가」(1944) 등에 의거함. 『T. S. 엘리엇 문학비평』, 이창배 옮김, 동국대학교출판부, 1999.

은 설득력을 행사하지 못했다는 점에 있다. 긍정적인 것으로서의 전통과 부정적인 것으로서의 인습(조연현의 경우에는 유물이 인습과 유사한 개념이다)을 구분해야 하며, 현재에도 의미를 지닌 것이라야 진정한 의미의 전통이 될 수 있다는 정도(이러한 논의는 전통 논의에 참여한 거의 모든 논자들이 전제하고 있다)가 엘리엇에 대한 상투적인 인용 대상이었고, 오히려 전통이라는 개념은 엘리엇과 무관하게 그 자체가 지니고 있는 고유의 어감, 즉 유럽발 모더니티에 의해 사상되어버린 근대 이전 한국의 고귀한 것들이라는 의미로 통용되었다. 엘리엇의 개념에 비하면 이쪽이 훨씬 실감에 가까웠다.

1962년 5월의 『사상계』 토론회에서 이어령은 이런 점에 대해, 전통이라는 개념이 혼란스러운 상태라고 투덜거렸지만, 그런 혼란으로 보자면 이어령 자신도 큰 예외가 아니다. 그가 「주어 없는 비극」이나 「신화 없는 민족」 같은 글에서 주체성이나 전통의 부재를 말하고 있을 때, 그가 말하는 전통이란 엘리엇적인 개념이라기보다는 전통이라는 한국어가 지니고 있는 일반적인 의미에, 곧 그 자신이 비판했던 조연현의 개념에 훨씬 가깝다.[11] 개념적 논증의 대상으로 삼았을 때와는 달리, 이어령이 통상적으로 구사하고 있는 전통이라는 말은 일반적인 의미와 어감—예로부터 이어져내려오는 과거로서의 '전(傳)'과, 전해진 것 중에서 통서(統緒)의 올바른 흐름이 재구성된 '통(統)'의 결합체로서, 의미 있는 과거의 전승이라는 뜻이 된다—을 지니고 있는 것이다. 말하자면 이어령 자신도 전통이라는 말이 지니고 있는, 논리와 실감 사이에서 사이의 마법권을 빠져나가

---

11) 「신화없는 민족」에서 그가 "뿌리 없는 문화, 그것은 플랑크톤의 문화다. 대중 속에 침투되지 못하는 그리고 생활 근거와 결합되지 못하는 또한 민족의 혈육 가운데 섞여서 동화되지 못하는 문화는 장식으로서의 문화, 모방으로서의 문화다. 따라서 이 같은 불연속적인 문화는 필연적으로 전통의 혈맥을 그 질서의 하천을 이루지 못한 채 그대로 일말의 구름처럼 흐르다 소멸하고 마는 것이다"(이어령, 같은 책, 29쪽)라고 썼을 때, 민족의 혈육과 나란히 놓여 있는 전통의 혈맥 같은 단어가 그 대표적인 예이다.

지 못하고 있었던 셈이다.

물론 이러한 양상은 논쟁의 와중에서 빚어질 수 있는 부분적이고 삽화적인 것에 불과할 수도 있지만, 종종 부분이 전체를 압축적으로 보여주는 경우도 있다. 게다가 전통이라는 개념의 이상화된 논리와 실제의 쓰임 사이의 격차에서 벌어진 일이라면 그 자체만으로도 간단한 것은 아니다. 잘 알려져 있는 바와 같이 이어령은 당대 문단의 주류들을 정면으로 비판하고 나섬으로써 일약 언론의 총아가 된 신세대의 대표적인 비평가였다. 자기 시대의 지적 빈곤을 향해, 그런 사태를 초래한 앞 세대에 대해 그가 휘둘렀던 칼날 같은 언사들을 보면, 말의 내용보다는 오히려 말의 형식 자체가, 선정적인 논리 구성과 문체 자체가 훨씬 더 많은 말을 하고 있는 것으로 보인다. 조연현이나 김우종과의 논전에 임했던 그의 문장은 비판이나 비난이 아니라 비아냥에 가깝다. "끝없이 되풀이하는 그 희극엔 이제 정말 염증을 느꼈다. 웃을 만한 힘도 사실 없다. 그런데도 지금 한국의 문단에는 기상천외의 曲藝가 한창이다. 詩人 小說家 評論家…… 거창한 렛텔을 붙인 마리오네트의 군상들이 제목도 없는 희극을 연출하느라고 좌충우돌 야단들이다"[12]라고 시작되는 문장을 보자. 이런 문체는 자기 시대의 빈곤을 바라보는 절망감이나 그로부터 벗어나야 한다는 생각의 절박함의 산물일 것이다. 그러나 이런 식으로 씌어진 그의 초기 문장들이 많은 논리적 결함이나 잘못된 근거들을 지니고 있는 것[13]도 당연할 것이다.

---

12) 이어령, 같은 책, 46쪽. 이 대목은 조연현의 전통론을 비판했던 「토인과 생맥주」라는 글의 첫 문장거니와 생맥주가 살아 있다고 착각한 토인으로 조연현을 비유한 글 전체가 이런 논조를 취하고 있고, 또 이 사안과 관련하여 김우종의 글을 비판한 「바람과 구름의 대화」도 마찬가지 양상이다.

13) 사소한 사실의 오류는 접어두더라도 「주어 없는 비극」이나 「신화 없는 민족」에서 구사되는 그의 논리 자체가 단편적인 사실에 의한 추론이나 근거 없는 단정의 오류에 입각해 있다. "우리에게는 신화가 없다"라는 근거 없는 단정에서 시작하여, 지금의 현실을 절실하게 깨닫고 신화를 창조하기 위해 함께 노력한다면 "우리에게도 저 밝은 올림프스 산이 있고 諸 神들의 낭랑한 웃음소리가 있는 신화의 세계가 열려지는 것이다"라고 맺어지는 「신화 없는

물론 논쟁적인 글을 쓰면서 오류를 범할 가능성은 누구에게나 열려 있다. 그러니 문제는 모종의 주장이나 비판이 1950년대의 이어령에게는 저와 같이 단호한 어조와 단정적 논리로 구사될 수 있었다는 사실이다.

당시의 문단을 두고 이어령은 희극적인 인형극이라고, 마치 자신은 그 바깥에 있는 것처럼 말했지만, 그 비밀스러운 사실이 폭로되는 순간 그 자신도 희극적인 세계의 일부가 되어버린다. 유보 없는 단정의 문체가 글 쓰는 손의 주인을 그렇게 만드는 것이다. 그럼에도 그 자신은 화전민이고 아무런 전통도 없는 민족의 우울한 후예라고, 나아가 문단의 우상들을 척결하자고 외칠 수 있었던 것은, 빈곤한 시대의 한 이십대 청년이 지니고 있는 조급성이나 미숙성의 발현이었을 것이다. 이런 점에서 1950년대의 이어령은 그 자체가 시대적 빈곤과 미숙성의 한 표지이거니와, 또한 이와 같은 미숙성은 전통 논의의 구도 자체가 지니고 있는 속성이라고 해야 할지도 모르겠다. 전통이란 그 자체가 모더니티라는 타자를 상정함으로써만 발견되는 것이다. 1950년대 한국의 경우 타자로 상정되었던 것은 서구와 일본이었으며, 서구는 상징적 타자로, 일본은 상상적 타자로 등장하곤 했다. 따라서 여기에는 자연스럽게 선망이나 경쟁의식이 동반되고, 비정상적인 민족적 열등감이나 자기비하, 조급함, 과도한 자부심 등이 기형적인 형태로 노출되곤 했다. 말하자면 청년 이어령도 그중 하나였다고 할 수 있을 것이다.

시대의 빈곤과 관련하여 또하나 흥미롭게 다가오는 것은 노벨상과 관련된 백철의 주장에서 비롯된 일련의 논리들이다. 1962년 『사상계』 문예

민족」의 전체적인 논리 구성 자체가 단정과 비약이다. "결투정신의 결여가 바로 저 李朝의 은둔사상이나 또는 비굴한 黨爭史를 유발한 원인이라고 보아도 좋을 것"이라고, 또 포로 석방 과정에서 남과 북을 모두 거부하고 인도를 선택한 포로들도 그런 정신의 후예라고 말하는 「주어 없는 비극」의 대목들도, 가치 판단에 대한 논란은 미뤄두더라도 사실 판단 자체에 오류가 있다. 이런 대목들은 논리의 세목을 따지기 이전에 단정과 연역으로 이루어진 문체의 문제일 것이다.

증간호[14]에 실린 권두 평론에서 백철은 한국문학의 세계 진출 방안에 대해 논했다. 가와바타 야스나리를 비롯한 일본 작가 세 명이 그해 노벨문학상의 후보로 추천된 데 자극을 받아, 현재의 한국문학도 불가능하지 않다는 것, 개발도상국에서 경제개발을 위한 몇 개년 계획을 세우는 것처럼 문학예술 분야에서도 국가 주도로 "5개년의 문학생산의 계획"을 세워서 창작 진흥에 박차를 가하자고, 결코 농담이 아니라 진지하게 하는 말이라고 썼다. 구체적 방안인즉, 지금 당장 세계 수준의 작품을 생산하기는 어려우니, 한국적 취향이 물씬 풍기는 일종의 토산품을 만들어 세계 시장에 수출해보자는 것이었고, "土産品의 材料로 현대적인 거북선을 만들고 전통적인 것의 돛을 올려서 우리 現代文學은 세계문학의 航路로 들어설 차비를 해야겠다"[15]라는 문장으로 끝을 맺었다.

이런 백철의 주장에 대해, 사십대의 비평가 정태용와 재일 비평가 장일우는 대뜸 사대주의적이고 주체성 없는 태도라고 비판했다.[16] 백철의 발상도 문제가 있지만, 이에 대해 사대주의적이라거나 주체성 없음이라고 비판하는 것도 논리적인 것은 아니다. 논리적인 비판이라면 어떠해야 하는가. 백철이 노벨상과 소설 수출 문제를 제기했을 때, 그 바탕에서 문제가 되고 있었던 것은 경제가 아니라 신생독립국으로서의 한국의 문화적 정체성과 자긍심이었다. 그것은 경제적 재화로 전화될 수 없는 것, 등가

---

14) 월간지 『사상계』는 1961년부터 3년에 걸쳐 매년 11월 별권으로, 전체가 문학작품으로 이루어진 문예특별증간호를 간행했다.

15) 백철, 「세계문학과 한국문학」, 『사상계』 1962년 11월호, 문예특별증간호, 41쪽.

16) 정태용, 「한국적인 것과 문학─백, 유 양씨의 소론에 대하여」(『현대문학』 1963년 2월호), 「전통과 주체적 정신─세대의식 없이 옳은 전통은 없다」(『현대문학』 1963년 8월호). 첫번째 글에서 정태용은, 백철은 희대의 노벨상 기술자로, 이어령은 사대주의 선전원으로, 유종호는 가짜 한국인으로 지칭했다. 구체적인 비판에서는, 백철과 이어령에 대해서는 야유와 조롱을 했지만, 유종호에 대해서는 논리적으로 대응했다. 또 장일우는 「한국적인 것과 전통적인 것」(『자유문학』 1963년 6월호)에서 백철, 유종호와 함께 정태용의 첫 글을 비판했다. 백철에 대해서는 야유했고, 유종호와 정태용에 대해서는 논리적으로 비판했다.

교환을 전제로 하는 경제나 산업의 용어로는 번역 불가능한 것이다. 자긍심은 시장에서 값을 매길 수 없는 것, 등가 교환에 의해서가 아니라 일방적 증여나 약탈 같은, 교환의 잉여의 세계에 속하는 것이기 때문이다. 따라서 백철의 주장에 대한 논리적 비판이라면, 자긍심의 언어를 시장의 언어로 번역해버린 그의 논리적 오류에 관한 것이었어야 했다. 하지만 정태용과 장일우의 비판은 논리 대신 신사대주의나 주체성 없음 같은 이념적인 용어를 선택했다. 말하자면 자긍심을 산업적 마인드의 세계로 팔아넘긴 것에 대해, 상처받은 자긍심의 영역에 속하는 언어로 되갚음을 했던 셈이다.

백철에 의해 야기된 이러한 논란은 지금의 관점에서 보자면 일종의 해프닝이라 하겠으나, 백철을 비판했던 정태용과 이 둘을 아울러 비판했던 장일우의 경우를 함께 어울려놓으면 전통 논의 자체가 지니고 있는 핵심적인 속성이 드러난다. 정태용이 두 편의 글을 통해 백철과 유종호, 이어령 등을 비판했을 때, 백철과 이어령에 대한 비판은 비난에 가까웠고, 유종호에 대해서는 비교적 논리적으로 대응했다. 상대적으로 유종호의 글이 논리적 격을 갖춘 것이었기 때문이다. 이들에 대한 정태용의 비판의 핵심은 그들의 주장에 민족적 주체성이 없다는 점에 있다. 그렇다면 그가 강조하는 주체성이란 무엇인가. 그의 두번째 글에서

그러므로 白氏와 趙芝勳氏(「傳統의 現代的 意義」新世代 63년 3월호 所載)가 傳統으로 돌아가 民族的 主體를 確立해야 한다고 말했을 때, 그들은 이 事實을 거꾸로 생각했으며, 傳統의 現代性 創造性이 어떻게 가능한가를 깨닫지 못했던 것이다. 傳統이 單純한 모방과 踏襲이 아니라 現代的 創造的으로 계승되자면, 무엇보다도 그것을 계승하는 사람들이 앞 世代나 앞 時代와는 다른 自己 世代에 充實하고 그 主體的 精神을 確立했을 때에만 可能한 것이다.(정태용, 「전통과 주체적 정신—세대의식 없이 옳은 전통은

없다」240쪽.)

라고 했던 대목에서 그 단서를 찾아볼 수 있다. 전통에 의거함으로써 주체가 형성되는 것이 아니라, 주체가 먼저 있고 전통이 그에 입각해 만들어지는 것이라는 주장에서 그 핵심을 찾아볼 수 있다. 요컨대 과거와 현재의 대립관계 속에서 우이를 잡고 있는 것은 현재라는 것이다. 그래서 전통은 단순한 과거가 아니라 자기 시대와 밀접하게 관련을 맺는 것이며, 그 같은 시대적 요청과 사명을 자각하는 것이 그의 용어법에 따르자면 '세대의식'이라는 논리이다. "이 時代의 民族史的 課業을 完遂할 수 있는 올바른 世代精神의 主體化야말로 傳統은 勿論, 外來文化까지도 올바르게 批判, 選擇하고 계승, 移植할 基礎的인 터전을 마련하는 것이 되는 것이다."(같은 글, 245쪽)

그럼에도 여전히 주체성이 무엇인지는 공백으로 남는다. 전통보다 중요한 것은 주체성이며, 그것은 민족의 시대적 사명을 깨닫는 것에서 온다는 진술만이 있을 뿐이어서, 그 시대적 사명은 어디서 오는가에 대해서는 주체성을 가지고 있는 사람만이 알 수 있다는 식의 순환논리와 동어반복만이 존재할 뿐이다. 그러나 이것은 당연한 일이다. 주체성이라는 말은 전통이라는 말과 마찬가지로, 그 자체로는 의미를 확정할 수 없는, 단지 구체적인 실천을 통해서만 의미를 생산할 수 있는 말이기 때문이다.

그렇다면 민족적 사명을 자각하고 주체성을 구현했던 실천의 예는 무엇인가. 두 글에서 다양한 예를 들었으나 그중에 가장 현저하여 눈에 띄는 것은 그가 "軍事革命의 主體勢力"이라 지칭한 5·16쿠데타의 주역들의 예다. 정태용은 이들을 가리켜 "그들은 스스로 이 民族의 歷史的 主體를 確立시키고 實踐해 보고자 하는 그 意慾만으로서도 國民의 支持를 받을 만한 充分한 資格이 있다"(199쪽)고 했다. 정태용의 이런 논리는 어렵지 않게, 한국적 특수성을 부정하는 논리에 대해 "우리 民族史의 主體者도

되지 못하는 위인이 마치 世界史의 主體者나 된 것처럼 헛된 걱정을 끙끙거리고 앉았는 主體喪失의 文學人 知識人을 우리는 없애버려야 하겠기 때문이다"(203쪽)라는 논리로 이어진다. 또한 두번째 글에서는 "革命政府"가 "民主主義의 移植을 위한 두 가지 政策을 썼다"는 것, 그 하나가 "民主主義를 培養시킬 수 있는 土質改良으로서의 經濟五個年計劃과 人間改造"(242쪽)라고 했다. 다른 하나는 법률을 개정하는 것이니 그럴 수 있다 치더라도, 인간 개조가 민주주의를 토착화하는 즉 주체화하는 논리라면, 그것은 민주주의의 목을 조르는 일에 다름아니다. 게다가 그런 방식으로 사유되는 주체성이 전통의 핵심을 이루고 있는 것이라면, 그것은 전통을 자의적으로 전유함으로써 그 자체를 형해화하는 것에 다름아닌 것이다.

재일 평론가 장일우가, 백철과 유종호를 비판했던 장태용의 논리에 대부분 공감을 표했음에도 불구하고 주체성에 관한 정태용의 논리 자체는 인정할 수 없다고 했던 것도 그의 주장이 지니고 있는 바로 이런 측면 때문이었다. 주체성이 있어야 전통을 의미 있게 만들 수 있다는 논리는 과거와 현재와 미래의 관계에서 현재를 특권화하는 것인데, 그렇게 되면 "인간 개조"로까지 이어지는 현재의 전횡과 독재를 어떻게 방어할 수 있을 것인가. 그리고 현재의 독재란 주체성의 독재에 다름아닐 터인데, 그 독재를 어떻게 방어할 수 있을 것인가. 이와 같은 문제 앞에 정태용은 무방비 상태였고 장일우는 그런 논리적 허점에 대해 지적했던 것이다. 이런 점에서 보자면, 백철을 비판했던 정태용의 논리도 결국은 전통에 관한 논의가 도달할 수밖에 없는 한계 지점에 봉착하게 되었던 것이라 해야 할 것이다. 전통이라는 개념 자체가, 채워지기를 기다리고 있는 텅 빈 공백으로 존재하는 개념이고, 또한 주체적 수용에 관한 정태용의 논리에서 드러나듯이 순환논리와 동어반복에 의해서만 존재하게 되는 기의 없는 기표, 곧 주인기표이기 때문이다. 4·19와 5·16의 일대 격변이 이어지는 현장에서, 정태용은 그 공백을 주체성이라는 또하나의 공백으로 덮어 가

리고자 했지만, 그것 또한 이어령이나 백철의 경우와 마찬가지로 그 가난
했던 시대가 지니고 있는 미숙성과 조급함의 체현 이상일 수 없었음을 우
리로 하여금 다시 한번 확인하게 하는 것이다.

3. 전통과 민족의식: 장일우, 조윤제, 조동일

전통에 대한 논의는 그 시발점에서부터 민족이라는 개념과 결부되어
있었다. 전통이라는 말 자체가 지니고 있는 어감에 이미, 역사적이라거나
한국적인 것 혹은 민족적인 것의 의미가 함축되어 있기도 하다. 그래서
전통에 관한 담론은 그 출발점에서부터, 문학작품에 관한 보편적인 비평
기준이라는 엘리엇적인 전통 개념에 입각해 있으면서도, 자주, 한국의 고
유한 미감의 특성에 관한 논의나 한국적 고전의 계승에 관한 논의들로 논
점이 확장되곤 했다. 이러한 점은 논의의 시발점이 1950년대라는 점을 감
안한다면 일견 당연해 보이지만, 사정이 그리 간단치는 않다. 민족의식과
관련하여 20세기 후반의 한국이 지니고 있는 상황의 특성 때문이다. 여기
에 대해서는 정태용을 비판했던 장일우의 논리를 살펴봄으로써 좀더 심
도 있게 논의해볼 수 있을 것이다.

정태용의 주체성 논의에 대해 장일우는, 민족적 전통을 객관적 실체로
제시함으로써 정태용의 주체성 개념이 지니고 있는 자의성이라는 함정을
피해나가고자 했다. 장일우가 보기에 정태용의 논리는 "傳統을 歷史的 時
間性에서 옳게 이해하면서도 어느새 歷史觀察의 相對主義에 떨어지고 歷
史的 時間의 持續性을 무시하여 버렸다"는 점에서 문제가 있다.[17] "「오늘」
의 有用性에서만 본다면 傳統은 各時代別로 斷切되어 버리며 歷史는 하나
의 몇개 斷層의 物理學的 축적에 지나지 않을 것"이기 때문이다. 전통도
민족적 주체성도 자의성의 함정에 빠트려버리는 것이 정태용의 논리인

---

17) 장일우, 같은 글, 247쪽.

셈이다. 장일우가 정태용을 비판하는 핵심적인 대목은 다음과 같다.

이리하여 오늘 韓國에서는 過去의 것 낡은 것이 모조리 傳統으로 되었고 또 그들은 「時代의 歷史的 任務를 自覺하였다」고 말하고 있는 것이다. 自由黨도 民主黨도 「時代의 歷史的 任務」를 自覺했다고 말했으며 또 鄭氏의 말대로 오늘 軍事革命의 主體勢力도 『時代의 歷史的 任務』를 自覺했다고 말하고 「主體를 確立」했다고 말한다.

그러나 유감스럽게도 鄭氏는 傳統의 相對的 價値-時代的 價値는 알았으나 그 보편적 價値는 알 수 없었으며 심지어 그는 歷史의 기만과 위조를 식별하지 못하였다. 그는 現象은 보고 本質을 보지 못하였으며 局部는 보고 全體는 보지 못하고 있으며, 虛像을 보고 眞像이라고 말하고 있는 것이다. 지금 대체 어떤 세력이 『民族의 歷史的 主體를 確立시키고 實踐해 보고자』 하고 있으며 그것이 國民의 支持를 받을 만하단 말인가?(247~248쪽)

이러한 장일우의 비판은 전통이나 민족을 자의적으로 전유하는 것을 겨냥하고 있다. 그리고 그 이면에는 해방 이후 1960년대로 이어지는 한국의 현실에 대한 문제의식이 존재하고 있다. 예를 들어 장일우는 말이 아니라 실천이 문제이고, 그 실천이라는 것도, "그 實踐의 내용이 보편성을 가지고 있는가, 즉 오늘에 있어서 전국민적 意義와 전민족적 意義를 가졌는가의 여부에 따라서 그 가치는 판단될 것이다"(248쪽)라고 덧붙였는데, 여기에서 그가 구분하여 사용하고 있는 국민과 민족이라는 말이 무엇을 뜻하는지는 어렵지 않게 이해할 수 있다. 일본에 거주하고 있는 장일우의 눈에는 일민족 이국가 체제라는 분단의 현실이 무엇보다 심각한 것으로 다가오고 있는 것이다. 말하자면 전통일 수 있기 위해 갖추어야 할 덕목으로서 장일우가 내세웠던 보편성은 두 개의 국가 너머에 존재하는 민족의 개념으로 구체화되는 것이다.

이런 점은 당시의 정황을 염두에 둔다면 의미 있는 지적이라 할 수 있겠다. 해방 이후 시작되고 한국전쟁으로 격화된 남북간의 적대 속에서, 신생독립국이 지녀야 할 민족과 국가의 결합이 와해되어버렸던 것이 당시의 현실이었기 때문이다. 근대국가의 성립이 자본주의와 민족과 국가의 상보적인 결합 속에서 이루어진다고 한다면,[18] 여기에서 또한 주목되어야 하는 것은 하나의 공동체가 지니고 있는 에너지를 두고 세 요소 사이에서 벌어지는 상호 견제의 관계일 것이다. 예를 들어, 이 삼각형 속에서 민족은, 자본주의의 동력을 통제하고 또한 국가의 성립에 정당성의 근거를 제공함으로써 현실적 권력 행사의 방향에 개입한다. 자본주의나 국가가 시선의 주체가 되는 경우에도 이와 같은 진술이 가능하다. 이런 관점에서 볼 때 식민지 한국의 경우는, 국가 형성의 가능성은 철저하게 차단되었고 자본주의의 정상적인 발전은 가로막혔으며, 따라서 하나의 공동체가 지니고 있는 정신적 에너지의 대부분이 출구 없는 상태의 민족에 투여되고 있었던 상태라 하겠다. 민족은 이 삼각형의 중심으로서 자본과 국가의 절대 우위에 있었던 셈이다. 그러나 해방 이후에는 남북 적대라는 현실적 상황으로 인해 이 관계가 역전된다. 두 개의 국가가 들어섬으로써 남북 공히 국가가 민족을 대신해 삼각형의 정점에 오르고, 이제는 국가가 민족이라는 집단적 정체성을 재정의하기에 이른다. 일제강점기에 고도로 충전되었던 민족적 파토스는 두 개의 국가에 의해 분열된 채로 체제의 정당성을 위해 징발되기에 이른 것이다. 남한의 경우, 이승만 정권의 이데올로기적 슬로건이었던 일민주의가 그 상징적인 예일 것이며,[19] 다른 신

---

18) 이런 발상에는 가라타니 고진의 다음과 같은 논리가 참조될 만하다. "근대국가는 자본제=네이션=스테이트라 불려야 한다. 이것들은 상호 보완하고 보강하게 되어 있다. 경제적 자유가 계급적 대립으로 귀결될 때, 네이션의 상호부조적 감정이 이를 해소하고, 국가가 부를 규제하여 재분배하는 방식. 네이션은 비자본제적 생산에 기반을 갖고 있다. 국가는 다른 국가에 대해 주권자로 존재한다."(『트랜스크리틱』, 송태욱 옮김, 한길사, 2005, 45~46쪽)
19) 남쪽 정부가 내세우고자 했던 민주주의라는 기치는 북쪽이 내세웠던 인민민주주의나

생독립국들에 비해 국가 기구가 과도하게 비대해져갔던 양상[20]도 민족과 국가의 역전된 역(力)관계를 보여주는 상징적인 예라 하겠다.

국가가 민족의식을 장악하고 있는 상황[21] 속에서 민족적 전통이라는 항목은 국가가 민족의 파토스를 인출할 수 있는 가장 손쉬운 방법이었다. 물론 이것은 단지 한국의 경우뿐 아니라 국가의 새로운 정체성을 필요로 하는 신생독립국 일반의 경우에 해당되는 것이라 해야 할 것이다. 그러나 한국은 특수한 국제 정치적 환경으로 인해, 정치적 의미에서의 민족주의, 즉 제국주의의 세력에 맞서 자국의 정치경제적 종속 상태로부터 벗어나고자 하는 정치적 지향성 대신에, 복고적인 형태로서 전통의 사용이 좀더 현저한 양상을 보였다.[22] 전통은 지배 이데올로기에 의해 간택됨으로써 말하자면 어용 전통이 되어버린 셈인데, 그렇다고 하여 전통에 관한 사회적 현상들이나 담론들이 완전히 현실 정치에 종속되었던 것은 아니었으

남로당의 국제민주주의라는 슬로건과 차별화될 수 없었고, 그래서 안호상이나 이범석, 양우정 등의 남쪽 정권의 이데올로그들은 민주주의 앞에 한국적이나 민족적이라는 관형어를 붙임으로써 스스로를 차별화했고, 더 나아가, 핏줄을 공유한 민족의 동일성과 통일성이라는, 단군이나 화랑도의 신화와 전통이 강조되는 새로운 형태의 이데올로기로서 일민주의를 제창하기에 이르렀다.(서중석, 「이승만 정권 초기의 일민주의와 파시즘」, 『1950년대 남북한의 선택과 굴절』, 역사문제연구소 편, 역사비평사, 1998)

20) 일제 치하에서부터 '초과대성장 국가기구'를 유지하고 있던 한국은 이런 양상이 미군정과 분단국가 수립 이후에도 지속되었고, 한국전쟁 이후에는 팽창한 군사력으로 인해 국가기구의 규모는 더욱 대규모로 늘어났다.(손호철, 『현대한국정치: 이론과 역사 1945~2003』, 사회평론, 2003, 143~144쪽)

21) 민족주의의 병리적 양상을 다섯 가지로 지적하면서 현실정치의 도구가 된 민족주의의 병폐를 비판했던 1953년의 김성식이 겨냥하고 있었던 것도 이러한 정치적 상황으로 보인다.(김성식, 「병든 민족주의」, 『사상계』 1953년 4월호)

22) 정부 수립 직후부터 단기가 사용되었고, 1949년 공포된 국경일에 관한 법률에 의해 가장 먼저 공인된 국경일이 개천절이었다. 광교에서 열린 서울시민 연날리기 대회(1956), 성균관에서 과거시험을 재현하여 대통령이 시제를 내는 백일장(1957), 제1회 전국 활쏘기 대회(1958), 이 시기 지방별로 성행했던 시조대회 등이 집중적으로 행해졌던 것도 참고해두자.(김경일, 『한국의 근대와 근대성』, 백산서당, 2003, 2~6장)

며,[23] 담론의 세계 속에서는 장일우의 경우와 같이 오히려 대항 이데올로 기로 작용하기도 했다. 하나의 가치를 두고 이처럼 지배 이데올로기와 대항 이데올로기가 대립하는 경우는, 앞에서 지적한 대로 1950년대의 민주주의나, 또한 1960년대의 민족주의가 그랬듯이 그다지 드물지는 않았던 일이다. 그래서 이런 항목들에는 언제나 '진정한'이나 '올바른' 같은 관형어들이 동반된다. 진정한 민족주의라거나 진정한 민족문학, 진정한 전통 같은 것들이 그 예이다. 그러나 사태를 거꾸로 보면, 지배와 대항 이데올로기 사이에서 복수의 개념 내용을 지니게 되는 명사들은 그 자체로 의미가 채워지기를 기다리는 장소로 기능하게 되며, 그 장소를 두고 경합하는 술어들에 의해 그 자체가 이데올로기적 효과를 지니게 된다. 민족이나 전통 같은 단어들이 자명한 것으로 전제됨으로써 그에 대한 근본적 비판의 가능성이 들어설 여지가 없어져버린다는 것이다. 1950~60년대의 전통도 그런 용어 중의 하나였던 셈이다.

장일우도 정태용도, 계승해야 할 것으로서의 전통을 단순한 복고와 분리함으로써(물론 이것은 이 두 사람뿐 아니라 전통 논의에 참여했던 거의 모든 사람들에게도 해당된다), 전통의 정치적 사용과는 거리를 두었다. 정태용은 여기에 주체성을 덧붙임으로써 전통 개념을 탄력적으로 만들었지만, 이것은 또한 장일우의 지적처럼 상대주의의 덫에 빠져버린다. 누구나 전통을 만들어낼 수 있다면, 어떤 집단도 자기의 현재적 유용성이나 관심에 따라 자의적으로 전통을 전유하게 될 것이고, 이런 사태는 장일우나 정태용이 전통을 강조함으로써 지키고자 했던 민족의식을 오히려 훼손하

---

23) 김경일은, 30년만에 완간된 우리말 큰사전의 발간(1957), 국사편찬위원회의 조선왕조실록 간행(1955~56), 진단학회의 한국사(7권) 출간(1959), 국악원 부설 국악양성소 설치(1955) 등의 예를 들어, 이런 움직임은 식민지 시기 이래로 한국 문화를 지켜온 현장 학자나 예술가들의 움직임을 국가가 수용한 경우라고 지적하고 있다.(『한국의 근대와 근대성』, 205쪽)

게 되는 것이 아닌가. 그래서 장일우는 복수로 존재하는 정태용식의 전통 개념에 민족적이라는 관형어를 덧붙임으로써 상대주의의 덫으로부터 거리를 유지하고자 했다. 다음과 같은 대목이 그 예일 것이다.

이와 같이 自己의 指導理念과 有用가치에 의하여 文學史는 과거에도 그러하거니와 오늘에 있어서도 「傳統」을 중심으로 줄기찬 對立과 對話가 벌어지고 있는 것이다. 그러면 이것으로서 우리는 傳統의 보편성을 부인할 수 있겠는가? 아니다. 민족적 傳統이 있는 것이다. 민족적 전통은 時代的 斷層과 時代的 連續의 統一이며 自己時代의 가장 진실한 반영을 통하여 영원에 접하는 것이고 또 그 속에 전 민족적 의의를 가지는 모멘트들이 있는 것이다. 그것은 표현 양식에도 발련〔현〕되어 있고 그것은 發想法에도 있으며 그것은 내용에도 있는 것이다. 만일 시조 쟝르는(크게 표현 양식이) 민족적 의의를 가지고 尹善道에도 접수되었으며, 金天澤에게도 접수되었고, 가람에게도 복무하였고 그 밖에 누구에게나 무차별하게 복무하고 있으며, 그리고 그것이 이 나라 詩文學에 긍정적으로 작용하고 발전시킬 수 있다면 (있는 것이다) 그것은 오늘의 民族的 傳統인 것이다.

또 素月의 詩 속에는 과거 이 나라 사람들의 生活감정 속에 고유하고 있는 민족적 정서와 愛國心이 있는 것이다. 그러기 때문에 오늘의 한국문학의 전통은 이 나라 사람들의 가슴에 고유하고 있는 념원과 기대, 사상과 감정을 이 나라 문학의 민족적 형식들을 통하여 새롭게, 또 리얼하게 재현하는 그것이다.

이것은 傳統的이며 동시에 민족적인 것이다.(248~249쪽)

그럼에도 여전히 문제는 남는다. 전통 앞에 민족적이라는 관형어를 붙임으로써 지향점 없이 떠도는 전통을 묶어서 놓았으나, 이제는 민족이라는 항목이 문제가 된다. 물론 민족이라는 일반적 개념이라면 문제될 것이 없다. 오랜 시간 같은 동일한 집단의식을 가지고 공동생활을 영위해온 사람들의 집합체라고 하면 그만이다. 그러나 구체적으로 구사되는 민족적이라는 관형어를 규정하는 것은 쉬운 일이 아니다. 게다가 거기에 전통이나 문학 같은 말이 덧붙여지면 규정하기가 더욱 힘들어진다. 위에서 장일우가 민족적 전통에 대해 제시한 대답을 간추려보면, 자기 시대를 진실하게 반영한 민족적 의의를 지니는 것 정도가 되지만, 진실한 반영이 특정 민족에게만 해당되는 것일 수는 없으니, 사실상 핵심은 "민족적 의의를 가지는 모멘트들이 있는 것"이 된다. 결국 장일우는 민족적 전통이 무엇인가에 대해 민족적 의의를 지닌 것이라고 대답을 하는 형국인 것이다. 이와 같은 동어반복은, '민족적'이라는 항목 자체가 정의를 위해 필요한 상위 개념과 종차를 논할 수 없는 것이므로 그 자체로 필연적인 결과이다. 현실적으로 가능한 대답이라면 구체적인 현상들 속으로 들어가서 결의론(casuistry)적으로, 곧 어떤 것이 왜 민족적 의의를 지니고 있는가를 낱낱이 논함으로써 해결책을 제시하는 방식 이외에는 있기 어렵다. 그가 이 글에서 논한 것처럼, 왜 소월의 시가 민족적 전통을 이어받은 애국적인 것인지, 그와 반대로 김기림의 문학은 왜 무주체적인 것인지를 밝히는 방식으로 논리를 세우는 것이 유일한 가능성인 것이다.

그렇다면 민족적 전통이라는 것을 일반적인 차원에서 논하는 것은 불가능하다는 것인가. 위의 장일우의 경우를 보면 시조의 예를 들어 논한 것처럼 민족정신 같은 추상적 실체를 가정하는 방식의 논의가 있을 수 있다. 헤겔의 시대정신처럼, 다양한 방식의 현상 형태를 통해 포착될 수 있는 그 어떤 객관적 관념을 찾아내는 것이 곧 그것이다. 그러나 이것을 위해서라면 구체적인 대상 속으로 들어가야 하며, 그 방법이란 궁극적으로는 역사의 전과정을 관통하는 어떤 추상적 실체를 밝혀내야 하는 것, 곧 역사 기술의 형태를 취하는 것이 될 수밖에 없다. 이런 문제의식이 구체적인 업적으로 드러나는 것은 1960년대를 거쳐 1970년대에 들어선 이후의 일이며, 이른바 식민사관의 극복이라는 과제를 수행하고자 했던 역사학자들에 의해 특히 조선 후기의 역사를 실증적으로 탐색하는 일에 의해서야 비로소 도달할 수 있는 것이었다.[24] 장일우의 글이 지니고 있는 논리 구성도 연속성에 대한 갈망이라는 점에서는 이들과 동일한 문제의식에 입각해 있다. 중요한 것은 전통과 근대를 연결하는 선을 찾는 것이며 이를 통해 일제강점기에 의해 단절되어버린 연속성을 회복하는 것이다. 그래서 그의 글은 압축적인 형태로나마 한국문학사 전체에 대한 기술을 포함하고 있으며, 이를 통해 한국문학의 역사 전체를 관류하는 어떤 실체를 구성해내고자 하고 있는 것이다.

물론 그 실체를 민족의식이나 민족정신 같은 추상적인 용어 대신에 곧바로 지칭해버리는 방식도 있을 수 있다. 당시 대가급의 국문학자였던 조윤제의 경우를 예시할 수 있겠다. 그의 논리는 같은 세대의 국어학자 이희승과의 사이에서 벌어졌던 짧은 논쟁에서 그 단초를 엿볼 수 있거니와, 한국 문화의 미적 특질을 두고 이루어졌던 이른바 '멋'에 대한 논쟁이 그것이다.[25] 이희승이 짧은 수필에서 한국적 미의 특징을 지칭하는 말로 '멋'을 들 수 있다고, 구체적으로는 '흥청거림'과 '필요 이상'이라는 요소를 지니고 있다는 점에서 서양이나 중국, 일본 등의 미감과 구분된다고 했다. 뒤이어 젊은 국문학자 정병욱이 '데포르마씨욘'으로서의 '멋'을 들어 외래적 요소를 주체적으로 변용시켜온 국문학적 전통의 방법적 특

---

24) 1970년대 초 단행본으로 나온 김용섭의 『조선후기농업사연구1』, 강만길의 『조선후기 상업자본의 발달』, 송찬식 『이조후기 수공업에 관한 연구』 등이 대표적인 예로 평가된다(방기중, 「1960, 70년대 '내재적 발전론'과 한국사학」, 『한국사인식과 역사이론』, 지식산업사, 1997, 139쪽). 근대문학의 출발점을 18세기까지 끌어올리고자 했던 김윤식·김현의 『한국문학사』도 그 연장에 있다.

25) 「멋」(이희승, 『현대문학』 1956년 3월호), 「우리 문학의 전통과 인습」(정병욱, 『사상계』 1958년 10월호), 「'멋'이라는 말」(조윤제, 『자유문학』 1958년 11월호), 「다시 '멋'이라는 말에 대하여」(이희승, 『자유문학』 1959년 2월호~3월호) 등이 여기에 해당된다.

징으로 규정했다. 이들의 논의가 있은 후, 조윤제는 이희승의 글에서 구사된 멋의 개념에 대해 정색하고 비판을 했다. 멋이라는 말의 사용만 있을 뿐 그 자체의 개념이 없다는 것, 그리고 멋이라는 것은 한국에만 있는 것이 아니므로 논리가 성립될 수 없다는 것이 그 요지였다. 논리적인 비판이지만 짧은 수필에서 쓴 글에 대해 이렇게 정색하고 비판을 하는 것은 예사롭지가 않다. 물론 이유가 없을 수 없다. 이희승의 글이 실린 것은 조윤제가 그동안의 학문적 결실로서 『국문학사』(1949)에 이어, 『국문학개설』(1955)을 낸 직후의 일이거니와, 여기에서 그가 국문학의 미적 특질로 이미 세 가지 요소('은근과 끈기' '애처럼과 가냘픔' '두어라와 노세')를 지적해놓았기 때문이었다. 이에 대해 이희승은 한 살 어린 한 해 선배[26] 조윤제에게 정중하게 예를 갖춰, 자신을 비판했던 논리는 조윤제의 은근과 끈기 등의 개념에도 그대로 적용된다고, 또 멋이라는 개념이 어떻게 다른 나라의 경우와 구분되는지를 세세히 밝혔고, 논의는 그것으로 마무리된다.

이들이 논의의 대상으로 삼았던 '은근과 끈기'의 정신이나 '멋'의 미학[27]은 한국 문화에 대한 담론으로 폭넓게 회자되었거니와, 그럼에도 이러한 논의는 전통에 대해 논쟁을 벌이던 당시의 젊은 비평가들에게는 복고적이라는 이유로 도외시되었다.[28] 일제에 의해 끊겨진 역사적 연속성을 이어야 한다고 생각하는 사람들에게, 현대적 가치를 지니지 못하는 실체

---

26) 조윤제는 1924년 경성제대 문과 1기생으로 들어갔고, 이희승은 한해 후배였다.

27) '멋'에 대한 논의는 조윤제가 위 글에서 밝혀놓은 것처럼 이희승만의 것이 아니라, 이미 1930년대부터 최재서, 이여성 등에 의해 논의되었던 적이 있고, 1955년 6월 6일 조선일보 좌담회(「우리문화의 장래」)에서는 역사학자 이병도가 평소의 지론이었던 풍류적인 맛과 멋에 대해 논했다. 또 김윤식이 밝혀놓은 것처럼 신석초의 「멋說」(『문장』 1941년 3월호) 등이 1960년대 조지훈의 「멋의 연구」(1964)로 이어지기도 했다.(김윤식, 『한국 근대문학사상 연구1』, 일지사, 1984, 1~3장)

28) 최일수(「우리문학의 현대적 방향」, 『자유문학』 1956년 12월호) 같은 경우가 대표적인 예다.

는 과거의 유산일 수는 있어도 민족적 전통이라는 이름에 값하는 것일 수는 없었던 탓이다. 하지만 그런 정도는 조윤제 자신도 이미 인정하고 있는 것이기도 했다. 그는 국문학사에 대한 개괄적인 서술에서 3·1운동 이후의 현대문학은 이미 한국적인 고유성을 잃었으며, 세계문학이라는 보편적인 범주로 자리를 옮겼다고 했다.[29] 그리고 "사실상 문학에 동양의 문학이 있고 서양의 문학이 있다는 것이 우스운 일이다"(322쪽)라고 덧붙였는데, 이런 조윤제의 시선은 20세기 문학만이 아니라, 향가의 시대 때부터 이어져온 "悠久 千餘年의 國文學"의 흐름 자체를 바라보고 있는 사람의 시선일 것이다. 그러니 그 시선이 당대의 관점에서 과거를 바라보고 있는 원근법과 같을 수는 없으며, 따라서 당시의 전통에 대한 논의에 있어서도, 새로운 전통의 창조를 위해서는 현대인의 교양과 아울러 민족적 교양이 필요하고, 국어에 대한 연구와 고전에 대한 이해가 있어야 한다는 당위적 진술 정도가 그의 몫이었다.[30] 국문학자인 그에게 전통은 조선시대의 문학을 끝으로 이미 완결되고 완성된 질서였기 때문이었다.

그러나 현대의 살아 있는 정신 속에서 전통을 이어야 한다고 생각했던 사람들은 이런 정도의 논리에서 끝날 수는 없었다. "우리 民族文學의 現代的 方向에 가장 요구되는 問題는 西歐의 現代文學의 비판적인 攝取와 傳統의 올바른 繼承을 통한 主體性의 확립"[31]이라고 생각했던 최일수의 경우를 대표적인 예로 들 수 있겠다. 그의 논리는 다음 두 가지 점에서 특징적이다. 첫째, 현대적 상황에 맞는 것을 선택하여 적극적으로 전통을 계승해야 한다는 점에서는 여타의 계승론자들과 맥을 같이 하면서도, 그 구체적인 예로 향가 같은 고대의 문학보다는 『춘향전』 같은 조선 후기 평민문학의 정신을 들었다는 점이다. 지배층에 저항했던 "인간평등의 정신"과

---

29) 조윤제, 『국문학개설』, 탐구당, 1984, 322~325쪽.

30) 조윤제, 「현대문학의 전통론」, 『자유문학』 1958년 5월호.

31) 최일수, 「우리문학의 현대적 방향」, 『자유문학』 1956년 12월호.

한문학과 대비되는 의미에서 "우리문학의 독자성"을 고수한 작품만이 진정한 의미의 전통정신을 보유한 것이라 할 수 있을 터인데, 비록 구비문학의 형태이지만 『춘향전』 등의 평민문학이 전통정신에 가장 가깝다는 논리였다.(184~185쪽) 둘째, 진정한 전통정신을 잇는 것만이 당대의 가장 중요한 문제인 "민족통일"이라는 과제에 부응할 수 있다고 했던 것도 최일수만의 독특한 주장인데, 이는 반공이라는 기치가 정치권과 사회의 지배 이데올로기로 자리잡고 있던 1950년대의 현실에 비추어보면 의미 있는 지적이라 할 수 있겠다. 그의 이런 주장이 평단의 별다른 호응을 얻지 못했다는 사실도 당시의 시대적 정황을 짐작케 하는데, 평민문학에서 전통 계승의 가능성을 찾아야 한다는 점에 대해 좀더 설득력 있는 근거를 제시할 수 없었다는 점에서 그의 논리가 한계를 지니고 있었다는 점도 지적해둘 수 있겠다. 그의 논리가 이런 한계를 넘어 좀더 풍부한 실증적 근거를 가지고 재등장하는 것은 그로부터 10년 후 조동일에 의해서였다.

전통 논의에 대해 1966년 조동일이 제출한 논리[32]는 기왕의 다양한 문제제기에 대한 결정판이라 할 만하다. 기존의 전통 논의가 지니고 있던 문제점을 네 가지로 지적하고[33] 이를 바탕으로 새롭게 건설해야 할, "민족적 근대문학의 직접적인 원천"을 두 가지로 지적한다. "하나는 일제하에서도 재창조를 계속해왔으며 아직도 중요한 잠재적인 전통으로 작용하

---

32) 조동일, 「전통의 퇴화와 계승의 방향」, 『창작과비평』 1966년 여름호.

33) 신두원이 간추린 요약은 다음과 같다. 1) 전통이란 그 속에 포함되어 있는 보편적 측면과 특수한 측면의 통일적 결합으로 작용하는데, 이 점을 기존의 전통론은 이해하지 못했다. 2) 문학의 전통은 사회의 발전에 따라서 형성 변모되고 동시에 사회의 발전에 기여한다는 관계에 대한 정확한 이해가 없었다. 3) 전통은 긍정적 계승과 부정적 계승이라는 양면을 통해서 역사적으로나 현실적으로나 종합적 의미의 계승이 가능하다는 점에 대한 이해가 결핍되었다. 4) 전통은 미래로의 역사성인데, 이것이 현재로의 역사성과 주관적인 역사성 두 면의 종합으로 이루어진다는 점을 정확하게 이해하지 못했다.(신두원, 「전후 비평에서의 전통논의에 대한 시론」, 272쪽)

고 있는 중세평민문학의 전통이고 또하나는 식민지적 근대문학의 일부이 기는 하지만 민족적 입장을 견지하고 항거를 계속해온 민족적 근대문학 의 싹이다."(377~378쪽) 조동일의 이와 같은 주장은 전후 비평의 두 핵 심으로 등장했던 전통론과 참여론을 종합한 결과라 할 수 있다. 계승해야 할 전통이 있느냐는 질문에 대해 최일수와 마찬가지로 중세평민문학을 들었고, 근대문학의 올바른 방향성을 민족적 현실에 대한 적극적인 참여 와 개입에서 찾았다는 점에서 그러하다.

조동일은 이 같은 논리적 바탕 위에서, "전통의 퇴화"를 초래한 식민지 적 근대작가를 두 부류로 지적한다. 첫째는 문학의 현실 연관성을 외면한 순수 문학자들이고, 둘째는 서구문학에 무분별하게 경사되었던 식민지적 인텔리 문학자들이다. 첫째 부류는 안락한 지주의 생활에 바탕한 것으로 이미 중세평민문학에 의해 부정적으로 계승된 중세귀족문학을 이어받은, 말하자면 역사의 방향성을 잃은 문학이라는 점에서 한계가 있고, 또 그들 이 옹립하고자 한 고전이라는 것도 복고적이고 반역사적인 것에 불과한 것이 된다. 둘째 부류는 1950년대의 실존주의 문학론자들로서, 그들의 논 리는 궁극적으로는 민족적 현실로부터의 도피에 다름아니며, "남의 병을 수입해다 앓는" 것에 불과하다는 것이다. 여기에 세번째로 통속문학을 하 나 추가하여 이것 역시 전통의 계승과는 무관하며 오히려 천박하고 비사 회적인 측면만을 드러냄으로써 참다운 민족문학의 수립에 역행하는 것이 라 비판한다. 그렇다면 전통 계승의 방향은 어떠해야 하는가. 이에 대한 대답도 명쾌하다. 세 가지 방향과 한 가지 부록이 있다. 식민지적 잔재를 청산할 것, 반봉건적 잔재를 극복할 것, 새로운 문학창조의 담당층으로 민중에 주목할 것이 그 대답이다. 여기에 민족적 전통을 보존하고 발굴하 기 위한 운동이 필요하다는 요청을 부록으로 달아두었다.

이와 같은 조동일의 논리는 결국 민중적 민족문학 수립이라는 결론으 로 정리될 수 있거니와, 그것은 "문학사의 기본적인 발전과정"(377쪽)이라고 서술된다. 부분적으로는 논란의 여지가 없는 것은 아니되, 조동일의 논리는 전체적인 일관성을 지니고 있다. 게다가 그의 배후에는 '역사의 발전 법칙'이라는 거대한 후원자가 자리잡고 있다. 역사는 이렇게 발전해 왔으며 앞으로도 그렇게 발전할 것이라는 생각이 그것이다. 그뿐 아니라 그가 부록처럼 달아둔 민족적 전통의 보존과 발굴 운동에 관한 한 그는 실제 연구 작업을 통해서 실천적으로 참여했고 현저한 성과를 거두기도 했다. 조선 후기의 평민문학에 주목했던 이러한 조동일의 관심과 업적은, 전후 세대와 4·19 세대의 연구자들에 의해 실천적으로 가시화된 식민사 관의 극복이라는 문제의식과 나란히 놓여 있으며, 학문적 연찬을 통해 조선 후기 사회가 지니고 있었던 근대적 잠재력을 발굴해내고자 했던 노력과 동일한 지평에 있다. 또한 여기에서 그가 강조하고 있는 새로운 주체로서의 민중은 1970년대에 들어서 가시화되고 1980년대에 전성기에 이르는 민중사관을 선취하고 있는 것이기도 했다. 요컨대 전통에 관한 조동일의 논리는 그 시대의 당위적 요청이 도달할 수 있는 최대치에 이르렀다고 해도 좋을 것이다.

그렇다면 그로부터 40년이 지난 시점에서 조동일의 논리를 돌아보면 어떨까. 그의 논의 속에서는 전통론이 지니고 있는, 역사 기술이라는 틀과 문학의 윤리가 충돌하고 있는 지점들이 간취된다. 그것은 문학의 자리와 기능에 대한 성찰이 개입되는 대목이기도 하다.

이와 관련하여 먼저 지적되어야 할 것은, 민족적 전통의 계승을 주창하는 그의 발상이 진화론적 관념론의 산물이라는 점이다. "문학사의 기본적인 발전과정"에 대해 논하는 그의 사유는 역사적 진보라는 개념을 주춧돌로 삼고 있으며, 여기에서 진보란 진화론적으로 이해된 시간 개념 위에서 생겨난 것이다. 그의 전통계승론은 중단 없이 이어지는 시간의 등질적인 흐름을 전제하고 있으며, 그 속에서 민족적 전통의 단절은 그 개념 자체가 존재할 수 없는 어떤 것이다. 그 비슷한 것이 있다면 단절이 아니라 퇴화일 뿐이며,[34] 그가 창안한 부정적 계승(이는 헤겔의 지양 개념을 상기시킨다)이라는 개념도 동일한 맥락에서 이해된다. 설혹 중단되어 있는 것처럼 보이는 경우가 있지만(일제시대 이후의 중세평민문학처럼) 언제고 다시 소생할 수 있으므로 이것 역시 중단은 아닌 것이다. 이와 같은 전통 계승론의 시간관을 놓고, 중단 없는 연속성을 전제하고 있다는 점에서 지금 우리는 진화론적 관념이라고 지적하고 있는 셈인데, 그러나 그것이 왜 문제라는 것인가.

역사 속에서 연속성을 포착해내고자 하는 이와 같은 시선은, 역사 기술의 주체가 된 사람의 시선, 즉 역사 속에서의 승자와 지배자의 시선이다.[35] 진화론의 시선이 전형적인 예일 것이다. 진화의 시간적 사슬을 하나의 전체로 조망할 수 있는 시선의 주인공은 그 사슬의 최종 지점에 서 있는 존재, 진화의 사슬의 잠정적인 완성자이자 그 사슬의 체계 속에서 최정점에 서 있는 존재일 수밖에 없다. 그와 같은 위치에 있는 시선에 의해서만 시간은 '면면히 이어오는 유구한 역사'와 같은 방식으로, 하나의 단절 없는 신체로서 드러날 수 있으며, 지나간 시간 속에서 사라져간 패자들을 굽어보는 이러한 시선은 그 소유자를 역사의 궁극적 승자로 만드는 것이다. 역사를 바라보는 조동일의 시선이 이처럼 승자의 시선에 입각해 있음은 다음과 같은 구절에서 전형적으로 드러난다.

……또한 그들은 처음부터 늘 서구문학 중에서도 근대사회를 건설하던 시기의 건실한 문학에는 관심이 적고 사회의 다른 변모와 함께 퇴폐적이고 자학적이고, 갈 길을 잃었으며 문학 그 자체까지 위기로 몰아넣은 시기의

---

34) "그리고 그들이 지적하는 단절이란(그것은 단절이 아니고 퇴화이다) 객관적 사실이라기보다는 주관적인 의식의 노출이었다"와 같은 대목에서 드러난다.(조동일, 같은 글, 359쪽)
35) 진보의 개념과 승자의 시선을 연결시킨 것은 벤야민의 발상이며, 이에 대해서는 슬라보예 지젝의 『이데올로기라는 숭고한 대상』 246쪽 참조.

서구문학만 도입하려 함으로써 스스로 몰락하는 편에 가담했다.(이 점은 중세평민문학을 버리고 귀족문학과의 관련만 가진 이미 분석한 경향과 유사한 일면이 있다.) 이러한 태도와 작품경향은 전통에 대한 전면적 거부에서부터 출발했기 때문에 전통의 철저한 퇴화를 위해서 봉사했을 뿐만 아니라 외래문학의 영향이 민족적 전통의 일부로서 건실하게 성장하도록 하는 역할도 하지 못했다.(조동일, 같은 글, 374쪽)

이 인용문은 실존주의 문학론자들에 대해 비판하고 있는 대목의 한 구절로, 조동일은 이들을 "스스로 몰락하는 편에 가담했다"고 비판했다. 서구문학에 대한 경사가 옳으냐 그르냐의 차원을 떠나서, 왜 하필 몰락하는 편에 가담했느냐고 비판하는 그의 논리는, 승리하는 편에 서야 한다는, 곧 승리자의 관점에서 사태를 파악하고 실천해야 한다는 생각에 입각해 있다. 그런데 왜 이런 생각이 문제가 되는가. 여기에서의 핵심 사안이 문학적 전통의 문제이기 때문이다. 곧 다른 어떤 것이 아니라 바로 문학의 문제이기 때문이다.

우리는 조동일의 위의 논리에 대해 이렇게 반문할 수 있다. 승자의 편에 서는 것이 문제라면 문학은 대체 무슨 쓸모가 있을 것인가. 몰락하는 편에 서지 말라는 것은 처세의 윤리일 수는 있으되, 문학의 윤리일 수는 없지 않은가. 역사가 승자의 기록이라면, 문학은 패자의 기록이어야 하는 것이 아닌가. 패배자와 몰락자의 편에 서서, 공식 역사 속에서 침묵하고 있는 사람들에게 발언권을 주는 것이야말로 문학을 가치 있는 것으로 만드는 것이 아닌가.

물론 이런 지적에 대해, 지엽적인 표현을 가지고 지나치게 문제를 삼는 것이 아니냐는 반론도 있을 수 있겠다. 그러나 이것이 단지 부분적인 표현의 문제만이 아닌 것은, 문학과 역사를 바라보는 그의 시선이 위에서 지적한 것처럼, 역사적 연속성을 바라보는 시선, 곧 승자의 시선에 입각해 있기 때문이다.

이와 관련하여 또하나 지적되어야 하는 점은 그의 기술이 국가 관료의 시선에 입각해 있다는 점이다. 그에게 민족문학은 발전시켜야 할 대상이었고, 전통도 마찬가지로 재창조되어야 할 대상이었다. 이것은 일제에 의해 중단되어버린 시간적 연속성을 회복시키고자 하는 뜻에서 비롯된 것으로서, 현안 자체는 시대적 요청이었고 그 자체로 문제가 있는 것도 아니다. 하지만 문제는 그가 제시한 해결 방안이 자국의 발전과 이해관계를 지상의 목표로 삼는 국가 관료의 관점에서 제시되고 있다는 점이다. 개별자로서의 개인이 있고 보편자로서의 인류가 있다면 그 중간에는 특수자로서의 민족(nation)이 있고, 개별자와 보편자는 특수자의 매개를 통해서만 교섭할 수 있다는 관점. 그래서 매개로서의 특수성(민족)이 중요하다는 관점이 곧 그것이다. 이런 관점에 의하면 자기 민족의 이익이라는 덕목은 다른 어떤 것보다 우선하며, 이를 극단화하면 자국의 이익을 수호하기 위해서는 개인적인 차원이나 보편적인 차원의 어떤 것도 희생해야 한다는, 건실하고 희생적인(그래서 목적합리적일 수는 있지만 결코 보편적이거나 윤리적일 수는 없는) 국가 관료의 시선이 생겨난다.

김소월이나 이상화의 시, 그리고 이광수나 김동인의 초기 문학 정도만을 제외한다면 한국의 근대문학은 식민지적 기형성을 지니고 있으므로 모두 인정할 수 없다는 식으로 일괄처리해버린 조동일의 기술 방식의 폭력성[36]이 이런 시선의 존재를 보여주는 대표적인 예이다. 이와 같은 가치평가는 개별자의 내면과 진실을 고려하지 않고 기계적으로 일을 처리하

---

36) 『문학』 1966년 10월호에는 유종호와 조동일의 대담이 실려 있다. 여기에서 유종호도 조동일의 이런 시각에 대해, "일괄적인 처리보다는 개개 상황에 있어서의 역사적 기능을 간과해서는 안 된다고 생각합니다. (……) 이인직 이후의 모든 근대 작가들은 각자 독특한 역사적 기능을 수행했을 터이며 그 개별성은 각각 좀더 그때의 현장에 밀착시켜서 설명되어야 할 것입니다"(295~296쪽)라고 대응했다.

는, 원칙에 충실하지만 그래서 경우에 따라서는 매우 오만하고 고압적으로 드러나는 국가 관료적 시선의 한 전형을 보여준다. 단호함은 종종 미덕일 수도 있지만 폭력은 어떤 경우에도 미덕이기 어렵다. 그리고 다른 어떤 것이 아닌 문학이 가치 있는 것일 수 있다면, 표면에 드러나지 않은 개별적인 진실을 드러낼 수 있는 장치이면서 또한 폭력의 반대편에, 패자와 피억압자의 편에 서는 것이기 때문이다. 또한, 민족과 문학과 전통의 결합체가 옹호되어야 할 가치일 수 있다면, 그것은 전통이나 민족이 중요해서가 아니라 보편적 가치의 체현체로서 문학이 중요하기 때문이다. 그것은 국가 관료의 시선을 갖는 것이나 승자의 편에 서는 것(역사든 현실이든)과는 정반대의 모럴에 입각해 있다.[37]

1965년의 조동일이 보여주는 이런 한계는 기본적으로 그가 문학과 전통을 민족담론이라는 틀 내부에서 사유했다는 점 때문이라고 해야 하겠다. 이것은 1950년대 이어령의 경우가 그랬듯이 그 자신만이 아니라 그의 시대가 함께 짐 져야 할 몫이었다고 하는 것이 또한 온당한 판단일 것이다. 조동일 앞에 놓여 있던 현안은 문학과 전통의 문제였지만, 그것을 현안으로 만들어낸 좀더 큰 힘으로서, 새롭게 민족국가의 정체성을 만들어내고자 했던 한 신생독립국의 정신적 에너지가 그 배후에 존재하고 있었기 때문이다. 문학적 전통이 민족의식이라는 틀 밖을 벗어나지 않는 한, 그것의 가치에 대한 근본적 성찰은 어려워지고 인식자의 시선이 쉽게 뚫을 수 없는 자명성의 갑주가 생겨난다. 식민사관을 극복하고자 했던 그 시대정신의 강력한 인력이 사로잡고 있는데, 그 누구에게라도 민족의 울

---

37) 조동일은 문학적 전통의 새로운 주체로 민중을 제시했다. 민중이란 지배자나 국가 관료의 반대편에 있는, 역사나 현실의 피억압자이거나 패배자(미래의 승자일 수는 있지만)이며 또 그럴 때에만 문학의 내적 주체로서 의미 있을 수 있다. 하지만 조동일의 민중은 패자가 아니라 역사의 발전 법칙에 의해 승리하기로 예정되어 있는 존재들이고, 그런 점에서 이들은 문학에 의해 발언권이 주어져야 하는 침묵 속의 존재들이라기보다는 지배자와 국가 관료의 시선에 의해 관념적으로 조형된 존재에 가깝다.

타리 바깥으로 시선을 공중부양하는 일이 쉽지는 않았을 것이다. 그래서 전통에 대한 조동일의 논리는 그 자신의 한계와 동시에 1960년대의 정신 일반이 지니고 있는 어떤 한계 지점을 함께 보여준다고 해야 할 것이다.

4. 근대의 발명품으로서의 전통: 유종호

전통 논의 속에서 유종호는 이어령과 함께 전통 단절론자의 대표적인 인물이었다.[38] 유종호가 이어령과 구분되는 점이 있다면, 전통의 단절을 주장했던 어조에 있다. 때에 따라서는 내용보다는 어조 자체가 많은 말을 하기도 한다. 이어령은 선정적인 논리로 전통의 부재를 소리 높이 외쳤고 그런 현실에 대해 비판을 가했다면, 유종호는 상대적으로 사실을 논해보자는 식으로 차분하게 논리를 만들었다. 이런 식이다: '근대 이전에도 문학이 있었던 것은 사실이다. 그러나 현대의 작가 시인들이 그런 문학의 영향을 받아 글을 쓴다고 생각하는 것이 무리가 아니냐, 전통이 단순히 과거의 것이 아니라 현재의 모범으로 존재하는 것이라면, 한국의 현대문학사에서 그런 의미의 전통은 단절된 것으로 보아야 하지 않겠느냐.' 요컨대, 최소한 이인직이나 이광수를 경계로 하여 그 이전과 이후는 매우 큰 간극이 있는 것이라고 보아야 하지 않느냐는 것이 그의 주장의 요지였다.

이런 주장은 정태용이나 장일우처럼 전통의 주체적 계승을 주장했던 사람들의 직접적 비판의 대상이 되었다. 1962년 유종호가 프랑스적인 전통이나 일본적인 전통에 대비하여 한국적 전통의 부재에 대해 언급했을 때,[39] 장일우는 그런 판단이 무지의 소산이라고 비판했다. 김소월의 시의 정서에 대해 유종호는 전통적인 것이 아니라 기질적인 것이라고 했고,

---

38) 1950년대에 쓴 문장에서도 현대문학과 그 이전의 문학 사이에는 넘을 수 없는 단절이 있다는 의견을 밝혔고, 또 1962년에 있었던 '한국시 50년'이라는 제목의 『사상계』 토론회에 전통의 단절을 주장하는 발제문을 기고하고 그런 입장에서 토론에 임했다.

39) 유종호, 「한국적이라는 것」, 『사상계』 1962년 11월 문예특별증간호.

장일우는 그와 반대로 민요 형식을 창신한 결과라는 점에서 전통적인 것이라고 반박했다. 장일우는 여기에서 한발 더 나아가 유종호가 프랑스적인 전통으로 들었던 대화정신이라는 것을, 조선시대의 성리학을 둘러싼 논쟁 속에서 발견할 수 있다고 했고, 조선시대 소설문학에 있던 요소가 신소설에도 이어지고 있음을 지적함으로써 전통의 실재성을 주장했다. 이처럼, 전통이 있느냐는 질문에 대한 가장 효과적인 반박은 전통이 존재하고 있다는 사실을 구체적으로 보여주는 것이다. 이런 점에서 장일우의 유종호 비판은 적실한 것이라 해도 좋겠다. 그러니까 1962년의 유종호의 이와 같은 관점에 대한 좀더 근본적인 비판은, 1970년대에 접어든 이후 그동안의 학문적 온축을 통해 족출한 한국 고전문학 연구의 업적들일 것이다.

그런데 당시의 유종호는 물론이고 장일우조차도, 논리의 차원에서는 익히 알고 있으면서도 실제 논의에서는 간과하고 있었던 것이 있었다. 전통은 존재하는 것이 아니라 만들어지는 것이라는 사실이다. 한국의 전통을 논할 때 유종호 앞에 놓여 있었던 것은, 프랑스로 대표되는 서구문학과 바야흐로 세계적으로 인정받고 있던 일본문학이었다. 이들은 비단 유종호뿐 아니라 전통의 보편적 속성을 논했던 많은 사람들의 생각 속에 타자로서 자리잡고 있다. 서구문학은 우리가 도달해야 하는 이상적 상태라는 점에서 상징적 타자에 해당하고, 일본문학은 앞서 가고 있는 부러운 경쟁자의 위치를 차지하고 있다는 점에서 상상적 타자이다. 유종호는 가와바타 야스나리의 소설을 두고, 『설국』영역자의 말을 빌려 그의 상상력이 "「모노노 아와레」니 「와비」니 하는 일본 특유 서정의 전통"(276쪽)을 가지고 있다고 했고, 그런 문학적 요소라야 전통일 수 있다고 했다. 그러나 그는 '모노노 아와레'의 원천인 『겐지모노가타리原氏物語』나 '와비'의 원천인 하이카이(俳諧)들도 또한 '사비'(이희승이 한국의 멋과 대조되는 의미로 지적했던)의 원천인 바쇼(芭蕉)의 단가들도 모두 근대에 들어 새롭게 고전으로 등재됐다는 점[40]을 간과하고 있었다. 이른바 일본적인 미감이라는 것도 본디부터 존재했던 것이 아니라 근대에 들어 서양에서 들어온 문학 장르의 개념에 의해(혹은 서구인의 시선을 통해) 발견됐다는 점, 곧 전통이란 근대의 발명품이라는 사실을 미처 떠올리지 못하고 있었던 셈이다.[41]

　이런 뜻에서, 전통론 속에서 시종일관 논의의 핵심을 이루었던 전통의 부재나 빈곤이란 사실은 그것을 발견해낼 수 있는 근대적 시선의 부재이자 근대 자체의 빈곤이었다고 할 수 있다. 이런 사실을 좀더 분명하게 확인하게 되는 것은, 한국 고전문학에 대한 다양한 연구가 본격적으로 축적되기 시작한 1970년대 이후의 일이다. 실체로서의 전통이 확실한 근거를 지니고 눈앞에 드러나기 위해서는 다른 무엇보다도 모더니티의 성숙이 필요했던 셈이다. 과거는 전통이라는 이름과 무관하게 지나간 시간 속에 잠들어 있을 뿐이고, 그것을 발견해줄 시선의 소유자를 만날 때 전통이라는 이름으로 되살아난다. 서정주의 시집 『신라초』로 인해 야기된 신라 정신에 대한 논란[42]이나 시조 부흥에 대한 논란[43]의 경우도 마찬가지다. 영

---

40) 하루오 시나레·스즈키 토미 편, 『창조된 고전』, 왕숙영 옮김, 소명출판사, 2002, 444쪽.

41) 근대에 행해진 전통 발명의 양상은 홉스봄의 책에 현저하다.(에릭 홉스봄, 『만들어진 전통』, 박지향·장문석 옮김, 휴머니스트, 2004)

42) 문학의 현실참여를 주장했던 젊은 비평가들은 대개 서정주에 대해 비판적이었다. 신라 정신의 영원성은 현실도피에 불과할 뿐이라고 비판했던 이철범의 경우가 대표적이다. 비교적 호의를 보였던 삼십대의 평론가 문덕수도 서정주의 신라 회귀에 대해 영원성만이 아니라, 향가에서 엿볼 수 있는 신라의 현실성에도 주목했었어야 한다고 지적했다. 반면 김윤식은 서정주의 시도가 향가로의 회귀가 아니라 『삼국유사』를 끌어낸 것이며, 그것은 역사의 예술화라는 척도로 바라보아야 마땅한 수준에 놓여 있다고 문덕수를 반박하기도 했다.(이철범, 「신라정신과 한국전통론 비판」, 『자유문학』 1959년 8월호; 문덕수, 「신라정신에 있어서의 영원성과 현실성」, 『현대문학』 1963년 4월호; 김윤식, 「역사의 예술화」, 『현대문학』 1963년 10월호)

43) 이 시기 시조 부흥에 대한 논란은 이태극과 정병욱 사이에서 벌어진 논의가 대표적이다. 정병욱은 서정시로서 시조의 수명은 다했으니 누구나 즐길 수 있는 제2예술 정도의 위

원한 신라 정신 같은 것이 있느냐, 혹은 시조가 부활시킬 만한 가치가 있느냐 하는 문제에 대답할 수 있는 것은, 서정주의 시가 이룬 성취에 있는 것이고, 정완영이나 이호우 같은 현대적인 시조 작가의 서정적 수준에 있는 것이지, 신라나 시조에 있는 것은 아니다. 이와 마찬가지로 조선의 평민문학의 전통도 보존회나 전수회에 의해 계승되는 것이라기보다는, 김지하에 의해 풍자시 「오적」이 만들어지고, 1970~80년대 대학가에서 정치적 풍자극으로 마당극이 연출될 때 비로소 살아 있는 것일 수 있다. 전통은 과거에서 현재로 이어지는 어떤 불변의 신체를 가지고 있는 것이 아니라, 현재의 계기 속에서만 불꽃처럼 타올랐다가 또다시 과거의 한 부분으로 돌아가는, 하나의 효과나 현상으로 존재하기 때문이다.

1970년대 이후 한국의 전통과 고전이 확고한 것으로 자리잡으면서 전통에 대한 논의는 사라져간다. 전통론을 추동해온 중요한 힘이었던 문학 속의 민족의식은 민족문학론이라는 또다른 현안을 향해 옮겨갔고, 전통을 발굴해내는 작업이 의미 있는 것이 되었기 때문이다. 전통이 구체적인 형태를 가지고 물질화되는 순간 전통은 주인기표의 지위를 상실하고, 새로이 등장한 민족문학에게 주인기표의 자리를 양여한다. 유종호는 뜨거웠던 전통 논의의 와중에서 한국문학 전통의 발현을 위해서는 좀더 기다려야 한다고 했고, 또 '우리의 눈'을 강조하는 조동일에 대해서는 '또다른 시점'의 중요성을 강조했다.[44] 민족적 현실이 뜨거운 문제였던 시기였으므로 이런 의견이 쉽게 받아들여지기는 어려웠겠지만, 전통의 발명에 관한 한 그 정도가 현실적이고 균형잡힌 판단이었을 것이다. 민족이나 주체

치로 물러나야 한다고 했고, 이태극은 정완영이나 이호우 등의 예를 들어 아직도 서정시로서 살아 있는 장르일 수 있다고 했다.(정병욱, 「시조부흥론 비판—현대시로의 발전은 가능한가」, 『신태양』 1956년 6월호; 이태극, 「시조는 현대시로서 살고 있다—신조문단의 확립을 바라며 정병욱씨의 〈시조부흥론비판〉에 답함」, 『신태양』 1956년 8월호)

44) 유종호, 「한국적이라는 것」, 277쪽; 유종호·조동일 대담, 『문학』 1966년 10월호, 305쪽.

와 마찬가지로, 전통이란 다수의 타자가 결합함으로써 만들어지는 것, 그래서 어떤 실체로서가 아니라 현재의 타자와 맞서는 순간 발생하는 하나의 효과로서만 존재할 수 있는 것이기 때문이다.

김승옥과 한글세대의 문학 언어

1. 한글세대의 상징으로서의 김승옥

한글세대 혹은 4·19 세대라 지칭되어온 일군의 작가들이 있다. 통상적인 세대 분류에 의하면 이들은 1940년대를 전후하여 태어났으며 1960년을 전후하여 대학생활을 시작하거나 혹은 1960년대를 이십대로 보낸 사람들이다. 이들은 해방 이후로 정식 교육을 받기 시작했고, 그 때문에 일제강점기에 교육을 받은 세대들과는 달리 일본의 교육과 문화의 압도적 영향력으로부터 상대적으로 자유로울 수 있었다. 반면에 이들은 일본어 해독 능력이라는 점에서는 그 앞 세대와 현저하게 차이가 나서, 앞 세대가 일본어 번역본으로부터 받아들일 수 있었던 서구적 교양의 세계에 접근하기가 상대적으로 힘들었고, 이를 위해서는 다른 통로를 찾아야 했던 세대이다.

한국전쟁의 경험에 대해서도 이들은 앞 세대와는 매우 다른 양상을 보인다. 전후 문학세대로 지칭되는 작가들, 예를 들자면 장용학이나 손창섭 등의 세계에서 특징적인 것은 한국전쟁이 남긴 깊은 상처에 대한 의식이다. 상처를 드러내는 방식은 물론 경우에 따라 다르다. 손창섭처럼 상처 그 자체의 경험적 성격을 제유적으로 드러내는 경우도 있고, 장용학처럼 전쟁의 충격 경험을 알레고리적으로 표현하는 경우도 있지만, 어떤 방식이건 상처 그 자체가 의식의 경험에서는 매우 중요한 위치를 점하고 있으며, 그에 대한 책임의 문제가 그 밑바닥에 자리잡고 있다. 이에 비해, 한글세대는 책임 없는 나이로 전쟁을 경험한 세대이다. 충격 경험의 강도나 책임의식의 밀도에 관한 한 전후 세대와는 다를 수밖에 없다.

그렇다면 이들은 어떤 방식으로 자기 문학의 언어적 자장을 형성해갔고 새로운 감수성의 대역을 확보할 수 있었는가. 또한 이들은 어떻게 자기 시대의 현실과 교섭했고, 근대적 문학 언어의 형성에 어떤 기여를 했는가. 이런 질문들이 우리 앞에 주어진 과제일 것이나, 한 편의 짧은 글로 소화하기에 이는 지나치게 버거워보인다. 일단 이 세대에 속하는 작가군들을 거명해보자. 상징적인 인물로 1941년생 김승옥을 중심에 놓고 보면 이청준('39), 서정인('36), 홍성원('37), 박태순('42) 등이 그와 세대적 · 문화적 감각을 공유하고 있는 것으로 보이지만, 그 곁에 이문구('41)와 박상륭('40), 이제하('36), 이동하('42), 또한 최인훈('36)이 함께 놓여도 이상할 것이 없고, 1970년대에 주로 활동한 비슷한 연배의 작가들, 예컨대 김원일('42), 전상국('40), 조세희('42), 한승원('39), 윤흥길('42), 현기영('41)에다 조정래('43), 황석영('43), 서영은('43)에 최인호('45)까지 함께 언급한다고 해도 세대적 감각으로는 큰 무리가 아닐 듯싶다. 그런데 이 작가들의 면면을 보면, 그야말로 저마다가 20세기 한국문학의 큰 흐름을 이루어온 기라성 같은 존재들이 아닐 수 없으며, 그중 일부는 여전히 무게 있는 현역으로 왕성한 활동을 하고 있기도 하다. 그들이 만들어내는 스펙트럼은 넓고 각각의 편차도 작지 않다. 이들을 아우르며 논의를 펼치는 것은 매우 개괄적인 것이 아니라면 적잖이 무리스러워 보인다. 아직 충분히 역사화되었다고 보기에는 어려운 대상들이기 때문이다.

그래서 논자들은 왕왕 1960년대에 주로 활동한 작가들로 대상을 좁히

거나, 혹은 김동리와 조연현으로 대표되는 기성의 문단 질서에 맞서 새로운 젊은 힘으로 등장하여 뒤에 이른바 창비와 문지 그룹을 형성하게 되는 이들의 글을 중심으로 가닥을 잡거나, 혹은 리얼리즘과 모더니즘이라는, 이념의 차원으로까지 고양된 미학을 중심으로 논의를 펼치기도 한다. 하지만 후자의 두 방식은, 이 글의 관심이 근대적 문학 언어의 형성이라는 점을 고려하면 그다지 적절해 보이지는 않는다. 언필칭 1960년대적이라 할 만한 것, 혹은 한글세대적이라 할 만한 것이 존재하고 또 그것이 현재의 문학 언어를 만들어가고 있는 중요한 힘 중의 하나라는 가정에서 시작한다면, 일단은 그 힘의 중심에 대해 직접 접근하는 것이 좀더 나은 방식이 아닐까 한다.

　이를 위한 시금석으로 삼기에 적실한 대상은 아마도 작가 김승옥일 것이다. 1941년생으로 4·19가 나던 1960년 봄에 대학생이 되어 학생혁명의 한가운데 있었고, 그 이듬해 신춘문예로 등단했으며, 대학을 졸업하던 1965년에는 「서울 1964년 겨울」로 동인문학상을 받았고 그 작품을 표제작으로 펴낸 1966년의 단편집 한 권만으로도 일약 문단의 총아로 떠올랐던[1] 작가, 1970년대 이후에는 사실상 절필 상태에 들어갔고 1980년대에는 종교적 계시를 받는 극적 체험으로 스스로 수도자를 자처했던 인물. 이런 이력 자체만으로도 김승옥은 흡사 불꽃 현상처럼 이채로울뿐더러, 1960년대에 그가 써냈던 작품들은 이미 정전의 위치를 지닌 것으로 평가받고 있다. 김승옥이 새롭게 만들어낸 언어의 실상은 어떠한가, 그리고 그것은 어떤 의미를 지니고 있는가. 이 질문을 지남침으로 삼아 김승옥의

---

1) 1966년 유종호는 김승옥에 관한 글을 다음과 같은 서두로 시작했다. "불과 열 편 안팎의 단편을 보여줌으로써 온통 독자를 매혹시킬 수 있었던 김승옥은 우리 현대문학사에서 유례를 찾아볼 수 없을 만큼 이례적으로 단시일 내에 그 작가적 재능을 인정받았다. 새로운 재능이나 감수성 또는 개성의 출현에 부수될 수 있는 찬부 양론의 개입이 끼어들 여지도 없이 그는 세대의 신구를 초월해서 즉각적으로 만장일치의 공인된 평가를 받을 수 있었다."(유종호, 「감수성의 혁명」(1966), 『유종호 전집 1』, 민음사, 1995, 424쪽)

언어와 감수성의 구조에 대해 살펴본 뒤 그의 세대의 문학 언어가 함축하고 있는 의미와 맥락에 대해 접근해볼 것이다.

2. 문학이라는 언어: 언어의 물질성과 서사적 맹점

1960년대 이후로 김승옥이 어떤 존재였는지에 대해서는 길게 말할 필요가 없어 보인다. 그가 첫 단편집을 냈던 해, 「무진기행」을 예시하며 그의 단편들이 이룬 성취를 일컬어 '감수성의 혁명'이라 칭했던 한 평론가는 그로부터 삼십여 년이 지난 후 김승옥에 관한 글을 이렇게 맺었다. "도시화의 초기 징후에 대한 가장 날카롭고 섬세한 인상주의적 포착과 함께 인간의 내면도 사상하지 않으면서 독자적인 문체적 성취에 이른 김승옥 단편은 우리 소설사의 가장 눈부신 책장의 하나를 이루고 있다. 그를 넘어서지 않고 새로운 문학을 얘기하는 것은 어렵게 되어 있고 새 작가들이 한 번은 그 앞에서 성찰의 계기를 갖지 않을 수 없게 되었다. 김승옥의 등장 이후 섬세함과 투박함의 기준은 그 눈금이 한결 세밀해졌다. 이 눈금의 세분화 추세가 결국은 발전이요, 성장인 것이다."[2] 이런 평가는 물론 김승옥의 언어가 그 삼십여 년 동안 상대적으로 상당히 빛이 바랬다는 것을 전제로 한 것이었다. 그로부터 또 10년이 지났지만 이와 같은 평가에는 여전히 많은 사람들이 동의할 수 있을 듯싶다.

김승옥에 대한 호의적인 평가가 주로 그의 문체를 바탕으로 한 것이었다는 점도 이 자리에서 크게 강조할 필요는 없을 듯싶다. 유종호가 '감수성의 혁명'이라 불렀던 것도 김승옥의 문체가 지니고 있는 힘을 지칭한 것이었다. 「무진기행」을 위시한 그의 뛰어난 단편에서 보여주고 있는 김승옥의 감도 높은 문장은 현재의 관점에서 보더라도 여전히 독자를 경탄케 하는 섬세함을 지니고 있다.

---

2) 유종호, 「슬픈 도회의 어법」, 『한국소설문학대계 45』, 동아출판사, 1995, 546쪽.

예를 들어보자. "나는 그 방에서 여자의 조바심을, 마치 칼을 들고 달려드는 사람으로부터, 누군지가 자기의 손에서 칼을 빼앗아주지 않으면 상대편을 찌르고 말 듯한 절망을 느끼는 사람으로부터 칼을 빼앗듯이 그 여자의 조바심을 빼앗아주었다"[3]와 같은 대목에서 구사되는 분석적 직유(직유를 제대로 구사하는 것은 얼마나 어려운 일인가. 직유는 그것을 구사하는 사람의 초식과 수준을 대번에 드러내주는 검법 같은 수사이지 않을까)를 위시하여 다양하고 적절하게 구사되는 묘사적인 비유들("아직 사람들의 땀에 밴 살갗을 스쳐보지 않았다는 천진스러운 저온"『전집 1』, 127쪽). 그리고 김승옥이 등장하기까지 한국어 문체의 세계에서는 그다지 익숙지 않았던 사물 주어 구문들과 특정 단어나 구절로 이어지는 문장의 연쇄("우리는 우리가 찾아가는 집에 도착했다. 세월이 그 집과 그 집 사람들만은 피해서 지나갔던 모양이다. 주인들은 나를 옛날의 나로 대해주었고 그러자 나는 옛날의 내가 되었다."『전집 1』, 149쪽). 그리고 활유법을 바탕으로 만들어지는 물활론(hylozoism)적 문장들[4]("하여튼 그게 제일 먹고 싶다. 검정깨를 뿌려놓은 고구마 덴뿌라. 아니 그게 왔어요. 하고 침이 허둥지둥 달려나온다. 허술한 벽을 향한 채 내 입이 멋쩍게 웃는다."『전집 1』, 120쪽)은 동화적 명랑성을 빚어내는데, 이는 김승옥의 서사에 내장되어 있는 비애나 우울이 감상의 차원으로 떨어지는 것을 막아주면서 동시에 「확인해본 열다섯 개의 고정관념」 같은 작품에서 보이는, 서글픈 명랑성의 역설적인 공간을 만들어내기도 한다.

이 같은 수사적 장치들을 통해 표현되는 김승옥의 문장 감각은 그 자체만으로도 특필할 만한 의미를 지니는 것으로 보인다. 20세기 초반을 기점

---

3) 『김승옥 전집 1』, 문학동네, 1995, 149쪽. 이하 『전집』으로 약칭함.

4) 이는 이미 자신의 몸을 타자화하는 수사의 형태로 1930년대의 이상에 의해 다채롭게 구사되었던 적이 있다. 이에 대해서는 서영채, 『사랑의 문법: 이광수, 염상섭, 이상』(민음사, 2002) 4-3장 참조.

으로 새롭게 형성되어온 한국의 문학 언어가 또하나의 변곡점에 도달했음을 지시하는 한 지표일 수 있기 때문이다.

한국의 문학적 근대성의 시발점에서, 고급 예술로서의 국문 문학이라는 개념을 도입하고 현실화했던 것은 이광수와 최남선으로 대표되는 새로운 지식인 그룹이었거니와, 문학이라는 언어에 대한 이들의 생각은 어떠했던가. 『말과 사물』에서 푸코가 고전주의시대의 에피스테메로 제시했던 용어를 차용하자면, '표상(representation)'의 질서에 입각한 것이라할 수 있을 듯싶다. 이광수가 「문학이란 하오」(1916)에서 새로운 문학은 순국문과 순현대어로 씌어져야 함을 강조하면서 "근래 조선 소설이 순국문, 순현대어를 사용함은 여(余)의 환희불이(歡喜不已)하는 바이나, 여차히 생명 있는 문체가 더욱 왕성하기를 망(望)하며, 국한문을 용(用)하더라도 말하는 모양으로 최(最)히 평이하게, 최(最)히 일용어답게 할 것이니라"[5]라고 했을 때, 또한 그로부터 이십여 년이 지난 1939년에도 여전히 "원체 편지란 말 대신이 아닌가? 대면하여서 할 말을 고대로 글로 쓰면 고만이 아닌가? 그런 것을 왜 구태여 쓰는 저도 잘 모르고 받는 그도잘 모르는 말을 쓰려 하는가?"[6]라고 쓰고 있을 때, 문학과 글쓰기에 대한 그의 생각은 언문일치라는 틀에 입각해 있다. 이런 생각에 의하면 글은 말을 담는 투명한 그릇이자 매체로서 그 자체의 동력을 지니지 못한 것이며, 이것은 말과 생각의 위계로 쉽게 연장이 된다. 중요한 것은 글이 아니라 말이고, 말이 아니라 그 말이 표상하고 있는 생각이라는 방식이다. 이와 같은 '생각/말/글'의 위계화된 동일성은 각각의 요소들의 투명성을 전제로 하고 있으며, 그 핵심에는 투명한 글과 말과 생각으로 구성되는 인간학이 놓여 있다. 이런 모습을 우리는 푸코의 용어를 빌려 표상의 질서

---

5) 『이광수 전집 1』, 삼중당, 1972, 553쪽.
6) 『春園書簡文範』(『이광수 전집 18』, 삼중당), 197쪽.

라 부르고 있거니와, 여기에서 언어는 '투명한 망상조직'[7]과 같은 것으로 존재하는 것이다.

　이광수의 세대에게 맡겨졌던 소임이, 이전까지 지배적인 문자매체였던 한문의 질서에 맞서 새로운 국문 문체를 만들어내는 것이었음을 감안한다면, 말을 주로 하고 글을 종으로 하는 이광수 세대의 이런 생각은 충분히 납득할 수 있을 것이다. 그리고 이런 정도만으로 근대적 문학 언어는 최소한 통사론적 차원에서는 이미 완성된 것이라 해도 좋을 것이다. 그러나 언문일치라는 사태 자체를 문제삼는다면 실상은 그리 간단치가 않다. 말과 글의 결합이 그렇게 쉽게, 위계화된 동일성으로 종결될 수 있는가. 언어가 과연 그렇게 투명한 매체인가. 이미 정신분석학에서 제기된 언어의 물질성에 관한 논의가 있지 않은가. 더 정확하게 말하자면 기표의 물질성이다.

　라캉이 "문자란 구체적 담론이 언어로부터 빌려온 물질적 지주이다"[8]라고 했을 때, 그가 문자(letter)라는 단어로 지칭하고 있는 것은 일차적으로 기의와 구분되는 것으로서의 기표이며, 이는 다시 문자들의 연쇄로 이어지는 글의 차원으로 쉽게 연결된다. 또한 여기에서 그가 물질적이라는 말로 지칭하고자 하는 것은 주체의 의도와는 무관하게 자기 동력을 지니고 있다는 뜻이거니와, 이는 곧 문자(글)가 단순히 뜻(말)을 표상하는 투명한 매체가 아니라는 점을 강조하기 위함이다. 이런 논의에 따르면, 기

---

7) "요컨대 고전주의시대의 언설이란 존재가 정신의 눈에 표상되고, 표상이 존재를 진실한 모습으로 드러내기 위해 표상과 존재가 반드시 통과해야 할 반투명한 필연성에 불과했던 것이다. 고전주의시대의 경험에 있어 사물과 사물의 질서에 대한 인식 가능성은 단어들의 지상권을 경유해야만 이루어진다. 이 시기의 단어들은(르네상스시대에서처럼) 해독되어야 할 표시도 아니었고, (실증주의 시기에서처럼) 충실히 제어 가능한 도구도 아니었다. 그보다 단어들은 존재가 현현되고 표상이 질서화되기 위한 기초로서 색깔 없는 망상조직을 형성하고 있었다."(미셸 푸코, 『말과 사물』, 이광래 옮김, 민음사, 1987, 357쪽)

8) Jacques Lacan, *Ecrits: A selection*, Trans. Alan Sheridan, New York: Norton, 1977, 147쪽.

표는 그것을 사용하는 주체 속에 자리를 잡는 순간 자신의 의미를 획득하게 된다. 기표가 기의를 표상하는 기능만 한다는 것, 표상작용 이전의 기의가 완결된 의미를 지니고 사전에 존재한다는 것은 환상이다. 요컨대 기표가 기의를 지시하는 표상작용(representation)이 아니라, 기표가 우선적인 힘을 가진 채 기의를 만들어내는 의미작용(signification)이 언어적 질서의 실상이라는 것이다.

이와 같은 개념의 의미화 작용은 주체가 언어를 사용하는 한, 주체의 의도와는 무관한 새로운 의미가 언어 속에서 형성될 수 있음을 보여준다. 주체의 의지와는 별개의 힘에 의해 작동하는 언어의 작용, 그것이 곧 기표의 물질성이자 언어의 물질성인 셈인데, 이런 논리를 따른다면, 표상의 질서 속에서 존재하는 글과 말과 생각의 위계는 완전히 전도되기에 이른다. 생각이 먼저 있고 그것이 말을 통해 나오며 또 그것을 문자로 적어놓은 것이 글이 아니라, 오히려 이들의 위계가 정반대로 되는 것이다. 현존하는 것은 글(기표)일 뿐이고 그 기표들의 연쇄 속에서 말(의미)이 만들어지고, 이 둘의 결합으로 생겨나는 의미화 작용이 생각하는 주체의 위치를 지정해준다는 것이 그 요체다.

이와 같은 언어의 물질성이 포착되기 시작하는 것, 언어가 더이상 투명한 매체이기를 그치는 장면을 분명하게 보여주는 것은 이태준의 『문장강화』이다. 이 책의 말미에서 이태준이 언급하는 것은 이광수에 의해 완성된 언문일치 문장의 권태에 관한 것이다. 언문일치 문장이 새로운 문장의 모체라는 사실을 인정하면서도 그것으로 끝이 아니라는 것, 언문일치 문장은 민중의 문장일 뿐이고 문학의 개성이 발휘되기 위해서는 그 이상의 것이 필요하다는 사실을 그는 적시한다. 말을 뽑아내고도 남는 그 무엇이 곧 문학이라는 것이다.[9] 이태준의 이러한 논리는 문학 언어가 자리잡아야

---

9) 이태준, 『문장강화』(『서음출판사 전집 16』), 1988, 295~298쪽.

할 새로운 영역을 지시한다. 이광수 세대가 새로운 문학 언어의 통사론을 완성했다면, 이태준의 세대들은 이제 문학 언어를 의미론과 화용론의 공간으로, 즉 언어와 의미와 주체가 서로 교섭함으로써 새로운 의미가 생성되는 공간으로 이끌어내고 있는 것이다. 이 공간에서 문학 언어는 표상의 질서가 지니고 있는 언어와 의미의 단순한 연결관계로부터 벗어나 언어가 의미를 생산하는 새로운 차원으로 이행해간다. 여기에서는, 『말과 사물』에서 푸코가 "아무것도 말하지 않지만 침묵하지도 않는, 〈문학〉이라고 불리는 이 언어"(352쪽)라고 불렀던 힘이 위력을 발휘하며, 그 힘을 문학 텍스트로 가장 휘황하게 보여주었던 것이 화용론적인 의식을 극대화시켜 자기 지시적인 언어의 한 극단을 보여주었던 이상의 경우이다.

김승옥이 펼쳐놓은 문학 언어의 공간도 이 연장에 있다고 해야 할 것이다. 요컨대 그는 역사적 정황으로 인해 닫혀버렸던 1930년대 모더니스트들의 가능성을 1960년대의 시대적 풍토 속에서 새롭게 활성화시켰던 셈이다. 이러한 점에서 보자면, 이상이나 이태준과 마찬가지로 김승옥의 언어적 힘이 위력을 발휘했던 장르가 단편소설이었음도 단순한 우연일 수 없다. 그가 만들어놓은 공간은 일상 언어의 잉여이자 표상적 질서의 외부적 힘이 위력을 발휘하는 곳, 언어화되기 어려운 것들이 언어화되는 공간, 상투화된 언어의 틈에서 생겨나는 새로운 의미들의 공간이기 때문이다. 「무진기행」의 화자 윤희중이 "나는 그 여자에게 '사랑한다'고 말하고 싶었다. 그러나 '사랑한다'라는 그 국어의 어색함이 그렇게 말하고 싶은 나의 충동을 쫓아버렸다"(『전집 1』, 150~151쪽)라고 말할 때, 그는 하인숙을 사랑한다는 것인가 아니라는 것인가. 어색함 때문에 사랑이라는 단어를 쓸 수 없다면 외국어로는 말할 수 있다는 것인가. 그런데 과연 하인숙과의 섹스 후에 느끼는 윤희중의 마음을 지칭할 수 있는 정확한 단어가 있기나 할까. 김승옥적 서사의 공간이라면 이런 질문은 성립될 수 없는 것일지도 모른다. 기표의 물질성이 작동하는 공간에서는, 없는 것은 단어가 아니라 마음이기 때문이다. 사랑이라는 기표 밑으로 수많은 기의들이 흘러가고 있는 순간, 고정되지 않는 기표와 기의로 인해 그의 마음속에 바닥없는 심연이 생겨나고 있는 것이다.

김승옥이 새롭게 활성화시킨 문학 언어의 물질성은 그의 서사에 이 같은 의미론적 맹점들을 만들어놓는다. 예를 들어보자. 국민학교 6학년생인 「건」의 소년이 그 자신에게 밝은 빛으로 다가왔던 동네 누나를 윤간의 어두운 함정으로 유인하는 데 결정적으로 기여하는 것은 무엇 때문인가. 「서울, 1964년 겨울」에서 삼십대 아저씨의 죽음을 놓고 곰곰이 고개를 숙이고 있던 이십대 청년의 마음을 스쳐가고 있는 생각은 무엇이었을까. 혼자 내버려두면 죽지 않았을 줄 알았다던 그의 말은 진실이었을까. 「무진기행」의 노래하는 세이렌 하인숙은 오디세우스 윤희중에게 서울에 데려다 달랬다가 아니랬다가 하는데, 서울에 데려다 달라는 것인가 말라는 것인가. 어디까지가 마음의 진실인가. 황황히 떠나는 윤희중이 느끼는 부끄러움의 정체는 무엇인가. 무엇이 왜 부끄럽다는 것인가. 이들의 진심은 무엇인가.

그의 서사 공간에 존재하는 이러한 의미론적 맹점들이야말로 김승옥에게는 문학 언어의 존재 이유가 아니었을까. 김승옥의 뛰어난 단편에서 모습을 보이고 있는 이와 같은 의미론적인 판단중지의 지점들로 인해 서사는 다양한 해석 가능성과 함의의 탄력감을 갖추게 되고 풍부한 서사적 울림을 획득하게 된다. 위에서 든 예가 아니더라도,「생명연습」이나 「역사力士」「야행」「환상수첩」 등에 모습을 보이고 있는 다양한 에피소드들이 그 증좌일 것이다. 통상적으로는 이해하기 어려운 상황이나 돌연하게 등장하는 기이한 행동들이 서사의 한복판에 놓여 있다. 이런 지점에서 사랑은 폭력과 유대를 맺고, 환멸적인 일상 속에 감춰져 있는 충동이 어두우면서도 강력한 힘으로 모습을 드러내기도 하며, 기약할 수 없는 미래에 대한 절망감이 청년기적인 명랑성과 뒤섞여 사치스럽게 느껴질 정도의 화사한 색조로 형상화된다. 이런 모습은 매우 역설적이면서도 동시에 현실적이어서, 외적 상황의 엄혹함과 절망감을 표현하고 있는 전후 소설의 분위기와 사뭇 다르다.

이와 같은 김승옥의 서사가, 객관적인 것으로 존재하는 현실보다는 그것을 인식하고 그에 반응하는 주체의 내면 쪽에 훨씬 더 많은 무게가 실려 있는 것이라 한다면, 그리고 그의 서사에 존재하는 맹점들이 언어의 물질성을 서사화함으로써 형상화되기에 이른 것이라면, 해방 이후의 한국 소설은 김승옥의 세계를 통해 근대적 문학 언어 일반이 지니고 있는 한 보편성에 도달하게 되었다고 해도 좋지 않을까. 자기 지시적인 것으로서의 문학이라는 언어는, 그것이 어떤 외적 대상들과 접합하건 간에, 그것이 당대의 현실이건 한 개인의 내밀한 마음의 풍경이건 간에, 그 자신에게만 고유한 언어로 번역해냄으로써만 존재할 수 있는 어떤 것, 모든 지시적 언어의 잉여로서만, 그 언어가 내포하고 있는 표상 질서의 잉여로서만 존재할 수 있는 어떤 것이다. 그래서 그것은 경험적 추상태로서의 일반성이 아니라, 그 일반성의 경계가 깨어져 새롭게 재정의되는 순간 등장하는, 잉여가 생겨나는 순간 등장하는, 일종의 불꽃 현상으로서 보편성의 영역에 속하는 개념이다. 김승옥의 문학 언어가 포착해낸 언어적 물질성은 이런 뜻에서 보편적 문학성이 출현하는 순간을 보여주고 있다고 해도 좋을 것이다.

3. 부끄러움과 애도: 세대론의 지평과 윤리적 감각

그런데 어떤 힘이 이런 김승옥의 문학을 만들었을까. 김승옥의 소설을 감싸고 있는 기묘한 분위기, 발랄함과 비애가 뒤섞여 있는 저 기묘한 분위기는 어디에서 비롯된 것일까. 물론 김승옥이라는 한 예외적인 재능이 가장 직접적인 힘이겠으나, 그 능력을 순간적인 불꽃과도 같은 방식으로 작동케 한 시대정신의 존재도 간과되어서는 안 될 것이며, 또한 이는 4·19와 5·16을 연달아 경험했던 세대의 일원으로서 김승옥이 지녔던 세대적 자기의식과도 무관하지는 않을 것이다. 한 좌담에서 김승옥은 5·16의 경험이 가져다준 환멸감에 대해 이렇게 술회했다

5·16 소식을 저는 아침에 학교 가는 도중에 들었어요. 군대가 들어와서 서울을 점령하고 있다고 하는데, 나는 당시 착각하고 있었던 거죠. 우리나라는 남미라든가 동남아 같은 데와는 달리 좀 고급스러운 나라인 줄 알았는데, 대한민국이라는 것이 이런 후진국이었던가 하고 부글부글 화가 나더란 말예요. 유치하게 쿠데타가 일어나다니 추락도 이런 추락이 없단 말이죠. 대한민국이 이렇게 못난 나라였던가 하고, 그러니까 당시에는 대한민국에 대해서 환상을 갖고 있었던 거지. (웃음)[10]

불과 한 해를 격하여 발생한 학생혁명과 군부쿠데타는, 그들이 놓여 있었던 토대와 의식의 불일치, 혹은 저개발 국가라는 외적 조건 속에서 의식의 과잉 성숙이라는 실상을 적나라하게 노출시켜주는 경험이었다. 물론 이런 경험은 6·25라는 대규모의 전면전이 가져다준 충격 경험과는 차원이 다를 수밖에 없다. 이는 1950년대 장용학의 세계와 맞세워놓으면 좀더 선명하게 드러나는 것으로서, 김승옥의 경우는 전면적인 충격 경험이라기보다는 씁쓸한 환멸감 쪽에 가깝고, 그 연장에는 현실적 주체로서의 자부심과 노예적 실상의 자괴감이 뒤섞여 있는 복합심리의 공간이 자리잡고 있다. 이와 같은 복합성은 그러나 1960년대에만 국한되는 것이 아니라 민주화와 산업화라는 두 개의 상충하는 힘의 형태로 그 이후 1970~80년대를 지속적으로 관통하는 것이고 보면, 이것은 20세기 후반의 한국사회를 지배해온 두 개의 힘이 모습을 드러낸 일종의 출발점과도

10) 『4월혁명과 한국문학』, 최원식·임규찬 엮음, 창비, 2002, 46쪽.

같은 성격을 지니고 있다고 해야 하겠다. 김승옥의 세대가 지니고 있었던 세대적 자기의식은 이런 점에서 20세기 후반 한국의 정신적 상황의 한 보편성에 맞닿아 있다고 할 수 있겠다.

김승옥의 서사가 지니고 있는 세대적 자기의식은 「서울 1964년 겨울」과 같은 작품에서 선명하게 드러나 있다. 이는 이십대 중반의 대학원생과 삼십대 중반의 서적 외판원 사이에서 대조를 통해 형상화된다. 선술집에서 의미 없는 언어유희를 즐기고 있었던 두 명의 이십대가 있고, 그들을 향해 다가온 남루한 차림의 삼십대 '아저씨'가 있다. 이 둘의 대조는 6·25세대와 4·19세대의 차이로 쉽게 치환될 수 있다. 이청준의 「병신과 머저리」에서 좀더 구체적으로 드러났던 대조(전쟁에서 입은 정신적 외상으로 힘들어하는 전후 세대인 형과 뚜렷한 상처도 없으면서 삶의 방향을 잡지 못해 갈팡거리는 한글세대인 아우가 각각 병신과 머저리로 형상화된다)에 비하면 김승옥의 경우는 좀더 비틀린 모습으로 예각화되어 있는 경우라 할 수 있겠다. 두 경우 모두, 전후 세대인 인물들은 정신적 상처로 인해 괴로워하고 있으되, 이청준의 경우는 전쟁의 비인도적 상황으로 인해 생긴 상처임에 비해 김승옥의 경우는 자기 자신의 잘못으로 인해 생긴 상처라는 점에서 그렇다.

선술집에서 이십대들이 나누고 있는 대화는 감각적이고 발랄하지만 그 어떤 유대도 생산하지 못하는 자폐적인 것이다. 또한 그래서 역으로 건조하고 단단한 정신의 세련된 모습을 보여주기도 한다. 독백을 교환하고 있는 이십대들은 서로의 영역을 침범하지 않으며 서로의 고독을 확인하는 정도에서 그친다. 그런 점에서 그들은 다른 사람에게 폐 끼치기 싫어하는 합리적이고 싸늘한 교환자들이다. 이들에 비하면, 죽은 아내의 시체를 병원에 팔아넘기고 그로 인해 고통스러워하는 삼십대 아저씨는 나이와는 반대로 정신의 미숙성과 나약함을 드러낸다. 처음 만난 이십대들에게 다가와 앞으로의 술값을 자기가 책임질 테니 함께 있게 해달라고 하는 삼십대의 모습은, 합리적 교환의 공간에 내던져진 일그러진 증여의 질서처럼 걷돈다. 교환이 인격을 제거한 사물을 매개로 성립되는 것이라면, 증여는 선물 속에 사랑이나 존경 같은 인격적 요소를 내장시킴으로써만 작동한다.[11] 아내의 시신은 증여의 대상일 수는 있어도 교환의 대상일 수는 없다. 팔아서는 안 될 것을 팔아넘김으로써 그는 이미 증여의 원리를 위반해버렸다. 그럼에도 그가 시체는 그저 시체일 뿐이라는 식으로, 냉정한 교환자로서 자기 자리를 지킨다면 문제는 달라질 수도 있다. 그러나 자기 행동에 대한 윤리적 책임과 정서적 부담을 혼자 소화하지 못한 채 술값을 대가로 동정을 요청하는 모습은, 더이상 당당할 수가 없는 일그러지고 병든 증여의 모습에 다름아니다. 여기에서 중요한 것은, 교환인가 증여인가의 문제라기보다는 당당함의 문제이다(물론 교환이 아니라 증여만이 궁극적 당당함을 만든다). 그것이 주체를 주인으로 만든다. 게다가 상대가 누구인가. 술자리에서 제법 이야기를 나눈 사이면서도 자기 술값은 각자가 계산하는 건조한 이십대의 교환자들이다. 이 조숙한 교환자들에게 삼십대 아저씨가 보여주는 이런 증여의 세계는 부담일 수밖에 없다. 자기가 앞으로의 술값을 전담하겠다고 하지만 그것은 오히려 인격적인 요소로 되갚아야 할 부담스러운 선물임을 이십대들은 이미 알고 있는 것이다.

두 명의 이십대와 추레한 삼십대는 결국 하룻밤을 여관에서 함께 보내게 된다. 삼십대는 같은 방에 들자고 했으나 냉정한 이십대 대학원생 안의 주장으로 결국 그들은 따로따로 방을 잡았고, 다음날 아침 삼십대는 시체로 발견된다. 서둘러 여관을 빠져나오며, 대학원생 안은 결국 그렇게 되고야 말았다고, 그러리라 짐작은 했지만 그래도 혼자 두면 죽지 않을 줄 알았다고 동갑내기 구청직원 김에게 말한다. 그의 말은 어디까지가 사실일까. 정말 혼자 두면 자살하지 않을 거라 생각했을까. 버스에 오른 김

---

11) 교환과 증여에 대해서는 나카자와 신이치, 『사랑과 경제의 로고스』(김옥희 옮김, 동아시아, 2004) 참조.

의 눈에는 눈을 맞으며 생각에 잠겨 있는 안의 모습이 포착된다. "버스에 올라서 창으로 내다보니 안은 앙상한 나뭇가지 사이로 내리는 눈을 맞으며 무언지 곰곰이 생각하고 서 있었다."(『전집 1』, 224쪽) 이것이 소설의 마지막 문장이기도 하다. 그런데 그는 무엇을 생각하고 서 있었을까.

지난밤 그들이 선술집에서 나누었던 의미 없는 말들, 끊길 듯 이어지며 두 명의 이십대들이 함께 나누었던 무의미한 대화들을 떠올려보자. 파리를 사랑하느냐, 꿈틀거리는 것을 사랑하느냐 따위의 말이 있었고, 자기 혼자만이 아는 온전히 자기 소유의 비밀 아닌 비밀들이 서로에게 보란 듯이 공개되었다. "적십자병원 정문 앞에 호도나무의 가지 하나는 부러져 있습니다"(『전집 1』, 208쪽)와 같은 말들. 비밀을 공유하는 것이야말로 유대로 가는 지름길이라 할 수 있다면, 이 경우 공유되는 비밀이란 상처나 죄의식처럼 밀도 높은 정서적 자질을 지닌 내밀한 경험이라야 한다. 이는 『토템과 터부』에서 전개되는 토템제의에 대한 프로이트의 해석에서 핵심적인 요소이기도 했고, 또한 비밀을 만드는 일이야말로 진짜 부자가 되는 것이라고 했던 이상이 비밀이라는 말로 지칭하고자 했던 것이기도 했다. 그런데, 이 이십대들이 조금은 자랑스럽게 털어놓는 비밀이란 어떤가. 거기에는 어떤 상처도 칼날도 있을 수 없다. 단지 자신의 고독을 응시하고 있는 사람의 고독한 자세만이 새겨져 있을 뿐이다. 그래서 그런 비밀 아닌 비밀을 교환함으로써 그들이 공유하는 것이란, 삼십대 사내처럼 시원하게 털어내 보여줄 수도 없는 자신의 공동화된 내면, 철저한 고립감 속에서 오히려 그 고립을 누리고 있는 것처럼 보이는, 더이상 분해도 결합도 불가능한 단자와도 같은 고립감의 존재일 뿐이다. 그들의 대화란 그렇게 서로의 고립감을 확인하는 절차일 뿐이어서, 심지어는 삼십대 사내의 죽음이라는 커다란 비밀을 공유하고 난 이후에도 새로운 유대의 세계로 나아가지 못한다. 두 사람은 제각각인 채, 한 사람은 생각에 잠겨 있고 또 한 사람은 버스 안에서 그 모습을 바라보고 있는 것이다.

죽은 삼십대의 시체를 여관에 남겨두고 혹시라도 귀찮은 문제가 생길까봐 여관을 황황히 빠져나가는 이십대들의 모습은, 도망치듯 무진을 빠져나가는 윤희중의 모습과 동일한 차원에 있다. 「서울 1964년 겨울」의 이십대들에게 건조한 교환의 공간으로 난입해온 증여의 인격적 자질이 구질구질하고 부담스러운 존재였다면, 무진이라는 충동과 퇴행의 공간[12]에서 윤희중을 기습하는 사랑이라는 감정도 이와 유사하다. 무진에서의 사랑은 서울에서의 욕망의 작동을 정지시키고 주체로 하여금 충동과 향락(jouissance)의 그로테스크 속으로 몰아간다. 윤희중에게 그것은 죽음과도 같은 차원이다. 나이와는 무관하게 윤희중도 이미 「서울 1964년 겨울」의 이십대들과 마찬가지로 교환의 논리에 입각해 있기 때문이며, 그런 점에서 이들은 모두 세이렌으로 표상되는 원초적 힘의 세계를 거부하는 저 신화적인 교환자 오디세우스와 동일한 논리적 지평에 있다. 그것이 또한 자본제적 근대인의 전형적인 표상이라는 것은 이 자리에서 구태여 강조할 필요가 없을 것이다.

　「무진기행」의 마지막 문장은 무진을 떠나는 윤희중의 다음과 같은 진술로 끝난다. "나는 심한 부끄러움을 느꼈다."(『전집 1』, 152쪽) 서울로 돌아오라는 아내의 전보를 받고, 노래하는 유혹자 하인숙에게 편지를 쓰고 또 찢어버렸던 윤희중. 무엇이 부끄러운가. 자기가 쓴 철없는 사랑의 편지가? 그런 편지를 썼다는 사실이? 편지를 찢어버린 행동이? 윤희중이 정말로 원하는 것은 무엇인가. 부끄러움으로 끝나버리는 이야기이기 때문에 그 안에서 윤희중의 대답을 들을 수는 없다. 맹세를 거짓으로 만든 자신의 행위에 대한 부끄러움에서부터, 무진이라는 공간에서 퇴행적인 분위기에 잠시 휩쓸려버렸던 자신의 행동들에 대한 부끄러움까지 다양한 추측만이 가능할 뿐이다. 이런 점에서 윤희중의 부끄러움으로 끝나는 이 소

---

12) 무진/서울을 충동/욕망으로 파악하는 논의는 신형철, 「여성을 여행하(지 않)는 문학: 「무진기행」의 정신분석적 읽기」(『한국근대문학연구』 10, 2004) 참조.

설의 결말은 생각에 잠긴 대학원생 안의 모습으로 끝나는 「서울 1964년 겨울」의 결말과 동일한 차원에 있다. 대학원생 안이 무엇을 생각하고 있었을지에 대한 정확한 대답도 있기 어렵다. 혼자 남겨두면 죽지 않았으리라는 그의 말은 사실이었을까. 단지 일시적인 귀찮음을 회피하기 위한 것이었을까. 아니면, 무의식의 차원에서 작동되었던 자기기만이었을까. 그러나 이런 질문에 대한 대답이 무엇인지보다 더욱 중요한 것은 질문 그 자체가 놓여 있는 위치, 즉 무엇에 대한 부끄러움인지가 아니라 서사 공간에서 부끄러움이 놓여 있는 자리이며, 그것의 서사적 위상이다.

소설의 주인공들이 느끼는 부끄러움이란 기본적으로 어떤 계기를 통해 자기 자신의 본모습을 대면했을 때 비롯되는 정서이다. 예를 들어, 『무정』의 남자주인공 이형식은 유학길에 오른 기차 속에서 박영채가 죽지 않았다는 사실을 확인했을 때 격심한 자기모멸과 부끄러움 속에 빠진다. 그것은 『무정』의 서사가 만들어놓은 계몽의 여로 자체를 뒤흔들어버릴 정도의 위력을 지닌 것이었다. 또 염상섭의 「제야」의 여주인공 최정인은 자신을 용서하겠다는 남편의 편지를 받았을 때 자신의 삶의 의미 자체를 교란시켜버릴 정도의 힘을 지닌 자기모멸과 부끄러움에 휩싸인다. 그래서 유서를 쓰기에 이른다. 그러나 이광수와 염상섭은 주인공들의 이런 정신적 위기를 방치하지 않는다. 이광수는 삼랑진 홍수 장면을 통해 위기에 빠진 민족의 실상을 보여주고 젊은 주인공들로 하여금 상위 차원의 윤리적 지평으로 스스로를 견인케 함으로써 개인이 봉착한 윤리적 위기를 극복케 한다. 잠시 잦아들었던 민족계몽주의라는 강렬한 파토스를 재가동케 함으로써 개인의 윤리적 위기를 봉합하는 것이다. 또 염상섭은 루소의 『고백』에서 강렬하게 표현되었던 진정성 신드롬이라는 또다른 파토스를 가동시킴으로써 부끄러움을 당당함으로 뒤바꿔놓는다. 그렇다, 나는 부끄러운 짓을 했다. 나는 그런 한심한 인간이었다. 그러나 그 부끄러운 짓들을 속속들이 고백함으로써 그리고 그 부끄러움에 대해 스스로의 책임을 회피하지 않음으로써, 주체는 일약 부끄러움의 주체에서 진정성의 주체로 다시 태어날 수 있게 되는 것이다. 최정인의 유서로 되어 있는 「제야」라는 소설 자체가 그 과정을 보여주었다. 요컨대, 이형식이나 최정인에게 부끄러움은 또다른 차원의 가치의 세계로 나아가기 위한 발판이자 계기로 작동했던 것이며, 그래서 이들의 서사에서 부끄러움은 서사가 끝나는 지점이 아니라 서사가 새로운 차원으로 도약하는 지점에 놓여 있는 것이다.

그러나 김승옥의 경우는 이와는 다르다. 「무진기행」의 부끄러움은 소설이 끝나는 지점에, 마지막 문장의 종결부호와 함께 놓여 있다. 그러니 어떤 극복도 새로운 차원으로의 견인도 불가능하다. 「서울 1964년 겨울」의 경우도 마찬가지다. 대학원생 안이 무슨 생각을 하고 있건 간에, 이제 상황은 돌이킬 수 없게 되어버렸다. 김승옥은 이들에게 어떤 만회의 기회도 주지 않은 것이다. 그러니 그들은 계몽의 주체도 진정성의 주체도 되기 어려운, 그저 민망할 뿐인 자신의 부끄러움을 안고 갈 수밖에 없는 처지가 되어버렸다. 그렇다면 이런 양상의 서사를 어떻게 이해할 수 있을까. 이것 또한 세대적인 자기의식의 연장에 놓여 있는 것이라 할 수 있을까.

김승옥의 주인공들은 대개가 청년들이지만 이들은 이미 세상 돌아가는 이치를 알아버린 조숙한 인물들이다. 때 이른 성숙으로서의 조숙함이란 그 안에 성숙과 미숙의 상태를 동시에 포함하고 있다. 청년기적인 순수함에서 벗어나 세속의 질서를 일찍 눈치채버린 사람들의 성숙성이 전면에 있으되, 그 안에는 이미 자명한 것으로 자리잡아버린 세속의 질서로 인해 그 자명성에 대해 어떤 질문도 던질 수 없게 된 나이브함으로서의 미숙성이 자리잡고 있다. 몸보다 빠르게 움직여버린 정신과 감각으로 인해 마음의 균형이 흐트러진 상태로서의 조숙함은 역설적인 미숙함에 다름아닌 것이다. 그리하여 조숙함의 주체에게는 세계와 교섭하기 위한 그 어떤 행동도 난관에 봉착할 수밖에 없다. 세상은 주체의 의지와는 무관하게 흔들리지 않는 자명성의 덩어리로 존재하고 있기에, 주체에게 가능한 행동이란 조용히 부끄러움을 가슴에 품은 채 그 세계의 일부로 편입되거나, 혹은 「서울 1964년 겨울」의 이십대들이나 「내가 훔친 여름」의 젊은 주인공들처럼 그 세계 속에서 세계의 질서와는 전혀 무관하게 감각의 유희나 한바탕의 사기극을 펼치는 것일 뿐이다. 그의 소설에서 흔히 등장하는 자살의 경우도 마찬가지다. 「환상수첩」에서의 성공적인 자살도, 「60년대식」에서의 실패한 자살도 이런 점에서 동일한 의미론적 위상을 지니고 있어 보인다. 자살이 그렇게 손쉬운 것은 이상의 「종생기」가 보여주듯이 서사적 차원에서는 일종의 연기에 불과한 것이기 때문일 것이다.[13]

성숙의 경험은 그것이 어떤 형태건 간에 그 이전 세계와의 단절을 포함하고 있으며, 그런 점에서 상실감을 핵자로 지니고 있다. 상실을 받아들이고 새로운 단계로 나아가기 위해서는, 프로이트의 논법으로 말하자면 리비도의 철회와 전이를 위한 절차로서의 애도 과정이 필요하다.[14] 이 과정을 통해 주체는 상실을 현실화하고 그로부터 철회된 에너지를 새롭게 투여할 대상을 찾게 되는 것이다. 그렇다면 김승옥의 주인공들에게 다가왔던 상실감의 핵심은 무엇인가.

이를테면, 비극과 고난으로 점철되었던 20세기 중반까지의 한국사가 그들 앞에 있었다. 일제에 의한 국권의 상실이 있었고, 짧은 기간이었지만 해방공간에서 강렬한 에너지로 분출되었던 새 나라 만들기의 열망이 있었고, 또한 그것의 파멸적인 결말이었던 한국전쟁의 충격이 있었다. 이 거대한 상실감을 정면으로 받아들여야 했던 것이 전후 세대 작가들이었다면, 장용학이나 손창섭의 세계는 그 자체가 한국문학 전체가 감당해야

---

13) 김승옥의 소설에서 등장하는 자살을 연기로 파악하는 것에 대해서는 김윤식 「60년대 문학의 특질」(『김윤식 선집 4』, 솔, 1996) 참조.
14) 프로이트, 「슬픔과 우울」, 『무의식에 관하여』, 윤희기 옮김, 열린책들, 1997, 247~270쪽. 여기에서 mourning / Trauer는 슬픔으로 번역되고 있으나, 슬픔은 마음의 상태이고 애도(哀悼)는 그것을 표현하는 마음의 과정을 뜻하므로, mourning이라는 용어에 대해서는 애도가 좀더 나은 번역어로 보인다.

했던 애도 과정이었다 해도 좋을 것이다. 상실의 충격을 그 자체의 충격 경험으로 형상화하고 또한 상실의 원인에 대해 묻고 답하는 일, 그것을 집요하게 반복함으로써 내면적인 현실로 만드는 일이 그것이었다.

그렇다면 김승옥과 그의 세대가 맡아야 했던 임무는 무엇이었는가. 이에 대해서는 김승옥의 소설에 대한 김병익의 다음과 같은 지적이 적실해 보인다. "말하자면 50년대의 작가들이 개인의 파멸을 전쟁과 빈곤이라는 사회적 비극으로 밀어내는 데 대해 그는 그 비극을 자신의 병으로 받아들이면서 개체적 자아의 탐구를 시도한 것이다. 이런 점에서 그의 창작은 내적 자아의 형성 또는 개인주의 문학에 새로운 지평을 연 것이며 우리의 정신사에서 처음으로 의식의 주체화에 전망을 비춰준 것이다."[15] 요컨대 4·19세대는 그 앞 세대에 비해 민족사의 비극 앞에서 충격도 책임도 덜한 세대로서, 민족 전체가 감당해야 했던 상실감을 구체적으로는 받아들이기 힘들었던 사람들이었고, 그래서 문제도 대답도 좀더 추상적이면서 또한 보편적인 개인의 차원에서 제기하고 답해야 했던 세대이며, 김승옥의 소설은 그런 세대의 대표적인 감각으로 존재하고 있다고 해도 좋을 것이다.

그리고 그들 앞에는 무엇보다도, 비극과 희극이 어우러진 기이한 축제로서의 4·19가 있었고(4·19를 바라보는 기묘한 시선을 보여주는 김승옥의 단편 「그와 나」를 보라) 또 그것을 거꾸로 세워놓은 사건으로서 5·16이 있었다. 일제의 통치와 해방과 한국전쟁이라는 거대한 사건의 연쇄가 민족사 전체에 해당되는 것임에 비해, 이 두 사건은 철저히 남한에만 국한되는 현실이며 이 새로운 현실을 포착하기 위해서는 새로운 시선이 필요할 수밖에 없다. 그리고 어떤 시선에 의한 것이건 간에, 새로운 세대의 시선에 의해 포착되는 서사적 현실은 전후 세대에 의해 수행되었던 애도 과

---

15) 김병익, 「시대와 삶」, 『상황과 상상력』, 문학과지성사, 1979, 269쪽.

정이 막바지에 이르렀음을 보여주는 지표일 것이다. 두 개의 문제적 장편, 최인훈의『광장』(1961)과 장용학의『원형의 전설』(1962)이 1960년대 초반에 우뚝 솟아 있는 것도 이 시기가 민족사적 애도 과정의 종지부라는 점에서 보면 전혀 이상한 것일 수 없다. 여기에서, 분단과 전쟁이라는 상황의 바보스러움과, 단독으로는 어떤 쪽도 온전할 수 없는 반쪽짜리 체제의 병신스러움에 대한 표현은 한국전쟁을 전후한 현실에 대한 알레고리적인 형태로 드러나고 있다. 알레고리적 시선은 상황 전체를 조망할 수 있는 관점을 확보한 이후에 가능할 수 있는 것으로서, 정서적이라기보다는 지적인 파토스의 산물이다. 따라서 그런 시선이 가능하다는 것은 민족적 비극이라는 사태가 최초의 충격으로부터 빠져나와 객관적으로 조망되기 시작했다는 사실에 다름아니며, 그런 점에서 이들의 소설에서 표현되고 있는 현실에 대한 감각은 하나의 문지방에 해당된다.

김승옥의 세계는 문지방 너머의 첫 세계에 해당된다고 할 수 있을 것이다. 그의 서사에도 상실감은 있으되, 그 상실은 추상적이고 주관적인 것이어서 그에 대한 애도는 있기 어렵다. 또 그의 소설에도 도처에 죽음이 있지만 그 죽음에서 비롯된 슬픔을 반추하거나 그 죽음의 의미를 기리는 일은 있기 어려운 것이다. 김승옥의 세계에서 죽음이란 온전히 한 개인이 책임져야 할 것일 뿐, 공동체적 정서나 책임을 환기하기 어려운 어떤 것이기 때문이다.

이처럼 민족사적 애도 과정의 끄트머리에서 시작하여, 4·19라는 불꽃 현상과 5·16의 좌절감을 동시에 안고 가야했던 것이 김승옥과 그의 세대들이다. 그들의 주인공은 계몽의 영웅일 수도 없고, 진실에 목숨거는 진정성의 영웅일 수도 없다. 그저 너절할 뿐인 자기 삶을 혼자서 애써 추스르면서 그 너절한 삶이 주는 부끄러움을 감싸 안고 가야할 뿐인 사람들인 것이다. 새로운 장편 서사의 세계를 위해서는 또다른 비극과 이상주의가 요구되지만, 1950년의 비극은 이미 격렬한 애도의 과정을 거쳤고, 유신과 광주로 표상되는 1970~80년대의 정치적 압제는 아직도 요원하여 새로운 이상주의의 부표를 띄워 올리기에는 아직도 어둠의 부력이 부족했다. 『관촌수필』의 이문구나 「어둠의 혼」의 김원일은 새로운 애도의 방식을 찾아내기도 했으나(그들은 한 개인이 겪어야 했던 비극적 경험을 통해 민족사가 감당해야 했던 비극을 재현해냄으로써, 개인의 애도가 민족의 애도로 승화되는 감동적인 장면을 보여주었고, 그리고 그 애도의 동력을 통해 새로운 서사의 방향성을 포착해낼 수 있었다) 이들의 작업이 본격화되었던 것은 1970년대의 일이었다. 그것은 또한 점차 짙어지는 정치적 어둠으로 인해 새로운 이념과 문학적 자양의 원천이 빛을 발하기 시작했던 것과 동시의 일이었다.

그렇다면 어떨까. 발랄함과 비애가 뒤섞여 있는 김승옥 소설의 기묘한 분위기는, 한국전쟁의 충격과 상처에서 벗어나 개발독재 곧 산업화의 본격적 시발을 목전에 두고 있던, 곧 두 개의 험한 봉우리 사이에 놓여 있는 골짜기 같은 시대로서의 1960년대 고유한 정서를 반영하고 있는 것이라 할 수 있지 않을까. 교환의 원리는 증여의 질서를 일그러뜨릴 만큼 강력한 것이되 아직 전일적이지는 않고, 증여의 질서도 시대착오적이 되어가지만 아직은 무시하기 어려운 자기 동력을 지니고 있다. 1950년대 장용학의 단편들에서 몰아쳤던 카오스적 정신의 힘은 잦아들었으되, 또한 1970년대에 들어 본격화되는 정치적 폭압도 아직은 문학의 숨통을 조일 만큼 위력적이지는 않은 공간, 4·19로 표상되는 자부심과 5·16의 환멸 사이에서 조성된 복합감정의 가파른 물매를 자양으로 명랑성과 우울이 교차하는 청년적 감수성의 내면 공간을, 김승옥의 문학이 보여주고 있는 것이라 해도 좋지 않을까. 서정인의 초기작들이 보여주고 있는 카프카적 명랑성이나 분방함(「후송」「물결이 높던 날」「분열식」「나주댁」「강」)도, 또한 이청준의 초기작들이 보여주는 극단적으로 확장된 내면 공간(「병신과 머저리」「매잡이」)도 이와 유사한 맥락에서 파악될 수 있을 것이다.

이들의 문학 언어에서 형상화되는 성숙은 부끄러움과 환멸을 동반하고 있으되, 그 환멸은 청년적인 분방함이나 명랑성과 결합되어 있어 전적으로 절망적인 분위기이기는 어렵다. 그리고 이와 같은 감수성은 시대적 분위기에 따라 얼마든지 다른 모습으로 등장할 수 있다. 1970년대 박완서의 문학에서 본격화되는 소시민적 자의식에 대한 비판이나, 1980년대 임철우와 양귀자 등의 작품에서 추상적 정서로 표현되는 강렬한 죄의식이 그 예일 것이며, 또한 그 밑바탕에는 김수영의 시 「어느날 고궁을 나오면서」에서 표현되고 있는, 소시민성에 대한 강렬한 자기 비판적 목소리가 놓여 있는 것이고 보면, 그런 청년적 감수성이란 자본제적 근대를 살아가는 사람들 내면의 한 보편성을 드러내주는 것이라 할 수 있겠다. 물론 성숙한 시민사회의 관점에서 보자면 김승옥으로 대표되는 한글세대의 감수성이나 청년적인 분방함은 미숙성이나 타자성 같은, 그 어떤 정상성에 대한 잉여의 표지이기도 할 것이다. 또한 그것은 새롭고 강렬한 이상주의가 가동되거나 현실 속으로 깊이 침잠해 들어간다면 종국에는 해체될 수밖에 없는, 장편소설의 언어로 말하자면 이념의 세계나 풍속의 세계로 나아갈 수밖에 없는 계기적인 것이라는 점도 지적되어야 할 것이다.

그러나 그 모든 사정에도 불구하고, 순간적이기 때문에 아름다울 수 있는 감수성의 영역을 보여주는 것이 김승옥의 문학이라 할 수 있지 않을까. 그가 만들어놓은 세계는 잉여로서의 분방함이 그 자체로 문학 언어일 수 있음을, 그런 감수성이야말로 사회적 리비도 경제의 측면에서 보자면 낭비이자 '저주받은 부분'으로서의 문학적인 것일 수 있음을 새삼 일깨워준다. 1960년대에 불꽃처럼 점화되었다가 그 시대와 함께 사라져버렸던 김승옥의 세계가 그의 문학적 성취와는 무관하게 60년대의 상징으로 자주 거론되는 것은 그런 이유에서일 것이다. 한글세대의 윤리적 감각에 대해 문제삼는 것도 이런 견지에서 행해져야 할 것이다. 기성적인 것으로 존재하는 윤리에 대한 문학의 대응방식이 아니라, 문학이 저 스스로 만들어가는 윤리, 곧 문학과 병치되는 것으로서의 윤리가 아니라 문학 속에서 만들어지는 자기 윤리의 차원이 곧 그것일 것이다.

4. 불꽃같은 단편 작가 김승옥

지금껏 우리는 김승옥의 문학 언어가 지니고 있는 특징을 살펴보고, 그의 서사가 지니고 있는 독특한 분위기의 실상과 그 세대론적 의미에 대해 밝혀보고자 했다. 앞에서 지적한 대로, 일상 언어와 구분되는 문학 언어 고유의 힘을 무엇보다도 서사가 아니라 문장의 차원에서 보여주었다는 점에 김승옥의 문학 언어가 지니는 특징이 있다. 그 힘을 우리는 언어의 물질성이라는 틀로 개념화하고자 했다. 그것은 문학 언어의 통사론적 완성을 넘어서 있는 것으로서, 그 힘이 있음으로써 언어는 표상의 질서 너머로 들어올려지고 그럼으로써 단순히 통사론의 차원이 아니라 의미론과 화용론의 층위에서 작동하는 의미의 세계를 포착해낼 수 있게 된다. 곧 언어의 물질성에 기초함으로써 문학 언어는 생각을 전달하는 단순하고 투명한 매체이기를 그치고 고유한 자기 동력을 지닌 것으로 변모하는 것인데, 서사적 차원에서 보자면 김승옥의 소설에서 자주 모습을 보이는 의미론적 맹점이 여기에 상응하며, 이런 장치를 통해 소설은 의미론적 탄력성과 풍부한 서사적 울림을 지니게 된다. 김승옥의 문학 언어가 지니고 있는 이 같은 특징은 그의 소설이 독특하게 포착해낸, 명랑성과 비애가 뒤섞인 기묘한 분위기와도 나란히 놓여 있으며, 궁극적으로는 김승옥이 지니고 있는 한글세대로서의 자기의식과도 연결되어 있는 것으로 보인다. 그것은 자부심과 환멸이 뒤섞인 것으로서, 4·19와 5·16이라는 두 개의 상징으로 시작되는 1960년의 시대적 특성과 연결되어 있으며, 이러한 의식은 궁극적으로는 20세기 후반 한국사회가 감당해야 했던—종종 정반대의 방향성을 가진 힘으로 현상하곤 했던—민주화와 산업화라는 두 과제가 서로 뒤얽히는 모습의 한 시발점을 표현해주는 것이라 해도 좋을 것이다.

김승옥의 문학은 이러한 요소들이 교차하는 지점에 놓여 있다. 근대문학이 인간해방의 기억을 보존하는 것이라고 한다면, 여기에서 해방이란 사회적이고 역사화된 압제로부터의 해방일 뿐 아니라 내적으로 부여된 자기 억압으로부터의 해방이기도 할 것이다. 그렇다면 문학이 어떻게 내적 해방의 역사를 쓸 것인가. 무엇을 벗어던질 것인가. 어디까지 벗어던질 수 있는가. 1960년대의 청년 작가 김승옥의 젊은 주인공들은 이런 질문 앞에 서 있는 것으로 보인다. 바로 이런 점에서 이들은, 자기 앞에 놓여 있는 거대한 역사가 문제가 되는 1950년대 소설의 주인공들이나, 또한 정치적 억압의 위력 속에 휩싸여 있는 1970년대의 주인공들과 구분된다. 역사나 현실과 맞서는 것이 쉬운 일은 아니지만, 자기 내면의 현실과 맞서는 것 역시 쉬운 일일 수는 없다. 온전히 혼자서 감당해야 할 수치나 상처, 죄의식 등과 만나는 일이기 때문이다. 김승옥의 소설 곳곳에 잠복해 있는 부끄러움과 죄의식과 위악 등은 그의 소설이 무엇과 맞서고 싶어 하는지를 보여주는 지표일 것이다. 현실 속에서 적절한 긴장의 요소를 찾지 못한다면 결국 자기 내부에 도사리고 있는 어둠과 직접 대면할 수밖에 없다.

「무진기행」의 윤희중은 그 어둠을 덜컥 맛보게 되었고 그래서 황황히 도망쳐나올 수밖에 없었다. 그 어둠과 맞대면하는 일은, 지적이고 건조하면서도 삶에 대한 근본적인 명랑성을 견지하고 있는 김승옥의 인물들에게는 어울리는 일이 아니다. 자기 내부의 어둠에 대해 말하고 싶어하면서도 그와 맞대면하는 일은 피하고자 했던 작가가 갈 수 있는 곳은 어디인가. 풍속화가로서의 소설가의 길은 언제나 마련되어 있었지만 김승옥은 그 길을 가지 않았다. 염상섭 같은 소설의 장인이 되기를 포기함으로써 그는 짧고 강렬한 빛을 발했던 단편 작가일 수 있었다. 둘 모두 나름의 존재 근거를 지니고 있으니 어느 쪽 옵션이 나은 것인지에 대해 말하는 것은 부질없는 일이다. 게다가 아름다움은 언제나 아쉬움과 함께 있는 것이 아닌가.

　김승옥은 전쟁의 상처가 아물어가는 시점에서 문학이라는 언어가 지켜야 할 고유한 영역과 그 의미를 새삼 환기시켜주었다. 문학이라는 언어에 대한 이러한 의식은 김승옥만이 아니라 그의 세대가 함께 공유하고 있는 것이었으니(이에 대한 좀더 조밀한 기술은 차후의 과제로 미뤄두자). 그 정도만으로도, 한국의 문학사가 김승옥에게 부여한 임무는 충분히 수행된 것이라 해도 좋을 것이다.

'나가수'를 통해 본 노래와 이야기, 괴물시대의 메타서사

1. '나가수'와 '자살예방법'

MBC TV에서 매주 일요일 저녁 황금시간대에 방영되는 〈나는 가수다〉라는 프로그램이 있다. '나가수'라는 약칭으로 불리는 이 프로그램은, 2011년 3월 6일 첫 방송을 시작한 이래 불과 반년이 되지 않았는데도 한국인들에게 매우 친숙한 것이 되었다. 현재 '나가수'의 지명도를 감안한다면, 이런 식의 정색한 문장 자체가 매우 생뚱맞은 것이겠다. 출범 직후의 '나가수'는 일종의 신드롬이었다. 메이저 방송국 간의 치열한 경쟁구도 속에서 방영되는 일요일 간판 프로그램인데다, 시작된 직후부터 지난 5개월간 다양한 논란과 화제를 불러일으켰던 터라, 보는 사람은 물론이고 보지 않는 사람도 '나가수'에 대한 이야기로부터 자유롭기는 쉽지 않았다.

'나가수'가 불러일으킨 화제는, 기본적으로 음악방송과 서바이벌 예능 형식의 결합이라는 프로그램의 틀 자체로부터 비롯되었다. 물론 노래 경연 같은 것은 얼마든지 있을 수 있다. 그러나 아마추어를 대상으로 하는 오디션 프로그램이 아니라, 실력을 인정받은 중견의 직업가수들을 모아서 순위를 정하는 경연을 한다는 것, 게다가 그중 최하위자를 떨어뜨리고 그 자리를 새 가수로 채운다는 형식이, 프로그램이 시작되기 전부터 논란이 되었던 문제였다. 노래하는 사람의 입장에서 보자면 그것은 일종의 굴욕이 아닐 수 없다. 대중음악이라는 예술이 서바이벌이라는 예능 형식에 무릎을 꿇었다면 좀 과한 표현이겠지만, 유통의 통로를 잃은 대중음악이 예능이라는 당의에 곱다시 감싸인 모양새라는 점은 부인하기 어려웠다. 개그맨이 가수의 매니저 역할을 한다는 '나가수'의 기본 포맷 자체가 그런 사정을 상징하는 것이기도 했다. 물론 모든 사정을 떠나서, 공중파 TV라는 저 거대한 대중매체의 힘을 외면할 수 있는 대중예술이란 존재하기 힘들다.

대중예술만이 아니라 다른 어떤 고급예술일지라도 누군가에 의해 순위가 매겨지는 것은 있을 수 있는 일이다. 또 그렇게 매겨진 순위는 그저 순위일 뿐, 마치 경매장에서 매겨진 미술품의 가격처럼 화제의 대상이 되거나 사람들을 경탄케 할 수는 있지만 그럼에도 그것이 해당 작품의 가치로 직결되는 것이 아님은 누구나 알고 있는 사실이기도 하다. 고대 그리스의 비극들도 경연의 대상이었고, 또 국내외에서 운영되는 모모한 문학상들도 내용적으로는 그와 유사한 경연의 형식을 가지고 있다. 대중음악은 말할 것도 없다. 빌보드 차트를 위시하여 각종 매체에서 운영해온 다양한 방식의 등위 산정 형식들이 이미 유서 있는 전통이 되어 있다. 그런데도 '나가수'라는 예능 프로그램을 둘러싸고, 예술에 어떻게 등수를 매길 수 있느냐는 식의 논란이 즉발적인 형태로 제기된 것, 게다가 그런 비판이 나름의 사회적 반향을 얻었다는 사실은, 그런 비판의 논리적 적실성을 떠나서 조금은 놀라운 일이 아닐 수 없다.

무엇보다도 한국의 대중음악이 직면해 있는 열악한 현실이 그 배경일 것이다. 두루 아는 바와 같이, 인터넷시대가 열린 이후로 고삐가 풀려버린 불법 복제와 매체 환경의 변화로 인해 한국의 음반시장은 궤멸상태가 되어버렸고, 대표적 대중매체인 공중파 TV에서조차 한국의 대중음악은 점차 주변화되어왔다. 청소년을 주된 소비층으로 하는 아이돌 산업만이 대중매체에서 통용되는 유일의 음악 생산자로 살아남았으며, 이런 유통 과정으로부터 소외되어 있는 비청소년층의 소극적 소비자들(적극적으로 자기 음악을 선택하거나 구매하지 않는 사람들)을 음악시장으로 끌어낼 수 있는 매체는 사실상 전무했다고 해도 좋겠다. 그러니까 시작하기도 전부터 '나가수'의 형식에 대해 여기저기서 터져나온 논란은, 겉으로는 서바이벌이라는 형식에 대한 비판의 모습을 지니고 있었지만, 좀더 근본적으로는 대중음악이 처해 있는 이런 입지와 상황을 둘러싼 것이었던 셈이다. 물론 명시적일 수는 없는, 암묵적이거나 무의식적인 형태로.

게다가 그 근저에는 1998년 이후로 가속화되고 있는 경쟁 일변도의 사회적 변화가 잠재해 있다. 국가부도 사태로 촉발된 경제적 위기의식과 그로 인해 힘을 얻은 무한경쟁이나 생존주의 같은 캐치프레이즈는, 경제나 교육뿐 아니라 사회의 전 부문에서 긴장 강도를 고조시켜왔다. 공교롭게도 '나가수'가 시작되던 2011년 3월, 정부가 공포한 이른바 '자살예방법'[1]이 그런 상황의 상징이겠다. 21세기에 들어 한국의 자살률과 자살증가율이 OECD국가 최고가 되고, 사망원인에서 자살이 교통사고를 넘어섰으며, 자살은 특정 연령대나 계층에 국한되지 않은 채 사회 전체로 확산되어온 것이 지난 십여 년의 추세였다. 청장노년의 구분 없이, 학생, 연예인, 경제인, 교육자, 학자, 정치가, 종교인 등이 여러 가지 이유로 자살을 감행했다. '자살 예방 및 생명 존중 문화 조성을 위한 법률'이라는 거창한 제목을 가진 법률의 제정 이유로 정부가 제시한 마지막 구절은 역설적이게도 "소중한 국민의 생명을 보호하고 사회경제적 손실을 방지하려는 것임"이다. 생명이나 손실이나 둘 중 하나는 빠져야 옳겠지만, '자살예방법'

---

1) 자세한 내용은, 김윤성, 「자살과 종교, 금기와 자유의 아포리아」 『종교문화연구』 16호 (2011년 6월) 1장 참조.

의 제정 이유에까지 스며들어 있는 경제용어의 존재는, 우리가 지닌 위기의식과 불안과 불행감의 한복판에 경제 문제가 있음을 보여주는 한 상징이라 해도 좋겠다.

시청률을 위해 노래까지 경쟁을 시키겠다는 것이냐는 비판은 어떨까. 그런 비판은 그 자체의 적실성과는 무관하게, 그 멘털리티 자체가 현재 우리 사회 전체에 팽배해 있는 이런 경쟁 과열의 피로감에 바탕해 있다는 점은 누구든 쉽게 알 수 있다. 그럼에도 막상 '나가수'가 출항하고 나자 이런 류의 비판은 금세 수그러들고, 화제와 논란은 내발적인 것이 되어갔다. 불안과 피로는 어느덧 이미 우리에게 익숙한 존재조건이 되어 있는 탓이기도 하지만, 그 지친 마음들 속으로 살아 있는 노래가 스며들었던 것이다.

2. 노래의 복수

'나가수'를 둘러싼 화제의 방향성이 바뀐 것은 노래가 시작되고 난 이후의 일이었다. 논란의 중심은, 프로그램의 형식 자체에 관한 문제로부터 어떻게 프로그램이 제대로 운영될 수 있는지의 문제로 옮겨갔다.

'나가수'는 다수의 관중이 평가단으로 참여하는 녹화방송이다. 그럼에도 방송 내용과 결과가 방영 때까지 기밀로 유지되어야 하는 서바이벌 프로그램의 형식을 지니고 있어, 녹화와 방영 사이의 기간 동안에 흘러나오는 스포일러가 문제시되었다. 또 음악의 흐름을 단절하는 예능 형식의 편집이 적절한 것인지에 대해 문제가 제기되기도 했다. 노래 좀 듣자는데 왜 노래 중간에 삽입 편집을 해서 몰입을 방해하느냐는 식의 항변들, 그리고 새롭게 충원되는 가수들이 과연 적절한 선택인지에 대한 논란들, 특정 가수에게 편파적인 혜택이 주어지는 것이 아니냐는 식의 공정성 시비등이 간단없이 이어졌다. 이런 논란들은 그 자체가 '나가수'의 대중적 인기를 보여주는 지표이기도 했다. 실제로 '나가수' 출범 이래로 MBC TV

의 같은 시간대 시청률은 종전의 세 배 가까이 치솟기도 했고, 출범기를 함께한 일곱 가수들의 노래가 음원 차트의 상위권을 독차지하는 기현상을 보이기도 했다. 다른 무엇보다도, 방송 개시 4회 만에 프로그램이 중단되고 제작 책임자가 사퇴하는 사태 자체가 이런 인기의 가장 격렬한 상징이었다.

방송 개시를 전후하여 제기되었던 포맷 자체의 문제 제기는 이제 더이상 찾아보기 어려워졌다. 무엇보다 노래 자체의 매력이 사람들의 이목을 집중시켰던 탓이다. 역설적이게도, 서바이벌이라는 예능의 옷을 입고 나서자 노래들이 갑자기 달라졌다. 노래 자체가 바뀌었다기보다는, 가수의 몸에서 빠져나와 청중에게 다가가는 행로의 감도가 달라졌다 함이 더 적당할지도 모르겠다. 가벼운 예능이라고만 생각했던 서바이벌의 형식이 베테랑 가수들을 벼랑 끝으로 몰아붙여 그들로 하여금 진짜 노래를 토해내게 했던 것이다. 그 때문에, 그동안 인기를 얻고 있었던 아마추어 오디션 프로그램의 노래들은 졸지에 학예회 수준으로 전락해버렸다. 공개방송에서 라이브로 연주된 음악임에도, 베테랑들의 노래는 오히려 스튜디오에서 녹음된 버전을 능가하는 것처럼 들렸고, 새롭게 편곡되거나 재해석되어 연주된 노래들은 원곡의 숨겨진 매력을 매우 극적인 방식으로 드러내주기도 했다. 노래 자체에 내장되어 있던 전율과 가수의 위험한 본성이 노출되기 시작한 것이다. 막연히 예상은 할 수 있었겠지만 누구도 실감은 하지 못했던 이런 순간은 많은 사람들을 놀라게 했다. 가수도 제작자도 청중도 마찬가지였다. 방송 4주 만에 일어난 프로그램 중단 사태는, 아무도 예상할 수 없었던 그런 당혹감의 드라마틱한 표현이었을 것이다. 날 선 노래, 진짜 노래가 시작된 것이다.

그 노래의 첫번째 희생자는 일곱 명의 가수 중에서도 자타가 공인하는 최고의 베테랑이었다. 1995년 230만 장의 음반 판매 기록으로 한국 기네스북에 오른 적이 있는, 매력적인 음색과 뛰어난 가창력의 소유자였다.

그가 노래할 때 그 앞에 앉아 있는 500명의 사람들은 청중이면서 동시에 평가단이었다. 최고의 베테랑은 다른 가수들과 마찬가지로 잘 준비된 노래를 불렀고, 노래를 마치면서, 나중에 '립스틱 사건'이라 지칭된 아주 작은 퍼포먼스를 연출했다. 그런데 그것이, 긴장한 노래가 조성해놓은 진지한 무대 분위기를 희극적으로, 그리고 무엇보다도 비음악적인 방식으로 비틀어놓았다. 그의 행동은, 여러 가지 요인이 합세한 매우 복합적인 의도의 산물이었을 것이다. 최고 가수로서의 넘치는 자부심, 승부의 무대가 주는 어울리지 않는 긴장에 대한 저항감, 예능 무대라는 생각에 그에 어울리는 무언가를 해야 한다는 강박, 그 옆에 있었을 최악의 조언자들, 혹은 진짜 노래에 대한 공포감 등을 떠올려볼 수 있겠다. 어쨌거나 그에 대한 반응은 평가단의 최저 점수로 되돌아왔고, 그것은 그가 최초의 탈락자가 되는 것을 의미했다. 탈락의 가능성이 가장 낮았던 최고의 베테랑이 탈락자가 된 것이다. 그런 의외의 결과는 '나가수'의 무대가 단순한 예능이 아님을, 말 그대로 장난이 아님을 만천하에 과시한 셈이었다.

그로부터 시작된 일련의 사건들은, 예능의 형식에 대해 노래가 감행한 복수였다고, 예능의 외양을 지닐 수밖에 없는 노래가 자신의 운명에 대해 보인 히스테리적 태도였다고 해도 좋겠다. 노래는 말한다, 왜 내가 여기에서 이래야 되는가. 베테랑 가수가 만들어낸 해프닝도, 그것의 의미를 부정적으로 해독해냄으로써 집단적인 의지를 드러낸 관중평가단의 반응도, 그 의미에 있어서는 마찬가지였다. 이로 인해 벌어진 좀더 큰 해프닝(제작진이 나서서 탈락한 베테랑에게 재도전 기회를 주겠다 결정을 했고, 그 내용이 방송된 후 그야말로 조야가 들끓었다. 프로그램의 원칙을 무너뜨려버린 폭거라는 비판과 그런 사태를 초래한 사람들에 대한 다양한 형태의 비난이 쇄도했다)은 결국 제작 책임자의 사임과 잠정적인 방송 중단이라는 당혹스러운 사태로 이어졌다. 단지 예능 프로그램에서 벌어진 일일 뿐인데, 그 비판의 강도나 양상은 흡사, 제멋대로 법과 원칙을 바꾸어버린 위정자들과 그 하수인들을 향한 것과도 같았다.

그런 상황에서 분출한 뜨거움이라면 어떨까. 그것은 곧바로 진짜 노래, 진짜 무대를 향한 충동과 갈망으로 번역될 수 있는 것이 아닐까. 그렇다면 그것은, 농반진반으로 만들어진 서바이벌의 무대가 진짜 죽음의 무대일 수도 있으며 그들이 불렀던 노래가 목숨건 노래였을 수도 있다는 사실에 대한 또 한번의 인증이자, 진짜 노래가 존재할 수 있다는 가능성에 대한 대중적인 재확인의 의미를 지니는 것이기도 하겠다.

3. 진짜 노래의 공백

그런데 노래 앞에 진짜라는 말을 덧붙였는가? 진짜라는 단어는 그 뒤에 따라오는 명사에 전율을 부여한다. 진짜 사랑, 진짜 진리, 진짜 사과, 진짜 아버지 등등. 그렇다면 진짜 노래란 무엇일까. 그런 것은 어떻게 존재할까. 진짜의 세계는 우리의 감각을 넘어선 어떤 초월적 세계에 존재하는 것도 아니고, 또 추상적 관념이나 언어로만 존재할 수 있는 어떤 명목뿐인 세계일 수도 없다는 라캉의 명제를 떠올려보자. 요컨대 그 존재가 명료하게 확인될 수는 없으되 존재한다는 것만은 확실한 것이 진짜들의 세계라는 것이다. 우리가 종종 느끼곤 하는 진짜의 세계는, 그러니까 그것의 지속성이나 실체성을 확인할 수는 없지만, 어떤 찰나적인 느낌과 전율과 환각 속에서 그것의 존재를 감각하곤 하는 어떤 것일 터이다. 그래, 이게 진짜 맥주야, 이게 진짜 사랑이야, 이게 진짜 노래야!

하지만 그런 진짜의 세계를 다른 사람에게 전달하는 것, 객관적으로 묘사해내거나 기술하는 것은 쉽지 않은 일이다. 그럴 경우 종종 동원되는 것이 비유나 우화의 방식이다. 설화의 세계 속에 등장하는 진짜 노래들의 경우를 상기해보자. 목숨건 노래 같은 것이라면 진짜라고 할 수 있지 않을까. 이를테면 노래로 유혹하는 유명한 마녀들이 있다. 세이렌이나 로렐라이의 노래하는 요정 같은 존재들. 그들은 노래로 유혹하여 듣는 사람의 목숨을 빼앗는다. 그들의 노래는 한갓 노래가 아니라 목숨건 노래인 것이다. 그것은 입장을 바꾸어도 마찬가지이다. 남자 뱃사공들의 목숨만 걸려 있는 것이 아니라 마녀 자신의 목숨도 걸려 있다. 만약 유혹에 실패한다면, 신화 속의 다른 유혹하는 신성들이 그렇듯이 이번에는 그 자신이 소멸의 운명을 맞아야 하는 것이다. 그러니 노래 하나에 두 개의 목숨이 달려 있는 셈이다. 유혹하거나 죽거나. 아마도 그런 노래라면 진짜 노래라 할 수 있을 것이되, 그러나 그것은 인간의 것이 아니라 초자연적인 신성의 영역에 존재하는 것이므로 우리로서는 그저 그러려니 할 뿐이다.

설화의 세계 속에는 인간이 만들어낸 진짜 노래도 있다. 고대 그리스 최고의 가수 오르페우스가 그 장면의 주인공이다. 그는 오직 자기 음악의 힘만으로, 죽은 아내를 찾기 위해 산 사람이 갈 수 없는 지옥에까지 내려갔던 이력의 소유자이며, 그의 노래와 리라 연주는 사람만이 아니라 짐승과 산천까지도 감동케 했다는 소문의 주인공이다. 그가 행한 멋진 공연이 기록에 남아 있다. 노래하는 마녀 세이렌 앞에 그가 리라를 들고 나섰다. 사람들의 목숨을 구하기 위해서였다. 물론 그 안에는 자기 자신의 목숨도 포함되어 있었다. 노래하는 마녀와 인간 최고 가수의 대결, 그것도 오십여 명의 젊은 목숨을 두고 벌어지는 노래의 경연이라면 대단한 것이 아닐 수 없다. 사연은 이렇다. 황금 양가죽을 찾으러 떠난, 이아손을 대장으로 하는 아르고 호의 젊은이들이 있었다. 우여곡절 끝에 황금 양가죽을 찾아 귀향길에 올랐다. 세이렌의 해협이 그들의 귀향길을 가로막고 있다. 어떻게 할 것인가. 꾀쟁이 오디세우스가 했던 것처럼 노 젓는 사람들의 귀를 막으면 될 일이겠지만, 아르고 호에는 최고의 가수 오르페우스가 있었다. 유혹하는 노래와 방어하는 노래의 대결이 펼쳐지는 것이다. 설화에 따르면, 그 배에 탄 사람 중 단 한 사람, 텔레온의 아들 부테스만이 세이렌을 향해 헤엄쳐갔다고 했다. 그렇다면 오르페우스의 승리였다는 것인가. 해안의 세이렌과 뱃전의 오르페우스라면 멀리 있는 보름달빛과 가까이 있는 네온사인의 차이라고나 해야 하지 않을까. 어쨌거나 그런 대결의 장면 이라면 그 자체로 전율이 이는 것이 아닐 수 없다.

세이렌의 해협을 죽지 않고 빠져나간 또 한 사람 오디세우스는 노 젓는 부하들의 귀를 막게 했었다. 초자연적 위력에 사람다운 지혜로 대처한 그의 모습이 지금의 우리에게는 훨씬 더 실감나는 것이지만, 그러나 실패한 유혹자 세이렌의 노래는 어떻게 되었을까. 다양한 버전이 있을 수 있겠으나 하나 분명한 것은, 어떤 경우건 그 노래의 마성이 더이상 유지될 수는 없다는 점이다. 이에 대해 『계몽의 변증법』의 저자들이 세이렌과 오디세우스의 불행한 만남 이후로 모든 노래는 병들었다고 썼을 때, 그 문장이 지칭하고 있는 것은 세이렌의 운명 같은 것이 아님은 물론이다. 현재 우리 앞에 있는 노래의 상태, 그 병든 상태, 우리의 심혼을 뒤흔들지 못하고 우리 안에 잠복해 있는 형이상학적 동통을 일깨우지도 치유하지도 못하는 우리 시대 예술의 상태에 대한 진단을 뜻하는 것이겠다.

하지만 자기 시대 예술의 빈곤에 대한 지적이라면 어느 시대에나 유효할 것이다. 누구에게나 자기 시대의 예술은 그 존재 자체가 빈곤일 수밖에 없기 때문이다. 왜냐. 세이렌의 노래가 마성을 상실한 이후로 진짜 노래는 사라져버렸지만, 그러나 여전히 남아 위력을 발휘하기 때문이다. 그것은 진짜 노래가 있던 자리, 즉 진짜 노래의 공백이다. 공백이 남아 있다는 것은 그것이 채워지기를 바라는 강렬한 요구가 남아 있다는 것이다. 공백으로서의 진짜 노래란, 노래하는 사람들에게는 타자의 응시와도 같은 것이다. 그 요구에 응답해야 하는 것은 모든 예술가들의 임무이되, 누구도 현재형으로 성공할 수는 없다. 진짜 되기에 성공한 노래가 있다면 그 순간 그것은 이미 진짜 노래가 아니게 된다. 진짜 노래란 과거나 미래의 것으로는 존재할 수 있으되 현재의 것일 수는 없기 때문이다. 설사 진짜 노래의 무대가 펼쳐져 있다 하더라도, 부르는 사람이나 듣는 사람이나 그것이 진짜 노래인지 알 수가 없다. 그런 몰입이 있어야만 진짜 노래의 무대일 수 있다. 하지만 진짜 노래가 공백으로만 존재한다고 해서, 바로 그 진짜 노래의 자리를 포기한다는 것은 예술가이기를 포기하는 일이나 다름없다. 진짜 노래의 공백의 요구에 응답할 수 있는 유일한 길은, 요컨대 예정된 실패의 자리일지라도 거기를 향해 목숨걸고 나가는 것이다.

첫번째 탈락자가 되었다가 가까스로 한번 더 기회를 얻은 베테랑 가수는 다시 청중 앞에 섰다. 마이크를 쥔 그의 손은 떨렸다. 한국 최고의 음반 판매 실적을 기록했었고 지난 20년 가까이 온갖 종류의 무대에 섰던 베테랑이 불과 500명의 청중 앞에서 손을 떨었다. 마이크를 너무 세게 쥐는 바람에 생겼을 이런 팔근육의 경련은 사소한 것일 수도 있다. 그러나 그것을 포착해낸 카메라와 거기에 의미를 부여한 제작자들의 편집은, 그것을 노래하는 마음의 절실함과 절박함으로 해석해냈다. 그러자 팔근육의 경련은 마음의 진짜 전율이 되었다.

가수와 무대를 감싸고 있는 그런 전율과 긴장이란, 진짜 노래에 대한 타자의 요구를 알아채버린 주체에 의해 생겨나는 것이라 해야 하겠다. 그런 전율 속에 감싸이는 순간 가수는 세이렌 마법 앞에서 노래하는 오르페우스가 되고, 또 청중은 두 개의 절대 노래 사이에서 배를 젓는 아르고호의 선원이 된다. 물론 그런 전율은 매우 짧은 순간의 것, 잠시 후 사라져버릴 환각이나 착각에 불과하다. 그러나 그것은 가수로서도 청중으로서도 되풀이되기 힘든 강렬한 순간이 아닐 수 없다. 많은 사람들의 마음을 움직일 수 있는 감동적인 노래는 그후로도 있을 수 있고 또 실제로 있었겠지만, 그러나 노래를 둘러싼 긴장이 이렇게 강렬한 방식으로 노출되는 순간은 반복되기 어렵다. 진짜의 세계는 언제나 환각이나 착시를 통해서 드러나는 것이기도 하지만, 사람들로 하여금 진짜 노래의 존재를 확인하게 해준, 그리하여 모든 노래들이 발 딛고 있는 진짜 노래의 공백을, 그 결여의 인력을 새삼 일깨워준 순간은 불꽃과도 같다. 불꽃이야 얼마든지 반복될 수 있지만, 재연되기 어려운 것은 불꽃과 만났던 순간의 그 강렬함이다. 반복은 그런 강렬함을 평범하게 만들 뿐이다. 가수와 매체와 청중, 어느 입장에서도 그것은 마찬가지이다.

4. 타자의 얼굴

'나가수'의 청중 평가단은 500명이다. 연령대를 다섯으로 나눠 각각 100명씩 선발했으며 매회 새로 선정한다고 한다. 청중평가단은 청중이면서 동시에 평가단이다. 청중은 스스로 즐기면서 무대를 가수와 함께 만들어가야 할 사람이고, 평가단은 그 즐김의 밖으로 빠져나와서 그것을 객관화해야 할 사람이다. 청중평가단은 이 두 개의 역할을 동시에 수행해야 한다.

여기에서 흥미로운 것은 500이라는 평가단의 규모이다. 소크라테스에게 사형 판결을 내렸던 아테네 법정의 심판관 수효와 일치하는 것은 물론 우연이겠으나, 그 규모는 청중평가단이 지닌 이중적 성격을 좀더 예각화한다. 500은 익명의 대중이 되기엔 적은 숫자이고, 심판관으로서의 책임감만으로 움직이기엔 많은 숫자이다. 그들 각각은 자기 자신을, 기본적으로는 음악의 수준을 객관적으로 판단하는 전문가의 자리에 위치시켜야 하지만, 동시에 그들은 자기의 주관적인 선호에 충실한 팬의 역할을 하도록 스스로를 일탈케 할 수도 있다. 그들이 실제로 저마다 강렬한 선호를 가지고 있는지와는 무관하게, 또한 전문가적 소양을 갖추고 있는지와도 무관하게, 500이라는 규모의 틀이 그들에게 부여하는 위상 자체가 그러하다는 것이다. 노래를 듣는 동안에도 그들은 자기가 그 일부가 되어 만들어내는 무대의 열광의 안과 바깥에 동시에 존재하게 된다. 그들은 팬으로서 무대를 즐기고 그러나 동시에 자기 자신이 즐기고 있는 장면을 객관적으로 바라보아야 하는 것이다.

가수의 노래가 진행되는 동안 그들은 실력 있는 가수의 멋진 무대를 즐기는 관객이다. 카메라는 청중이 된 그들의 다양한 표정을 포착해낸다.

놀라워하고 감동하고 눈물 흘리고 탄식하는 청중들의 모습이 가수의 노래 중간중간에 삽입될 때, 그것은 TV 앞에 있는 보이지 않는 관객들 마음의 방향을 지시해주는 방향타 역할을 한다. 그 표정은 말한다. 탄식하라, 눈물 흘리고 감동하고 놀라워하라, 이제는 그래도 될 때다. 물론 그것은 제작진이 구사하는 편집의 힘이다. 녹화 현장에서 그들은 자기가 어떤 표정을 하고 있는지 알 수가 없다. 그들이 자기 표정을 확인하는 것은 다른 시청자들과 마찬가지로 TV 화면을 통해서이다. 하지만 이런 과정을 통해 청중평가단은 그 자체가 하나의 집단으로서의 학습과정을 거치게 되고, 청중으로서의 자기반영성을 지니게 된다. 그들은 노래에 대한 모범적인 반응의 방식을 자신의 표정으로 시청자들에게 지시하면서 동시에 그들 자신이 그것을 습득하게 되는 것이다.

그리고 그들은 평가단으로서 투표권을 행사한다. 그것은 노래가 끝난 이후의 일이다. 프로그램 중단 사태 이후 한 달 만에 방송이 재개되면서, 평가 방식에 작은 변화가 생겼었다. 이전과는 달리 평가단에게 1인 3표씩 주어졌다. 그들은 일곱 명의 가수 중 세 명에게 투표를 할 수 있게 되었다. 그러니까 1인 1표를 행사할 때보다 선택의 폭은 넓어졌고 책임감은 엷어졌다. 자신의 취향과 객관성(좀더 정확하게 말하자면, 다른 사람들과는 구별되는 나만의 것이라고 내가 생각하고 있는 것으로서의 취향의 주관성과, 그 누구라도 이것만은 수준 높은 것이라 판단할 것이라고 내가 생각하는 것으로서의 객관) 사이에서의 갈등, 즉 주관적 주관성과 주관적 객관성 사이의 갈등은 그 강도가 낮아지게 되었다. 그들은 자기가 생각하는 객관적 수준에 표를 던짐은 물론이고 그와 동시에 자기만의 것이라고 생각하는 주관적 취향에도 한 표를 행사할 수 있게 되었다. 심지어는 다른 평가단원의 판단을 예상하면서 투표권을 행사하는 전략적 투표까지도 가능하게 되었다.

회를 거듭하면서, 청중평가단은 이런 자기 학습과정과 자기반영성을 통해 점차 집단 인격체로 자리잡게 된다. 단일한 집단 주체로서 평가단은 자기만의 마음을 지니게 되고, 그것은 투표 결과를 통해 표출된다. 그러니까 집단 인격체의 마음과 견해는 투표 결과를 통해 사후적으로만 존재할 수 있는 어떤 것이다. 그리고 그들의 평가는 시청자들에 의해 해석되고 비판되면서 찬탄이나 비난 같은 다양한 형태의 반응을 불러일으킨다. 역시 이것이 사람들의 뜻이었어, 우리 대중의 수준은 이 정도밖에 안 돼, 말도 안 돼 어떻게 이 노래가 최하위일 수 있어 등등. 그것은 흡사 살아 움직이는 시대정신과도 같다.

그래서 만약 '나가수'의 결과를 두고 내기를 한다면 그것은 월드컵에서의 우승팀을 맞추는 것과는 매우 다른 방식으로 이루어질 수밖에 없다. 축구경기에 대한 내기에서는, 각 팀의 객관적 전력과 선수들의 준비 상태와 주변 환경 같은 객관적인 자료들에 기초하여 자기 판단에 돈을 건다. 전적으로 돈을 따고자 하는 목적이 아니라면 자기 희망이나 신념에 돈을 걸 수도 있다. 그러나 '나가수'의 경우는 다르다. 그것은 나의 판단이나 희망이나 신념에 돈을 거는 것이 아니라, 그들의 판단에 돈을 걸어야 한다. 이기기 위해 내가 해야 하는 것은, 주어진 데이터를 분석하고 평가하는 일이 아니라 그것에 대한 그들의 반응과 판단을 예상하는 일이다. 요컨대 그들의 판단을 판단해야 하는 것이다.

그런데 이런 일은 우리에게 너무나 익숙한 일이 아닌가. 이와 동일한 존재 방식을 가지고 있는 집단 인격체가 우리 삶과 매우 가까운 곳에 있기 때문이다. 이른바 표심의 주체로서의 유권자와 그리고 주식투자가 이루어지는 시장이 그것이다. 유권자도 시장도 모두 집단 인격체로서, 자립적으로 움직이는 마음을 가지고 있다. 그것을 사전에 확인할 수 없다는 것이 언제나 문제이다. 그래서 그것은 다양한 방식의 분석과 해석과 예측의 대상이 된다. 당선을 꿈꾸는 정치인이나 주식시장에서 돈을 벌고 싶은 투자가라면 유권자와 시장 앞에서 전전긍긍해야 한다. 그들의 요구와 판단을 정확하게 간취하는 것이 그들에게는 사활적이다.

청중평가단 앞에 선 가수들도 마찬가지이다. 어떤 때는 드라마틱한 노래가 일등이 되고, 어떤 때는 화려한 퍼포먼스를 동반한 노래가, 또 어떤 때는 애절하게 부르는 노래가 일등이 된다. 가수로서는 분명하게 가늠하기가 어렵다. 어떤 길을 가야 할지. 물론 이미 행해진 그들의 판단에 대해서라면 다양한 각도에서 해석해볼 수는 있을 것이다. 그러나 앞으로 행해질 판단에 대해서라면 알 수가 없다. 과연 이게 통할까, 아니면 이게 옳을까. 물론 그들이 도달하게 되는 결론은 언제나 정해져 있다. 자기가 선택한 방식대로 최선을 다하는 것. 그것은 인내와 노력이 우리의 영원한 좌우명인 것과 마찬가지이다.

그런 그들을 보면서 우리는 잠시 안도할지도 모른다. 그런 처지가 아니라는 것, 평가단 앞의 가수가 아니고 유권자 앞의 정치가가 아니고 시장 앞에 선 주식투자자가 아니라는 것은 얼마나 다행인가. 그러나 과연 그러한가. 저 타자의 침묵 앞에서 전전긍긍하는 사람이 이들만은 아니지 않은가. 베스트셀러를 꿈꾸는 상품 기획자들도, 승진을 원하는 사무원도, 대박을 꿈꾸는 식당 주인도, 신의 뜻을 향해 가고자 하는 수도자도, 어긋나는 자식을 바라보고 있는 아버지도, 모두 같은 마음이 아닌가. 우리가 어김없이 마주하게 되는 것은 저 공포스러운 타자의 침묵, 베일 속에 감추어진 타자의 얼굴이다. 우리는 판단하고 선택해야 한다. 소비자의 취향이건 상사의 마음이건, 종잡을 수 없는 외식의 트렌드나 신의 뜻이나 반항기 아들의 마음이나 간에. 그것들은 어김없이 저 강 건너에, 어렴풋한 곳에 아스라이 존재하고 있는 것이 아닌가. 간절히 보기를 원하나 좀처럼 보이지 않는 타자의 얼굴로.

'나가수'는, 그 타자의 보이지 않는 얼굴 앞에서 전전긍긍하는 사람들의 모습, 그 제단 앞에 노래 한 곡을 바쳐야 하는 사람들이 어떻게 몸과 마음을 움직이는지를 보여준다. 우리가 그들의 모습을 보며 자신도 모르

'나가수'를 통해 본 노래와 이야기, 괴물시대의 메타서사 407

게 감정이입을 하고 있을 때, 노래를 같이 흥얼거리며 내가 가수인 양하고 있는 마음일 때, 우리는 그들과 함께 그 보이지 않는 타자의 얼굴 앞에서 있다.

5. 대상과 주체

많은 이름들이 그렇듯, '나가수'라는 이름도 이런저런 의도와 우연에 의해 태어났을 것이다. 만약 '나가수'가 순수한 음악 프로그램이었다면 더 적당한 제목은 약칭 '이노래' 즉 '이것이 노래다'였을 것이다. 하지만 우연의 산물이건 혹은 기획의 산물이건 간에, 노래가 아니라 가수가 전면에 부각되는 이름을 지니게 되었고, 그것은 예능이라는 프로그램 자체의 성격과 부합하게 되었다.

노래가 아니라 가수가 전면에 나서는 것은, 정신분석학의 용어로 하자면 대상이 아니라 주체가 강조되고 있는 형국이다. 또한 라캉이 정식화한 네 가지 담론으로 말하자면 그것은 대상 위에 올라서 있는 주체, 곧 히스테리의 담론의 형태를 취하고 있다.

$$\frac{\$}{a} \longrightarrow \frac{S_1}{S_2}$$

여기에서는, 진짜 노래라는 '대상 a'를 자신의 진리로 간직하고 있는 주체($\$$)가, 타자의 자리를 차지하고 있는 주인기표(S_1)를 향해 말을 건넨다. 이런 것이 진짜 노래가 아니냐고, 혹은 대체 무엇이 진짜 노래냐고. 성공이라는 주인기표는 거울처럼 말이 없고, 그 밑으로는 진짜 성공에 대한 사례들(S_2)이 산출되고 있다. 살아남아 성공하고 혹은 탈락하여 성공한 케이스들이 삶의 지혜처럼 솟구쳐나온다. 드라마의 실패가 서사나 서정의 실패로 연결되는 것이 아니라 오히려 그 반대가 될 수도 있다. 드라마의 실패가 서정이나 서사의 성공으로 뒤집어질 수 있는 것, 그것이 히스테리 담론의 방식이다.

'나가수'의 구성은 세 개의 포인트를 가지고 있다. 그것은 각각 서사와 서정, 극의 형태로 구분될 수 있다. '나가수'의 기본적인 스토리 라인은, 한 가수가 어떤 노래를 만나 그것을 이런저런 방향으로 해석하고 소화해서 경연에 임하며, 두 번의 경연을 통해 등위를 판정받는다는 것이다. 이런 줄거리 위로 매회 일곱 곡의 노래가 펼쳐진다. 서정에는 위대한 순간만이 존재한다고 청년 루카치가 말했거니와, 일곱 곡의 노래는 저마다 하나씩의 산봉우리들에 해당한다. 그리고 드디어 마지막 순간이 온다. 그것은 일곱 봉우리에 둘러싸인 보이지 않는 정점, 곧 등위와 탈락자가 결정되는 순간이다. 그것은 가수와 청중이 함께 타자의 얼굴을 잠시 알현하는 순간이기도 하며, 모든 사람들의 관심이 가장 뜨거워지는 순간이기도 하다. 그 정점을 지나면서 한편의 드라마가 완성된다.

비유컨대, 등성이를 둘러싸고 있는 낮은 구름들 사이로 솟구쳐나온 봉우리가 서정으로서의 노래라면, 드라마는 그 연봉들이 정점을 향해 이어지다 마지막으로 굽이쳐 지상으로 낙하하는 전체의 실루엣, 그 흐름에 해당된다. 서사란 무엇인가. 봉우리와 그것을 둘러싸고 있는 전체 지형을 굽어볼 수 있는 자리, 항공사진이나 등고선 지도에 해당하는 것이다. 또 그것을 부분 확대하면 계곡과 나무와 새들이 클로즈업될 수도 있는 것이 서사이기도 하다.

대상이 아니라 주체가, 노래가 아니라 가수가 주인공이 된다는 것은, '나가수'가 지니고 있는 이 세 가지 요소 중, 서정도 극도 아니고 바로 서사가 핵심이 된다는 것을 뜻한다. 노래도 주인공이 아니고, 극적으로 등장하는 타자의 의지도 주인공이 아니며, 진짜 노래를 향해 가는 사람의 이야기가 주인공이라는 것이다. 그리고 주체의 이야기는 우리 시대의 메타서사인 성공 스토리로 수렴된다. 그러나 오해하지는 말자. 우리 시대의 메타서사로서의 성공 서사는 일확천금의 서사가 아니라 인내와 노력으로 실패를 극복한 서사이다. 가수 성공담의 핵심은 그가 얼마나 진짜 노래에 가까이 갔느냐에 있다. 가수가 식당을 운영해서 부자가 된 이야기가 아니라, 진짜 노래를 향해 감으로써 성공한 이야기, 그것이 핵심이라는 것이다.

서바이벌이라는 형식이 지니고 있는 극적 속성은 탈락자가 결정되는 라운드에서 완결되지만, 서사는 극이 완성된 이후에도 프로그램 밖으로 흘러넘친다. 탈락을 하거나 이런저런 이유로 사퇴를 하거나 함으로써 오히려 그 순간부터 서사가 시작되기도 한다. 곤궁한 삶을 꾸려온 한 로커는 세 번에 걸쳐 노래의 진면목을 보여주었고, 건강 때문에 중도 사퇴한 이후로 오히려 새로운 전설의 주인공이 되었다. 그는 인생 역전의 주인공이 되었다. 그런 전설은 '나가수' 출연 후의 그의 몸값을 말하는 '백억 사나이'라는 주인기표에 의해 누벼진다. 물론 그런 이야기를 담은 연예 기사들은 다분히 과장된 것이겠으나, 과장은 본디 전설이나 신화의 속성이기도 하다.

니체는 근대적 인간의 전형을 '이론적 인간'에서 찾으면서 이렇게 말했다. 진리의 여신이 있다. 예술가는 베일 속에 감싸여 있는 진리의 여신의 아름다움에 도취되어 있는 사람이다. 반면 이론적 인간의 관심은, 베일 뒤에 있는 진리의 여신이 아니라 자기가 벗긴 베일 쪽에 있다. 그가 가지고 있는 쾌감은 자기 힘으로 베일을 벗기고 있다는 사실 자체에 있다는 것이다. 물론 이런 근대적 인간이 니체에게는 비판의 대상이었다. 사는 일 자체에 눈이 멀어, 살면서 생각해야 할 정작 중요한 질문은 놓쳐버리고 있다는 이유에서였다. 그러나 우리 시대의 부모가 자식에게 권하는 마음의 지침이 무엇인가. 우리는 니체의 논리를 이유 있는 것으로 받아들이면서도 그러나 그것을 실천 지침으로 다른 누구에게 권하기는 힘들다. 하물며 자식에게랴. 저 스스로 먼저 그것을 실천한다 해도 사정은 마찬가지일 것이겠다. 그러니 대상과 주체 사이에서 어디에 강세가 놓일지는 자명한 일이다. 무엇을 하느냐가 중요한 것이 아니라, 그것이 무엇이건 간에,

네가 네 의지와 네 힘으로 뭔가를 한다는 것이 중요하다는 것, 그것이 우리 시대의 모럴이자 주체의 서사이다. '나가수'의 이중적인 성격 중에서, 노래가 아니라 가수에 방점이 찍힐 수밖에 없는 것도 그 때문일 것이다.

따라서, '나가수'가 초기에 주목할 만한 성공을 거두었을 때, 그 핵심에는 베테랑의 노래의 힘이 있는 것처럼 보였지만 그것은 일종의 착시였다고 해야 할 것이다. 좋은 노래가 중요하지 않다는 것이 아니다. 전율을 일으키는 진짜 같은 노래는 그 이전에도 또다른 장소에도 얼마든지 있을 수 있다. 중요한 것은, 그런 노래가 바로 일요일 저녁 황금시간대의 공중파 TV에, 종합예능이 있어야 할 자리에 예능의 방식으로 삽입되었다는 점이다. 서정의 빛은 찬란하지만 순간적이다. 그리고 그것의 아름다움은 황금시간대의 공중파 TV와 어울린다고 하기는 어렵다. 그곳은 예술의 자리가 아니라 고단한 생활의 자리이기 때문이다.

그 누추한 자리를 아름다운 노래들이 방문했었다. 이 둘 사이의 불일치에서 생겨난 신선함이 한두 번쯤 가파른 정서의 드라마를 만들 수는 있지만 그것 역시 지속성을 갖기는 어렵다. 감동과 신선함은 반복에 의해 쉽게 사위어버리기 때문이다. '나가수'는 그런 극적 정서의 공백을, 가수들을 주인공으로 내세우는 주체의 서사로 메워왔다. 그리하여 '나가수'들은 많은 화제와 이야깃거리를 만들어왔다. 결국 우리가 기댈 곳은 할리우드의 표준 서사가 대표하는 저 안락함, 주체의 서사와 성공의 드라마밖에는 없는 것일까. 우리 시대 타자의 마력은 그토록 막강한 것인가. 우리는 이렇게까지 너절할 수밖에 없는 것인가.

6. 메타서사

우리 시대의 메타서사, 절대 이야기가 무엇인지는 명백하다. 우리 시대 최고의 이야기는 성공 서사이다. 나는 이렇게 최고가 되었고 부자가 되었다. 나는 이렇게 권력자가 되었고, 과학자가 되었고, 내로라하는 예술가와 경영자가 되었다. 이런 이야기 속에서 존재할 수 없는 것은 귀족들의 자리, 재벌 2세와 3세 들의 자리이다. 그들은 성공 서사가 없는 존재들이다. 부러움이나 선망, 호기심의 대상일 수는 있어도, 존경의 대상일 수는 없다. 존경받는 사람은 시련과 역경을 이겨낸 이야기의 주인공들이다. 예루살렘의 법정에 선 아이히만에게 히틀러가 존경의 대상일 수 있었던 것도, 그가 자신의 힘으로 하사에서 총통이 되었다는 점 때문이었다. 스탕달의 『적과 흑』의 주인공이 나폴레옹을 존경한 이유도 마찬가지였다. 인간 승리의 서사 앞에서는 누구나 일단은 멈칫하게 된다. 그 주인공이 나폴레옹이나 정주영이 아니라 설사 히틀러나 박정희 같은 존재라 하더라도.

한 세계의 메타서사는 현존하는 상징질서가 지니고 있는 기원의 공백을 메우는 구실을 한다.[2] 구성원들에게 현재의 상징질서는 그 어떤 자명함으로 다가오곤 한다. 역사성에 구애받지 않는 보편적인 것, 무시간적인 것처럼 다가오곤 한다는 것이다. 그것이 착시에 불과한 것임은 두말할 나위가 없으나, 그 착시는 칸트의 용어를 빌리자면 초월론적 가상에 해당하는 것, 곧 물 담긴 컵 속에서 비뚤어져 보이는 젓가락같이 사람으로서는 피하기 어려운 것이다. 하나의 상징체계는 어떻게 만들어지는가. 언어가 자의성에 의해 이루어진 것과 마찬가지로 우연이라 함이 정답일 것이다. 하지만 현실적 위력을 지닌 상징체계의 입장에서 보자면, 자기 기원을 우연이나 혼란, 초석적 폭력(foundational violence)으로 얼룩진 어두운 곳에 방치할 수는 없다. 그런 기원의 공백을 메우는 장치가 신화적 서사이다. 인간은 어떻게 태어났는가. 인간은 하늘의 거룩한 뜻으로 만들어진 존재이다. 이 나라는 어떻게 세워졌는가. 위대한 선조들의 빛나는 의지로 건립되었다. 나는 어떻게 태어났는가. 너는 아름다운 사랑의 힘으로 태어

---

2) 공시적 상징질서가 지닌 기원의 공백을 메우는 서사(narration)에 대해 좀더 자세한 것은, 지젝, 『그들은 자기가 하고 있는 일을 알지 못하나이다』(박정수 옮김, 인간사랑, 2004) 5장 참조.

났단다. 기원에 관한 신화적 서사들은 이와 같은 방식으로 우연을 필연으로 바꾸어놓는다. 필연으로 바뀌는 순간 우연은 운명의 거룩한 표정을 지니게 된다. 그것이 메타서사의 작용이며 신화는 그것의 다른 이름이기도 하다.

신화가 신들의 이야기가 아니라 신성시되는 존재에 관한 이야기임은 주지하는 바와 같다. 그것은 존경받는 이야기, 절대 이야기, 곧 메타서사이다. 메타서사가 담당해야 할 일차적인 임무는 환상 대상을 만들어내는 것이다. 우리가 욕망하는 대상은 언제나 저 혼자 있지 않고 하나의 장면 속에, 그것을 감싸고 있는 이야기 속에 존재한다. 우리 시대의 메타서사로서의 성공담은 자기와의 싸움에서 승리한 이야기이다. 우리는 수많은 성공 서사를 만들어내고 전파하고 소비함으로써 우리 시대의 메타서사를 보존한다. 그리고 메타서사는 우리가 사는 세계의 어두운 기원을 은폐하며 우리에게 희망이라는 환상 대상을 제공한다. 성공 서사의 틀은 이렇게 말한다. 성공은 다른 것이 아니라 자기 자신과의 싸움에서의 승리라고, 그런 점에서 상대를 이겨야 하는 경쟁과는 다르다고. 성공은 상대적인 것이 아니라 절대적인 것이라는 말이다.

그런데 과연 그러한가. 성공이라는 것, 자기 자신과의 싸움에서 승리한다는 것은 무엇인가. 자기를 엄격하게 통제하고 관리하는 것? 거기에 성공한 사람이 있을까. 극기복례(克己復禮)나 기계 되기? 그것도 아니라면? 이제부터는 무수한 성공 사례들이, 성공한 사장과 스포츠맨, 가수, 관료, 정치가들이 말하기 시작할 것이다. 나는 남들보다 덜 자고 덜 쓰고 이렇게 노력하여 이렇게 성공했다고. 그런데 그것이 성공인가. 과연 성공이란 무엇인가. 성공 서사의 핵심이 되는 것, 바로 그 성공이라는 자리를 차지하고 있는 것들은 무수한 사례들이다. 이들의 성공담 속에 정작 성공의 개념은 공백으로 존재하고 있다. 그 속에서 성공은 단지 실패가 아닌 것으로 존재한다.

그리고 실패가 아닌 것으로서의 성공, 곧 자기 관계적 부정성으로서의 성공은 예외 없이 현실적이거나 잠재적인 형태의 경쟁을 그 바탕에 깔고 있다. 이 점에서 예외란 있을 수 없다. 예외가 있다면 그것은 이미 성공담이 아닌 것이다. 경쟁은 그것이 아무리 공정하고 순결한 것일지라도 이미 그 자체로 이미 승자 독식의 틀을 자신의 진리로 가지고 있다. 경쟁이라는 틀 안에 들어가는 순간 누구든 승자의 자리에 대한 욕망을 품지 않을 수 없는 것이다. 그리고 또 그 밑에는 탐욕과 이기심, 호전성, 배타심, 죽음 충동 같은 외설적인 힘들이 꿈틀거리고 있다.

기원의 공백을 메우는 메타서사는 그 존재 자체가 이데올로기적이다. 성공 서사도 이미 그 자체가 성공의 불가능성을 함축하고 있다. 이야기 속에 등장하는 어떤 성공도 진짜 성공일 수 없음은 이야기의 주인공 자신이 잘 알고 있을 것이다. 진짜 성공이 무엇인지도 모르는데 어떻게 성공에 성공할 수 있을까. 그런 규정 불가능성이야말로 성공이라는 단어가 가지고 있는 주인기표로서의 본질이기도 하다.

어떤 세상에 메타서사가 넘쳐난다면, 그것은 그 세계의 상징질서의 어두운 기원이 노출될 위기에 처해 있음을 반증하는 것이라 해야 할 것이다. 압도적 힘을 소유한 지배자는 너그럽다. 그에게는 이데올로기 공세 같은 것은 필요 없다. 많은 역사적 사례들이 보여주듯이, 지배 세력이 이데올로기적으로 난폭해지거나 폭력을 동원하는 것은, 현실에 대한 지배력이 약해졌거나 자신의 정신적 헤게모니가 힘을 잃었을 때이다. 우리 시대의 지배자가 자유 시장이라면 그것의 이념은 거래의 공정함일 것이다. 그 덕목을 위해서라면 자유나 평등이나 우애 같은 것들도 호위무사를 자처해야 할 것이다. 그런데 혹시 지금 우리의 시대가 메타서사의 범람을 경험하는 시대인 것은 아닐까. 이것은 검증을 통해서 확인할 수 있는 성질의 것도 아니겠지만, 만일 그렇다면 지금 우리의 상징질서 속에서 그 무언가가 심각한 위기에 처해 있다는 말이겠다.

7. 이야기와 노래

이야기는 경계 면이 만들어내는 정보의 비대칭성에서 생겨난다. 한 사람은 보았거나 느꼈고, 다른 사람은 그러지 못했다. 이야기는 그런 두 사람 사이에서 시작된다. 벤야민이 이야기꾼의 두 유형으로 농부와 선원을 든 것은 잘 알려진 사실이다. 농부는 자기 동네의 역사를 잘 아는 사람이고, 선원은 다른 동네의 사정을 조금 알게 된 사람이다. 지금 여기의 관점에서 보자면 둘 모두 외부자에 속한다. 하나가 공간적 외부자라면 다른하나는 시간적 외부자이다. 외부와 내부가 만나서 정보의 경계가 형성되고 그 비대칭성으로 인해 낙차와 흐름이 만들어질 때 이야기가 시작되는 것이다. 그 흐름은 물론 정보의 흐름이다.

노래는 어떻게 시작되는 것일까. 이야기는 대화적이지만 노래는 기본적으로 독백적이다. 혼자 이야기하는 사람은 이상하지만, 노래는 혼자 하는 것이 오히려 자연스럽다. 서정의 흐름을 만드는 경계와 낙차는, 그것이 어떤 것이건 한 사람의 마음속에서 만들어지는 것이라 해도 좋겠다. 즉 서정의 흐름을 만들어내는 힘이란, 주체의 내부로 들어와버린 어떤 외부적인 것에 의해, 즉 자기 자신과의 불일치와 간극에 의해 형성되는 것이라 해도 좋지 않을까 싶다. 그렇다면 우리는 그 내부화된 외부성을, 시간적인 것도 공간적인 것도 아닌 것으로서, 절대적 외부성이라 칭할 수 있지 않을까.

아직도 여전히 위력적인 국민국가의 서사는 시간적 외부성을 관리하고, 세계화된 시장경제는 공간적 외부성에 관심이 많다. 국가는 자국의 역사를 관리하고 시장은 좀더 싼 노동력을 찾아 세계를 헤맨다. 이 둘이 장악하고 있는 세계에서, 자기 자신과의 간극이나 절대적 외부성에 대한 관심을 찾기는 쉽지 않다. 2011년에 고시된 '자살 예방법' 같은 것이 아마도 그런 희미한 예에 해당될 것이다. 이야기의 전성시대라는 말이나 새로운 이야기를 요구하는 목소리는 이제 쉽게 들을 수 있는 말이 되었거니와, 이야기에 대한 점증하는 수요는 콘텐츠를 확보하고자 하는 문화산업과 대중매체 간 경쟁의 치열성을 보여주는 지표일 것이다. 그 치열성이 문화상품의 시장에만 국한되는 것이 아님은 물론이다. 그런데도 한 사람의 가슴속에서 흘러나온 노래가 있고 그 노래가 다른 사람의 가슴속으로 흘러들어갈 수 있다면, 그것은 얼마나 대단한 것인가. 그것은 절대적 외부성들 간의 소통일 것이다.

19세기 후반의 니체가 교양을 찾는 사람들에 대해 혹독한 비판을 가했던 것은 예술과 교양의 대립항을 염두에 둔 때문이었다. 그에게 교양이란 예술이 지닌 전율감의 죽음 위에서 성립되는 것, 곧 예술의 힘이 온몸으로 받아들여진 것이 아니라 단지 지식이나 장식품의 형태로 거세된 채 받아들여진 것이었기 때문이었다. 니체의 교양에 대한 비판은 말하자면 부르주아 사회의 속물적 영악성에 대한 비판과 같은 층위에 있었던 셈이다. 하지만 지금 우리는 바로 그 속물과 교양의 시대조차 저물어가고 있음을 목격하고 있는 중이다. 새로운 시대는 괴물의 시대라 불러도 좋겠다. 속물은 위선적이지만 그래도 예의와 염치를 아는 존재이고, 자신의 속물성을 부끄럽게 생각하는 사람이다. 자신의 속물성을 부끄러워하지 않는 속물, 위선의 외피조차 필요로 하지 않는, 예술은 물론이고 교양조차 거부해버린 속물, 그것은 이미 속물이 아니라 괴물의 차원에 있다.

괴물은 이야기는 알아도 노래는 알 수가 없다. 수치를 모르는 존재에게 자기와의 간극이나 절대적 외부성 같은 것은 존재할 수 없기 때문이다. 이런 괴물의 시대에, 공중파 TV 같은 메이저 대중매체에서 진짜 노래의 인력을 확인하는 것은 쉽지 않은 일이다. '나가수'도 노래 자체의 힘만으로는 일요일 황금시간대의 압력을 버텨내기 어려울 테지만, 어쨌거나 그들의 노래는 한 시대의 메타서사에 몸을 기댐으로써 이야기의 힘을 끌어왔고, 두 개의 이질성이 부딪치면서 흔치 않은 드라마가 만들어졌다. 우리는 그 앞에서 잠시 넋 놓고 노래를 듣고 있었으나, 그것이 다른 것도 아니고 노래라는 것은 그래도 다행한 일이나, 이제는 세이렌도 로렐라이도 없으니, 이 적막한 괴물의 바다로 눈길을 돌리는 것은 참으로 괴로운 일이 아닐 수 없다.

괴물시대를 사유하는 서사의 윤리

1. '부자 되기'의 외설성

배우 김정은씨가 BC카드 광고에 나와 "여러분, 부자 되세요"라고 사람들에게 덕담을 건넸던 것은 2001년 12월의 일이었다. 한국 경제가 단군 이래 최대의 위기였다고 지칭되었던 1997년 말의 외환위기와 뒤이어지는 'IMF 관리체제'의 가혹한 시간들을 넘기고 난 직후의 일이었다. '정리해고'나 '구조조정' '고통분담' 같은 생소했던 말들에 어느덧 익숙해져 있는 사람들에게, 산타클로스를 연상시키는 붉은 스웨터 차림의 젊고 예쁜 여성이, 하얀 눈밭 위에서 방긋방긋 웃으며 부자 되라는 덕담을 건넸다. 많은 사람을 힘들게 했던 어느 겨울, TV에서 난데없이 튀어나온 이 무차별적 덕담이 사양하거나 거절하기 힘든 것으로 다가왔다면, 그것은 단지 젊고 예쁜 여성이 건넸기 때문만은 아니었다.

김정은씨의 이 덕담은 많은 사람들의 시선을 사로잡았다는 점에서 성공적인 광고였다. 하지만 그 성패와 무관하게, 신용카드회사의 이 특별한 광고 문안이 사람들에게 야기한 불편함이 있었다. 광고를 접한 사람만이 아니라 광고를 제작한 사람들에게도 그런 불편함은 예외가 아니었다.[1] 그것은 단지 부자 되라는 덕담의 내용으로부터 기인하는 것만은 아니었다. '부자 되기'라는 말이 특정한 상황에서 덕담으로 오가는 것은 문제가 될 수는 없다. 사업가인 친구에게 돈 많이 벌라는 덕담은 당연하다. 그러나 그 덕담이 "여러분"을 향해 무차별적으로 쏟아지는 것이라면 경우가 다르다. 특수자의 영역에 있던 '부자 되기'가 보편자의 위치로 이동하는 것이기 때문이다. 이러한 위상의 변화가 이루어지는 순간 '부자 되기'라는 말은 어떤 물신주의적 전도의 효과들을 만들어낸다. 즉, 무차별적 덕담의 형식을 통해 보편자의 위치로 진입하는 순간 그 기표는, 의미와 가치가 스스로 자명해지는 주인기표(master-signifier)의 위상을 지니게 된다. 일단 주인기표의 자리를 차지하고 나면, 그다음엔 어떤 '부자 되기'인지를 문제삼을 수는 있어도 그 존재 자체에 대해 문제를 제기하기는 어려워진다.

사람들이 그 덕담 광고를 접하면서 느꼈던 당혹감이나 불편함이란 일차적으로, 아직은 공식적인 주인기표가 될 수 없는 어떤 것이 난데없이 그 자리를 점거해버린 사태에 대한 정서적 반응이라고 해도 좋겠다. 물론 '부자 되기'라는 말이 보편적 덕담의 자리를 차지하는 것에 대해, 배금주의적 천박함이나 표현 자체의 노골성 그리고 폭력성(사람들이 지니고 있는 꿈의 다양성과 희원의 복수성을 '부자 되기'라는 말로 단순화해버리는)을 지적하는 것은 어려운 일이 아니다. 단지 이것만이라면 그 덕담에 대한 반응은 불편함이 아니라 개탄이나 분노 같은 것이어야 했을 것이다. 하지만 문제가 되는 것은, 다른 것도 아니고 모두들 부자 되시라는 축복의 말이었다. 그것도 경제 위기로 인해 상처받은 마음들을 향해 다가온 것이었

---

1) 이 광고는 연말연시용으로 제작되어 2001년 12월과 1월, 그리고 그 이듬해 12월과 1월에만 한시적으로 방영되었다. 광고기획 당시, 부자 되라는 말이 물질욕을 자극하는 것으로 비칠 수 있다는 부정적인 의견도 있었다고 한다. 아시아경제, 2011년 7월 2일자.(http://www.asiae.co.kr/news/view.htm? idxno =2011070117254568423)

다. 요컨대 문제는 사람들에게 그것이, 전적으로 동의할 수는 없지만 그렇다고 단호하게 거부하기도 힘든 어떤 것으로 다가왔다는 점, 공식적으로는 자기만을 예외로 한다면 누구에게나 건네주고 싶은 것의 형태로, 좀 은밀하게는 내가 원한다는 사실을 다른 사람들은 물론 나 자신조차 눈치채게 하고 싶지 않다는 형태로, 그 덕담을 건넨 여배우의 미소와 어조와 몸짓처럼 매력적이거나 친근하게 느껴질 수도 있는 것으로 다가왔다는 점이다. 게다가 부자 되시라는 말에는, 덕담의 형식 자체가 지니고 있는 가식성이나 속물성을 타격하는 냉소적 통쾌함까지 덧붙여져 있다. 그러니 그것을 물리치기란 누구에게든 쉬운 일은 아니었겠다. 이런 이중성으로 인해 생겨난 마음의 진퇴양난이 불편함의 일차적 원인이라 해도 좋겠다.

하지만 여기에서 한발 더 나아간다면, 이 덕담이 지니고 있는 어떤 근본적인 외설성에 대해 지적할 수 있다. 우리가 그 존재를 알고 있고 또한 그중 일부는 우리 삶의 기본조건으로서 불가피한 것으로 인정하고 있지만, 그럼에도 공중의 시선으로부터 차단된 곳에 존재해야 하는 어떤 대상들이 있다. 알몸이나 사생활, 제도화된 아부, 스스로 관례임을 주장하는 뇌물 같은 것들. 그것들은 공사의 구분이나 친소관계의 위계에 따라 노출의 범위와 한계가 정해져 있다. 그런데 그 한계선을 가로지르는 시선이 있어 그로 인해 대상을 감싸고 있던 옷이 벗겨질 때, 그것은 외설적으로 변한다. 이때 외설성이 초래하는 불편함은 노출된 알몸에서 비롯되는 것이 아니라, 그 알몸의 출현으로 인해 돌파되어버린 사회적 범절의 네트워크로 인한 것이다. 그 영역 밖에 있는 사람들에게는 어이없는 것일 수도 있겠으나, 그 네트워크 속에 몸을 담고 있었던 사람들에게 그런 장면은 당혹스러운 불편함으로, 외설성으로, 언제나 정면으로 응시하지 않았기에 차마 마주볼 수 없는 대상의 어떤 민망함으로 다가오는 것이다.

이런 뜻에서 외설성이란 그 자체가, 외설적 대상과 그것을 바라보는 주체의 상호반영성을 증명하는, 곧 어떤 대상을 외설적으로 만드는 인지의 틀 자체를 주체가 소유하고 있음을 증명하는 것이기도 하다. 어떤 대상을 외설적으로 느낀다면 이미 그 자체가 주체의 무죄하지 않음을, 즉 그 자신의 상징적 거세 상태를 증거하고 있는 것이다.

이 신용카드회사 광고의 경우, 사람들에게 불편하게 다가온 외설적 대상은 '부자 되기'라는 기표였다. 덕담의 형식을 지닌 '부자 되기'는 그 자체가 화폐 물신의 존재를 이미 자명한 것으로 전제하고 있다. 물신으로서의 화폐는 자기 목적이 되어버린 화폐, 자폐증에 빠져버린 부, 증여의 기억으로부터 유리된 채 자기 흐름을 차단당한 교환과도 같다. 그것은 마치 개명한 시대의 악령이나 부적과도 같은 존재이며, 그것에게 어울리는 자리는 우리에게 가까우면서도 잘 드러나지 않는, 어떤 어두운 곳이다. 그런 곳이라면 사람들의 마음속보다 더 나은 곳은 없을 것이다.

그렇다면, 그곳에 숨어 있던 괴물들을 김정은씨의 덕담이 풀어놓았다는 것인가. 그렇게 말할 수는 없겠다. 한 젊고 예쁜 여배우는 신용카드회사를 대신하여 덕담을 건넸을 뿐이다. 문제가 있다면, 난데없이 나타난 알몸을 향해, 분노도 고마움도 아닌 불편함을 느꼈던 사람들 자신에게 있는 것이다. 좀더 정확하게는, 그 외설성의 등장으로 인해 사람들은 비로소, 괴물이 그들 앞을 활보하고 있었음을, 그리고 그 괴물은 바로 자기 자신으로부터 빠져나간 것들임을 확인하게 되었으며, 그것이 문제라는 것이다.

2. 상인과 전사

그런데 대체 괴물성이란 무엇인가. 우리의 통제영역 밖에서 우리의 삶과 주체성을 위협하고 있는 거대한 힘을 괴물이라고 한다면, 우리는 얼마든지 그런 힘들을 지목할 수 있겠다. 전 지구적 경제위기를 생산해내고 있는 글로벌 거대금융자본에서부터, 우리가 지켜야 할 덕목들을 위협하는 여러 형태의 정치적 힘들, 그리고 문화적 현상으로 출현하고 있는 다양한 모습의 섬뜩한 것들에 이르기까지, 현실과 상상 속의 다양한 위력들을 적시할 수 있다. 하지만 그것의 본성으로서의 괴물성에 대해, 그것들의 유래와 속성에 대해 말하는 것은 쉽지 않은 일이다.

근대적 일상인으로서의 우리에게 익숙한 것은 괴물성이 아니라 속물성이다. 자신의 삶을 들여다보며 자기 자신의 속물성을 간취해내는 것은 보통 사람들에게 그다지 어려운 일은 아니다. 근대적 주체가 교환자-경제인을 원형으로 하고 있으며 그 핵심적인 모럴이 주체의 자기 보존(스피노자)이라는 사실이 부정되지 않는 한, 속물성은 주체 형성의 내적 조건을 이루며, 그 자체로 근대성 윤리의 한계지점에 해당되는 것이기 때문이다. 이기심과 가식을 기본 특징으로 하는 그것은 무엇보다도 내부와 외부의 분리로 드러나며, 그러한 이중성은 그 자체가 주체의 내부에 존재하는 통제 불가능한 영역들을 전제하고 있다.

물론 주체 내부에 존재하는 타자성의 문제일 뿐이라면, 도덕적 의식 일반이 지니고 있는 문제 설정에 해당되는 것이기에 그것의 근대성 여부를 논하는 것은 적절치 않다. 주체 내부에 존재하는 통제 불가능한 힘에 대해 특정한 금지 명령을 설정하는 문제는, 시대를 막론하고 도덕적 의식의 핵심에 해당되는 것이기 때문이다. 바디우가 인간 내부의 동물성을 뛰어넘는 어떤 부가적인 잉여로서 윤리의 구성력을 규정하고 그것에 사건이라는 이름을 붙여주었을 때, 그리고 그 사건과의 만남과 그 만남에 대한 충실성을 통해 윤리적 주체를 구성하고자 했을 때에도[2] 논리의 기본 골격은 고대의 도덕률과 크게 다르지 않다. 그러한 금지 설정과 배제의 기틀 위에서, 특정한 윤리의식이 견출해내고자 하는 구체적 악덕들의 체계가 다양한 형태로 세워질 수 있다. 인간의 유적 한계 때문에 생겨나는, 천부적이라 할 수밖에 없는 근본적인 악에서부터 개인의 나약함에서 비롯되는 병리적인(pathological) 악에 이르기까지. 그런데 왜 우리는 하필 속물

---

2) 알랭 바디우, 『윤리학』, 이종영 옮김, 동문선, 2001, 54쪽.

성을 특칭하고 그것을 우리 시대의 윤리적 매듭으로 말해야 하는가. 칸트가 안출해낸 논리가 이에 대한 한 대답이 될 수 있겠다.

『판단력비판』에서 칸트는, 숭고에 대해 논하면서 정치가와 장군을 비교했다. 미감적 판단에서 볼 때 어느 쪽이 우월한지, 어느 쪽이 더 월등한 존경을 받을 수 있는지는 분명하다고 했다. 칸트에게 그것은 더이상의 설명이 필요 없는 일이었다. 전쟁을 수행하는 존재로서의 장군의 우위가 그에게는 너무나 자명한 것이었기 때문이라 해야 할 것이다. 그리고 뒤이어 이렇게 썼다.

> 전쟁조차도, 만일 그것이 질서 있게 그리고 시민의 권리를 가지고 수행된다면, 그 자체에 있어서 어떤 숭고한 것을 가지는 것이며, 또 동시에 그와 같이 전쟁을 수행하는 국민이 보다 많은 위험에 처했었고 그 위험하에서 용감하게 견디어낼 수 있었다면, 그럴수록 전쟁은 그 국민의 심적 자세를 한층 더 숭고하게 하는 것이다. 그에 반해서 장구한 평화는 한갓된 상인기질만을 왕성케 하고, 그와 아울러 천박한 이기심과 비겁과 문약을 만연시켜, 국민의 심적 자세를 저열하게 만드는 것이 보통이다.[3]

여기에서 칸트가 강조하고자 하는 것이 물론 전쟁이나 전사에 대한 예찬인 것은 아니다. 그는 단지 숭고의 속성에 대해 기술하고 있을 뿐이다. 하지만 이런 맥락을 고려하더라도 여기에서 두드러지는 것은, 숭고의 반대편에 그가 위치시킨 악덕들이며 그것의 대표자로 상인기질이 소환되어 있다는 사실이다. 숭고를 기준으로 하는 미감적 판단의 위계를 만들어보자면, 가장 높은 곳에 장군이 있고 그다음에 정치가 그리고 가장 밑바닥에 상인이 있는 셈이다. 그리고 상인기질은 천박한 이기심 및 비겁

---

3) 임마누엘 칸트, 『판단력비판』, 이석윤 옮김, 박영사, 1974/1989, 131쪽.

함, 나약함 등의 악덕과 나란히 놓여 있다. 이런 악덕들이 그의 진술 속에서 상인기질과 정확하게 겹쳐지는 것은 아니지만, 그들은 모두 함께 가족 유사성을 지니고 있다. 정치가가 장군보다 하위인 것도 그 속에 포함되어 있는 상인기질의 상대적인 분량 때문이다.

칸트의 생각 속에서 드러나는 이런 위계는, 물론 그들이 하는 일의 차이 때문인 것은 아니다. 중요한 것은 무슨 일을 하느냐가 아니라 그것을 어떻게 하느냐의 문제이다. 그래서 군인들 속에서도 정치가와 상인을 발견할 수 있고, 거꾸로 상인들 속에서도 정치가나 군인을 발견할 수 있다. 칸트가 상인이라는 말 뒤에 기질이라는 단어를 덧붙인 것은 그 때문일 것이다. 이기심과 비겁함을 타기시하는 그의 이런 생각은, 『실천이성비판』에서 그가 도출해낸 도덕법칙의 엄격함 속에도 고스란히 반영되어 있다. 오로지 정언명령이 상징하는 절대적 의무와 그것에 대한 무조건적 복종이라는 구도, 그리고 도덕적 행위의 숭고함에 바칠 수 있는 것은 오직 존경뿐이라는 언사들 속에서 확인할 수 있는 덕성에 대한 그의 감수성은, 합리적인 교환자로서의 상인보다는 목숨을 걸고 대의에 뛰어드는 전사의 것에 훨씬 가깝다.

칸트의 이런 윤리적 감수성은 역설적이다. 거칠게 말하자면 그는 상인의 세계에 살고 있는 사람들에게 전사의 태도를 요구하고 있는 것이다. 그가 살고 있는 논리의 세계는 『순수이성비판』이 보여주듯 계몽된 근대 세계이다. 거기에는 그 어떤 초자연적 위력도 초월적 절대성도 존재할 수 없으며, 절대적인 것이 존재한다면 오로지 초월론적(traszendental)으로만 그럴 수 있을 뿐임을 추론해낸 사람은 그 자신이다. 또한 그 세계는 근대 부르주아의 현실 세계, 경제외적 강제로부터의 자유를 핵심으로 형성되는 침해될 수 없는 권리들의 체계를 바탕으로 하고 있음은 강조할 필요가 없겠다. 계산하는 이성과 이해관계에 대한 예민한 감수성의 세계에서, 자기 이익을 침해당하지 않을 권리와 거래의 공정함과 차별 없음의 정의 관에 입각해 살고 있는 세계에서, 칸트는 양심에 목숨건 태도의 거룩함에 대해 말하고 있는 것이다.[4] 그래서 상인기질에 대해 비판하는 칸트의 모습은 흡사 고대인의 시선으로 근대성의 모럴을 비판하고 있는 것처럼 다가온다. 이런 칸트의 역설을 어떻게 이해해야 하는가.

3. 해방된 속물로서의 괴물

프랑스혁명과 종교개혁, 산업혁명 같은 근대성의 기원적 사건을 고려한다면, 근대성의 모럴에 대해 주인담론의 쇠퇴를 그 주요한 특징으로 간주하는 라캉의 논리는 참고할 만한 가치가 있어 보인다.[5] 주인담론의 윤리적 강령은, '삶보다 중요한 것은 살아야 할 이유이다'라는 것이다. 그것은 대의나 명분의 절대성을 지칭하는 것이거니와, 이와 반대로 근대성의 모럴은 삶과 대의의 관계가 역전되는 지점에서 발원한다. 살아 있음

---

4) 칸트는 자유와 도덕법의 선후관계를 논하는 대목에서, 의인을 죽이기 위해 위증하기를 요구받은 사람의 예를 들었다. 위증하지 않으면 목숨이 달아나는 상황에 있다 하더라도 자기 목숨을 건지기 위해 다른 사람을 죽음에 몰아넣는 선택을 하기는 쉽지 않다는 것이다. 이와는 반대로, 자신의 색정적인 애착을 만족시키기 위해 목숨을 거는 일은 누구에게나 불가능에 가까운 일이라고 했다. 이 두 예로부터 칸트는 자유의지에 대한 도덕법칙의 우선성을 주장한다. 의지의 자유가 있어 도덕법칙이 확립되는 것이 아니라, 반대로 도덕법칙의 실재성을 통해 의지의 자유를 인식하게 된다는 것이며, 이런 주장으로부터 도출되는 것이, '너는 그것을 할 수 있다. 왜냐, 해야 하니까'라는 명제이다. 색정과 목숨을 분리시킨 칸트의 이런 논리에 대해, 지젝은 라캉의 논리를 끌어와 색정이 지니고 있는 향락의 차원을 강조했다. 교수대 앞에서도 양보할 수 없는 정념이야말로 쾌락원칙을 넘어서서 작동하는 것이며, 그것이 도덕법의 이면으로서 외설적 초자아를 드러낸다고 했다. 이것은 칸트의 윤리성이 지니고 있는 이면에 대한 지적이거니와, 현재 우리의 맥락에서 문제가 되는 것은 사람의 목숨이다. 즉, 어떤 경우에서건 윤리적 선택의 시금석으로 등장해 있는 것이 사람의 목숨이라는 사실이다. 임마누엘 칸트, 『실천이성비판』, 최재희 옮김, 박영사, 1975/2003, 32쪽; 슬라보예 지젝, 『그들은 자기가 하고 있는 일을 알지 못하나이다』, 박정수 옮김, 인간사랑, 2004, 467~471쪽.
5) 주인담론에 관한 라캉의 논의는 알렌카 주판치치, 『실재의 윤리』(이성민 옮김, 도서출판b, 2004, 23~24쪽) 참조.

그 자체야말로 그 어떤 대의에도 양보될 수 없는 최고의 가치이다. 사람을 수단이 아니라 목적으로 대해야 한다는 칸트의 강령은 역설적이게도 이러한 근대성의 모럴을 상징하는 대표적인 강령이다. 물론 여기에서 칸트가 규정했던 목적적 가치로서의 사람은 인격성(Persönlichkeit)을 뜻했지만,[6] 그것의 현상 형태는 생명이라 해야 하겠다(혼수상태에 빠진 사람의 존엄성과 인격은 홀로 숨쉬며 작동하는 신체를 통해 표현된다. 이 경우 생명에 대한 존중이 곧 존엄한 것으로서의 인격에 대한 존중이 된다). 그 어떤 것도 계량화할 수 있고 시장으로 끌어올 수 있는 시대에도, 살아 있는 목숨만은 등가교환이라는 시장의 저울대 위에 올라설 수 없는, 값을 매길 수 없는 것이다. 목숨에 대한 값이 치러진다면 오로지 그것이 사라진 다음에 그 빈자리에 대한 대가로서 그러할 뿐이다.

생명을 우선시하는 이런 윤리관의 한계는 주인담론을 그 곁에 세워두면 저 스스로 명백해진다. 주인담론은 대의를 위해 죽음을 불사하는 전사들의 영혼을 그 바탕에 두고 있으며, 신성한 목적을 위해서라면 인간(의 목숨)도 얼마든지 수단과 도구가 될 수 있다. 여러 나라의 역사 속에 위대한 사례로 등장하는, 대의를 위해 목숨을 내던진 수많은 사람들의 행위가 그 실례들이다. 목숨이 가볍기로는 자기 것뿐 아니라 다른 사람의 것도 마찬가지였다. 내가 대의를 위해 죽을 수 있기 때문에 다른 사람에게도 거리낌 없이 죽기를 요구할 수도 있다. 이런 전사-주체의 시선으로 보자면, 목숨 자체를 목적적 가치로 내세우는 근대성의 윤리란, 가치의 절대성을 모르는 비천한 자들의 것이거나 죽음을 두려워하는 겁쟁이와 노예들의 것에 불과하다. 그런 윤리란 무엇보다 삶의 일회성과 한시성에 토대하고 있어, 영원한 삶의 고귀함과 절대성의 거룩함과 아름다움을 모르는 저열한 것이다.

---

6) 임마누엘 칸트, 같은 책, 96~97쪽 및 144쪽.

주인담론이 지니고 있는 위력은 그것이 입각해 있는 세계관의 군건함으로부터 비롯되는 것이라 해야 하겠다. 신이든 조상의 얼이든 가문의 명예든 간에, 어떤 초월적이거나 절대적인 세계에 대한 믿음이 없다면, 목숨을 초개처럼 버리는 전사의 윤리는 성립되기 어렵다. 이와는 반대로 근대성의 윤리는 그런 세계의 강력함이 붕괴하는 시점에서 시작된다. 우주 공간은 제한 없이 열려버렸고 그 무제약성으로 인해 진리의 어떤 절대성도 수용할 수 없게 된 지적 지반의 연약성, 세계와 마음의 중심이 사라지고 아름다운 동심원은 파괴되어 어떤 덕도 자신의 절대성을 주장할 수 없게 되어버린 윤리의 무정부상태가 근대성의 윤리적 배경이 된다.

칸트의 도덕철학이 그것을 대표하는 이유도, 그의 시도가, 초월적 절대성이 사라진 시대에서 행해지는, 신의 보증 없는 도덕법칙의 절대성을 향한 추구였기 때문이다. 칸트는 도덕률에서 내용을 제거하고 그 자체를 순수 형식으로 만들어놓음으로써, 절대자의 보증 없이도 보편적 도덕법칙을 수립할 수 있었다. 그가 내세운 유일한 도덕법칙―"네 의지의 준칙이 항상 동시에 보편적 법칙 수립의 원칙으로서 타당할 수 있도록 행위하라"[7]―은 라캉의 '대상α'가 그렇듯 요구의 순수 형식일 뿐이다. 삼강오륜이건 십계명이건 간에 어떤 구체적 내용도 그 자리를 차지할 수는 없다. 어떤 것이건 구체적인 내용이 들어선다면 시공간적으로 무제약적인 것으로서의 도덕법칙이 지녀야 할 보편성이 흔들려버리기 때문이다. 이런 점에서, 칸트의 도덕률이 지니고 있는 태도의 엄격함은 그의 도덕법칙이 지니고 있는 내용 없음에 대한 반면이라 할 수도 있겠다. 그것은 곧 사라져버린 절대성의 빈자리, 그 형식 자체를 고수하고자 하는 엄격함일 것이다.

칸트가 실천이성의 원리를 추론하고 난 다음, 그 원리를 변증하는 단계에서 가장 힘을 기울였던 것은 도덕적 선과 쾌락(행복)을 분리하는 일이

---

7) 같은 책, 33쪽.

었다. 그것은 근대세계가 실천해왔고 실천해갈 것이며 장차 논리화하게 될 공리주의에 대한 비판이었다. 그가 국민의 심성으로부터 상인기질을 배제하고자 했던 것도 같은 맥락이거니와, 이런 점들은 그가 어떤 자리에 서 있는지를 보여준다. 칸트는 사라져가는 주인담론의 자리에서 자기 세계의 연약성과 주체의 저열함을 바라보고 있는 셈이다. 그렇다면 칸트가 자신의 윤리적 입지를 위해 선택한 그 자리, 주인담론의 자리는, 거꾸로 칸트라는 근대적 시선에 의해 창안된 것이라고 해야 하지 않을까. 대의를 위해 목숨을 아끼지 않는 거룩하면서도 기이한 세계는 근대의 시선에 의해 만들어진 환상이라 해야 하지 않을까. 대의를 위해 목숨을 버렸던 사람들의 존재는 사실일지라도, 그것을 맥락화하는 것은 또다른 차원의 것이다. 주인담론의 환상성을 지적한다면 그것은 사실성이 아니라 맥락화의 차원에 대한 것이다.

이를테면 모리 오가이의 단편소설 「아베 일족」(1913)이나 「사카이 사건」(1914)이 포착해내는 봉건적 도덕의 그로테스크함이 있다. 거기에는 대의를 위해 거리낌 없이 자신의 가족들을 죽이고 자기 자신을 죽이는 사람들의 모습이 희비극의 기이한 모습으로 그려져 있다. 그들의 모습에서 우리가 숭고함의 아이러니를 발견한다면, 그것은 그 희생 제의와 죽음의 카니발을 포착해내는 시선이 근대의 것이기 때문일 것이다. 무엇보다도 그 사태를 냉정하게 묘사해내는 모리 오가이의 20세기적 시선이 곧 그것이겠다. 요컨대 주인담론이란 근대성이 자기관계적 부정성으로서 창안해낸 환상 대상이 아닌가 하는 것이다.

그렇다면 이번에는 속물성에 대해서도 마찬가지 이야기가 가능하겠다. 속물성이 자기 자신을 바라보기 위해서는 먼저 스스로를 주인담론의 자리에 위치시켜야 하며, 이를 위해서는 자기의 부정태로서 주인담론의 자리를 만들어야 한다. 하지만 논리가 여기에 이르면 문제가 생겨난다. 속물성은 그 자체가 반영적 자기규정으로서, 스스로를 속물이라고 간주하는 순간에만 발생하는 환상 대상인 셈인데, 그것이 자기 자신만을 위한 환상임을 깨달아버린 속물이라면 어떨까. 그것은 이제 아무것도 아니게 되어버린 것이 아닌가. 아무것도 아니므로 아무런 방해도 받지 않은 채 뚫고 지나가버리면 되는 것이 아닌가.

예를 들어, 칸트는 『실천이성비판』의 첫머리(정리2와 계, 주석2)에서 사람이 지닐 수밖에 없는 것으로서의 자기애와 저급한 욕망을 지칭했거니와 그것은 곧 이기심과 탐욕에 다름아니다(이기심과 탐욕 없이, 자기애와 욕망은 발현될 수 없다). 인간 내부의 이 동물성을 우리는 어떻게 처리해야 하는가. 칸트는 도덕법칙에 대해 바칠 수 있는 것은 오직 존경뿐이라고 했다. 그렇다면 반대로 주체 내부의 동물성은 오직 경멸의 대상이어야 하는가. 이에 대해, 속물의 자기규정이 환상임을 알아버린 속물이라면 이렇게 반박할 것이다. 그것이 육체를 지닌 인간으로서 없앨 수 없는 것이라면 우리가 왜 그것에 대해 부끄러워해야 하는가. 어떤 존재조건이나 자명한 것으로 인정해야 하는 것이 아닌가. 오히려 그것을 부끄러워하고 감추는 순간, 속물이 되는 것이 아닌가. 속물성은 주인담론의 위치에서 보는 순간에만 포착될 수 있는데 그 주인담론이 속물의 환상 대상이라면, 요컨대 속물은 자기 스스로 만든 감옥에 갇혀 있는 셈이 되는 것이다. 이 사실을 알게 된 속물은 반문할 것이다. 그렇다면 왜 나는 자기가 만든 감옥에 갇혀 있어야 하는가.

이런 자각의 순간은 속물성이 스스로를 해방하는 순간일 것이다. 이제는 칸트의 도덕법칙이 나선다고 하더라도 이 해방된 속물을 제어하기는 어렵다. 속물은 본능과 자연을 내세우며 자신의 필연성과 보편성을 당당하게 주장할 것이기 때문이다. 칸트에게 도덕적인 것은, 자신의 신념이 보편적이라는 확신을 가지고 그것을 실천하고 또한 그 행위에 책임을 지는 것으로서 구현되는 것이기 때문이다. 그것의 도덕성은 오로지 결과를 통해서, 모든 사태가 종결된 이후에만 스스로의 정당성을 증명할 수 있다. 이런 결과는 칸트에 의해 도덕의 영역에서 추방당한 행복주의 윤리의 복수라 해야 할 것이다.

자신이 괴물이 아닌 척하는 괴물, 자신의 괴물성을 부인하는 괴물을 우리가 속물이라 부른다면, 이제 그런 자기 제한으로부터 해방된 속물, 더 이상 자신을 부끄러워하지 않는 속물, 당당하면서도 냉소적인 쾌락주의, 그것을 우리는 괴물이라 부를 수 있겠다. 문제는 그 괴물을 통제할 수 있는 논리적 힘이 칸트의 내부에는 존재하지 않는다는 것, 게다가 칸트의 성찰이 근대성의 윤리가 도달한 한 정점을 이루고 있다는 사실이다.

4. 그리스도와 금융자본의 괴물성

인간의 본성에 대한 억압과 통제가 문명의 시발점을 이룬다는 생각을 널리 알린 사람이 프로이트임은 주지의 사실이다. 그는 성 충동의 억압을 문명의 발생과 연관시켰으며, 근친상간의 금지와 같은 문명 발생의 기초를 이루는 억압을, 통상적인 정신기제로서의 억압과는 별개로 근원억압(primal repression)이라 불렀다. 프로이트의 이런 진술은 『토템과 터부』나 『모세와 일신교』와 같은, 인류문명의 발생이라는 인류학적 상상도를 토대로 한 것이지만, 좀더 구체적으로는 19세기 빅토리아시대 영국의 도덕적 엄격성이라는 현실적 배경이 존재하고 있는 것 또한 사실이다.

프로이트의 억압 가설에 대한 표준적인 반응은, 마르쿠제의 경우처럼 억압 없는 문명의 가능성에 대한 질문과 모색이겠다. 물론 그 질문은 프로이트 자신의 것이기도 했지만, 마르쿠제는 억압을 보편적인 것으로서의 기본억압(basic repression)과 역사적이고 특수한 것으로서의 과잉억압(surplus repression)을 구별하고 후자에 대한 저항을 통해 현실적 억압에 대한 해방적 에너지를 고양하고자 했다.[8] 그러므로 그것은, 근친상간

---

8) 허버트 마르쿠제, 『에로스와 문명』, 김종호 옮김, 양영각, 1982/1985, 서론 및 2장.

의 금지와 연관되어 있는 억압가설 자체는 다치게 하지 않은 채, 현실에 대한 비판적 잠재력을 열어놓고자 했던 의지의 산물이겠다. 근친상간과 연관된 근원억압이라는 자물쇠가 풀려버린다면 감당하기 어려운 현실이 전개될 것이기 때문이다.

이와 다른 방식의 문제제기는 억압가설 자체의 타당성에 대한 질문으로부터 시작된다. 푸코는 억압이 존재하고 있다는 사실이 아니라 억압에 대해 말하고 있다는 사실, 곧 성 충동의 억압에 관해서가 아니라 억압과 금지의 담론에 대해 지적했다.[9] 억압은 담론으로 현실화되지만 오히려 억압에 관한 담론이 섹슈얼리티를 보존하는 틀이 된다는 것이다. 이런 푸코의 논리 속에서 프로이트와 라캉의 목소리를 듣는 것은 어려운 일이 아니다. 무의식의 차원에서 중요한 것은 어떻게 말하는지가 아니라 무엇을 말하는지의 문제이다. 진술의 대상으로 등장한 문장 속에서 문제가 되는 것은 술어가 아니라 주어라는 것이다. 금지나 억압의 타당성을 만들어주는 술어들, 예를 들면 저속하다, 나쁘다, 비인간적이다, 동물적이다, 부도덕하다 등등은 무의식의 차원에서는 어떤 중요성도 갖지 못한다. 중요한 것은 그 술어의 주어로 등장해 있는 대상, 곧 성 충동이고, 주체가 그것에 대해 말하고 있다는 사실이다. 이 경우 금지에 대한 담론으로서의 억압은 오히려 금지되고 있는 것을 부양하는 매체가 된다. 여기에서 한발 더 나아가면, 금지(성 충동에 대한 억압)는 불가능한 것(근친상간)에 대한 접근을 차단함으로써 욕망을 자유롭게 한다는 라캉의 논리가 가능해진다. 근친상간에 대한 진짜 욕망은 불가능한 것이며, 그에 대한 현실적인 욕망이 존재한다면 그것은 엄마가 아닌 여자 혹은 아버지가 아닌 남자에 대한 것으로서만 그럴 수 있을 뿐이다.

억압은 그 밑의 위험한 힘으로부터 주체를 보호하는 것이기도 하지만

---

9) 미셸 푸코, 『성의 역사 1』, 이규현 옮김, 나남, 1990/1996, 29쪽.

동시에 그 힘 자체가 일시적 분출로 소진되어버리는 것, 그리고 또한 실재의 맨얼굴이 전면으로 드러나는 것을 막아주는 역할을 한다. 억압된 힘들은 증상을 통해 존재하며 억압 너머로 스스로를 드러낸다. 억압된 것들의 귀환이 섬뜩함(Unheimliches) 속에서 이루어지는 것은, 그것들이 일그러진 모습으로, 곧 왜상(歪像, anamorphosis)으로 드러나기 때문이다. 그것은 괴물성이 지니고 있는 이물감과 같은 차원에 있다. 외설적이고 기이하고 숭고한 것들, 미와 추 사이의 긴장으로 팽팽하게 당겨져 있는 상태의 존재들.

기독교 교리의 독특성을 논하는 자리에서 지젝은, 그리스도의 괴물성(Ungeheures)에 대한 헤겔의 언급을 끌어왔다.[10] 기독성에 대한 헤겔의 기본 질문은, 왜 신과 인간의 화해가 직접적으로 이루어지지 못하는가, 왜 그리스도라는 매개가 필연적인가 하는 것이다. 헤겔주의자의 자리에서 지젝은 정립하기(positing)와 전제하기(presupposing)의 변증법이 그 답이라고 했다. 그것은 신과 인간 사이의 상호의존성, 개념의 상호반영성을 지칭하는 것으로서, 필연과 우연의 관계에 의해 좀더 쉽게 설명될 수 있다. 신의 자리에 놓여 있는 필연은 우연이라는 매개 없이 자신을 증명할 수 없다. 필연은 우연적인 것처럼 보였던 것들의 내적 질서가 파악되는 순간에만 자신의 실재성을 드러낼 수 있다. 곧 우연이 없다면 자신을 표현할 방법이 없는 필연은 따라서 우연에 의존적인 것이 된다. 그렇다면 우연은 어떤가. 그것은 아직 필연의 범주 바깥에 있는 것으로서 아직 그것의 필연성이 드러나지 않은 어떤 것, 즉 잠재적 필연일 뿐이다. 필연과 우연의 이러한 관계는 신과 인간의 관계로 치환된다. 필연이 우연에게 그렇듯 신도 인간에게 의존적이다. 신은 자기 자신이기 위해 인간을 필요로 하는 것이다. 그렇다면 신이 직접 인간을 향해 다가가면 되지 않는가. 무

---

10) Slavoj Zizek · John Milbank, *The Monstrosity of Christ: paradox or dialectic?*, Cambridge, MA: MIT Press, 2009, 73~82쪽.

엇 때문에 그리스도라는 매개가 필요한 것인가. 육화된 신으로서의 그리스도, 인간의 모습으로 고통받는 신이라는 기이한 부조화와 부적절함과 모순성 자체가 그 일차적인 대답의 자리에 놓여 있다. 헤겔은 그런 그리스도의 모습을 괴물적인 것이라고 표현했다. 필연이 스스로를 증명하기 위해서는 우연의 모습을 하고 나타나야 하는데, 그런 전도의 대가가 그리스도의 괴물성이라는 것이다.

　지젝은 여기에서 한발 더 나아가, 고통받는 신 그리스도의 모습 속에서 물신주의적 환영이 지니는 수행성을 지적했다. 그것은 그리스도의 괴물성이 지니고 있는 또하나의 측면이다. 그러나 이 괴물성은 인간의 관점에서 바라볼 때가 아니라 신의 관점에서 바라볼 때, 좀더 정확하게 말하자면 인간의 관점을 취한 신이 자기 자신을 바라볼 때 생겨나는 어떤 것이다. 지젝은 이런 사정을, "헤겔에게 그리스도의 육화란, 신이 자신을 인간에게 접근 가능한/가시적인 것으로 만드는 움직임이 아니라, 신이 (일그러진) 인간의 관점에서 자기 자신을 바라보는 움직임이다"라고 했으며 더 나아가, "예수는 신의 '부분대상'이자 자동화된 신체 없는 기관이어서, 흡사 신이 자기 머리로부터 눈을 뽑아들고 외부로부터 자기 자신을 바라보는 것과도 같다"[11]라고 썼다. 그런 관점에서 볼 때 헤겔이 왜 그리스도의 괴물성에 대해 주장했는지를 이해할 수 있게 된다는 것이다. 절대적 초월자로서의 신이, 자기가 신이라고 주장하는 바보 같고 우스꽝스러운 인간의 모습을 하고 나타나는 것 자체에 내재해 있는 기이함은, 객관정신으로서의 신성을 파괴해버릴 수도 있다. 그런 육화 자체가 절대자로서의 신 자신의 불완전성을 증거하는 것이기 때문이다. 그럼에도 고통받는 신(이것은 그 자체로 이율배반이다)의 형상이 수행성을 발휘하여 사람들의 마음속에서 신성한 정신(즉 성령)으로 살아난다면(그것이 곧 절대정신의 개념이다),

---

11) Slavoj Zizek · John Milbank, 같은 책, 81~82쪽.

신은 자기 자신을 불완전한 우연성의 자리로, 믿는 사람들의 결사에 의해 채워지기를 요구하는 공백 속으로 옮길 만한 이유를 발견한 셈이다.

이와 같은 물신주의적 환영이 지니고 있는 수행성은, 현재의 우리 앞에 거대하고 탐욕스러운 인질범으로 등장하고 있는 금융자본의 괴물성에도 동일한 방식으로 적용된다. 이번에는 신과 인간이 아니라 자본과 인간 사이의 화해에 관한 드라마이다. 그것을 포착하는 시선은 신-자본의 자리에 있다. 그 자리에서만 괴물성이 드러난다.

잉여의 창출을 통한 자기증식을 목적으로 하는 자본은, 교환과정 속에서만 자신의 본성을 실현할 수 있다. 그러므로 여기에서 상품이라는 교환의 매개는 필수적이다. 마르크스가 정식화한 '자본(G)-상품(W)-잉여(G′)'라는 자본의 변태과정은 그대로 '성부-성자-성령'의 삼항조에 해당하며, 여기에서 두번째 항인 괴물-그리스도의 자리에 놓여 있는 것이 상품이다. 하지만 구매자의 시선으로 보면 상품의 괴물성은 포착되지 않는다. 그것은 자본의 관점에 의해서만 포착될 수 있다. 사람의 관점에서 본 그리스도는 죄 많은 유한자들을 구원하기 위해 신의 지위를 포기한 채 더럽고 누추한 인간의 몸을 입은 거룩한 존재이다. 그와 마찬가지로 구매자의 입장에서 보자면 상품은 자기 안에 구현되어 있는 사용가치에 대한 약속이며, 그 약속의 누적이 풍요로운 삶에 대한 기대를 구현하고 있는 대상이다. 구매자들의 돈은 바로 그 기대를 위해 지불된다. 그러나 신-자본의 관점에서 볼 때는 어떠한가. 절대자인 신이 유한자의 육체를 입고 고통받고 죽음을 당한다는 것(죽을 수 없는 신이 고통 속에서 죽는 척한다는 것)은 우스꽝스러운 광대짓이 아닐 수 없다. 신이 자기 자신을 바라보는 관점에서 보자면 그렇다는 것이다. 믿는 사람들의 마음속으로 성령이 임재하기를 위한다는 불가피한 이유가 있다 하더라도, 절대자에게 유한자의 육체성은 어색하고 우스꽝스러운 의장에 불과할 뿐이다. 어떤 이유를 대더라도 그 사실은 달라질 수가 없다. 상품의 경우도 마찬가지이다. 자본의 눈으로 볼 때 상품은, 그것이 표현하고 있는 사용가치의 약속과는 아무 상관이 없으며, 잉여를 만들어내기 위해 가능한 한 빨리 벗어버려야 하는 옷에 불과하다. 그 변신의 과정이 빠르면 빠를수록 많으면 많을수록 잉여는 더 많이 축적된다. 그러므로 신-자본에게 중요한 것은, 사람들의 마음속에서 생겨날 성령-잉여의 모습으로 거듭나서 저 순결하고 투명한 신-자본의 신체로 귀환하는 일이다.

자본이 지니고 있는 이 같은 본성을 가장 직접적으로 보여주고 있는 것은 금융자본이다. 그것의 괴물성은, 자본의 이와 같은 변태과정에서 산업자본이 제공하는 상품의 환영, 즉 사용가치라는 환영조차 생략하려 한다는 데 있다. 금융자본이 궁극적으로 원하는 것은 상품의 매개 없이 자본에서 잉여로 곧바로 나아가는 것이다. 물론 그것은 금융자본뿐 아니라 모든 자본의 희망이기도 하다. 그렇다면 여기에서 풍요라는 환영조차 사라져버린 것인가. 금융자본이 제공하는 금융(파생)상품은 구체적 사용가치의 약속을 포함하고 있지 않다는 점에서 투명한 상품이다. 구체적 쓸모를 포함하고 있지 않다는 것은 특정한 쓸모에 한정되지 않은 채 어떤 사용가치의 약속으로도 변형될 수 있음을 뜻하며, 그런 점에서 금융(파생)상품은 육탈한 상품이자 상품의 영혼이며 상품의 진리이다. 그것은 산업자본의 생산품처럼 구체적 사용가치의 생산이라는 혹은 자본의 육화라는 지저분한 변태과정 없이 직접적인 수익률로, 신의 언어로 말을 한다. 요컨대 금융상품은 상품 일반이 지니고 있는 가식과 속물성을 거부해버린, 교환과 잉여의 직접적인 현시의 산물인 셈이며, 그러므로 그와 같은 괴물-상품이 지니고 있는 환영은 속물-상품이 제공하는 환영보다 순도 높고 직접적이며 강렬하다. 그것은 조리나 소화과정 없이 직접 혈관에 투입될 수 있는 약물과도 같다. 괴물-상품은 그런 점에서 어떤 가식도 이중성도 없는 순수한 상품이며, 그것이 지니고 있는 순도 높은 신체는 속물-상품의 진리에 해당된다. 그 괴물성을 통해서야 비로소 우리는 신의 나라에 도달하게 되는 것이다.

글로벌 거대금융자본의 괴물성은 이 순수 상품의 증강된 표현이다. 속물–상품의 육체 내부에 억압되어 있던 자본의 신성이 직접 증상으로 귀환했다. 억압된 것의 귀환이 뿜어내는 엄청난 위력이 단지 환영에 불과한 것이라면 무척이나 다행스러운 일이겠다. 하지만 그 환영이 지닌 위력은, 화폐 자체가 지니고 있는 물신주의적 환영의 수행성을 바탕으로 한다. 문제는 그것이 단순한 허상이 아니라는 것이다. 사회적 약속으로서의 신용은 초감각적 존재이지만 그것의 작동은 매우 구체적이고 물질적이다. 등락을 지시하는 자본과 금융시장의 그래프는 신용의 지표이면서 또한 '시장'이라는 말로 표현되는 사람들의 불안의 지표이지만, 그것은 동시에 매우 구체적인 화폐의 액수로 표현된다는 점에서 실제적이다. 신용이 결코 허깨비나 허상에 불과한 것이 아님은 2008년 금융위기 이후의 세계가 실감하고 있는 것이다. 신용의 시장이 교란되면 시장의 신용이 무너지고 나아가 시장과 함께 공장이 무너진다. 문제가 되는 것은 유동성일 뿐 실물경제는 탄탄하다는 식의 주장이 이런 상황에서 얼마나 무력한 것인지를, 1997년의 한국 사람들은 생생하게 목격했었다. 경제는 너저분한 실물에 의해서가 아니라 신용이라는 에이도스에 의해 움직인다는 것을 이제는 너무나 많은 사람들이 알아버렸다. 21세기로 접어들면서 용출하는 글로벌 금융위기를 바라보며, 여러 나라의 실물경제를 위기에 빠뜨리는 금융자본의 놀라운 위력 속에서 우리가 어떤 괴물성을 발견하고 있다면, 그때 우리는 이미 우리 자신의 눈을 뽑아들고 외부로부터 우리 자신을 바라보고 있는 것이다.

5. 괴물성의 서사와 그 윤리적 계기

우리가 잘 알고 있으면서도 놓치곤 하는 것, 그것은 괴물성이 실체가 아니라 하나의 계기로 사유되어야 한다는 점이다. 특정한 괴물을 없앤다고 괴물성이 사라지는 것은 아니다.

현재 우리가 목도하고 있는 금융자본의 괴물성은 상품 형식과 시장 경제 자체가 지니고 있는 속성의 반영이며, 이는 위에서 언급한 바와 같다. 그러나 그 속성이란 또한 금융자본을 통한 사물화 없이는 쉽게 나타나지 않는 것이기도 하다. 그것은 마치, 신이 있어 그리스도의 괴물성이 존재할 수 있으나 반대로 그리스도의 괴물성이 없다면 신도 성령도 존재할 수 없는 것과 같다. 상품 형식이나 시장 경제가 부정되지 않는 한, 금융(파생)상품을 통해 현시되는 금융자본의 괴물성은 불가피한 것이 된다. 그 괴물성은 가장 순수한 형태의 자본주의의 모습이기 때문이다. 금융자본으로 대표되는 괴물적인 형상은, 상품 형식 자체에 내재해 있는 상반된 벡터의 힘(상품이 구현하고 있는 구체적 사용가치의 약속과 그것을 배제해버린 증식의 순수한 매개체로서의 속성. 이 둘은 상품을 바라보는 자본가와 소비자의 상이한 시선에 의해 만들어지는 것이다. 둘의 차이는 또한 상품 속에서 구현된 욕망과 충동의 라캉적 차이로 이해될 수 있다)을 묶어주는 매듭처럼 존재하고 있거니와, 여기에서 중요한 것은 그 괴물성을 실체가 아니라 계기로서 사유해야 한다는 것이다. 그것을 실체화하여 제거하려는 순간 우리는 신용과 자유시장이라는 체계 자체까지 제거되는 순간을 맞아야 하기 때문이다.

괴물이 단순히 우리에게 낯설고 위협적인 어떤 외부적 실체일 수 없음은 우리 시대의 문화적 생산물들이 이미 보여주고 있는 것이다. 여기에서 괴물의 상은 객관적인 것에서 주관적인 것으로 이행해왔으며 마침내 주체 그 자체가 괴물로 등장한다.

다양한 서사의 형태로 등장하여 종국적으로는 할리우드 공포영화의 주인공이 된 괴물들이 있다. 드라큘라와 미라, 프랑켄슈타인의 괴물 같은 전통적 공포의 대상들은 괴물성의 객관적 계기에 해당된다. 우리 밖에 존재하는 이런 괴물들은, 그 외부의 객관적 시선에 의해 포착될 때에만 그에 합당한 괴물성을 지닐 수 있다. 외부에서 바라보는 시선에게 괴물성이란 이해되지 않는 낯선 것, 자신을 위협할지도 모르는 어떤 거대하거나 강력해 보이는 것을 뜻한다. 따라서 그것은, 기본적으로는 유적 존재로서의 인간이 지니고 있는 자기와 다른 힘센 것에 대한 공포의 투사물이되, 상황과 맥락에 따라 그것의 구체적인 형상은 언제든 교체 가능한 것이다. 괴물이라는 말로 지칭되는 것은, 초자연적 위력들에서부터 냉전시대의 소련이나 9·11 이후의 이슬람세계에 이르기까지, 사회적·정치적 맥락에 따라 언제든 바뀔 수 있다. 요컨대 중요한 것은 괴물의 구체적이고 특정한 상이 아니라 그런 상을 괴물이게끔 하는 자리의 역할, 내적 공포의 외적 투사체라는 텅 빈 형식의 기능이다. 그 자리가 괴물성을 만들어내는 것이며, 그것의 구체적인 형상들은 언제나 교체 가능한 것으로 존재하고 있는 것이다.

따라서 괴물성의 자리가 사라지면 괴물들도 사라진다. 할리우드 영화 속에서 객관적 괴물들은 그렇게 사라져갔다. 공포감의 투사체일 때에만 괴물일 수 있으므로, 괴물들을 사라지게 하는 방법은 간단하다. 괴물을 포착하는 시선을 외부에서 내부로 이동하는 것으로 족하다. 시선의 이동을 통해 사라지는 것은 객관적 규정으로서의 괴물성이다. 이를테면 악마 흡혈귀의 대명사 드라큘라를 내부의 시선으로 바라본다면 어떤 일이 벌어질까. 〈드라큘라〉(프란시스 코폴라, 1992) 같은 영화가 그 대답의 자리에 놓여 있다. 주관적 시선으로 바라본 드라큘라는 어떤 모습인가. 여기에서 드라큘라는 미지의 악마가 아니라 누구라도 그런 상황이었다면 그럴 수밖에 없었을, 감정이입이 가능한 존재로 바뀐다. 자기 자신의 시선으로 본 것이므로 그런 결과는 당연한 것이다. 나아가 드라큘라는 낭만적 사랑의 핵심적 기율을 실천하는 멜로드라마의 감동적인 주인공이 된다. 드라큘라라는 겉모습은 동일하되 그 내용성은 정반대가 되는 것이다. 여기에서 한발 더 나아가면, 일상적인 모습으로 우리 주변에서 살아가는 21세기

흡혈귀들의 모습이 등장한다. 〈트와일라잇〉(캐서린 하드윅, 2008)에서와 같은 21세기의 뱀파이어들은 저주받은 악령-괴물이 아니라, 특이한 용모와 개성과 삶의 방식으로 인해, 평범한 일상 속에서 매력적으로 다가오는 하이틴 로맨스의 주인공이 되어 있다. 나아가 이런 존재들의 매력적인 이질성은, 그 내면과 진정을 포착해주는 시선에 의해 일상적 질서 속에 자리잡는 순간, 슈렉이나 아바타처럼 순수하거나 귀엽거나 친근한 존재로 바뀌기도 한다.

공포 서사의 문법에서 보자면, 시간이 흐르면서 사라진 것은 괴물성의 객관적 계기라 해야 할 것이다. 객관적 괴물들이 사라져갈 때 그 자리를 채우는 것은 인간의 내부로 들어와버린 괴물성, 즉 괴물성의 주관적 계기들이다. 그와 동시에 공포는 불안으로 바뀌고, 괴물이 등장하는 영화의 장르도 공포영화에서 점차 누아르나 스릴러로 바뀌어간다. 〈에일리언〉(리들리 스콧, 1979) 시리즈는 그런 변화의 한 분기점을 보여준다. 외계의 괴물이 인간 몸을 숙주 삼아 지구로 들어왔다. 괴물은 객관적 존재이되 그것을 배양하는 것은 사람의 몸이다. 인간의 배를 가르며 안으로부터 등장하는 괴물의 모습은 내부화된 괴물을 가장 축어적인 상태로 보여준다. 그다음 차례는 내부와 외부가 결합함으로써 탄생하는 괴물의 모습이다. 주체의 변태과정을 그린 〈플라이〉(데이비드 크로넨버그, 1986)와 같은 경우가 대표적인 예가 된다. 한 과학자가 파리와 합성됨으로써 점점 파리-인간이라는 괴물이 되어간다. 실험실에서 벌어진 실수 때문이었다. 관객의 시선은, 괴물이 되어가는 자기 자신을 고통스럽게 바라보는 주인공의 시선과 정확하게 겹쳐진다. 괴물성의 원천은 여전히 외부적인 것(실험실 안으로 들어와버린 파리 한 마리)이되 그것이 발현되는 것은 인간과의 합성과정을 통해서이다.

그리고 여기에서 한발 더 나가면, 시선의 주체 그 자체가 괴물이 된다. 악령에 씌어져 자기 자신이 살인자인지 모른 채 자기 자신의 행적을 추적해가는 탐정의 모습을 그린 〈에인절 하트〉(앨런 파커, 1987) 같은 영화가 그 경계 지점을 표현하고 있다. 여기에서 괴물성은 인간 자신이지만 그 인물에 의해 표현되는 내부는 여전히 악령이라는 외부의 존재에 식민화된 것이었다. 여기에서 이 외부성만 제거되면 진정한 의미의 내부적 괴물성, 괴물성의 주관적 계기는 완성된다. 편집증과 단기기억상실증, 분열증 등과 같은 다양한 정신증의 세계가 그것이다. 〈파이트 클럽〉(데이비드 핀처, 1999)과 〈메멘토〉(크리스토퍼 놀런, 2000) 등이 대표적인 예이거니와 이들은 결국 기억과 자아 정체성의 문제로 귀착된다. 불안정한 상태의 자아 정체성은 나아가 조작과 왜곡과 재생산의 대상이 되기도 한다. 〈토털 리콜〉(폴 버호벤, 1990)이나 〈매트릭스〉(워쇼스키 형제, 1999)에서 볼 수 있듯이, 인공적이고 가소(可塑)적인 자아 정체성은 곧바로 자아만이 아니라 세계 자체로까지 확대될 수 있다. 정신을 플라스틱하게 만들 수 있는데 세계인들 그렇게 하지 못할 이유가 없는 것이다.

이런 자리에서 보자면 공포는 물론이고 불안도 존재하기 어렵다. 세계를 관통하고 있는 허망함과 그것을 관조하는 시선의 스산함이 그 세계의 근본적인 정조이다. 물론 〈토털 리콜〉이나 〈매트릭스〉 같은 영화들은 액션영화가 지니고 있는 신체적 움직임의 격렬함과 선악구도의 단순성을 무기로 그런 정조가 전면화되는 것을 막아냈다. 하지만, 악의 세력은 무너졌고 액션이 끝났는데도 여전히 남아 있는, 불 켜진 객석에서 잔영처럼 맴돌고 있는 세계의 조작 가능성이라는 관념은 어떻게 할 것인가. 한번 의심의 대상이 되어버린 자아와 세계의 안정성에 관한 한, 회복은 있기 어렵다. 그것은 한번 누설되어버린 천기와도 같다.

주관적 괴물성은 자기 자신이 괴물임을 알지 못하고 있는 괴물들의 시선을 통해 무엇보다 효과적으로 드러난다. 한 젊은 작가의 단편소설 「밤의 수족관」(백수린, 『문학동네』 2011년 겨울호)은 유명 영화배우인 남편을 기다리는 아내의 독백으로 시작된다. 여자는 아이와 함께 남편을 기다리며 수족관을 구경하다가 아이를 잃어버렸다. 당황한 여자는 아이를 찾기 위해 수족관 사무실로, 지하철역으로, 파출소로 이동한다. 독자들이 의지할 것은 이 여성의 독백밖에 없으므로 우리도 속수무책으로 이 여자의 행로를 따라가야 한다. 그러면서 차츰 의심하게 된다. 이 여성이 정말 아이를 잃은 것인지, 아이가 정말 있기나 한 것인지, 자기 주장처럼 유명한 스타의 아내가 맞는 것인지. 마지막 경찰관의 반응을 통해 비로소 우리는 한 여성의 망상 속을 헤매고 있었음을 알게 된다. 이 단편을 흥미롭게 만드는 것이 무엇인지는 명확하다. 일인칭의 독백에 의한 반전이라는 플롯과 그에 어울리는 문체가 없었다면, 유명한 영화배우를 좋아하는 한 여성 망상자의 이야기가 독자들의 눈을 잡아두기는 쉽지 않았을 것이다.

물론 이런 식의 반전 플롯은 흔한 것이 아니냐는 반문도 있을 수 있겠다. 애거사 크리스티의 『애크로이드 살인사건』(1926)까지 거슬러올라가지 않더라도, 흥행에 성공하여 많은 반향을 불러일으킨 할리우드와 한국의 비교적 최근의 영화들, 〈유주얼 서스펙트〉(브라이언 싱어, 1995), 〈식스 센스〉(나이트 샤말란, 1999), 〈범죄의 재구성〉(최동훈, 2004) 등이 있었던 것도 사실이다. 그러나 여기에서 문제삼고자 하는 것은, 반전 플롯 자체의 독창성이나 새로움을 따지는 일이 아니다. 여기에서 주목해야 할 것은 반전 플롯 자체가 우리에게 야기하는 순간적인 시선 이동의 경험이다. 여기에는, 의도적이건 아니건 간에 화자가 거짓말쟁이(정신병자, 범인, 유령)로 밝혀지는 순간, 그동안 유지되어왔던 말의 질서에 생겨나는 균열과 그 균열이 청자에게 야기하는 정서적 파장이 있다. 말의 진실성이 동요하기 시작하면 화자와 말 사이의 분리가 생겨나고, 들려오는 말에 귀를 기울이던 착한 청자였던 관객과 독자는 분석적인 자세를 갖춘 채 말의 질서 속으로 재투입되며, 우리의 기억 속에 저장되어 있던 이야기들이 하나의 전체로서 반추되는 경험을 하게 된다(대개의 반전 플롯의 영화들은 이런 역할을 친절하게 대신해준다). 그런 경험의 순간은, 하나의 사건 혹은 생애를 전체로서 반추하고 관조하는 시선이 탄생하는 순간이기도 하다. 진짜라고 생각했던 세계와 사건의 위조상태가 드러나는 것에 대한 경험은 주체의 시선에 대한 강력한 반영적 계기가 되어 시선 자체를 변화시킨다. 세계의 진실성에 대한 동요가 주체의 시선의 동요로 이어지는 것이다.

주체의 시선에 생긴 동요는 불안정한 자아 정체성의 반영태이다. 통합될 수 없는 자아, '비-전체(not-all)'의 모습으로 자기에게 드러나는 주체는 근대적 주체의 전형적인 모습이다. 1830년, 스탕달은 자신을 괴물로 느꼈던 스무 살 청년의 이야기를 발표했다. 『적과 흑』의 주인공 쥘리앵 소렐은 너무 똑똑하고 잘나서 목수인 아버지에게 미움을 받는 아들이었다. 재능 있고 잘생기고 자존심 강한 청년은 자신의 성격이 지시하는 운명의 길을 따라 파리의 귀족사회 한복판에 진출했고, 후작의 사위가 될 수 있는 위치에 도달했다. 귀족의 딸과 결혼하기 위해 그는 신분세탁이라는 선물을 받는다. 나폴레옹 시절에 자기 동네로 추방된 한 귀족의 사생아라는 것이 그에게 주어진 새로운 신분이었고, 소렐이라는 목수 아버지의 성 대신 새로운 귀족의 성을 받았다. 그것이 사실이 아님은 쥘리앵 자신이 잘 알고 있지만, 그는 그것을 정말 그랬음 직한 일로 느끼게 된다. 그가 그동안 자기가 아버지에 대해서 느끼고 있었던 증오(그것은 목수인 아버지와 형이 그에게 보인 증오에 맞서는 것이기도 했다)를 상기하며, 만약 그 목수가 자기의 친아버지가 아니라면 그를 미워했던 자기도 더이상 괴물이 아닐 수 있다고 생각하는 것이다.[12] 말하자면 지금껏 쥘리앵은 목수 집안을 나와 가정교사를 하며 파리에까지 입성한 자기 자신을 괴물로 느끼고 있었다는 것이다.

쥘리앵이 지니고 있는 괴물성은 그러나 이런 주관적 차원에 그치지 않는다. 그는 삼중의 괴물이었다. 쥘리앵은 3년이 되지 않은 시간 동안 벼

---

12) 『적과 흑』에 등장하는 괴물이라는 단어에 주목한 논의는 피터 브룩스의 책에 상세하다. 이규식의 번역본 『적과 흑』(문학동네, 2010) 2권 355쪽에는 괴물이라는 단어가 의역되어 등장하지 않는다. 피터 브룩스, 『플롯 찾아 읽기』, 박혜란 옮김, 강, 2011, 135~136쪽.

락출세를 했다. 그가 비록 특출한 영혼이었다 하더라도 자신의 능력이나 자질만으로 가능한 일은 아니었다. 그의 출세 배후에 있는 것은 나폴레옹으로 상징되는 프랑스혁명이다. 밑바닥에서 출발하여 프랑스의 황제가 된 나폴레옹은 귀족의 시선으로 보자면 세계를 뒤흔들어버린 괴물 그 자체이다. 라몰 후작의 딸 마틸드에게 쥘리앵이 매력적일 수 있는 것은 그가 그런 괴물성의 표상이었기 때문이다. 귀족의 영양에게 재능 있는 평민 쥘리앵은 혁명기의 당통처럼 보였고, 평민임에도 귀족들에게 아부하지 않고 오히려 그들을 무시하는 듯이 보이는 자존심 강한 모습 속에서, 귀족들을 단두대로 보낼 수도 있을 듯한 힘을 느끼게 했다. 쥘리앵을 경계하라는 젊은 남성 귀족들의 말에 대해 마틸드는, "당신들은 언제나 웃음거리가 될까봐 두려워하는군요. 불행히도 그것은 1816년에 죽어버린 괴물인데 말이에요"(2권, 147쪽)라고 대답했다. 여기에서 괴물이란 워털루에서의 최종적인 패전으로 붕괴한 나폴레옹 체제를 말하는 것이지만, 괴물의 죽음이 괴물성 종식으로 이어지는 것이 아님은 물론이다. 오히려 괴물의 죽음은 괴물성 탄생의 기폭제가 되는 것이라 해야 할 것이다. 쥘리앵 소렐은 그런 점에서 나폴레옹에 의해 표상되었던 괴물성, 즉 새로운 주체성의 한 실현자이다. 소설 속에서 쥘리앵이 흠모했던 인물, 그가 자기 침대에 감추어둔 초상의 주인공이 바로 나폴레옹이기도 했다.

쥘리앵의 괴물성은 그의 특이한 죽음으로 완성된다. 그는 출세에 대한 야심이 있었고 그것을 실현할 수 있게 되었다. 그런데도 그는 그것을 거부한 채 돌연 죽음을 향해 간다. 그리고 그 과정에서 진정한 사랑과 행복을 발견하게 되었지만 그것조차 거부한 채 죽음을 향해 가는 것이다. 그래서 이런 결말은 서사 전체의 흐름으로 보자면 일종의 얼룩이자 증상에 해당한다. 이런 결말에 대해서는 다양한 해석과 논란이 가능할 것이다.[13]

---

13) 브룩스의 요령 있는 기술에 따르면, 네 가지로 정리가 가능하다. 첫째, 자신의 괴물성을 자각한 쥘리앵 소렐의 자기 처벌 행위라는 것. 둘째, 자연스러운 결말을 거부했던 스탕

그러나 하나 분명한 것은 쥘리앵이 그 자신이 누릴 수 있는 어떤 것—개인적인 입신양명은 물론이고 진정한 사랑의 충족감이나 행복감—과도 바꿀 수 없는 것으로서, 자신의 죽음을 선택하고 있다는 사실 자체이다. 그로 인해 쥘리앵은 자신의 죽음의 방식을 스스로 선택했던 성스러운 인물들과 동일한 차원에 존재하게 되며, 소설의 결말은 기묘한 윤리적 색채를 띠게 된다. 자기가 죽을 자리를 스스로 선택하는 것은 오로지 전사나 성자만의 일은 아닐 수 있지만, 최소한 상인의 몫은 아니다. 출세와 성공을 향해 내달리다 돌연 죽음을 향해 가는 쥘리앵의 모습을 이해하기 어렵다면, 그것은 우리가 상인의 자리에 서 있기 때문이라 해야 할 것이다. 자기가 가지고 있는 것을 모두 포기한 채 오로지 죽음을 향해 달려가는 전사의 모습은, 상인의 입장에서 보자면 절대적 외부자이자 괴물에 다름아니다. 그것을, 근대적 주체에서 발현되는 윤리적 계기의 한 극한이라고 할 수는 없을까.

쥘리앵의 마지막 모습 속에는 두 개의 괴물성이 중첩되어 있다. 자기 목표를 향해 달려가는 능력 있는 사내의 모습은 나폴레옹이 그랬던 것처럼 귀족들에게는 괴물로 다가왔고, 그렇게 달려가고 있는 주체의 모습은 무엇보다도 자기 자신에게 괴물이었다. 죽음을 선택하는 마지막 모습 속에서도 이 두 계기는 청산되거나 해소되지 않는다. 아버지에 대한 증오는 싸늘한 냉소로 바뀌고 자신의 결정과 의지에 대한 비타협적 자세는 한층 강화되니, 오히려 그 반대라 해야 할 것이다.

극단화된 욕망의 윤리 속에서 쥘리앵 소렐은 무엇보다도 결연하게 죽음을 향해 가는, 불안의 극복자로 등장한다. 그런 그의 모습이, 기이하고 이해하기 어렵고 그래서 대단하면서도 일그러진 것으로, 곧 괴물 같은 것

달의 작품과 관련되어 있다는 것. 셋째, 소설의 모델이 되었던 실제 이야기가 소설 속으로 뛰어들어왔다는 것. 넷째, 쥘리앵이 자기 플롯을 가진 존재였기 때문이라는 것. 같은 책, 137~147쪽.

으로 다가온다면, 그때 우리는 근대적 주체성의 자리에서 우리 자신의 한 극단을, 우리 윤리의 왜상을, 그 순수한 잠재태를 바라보고 있는 것이다. 그것을 바라보고 있는 시선의 주체는 이미 윤리적 계기로 충만해 있다. 괴물성은 그것을 발견하는 시선의 주체에 윤리적 계기를 부여하지만, 반대로 윤리적 주체의 시선에 의해서만 그 괴물성은 포착될 수 있기 때문이다. 좀더 정확하게 말하자면, 어떤 대상의 괴물성을 발견하는 순간은 그 시선의 주체가 윤리적이었음을 발견하는 순간이기도 하다는 것이다. 그런 점에서, 쥘리앵 소렐의 괴물 같은 모습을 그려낸 『적과 흑』의 스탕달은 소설가로 변신한 칸트라고 해도 좋을 것이다. 그들은 모두 상인들의 세계에서 전사의 윤리를 요구하고 있기 때문이다. 이들의 세계에서 괴물성은 속물들의 진리이자 윤리적 계기로서, 속물의 세계가 동요할 때면, 그래서 자기 자신과의 사이에 틈이 만들어질 때면, 언제든 자신을 드러낼 준비를 하고 있는 어떤 것이다.

6. 도덕 대 윤리, 괴물의 미메시스

문학과 예술이 만들어내는 미메시스적 환영의 세계는 괴물성의 온상이다. 괴물성을 포착해내는 힘은 시선의 이동에 의해 확보되는 것이어서 그 자체로 윤리적 속성을 지니게 된다. 이때 윤리란, 인간 일반이 지켜야 할 어떤 객관적이고 실정적인 원칙이라는 의미로 사용되는 도덕과는 거리가 멀다. 윤리는 오히려 그것을 돌파함으로써 생기는 어떤 것, 고정되고 굳어져 고체 상태의 당위로서 작동하는 도덕적 힘에 맞서는 순간 생겨나는 유동하는 힘이자 계기라는 점에서, 어떤 굳어진 내용성도 거부한 채 스스로를 진정성의 형식으로 고양하는 순간에만 살아 있을 수 있다는 점에서 오히려 도덕의 반대라 해야 할 것이다. 도덕과 반도덕이 부딪치는 순간 발생하는 것이 둘 사이의 긴장이자 파열로서 윤리 혹은 괴물성이라고 한다면, 그것이야말로 미메시스의 영역과 잘 어울리는 파트너일 것이다. 좋은 예술 작품 속에서 우리는 언제나 그런 힘을 확인하거니와, 여기에서는 최근 두 편의 한국영화를 예로 들어보자.

이창동의 영화 〈시〉(2010)의 마지막 장면은 매우 인상적이다. 손자의 치명적인 잘못을 대신 갚으려 하는 늙은 여성 양미자(윤정희 분)의 목소리로 시가 낭송된다. 「아녜스의 노래」라는 제목의 시이다. 미자의 중학생 손자와 그 친구들의 못된 행동에 시달리다 강물에 몸을 던져 목숨을 버린 여중생의 세례명이 아녜스였다. 치매 초기로 일상적인 단어를 떠올리지 못하곤 하는 늙은 미자의 눈에는 세상이 그 죽은 혼의 슬픔으로 가득 차 있는데, 그러나 누구도 그 슬픔에 대해 합당한 책임을 지려 하지 않았고 제대로 속죄하려 들지도 않았다. 미자가 원하는 속죄는 바로 그 아녜스의 시선과 동화되는 것, 그것을 미메시스하는 것, 죽은 어린 여성의 눈으로 세상을 보는 것이다. 그것이 완전히 가능하기 위해서는 미자 역시 죽어야 하지만, 죽지 않은 채로 혼령의 시선에 가까이 갈 수 있는 방법이 있었다. 미자에게 그것은 아녜스의 눈을 빌려 시를 쓰는 일이었다. 그 시 한 편이 마지막 장면에서 낭독되고 있는 것이다.

그러므로 미자가 써낸 시 「아녜스의 노래」에는 늙은 미자와 어린 아녜스, 두 여성의 시선이 겹쳐져 있다. 영화의 마지막 장면은 시를 낭송하는 목소리를 늙은 미자에서 어린 아녜스로 교체해줌으로써 그런 겹의 시선의 존재를 좀더 분명하게 드러내준다. 그리고 시가 흘러나오는 동안 화면에는 그 두 여성이 살았던 소도시의 일상적인 장면들이 스케치된다. 연립주택 앞에서는 아이들이 훌라후프를 돌리며 깔깔거리고, 배달 오토바이와 마을버스가 지나가는 장면들이 펼쳐진다. 그리고 카메라는 중학교 교실과 아녜스의 집을 거쳐 버스에 오르고 마지막으로는 아녜스가 몸을 던진 강물을 향해 간다. 그 카메라의 시선이 아녜스에게 빙의된 미자의 시선임에는 두말할 나위가 없다. 그런 겹의 시선으로 포착될 때, 좀더 정확하게 말하자면 그것이 겹의 시선이었음이 드러나기 시작할 때, 범상하기 짝이 없었던 일상의 풍경들은 그것이 놓여 있던 자리에서 슬쩍 떠올라 자기 자신과의 간극을 드러냄으로써 그 어떤 절대성의 색채를 띠게 된다. 어린 나이에 세상을 버릴 수밖에 없었던 혼의 시선이 지켜보고 있는 앞에 서라면, 어떤 일상도 그저 단순하고 평범한 일상일 수는 없는 것이다. 한 노인이 무심히 바라보고 있는 나무도 그냥 나무가 아니고, 그 나무의 무성한 초록도 그냥 초록이 아니다. 사소한 일상의 풍경들이 더이상 사소한 것일 수 없는, 누군가 절실하게 사랑하고 그리워하는 것일 수 있는 어떤 것으로 나타나게 되는 것이다. 그 모든 것들이, 그 일상의 세계에 마지막 작별을 고하는 혼의 시선에 의해 유일무이한 존재로 바뀌면, 우리는 비로소 깨닫게 된다. 언제든 그 특별한 평범함의 세계가 우리 것이 될 수도 있다는 것, 우리는 그런 겹의 시선의 한복판에서 살아 움직이고 있다는 것, 우리 자신이 걸어다니는 절대성이라는 것을. 이런 경험을 가능케 하는 것이야말로 영화라는 매체의 힘이거니와, 한 세계가 이런 겹의 시선에 의해 존재론적으로 채색되는 것을 보기 위해, 우리는 한 여자아이의 고통과 죽음이라는 사건의 끔찍한 괴물성(사태를 서둘러 봉합하려 하는 어른들과, 책임지고 뉘우치는 법을 모르는 남자 중학생들로 표상되는)을 감내해야 했다.

홍상수의 영화 〈북촌방향〉(2011)은 괴물이 아니라 속물의 세계를 그리고 있다는 점에서 이와 반대되는 지점에 놓여 있다. 그의 다른 영화들이 자주 그랬듯이 여기에서도 속물 바람둥이의 이야기가 펼쳐진다. 여성을 유혹하고 싶어하면서도 책임지는 것을 겁낸다는 점에서, 그러면서도 결국 유혹하고 거짓 고백하고 합당한 책임을 지지 않으려 한다는 점에서 홍상수의 주인공들은 전형적인 속물이다. 〈북촌방향〉의 주인공은 속물 바람둥이 유부남 전직 영화감독이다. 그는 서울에 도착하는 첫 장면에서, 사고를 치지 않고 얌전히 집으로 돌아가겠다고 작정했다. 그러나 결국 이틀 걸러 두 명의 여자와 자게 되었으니 얌전한 서울행은 되지 못했다. 이 영화에서 인상적인 장면은 후반부의 클라이맥스에서 등장한다. 성공한 바람둥이의 비애가 슬쩍 흘러나오는 대목이다.

서울에 온 지 사흘째 되던 날, 바람둥이는 여자를 유혹하는 데 성공했다. 바람둥이 남자에게 어울리(지 않)는 '착한 여자'였다. 바람둥이 남자는 여자와 하룻밤을 자고 뒷마무리까지 매우 성공적으로 마쳤다. 한 번의 만남으로 끝내자고 여자와 합의했고 자기 연락처를 알려주지 않는 데에도 성공했다. 여자는 그를 찾아올 수 없지만 반대로 그는 여자를 언제든 찾아갈 수 있는 조건이 된 것이다. 그러면서도 그것이 여자를 위하는 것인 척함으로써 여자에게 좋은 인상도 남겼고, 주제 아니게 인생의 선배 노릇까지 했다. 따뜻한 성품의 착한 여자는 그 모든 말들을 가감 없이 받아들여주었고, 추억 하나를 선물해주어 고맙다는 말까지 건네주었다. 바람둥이로서는 더할 나위 없이 성공적인 날이었다. 휘파람을 날리며 돌아나와야 어울리는 상황이다. 그런데 혼자서 골목길을 걸어나오던 남자가 문득 멈추어 서고, 아무도 없는 골목임을 알면서도 몸을 반쯤 돌려 자기가 걸어나온 뒤편을 돌아다본다. 그곳에는 집의 입구만이 서 있을 뿐이다. 잠시 그렇게 돌아서 있던 남자가 다시 몸을 돌려 골목을 나온다. 그 표정이 카메라를 스쳐지나간다. 밝은 표정은 아니다. 뭔가 잘못되었다는 표정이다. 아무도 없는 골목길이었는데 그는 왜 멈추어 서서 돌아보았던 것일까. 뒤를 돌아보고 있던 순간 그는 무슨 생각을 했던 것일까. 그가 보여준 그 정지상태의 몸짓과 명확하지 않은 얼굴 표정은, 그에 대한 어떤 해석도 빨아들여버리고 또한 그에 대한 수다한 언설을 낳을 수 있다는 점에서 텍스트에 찍힌 얼룩에 해당된다.

우리도 그 얼룩에 대해 말 한마디 보태는 예의를 첨가해두어야 하겠다. 그 장면의 해석적 스펙트럼은, 성공한 바람둥이를 찾아온 회감의 순간이라는 한쪽 극단과 확신에 찬 괴물 바람둥이의 비장한 결의라는 다른 한쪽 극단 사이의 어디쯤에 있을 것이다. 그러나 그런 사정이야 어째도 좋을 것이다. 여기에서 중요한 것은 그런 얼룩이 텍스트 속에 남겨져 있다는 사실이다. 텍스트 전체를 볼 때 그 얼룩은 비록 작은 점에 불과할지도 모르나, 그것이 그 속물의 세계에 미치는 영향과 파장은 만만치 않아 보인다. 그 얼룩은, 물처럼 유연하게 이어지는 한 속물의 가소로운 행동의 흐름을 비록 짧은 순간이나마 정지시키고, 그럼으로써 삶의 의미의 새로운 조합의 가능성을 열어주는 지점이기 때문이다. 홍상수의 필모그래피를 놓고 볼 때 그것은, 〈오! 수정〉(2000)이나 〈생활의 발견〉(2002) 같은 영화에서 터져나왔던 어둡고 강렬한 유머의 자리를 대체하고 있는 것으로 보인다. 그렇다면 그것은 곧 속물의 세계를 뚫고 나온 괴물성의 자리라 할 수 있지 않을까. 속물들의 세계 속에서 삐져나와버린 괴물성이라면 우리는 그것을 홍상수식 서사의 윤리적 계기로 간주해도 좋을 것이다.

홍상수의 속물들은 자신의 속물성을 다른 사람들에게 노출시키지 않고 있다는 점에서, 곧 그것이 드러나는 것을 부끄러워하고 있다는 점에서 전형적인 속물이다. 그러나 그것은 오로지 스크린 속의 인물에게만 그러할 뿐, 객석에 있는 우리는 감독 홍상수와 더불어 속물들의 저열함을 속속들이 바라보고 있다. 그 사실을 모르는 것은 영화 속의 바람둥이들일 뿐이다. 〈북촌방향〉의 속물 바람둥이가 두번째 여자에게 했던 말과 행동을 첫번째 여자(이 둘은 같은 배우가 일인이역을 했다)가 보고 듣는다면 어떤 일이 벌어질까. 두번째로 나타난 보살 같은 '착한 여자'가 어쩌면 그 모든 것을 알면서도 한 속물의 가증스러운 위선을 받아준 진짜 보살이라면 어떨까. 그것은 자신의 괴물성이 폭로되는 것이니 속물로서는 모골이 송연해질 일이다. 속물들을 대상으로 한 이런 외설적인 노출의 의례를 홍상수는 대중들을 상대로 벌여놓고 있다. 그럼으로써 그는, 속물이란 괴물성을 둘러싸고 있는 얇은 막과 같음을 보여주고 있다. 그의 세계에서 시선의 이동은 스크린의 안과 밖에서 이루어지고 있으며, 그것을 통해 우리 세계가 옷을 걸치고 걸어다니는 괴물들의 세계임을, 자기 자신이 무엇인지도 모르는 척하며(혹은 자기가 알고 있다는 사실을 모르는 채) 살아가는 괴물들의 세계임을 바라보게 된다.

두 편의 영화가 서로 다른 방식으로 보여주고 있는, 괴물성이라는 계기가 지니고 있는 윤리적 속성은 매우 분명하다. 괴물성이 포착되는 순간은 속물의 자기 인식이 이루어지는 순간이다. 속물은 언제나 타자의 시선 아래에 있는 자기 자신을 발견하는 존재이다. 저 혼자의 속마음을 들여다볼 때도 사정은 마찬가지이다. 괴물은 물론 타자의 시선 같은 것은 아랑곳하지 않는다. 어두운 마음속에 괴물이 갇혀 있을 때는 별문제이지만, 그 괴물이 마음 바깥으로 튀어나와 세상을 활보하며 괴물짓을 하는 것을 정면으로 바라보는 것은 괴로운 일이다. 괴물성에 대한 미메시스는 그런 형상과 장면 들을 우리에게 제공해준다. 그 외설적인 장면들을 바라보며 당황하고 있을 때 우리는 윤리적 계기의 한복판에 있는 셈이다. 하지만 그런 괴물성이 있어 미메시스가 작동된다고 말해서는 곤란하다. 제대로 된 미메시스가 괴물성을 만들어낸다는 것, 괴물성이란 일종의 발명품이라는 사실을 지적해두자.

7. 서사의 윤리

우리의 일상을 위협하는 괴물성에 대해서라면 그것에 대한 직접적 대답은 아렌트적인 의미에서의 행위여야 할 것이다. 그것은 생존을 위한 노동이나 세계의 유지를 위한 장인들의 작업과 구별되는 것으로서,[14] 그것의 가장 직접적 표현은 한 공동체의 대의 실현을 위한 정치적 참여로서 나타난다. 그에 대해서라면 수많은 당위적 언설들이 있을 것이되, 우리 시대의 그 주된 과녁이, 자신의 대립자를 잃어버린 채 무한 팽창에 돌입한 자유주의적 힘이라는 데는 별다른 이론의 여지가 없겠다. 그것에 맞서기 위해서는 네이션을 만들어낸 동포애(fraternity)와 공화주의를 강화해

---

14) 한나 아렌트, 『인간의 조건』, 이진우 외 옮김, 한길사, 1996, 4장.

야 한다는 것, 정치가 힘을 얻기 위해 필요한 것은 공학이 아니라 그것의 윤리적 계기라는 것 역시, 이제는 강조하지 않아도 충분할 것이다.

미메시스가 그런 의미에서의 행위가 될 수 있다면, 그것은 오로지 그 자체가 지니고 있는 윤리적 계기를 통해서만 그럴 수 있다. 미메시스는 한 대상을 베껴냄으로써 그 대상이 놓여 있던 자리로부터 그것을 들어올린다. 좀더 정확하게 말하자면, 한 대상은 예술 작품 속에서 재현(혹은 표현)되는 순간 비로소 자기 자신의 자리를 드러내기 시작한다고 해야 하겠다. 한 대상의 자리가 본디 이러저러한 모습으로 있었고 그러므로 우리는 그 자리를 향해 가야 한다고 말하는 것은 도덕주의의 오류(혹은 실체론적 오류)에 빠지는 것이다. 오히려 거꾸로 말해야 한다. 한 대상이 자기 자신과의 최소 차이를 드러내는 순간 그것이 있던 자리가 비로소 생겨난다고, 간극과 결여가 생겨나는 순간 그 자리는 거듭 새롭게 생겨난다고, 그러므로 그것은 고정된 당위의 자리가 아니라 그것이 동요하는 순간 잉태되는 어떤 것이라고. 한 대상과 그것의 자리 사이의 간극, 그 미세한 불일치는, 플롯을 통해서 혹은 시선의 이동을 통해서 혹은 살아 있는 괴물성을 포착해냄으로써 혹은 텍스트 속에 남겨진 얼룩들을 통해서 등등의 방법을 통해 드러나거니와, 그것이야말로 미메시스의 일이다. 남들을 보는 시선으로 우리 자신을 바라보게 되는 것, 신이 그리스도를 보는 시선으로 우리가 우리 삶을 바라보게 되는 것, 우리 안에서 알력을 빚는 상인과 전사의 힘, 속물과 괴물의 장력을 생생하게 감수하는 것, 그럼으로써 우리 자신과의 최소 차이를 확인하는 것, 그것이 미메시스의 일이라면 서사의 윤리에 대해 무슨 말을 더 보탤까. 미메시스의 일이란 그 자체가 서사의 윤리여야 할 것이다.

불안과 서사, 우리 시대 마음의 삶에 대하여

　김연수의 최근 장편 『원더보이』는 매우 특별한 경험을 통해 초능력을 얻은 한 소년의 이야기이다. 그는 교통사고로 유일한 가족인 아버지를 잃고 고아가 되었다. 그 대신 그는 타인의 마음을 읽을 수 있는 능력을 얻었다. 1970년생인 소년이 열다섯 살 때의 일이었다. 그가 지닌 초능력과 그것을 얻게 된 특별한 상황으로 인해 소년은 언론과 권력의 관심을 얻고 정보기관의 관리대상이 되며, 이 과정에서 1980년대 중반 권부와의 사이에서 벌어지는 우스꽝스러운 일들을 경험하게 된다. 김연수 특유의 정치 풍자와 블랙유머가 발휘되는 이 이야기는, 결국 소년이 얼굴도 본 적이 없는 엄마의 흔적을 찾는 이야기로 귀정되거니와 이 소설에서 흥미롭게 다가오는 것은 소년의 초능력이다. 소설 속에서 그것은 풍자와 유머를 위한 장치로 기능하지만, 이런 요소가 최근 다른 작가들의 작품 속에서도 드러나고 있다면 조금은 주목할 만한 것이 아닐까 싶다. 김영하의 『너의 목소리가 들려』 주인공의 경우도 타자의 고통에 대한 비상한 감응력을 지닌 신화적 인물이고, 또 성석제의 『위풍당당』에는 식물들과 교감하고 탁월한 치유능력을 갖춘 여성이 등장하기도 한다. 비슷한 시기에 등장한 이런 초능력들이야 우연이라고 할 수도 있겠지만, 그것을 현재 우리의 마음에 내재해 있는 어떤 예외성에 대한 갈망으로, 또한 그런 갈망 속에 잠복해 있기 마련인 불안의 표지로 읽는다면 어떨까. 아마도 그것은 극도의 불황기로 접어들고 있는 현재의 경제적 상황과 또한 현정부가 출범한 후 퇴보를 거듭해온 우리의 사회적 정의의 수준과도 연관되어 있을 것이다.

이 글에서는 우리가 당면해 있는 경제적 불안을 화두로 하여, 다음과 같은 텍스트들을 읽어볼 것이다. 김인숙 단편소설 「빈집」, 김영하 장편소설 『너의 목소리가 들려』, 장강명 장편소설 『표백』, 은희경 장편소설 『태연한 인생』 등의 작품[1]과, 지난 4·11 총선의 결과, 마르크스의 가치 개념, 라캉의 성차공식 등이 그것이다. 우리 시대의 마음은 어떻게들 살아가고 있는가.

1. 불안과 타자의 위기

불안은 우리 삶 속에 상시적으로 내재해 있다. 언어를 사용하는 동물로서 인간의 속성이 만들어내는 내적 불안에서부터 구체적이고 직접적으로 직면해 있는 현실적 불안에 이르기까지, 불안은 우리 마음의 생활에서 일용할 양식과도 같다. 특히 지금처럼 불황의 수렁 속으로 빠져들어가고 있는 세계 경제의 위기 상황에서 우리가 당면하게 되는 불안은 매우 현실적이고 생생하다.

경제의 위기가 마음의 언어로 표현되듯, 불안 역시 마음의 언어로 존재한다. 고통과 부자유와 생존 자체의 위험 같은 것들은, 지금 현재의 것이 아니라 장차 다가올 것일 때 마음에는 좀더 큰 압박이 된다. 불안을 낳는 존재의 불안정성은, 외적 안정성을 둘러싼 현재와 미래 사이의 이 같은

---

1) 김인숙, 「빈집」, 『세계의문학』 2012년 여름호; 김영하, 『너의 목소리가 들려』, 문학동네, 2012; 장강명, 『표백』, 한겨레출판, 2011; 은희경, 『태연한 인생』, 창비, 2012. 위 책의 인용은 본문에 쪽수만 표시함.

격차에 비례하여 급격해진다. 물론 동시다발적으로 생겨나는 바로 그 불안정성의 흐름에 의해 부양되고 성장하는 것이 자본주의이기도 하다. 왜 돈을 모아두어야 하는가. 사람들은 이구동성으로 말한다. 내일 당장 닥쳐올지도 모르는 위기에 대비하기 위해서라고. 자본제적 생산양식 속에서 상품들은 팔린다는 것을 전제로 하여 생산된다. 상품은 아직 실현되지 않은 가치를 자기의 것이라고 주장하면서 시장에 나선다. 상품의 그런 주장이 증명되기 위해서는 판매라는 절차를 거쳐야 한다. 교환과정에 들어가는 상품만이 가치를 지닐 수 있다. 제아무리 많은 양의 노동이 투여되어 있다 하더라도 사정은 마찬가지이다. 상품 생산이란 기본적으로 타자를 위한 생산이다. 그러므로 그것의 가치는 시장이라 불리는 타자의 장을 통해서만 증명될 수 있다. 그러므로 판매에 실패하는 순간 미리 당겨쓴 미래의 가치는 그대로 부채가 되고 상품의 영혼은 지옥에 처박힌다. 마르크스가 판매를 두고 상품의 목숨건 도약(salto mortale)이라고 했던 것도, 또 가재가 자기 껍데기를 벗어던지는 것만큼이나 어려운 것이라 했던 것도 그 때문이다. 물론 그런 어려움은 상품의 입장에서 보았을 때, 즉 갑이 아니라 을의 입장에서 보았을 때 그렇다는 것이다.

그러나 이런 사정이 비단 상품만의 것이 아님은 두말할 나위가 없다. 자본제적 질서를 기축으로 하여 유지되는 세계에서 상품의 존재양식은 모든 존재들에게 원형이 된다. 생산자의 입장에서 볼 때 상품의 판매에 성공하는 것은 그 존재에 대한 사회적 인정을 획득하는 일이다. 상품에 투여된 나의 노동이 내 개인의 필요에 국한된 것이 아니라 다른 사람들의 필요 일반에 부응하는 것임을 인정받는 일, 그것이 곧 판매이고 내 수중의 돈은 그 결과이다. 이는 자신의 능력을 팔아야 하는 사람의 입장에서도 마찬가지이다. 판매라는 선을 통과하는 것은, 현재의 내가 만들어지기 위해 투여되었던 음양의 노력이 다른 사람들의 인정을 받을 수 있는지 없는지가 판가름되는 순간이다. 그러므로 사회적 개인으로 살아가고자 하는 사람이라면 누구든, 구직자이건 승진을 앞둔 직장인이건 경영자건 사주건 간에 그런 인정의 선 앞에서 마음을 졸이지 않을 수 없다. 그런 불안은 시장경제의 메커니즘 속에서 상시화되어 있다. 불안의 주체는 타자의 인정에 의탁함으로써 불안을 전가하고 그렇게 전가되는 불안들의 흐름을 통해 하나의 공동체를 이룬다. 문제는 그 불안의 흐름들이 급격한 단절의 지점을 만나 응집들을 만들고 마침내는 타자의 인정 너머로 범람할 때이다. 경제의 위기는 그래서 언제나 유동성의 위기로, 화폐 흐름의 위기로, 금융의 위기로, 흐름이 차단되어 전이의 통로를 잃은 불안의 위기로, 궁극적으로는 타자의 인정의 위기로 다가온다. 경제의 위기가 '꽁꽁 얼어붙은 시장'이나 '공황상태에 빠진 투자자들'과 같이 마음의 언어로 표현되는 것은 그 때문이다.

그런데 중요한 것은 바로 그런 마음이 단순히 주관적 환영이나 착각 같은 것이 아니라 현실적 위력으로 작용하는 객관적 힘이라는 점이다. 『자본론』의 초입에서 마르크스가 사용가치/교환가치/가치의 삼항조에 대해 헤겔적인 틀을 동원해서까지 애써 설명하려 했다는 사실을 상기해보자. 그의 논리 속에서 사용가치와 교환가치의 구분은 매우 분명해 보인다. 그렇다면 가치는 왜 필요했을까. 가치가 상위개념이고, 나머지 둘은 거기에 속하는 하위개념이라는 것인가. 헤겔식의 대립규정이 그렇듯, 이처럼 분류되는 가치에는 두 종류가 있다. 진짜 가치에 해당되는 것과 그렇지 않은 것. 마르크스의 논리에 따르면, 상품경제의 영역에서 가치는 단 하나 교환가치만이 있을 뿐이다. 사용가치란 자의적인 주관성의 영역, 곧 경제의 영역 바깥으로 배제되는 어떤 것이다. 이런 뜻에서 이 셋의 구분은 라캉이 말하는 상상/상징/실재의 구분과도 부합하거니와, 이런 일치가 가능한 것은 그 둘의 바탕에 주관/객관/절대라는 헤겔적인 틀이 놓여 있기 때문이다. 헤겔의 논리 속에서 어떤 것이 절대적이라면 그것은 주관적이면서 동시에 객관적임을 뜻한다. 마르크스가 생각했던 가치의 개념도, 주관적인 것이면서 동시에 사람들 사이에서 객관적인 힘을 발휘하는 사람의 무의식도, 사람의 마음도 바로 그 같은 헤겔적인 의미에서 절대적이다.

사용가치와 교환가치는 왕왕 진정한 가치와 타락한 가치로 받아들여지곤 하거니와, 그런 생각은 자기 존재를 자본제적 세계의 외부로 옮겨놓을 수 있는 사람에게만 가능한 것이다. 그리고 그런 이해의 방식은 무엇보다도 『자본론』의 마르크스에게는 터무니없이 통속적이다. 어떤 물건의 사용가치는 물건과 그것을 사용하는 사람과의 관계 속에서 생겨난다. 그러므로 한 물건의 사용가치는 그것을 사용하는 사람의 숫자만큼이나 천차만별이다. 한 나라의 최고 권위인 왕자의 옥새가 거지소년에게는 호두까기가 될 수 있는 것이 사용가치의 영역이다. 반면에 교환가치는 하나의 상품이 일정한 기간 동안 거래된 평균 가격과도 같은 것이어서 사회적으로 공인된 객관적인 형태를 지닌다. 상품의 입장에서 보자면, 사용가치란 구매자를 향한 상품의 약속이나 추파이고, 교환가치는 구매자들에 의해 화폐의 양으로 환산된 객관적 가치의 표현이다. 이런 점에서 사용가치와 교환가치의 구분은, 라캉이 말하는 상상적인 것과 상징적인 것의 구분과 일치한다. 하나가 주관적 착각의 산물이라면 다른 하나는 집단적 자기기만의 세계이다. 사용가치란 사람마다 달라질 수밖에 없는 허깨비나 환영과도 같은 것이지만, 교환가치는 한 사회적 체계에 의해 공인된 것, 비록 그것이 그 체계의 자기기만일 수는 있어도 어쨌거나 그 체계 내에서는 객관적 실체성을 지니고 있는 것이다. 그리고 마르크스가 말하는 가치는 바로 그 사회적 실체성, 교환가치의 내부에 있다고 사람들이 생각하는 어떤 본질적인 것에 해당한다. 말하자면 교환가치란 그 자체가 가치인 것이 아니라 그것의 외적 표현이고, 가치는 그 내부에 있는 어떤 실체의 자리를 지칭하는 것이다.

물론 이런 식의 구분은 일견 불필요해 보이는 사유의 조작일 수도 있다. 실제로 시장이라는 현실 속에 존재하는 것은 가치도 교환가치도 아니고, 개별적인 상품들의 가격일 뿐이다. 우리가 현실 속에서 확인하는 것은 소비자가격과 공장도가격, 도매가격 혹은 세일가격 같은 다양한 형태의 가격들인 것이다. 가격은 우리 눈앞에 구체적인 숫자로, 감각적인 것으로 존재한다. 그리고 사용가치도 주관적인 것이므로 각자가 그 나름의 방식으로 확인할 수 있다. 그러나 교환가치, 더욱이나 가치 같은 추상적 실체는 확인하기 어렵다. 그럼에도 마르크스가 곡예와도 같은 방식의 사유를 통해 교환가치와 가치의 개념을 고수하고자 했던 것은 무엇 때문인가. 그 이유는 그의 특유의 가치개념 속에 드러나 있다.

계산되고 측정되기 이전에 타자의 장에서 먼저 평가를 거쳐야 하는 것으로서 가치는, 사회라 불리는 집단적인 마음의 결과로, 상호주관적인 것으로서 탄생한다고 해도 좋겠다. 마음의 산물이므로 주관적인 것이되, 한 개인에게만 국한되는 것이 아니라 집단화된 주관성의 산물이라는 점에서, 가치는 그 영역 안에서는 객관적 실체로서, 즉 사회적 실체로서 작동한다. 거꾸로, 그 가치가 위력적으로 작동하는 것은 오로지 그 사회 안에서만이다. 무인도로 들어가는 순간 화폐는 한 조각의 금속이나 인쇄물이 되듯이, 사회를 떠나는 순간 가치는 힘을 잃는다. 객관화된 마음의 영역이 사라지면 오로지 가치의 척도는 주체 자신에게 귀속되고, 상징계의 압력에 짓눌려 있던 상상적인 사용가치의 영역은 되살아난다. 고독 속에 있기를 두려워하지 않는다면 우리는 사회적인 것으로서의 가치 같은 것은 무시해버려도 좋다. 교환가치란 남들의 눈이 만들어낸 허깨비이고 오로지 내게 중요한 사용가치만이 진짜라 말할 수 있을 것이다. 그리고 그때 가치의 번역어는 value가 아니라 worth가 될 것이다.

그러므로 마음의 생활에서 불안이 치명적인 문제가 되는 것은 고립감과 결합되었을 때이다. 불안이 있다 하더라도 그것을 전가할 타자의 장이 있을 때는 문제가 되지 않는다. 게다가 그런 전이의 외적 흐름이 있어 거기에 내 마음을 실을 수 있다면 더욱이나 문제될 것은 없다. 오히려 불안의 존재는 긴장을 야기하는 삶의 활력소가 될 것이다. 문제는 그 흐름이 차단되었을 때, 혹은 불안을 옮겨놓을 타자의 장의 존재가 위태로울 때이다. 그래서 우리에게 불안이 문제가 된다면, 고통이나 명시적인 공포 같은 것이 아니라 까닭 없이 두근거리는 심장처럼 불안이 문제가 된다면, 그것은 주체가 아니라 타자의 위기가 도래하고 있다는 하나의 신호라고 해도 좋을 것이다. 타자의 호명에 제대로 부응하지 못한 주체의 위기가 아니라, 호명 그 자체에 내재한 위기가 문제가 되는 것이다. 우리는 그런 신호들을 현금의 여러 텍스트 속에서 읽을 수 있다.

2. 라캉의 성차공식과 김인숙의 「빈집」

한국사회가 1997~98년의 외환위기를 기점으로 근본적 변화를 시작했다고 한다면, 그것은 단순히 경제적 위기의식이나 외환을 위시한 금융제도의 변화 정도가 아니라 좀더 근본적인 것, 시대정신의 변화라 부름 직한 사람들의 마음 일반의 변화를 지칭한다고 해야 할 것이다. 한국 경제가 IMF가 요구한 체제의 지배 아래로 들어간 바로 그 시점이야말로 한국에서 현실사회주의의 몰락이 완수되는 시점이었다고 해도 좋겠다. 한국에서 대안적 정치 이념으로서의 사회주의의 몰락은 소비에트연방이 해체된 1991년이 아니라 1998년에야 비로소 완수되었다고 해야 할 것이다. 외환위기를 극복하는 과정에서 도입된 신자유주의적 처방은, 현실원칙으로서의 자본주의의 이념을 압도적 지위로 부각시켰다. 현실생활에서뿐만이 아니라 담론의 차원에서도 사정은 마찬가지였다.

IMF체제의 가혹함으로 인해 많은 사람들이 고통을 겪었지만, 2008년 미국발 금융위기로부터 시작된 현실을 지켜보고 있는 사람의 입장에서 보자면, 그것은 우리 마음에 진정한 위기였다고 말하기는 어렵다. 그것은 단지 시작에 불과했다고 해야 하겠다. 당시의 외환위기는 국내의 경제체제를 제대로 관리하지 못한 결과로 받아들여졌다. 국민경제의 시선으로 보았을 때 그것은 자기 자신의 문제로 인해 비롯된 위기였고, 그래서 그것은 그 극복을 위해 사회적으로는 공동체의식을 고양시킴으로써 오히려 국민적 결속감을 강화했던 측면이 있다. 고통은 있었을지언정 불안은 없었다는 것이다. 많은 사람들의 호응을 이끌어냈던 '전 국민 금모으기 운동'이라는 현상이 그런 마음을 상징하고 있다. 게다가 이른바 글로벌 스탠더드라 불렸던, 탈냉전시대 절대제국으로서의 미국체제가 경제적 모델로 눈앞에 있었다. 비록 힘들지만 모두 힘을 모아 위기를 극복해가면 제대로 된 경제체제를 만들 수 있으리라는 생각이, 최초로 선거를 통해 정권 교체를 이뤄낸 김대중 정부에 대한 기대와 결합되어 있었다. 타자가 분명할 때 주체의 결여는 문제될 것이 없다. 가야 할 길이 뚜렷하다면 가는 길의 고역스러움은 오히려 의지의 동력이 될 수 있는 것이다.

하지만 그 뒤로 어떤 일이 벌어졌는지, 그것이 어떤 착각이었는지는, 지난 15년 동안 우리가 이미 지켜보아온 바와 같다. 지속적으로 추구되어온 경제적 효율성 위주의 사회질서 재편은 소득분배의 불평등으로 귀결되었고, 1997년 이후 추세적으로 증가해온 지니계수가 그 중요한 지표이거니와 또한 그와 같은 수준으로 증가한 것은 사회적 부정의에 대한 감각의 예민성이다. 사회적 마음 생활에서 문제가 되는 것은 언제나 사회적 불평등이나 부정의, 공동체의식의 부재 등에서 비롯되는 고립감이다. 정의롭지 않았던 나의 일부가 문제가 된다면 그것을 떼어냄으로써 해결될 수 있겠지만, 정의의 기준이 위태로워진다면 그것은 진짜 문제가 아닐 수 없다. 게다가 좀더 큰 문제는 이른바 선진금융기법이라는 호칭으로 타자의 자리를 차지하고 있었던 미국의 금융이 위기의 진원지가 되었다는 사실이다. 2008년 미국의 금융위기로부터 시작된 미국과 유럽의 금융위기는 타자의 결여를 발견하는 일이 어떤 것인지를 보여주었다. 화폐가 자본주의의 혈액이라면 금융은 심장에 해당된다. 금융권의 탐욕으로 인해 생긴 위기를 공적 자금의 투입으로 해결하는 양상은, 정의에 대한 요구를 제압해버리는 불안의 압도적 위력을 보여주는 대표적인 사례이다. 신용의 붕괴가 초래할 수 있는 사태에 대한 불안 앞에서는 그 어떤 대의도 무력할 수밖에 없다.

라캉이 정식화한 성차공식의 도움을 받는다면, 불안이 스스로를 표현하는 두 가지 방식에 대해 구분해볼 수 있겠다. 먼저 성차공식을 간단하게 요약해보자. 여기에서 성차(sexuation)란 언어 사용에 의해 포획된 두 형태의 마음의 차이를 뜻하며, 상징의 차원에서 이루어진다는 점에서 생물학적 성차와는 무관하다.[2] 라캉의 이론 자체가 그렇기도 하지만, 그가 성차공식을 제시한 『세미나 20』에서도 언어에 대한 성찰의 영향은 압도적이다. 남성은 전체/예외의 짝으로 구성되며, 여성은 개별/비-전체가 짝을 이룬다. 그가 수학소로 표현한 남성은, '모든 사람은 거세되어 있다(전체)/어떤 사람은 거세되어 있지 않다(예외)'이다. 또 여성은, '누구도 거세되어 있지 않은 사람은 없다(개별)/모두가 거세되어 있는 것은 아니다(비-전체)'로 쓸 수 있다.[3] 이 둘은 진리치 자체로 보자면 완벽한 등가이

2) 그의 체계에 언어(즉 기표)의 중요성은 새삼 강조할 필요가 없지만, "남자, 여자 그리고 어린이는 기표에 불과하다"라는 그의 말을 직접 인용해두자. 이 셋의 구분은 강박/히스테리/도착으로 연결될 수 있다. 인용은, Jacques Lacan, *Seminar XX: Encore*, Trans. Bruce Fink, New York: Norton, 1998, 33쪽.
3) 라캉이 제시한 성차의 도표는 다음과 같다(번다하므로 상단만 밝혀둔다). 여기에서 거세는 물론 상징적인 것이다(대문자 파이의 함수는 상징적 차원에 존재하는 남근의 함수를 뜻한다). 같은 책, 73쪽.

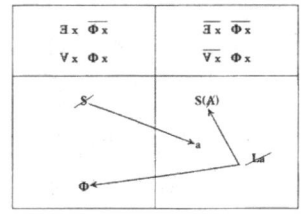

다. 전체를 나타내는 긍정 명제(남성)와 개별을 보여주는 이중부정의 명제(여성)가 그렇고, 또 예외(남성)와 비-전체(여성)의 명제도 마찬가지이다. 그러나 논리적으로 동일한 진리치를 지니고 있는 이 둘은, 언어의 수행적인 측면에서 보자면 정반대의 의미로 나타난다. 남성의 발화는 먼저 전체를 규정하고 그 나머지를 예외로 돌림으로써, 즉 전체에 드러난 빈자리를 예외성으로 채워넣음으로써 전체의 균열을 보완(complement)하는 방식이다. 반면에 여성의 경우는 개별자들을 하나씩 하나씩 확인해나가는 것이고, 덧붙여 보충(supplement)함으로써 세계를 확장해가는 방식이다. 그러므로 여기에는 규정된 전체가 없다. 그런데 이 둘을 구분하는 것이 왜 중요한 것인가. 논리적으로는 같은 값을 갖는 명제라 할지라도, 전체로부터 출발하는지 혹은 개별로부터 출발하는지에 따라 이데올로기적으로는 정반대의 함의를 지닌다. 그리고 여기에서 예외성에 대한 강력한 인력은 주체가 책임질 수 없는, 혹은 책임지려 하지 않는 불안의 표지가 된다.

남성 발화의 대표적인 예로, 4 · 11 총선의 결과를 들 수 있겠다. 선거 국면에 접어들면서 집권당에게는 '민간인 불법 사찰'이라는 초대형 악재가 터져나왔었다. 정의와 공동선의 공식적 수호자여야 할 정부의 최고 수뇌부가 국민을 상대로 조직적인 불법을 저질렀고 게다가 그것을 은폐하려 했다. 하지만 이러한 사태에 대한 유권자들의 생각은, 명백하게 드러나 있는 비위 사실을 지닌 후보를 현 정부의 대통령으로 선출했던 2007년 대선의 결과와 크게 다르지 않은 것으로 드러났다. 총선에서 집권당이 거둔 예상 밖의 승리는 민간인 불법 사찰이라는 이슈에 대해 유권자의 집단 의지가 귀를 기울이지 않았던 것으로 해석되었다. 그런 결과를 낳은 원인으로는 다양한 것들이 지목될 수 있겠으나, 그 결과 자체가 전달하고 있는 유권자들의 집단적인 메시지는 타자의 위기가 만들어낸 불안이라는 말로 요약될 수 있다. 그 선거 결과가 누군가에게 승리였다면 그것은 예외성을 갈망하는 거대한 불안의 승리라 해야 할 것이다. 불안이 커지면 예외성에 대한 갈망도 커진다. 경제를 살린다면, 많은 것들을 예외로 해줄 수 있겠다는 말이 곧 그것이겠다. 결국 그 언어가 지닌 위력으로 인해, 민간인 불법 사찰이라는 사안은 유권자들의 마음속으로 파고들지 못한 셈이다.

4·11 총선 결과를 통해 표현된 유권자들의 마음은 냉소적이다. 그것은 예외를 설정함으로써 전체성을 보완하고자 한다는 점에서 전형적인 남성 발화의 형식을 지니고 있다. '모든 국민은 국법을 준수해야 한다'는 보편적 명제가 지니고 있는 현실적 한계는 '국가의 운영자들은 안 그래도 된다'는 예외에 의해 보완된다. 또 '모든 국민은 법이 정하는 범위 내에서 감시 없이 살아야 한다'라는 형식적인 보편성은 '어떤 사람들은 불법적으로 감시받아도 된다'라는 예외에 의해 보완된다. 전체가 주어로 등장하면 거기에는 어김없이 예외가 수반된다. 그것은 스스로를 한계지어진 존재로 인식하는 주체의 불안이 지니고 있는 힘이다. 매우 일반적인 차원에서 말한다면, 어떻게 살아야 제대로 사는 것인지 모르겠다는 문장은, 그것을 알고 있으리라고 생각되는 어떤 존재의 자리, 예외성에 대한 강렬한 열망을 담고 있다. 물론 여기에서 고수되어야 하는 것은 예외성의 자리, 곧 어떤 절대성의 자리일 뿐이며 그 구체적인 내용은 얼마든지 교체 가능하다. 남성 담론이 원하는 것은 주체의 완전성이다. 자기의 세계가 완전할 수 없는 상황에서 사태를 완전하게 장악할 수 있는 방법은, 장악할 수 없는 것을 예외로 돌리는 것이다. 따라서 예외성의 자리는, 주체를 완전하게 만들어줄 타자를 위한 공간이면서 동시에 주체의 완전성을 위해 추방당한 것들의 공간이기도 하다. 그러니까 그곳은 신이나 예언자나 절대적 스승의 자리이면서 동시에 서발턴과 이주노동자, 비정규직 또는 여성의 자리이기도 한 것이다. 그 모든 것들은 주체의 완전성을 위해 예외의 영역으로 격리된다.

그렇다면 여성 발화의 경우는 어떠한가. 남성의 출발점이 전체라면 여성의 출발점은 개별이며, 거기에서 전체는 부정되기 위해 존재하는 어떤 가상적인 경계에 지나지 않는다. 하나씩 하나씩 추급해가는 것이기에 전체는 언제나 완성되지 않은 채로, 곧 비-전체로 남아 있으며, 전체의 윤곽이 확정되지 않았으므로 전체의 외부, 즉 예외도 설정될 수 없다. 이런 점에서 여성 발화는 구체적이고 직접적이며 하나씩 하나씩 끝없이 이어지는 이야기나 수다와도 같다. 남성 발화가 대표 단수를 주어로 갖는 규정의 언어라면, 여성 발화는 고유명사가 주어가 되는 확산의 언어라 해도 좋겠다. 정결한 경계를 지닌 조바심과 불안의 세계가 아니라, 뒤죽박죽으로 뒤엉킴으로써 결과적으로 경계 일반에 대한 혐오를 드러내는 고유성의 언어가 곧 여성 발화이다. 이런 뜻에서, 남성의 발화가 공적 담론의 형식을 지니고 있다면 여성의 발화는 사적 서사의 형식을 지닌 것이라 해도 좋겠다. 웅변에 맞서는 수다의 형식이 그것이겠다. 4 · 11 총선의 결과를 여성 발화로 번역한다면 어떨까. 불법 사찰을 받은 비공무원들의 이름이 하나씩 호명되고 있을 것이다. 게다가 그 문장은 스스로가 서사를 이루어가고 있으니, 그에 대한 진술은, '조만간 그들은 그것이 승리가 아님을 알게 될 것이다'가 될 것이다.

이와 같은 여성 발화의 형식이 소설 속에서 풍부하게 검출되는 것은 당연한 일이다. 미메시스로서의 소설은 담론이 아니라 서사의 공간이기 때문이다. 담론의 남성성이 어떻게 서사의 여성성으로 전화되는지를 최근의 한 단편소설을 통해 살펴보자.

김인숙의 단편소설 「빈집」은 27년째 결혼생활을 하고 있는 한 부부의 이야기이다. 용달차 운전을 하는 남편이 있고 그를 바라보는 아내가 있다. 남매를 낳아 그럭저럭 성공적으로 키워냈다. 남편은 건실하고 착한 사람이지만 융통성이 없어 사회생활과는 맞지 않는 사람이다. 큰 사고도 당하지 않았고 이렇다 할 일탈도 없이 굼벵이처럼 자기 일을 해서 아이들을 키워낸 삶의 이야기이니 그런 정도로 만족할 만한 인생으로 생각해도 좋겠다. 너무나 평범하고 소심한 남편을 은근히 경멸했던 아내가 그 남편에 대한 사랑을 새삼스럽게 확인하는 것으로 이야기는 끝난다. 그런데 그 마지막 부분에 부록처럼 붙어 있는 한 장면이 있다. 지금까지와는 달리, 남편이 시선의 주체로 등장하는 이야기이다(실제로 남편의 시선일 수도 혹은 아내가 상상하는 남편의 시선일 수도 있다). 환상적으로 처리되어 있는, 착한 오십대 블루컬러 남자의 비밀에 관한 이야기가 그것이다. 물론 비밀이라 하더라도 추리소설을 좋아하는 아내가 상상했던 것처럼 27년 전에 죽인 여자의 사진 같은 것과는 아무 상관이 없는, 그냥 빈집의 이야기가 그 전부이다. 친척에게 유증받은, 재산 가치가 전혀 없는 다 쓰러져가는 빈집, 더 정확하게는 그 비어 있는 공간이 남자의 비밀인 것이다. 거기에는 충성스러웠던 죽은 개의 영혼이 있고, 그가 이삿짐을 날라주었던 여자아이들의 원룸 열쇠들이 있다. 그리고 그 나머지 모든 것들은 그 밖으로 추방당했다. 거기에는 하늘도 신도 없다. 오로지 자기 자신만이 있을 뿐이다. 그것이 그 남자를 기쁨에 들뜨게 하는 비밀이다.

이런 이야기의 골격은 전체성과 예외라는 남성 언어의 틀에 기초해 있다. 타자가 배제된 빈집은 전형적인 남성적 공간이다. 주체의 완전성을 위협할 불안들은 그 바깥의 예외의 공간으로 깨끗하게 제거되었다. 그런데 이런 골격의 이야기를 여성적 서사로 만드는 것은 무엇인가. 그 공간을 채우는 오십대 용달차 운전수의 마음, 그가 이 공간에서 누리는 비밀스러운 기쁨과 남다른 환희의 느낌 들이 바로 그것이다. 그 마음이 그 공간을 강박증의 빈집에서 히스테리의 창고로 만든다. 김인숙의 묘사에 따르면, 남자가 모아놓은 열쇠들은 자기들끼리 교미하여 번식하고, 그 열쇠에 딸려 있는 원룸들을 빈집으로 끌어모은다. 그런 환상으로 인해 빈집은 가득 차고 남자는 집을 넓혀야겠다는 생각을 하게 된다. 그것이 그의 비밀스러운 기쁨의 원천이거니와, 흡사 부록처럼 붙어 있는 이 짧은 이야기는 그것이 담고 있는 정서의 강렬함으로 인해, 앞에 나왔던 아내의 본문을 오히려 긴 부록으로 만들어버린다.

본문 속에서 아내는 27년 동안 함께 살았던 남편을 판단하고 평가하고 그리고 그로 인해 생겨난 틈을 무심히 바라보다 황황히 사랑이라는 단어로 봉합한다. 아내의 이야기 속에 등장하는 사랑이라는 단어는 느닷없는 소집에 어쩔 수 없이 응한 한국의 예비군 같은 표정을 짓고 있다. 하지만 부록 속의 빈집에서 남자는 자족적이고, 무한증식하는 열쇠들의 흐름을 자기 것으로 느끼고 있다. 이런 점에서 보자면, 자기에게 불가피한 것으로 주어져 있는 것을, 마치 그 자신이 선택한 것처럼 스스로에게 위장하는 아내는 오히려 여자의 옷을 입은 남자이고, 기성적인 기쁨의 체계로부터 벗어나 그것과는 다른 기쁨을 홀로 비밀스럽게 누리고 있는 남편은, 즉 '또다른 주이상스'를 누리고 있는 남편은 남자 옷을 입은 여자라 해야 할 것이다. 그리고 그럴 때 남자의 비밀스러운 공간인 빈집은 무한증식하는 환상 대상으로 가득 채워진 창고가 된다. 전자가 강박증의 공간이라면 후자는 히스테리의 공간이라 해도 좋겠다. 이런 전도가 가능한 것은 이들이 담론이 아니라 이야기의 영역 속에, 소설이라는 미메시스의 영역 속에서 묘사되고 있기 때문이다. '모든 남자에게는 빈집이 있다'와 같이 제시될 수 있는 남성 담론을, 김인숙은 그 용달차 운전수의 환희에 찬 빈집이라는 여성 서사로 고쳐놓고 있는 셈이다. 빈집인 줄 알았는데 알고 보니 창고였던 것이다. 그것을 가능케 하는 것은 말할 것도 없이 미메시스의 힘이다.

3. 미메시스: 예외성에서 고유성으로

서사 형식이 지니고 있는 여성적 속성은 그것이 지니고 있는 미메시스적 성격에서 더욱 두드러진다. 자신을 누군가의 입으로 제공하는 것이 여성의 형식이라면, 말의 내용과 상관없이 말하는 입이 자신의 것이라야 하는 것은 남성의 형식이다. 여성의 서사가 인간의 것이라면 남성의 담론은 신의 것이라 해야 할 것이다. 『태연한 인생』의 은희경이 작중인물의 입을 빌려, "여자애들은 혁명보다 혁명가를 좋아해서 운동했다더니, 남자애들은 정의보다 정의를 집행하는 힘에 도취되었던 거야?"(83쪽)라고 했던 것은 둘 차이의 핵심을 찌르고 있다. 미메시스는 드러내는 것이기 이전에 내 밖에 있는 어떤 것을 받아들이는 것이다. 말하기보다 우선하는 것은 듣기이다.

작가가 자신이 만들어낸 인물들에 대해 자기와는 분리된 객관적인 존재인 것처럼 기술하는 것은, 장편소설 뒤에 실려 있는 '작가의 말' 같은 곳에서 매우 자주 확인할 수 있다. 인물을 만드는 것까지는 작가의 권한일 수 있지만, 그 인물의 행로와 그것이 이루는 서사의 흐름을 결정하는 것까지 온전히 작가 자신의 영역이라고 하기는 어렵다는 것이다. 김영하는 최근 자신의 장편소설 『너의 목소리가 들려』에 관한 한 대담에서 다음과 같이 말했다.

소설 속의 인물들은 작가의 말 따위는 듣지 않습니다. 아무리 외쳐도 그들은 마치 들리지 않는 것처럼 딴전을 피워댑니다. 마침내 작가는 깨닫게 됩니다. 자신의 지엄한 말이 저기, 자신이 창조한 세계에는 가 닿지 않는다는 것을. 그것은 매우 이상한 경험입니다. 게다가 시간이 흐를수록 소설 속의 세계는 나름의 자율성을 획득합니다. 그들은 오직 '이전에 무엇이 쓰여졌는가'에만 기대어 살아갑니다. '작가가 뭘 원하는가' 따위에는 관심이 없습니다. 소설의 말미에 이르면 세계에 대한 작가의 통제력은 0에 수렴합니다. 그리고 알게 됩니다. 이제는 인물들이 말하고 작가가 듣는다는 것을.[4]

비단 소설만이 아니라 예술작품을 만드는 데 있어 주체의 의도를 관

---

4) 김영하·황종연, 「아무도 가보지 않은 가장 낯선 곳에서」, 『문학동네』 2012년 여름호, 49쪽.

철시키려는 시도는 어김없이 대상이 지니고 있는 고유한 저항과 만난다. 『인간의 미적 교육에 관한 서한』의 실러는 그것을 형식 충동과 소재 충동으로 구별했거니와, 어떤 작가의 의지나 의도라는 것도 종국적으로는 그런 저항과 결합함으로써, 물질적인 형상화와 그에 수반되는 변성과정을 거쳐 비로소 표현될 수 있는 것이라 해야 하겠다. 그리고 그 반대의 경우도 마찬가지겠다. 소재가 지니고 있는 고유의 특성이 드러날 수 있는 것 역시, 그 밖에서 그것을 다루고자 하는 어떤 의도를 만났을 때이다. 그런 점에서 그 둘은 서로에게 의존적이다. 그러니까 미메시스로서의 예술이란 주체와 대상의 이러한 상호작용 속에서 이루어지는 것인데, 그렇다면 그 결과로서의 작품이 반영해내고 있는 것은 무엇인가. 일차적으로 그것은, 형식 충동에 의해 변형된 소재의 모습이자 동시에 소재 충동에 의해 굴절되어버린 주체의 의지이기도 할 것인데, 거기에서 한발 더 들어가면, 그런 상호작용을 만들어낸 힘이 좀더 깊은 곳에 놓여 있다고 해야 할 것이다. 그것은 소재나 작가 어느 한쪽에 국한된 것이 아니어서 그 둘이 얽혀 만들어내는 유동성 속에 있다고 함이 적절하겠다. 예술작품이 그것을 형상화하고 있다면, 작가란 세계의 의지에 대한 영매 같은 존재로서, 그 힘을 느끼는 몸이자 그것을 말하는 입으로 존재하는 것이다.

미메시스의 힘이 우리 시대의 마음을 어떻게 포착해내고 있는가. 김영하의 『너의 목소리가 들려』를 통해 미메시스의 작용을 확인해보자. 이 소설은 폭주족 예수라 할 만한 청년(제이)의 이야기이다. 서울의 한 고속버스터미널 화장실에서 십대 미혼모의 버려진 자식으로 태어나 거친 성장 과정을 거쳐 폭주족들의 리더가 되고, 대폭주의 날 무리를 이끌다 성수대교에서 죽은 한 비극적 영웅의 이야기는, 골격 자체가 예외성에 대한 선망을 함축하고 있다. 남다른 존재의 이야기, 제대로 된 진짜 인생을 살다 가는, 보통과는 다른 사람의 이야기라는 점에서 그러하다. 그리고 서사 자체가 지니고 있는 예외성에 대한 선망은, 우리 마음의 현실적 지반이 지니고 있는 취약성과 불안을 그 바탕에 깔고 있다. 그런데 이런 특별한 존재가 어떻게 소설의 주인공이 되어 서사의 지반에 안착하는가. 여기에는 세 개의 시선이 동원되고 있다. 어릴 적부터 제이를 지켜보아온 친구이자 배신자 유다의 역할을 수행하는 동규, 그리고 할리 데이비슨을 모는 경찰 박승태 경위, 그리고 세번째는 작가 자신이다. 물론 여기에서 작가는, 「비상구」라는 단편소설을 쓴 작가로 나오지만 어디까지나 소설 속 등장인물로서의 작가 김영하이다.

소설 속에서 제이는 예수와 흡사한 위상을 지니고 있다. 제이라는 이름부터가 그러하고, 타자의 고통을 자기 것으로 받아들이는 영적 감수성, 생쌀을 씹으며 방황했던 시절의 삽화들, 그리고 대폭주의 피날레로서 성수대교 남단에서 수많은 사람들에게 목격되었다는 승천의 장면 등이 제이라는 존재의 특별함을 표상한다. 물론 이런 그의 예외적 속성은 현실적인 디테일로 중화되어 있지만 그것은 소설로서 마땅히 갖추어야 할 의장일 것이다. 그의 존재가 지니고 있는 특별함과 예외성은, 그에 관한 이야기의 절반 이상을 담당하고 있는 화자 동규에 의해 증언된다. 무엇보다도, 선택적 함구증이라는 특이한 질환으로 말을 하지 못했던 어린 날의 동규 자신이 증언자이다. 제이는 말 못 하는 동규의 마음을 읽고 세상을 향해 통역자 역할을 해주었던 인물이었다. 그리고 폭주족이 된 제이의 이야기는 그들을 단속해야 하는 경찰 박승태에 의해 승계된다. 박승태는 경찰이지만 또한 자신이 라이더의 영혼을 지니고 있다고 스스로 생각하고 있는 사람이다. 고급 오토바이를 모는 소시민 라이더는 폭주족들의 마음을 꿰뚫어 알고 있는, 그래서 같은 라이더로서 진짜 위험을 즐기고 있는 그들에게 질투를 느끼고 있는 사람이다. 그는 대폭주를 단속하는 경찰로서 제이의 최후를 지켜보게 되었다. 수백 명의 폭주족들과 심지어는 성수대교에 있던 의경들, 그 시간 올림픽대교를 달리던 사람들까지 제이의 승천을 목격했다고 주장하고 증언했지만, 그가 본 것은 한 소년이 일그러진 표정으로 자기 오토바이와 함께 강물로 추락하던 장면이었다. 이런 박승태의 시선이 현실의 시선일 것이다.

그런데 소설 속에서는 다시 한번 역전이 이루어진다. 보통과 같은 '작가의 말'이 없는 이 소설에는, 작가가 직접 등장하는 긴 에필로그가 붙어 있고, 여기에 소설이 어떻게 준비되었고 쓰였는지가 밝혀져 있다. 이 소설을 쓰기 위해 작가는 취재 차원에서 박승태를 만났었다. 폭주족을 미화하거나 제이를 신화로 만드는 것에 대해 분노하던 박승태는, 작가와의 거듭된 만남 끝에 자기도 제이가 승천하는 장면을 보았다고, 그건 마치 UFO를 집단으로 목격하는 것과 같은 것이 아니겠느냐고 했다. 그러니까 박승태 자신도 승천하는 장면을 보았다는 것인가. 여기에서 중요한 것은 박승태의 말이 사실인지 여부가 아니다. 제이가 승천했다고 그가 믿고 있는지는 중요한 것이 아니라는 것이다. 제이의 승천을 믿고 있는 사람들의 존재를 그가 믿고 있다는 것, 그들의 믿음을 믿고 있다는 것이 중요하다. 요컨대 작가가 주목하는 사실성은 제이의 승천에 있는 것이 아니라 그 승천에 대한 믿음에 있는 것이다. 그것이 곧 주관적인 것도 아니고 객관적인 것도 아닌, 믿음의 절대성의 영역이다. 그러니까 에필로그에 등장하는 작가는 자기 마술이 끝까지 환상이 아니라고 주장하는 마술가의 자리를 고수하고 있는 것이다. 물론 이 소설의 진짜 작가 김영하는 에필로그의 '작가'에게 자신의 페르소나를 빌려준 채 책 바깥에 있다.

제이라는 인물은 이런 세 겹의 시선을 통과하면서 예외성의 영역에서 고유성의 영역으로 이동한다. 예외성이 규정된 전체와의 차이에 의해 구성된다면, 고유성은 전체라는 틀의 경계와 무관하게 존재하는, 곧 비-전체의 영역에 존재하는 사람들 사이의 서로 다름에 의해 만들어진다. 전체의 차원에서는 남과 다를 바 없지만 그러면서도 그 낱낱을 보면 어느 누구와도 같지 않은 존재의 차원이 그것이다. 세 겹의 시선은 제이를 고유성의 영역으로 옮겨놓지만 그와 동시에 그를 둘러싸고 있던 신비도 사라지게 만든다. 그러나 좀더 엄밀하게 말한다면 그 신비는 사라지는 것이 아니라 이동한다고 해야 할 것이다. 소설의 마지막에는, 공항에서 돌아온 작가가 서울 시내에서 이동 중인 택배기사들, 배달 오토바이들을 유심히 바라보는 장면이 등장한다. 제이의 이야기를 겪어온 사람의 시선이니, 그 시선에 포착된 그들의 모습이 예사로울 수 없는 것은 당연한 일이다. 제이가 벗어버린 신비는 그 많은 배달 오토바이 기사들 속으로 흩어져 있다고 하면 어떨까. 폭주족의 전설적인 리더였던 제이는 그들 속에 흩어져 있고 또 그들 가운데에서 자라나고 있다고 해도 좋을 것이다. 그들 속에서 제이의 신비를 포착할 수 있는 것은, 물론 제이의 삶을 지켜보아온 사람에 의해서만 가능할 것이다. 잠 깨는 아침의 평범한 일상이, 죽음에서 살아온 사람에게는 기적이고 신비일 수 있는 것과 마찬가지이다. 일상 속에 존재하는 절대성, 걸어다니는 절대성을 말한다면 바로 그런 차원이며, 그런 고유성들을 포착해내는 것이 곧 미메시스의 작업인 셈이다.

4. 불안을 처리하는 두 가지 방식: 장강명과 은희경

미메시스의 작업으로서 서사가 불안을 처리하는 방식에 대해 좀더 살펴보자. 담론이 불안을 예외적인 영역에 등록한다면, 서사는 불안을 세계 속으로 끌어당긴다. 불안에 육체를 부여하고 이름을 붙인다. 그것은 현실적 고통이기도 하고 또한 고독의 모습을 하고 있기도 하다.

장강명의 『표백』은 이십대 자살 선언자들의 이야기를 다룬 장편소설이다. 여기에는 두 번 뒤집어진 예수가 등장한다. 삶이 아니라 죽음을 예찬하는, 남성이 아닌 여성 예수이다. 예쁘고 능력 있는 이십대의 여자 대학생 정세연은 5년 후에 일어날 자살 선언과 그 결행에 대한 시나리오를 작성해두고, 그 자신은 죽음의 선지자로서 먼저 자살을 결행했다. 세연의 기록은 예언서처럼 남아 인터넷 사이트에 부분적으로 공개되고, 그로부터 5년 후, 세연의 생각에 동조했던 친구들이 공개적으로 자살을 선언하고 결행한다. 5년 전에 죽은 세연은 인터넷 사이트에서는 살아 있는 현재의 인물이 되어 자살의 당위성에 대해 말한다. 왜 자살인가. 사회는 이제 완성되어버렸고 거기에는 어떤 근본적 변혁의 가능성도 존재할 수 없기 때문이라는 것이 그 답이다. 그래서 방법은 자살이되, 도피나 회피로서의 자살이 아니라 세상을 흔들기 위한 자살이어야 한다고 했다. 그러기 위해서는 자기 경력이 사회로부터 인정받을 만한 것일 때 결행하는, 창의적이고 용기 있는 형태의 자살이어야 한다고도 했다. 공인회계사 시험에 합격한 후, 공개적인 자살 선언으로 사람들을 마포대교에 모아놓은 후, 그들이 보는 앞에서 목에 밧줄을 걸고 서강대교 아래로 뛰어내리는 오병권의 자살 장면에서, 그와 같은 죽음의 에너지는 정점에 이른다.

정세연에 의해 주창되고 그의 친구 순교자들에 의해 실행되는 이런 자살의 행렬은, 바로 이런 점에서, 사회로부터 벗어나기가 아니라 반대로 사회를 향해 뛰어들기에 해당한다. 그들에게 자살은 다른 목표를 위한 수단이 아니라 그 자체로 목적이다. 그것은 매우 특이한 형태의 사회 참여 행위가 되는 것이다. 그것은 예외성에 갇혀버린 존재들을 전체 속으로 끌어들이고 그럼으로써 전체의 경계를 흐려버리는 행위라고 해도 좋겠다. 요컨대 그것은 사회가 자기 바깥으로 밀어내는 불안의 흐름을 다시 안으로 향하게 하는 것이기도 하겠다.

그런데 소설 속에는, 그 흐름의 화려함에 감추어져 잠시 보이지 않는 것들이 있다. 자살도 하지 못하는 구차한 청년들의 이야기가 그것이다. 3년 넘게 7급 공무원 시험에 매달려야 했던 소설의 일인칭 화자, 그리고 이른바 '언론고시'에 매달린 끝에 주간지 기자로 취직하는 그의 친구 휘영 등의 삶이 거기에 속한다. 예고 자살의 화려한 무대 밑에는 이들의 삶이 꿈틀거리고 있다. 그들의 악전고투는 생존을 위한 것이며, 그것은 그 자체로 삶의 이유가 된다. 그 자체의 고통의 크기 때문에 거기에는 어떤 불안도 존재하기 어렵다. 불안은 자기 삶을 벌레의 것이라 느낄 때 생겨난다.

거기에서 그 어떤 삶의 이유도 찾지 못할 때, 마음을 유지할 수 있는 자기 존중감과 개체로서의 존엄성을 확인할 수 없을 때, 정세연의 자살 선언은 혁명 선언 같은 위력을 발휘할 수 있다. 하지만 그것은 어디까지나 자살을 결행한 네 명의 이십대들과 자살 사이트 운영진들에게 국한되는 것일 뿐, 그 화려한 악몽의 세계를 벗어나면 다시 저 비루한 생존 경쟁의 세상이 드러난다. 그것은 이 소설이 '표백세대'라고 부른, IMF체제 이후 성년에 도달한 청년들이 감당해야 했던 삶의 모습이다.

여기에서 불안은 자살이라는 형태로 형상을 얻었으나, 그것은 손으로 옮겨놓을 수 있는 장기판의 말과도 같다. 경제적 생존으로 인한 고통은 그 밑에 놓여 있는, 선 그어진 장기판이겠다. 이 소설의 바탕을 이루고 있는 것이 바로 그 장기판의 존재이다. 그들이 있어 자살자들이 움직이며 운신할 수 있다. 자살자-신들은 고립을 자처함으로써 유대를 얻었으나, 취업자-벌레들은 사회적 유대의 망 속으로 들어감으로써 고립된다. 그리고 불안은 현재의 고통으로 전치된다.

『태연한 인생』에서 은희경은 타자로부터 분리에 성공하는 한 인물의 고요한 모습을 보여준다. 타자의 결여를 받아들이면 많은 문제가 풀린다. 타자가 없으니 타자의 위기가 있을 수 없고, 그래서 또한 불안도 있을 수 없다. 그 불안의 자리에 들어서 있는 것은 고통이 아니라 고독이다.

『태연한 인생』에는 두 가지 형태의 고독이 있다. 48세의 작가 요셉이 만들어내는 수다스러운 고독과, 요셉이 사랑했던 여자 김류의 세계가 보여주는 견고한 고독이 그것이다. 그 둘은 10년 전에 사랑에 빠졌던 적이 있다. 비행기를 타고 도피처로 함께 갔지만 김류는 요셉을 남겨두고 말없이 떠나버렸다. 그 뒤로 10년 동안 둘은 마주 앉지 못했고 요셉은 왜 여자가 말없이 떠나버렸는지 알 수 없어 답답해했다. 요셉은 정말 모르는 것일까. 아마도 그렇지는 않을 것이다. 알고자 하지 않았다고, 그 이유를 모르는 상태로 놓아두고자 했다고 해야 할 것이다. 소설의 말미에서 요셉은 류의 뒷모습을 알아보면서도, 지호지간에 있으면서도 끝내 입을 열어 말을 건네지 못한다. 류는 왜 떠나버렸을까. 작가가 알려주지 않더라도 짐작할 수 있는 것이 아닌가. 류는 어머니에 대한 아버지의 배신과 그들의 운명을 생생하게 지켜보았고 그 자신이 애인의 배신을 경험한 사람, 열정의 종말이 어떤 것인지를 이미 익숙하게 알고 있는 사람이다. 그런 류이기에, 잠시 길을 잃는 일은 있을 수 있어도 열정의 방랑자가 되는 일은 있기 어렵다. 류는 요셉을 떠나 고독을 선택했고, 그런 류의 선택에 대해 작가는, "고독은 그것을 받아들이는 사람에게 적요로운 평화를 주었다. 애써 고독하지 않으려고 할 때의 고립감이 견디기 힘들 뿐이었다"(265쪽)라고 편들어주었다.

그러나 류가 떠난 이유를 알지 못해하는 요셉의 마음은 류가 떠난 자리를 끝없이 맴돈다. 아내와 별거중인 요셉은, 혼외의 파트너와 지루하고 형식적인 섹스를 나누고 젊은 여자들을 후리고 다니지만 그 자리는 채워질 수 없다. 설령 류가 다시 온다 하더라도 사정은 마찬가지일 것이다. 기적 같은 일이 일어나, 10년 전의 류가 다시 돌아와 그 자리를 채우고자 한다면 그것은 정말로 치명적이다. 요셉의 삶은 그 결락과 빈자리가 있어야 지탱되고 유지되는 삶이기 때문이다. 소설에 공개되는 요셉의 생각과 말을 보자면, 삶에 관한 한, 그는 너무 많이 아는 사람의 위치에 있다. 자신의 능력만큼 사회적 인정을 받지 못하고 있다는 생각으로 인해 울분에 가득 차 있지만, 요셉은 지혜로운 사람이므로 그런 분노를 터뜨리지는 않는다. 요셉이 내뿜는 냉소의 힘은 지혜와 결합한 울분의 모습이거니와, 그가 찾고 구하는 것은 타자로부터의 인정이다. 그리고 류의 자리는 그가 원하는 인정의 한가운데 있다. 그러니, 이 둘의 관계가 어떠할지는 자명하지 않은가. 요셉에게 류는 사랑이 아니라 외경의 대상이어야 마땅하다.

소설 전체가 스산한 분위기로 감싸이는 것은, 전지적 시점에 의해 포착된 류의 내면이 지니고 있는 서늘함 때문이다. 소설에 등장하는 류의 마음에는, 부모가 만나고 헤어지는 이야기에서 그 자신의 이야기에 이르기까지 긴 시간이 압축되어 있다. 물론 그곳에 있는 것이 단지 시간만은 아니다. 그 시간 동안 우연이 만들어낸 드라마의 장력과 시간 속에서 육탈해버린 감정의 형해들이 내장되어 있다. 그 시간의 힘이, 그리고 그 힘을 받아들인 사람들의 모습이, 사람들의 행로가 엇갈리며 만들어내는 스파크와 회한이, 소설을 존재론적 분위기로 물들여놓는다. 그리고 그 한가운데에는 자립한 마음을 가진 인물 류가 있다. 류는 요셉의 욕망을 보면서, 자기가 그 옆에 있는 한 그것을 채울 수도 채우지 않을 수도 없음을 알아버린 사람이다. 자기 스스로 대상이기를 거부하고 고독을 선택하는 순간, 류는 마음의 자립성을 획득했고 어른이 되었다. 반대로 요셉은, 그로부터 10년이 지났음에도 불안에 휩싸여 전전긍긍하는 48세의 어린아이이다. 그에게 냉소는 욕망의 산물이다. 욕망이 충동의 방어라면, 그의 냉소는, 그 흐름을 멈추게 하지만 않는다면, 불안과 허무주의에 대한 방어가 될 것이다.

류와 요셉의 거리는 라캉의 성차공식이 보여주는 여성과 남성의 격차만큼이나 멀다. 류가 항성이라면 요셉은 행성이나 위성이다. 물론 지금 우리의 세계를 움직이는 힘이 무엇인지는 자명하다. 모든 환상 대상들을 관통해버리는 자본의 시선은 세계를 만들어내는 힘이면서 또한 냉소주의의 발전소이다. 우리가 알고 있는 세속적 삶의 예지는 성공한 상인들을 모델로 하여 만들어졌다. 그들 행복한 상인들은 성공의 멘토들로서 언제나 현자와 동일한 반열에 있다. 그럼에도, 우리의 시선이 그 너머 어딘가를 향하고 있다면, 그것은 우리가 사는 세계 너머에서 다른 어떤 것을 찾고 있기 때문이다. 그러나 그것은 흡사 포착 불가능한 대상 주변을 순환하는 요셉과 마찬가지로 단지 이 불안한 삶의 일시적 방어라는 것은 자명한 일이다. 그렇다면, 외부를 향했던 시선을 안으로 돌려버린 류는 다시 원래의 상태로, 저 상인들의 세계로 돌아간 것인가. 소설 속에서 묘사되는 류의 삶의 태연한 표면은 응축된 상처의 시간들로 만들어져 있다. 상처가 아니라 그것을 응축하는 힘이 중요하다는 것, 문제가 되는 것은 타자의 부재를 자신의 조건으로 받아들이는 것임을 『태연한 인생』은 보여주고 있다.

5. 서사의 힘

조운 콥젝은 라캉의 성차개념을 칸트의 이율배반과 연결시켰다.[5] 이에 따르면 남성은 역학적 이율배반과, 여성은 수학적 이율배반과 연결된다. 역학적 이율배반은 영혼과 신의 세계에 속하는 것이고, 수학적 이율배반은 무한하게 열려 있는 세계에 관한 것이다. 세계는 무한할 수도 없고, 유한할 수도 없다는 것이 곧 그것이다.

이 글에서 우리는 라캉의 성차를 담론과 서사로 구분했다. 서사 앞에 열려 있는 것은 수학적 이율배반의 세계이다. 그것은 무한성과 유한성이 얽혀 있어 시종을 알 수 없는 공간이다. 게다가 우리는 그 세계의 일부로서 거기에 속해 있다. 그러니 처음과 끝을 알 수 없는 세계는 우리에게 인지 불가능한 대상이다. 그것이 우리 삶의 본원적 조건이다. 하지만 서사 앞의 세계는 앎의 대상이 아니라 반영의 대상, 흉내내기의 대상이다. 서사는 세계의 일부를 복사함으로써 포착할 수 있을 뿐이다. 그런데 그렇게 만들어진 이야기의 세계는 우리 마음의 삶의 커다란 거울이 된다. 그리고 그 안에는 저 이율배반의 세계, 유한한 무한성의 세계가 펼쳐져 있다. 그 세계 속에서 불안은 몸을 얻는다. 서사의 필터를 통과하면 그것은 이제 저 너머에 있는 것이 아니라 내 앞에, 내 안에, 내 곁에 있다. 타자는 오로지 저 너머를 보고 있는 사람의 마음속에만 존재한다. 타자의 부재를 받아들이는 것 역시 마음의 삶 속에서 이루어진다. 마음의 삶을 다루는 한

---

5) 조운 콥젝, 「성과 이성의 안락사」, 『성관계는 없다』, 김영찬 외 편역, 도서출판b, 2005

방식으로서의 서사가 상대해야 하는 것은 사회라는 커다란 마음의 공간이다. 타자의 시선 없이 자본주의는 존재할 수 없지만, 미메시스가 마음의 물질성과 교통하는 곳에 타자의 시선은 개입하기 어렵다. 그것은 전적으로 둘만의 게임이기 때문이다. 불가지의 영역들을 저 너머로 특화하지도 않고, 그 앞에서 전율하지도 않은 채 타자의 부재를 응시하는 힘, 거기에서 우리는 서사의 힘을 확인할 수 있을 것이다.

문학동네 평론집
미메시스의 힘
ⓒ 서영채 2012

초판인쇄 2012년 11월 25일
초판발행 2012년 11월 30일

지은이 서영채
펴낸이 강병선
책임편집 김형균 | 편집 김민정 김필균 강윤정
디자인 한혜진 | 본문 디자인 유현아
마케팅 신정민 서유경 정소영 강병주 | 온라인마케팅 김희숙 김상만 이원주
제작 서동관 김애진 임현식 | 제작처 영신사

펴낸곳 (주)문학동네
출판등록 1993년 10월 22일 제406-2003-000045호
주소 413-756 경기도 파주시 문발동 파주출판도시 513-8
전자우편 editor@munhak.com | 대표전화 031) 955-8888 | 팩스 031) 955-8855
문의전화 031) 955-8890(마케팅) 031) 955-2679(편집)
문학동네카페 http://cafe.naver.com/mhdn

ISBN 978-89-546-2003-1 03810

www.munhak.com